中国古典诗文名句赏析辞典

ZHONGGUO GUDIAN SHIWEN MINGJU
SHANGXI CIDIAN

主　编　黄金贵

副主编　方玉火

编　者　方玉火　胡浙平　张水仙　黄金贵

商务印书馆国际有限公司
中国·北京

图书在版编目（CIP）数据

中国古典诗文名句赏析辞典 / 黄金贵主编. — 北京：商务印书馆国际有限公司，2024.2
ISBN 978-7-5176-1009-0

Ⅰ.①中…　Ⅱ.①黄…　Ⅲ.①古典诗歌－诗歌欣赏－中国－词典②古典散文－文学欣赏－中国－词典　Ⅳ.①I206.2-61

中国国家版本馆 CIP 数据核字（2024）第 005857 号

ZHONGGUO GUDIAN SHIWEN MINGJU SHANGXI CIDIAN

中国古典诗文名句赏析辞典

主　　编	黄金贵
出版发行	商务印书馆国际有限公司
地　　址	北京市朝阳区吉庆里 14 号楼
	佳汇国际中心 A 座 12 层
邮　　编	100020
电　　话	010-65592876（编校部）
	010-65598498（市场营销部）
网　　址	www.cpi1993.com
印　　刷	鸿博睿特（天津）印刷科技有限公司
开　　本	850mm×1168mm　　1/32
字　　数	800 千字
印　　张	26.25
版　　次	2024 年 2 月第 1 版第 1 次印刷
书　　号	ISBN 978-7-5176-1009-0
定　　价	55.00 元

前　言

　　古代诗文里的名言佳句不胜枚举，它们的古为今用，不仅可以提高今人的传统文化素养、语言应用和写作能力，而且对今人的思想、工作、生活都有独特的教化作用。因此，名言佳句类书籍，已成为我国出版中一朵不断翻动的浪花。

　　中华传统文化源远流长，我国古代典籍中的名言佳句如同夜空中密布的繁星，一书不可穷尽，因此出于不同目的而有不同编法。有的侧重格言、警句，多取儒家经典；有的着重文学佳句，专拣诗词曲赋；有的是便览的袖珍小册；有的是备查的厚重辞典。它们都各有自己的特点，是人们学习古代文化与语言的好材料，因而都开卷有益。

　　社会在发展，要求在提高。现在提倡阅读，时下的名言佳句类图书却大多是片言只语的汇集，加之时有难懂的古代词语，不能使人产生持续阅读的兴趣。现在迫切需要一种内容丰富、看得明白、激发兴趣的古代名句读物。本书即据此而编写。为了臻此目标，特别是要使人产生持续阅读的兴趣，编写中我们努力恪行四事：

　　一、取材必美言佳语。

　　所谓名言佳句，都是古代诗文中的美言佳语，即内容和语言形式两方面皆有善可陈。即便一个小句短语，意思深刻，用词凝练，也可取；而直叙其事的长句，虽内容重要，叙述精准，则不取。因此，严格兼顾思想内容与语言形式两方面，挖掘名言佳句。当然，言句都须短少。诗词类，或二句或四句；文章类，句子可稍多，但必须是美言佳句，没有长句。

　　二、定类从民生关注。

　　定类（本书称"篇"）看出一书的编写意向。本书编写意在有助于广大读者的学习、思想、工作，故立类都出于民生关注之事，整体按古人"天、地、人"的分法定类。在"天"的方面，将以与人关系最密切的时间、节令等为主而立"时节篇"。"地"的方面内容太多，只选取一般名句图书冷落之物，植物中的一小类——"花卉"，花卉虽"小"，却也是古今人人喜爱、常见的事物，故立"花卉篇"。"人"的方面是大头。以一个人的成长、发展为主轴，先家庭后社会，立"家庭、教育、学习、心志、修身、情感、政治、处世"等篇，一些社会民生热点均纳其中。

三、分子目有整体连贯性。

类（篇）下设子目，即小类。小类是实体，或不分类，按首字索引，既不堪读也不便查；或没有层次，一书并列四五十类，使人眼花缭乱；或多至三四层次，叠床架屋，有走入迷宫之感。本书是篇下设子目的二级结构，每小类都有20条以上；同篇的诸目都有整体连贯性，成为一篇之纲，每篇纲举目张，成为一体。如心志篇9目，合之即是"古人论心志"之纲。若此，一目如一篇短文，合之是一篇长文，增加了本书的科学性和可读性。同时，为了表现佳句的时代性，也为方便读者查检，每一子目的数十条名句，均按时代先后为序编排。

四、每条设"注、译、评"解读。

本书每一条都设注、译、评，以清晰解读。首先是【注解】，对该条文句中的疑难字词，音、义、典实，一一加注，注解力求准确、通俗、周全。其次是【释义】，采取直译与意译的方法，直译，力求译文与原句对应，不发挥而率增一句；意译，译文与意境合二为一，增加美感。最后是【点评】，用简短的话语，或揭其蕴意，或道其修辞手法或其他语言特点，或点出其背景出处，或言其功用，等等，使读者彻底看懂并知其用。有如此周详的解读，本书足可作为中小学生乃至对古代名言佳句感兴趣者提高思想修养和学习古文的辅助读物。

本书发轫于2012年，历时四年。各篇分工是：

方玉火：时节篇、花卉篇、家庭篇、教育篇、学习篇、心志篇；

胡浙平：政治篇、处世篇、规律篇；

张水仙：修身篇、情感篇、心志篇。

黄金贵

目　录

家庭篇

教育篇

学习篇

心志篇

修身篇

情感篇

中国古典诗文名句赏析辞典

时节篇

一、春

1. 春日迟迟，卉木萋萋。仓庚喈喈，采蘩祁祁。

——《诗经·小雅·出车》

【注解】 迟迟：缓慢。卉木：草木。萋萋：草茂盛的样子。仓庚：莺。喈（jiē）喈：鸟和鸣声。蘩：白蒿。祁（qí）祁：众多。

【释义】 春天来得很慢，到来后花草都长得很快。草长莺歌，白蒿等农作物都苗壮成长。

【点评】 写出了人们盼望春天的心情和春天对生物成长发展的巨大意义。

2. 时在中春，阳和方起。

——《史记·秦始皇本纪》

【注解】 阳和：春天的暖气。

【释义】 到了中春的时候，春天暖和的气息才来临。

【点评】 古人将春天分为孟、仲、季三个阶段。孟春乍暖还寒，包括立春、雨水两个节气。仲春，即中春，包括惊蛰、春分两个节气。季春包括清明、谷雨两个节气。名句告诉人们仲春时节，和暖的春天才真正到来了。

3. 阳春布德泽，万物生光辉。

——汉乐府《长歌行》

【注解】 阳春：春天。德泽：恩惠，这里指春天的阳光雨露。光辉：生命力的光彩。

【释义】 阳光温煦的春天播撒着光和热，宛如施予万物以德惠恩泽，万物充满了生命的色彩。

【点评】 这两句是说，春天的阳光雨露，使万物都焕发出蓬勃的生命力。

4. 春晚绿野秀, 岩高白云屯。

——南朝宋·谢灵运《入彭蠡湖口》

【注解】 秀: 秀丽。屯: 驻, 聚集。

【释义】 晨起远眺, 只见晚春绿野秀丽, 一碧千里, 远处苍岩高峙于
白云之上, 云朵似同屯聚在峰顶上一般。

【点评】 描绘了彭蠡湖口晚春时节恬静的美景。

5. 池塘生春草, 园柳变鸣禽。

——南朝宋·谢灵运《登池上楼》

【注解】 塘: 堤坝。变鸣禽: 鸣叫的鸟换了种类。

【释义】 水池的堤坝上长满了春草, 园内柳树上也换了鸟儿在歌唱。

【点评】 写冬去春来, 季节变换, 万物都发生了变化。

6. 喧鸟覆春洲, 杂英满芳甸。

——南朝齐·谢朓《晚登三山还望京邑》

【注解】 喧鸟: 鸟鸣声多而杂乱。覆春洲: 落满了春天的沙洲。杂英:
各种各样的花。芳甸: 鲜花盛开的郊野。

【释义】 喧闹的归鸟落满了春天的沙洲, 各色野花开遍了芬芳的
郊野。

【点评】 以细笔点染江洲的佳趣, 以群鸟的喧闹衬托傍晚江面的宁
静, 遍地繁花恰似与满天落霞争艳。

7. 东风好作阳和使, 逢草逢花报发生。

——唐·钱起《春郊》

【注解】 好(hào): 喜好。阳和: 春天的和暖之气。使: 使者。

【释义】 东风喜爱做春天和暖的使者, 遇草逢花就报说可以生长开
花了。

【点评】 用拟人的手法写出了初春东风的和煦。

8. 燕子不归春事晚，一汀烟雨杏花寒。

——唐·戴叔伦《苏溪亭》

【注解】汀：水边平地。寒：凋零。

【释义】燕子还未回旧窝，而美好的春光将要结束了，迷蒙的烟雨笼罩着一片沙洲，料峭春风中的杏花，也失去了晴日下艳丽的容光，显得凄楚可怜。

【点评】具体而婉曲地写出了倚阑人无尽的怅惘与哀愁。

9. 寄语洛城风日道，明年春色倍还人。

——唐·杜审言《春日京中有怀》

【注解】寄语：告诉。洛城：洛阳城。风日：绮丽的风光。道：说。

【释义】我在这里向着遥远的洛阳，对着春天的景物说，明年春光一定加倍迷人。

【点评】这是《春日京中有怀》一诗的尾联，构思奇巧，造语清新。语痴而情真。诗人留恋洛城的春光美景。与一般"有怀"诗相比，它扩大了"有怀"的范围。

10. 云霞出海曙，梅柳渡江春。淑气催黄鸟，晴光转绿蘋。

——唐·杜审言《和晋陵陆丞早春游望》

【注解】海曙：海上日出。梅柳渡江春：梅柳与春天都渡江而来了。淑气：春天的和暖气息。转绿蘋：使水中蘋草转绿。

【释义】海上云霞灿烂，旭日即将东升，梅花绿柳把春意带过了江。黄鹂鸟在和煦的春光中不住声地鸣叫，阳光催绿了蘋草。

【点评】写出了晋陵早春阳光和煦，梅红柳绿，鸟语花香的美丽景象。

11. 寂寞空庭春欲晚，梨花满地不开门。

——唐·刘方平《春怨》

【注解】欲：将要。梨花：凄凉美的象征物。

【释义】庭院寂寥门紧闭，更哪堪暮春时节梨花满地。

【点评】诗句写的是怨妇春思。寂寞空庭与满地梨花，以宾陪主，落花空庭两相映衬, 更显寂寞凄凉。

12. 春眠不觉晓, 处处闻啼鸟。夜来风雨声, 花落知多少。

——唐·孟浩然《春晓》

【注解】眠: 睡。不觉晓: 不知不觉地天亮了。闻: 听见。夜来: 昨夜。

【释义】春天人好睡, 不知不觉中天已亮了, 到处是鸟雀的啼鸣声。回想起昨夜有刮风下雨的声音, 不知有多少花儿被风雨吹落了。

【点评】表达了诗人喜爱春天, 怜惜春光的情感。

13. 林花扫更落, 径草踏还生。

——唐·孟浩然《春中喜王九相寻》

【注解】更: 又。径: 小路。

【释义】树林里的花儿开了又谢, 扫也扫不完。小路上的草被践踏了, 又顽强地生长。

【点评】表达了诗人不畏挫折, 积极向上的精神风貌。

14. 二月湖水清, 家家春鸟鸣。

——唐·孟浩然《春中喜王九相寻》

【注解】二月: 农历二月, 正是春意渐浓季节, 此时的湖水特别清澈。

【释义】农历二月的湖水是那么清澈, 家家门前鸟儿们都快乐地唱着春曲。

【点评】表现了水乡人家一派春意盎然的景象。

15. 燕草如碧丝, 秦桑低绿枝。

——唐·李白《春思》

【注解】燕草: 燕地的草, 比兴远征的丈夫。秦桑: 秦地桑树, 比兴思妇。

【释义】当燕北春草长出绿丝般的新叶时, 远在秦地的思妇, 已置身于绿荫压枝的桑林中了。

【点评】"春思"语义双关, 既指大自然的春天, 又指男女情爱。

16. 闻道春还未相识，走傍寒梅访消息。

——唐·李白《早春寄王汉阳》

【注解】还：回来。走傍：走近。消息：音讯。

【释义】听说春天回来了，但我还没见到，便循着梅林去寻访春天的音讯。

【点评】用拟人的手法写出了作者盼望春天到来的急切心情。

17. 寒雪梅中尽，春风柳上归。

——唐·李白《宫中行乐词八首》

【注解】尽：消融完了。归：回。

【释义】冬天的残雪在梅花上消融后，春风吹拂着柳条回来了。

【点评】句中的"尽""归"二字是诗眼，起到了使景物人格化的作用。

18. 东风随春归，发我枝上花。

——唐·李白《落日忆山中》

【注解】随：随同。发：催开。

【释义】东风跟随春天回来了，催开了我家树上的朵朵鲜花。

【点评】句中一个"发"字使"东风"成了一个活生生的人，如同开启信封一样将树枝上的花苞一个个地打开了。

19. 东风洒雨露，会入天地春。

——唐·李白《送郗昂谪巴中》

【注解】会入：一起进入；带来。

【释义】东风给大地遍洒雨露，也给天地间带来了一片春天的气息。

【点评】赞扬了东风对大地春回的作用。

20. 春草如有情，山中尚含绿。

——唐·李白《金门答苏秀才》

【注解】尚：还。含：富有。绿：绿色，借喻深情。

【释义】春草如果有情意的话，那么山中应该还有绿色。

【点评】如果春草留恋春天，就不会枯萎；人如果有情，就会依依不舍。表现了李白依依不舍的离别之情。

21. 万树江边杏，新开一夜风。满园深浅色，照在绿波中。

——唐·王涯《春游曲》

【注解】万树：指树多，非实指。照：倒映。

【释义】在栽有千万棵杏树的江边园林，一夜春风催花开。杏花颜色深浅不同，全都倒映在一江碧莹莹的春水之中。

【点评】表达了诗人出游时惬意的心情。

22. 道由白云尽，春与青溪长。

——唐·刘眘虚《阙题》

【注解】尽：尽头。长：生长。

【释义】道路被白云遮断，春景与青青的流水一样在绵延不断地生长。

【点评】描绘出一幅山高水长的优美春景图。

23. 芳树无人花自落，春山一路鸟空啼。

——唐·李华《春行寄兴》

【注解】芳树：开满鲜花的树。空啼：徒劳鸣叫。

【释义】春天的山上一路开满了鲜花，但花儿自开自落，无人欣赏；树丛中的鸟儿们也在徒劳地鸣叫，皆因无人欣赏。

【点评】采用以乐景写哀情的手法，表现了安史之乱后寂寥凄凉的景象。

24. 红豆生南国，春来发几枝？愿君多采撷，此物最相思。

——唐·王维《相思》

【注解】红豆：可以制成多种美味的食品，有很高的营养价值。在古代文学中常用来象征相思。君：你。采撷(xié)：采摘。

【释义】红豆生长在南方，春天来的时候它会发芽生长。希望你可以多采一些，因为它是思念的象征。

【点评】点明其相思属性，用一"最"字推达极致，以"多采撷"的理由，寄托了自身的无限相思之意。

25. 荆溪白石出，天寒红叶稀。山路元无雨，空翠湿人衣。

——唐·王维《山中》

【注解】荆溪：又名长水，也称浐水。源出陕西省蓝田县西南秦岭山中，北流入灞水。元：原，本来。空翠：指苍翠的山色。

【释义】初冬天寒水浅，露出嶙嶙的白石，因为天寒红叶变得稀了。蜿蜒的小路本来没有落下雨滴，树荫浓翠欲滴，沾湿了人的衣裳。

【点评】与唐朝张旭的《山中留客》"纵使晴明无雨色，入云深处亦沾衣"句有异曲同工之妙。

26. 劝君更尽一杯酒，西出阳关无故人。

——唐·王维《送元二使安西》

【注解】君：指元二。更：再。阳关：汉朝设置的边关，故址在今甘肃省敦煌市西南，古代跟玉门关同是出塞必经的关口，因在玉门之南，故称阳关。故人：老朋友，旧友。

【释义】请再喝一杯朋友敬你的酒吧，要知道出了阳关就再也遇不到熟人朋友了。

【点评】似乎是脱口而出的劝酒辞，其实表达了诗人强烈、深挚的惜别之情。

27. 肃肃花絮晚，菲菲红素轻。日长唯鸟雀，春远独柴荆。

——唐·杜甫《春远》

【注解】肃肃：洁白肃穆，指白色的花。菲菲：鲜红艳丽，说红色的花。两句是互文见义。独：只有。柴荆：柴门。

【释义】白花肃穆，红花鲜艳。桃花肥硕，柳絮轻盈。日影渐长，春色淡远，唯听鸟雀叽喳，无人来往，只有柴门紧闭。

【点评】春意虽浓，却无人欣赏。意思是布衣退士之家，春色再浓也无人过访，真可谓"贫居闹市无人问"。

28. 好雨知时节，当春乃发生。随风潜入夜，润物细无声。

——唐·杜甫《春夜喜雨》

【注解】 好雨：及时的雨。乃：才。发生：催发植物生长。潜：暗暗地。
润：滋养。

【释义】 这真是一场及时雨，仿佛知道啥时是植物最需要的时候，正
当春天时及时降临，来催发植物生长。细雨随着春风在夜里悄悄来
到，悄无声息地滋润着大地万物。

【点评】 以拟人的手法赞扬了春雨不图名利，默默奉献，无私伟大的
品格。

29. 繁枝容易纷纷落，嫩蕊商量细细开。

——唐·杜甫《江畔独步寻花七绝句》

【注解】 容易：树的姿态已经改变。纷纷落：枯枝败叶接连不断地掉
落。嫩蕊：娇嫩的花苞。商量：有计划地，次第，是拟人的写法。

【释义】 枯萎的残枝败叶接连不断地掉落，娇嫩的新枝上，含苞待放
的新花正在次第吐蕊，告知人们冬已去，春已来。

【点评】 揭示出新旧交替的必然，以及大自然新老事物的和谐共存，
虽然生命是在竞争中生存和发展的，但绝对不会违背和谐生存与发
展的法则的。

30. 林花著雨燕支湿，水荇牵风翠带长。

——唐·杜甫《曲江对雨》

【注解】 燕支：胭脂。荇（xìng）：荇菜，一种水生草本植物。

【释义】 树林中的花儿，在春雨的浸润下如胭脂般的娇艳，水荇牵风
如同翠带飘舞。

【点评】 用的是拟人的手法，本是风吹水荇，诗人反道"水荇牵风"，
赋景以人格化动作。以雨和风来烘托"林花"与"水荇"，景物更丰
富了，意境也更深了一层。

31. 侵陵雪色还萱草，漏泄春光有柳条。

——唐·杜甫《腊日》

【注解】萱草：又名忘忧草。此句说萱草萌芽，侵凌雪色。漏泄：
　　透露。

【释义】在寒冷的腊日里，萱草冒着寒冷的皑皑白雪开始萌芽了，而透
　　露春天已经到来的信息的是开始泛青的杨柳枝条。

【点评】描写的是一幅清冷的早春景象。

32. 国破山河在，城春草木深。感时花溅泪，恨别鸟惊心。

——唐·杜甫《春望》

【注解】国破：国都沦陷。山河在：山河依旧。深：言草木茂盛。感时：
　　伤感时世。花溅泪：花上的露水如同泪水。恨别：痛惜离别。惊心：
　　胆战心惊。

【释义】国都沦陷，城池残破，山河依旧，但野草深茂。伤感时世，见
　　花上的露水如同眼泪，痛惜亲人离别，听到鸟叫也胆战心惊。

【点评】借景抒感，寄情于物，托感于景，为全诗创造了悲凉气氛。
　　"破"字，使人触目惊心，"深"字，令人满目凄凉。兵败国破的时势
　　使人满怀伤感，看到沾满露水的鲜花如同泪流满面的少女，听到悦
　　耳的春鸟叫声也会胆战心惊。

33. 几处早莺争暖树，谁家新燕啄春泥。

——唐·白居易《钱塘湖春行》

【注解】暖树：向阳的树枝。新燕：刚从南方飞回的春燕。

【释义】有几处树上的黄莺一大早就忙着抢占能早点照到阳光的树
　　枝，不知是谁家勤劳的小燕子，已经早早地在衔泥做窝了。

【点评】生动地描绘出了早春时节莺莺燕燕的忙碌景象，洋溢着春的
　　活力与生机。

34. 乱花渐欲迷人眼，浅草才能没马蹄。

——唐·白居易《钱塘湖春行》

【注解】乱：杂乱的、五颜六色的。欲：将要。迷人眼：使人眼花。没：
　　遮盖。

【释义】五颜六色的鲜花已经使人眼花缭乱，浅短的春草刚刚能遮

11

盖踏青人的马蹄。

【点评】显示了诗人细致观察事物以及正确把握事物特征进行描写的高超能力。

35. 长恨春归无觅处，不知转入此中来。

——唐·白居易《大林寺桃花》

【注解】长恨：常常埋怨。归：回去。觅：寻找。转：躲藏。

【释义】长久以来由于喜爱春天，怜惜春天，以至怨恨春天无情地离去，却不知春天并未归去，只不过像小孩捉迷藏一样，偷偷地躲到这里来了。

【点评】表现了作者乍见大林寺晚春桃花的欣喜之情。

36. 新妆宜面下朱楼，深锁春光一院愁。

——唐·刘禹锡《和乐天·春词》

【注解】新妆：梳妆一新。宜面：脂粉浓淡涂抹恰当。

【释义】春日少女梳妆一新，脂粉涂抹得匀称和谐与容颜十分相宜，走下妆楼赏春，见到满院春光却被院门紧锁无人欣赏，少女猛然感到这满院春光其实是满院春愁。

【点评】这是一首少女思春之诗，写得情景交融，这良辰美景促动了少女的寂寞愁思，觉得满目春光其实是满院思愁。

37. 新年都未有芳华，二月初惊见草芽。

——唐·韩愈《春雪》

【注解】都：竟然。见：即"现"，发现。

【释义】新年已经来到，竟然还没有看到芬芳的鲜花。直到二月里，才惊喜地发现草儿萌发了绿芽。

【点评】表现诗人盼春之切与看到春天即将来临的喜悦之情。

38. 白雪却嫌春色晚，故穿庭树作飞花。

——唐·韩愈《春雪》

【注解】嫌：耐不住。故：所以。

【释义】白雪耐不住春天来得晚，所以纷纷扬扬地穿树飞花起来，自作飞花装点了一派春色。

【点评】以浪漫主义手法，不说人嫌春色来迟，却说白雪等不及了，就自作飞花，表现诗人盼望春天的急切心情，真乃神来之笔。

39. 天街小雨润如酥，草色遥看近却无。最是一年春好处，绝胜烟柳满皇都。

——唐·韩愈《早春呈水部张十八员外》

【注解】天街：皇城的街道。润如酥：形容细滑润泽。绝胜：最佳。烟柳：指春柳如烟。皇都：国都。

【释义】蒙蒙春雨湿润皇城的街道，初生的小草远看绿蒙蒙的，近看却找不到。这是一年中最好的时节，那满城如烟的杨柳是无处能比的胜景。

【点评】描写了春雨中绿柳如烟的皇城胜景。

40. 草树知春不久归，百般红紫斗芳菲。杨花榆荚无才思，惟解漫天作雪飞。

——唐·韩愈《晚春》

【注解】知：探知，拟人的说法。归：回去。百般：千方百计。斗芳菲：比赛谁的花开得美丽。无才思：比喻没有才华。惟解：只能。

【释义】百草与树木都知道春天不久就将回去了，所以竭尽全力地在努力开花，如同在相互比赛争斗。只有杨花榆荚是不思进取的，只能装作雪花漫天飞舞。

【点评】用拟人化手法描绘了晚春的繁丽景色，并且还寄寓人们应乘时努力进取，抓紧时机去创造有价值的东西。

41. 千里莺啼绿映红，水村山郭酒旗风。南朝四百八十寺，多少楼台烟雨中。

——唐·杜牧《江南春》

【注解】千里：非实指，言辽阔。绿映红：绿叶映衬着红花。山郭：沿山而筑的城墙。酒旗：旧时酒肆的招牌。南朝：指南北朝时的宋、齐、梁、陈四个崇信佛教的朝代。四百八十寺：非实指，言佛教寺庙之多。

【释义】辽阔的千里江南，黄莺在欢乐地歌唱，丛丛绿树映着簇簇红花；傍水的村庄、依山的城郭、迎风招展的酒旗，一一在望。南朝建造的众多寺庙屋宇重重，在迷蒙的烟雨之中，更增添了一份朦胧迷离的色彩。

【点评】既写出了江南春景的丰富多彩，也写出了它的广阔、深邃和迷离。

42. 人人尽说江南好，游人只合江南老。春水碧于天，画船听雨眠。

——唐·韦庄《菩萨蛮》

【注解】尽：全都。只合：真应该。老：终老。画船：装饰精美的船。

【释义】人们全都说江南这地方真好啊，到江南游历的人就应该留在江南并在江南终老。春天的水一片碧绿如同蓝天，睡在装饰精美的画船上听着春雨入眠。

【点评】这只是《菩萨蛮》的上阕，却已把怀念故乡、欲归不得的感情以似直而纡的手法，委婉地蕴藏在这表面看来非常真率的话中了。

43. 独怜幽草涧边生，上有黄鹂深树鸣。春潮带雨晚来急，野渡无人舟自横。

——唐·韦应物《滁州西涧》

【注解】滁州：今安徽省滁州市。西涧（jiàn）：滁州城西郊的一条小溪。独怜：独爱，钟情。春潮：春雨。野渡：无人管理的渡口。横：随意漂浮着。

【释义】我只怜爱这河边生长的幽静的野草，树荫深处黄莺发出诱人的叫声。因傍晚下了春雨，河面像潮水一样流得更急了；在荒野渡口，只有那条小船独自横漂在河面上。

【点评】表面上描写的是滁州西涧晚潮带雨的野渡所见的春景，其实蕴含着诗人对自己无所作为的忧伤。

44. 雨前初见花间蕊, 雨后全无叶底花。蜂蝶纷纷过墙去, 却疑春色在邻家。

——唐·王驾《雨晴》

【注解】初: 刚刚。蕊: 植物生殖器官的一部分, 代指花苞。疑: 大约以为。

【释义】一场淫雨怎么下得这么久呀! 雨前刚刚见的花丛中的花蕊, 雨后便已经只见绿叶看不到一朵花了。连蜜蜂粉蝶都纷纷飞过墙去, 大约是它们以为美丽的春色在邻居家。

【点评】抒发了雨后惜春之情, 穿插以蜂蝶, 使情景交融。

45. 碧玉妆成一树高, 万条垂下绿丝绦。不知细叶谁裁出, 二月春风似剪刀。

——唐·贺知章《咏柳》

【注解】碧玉: 将柳树比喻成玉人 (美人)。丝绦 (tāo): 丝绸的裙裾。细叶: 柳叶。裁出: 裁剪成。

【释义】杨柳树如同一个形同碧玉的美人, 一身绿色裙裾丝带飘飘。这漂亮衣裙不知是哪位高手裁剪的? 原来自然界早春的轻风是一把无形的神剪。

【点评】用拟人的手法把绿裙飘拂的垂柳与神奇的春风给写活了。诗句把春风比作剪刀, 说她是美的创造者, 裁剪出了美丽的春天, 比拟新奇贴切, 洋溢着欣喜之情。

46. 西塞山前白鹭飞, 桃花流水鳜鱼肥。青箬笠, 绿蓑衣, 斜风细雨不须归。

——唐·张志和《渔歌子》

【注解】西塞山: 今浙江省湖州市西面。白鹭: 一种白色的水鸟。桃花流水: 俗称桃花汛或桃花水。箬 (ruò) 笠: 竹叶与竹篾编织的斗笠。蓑衣: 用草或棕丝编制成的雨衣。鳜 (guì) 鱼: 淡水鱼, 江南又称桂鱼, 肉质鲜美。

【释义】西塞山前有白鹭在飞, 桃花盛开, 水流盛大, 正是鳜鱼肥美之时。有位老翁戴着青色的箬笠，披着绿色的蓑衣，冒着斜风细雨在江面小舟中垂钓。他留恋这里的美景久久不愿离去。

【点评】描写了秀丽的水乡风光和理想化的渔人生活，寄托了作者爱自由、爱自然的情怀。

47. 京口瓜洲一水间，钟山只隔数重山。春风又绿江南岸，明月何时照我还?

——北宋·王安石《泊船瓜洲》

【注解】京口：六朝长江下游军事重镇，即今江苏省镇江市。瓜洲：镇名，在今江苏省邗江区南部。钟山：即紫金山，在今江苏省南京市。

【释义】长江南岸的京口和北岸的瓜洲只不过是横着一条长江，远望钟山也就只是隔着几重山峦而已。春风已经把对面的江南大地吹绿了，明月啊，你什么时候可以照着我回到江南的故乡呢?

【点评】诗人抒发了自己渴望离开是非的官场，重返那没有利益纷争的家乡之情，很有韵味。且这首诗在修辞上的锤炼为人乐道。其中"绿"字之妙可以体会到诗人用词之精妙。据洪迈《容斋随笔》说："春风又绿江南岸"一句，原稿初为"春风又到江南岸"，后改为"过"，复圈去而改为"入"，旋改为"满"，凡如是十许字，始定为"绿"，真是到了"语不惊人死不休"的地步。

48. 竹外桃花三两枝，春江水暖鸭先知。蒌蒿满地芦芽短，正是河豚欲上时。

——北宋·苏轼《惠崇〈春江晚景〉》

【注解】蒌蒿：菊科蒿属，多年生宿根草本植物。芦芽：芦苇的芽。河豚：一种味美，但其肝脏、血液、卵巢有剧毒的鱼。

【释义】竹林边的桃花已经有三两枝开了，春江水已经渐渐转暖，鸭子们是最先知道的。蒌蒿草已经满地都是，芦苇芽虽短也已长出地面，此时正是河豚要到上游去产卵的时候。

【点评】这其实是一首题画诗，作者因为懂画、会画，所以能紧紧抓住

《春江晚景》的画意，仅用桃花初放、江暖鸭嬉、芦芽短嫩等寥寥几笔，便勾勒出了早春江景的优美意境。其中他把画家没法画出来的水温冷暖，用"鸭先知"一句描绘得如此富有情趣、美妙传神！

49. 春宵一刻值千金，花有清香月有阴。歌管楼台声细细，秋千院落夜沉沉。

——北宋·苏轼《春夜》

【注解】宵：夜。一刻：古人的计时单位，以漏壶刻度计算时间，约现在的15分钟。管：箫笛之类的乐器。细细：轻柔。秋千：即千秋。沉沉：深沉的样子。

【释义】春天的夜晚十分宝贵，一刻钟时间价值千两黄金，花朵盛开清香宜人，月色朦胧景色醉人。歌声和管乐声还不时地弥散于醉人的夜色中，夜已经很深了，挂着秋千的庭院已是一片寂静。

【点评】写出了夜景的清幽和夜色的宜人，告诉人们光阴宝贵，不可虚度。

50. 漠漠轻寒上小楼，晓阴无赖似穷秋。淡烟流水画屏幽。

——北宋·秦观《浣溪沙》

【注解】漠漠：弥漫的，轻淡的。无赖：百无聊赖。穷秋：深秋。

【释义】清晨时烟雾如丝雨迷蒙。楼中人百无聊赖，怨恼地说：这清晨怎么阴冷得像深秋似的。淡淡的烟雾，潺潺的碧水像一幅清幽的图画。

【点评】描绘一个女子在初春阴雨时所产生的淡淡哀愁和寂寞。

51. 双飞燕子几时回？夹岸桃花蘸水开。

——宋·徐俯《春日游湖上》

【注解】几时回：什么时候回来的。夹岸：两岸。蘸水：紧临水面。

【释义】双双对对的燕子，你们是什么时候回来的？两岸桃花紧贴着水面盛开了。

【点评】燕子是春天的象征。人们见到燕子马上会产生春天到来的喜悦。诗句以询问的语气入题，表达了当时惊讶和喜悦的心情。

52. 春雨断桥人不渡，小舟撑出柳阴来。

——宋·徐俯《春日游湖上》

【注解】断桥：河水淹没了小桥。不度：不能走过去了。

【释义】连日春雨河水上涨淹没了小木桥，人已不能过河了，却见河边柳林深处撑出一条小船来供人摆渡。

【点评】生动地描绘了一幅春雨水涨的乡村景象。

53. 古木阴中系短篷，杖藜扶我过桥东。沾衣欲湿杏花雨，吹面不寒杨柳风。

——南宋·释志南《绝句》

【注解】短篷：借指小篷船。杖藜(lí)：藜，藤本植物，茎坚韧。指藜藤制的拐杖。扶：拟人的写法。杏花雨：借指早春的雨。杨柳风：借指早春的风。

【释义】河边古树成荫，树下系着一条小篷船，我拄着藤藜拐杖慢慢地向桥东走去。东风迎面吹来了蒙蒙细雨，微微沾湿了我衣衫，吹在脸上一点也不觉得寒冷。

【点评】四句十分精彩，尤其是后两句中"杏花雨"与"杨柳风"，巧妙地点出了早春花雨的美丽景象，更富有画面感。"杏花雨"，与夏初的雨被称为"黄梅雨"道理相同。

54. 春寒还似暮冬天，败絮重披有虱缘。

——南宋·陆游《次韵范参政书怀》

【注解】还似：依旧如同。败絮：破旧的棉袄。重披：再次穿上。

【释义】春天是乍暖还寒的季节，依旧如同残冬一样寒冷，脱下的破棉袄再次穿上了身，似乎与虱子有着离不开的缘分。

【点评】形象地描写了初春时节乍暖还寒的景象。

55. 胜日寻芳泗水滨，无边光景一时新。等闲识得东风面，万紫千红总是春。

——南宋·朱熹《春日》

【注解】胜日：晴日，风光美好的日子。寻芳：寻觅春景。泗水：水的名字, 在山东省中部, 源于泗水县, 流入淮河。滨: 水边。光景: 景象。
等闲: 轻易, 轻轻松松。东风面: 指春天的模样。

【释义】 在风光美好的日子里亲友相聚到泗水边去寻觅春景, 看到遍
地春光万物都生机勃勃, 欣欣向荣。我轻轻松松就认识了春天的模
样, 原来百花开放、万紫千红的景象就是春天。

【点评】 描写了春回大地, 令人耳目一新的新鲜的感受, 使人认识了
春风。仿佛是一夜之间就吹开了万紫千红的鲜花。这百花争艳的景
象, 不正是生机勃勃的春光吗?

56. 应怜屐齿印苍苔, 小扣柴扉久不开。春色满园关不住, 一枝红杏出墙来。

——南宋·叶绍翁《游园不值》

【注解】 怜: 爱惜。屐(jī): 木屐, 木底鞋。苍苔: 绿色苔藓。小扣: 轻
敲。柴扉: 木门。春色: 喻指杏花。

【释义】 主人大概是爱惜园内的青苔, 怕被人家的木屐齿践踏坏了,
所以木门紧闭久敲不开, 有意拒客。但是春天已经来了, 满园的春色
怎么关得住? 你看, 一枝红杏早已主动探出墙来。

【点评】 描写了诗人春日游园观花的所见所感, 写得十分形象而又富
有理趣。

二、夏

1. 四月维夏,六月徂暑。先祖匪人,胡宁忍予?

——《诗经·小雅·四月》

【注解】四月:指夏历(今农历)四月。下句"六月"同。维:开始。徂(cú):往。匪:通"非"。胡:为什么。忍予:忍心让我(受苦)。

【释义】四月份正式开始进入夏天时节,六月炎热的暑天已近尾声了。我的祖宗呀您又不是别人祖先,为什么忍心让我承受这般炎热的煎熬?

【点评】这是《诗经》中描写夏天炎热的最早的诗句之一。

2. 孟夏草木长,绕屋树扶疏。众鸟欣有托,吾亦爱吾庐。

——东晋·陶渊明《读山海经》

【注解】孟夏:初夏,夏季的第一个月,在农历四月。扶疏:枝叶茂盛的样子。欣:欢快的样子。有托:有了藏身之所。庐:小屋。

【释义】初夏时节,正是草木生长最旺盛的时候,房前屋后的树木,枝叶都特别茂盛。鸟儿们非常快乐因为有了藏身的地方,我亦十分喜欢我的小茅屋。

【点评】形象描绘了初夏时节草木生长旺盛的景象。

3. 首夏犹清和,芳草亦未歇。水宿淹晨暮,阴霞屡兴没。

——南朝宋·谢灵运《游赤石进帆海》

【注解】首夏:即孟夏,农历四月。歇:盛极而衰。水宿:指在舟中或水边过夜。阴霞:阴沉沉的云雾。屡:常常,屡次。

【释义】夏初时节,草木的生长正是旺季,芳草尚未凋谢。在河上舟中过夜水雾茫茫,辨不清是早晨还是傍晚,我的游兴常常被阴沉沉的云雾所打消。

【点评】描写了春末夏初的好天气、好景致,游兴却因阴沉的云雾而打消,表现出诗人心中的幽愤之情。

4. 五月炎蒸气,三时刻漏长。麦随风里熟,梅逐雨中黄。

——北周·庾信《奉和夏日应令》

【注解】和:和诗。令:时令。炎蒸气:夏季潮湿炎热的天气。三时:即夏季。刻漏:古时用来滴水计时的器物。熟:成熟。

【释义】五月里夏季潮湿炎热的天气到了,三夏之时白日的时间越来越长。麦穗随着夏风的摇曳而成熟,梅子追随着夏雨浸染而变黄。

【点评】虽是奉命应景之作,却抓住了初夏物候的主要特征,描写形象生动。

5. 一朝春夏改,隔夜鸟花迁。阴阳深浅叶,晓夕重轻烟。

——唐·李世民《初夏》

【注解】鸟花迁:指鸟迁花谢。阴阳:指晚上、白天。晓:早上。夕:傍晚。重轻:浓淡。

【释义】一夜之间春天就变成了夏天,才隔了一夜,花也落了,鸟也迁徙了。晚上与白天叶子的颜色深浅是不一样的,早上和傍晚的炊烟浓淡是有区别的。

【点评】表达的是一种对春天逝去的慨叹,引申为对世事变迁的感慨、对美好事物的留恋之意。

6. 瀑水含秋气,垂藤引夏凉。苗深全覆陇,荷上半侵塘。

——唐·卢照邻《初夏日幽庄》

【注解】含:带有。引:拉。苗深:禾稻茂密。陇:田垄,田间小路。上:高过。

【释义】瀑布飞泉似乎带有秋天的气息,垂挂下来的藤萝好似拉长了夏天的凉意。禾苗茂盛浓密,把田垄全都覆盖住了,荷塘里的花叶已经高过了塘边的小路。

【点评】描写了作者初夏时节在乡村中见到的景象与所生发的感受。

7. 散发乘夕凉，开轩卧闲敞。荷风送香气，竹露滴清响。

——唐·孟浩然《夏日南亭怀辛大》

【注解】散发：解散编结的头发。开轩：打开窗户。卧：睡。竹露：竹叶上的露珠。

【释义】晚上乘凉时解散编结的头发，打开窗户睡到空闲宽敞的地方。微风送来阵阵荷花的香气，竹叶上的露珠滴进池水发出清脆的声响。

【点评】描绘了一个荷风送爽、竹露清响、空闲宽敞的夏夜纳凉佳处。

8. 懒摇白羽扇，裸体青林中。脱巾挂石壁，露顶洒松风。

——唐·李白《夏日山中》

【注解】裸体：脱光了衣裤。脱：摘下。巾：头巾。顶：头。

【释义】夏日山中因有清风吹来不用摇扇，在青青的树林中脱下衣裤。摘下头巾挂在石壁上，沐浴在凉爽的松风中。

【点评】不仅描写了夏日在山中纳凉的情景，而且表达了作者旷达潇洒、不为礼法所拘的形象，实有魏晋风度。

9. 永日不可暮，炎蒸毒我肠。安得万里风，飘飖吹我裳。

——唐·杜甫《夏夜叹》

【注解】永日：形容夏天白天时间长。炎蒸：形容天热得如同入蒸笼蒸一般。安得：怎么能得到。

【释义】炎热的夏天真难熬，太阳久久不下山，如入蒸笼热难耐。怎么才能得到万里长风吹世界，吹得我衣裙飘飘好凉快。

【点评】描写了夏天白天时间既长又炎热难耐，表达了作者渴望凉风的心情。

10. 昊天出华月，茂林延疏光。仲夏苦夜短，开轩纳微凉。

——唐·杜甫《夏夜叹》

【注解】昊（hào）天：夏季的天空称为昊天。华月：形容明月。延疏光：透出稀疏的月光。仲夏：古人把四季分成孟、仲、季三个时段，仲夏就是夏季的中段。开轩：打开门窗。

【释义】在夏空皎洁的月亮下，茂密的树木中透出稀疏的月光。仲夏夜令人苦恼的就是夜间的时间太短，天气太炎热了，打开窗户乘凉吧！

【点评】抒发了夏季天气炎热，不得安眠的感叹。

11. 荷叶藏鱼艇，藤花罥客簪。残云收夏暑，新雨带秋岚。

——唐·岑参《六月三十日水亭送华阴王少府还县》

【注解】鱼艇：捕鱼的小船。藤花：藤萝花。罥(juàn)：悬挂。

【释义】盛夏的荷叶特别肥大茂盛，遮蔽了捕鱼的小船；藤萝花盛开，悬挂在游客的头上像是有意戴上去的。满头的云块遮蔽了夏日暑热，刚下的清雨带来了秋山的凉意。

【点评】描写了水乡夏末秋初的清凉景象。

12. 赫赫温风扇，炎炎夏日徂。火威驰迥野，畏景烁遥途。

——唐·丘为《省试夏日可畏》

【注解】赫赫：炎热盛大的样子。畏景：夏天的太阳。

【释义】天地上下都炎热，连风吹来都是热辣辣的，毕竟赤日炎炎的盛夏时节到了。热浪像火一样随风掠过广阔的原野，夏日的太阳炙烤着通向远方的道路。

【点评】描写了盛夏时节烈日当空处处酷热的景象。

13. 花萼败春多寂寞，叶阴迎夏已清和。鹂黄好鸟摇深树，细白佳人著紫罗。

——唐·钱起《早夏》

【注解】花萼：花瓣。败：凋谢。清和：指暮春初夏天气，即农历四月。鹂黄：即黄鹂鸟。好鸟：寻找配偶的鸟。紫罗：紫色的藤萝花。

【释义】春去花落的确使人感到寂寞，幸亏绿树浓荫迎来了初夏的清和天气。黄鹂好鸟在树林深处相呼应，肤色细白的美人穿上了紫色的罗裙。

【点评】描写了春末夏初郊野的美丽景象。

14. 夏条绿已密, 朱萼缀明鲜。炎炎日正午, 灼灼火俱燃。

——唐·韦应物《夏花明》

【注解】朱萼: 朱红的花朵。缀: 点缀。炎炎: 形容日光炎热。灼灼: 火燃烧的样子。

【释义】夏天树木的枝条十分浓密, 绿意盎然, 朱红的花朵点缀在上面显得格外明亮鲜艳。正午时炎炎烈日当空, 花朵灼灼像火在燃烧一样红。

【点评】描写了夏天树条的茂密盎然、花朵的明艳动人。

15. 已谓心苦伤, 如何日方永。无人不昼寝, 独坐山中静。

——唐·韦应物《夏日》

【注解】苦伤: 悲苦哀伤。方永: 时间正长。昼寝: 午睡。

【释义】已经有说不尽的夏天炎热的悲苦哀伤, 为什么夏季白天的时间正是那么长。没有人不在炎热的白天午睡, 我独自安静地坐山林中打盹。

【点评】描写了人们在炎夏白天午睡的情景。

16. 夏半阴气始, 淅然云景秋。蝉声入客耳, 惊起不可留。

——唐·韩愈《送刘师服》

【注解】夏半: 夏季过半, 农历五月半后。淅: 形容轻微的风雨声。

【释义】农历五月半以后, 阴气便开始上升, 风雨之声竟然已带有一点秋味了。蝉鸣声时时传入游客的耳中, 警告要赶快起程, 不能再在外面停留了。

【点评】准确描写了仲夏时节的气候特征, 知了声声, 催人奋进, 不可虚度光阴。

17. 水积春塘晚, 阴交夏木繁。舟船如野渡, 篱落似江村。

——唐·白居易《池上早夏》

【注解】水积: 水满。繁: 树叶茂盛。野渡: 无人管理的渡头。

【释义】初夏的傍晚大雨把塘水注满, 使枝头的树叶更加繁茂。远处几只小船好像无人管似的散乱躺着, 稀疏的篱笆墙旁边好像是一个江边的小渔村。

【点评】 描写了初夏时节一个江边小渔村的安闲景象。

18. 田家少闲月,五月人倍忙。夜来南风起,小麦覆陇黄。

——唐·白居易《观刈麦》

【注解】 田家:农民。倍忙:加倍忙碌。覆:覆盖。陇(lǒng):通"垄",田埂。

【释义】 农村人极少有空闲的日子,一到五月里人们便加倍地忙碌。夜里刮起了南风,覆盖田垄的小麦就成熟变黄了。

【点评】 描绘了农村初夏麦熟时节,田野一片金黄的景象。

19. 足蒸暑土气,背灼炎天光。力尽不知热,但惜夏日长。

——唐·白居易《观刈麦》

【注解】 足蒸:脚下如同蒸煮。灼:灼烤。炎天光:酷日的阳光。但:只是。

【释义】 脚下如同蒸煮着暑热的土气,背上是炎炎酷日灼烤。他们用尽全力挥舞着镰刀一路向前割去,他们似乎忘记了炎热,只希望白天的时间能更长,使他们多抢收一些麦子。

【点评】 正面描写了劳动人民收麦劳动的艰辛场面。

20. 人皆苦炎热,我爱夏日长。熏风自南来,殿阁生微凉。

——唐·李昂、柳公权《夏日联句》

【注解】 苦炎热:以炎热为苦。熏风:和暖的风。殿阁:殿堂楼阁。

【释义】 人们都苦于夏天的炎热,我却喜欢夏天白昼时间长。和暖的风从南面徐徐吹来,殿堂楼阁间清凉宜人。

【点评】 抒写了夏日的清凉宜人,表达了要珍惜时间,也有心静自然凉的意思。

21. 深居俯夹城,春去夏犹清。天意怜幽草,人间重晚晴。

——唐·李商隐《晚晴》

【注解】 俯夹城:城门外的曲城。

【释义】身居幽僻的城门外的曲城，春天虽然已经过去，初夏的光景也很宜人。上天的意思是特别庇护难见阳光的幽草，人间的情意却是特别看重晚年的光景。

【点评】幽草托寓着诗人的身世之感，并且不露声色地寄寓了积极的人生态度。

22. 绿树阴浓夏日长，楼台倒影入池塘。水晶帘动微风起，满架蔷薇一院香。

——唐·高骈《山亭夏日》

【注解】夏日长：夏天白天的时间特别长。水晶：宝石的一种。一：即全、整、满。

【释义】树木枝密叶绿、浓荫蔽天，夏天的白日特别长，楼台将倒影投入池塘的碧水中。水晶制作的门帘被微风悄悄掀起来了，那满架盛开的蔷薇花使得满院里都荡漾着花香。

【点评】描写了山亭小院夏日树木茂盛，池塘映着楼台的倒影，花香满院的美丽景象。

23. 江南孟夏天，慈竹笋如编。蜃气为楼阁，蛙声作管弦。

——唐·贾弇《孟夏》

【注解】孟夏：初夏，指农历四月。慈竹：竹名，亦称子母竹。如编：像编排起来一样，形容长得密密麻麻。蜃气：古人以为大蛤吹气可成海市蜃楼。管弦：形容蛙鸣声像奏乐一样。

【释义】江南初夏时节慈竹笋长得密密麻麻的，像是有人故意编排起来的一样。天上的云彩变幻无常，如同大蛤吹气而成的海市蜃楼。此起彼伏的蛙鸣声像在奏管弦乐一样。

【点评】描写了初夏江南竹乡竹笋如麻，夏云变幻无常如海市蜃楼，蛙鸣似乐的景象。

24. 百战功成翻爱静，侯门渐欲似仙家。墙头雨细垂纤草，水面风回聚落花。

——唐·张蠙《夏日题老将林亭》

【注解】翻爱静：反而喜爱安静。侯门：高官人家。仙家：与世隔绝，形容冷清。墙头：指老将军园林的围墙。垂纤草：年久失修长满了纤细的野草。

【释义】战功卓著的老将军功成隐退悄无声息，将军府的门前渐渐冷清，快与世隔绝了。将军家园林的围墙因年久失修长满了纤细的野草，顺着雨水垂挂下来，园内池面上微风正打着旋，把那些凋零在水面上的花瓣聚在一起。

【点评】诗句勾画出一幅断壁残墙、园林寂寞萧条的景象，后两句是描写夏天的千古名句。

25. 别院深深夏簟清，石榴开遍透帘明。树阴满地日当午，梦觉流莺时一声。

——北宋·苏舜钦《夏意》

【注解】别院：正屋旁的小院。梦觉：睡醒。流莺：飞得极快的黄莺鸟。

【释义】正屋旁的小院景色幽静，竹编卧席也清凉，石榴花开得通红映透了窗帘。满地树荫时值中午，一觉醒来听到黄莺鸟极快飞过的叫声。

【点评】描绘了诗人夏日午睡醒来时所见的使人愉悦的美好景象。

26. 四月清和雨乍晴，南山当户转分明。更无柳絮因风起，惟有葵花向日倾。

——北宋·司马光《客中初夏》

【注解】清和：天气清明而和暖。分明：看得清清楚楚。柳絮：比喻见风使舵的小人。惟有：只有。葵花：蜀葵，一说为冬葵，比喻忠心为国的自己。

【释义】四月天气暖和，一会儿雨一会儿晴，对门的南山雨后更是青绿分明。再也看不到柳絮随风飘飞的纷乱景象了，只有葵花那硕大的花盘虔诚地向太阳倾斜。

【点评】诗句借物喻人，其时作者正与王安石不和，所以把王安石等

27

人比作"柳絮",以"葵花"自比,表达自己对君王的一片忠心。

27. 石梁茅屋有弯碕, 流水溅溅度两陂。晴日暖风生麦气, 绿阴幽草胜花时。

——北宋·王安石《初夏即事》

【注解】碕(qí):弯曲的河岸。溅(jiān)溅:形容水流急。陂(bēi):池塘。麦气:麦收季节的气息。幽:浓密茂盛。花时:花开之时。

【释义】石桥和茅草屋在弯弯曲曲的河岸旁,清澈的流水流入池塘。初夏时节晴空丽日,微风送来阵阵麦子成熟的清香,树叶茂盛碧草如茵,光景比春暖花开之时还要好。

【点评】赞美了初夏时节的宜人景色。

28. 清风无力屠得热, 落日着翅飞上山。人固已惧江海竭, 天岂不惜河汉干。

——北宋·王令《暑旱苦热》

【注解】屠:本义为屠宰,这里引申为消灭、战胜。着翅:插翅。竭:干枯了。岂:为何。惜:担心。河汉:银河。

【释义】清风没有力量能战胜得了炎热,傍晚的夕阳又如同插上了翅膀飞上了山。人们都已经担心江海彻底干枯。老天为何不担心天上的银河被晒干了。

【点评】描写了一幅盛夏酷暑情景,大旱不雨,小河干涸,土地龟裂,禾苗枯萎,而太阳又偏偏不肯下山,炎气蒸腾,热得人们坐立不安。

29. 纸屏石枕竹方床, 手倦抛书午梦长。睡起莞然成独笑, 数声渔笛在沧浪。

——北宋·蔡确《夏日登车盖亭》

【注解】纸屏:藤皮茧纸制成的屏风。石枕:玉石雕的枕头。竹方床:竹制的睡榻。午梦长:午睡正香。莞然:笑的样子。沧浪:江河的雅称。

【释义】藤皮茧纸制成的屏风,玉石雕成的枕头与青竹制的睡榻,看书倦了不知不觉就自然睡着了。睡醒后不由得笑自己这样放浪地睡着，此时江湖里有几声渔笛随风飘来。

【点评】描写了宋代豪富之家夏日的奢华生活。

30. 节物相催各自新，痴心儿女挽留春。芳菲歇去何须恨，夏木阴阴正可人。

————北宋·秦观《三月晦日偶题》

【注解】节物：指节令、时序。相催各自新：按序交替。痴心儿女：指对时令敏感的人。恨：悲伤，伤感。夏木阴阴：夏天树绿荫浓。可人：令人喜爱。

【释义】节令时序总是要按序交替的，而多愁善感的人总是想挽留春天。其实美丽的春天总是要回去的，有什么可伤感的呢？夏天那枝繁叶茂的树木不也同样令人愉快吗？

【点评】表达了诗人与众不同的乐观、豪放、豁达的情怀。三月晦日，即农历暮春三月的最后一天，过了这天时令就进入夏季。人们对春去的伤感是不言而喻的，而此诗则不然。

31. 携杖来追柳外凉，画桥南畔倚胡床。月明船笛参差起，风定池莲自在香。

————北宋·秦观《纳凉》

【注解】携杖：拄着拐杖。画桥：形容桥梁装饰华丽。倚：凭依。胡床：胡人发明的高足座椅。参差：先后不一致。

【释义】拄着拐杖到户外柳树下寻找纳凉的地方，在装饰华丽的小桥边凭依在高足的胡床上。明月升起来，船家儿女吹响了短笛，笛声萦绕不绝。晚风初定，池中的莲花幽香四溢。

【点评】把一个纳凉胜地的自然景色与诗人闲倚胡床、怡神闭目、尽情感受的满足情景都活现在读者面前。

32. 梅子黄时日日晴，小溪泛尽却山行。绿阴不减来时路，添得黄鹂四五声。

————南宋·曾几《三衢道中》

【注解】日日：连日。泛尽：坐着小舟游玩到了尽头。绿阴不减：树荫和原来一样浓密。

【释义】梅子黄时没有下雨反而天天晴朗，坐船游玩到小溪的尽头，而后又去登山。山路上苍翠的树林与来的时候一样浓密，深林中传来几声黄鹂的鸣声，更增添了几分幽静的意趣。

【点评】描写了初夏时节优美与宁静的溪山景象与诗人山行时轻松愉快的心情。

33. 风蒲猎猎小池塘，过雨荷花满院香。沈李浮瓜冰雪凉。竹方床，针线慵拈午梦长。

——南宋·李重元《忆王孙·夏词》

【注解】风蒲：风吹蒲柳。蒲柳，即水杨。猎猎：风声。沈李浮瓜：瓜果浸于寒水之中取凉。慵：懒。拈（niǎn）：指针线活。

【释义】微风吹蒲猎猎响，带雨吹过小池塘，池中荷花送来阵阵清香。冰冷井水里浸瓜果，感觉格外清凉。午睡小小竹方床，懒做针线瞌睡长。

【点评】小池雨后，荷花满院生香，井水中浸着瓜果，描写了一幅颇有风致的夏令特色的仕女图。

34. 南陌东阡自在身，一年节物几番新。鲥鱼出后莺花闹，梅子熟时风雨频。

——南宋·陆游《仲夏风雨不已》

【注解】南陌东阡：田间纵横的小路。自在身：心离烦恼、舒适自在。节物：行事，一定要做的事情。鲥（shí）鱼：是溯河洄游性鱼类，栖于海洋，每年阴历五六月间进入长江产卵，到九十月间再回到海中，年年准时无误，故称鲥鱼。频：频繁。

【释义】行走在田间纵横交错的小路上自由自在无忧无烦，一年中的时节不同事情也随之变化更新。鲥鱼出来后黄莺春花便开始大闹了，黄梅时节一到风雨就会连日不断。

【点评】描写了春夏之交时的物候景象。

35. 湖山胜处放翁家，槐柳阴中野径斜。水满有时观下鹭，草深无处不鸣蛙。

——南宋·陆游《幽居初夏》

【注解】湖山胜处：山水景致极好的地方。放翁：诗人陆游的号。野径：荒芜的小路。鹭：白鹭，鸟名。

【释义】陆放翁的家在山水景致极佳的地方，槐树、柳树的树荫下有歪斜的小路通向村外。门前湖水满时时常可以观看白鹭捉鱼，青草茂盛的地方到处都可以听到蛙鸣。

【点评】诗句真切地介绍了作者家的风景：古树浓荫，山水秀丽，有老槐树，还有白鹭鸣蛙。

36. 梅子金黄杏子肥，麦花雪白菜花稀。日长篱落无人过，惟有蜻蜓蛱蝶飞。

——南宋·范成大《四时田园杂兴》

【注解】梅子金黄：黄梅时节。菜花稀：油菜花已结籽。日长：初夏时节白天的时间会一天比一天长。篱落：篱笆墙，借指农家的房前屋后。

【释义】黄梅时节杏子也已长大，麦花开得一片雪白，油菜花已经结籽。农忙时节篱笆墙边很少有人走动，只有蜻蜓与蝴蝶在飞来飞去。

【点评】以侧面描写的手法，描绘了初夏时节农民劳动的繁忙，同时衬托出乡村生活的安宁。

37. 窗间梅熟落蒂，墙下笋成出林。连雨不知春去，一晴方觉夏深。

——南宋·范成大《喜晴》

【注解】出林：高出竹林。连雨：连日下雨。方觉：才发觉。

【释义】窗前的梅子熟了连蒂都掉落了，墙角下的竹笋已长得高出竹林了。连日阴雨都不知道春天已经结束了，天一放晴才发觉时节原来已经是深夏了。

【点评】写出了作者对初夏时节久雨初晴的喜悦之情。

38. 梅子流酸溅齿牙，芭蕉分绿上窗纱。日长睡起无情思，闲看
儿童捉柳花。

——南宋·杨万里《初夏睡起》

【注解】流酸：吐液津津的样子。分绿：将绿色的阴影分投。无情思：
没有作诗的情趣。闲看：无聊的样子。

【释义】吃过梅子之后酸的味道还残留在牙齿之间；芭蕉叶已经长
大，将绿色的阴影投映到了纱窗上。夏季日长，午睡起来没有要作
诗的情趣，便悠闲地观看小孩子捕捉飞来的柳絮。

【点评】逼真地描写了初夏的感觉与景象，表达了诗人对农家生活的
热爱和对夏天的向往之情。

39. 夜热依然午热同，开门小立月明中。竹深树密虫鸣处，时有
微凉不是风。

——南宋·杨万里《夏夜追凉》

【注解】依然：依旧。午热同：与正午时同样热。小立：站了一会儿。
处：地方。

【释义】夜晚的闷热依然与中午时相同，打开房门站在明亮的月色
中。再走进竹树深处昆虫鸣叫的地方去纳凉，一阵阵清凉的感觉迎
面飘来，可是这不是风，或许就是大自然宁静的凉意吧。

【点评】描写作者在炎热的夏夜寻找纳凉的地方的情景。

40. 泉眼无声惜细流，树阴照水爱晴柔。小荷才露尖尖角，早有
蜻蜓立上头。

——南宋·杨万里《小池》

【注解】惜：描写了泉水的清澈可爱。照：拟人的手法。才露：刚刚
露出。

【释义】一道纤细泉流缓缓从泉眼中流出，没有一点声音；池畔的绿
树在斜阳的照射下，将树荫投入水中，像美人在照镜子。鲜嫩的荷
叶刚刚从水面露出一个尖角，一只蜻蜓便飞来停立在荷叶尖上。

【点评】描绘了一幅明媚的初夏风光图，自然朴实，又真切感人。

41. 毕竟西湖六月中,风光不与四时同。接天莲叶无穷碧,映日荷花别样红。

——南宋·杨万里《晓出净慈寺送林子方》

【注解】毕竟:确实。风光:景色,景致。四时:其他时段。无穷:无边无际。别样:格外。

【释义】确实是已经到了六月中旬,西湖的景致与其他时候都不同了。翠绿的莲叶在清风中一直涌到天边,使人置身于无穷的碧绿之中;荷花在骄阳的映照下,显得格外艳丽。

【点评】描绘了一幅大红大绿、精彩绝艳的美丽风光。

42. 竹摇清影罩幽窗,两两时禽噪夕阳。谢却海棠飞尽絮,困人天气日初长。

——南宋·朱淑真《即景》

【注解】罩:遮住了。时禽:候鸟。却:句中助词,相当于"了"。困人:使动用法,即"使人困乏"。

【释义】竹子在微风中摆动着,清雅的影子笼罩着幽静的窗户,成双成对的候鸟在夕阳中翻飞,聒噪个不停。海棠花已经凋谢了,柳絮也已飘落尽了,使人困倦的初夏已经来临,白天也渐渐长起来了。

【点评】描绘了春末夏初的景象,同时也借景抒发了诗人郁郁寡欢的心情。

43. 明月别枝惊鹊,清风半夜鸣蝉。稻花香里说丰年,听取蛙声一片。

——南宋·辛弃疾《西江月·夜行黄沙道中》

【注解】别枝:飞离枝头。惊鹊:惊醒了睡眠的鸟鹊。蛙声:预示着丰收。

【释义】明亮的月色惊醒了鸟鹊,清风在半夜里送来了响亮的蝉鸣声。一路上到处是浓郁的稻花芳馨,喧闹的蛙鸣好像在诉说丰收的年景。

【点评】这是描写农村初夏月夜景色的小词,以轻快灵巧的笔调反映出作者愉悦的心情。

44. 乳鸭池塘水浅深，熟梅天气半晴阴。东园载酒西园醉，摘尽枇杷一树金。

——南宋·戴复古《初夏游张园》

【注解】乳鸭：刚孵出不久的黄毛小鸭。载酒：用车装载着酒，随处喝。枇杷：植物名，果实球形，成熟时呈金黄色。味甜，可食。金：比喻金黄色的枇杷。

【释义】池塘里有一群刚孵出不久的黄毛小鸭，梅子成熟时常常是半晴半阴的天气。用车载着酒随处设宴，从东园喝到西园，还有自摘的金黄枇杷下酒。

【点评】通过自己一次初夏时节游园宴饮的场景，表现出诗人浪漫潇洒的诗酒生涯。

45. 田水沸如汤，背汗湿如泼。农夫方夏耘，安坐吾敢食？

——南宋·戴复古《大热》

【注解】方：正在。耘：耕耘。安：安然。敢：岂敢，怎么敢。食：吃。

【释义】田里的水被太阳晒得如开水一般烫，农夫背上的汗水如同被浇泼一样。看到农夫夏日劳作如此辛苦，我怎么敢安然坐着吃白食？

【点评】描写了农民夏日劳作的艰辛，表达了作者对劳动人民的关心与同情。

46. 黄梅时节家家雨，青草池塘处处蛙。有约不来过夜半，闲敲棋子落灯花。

——南宋·赵师秀《约客》

【注解】黄梅时节：立夏后的数日，正是梅子由青转黄之时，天最会下雨，俗称黄梅天。家家：处处的意思。灯花：油灯点得时间久了灯芯上会结灯花。

【释义】黄梅时节一到蒙蒙细雨便连日不停，池塘水满，青草碧绿，蛙声此起彼伏。约好晚上与棋友下棋消遣，已经过了半夜约定来的人还没有来，我无聊地用棋子拍打桌子，振动得灯花都掉下来了。

【点评】描绘了初夏黄梅时节江南水乡的美景和诗人心情的恬静与安详。

47. 东风帘幕雨丝丝，梅子半黄时。玉簪微醒醉梦，开却两三枝。

——金·段克己《诉衷情·初夏偶成》

【注解】帘幕：遮蔽门的帷幕。玉簪：又名白萼、白鹤仙，碧叶莹润，清秀挺拔，花色如玉，幽香四溢，故名。两三枝：花朵。

【释义】东风带着丝丝细雨斜斜地吹开帘幕，春末夏初正是黄梅时节。玉簪花如同刚从醉梦中醒来的美人，只是插上了两三枝花。

【点评】描写了初夏时节玉簪花初开的美丽景象。

48. 鱼虾泼泼初出网，梅杏青青已著枝。满树嫩晴春雨歇，行人四月过淮时。

——元·萨都剌《初夏淮安道中》

【注解】泼泼：鱼虾蹦跳的声音。著枝：长上枝头。嫩晴：指浅绿色。歇：停止。行人：指作者自己。

【释义】鱼虾活泼泼地刚从网中取出，梅和杏的小青果已挂满枝头。春雨过后满树是娇嫩的浅绿，这正是我行走在淮安道上的时候。

【点评】描写了四月夏初淮安道上的美景：微雨歇正是捕鱼捉虾时，雨润梅杏枝头绿。作者徐行淮安道，沿途美景不胜收。

49. 六月荷花香满湖，红衣绿扇映清波。木兰舟上如花女，采得莲房爱子多。

——清·陈璨《曲院风荷》

【注解】红衣绿扇：比喻荷花荷叶。木兰舟：形容采莲女的香船。莲：谐音"怜"。

【释义】六月里荷花盛开香气满湖，犹如红衣绿扇的美女倒映在碧波中。木兰香船上的采莲女如荷花一样美丽，采到的莲蓬里莲子特别多。

【点评】描写了水乡夏季六月姑娘们在荷塘里采莲的景象。

50. 水窗低傍画栏开, 枕簟萧疏玉漏催。一夜雨声凉到梦, 万荷叶上送秋来。

——清·陈文述《夏日杂诗》

【注解】水窗: 水上的轩窗。枕簟（diàn）: 枕席, 借指睡眠。萧疏: 稀疏。玉漏: 古时玉制的计时器。

【释义】睡在水上的轩亭窗户开得很低, 紧挨着雕花的栏杆, 睡眠时听着玉漏稀疏的报时声。一夜的下雨声使人感到阵阵凉意, 满池的千万张荷叶把秋意送来了。

【点评】描写了作者夏末在水亭上睡眠的情景。

三、秋

1. 悲哉秋之为气也，萧瑟兮草木摇落而变衰。

——战国·宋玉《九辩》

【注解】萧瑟：悲凉萧条的样子。

【释义】秋天所形成的萧条气氛多么令人悲伤啊！萧瑟的景啊，草木荒的荒、落的落，一片衰败景象。

【点评】此乃写秋天悲凉气息的千古名句，读之让人感到悲从中来。

2. 袅袅兮秋风，洞庭波兮木叶下。

——战国·屈原《九歌·湘夫人》

【注解】袅袅：形容微风吹拂。洞庭：洞庭湖在今湖南省。木叶下：枯黄的树叶飘落下来。

【释义】秋风微微地吹拂，洞庭湖水微波动荡，湖畔枯黄的树叶随风飘落下来。

【点评】表面看只是写景，实际上是抒情。没有见到心上人，看到的只是萧瑟悲凉的深秋景色，使湘君的心情惆怅万分。

3. 秋风起兮白云飞，草木黄落兮雁南归。

——西汉·刘彻《秋风辞》

【注解】兮：文言语气词，相当于"呀""啊"。南归：往南迁飞。

【释义】秋风阵阵吹动白云飞翔，百草枯萎凋谢，树叶纷纷飘落，大雁成群地往南方飞翔。

【点评】渲染了一幅斑斓的秋日背景，草枯木凋，大雁苍鸣南迁。

4. 秋风萧瑟，洪波涌起。

——东汉·曹操《观沧海》

【注解】萧瑟：荒凉寒冷。洪波：很大的波浪。

【释义】在萧瑟凄凉的秋风中，海面上涌起了洪大的波澜，汹涌
起伏。

【点评】描写了秋天的典型环境。作者面对萧瑟秋风却极写大海的
辽阔壮美，毫无半点悲秋的意绪，正反映了诗人老骥伏枥、志在千
里的豪迈胸襟。

5. 常恐秋节至，焜黄华叶衰。

——汉乐府《长歌行》

【注解】常恐：常常担心。至：来到。焜（kūn）黄：形容草木凋落枯黄
的样子。

【释义】常常担心秋天的季节到来，茂盛的树叶变得枯黄衰败了。

【点评】形象地告诉人们要珍惜时间，年轻时如不努力，到了老年悲
伤也没用了。

6. 秋风萧瑟天气凉，草木摇落露为霜。

——三国魏·曹丕《燕歌行》

【注解】萧瑟：秋风的凄凉之声。露为霜：白露变成了寒霜。

【释义】秋风凄厉的呼啸声使人感到寒冷，百草枯萎树叶飘零，白露
变成了寒霜。

【点评】描写的萧瑟秋景激发了思妇的怀人之情，反映出她内心的寂
寞情绪。

7. 迢迢新秋夕，亭亭月将圆。

——东晋·陶渊明《戊申岁六月中遇火》

【注解】迢迢：形容夜长。亭亭：高远的样子。

【释义】漫长的七月半的新秋之夜，高天上的月亮已经将要圆满了。

【点评】既是写凝视秋月的情景，又传出了作者耿耿不寐的心情。一
个月前诗人遭遇火灾焚毁了住房，说明火灾给他造成很大的心理
刺激。

8. 桐庭多落叶, 慨然知已秋。

——东晋·陶渊明《酬刘柴桑》

【注解】桐庭: 即间庭。慨然: 感慨的样子。

【释义】庭院里飘散了满地的落叶, 是啊, 秋天已经来到了。

【点评】这两句对秋天的到来作了形象的描写。

9. 草低金城雾, 木下玉门风。

——南朝齐·范云《别诗》

【注解】草低: 衰草枯萎。金城: 古郡名, 在今甘肃省榆中县与青海省
西宁市之间。木下: 树叶落下。玉门: 玉门关, 在今甘肃省敦煌市。

【释义】西北金城衰草枯萎, 雾锁城池, 玉门关外的树叶在秋风的吹
拂下纷纷落下。

【点评】描写了西边疆北金城郡的寒秋之景。

10. 寒城一以眺, 平楚正苍然。

——南朝齐·谢朓《宣城郡内登望》

【注解】寒城: 寒意已侵城关。眺: 远望。平楚: 平野上的草木。苍然:
草木茂盛的样子。

【释义】深秋的寒意已侵城关, 登上城头举目远望, 原野苍茫辽阔,
草木茂盛。

【点评】诗句勾勒出寒城登望的秋景, 也表现了诗人的寥落心情。

11. 亭皋木叶下, 陇首秋云飞。

——南朝梁·柳恽《捣衣诗》

【注解】亭皋: 水边的高地。木叶: 树叶。陇首: 山名, 在今陕西甘肃
之间, 泛指北方边塞之地。

【释义】捣衣的思妇眼见水边高地上的树叶纷纷落下, 不由地思念起
在陇首的游子, 想象此刻也该是秋云飘飞的时节了。

【点评】描写了思妇捣衣时所见的秋景, 也巧妙地抒发了对丈夫的无
限思念与体贴之情。

12. 芙蓉露下落, 杨柳月中疏。

——北齐·萧悫《秋思》

【注解】 芙蓉: 荷花又名水芙蓉。落: 凋零。疏: 稀疏。

【释义】 艳丽的荷花在寒露的浸泡下凋零了, 浓绿的柳树在秋月的冷辉中稀疏了。

【点评】 这是千古传诵的名联。它以形传神, 动静兼备, 在最富有季节特征的景象里蕴含着清冷的情味, 向人们传递着秋的信息。

13. 树树秋声, 山山寒色。

——北周·庾信《周谯国公夫人步陆孤氏墓志铭》

【注解】 树树: 每一棵树。秋声: 秋天西风吹落草木的肃杀之声。山山: 所有的山。寒色: 寒冷的秋色。

【释义】 每一棵树都在肃杀的秋风中呼啸, 所有的山上皆是一派寒冷的秋色。

【点评】 描写了一派深秋萧疏肃杀、凄清寒冷的气象。

14. 时维九月, 序属三秋。

——唐·王勃《滕王阁序》

【注解】 维: 语助词, 无意义。序: 时节。三秋: 秋季的第三个月。

【释义】 时间正是九月份, 季节到了秋季的第三个月。

【点评】 以互文见义的手法慎重地交代了登滕王阁饯别的时间。

15. 落霞与孤鹜齐飞, 秋水共长天一色。

——唐·王勃《滕王阁序》

【注解】 鹜: 鸟名, 野鸭。齐飞: 落霞从天而下, 孤鹜由下而上, 上下齐飞。一色: 秋水碧而连天, 长空蓝而映水, 形成一色。

【释义】 绚丽的晚霞在蔚蓝色的天上流淌, 一只灰白色的野鸭正在晚霞映红的天幕下飞翔, 天幕下江水连天, 水天一样的纯净湛蓝, 天水已融为同一种色彩。

【点评】 这两句不仅色彩绚丽, 而且语言对仗工稳, 堪称一绝。如"落霞与孤鹜""秋水共长天"10个字, 不仅上下句对仗严整, 而且句内亦含对仗。

16. 秋天瑟瑟夜漫漫，夜白风清玉露溥。

——唐·刘希夷《捣衣篇》

【注解】瑟瑟：秋风萧瑟的样子。漫漫：形容时间漫长。溥(tuán)：露珠圆润。

【释义】秋天风儿萧瑟秋夜漫长，月白风清露珠圆润清亮。

【点评】表达了闺中少妇思念远征丈夫的情感，感情真挚热烈，并流露出厌战情绪。

17. 桂林风景异，秋似洛阳春。

——唐·宋之问《始安秋日》

【注解】桂林：著名的风景旅游城市，在广西。异：特别。洛阳：六朝古都，在河南省。

【释义】桂林的风景非常独特，秋天的景色居然如同洛阳的春天。

【点评】诗句抓住了岭南物候的特征，用"洛阳春"虚写桂林秋色的美丽；洛阳的春日是怎样的呢？诗人没有明说，想来肯定是杨柳新绿，莺歌燕语，牡丹似锦，以此道尽了桂林秋色的美丽。

18. 木落雁南渡，北风江上寒。

——唐·孟浩然《早寒江上有怀》

【注解】木落：树叶凋零。南渡：往南飞过天空。江上寒：江面上风特别大，所以特别寒冷。

【释义】树木枯黄凋零了，鸿雁排着队向南飞去，江上寒冷的北风呼啸着刮个不停。

【点评】描绘了一幅木落雁归，一江秋风一江寒水的图景。

19. 秋声万户竹，寒色五陵松。

——唐·李颀《望秦川》

【注解】万户：千家万户，言人家多。五陵：指长安城北、东北、西北，汉代早期五个皇帝的陵墓，是汉代豪门贵族的聚居地。

【释义】家家门前有翠竹,秋风吹来一片萧飒之声,汉帝陵区到处是
　　　　葱郁苍翠的松柏。

【点评】描绘了古都长安多翠竹苍松的景色特点,借此抒发秋深景寒
　　　　的心情。

20. 金井梧桐秋叶黄,珠帘不卷夜来霜。

——唐·王昌龄《长信秋词》

【注解】金井:黄铜制的井栏。珠帘:珠子串成的门帘。

【释义】金井旁边的梧桐树叶都黄了,房门前珠子串成的门帘因久无
　　　　人掀起,夜色渐浓,已冷若冰霜。

【点评】描写了宫女们表面奢华实则孤独寂寞的悲惨生活。

21. 秋天万里净,日暮澄江空。

——唐·王维《送綦毋校书弃官还江东》

【注解】空:形容江水明澈如空。

【释义】秋日的傍晚,天空万里无云格外明净;江面不见帆影,江水
　　　　清澄如明镜。

【点评】借秋空澄江的明净,烘托綦毋潜挂冠归隐之心的高爽洁净。

22. 荆溪白石出,天寒红叶稀。

——唐·王维《山中》

【注解】荆溪:本名长水,又称浐水,源出陕西省蓝田县西南秦岭山
　　　　中,北至长安,东北入灞水。

【释义】深秋时节秦岭荆溪水浅,露出了磷磷白石,山中经霜的绚丽
　　　　红叶变得愈来愈稀少了。

【点评】描绘了秦岭荆溪初冬时节的山中景色,溪水下降,白石露出,
　　　　红叶飘零,所余不多。

23. 寒山转苍翠,秋水日潺湲。

——唐·王维《辋川闲居赠裴秀才迪》

【注解】寒山:晚秋的山色深浓,给人以寒意。转:变得深浓。日潺

湲：日日流潺喧响。

【释义】 深秋的山色愈来愈变得深浓，山涧里的泉水一刻不停地在潺潺流淌，给人以时近黄昏的印象。

【点评】 寥寥十字，勾勒出一幅有色彩、有音响、动静结合的山中秋景图。

24. 秋色无远近，出门尽寒山。

——唐·李白《赠卢司户》

【注解】 秋色：秋天的景色。尽寒山：都是秋天寒气笼罩下的山林。

【释义】 秋天的景色没有远近之分，出门便可看见到处都是秋天寒气笼罩下的山林。

【点评】 描写了秋天无论远近，处处皆秋色的特点。

25. 雨色秋来寒，风严清江爽。

——唐·李白《酬裴侍御对雨感时见赠》

【注解】 严：强劲有力。爽：舒畅。

【释义】 秋天到来后，天上下的雨会使人感到特别寒冷，在强劲的秋风刮过后，江上的尘埃秽气一扫而光，令人舒畅。

【点评】 描写了秋雨后江清气爽的景象。

26. 草不谢荣于春风，木不怨落于秋天。

——唐·李白《日出入行》

【注解】 荣：繁荣。

【释义】 草儿不会因为春天的萌发而感谢春风，树木也不会因为叶子的枯落而怨恨秋天。

【点评】 叙说了草木的繁荣和凋落是自然规律，荣既不用感谢谁，落也不能怨恨谁，因为这是草木的自然规律。

27. 长风万里送秋雁，对此可以酣高楼。

——唐·李白《宣州谢朓楼饯别校书叔云》

【注解】 长风：高天上的大风。酣：尽情饮酒。

【释义】遥望万里长风吹送鸿雁的壮美景色，不由得激起酣饮高楼的豪情逸兴。

【点评】既描绘了壮阔明朗的万里秋空画图，也展示出诗人豪迈阔大的胸襟。

28. 人烟寒橘柚，秋色老梧桐。

——唐·李白《秋登宣城谢朓北楼》

【注解】人烟：人家炊烟。寒橘柚：秋日寒烟使橘柚也带有寒意。老梧桐：秋天使梧桐叶枯黄凋零，给人以衰老的感觉。

【释义】人家的缕缕炊烟使深绿的橘柚似乎带上了丝丝寒意，秋天使梧桐叶枯黄凋零，给人以衰老的感觉。

【点评】书写人家缕缕炊烟，橘柚一片深碧，梧桐凋零，呈现一片深秋景色。

29. 信宿渔人还泛泛，清秋燕子故飞飞。

——唐·杜甫《秋兴八首》

【注解】信宿：连宿两夜。泛泛：漂流。故：仍然。

【释义】连续两夜在渔人的船上过夜，仍坐着它在江中漂流，虽已是清秋季节，燕子仍然展翅飞来飞去。

【点评】描写了清秋时节渔歌泛夜，燕子双飞的诗意景象。

30. 远岸秋沙白，连山晚照红。

——唐·杜甫《秋野五首》

【注解】秋沙白：秋天江岸上的白沙。晚照红：夕阳红。

【释义】逶迤的白沙遍布江岸，通红的夕阳映红了连绵的群山。

【点评】描写了江清沙白、满目青山、夕照彤红的美丽秋景。

31. 天上秋期近，人间月影清。入河蟾不没，捣药兔长生。

——唐·杜甫《月》

【注解】月影：月光下的影子。入：进入。河：指天上的银河。蟾：指明月。没：淹没。捣药兔：古代传说中说，月宫中有不死的桂花树，树下有捣药的玉兔。

【释义】天上秋天的季节愈来愈近，人间月光所投射出的影子也愈来愈清晰。明月运行到银河处也没有被银河淹没，月宫中捣药的玉兔也是长命百岁的。

【点评】描写了一幅恬静的秋夜景象。一个"清"字形象地写出了月光的清冷寂寥。

32. 八月秋高风怒号，卷我屋上三重茅。

——唐·杜甫《茅屋为秋风所破歌》

【注解】秋高：秋天少云，所以天显得特别高。三重：非实数，多重的意思。茅：茅草，可盖在屋上挡雨。

【释义】八月里秋空高旷，秋风像发怒般号叫，卷走了我茅屋上的多重茅草。

【点评】写得起势迅猛，气势宏大，为下文做了很好的铺垫。

33. 俄顷风定云墨色，秋天漠漠向昏黑。

——唐·杜甫《茅屋为秋风所破歌》

【注解】俄顷：一会儿。漠漠：迷蒙而没有遍及。

【释义】不久，风停了，乌云仍遮盖着天空，凄清秋天的天气渐渐变得越来越昏黑。

【点评】描写了秋雨黄昏的昏暗景象与诗人愁苦的心情。

34. 窗含西岭千秋雪，门泊东吴万里船。

——唐·杜甫《绝句》

【注解】窗含：窗外如口含着。西岭：岷山。东吴：江南苏杭一带。

【释义】我的窗外如同口含着岷山上那千万年的积雪，我的门口停泊着在长江上来去的万里航船。

【点评】当时"安史之乱"将平定，航船已可以通行，抒发了杜甫准备坐江船回家的愉快心情。

35. 残云收夏暑，新雨带秋岚。

——唐·岑参《水亭送华阴王少府还县》

【注解】残云：稀薄的云层。岚：雾气。

【释义】夏末凉风把天上的薄云与闷热的暑气一同收走了，新秋连绵的秋雨过后，山林间升起了缭绕的烟雾。

【点评】表现了夏秋之交山区的景象。

36. 长风吹白茅，野火烧枯桑。

——唐·岑参《至大梁却寄匡城主人》

【注解】长风：大风。白茅：枯萎的茅草。野火：野外燃烧的大火。

【释义】大风吹卷着原野上的茅草，野火烧着枯萎的桑树。

【点评】描写了深秋时节原野上时常出现的风高火燎的景象。

37. 秋风万里动，日暮黄云高。

——唐·岑参《巩北秋兴寄崔明允》

【注解】万里动：辽阔的大地便进入了秋天。黄云：沙漠地区含有沙尘的云。

【释义】秋风一吹天地间便进入了秋季，傍晚时分沙漠地区的漫天黄云也显得高爽了一些。

【点评】描写了沙漠地区秋高气爽、日薄云稀的景象。

38. 返照乱流明，寒空千嶂净。

——唐·钱起《杪秋南山西峰题准上人兰若》

【注解】返照：晚照，夕照。乱流：纵横错杂的河水。嶂：陡立的山峰。

【释义】夕阳晚照下，纵横错杂的河水明丽耀眼，明月照射下千山清幽肃静。

【点评】以对比烘托的手法赞美了当地景色引人入胜的奇特变幻。

39. 寒潭映白月，秋雨上青苔。

——唐·刘长卿《游休禅师双峰寺》

【注解】寒潭：潭水清冷。上青苔：阴冷的秋雨下得时间很长，青苔都长出来了。

【释义】清冷的潭水倒映着皎洁的白月亮，绵绵的秋雨下了很长时间，连青苔都长出来了。

【点评】描写了双峰寺寂寥清冷的景象。

40. 月落乌啼霜满天，江枫渔火对愁眠。姑苏城外寒山寺，夜半钟声到客船。

——唐·张继《枫桥夜泊》

【注解】月落：天将破晓。乌啼：乌鸦的鸣叫。

【释义】在月落时伴着几声乌鸦的啼叫，结霜了，渔火点点，只剩我独自对愁而眠，心中只感寂寞。苏州城外那寒山古寺，半夜里敲响的钟声传到了我乘坐的客船里。

【点评】诗句描写了一个秋天的夜晚，诗人泊船苏州城外的枫桥。江南水乡秋夜幽美的景色，使诗人领略到一种情味隽永的诗意美，也引发了诗人旅途中孤寂忧愁的思想感情。

41. 宿雨朝来歇，空山秋气清。

——唐·李端《茂陵山行陪韦金部》

【注解】宿雨：昨夜的雨。空山：空旷、空寂的山野。

【释义】昨夜的雨下到早上就停止了，空旷无人的山野里秋天的气息特别清新。

【点评】描写了空山雨后凄清寂寥的景象。

42. 湖光秋月两相和，潭面无风镜未磨。

——唐·刘禹锡《望洞庭》

【注解】相和：互相融和。镜未磨：如同没有擦亮的镜子。

【释义】洞庭湖水在皎洁的明月下愈加澄澈空明，与皓月交相辉映，无风的湖水在秋夜里俨然是一面尚未擦亮的镜子。

【点评】表现了一幅水天一色、玉宇无尘的融和的画面，给人一派空灵、缥缈、宁静、和谐的美感。

43. 自古逢秋悲寂寥，我言秋日胜春朝。晴空一鹤排云上，便引诗情到碧霄。

——唐·刘禹锡《秋词》

【注解】寂寥：寂静，空旷。春朝（zhāo）：春天的日子，指农历正月至三月。排云：推开白云，形容高。碧霄：蓝天之上。

【释义】自古以来每逢秋天都会感到悲凉寂寥，我却认为秋天要胜过春天。你看，万里晴空中，一只白鹤凌云飞起，将我的诗兴领到了蓝天之上。

【点评】这是抒发诗人的情志，人如果真有志气，便有奋斗精神，在困难挫折中也不会感到寂寥，而会迎难而上。

44. 残暑蝉催尽，新秋雁带来。

——唐·白居易《宴散》

【注解】残暑：剩余的暑气。

【释义】残剩的暑气被鸣蝉的嘶叫声催促走了，清新的秋天大概是回归的大雁带来的。

【点评】诗句抓住了"蝉""雁"两个物候变化的特征，表现了夏去秋来的时令特征。

45. 似隔山河千里地，仍当风雨九秋天。

——唐·白居易《长斋月满寄思黯》

【注解】九秋天：九月深秋。

【释义】诗的首联"一日不见如三月，一月相思如七年"是写思念好友，此联仍是写思念之情，相距不远却如同相隔万水千山，何况仍然是风雨飘摇的九月深秋。

【点评】以夸张的手法表达了对好友的思念之深之切。

46. 大抵四时心总苦，就中肠断是秋天。

——唐·白居易《暮立》

【注解】大抵：大概，大致。四时：四季。肠断：形容极度悲伤。

【释义】大致上一年四季心里总怀着悲苦，其中最令人悲哀得肠断的季节还是秋天。

【点评】当时诗人服母丧居乡村，贫病交加，好友元稹分俸济其困乏。前句写身心的悲苦，后句写每遇萧瑟秋天，就更加令人悲伤得肠断。

47. 槐花雨润新秋地，桐叶风翻欲夜天。

——唐·白居易《秘省后厅》

【注解】槐花：槐树花，可做黄色染料，亦可入药。桐：梧桐树，是制琴之良木。

【释义】槐花带雨落湿润了新秋的大地，梧桐树的叶子在晚风的吹拂下逐渐翻黄。

【点评】描写了新秋时节花落叶黄的景象。

48. 秋天殊未晓，风雨正苍苍。

——唐·白居易《夜雨》

【注解】殊：特别。正：此时。苍苍：纷纷。

【释义】秋天尚未来临，却已风雨纷纷。

【点评】既是写秋天的凄凉，也是写心情的凄凉。

49. 开元遗曲自凄凉，况近秋天调是商。

——唐·白居易《嵩阳观夜奏霓裳》

【注解】开元：唐玄宗李隆基的年号。遗曲：遗留下来的乐曲，指《霓裳羽衣曲》。商：曲调名，古人把乐曲分为宫、商、角、徵、羽等声调，宫调声最高，羽调声最低，其中商调声高而哀怨。

【释义】唐代开元时遗留下来的《霓裳羽衣曲》本来就是充满哀怨之情的，更何况现在正是令人伤感的秋天。

【点评】抒写了秋夜观听唐代开元遗曲时的伤感心情。

50. 软绫腰褥薄绵被，凉冷秋天稳暖身。

——唐·白居易《晓眠后寄杨户部》

【注解】稳：心情安稳。

【释义】柔软的绫罗锦褥裹着腰身，盖着绸缎做的丝绵被，清凉的秋晨心情安稳地躺着，温暖而舒适。

【点评】写出了官宦或富贵人家秋晨晓眠的舒适生活。

51. 最爱晓暝时，一片秋天碧。

——唐·白居易《官舍内新凿小池》

【注解】晓暝：早晨与傍晚。一片秋天碧：小池塘里倒映着一片蔚蓝的秋天。

【释义】我最喜爱的是，早上与傍晚时分，那一片倒映在小池中的碧空秋水。

【点评】表达了诗人对小池秋水的喜爱之情。

52. 秋天如水夜未央，天汉东西月色光。

——唐·张籍《杂曲歌辞·秋夜长》

【注解】未央：没有尽。天汉：天河，也称银河。

【释义】秋天的午夜，夜色如水；银河横亘东西，皓月当空，良夜正长。

【点评】表现了明月当空、银河泻地的秋夜美景。

53. 秋山野客醉醒时，百尺老松衔半月。

——唐·施肩吾《秋夜山居》

【注解】野客：村野之人，多借指隐逸者。醉醒：喝醉酒睡醒。衔：口里含着。半月：半个月亮。

【释义】秋天在深山里的隐逸之人喝醉酒睡醒的时候，看到百尺高的松树像一个老人口里叼着半个月亮。

【点评】以拟人手法，将老松比作人口衔新月，逼真地表现了人喝醉酒刚睡醒时的状态。

54. 远上寒山石径斜，白云生处有人家。停车坐爱枫林晚，霜叶红于二月花。

——唐·杜牧《山行》

【注解】寒山:深秋的山野。坐:因。霜叶:经霜的枫叶。于:比。

【释义】远远地登上深秋的大山,石铺的山道一路斜势上升,直达白云升起来的地方,白云升腾的地方竟然还住有人家。我停下小车是因为喜爱那一片夕阳下的晚秋的枫林,经霜的枫叶竟然比二月的山花还要艳丽。

【点评】这是一首描写深秋山林景色的七言绝句,前三句皆是铺垫和烘托,全诗的中心就是"霜叶红于二月花"。

55. 多少绿荷相倚恨,一时回首背西风。

——唐·杜牧《齐安郡中偶题二首》

【注解】多少:许多,无数。一时:刹那间。

【释义】许许多多碧绿的荷叶互相依偎着,似在低声诉说着各自的怨恨,一阵风吹来,刹那间转过头去背对着秋风。

【点评】生动展现了荷叶在轻风吹拂下摇曳多姿之美。

56. 银烛秋光冷画屏,轻罗小扇扑流萤。天阶夜色凉如水,卧看牵牛织女星。

——唐·杜牧《秋夕》

【注解】银烛:白色的蜡烛。冷:色调暗淡而幽冷。天阶:指皇宫中的石阶。夜色凉如水:暗示夜已很深。牵牛织女星:指银河系里两颗星星,传说是天上的仙女与人间的牛郎所化,每年七夕能在鹊桥上相会。

【释义】白色的蜡烛发出微弱的光,给屏风上的图画添了几分暗淡而幽冷的色调。一个孤单的宫女正用小扇扑打着飞来飞去的萤火虫。夜深了,寂寥无人的皇宫中连台阶也如秋水一般冰冷。可是宫女却躺倒在石阶上,仰望起天河旁的牵牛星和织女星,他们尚有七夕可期,而宫女呢?

【点评】描绘了一幅宫女深宫寂寞幽冷、生活无聊的图景。

57. 秋天晴日菊还香,独坐书斋思已长。

——唐·赵嘏《八月二十九日宿怀》

【注解】还:依然。思已长:想得很多很远。

【释义】天高气爽的深秋,篱边的菊花依然还散发着阵阵清香,一个人坐在书房里任思绪自由飞翔,想得很多很远。

【点评】为下文抒发悲秋的心情做铺垫。

58. 紫艳半开篱菊静,红衣落尽渚莲愁。

——唐·赵嘏《长安晚秋》

【注解】紫艳:紫色的菊花。红衣:红色的荷花。渚:荷塘。

【释义】竹篱旁边紫艳的菊花欲开未开,仪态十分娴雅静穆;水塘里面的莲花,红色的艳妆衣脱落,只剩下枯荷败叶,令人悲愁。

【点评】以"静"赋菊,以"愁"状莲,都是移情于物,拟物作人,不仅形象传神,而且令人产生红颜易老、好景不长的伤感之情。

59. 君问归期未有期,巴山夜雨涨秋池。何当共剪西窗烛,却话巴山夜雨时。

——唐·李商隐《夜雨寄北》

【注解】君:你,指作者的妻子王氏。归期:回归的日期。巴山:也叫大巴山,在今四川省南江县以北。夜雨:晚上下雨。涨秋池:秋雨使池塘注满了水。涨:水位升高。

【释义】您何时能够回家,实在还无法确定这回家的日期;此时正是异域巴山秋天的深夜,还下着秋雨,雨水暴涨池水都满溢了。什么时候能够回到你身边,与你一边剪灯花一边谈在巴山雨夜时给你写信的情景。

【点评】诗句隐含了多少丰富的潜台词,表面是写诗人夫妻分离的痛苦与思念,其实是诗人借此时此地回顾一生的哀愁,隐含着对现实的愤懑与绝望。

60. 秋阴不散霜飞晚,留得枯荷听雨声。

——唐·李商隐《宿骆氏亭寄怀崔雍崔衮》

【注解】秋阴:秋天的阴霾。霜飞晚:严霜不能及时降落。

【释义】秋日的阴霾不散,使得严霜下得晚了,只能在绵绵秋雨中倾听雨滴打在枯荷叶上单调、凄凉的声音。

【点评】一方面是描写连日秋雨绵绵阴霾不散的景象,另一方面是渲染悲凉的气氛,烘托思念好友的心情。

61. 一夜绿荷霜剪破,赚他秋雨不成珠。

——唐·来鹄《偶题二首》

【注解】霜剪破:被剪刀似的秋霜打破了。赚他:使得那。

【释义】一夜严霜使得满池的碧荷被冻得像被剪破了一样,使得落在荷叶上的秋雨再也无法形成晶亮的水珠。

【点评】描写秋霜下的荷塘,表达了诗人的悲秋之情。

62. 菡萏香销翠叶残,西风愁起绿波间。

——南唐·李璟《浣溪沙》

【注解】菡萏:荷花的别称。西风:秋风。愁:悲哀的情绪。

【释义】荷花已经凋谢了,连碧绿的荷叶也枯黄了,凄厉的秋风一阵紧似一阵地从碧波荡漾的池塘上刮过,令人止不住涌上阵阵悲哀的情绪。

【点评】诗句表面上是写悲凉的秋色,实际上是写悲伤的心情,一个"愁"字,把秋风和秋水都拟人化了,使全词笼罩了一层浓重的萧瑟气氛。

63. 春花秋月何时了? 往事知多少。

——南唐·李煜《虞美人》

【注解】《虞美人》:又名《一江春水》《玉壶水》等。了:了结,完结。

【释义】三春花开,中秋月圆,岁月不断地更替,似乎不会穷尽,回首那些花朝月夜的往事不知有过多少? 但现如今都匆匆离去了。

【点评】抒发了词人对美好往事的深深怀恋和对其一去不返的痛惜之情。

64. 萧萧远树疏林外,一半秋山带夕阳。

——北宋·寇准《书河上亭壁》

【注解】萧萧:冷落凄清的样子。

【释义】远处疏疏朗朗、冷落凄清的树林外，秋山一半沐浴在夕阳余晖之中。

【点评】描写了一幅安闲、亲切的秋景图。这样的秋山给人以安闲、亲切的感觉，让人陶醉。

65. 秋景有时飞独鸟，夕阳无事起寒烟。

——北宋·林逋《孤山寺端上人房写望》

【注解】有时：偶尔。无事：空寂无物。

【释义】寥廓秋空中偶尔飞过一只伶仃的小鸟，傍晚的夕照下，唯有带秋天寒意的袅袅炊烟凭空升腾。

【点评】描写了一幅意境空寂、色彩疏淡的秋景图。

66. 晚秋天，一霎微雨洒庭轩。槛菊萧疏，井梧零乱，惹残烟。

——北宋·柳永《戚氏·晚秋天》

【注解】戚氏：词牌名，为柳永所创。一霎：一阵。庭轩：庭院里有敞窗的厅阁。槛：栏杆。萧疏：开始凋残的样子。

【释义】晚秋时节，一阵细雨洒遍了庭院里的亭台楼阁。栏杆旁的寒菊已经开始凋残，水井边的梧桐叶和着蒙蒙细雨显得一片凄凉。

【点评】以融情于景的手法描写了作者内心的凄凉之感。

67. 对潇潇暮雨洒江天，一番洗清秋。

——北宋·柳永《八声甘州》

【注解】潇潇：小雨急骤的样子。一番洗清秋：一番风雨，洗出一个凄清的秋天。

【释义】傍晚时分面对着潇潇秋雨从天空洒落在江面上，经过这一番秋风冷雨的洗涤，秋景更加寒凉清朗了。

【点评】描绘了一幅风雨急骤的秋江雨景，赞美了秋景的凄清美好，抒发了羁旅悲秋、相思愁恨之情。

68. 碧云天，黄叶地。秋色连波，波上寒烟翠。

——北宋·范仲淹《苏幕遮》

【注解】碧云天:蓝天白云。波:江水。

【释义】抬头望是湛湛蓝天,嵌缀着朵朵白云;眺望寥廓大地,铺满片片枯黄的树叶。无边的秋色绵延伸展,融进了流动不息的江波之中;碧绿的江面上升腾着寒意凄清的烟雾,江岸上是青烟缭绕的山峰。

【点评】这是脍炙人口的写秋名句,王实甫《西厢记》直接用这几句衍为曲子,成为千古绝唱。

69. 相逢不用忙归去,明日黄花蝶也愁。

——北宋·苏轼《九日次韵王巩》

【注解】黄花:指菊花。

【释义】既已相聚在一起就不要着急回去,应趁这菊花盛开的重阳节尽情赏花。倘等到明日重阳节已过,赏花不仅人觉无趣,恐怕连蝴蝶都会感到无趣,也会犯愁的。

【点评】诗句说的虽是重阳节赏花的事,但揭示了做任何事情都要及时的道理。

70. 一年好景君须记,最是橙黄橘绿时。

——北宋·苏轼《赠刘景文》

【注解】橙黄橘绿时:指秋冬之交的时节。

【释义】一年之中景色最好的时节,你必须记住,最美的景致就是在橙黄橘绿的秋末冬初时节啊。

【点评】赞美了秋末冬初时橙子满树金黄、橘树叶浓绿蔽天的景色。

71. 断虹霁雨,净秋空,山染修眉新绿。

——北宋·黄庭坚《念奴娇》

【注解】断虹:残余的彩虹。霁雨:雨停了。修眉:形容山如美人的长眉。

【释义】雨后新晴,彩虹挂天,秋空如洗,青山浓绿如美人修长的眉黛。

【点评】描写了秋雨过后,彩虹在天,秋空如洗,青山如美人眉的清丽景象。

72. 风定小轩无落叶，青虫相对吐秋丝。

——北宋·秦观《秋日》

【注解】 小轩：有窗槛的小室，一般都在庭院内。

【释义】 庭院内的小轩里没有风吹落树叶的时候，院子里静悄悄的，树上的小青虫便开始相对吐丝做窝了。

【点评】 描绘了静观万物的逸趣闲情。青虫是细小生物，吐丝是轻微动作，诗人能仔细观察，体现了诗人对人世纷扰的淡泊情怀。

73. 秋容老尽芙蓉院，草上霜花匀似翦。

——北宋·秦观《木兰花》

【注解】 秋容：秋色。老：凋谢，衰枯。芙蓉：荷花。匀似翦（jiǎn）：平均得如同修剪过一样。翦，同"剪"。

【释义】 秋天的容颜在荷花池内已经枯萎凋谢彻底衰老了，池边的野草都已在严霜下倒伏，霜花如雪，如同修剪过一样整齐。

【点评】 用拟人的手法描写深秋荷塘的景象。

74. 山抹微云，天连衰草，画角声断谯门。

——北宋·秦观《满庭芳》

【注解】 衰草：枯草。画角：军中用的号角。断：尽。谯（qiáo）门：即鼓楼，建在城上用以瞭望敌情。

【释义】 那一片片微云仿佛被什么人涂抹到山峰上一样，极目天边仿佛与枯草胶着在一起，城头鼓楼上凄厉的号角声叩击着词人感伤的心灵，使人伤心断肠。

【点评】 描写孤城凄凉秋景，烘托出作者苍凉而伤感的心情。

75. 秋气堪悲未必然，轻寒正是可人天。

——南宋·杨万里《秋凉晚步》

【注解】 堪：值得，应该。然：这样。可人：合人意。

【释义】 人们总以为秋天的气息是值得人悲哀的，但其实未必是这样的，初秋时有一点轻微的寒意却正是最适宜人的季节。

【点评】抒发了作者对初秋微寒时节宜人气候的喜爱与赞美之情。

76. 欲说还休，却道天凉好个秋。

——南宋·辛弃疾《丑奴儿·书博山道中壁》

【注解】欲说还休：想要说又缄口不说。道：说。

【释义】想说却说不出，却说好一个凉爽的秋天啊。

【点评】诗句表面轻脱，实则含蓄地表达了忧国伤时之"愁"的沉重广大。

77. 落叶西风时候，人共青山都瘦。

——南宋·辛弃疾《昭君怨》

【注解】西风：秋风。人共青山：故乡的人与故乡的山河。瘦：变瘦小。

【释义】西风吹落树叶的时候正是深秋时节，故乡的河山与家乡的父老也愈离愈远了，人与山都愈变愈淡，愈变愈瘦小了。

【点评】这首词是借王昭君和亲的故事表达作者自己对故土北宋的怀念，希望能重新收复北宋河山。

78. 天水碧，染就一江秋色。

——南宋·周密《闻鹊喜·吴山观涛》

【注解】染就：染成。

【释义】宽阔的钱塘江潮水未来时，天水相连，一碧万顷，蔚蓝的天幕将江水染成了浓绿的秋色。

【点评】描写了钱塘江潮水未来之时，风平浪静、一碧万顷的景象。

79. 孤村落日残霞，轻烟老树寒鸦，一点飞鸿影下。

——元·白朴《天净沙·秋》

【注解】残霞：晚霞。寒鸦：天寒归林的乌鸦。飞鸿：大雁。

【释义】孤村见落日晚霞，烟霭缭绕下有老树和归林的乌鸦，它们都在稍大一些的雁影下面。

时
节
篇

57

【点评】"孤村""落日""残霞""轻烟""老树""寒鸦",每一个图景都代表着秋景的萧瑟气氛。而以"一点飞鸿影下"作结,使原本萧瑟的画面立刻活跃起来,可见作者的写作技巧有多么高明。

80. 枯藤老树昏鸦,小桥流水人家。古道西风瘦马。夕阳西下,断肠人在天涯。

——元·马致远《天净沙·秋思》

【注解】昏鸦:黄昏归巢的乌鸦。西风:是萧瑟悲凉的一种气氛。断肠人:指漂泊天涯、极度忧伤的旅人。天涯:天边。

【释义】黄昏时分的小山村里,枯藤缠着老树,树上落满寒鸦,村边流水潺潺的小桥旁是安静温暖的人家。一条古老的山道伸向苍茫的山外,在萧瑟的西风中一个孤独的旅人骑着一匹瘦弱的老马正踽踽而行。夕阳即将下山,远离故乡的旅人愁肠百结,身在遥远的异乡。

【点评】此名句是一首元曲小令,28个字,却描绘出一幅凄凉动人的秋郊夕照图,并且准确地传达出旅人凄苦的心境。

81. 万壑泉声松外去,数行秋色雁边来。

——元·萨都剌《梦登高山得诗二首》

【注解】壑:山谷,深沟。雁:指雁门关。

【释义】山谷中有无数潺潺的泉声都传到松林的外边去了,几行叶子金黄的秋树自雁门关延伸而来。

【点评】描写了作者梦中登高山所见的边塞秋景。

82. 稻香秫熟暮秋天,阡陌纵横万亩连。

——清·归庄《观田家收获》

【注解】秫(shú):指黏高粱。阡陌:田间小路。南北为阡,东西为陌。

【释义】秋天稻秫飘香,阡陌纵横良田万顷一片金黄,一派金秋丰收在望的景象。

【点评】描写了一幅万亩粮田即将丰收的喜人景象。

83. **秋花惨淡秋草黄,耿耿秋灯秋夜长。已觉秋窗秋不尽,那堪风雨助凄凉!**

——清·曹雪芹《红楼梦》

【注解】惨淡:暗淡无光。耿耿:光明一闪一闪的。那堪:如何能经受、承受。

【释义】秋天的花朵惨淡凋零,秋草也已枯黄,若明若暗的灯光下秋夜是如此漫长。已经感到窗外衰萧的秋声无休无尽,如何能承受又有斜风冷雨来助长凄凉。

【点评】这是《红楼梦》中林黛玉写的《秋窗风雨夕》里的诗句,借秋景抒发心中的凄凉之情。

四、冬

1. 孟冬寒气至，北风何惨栗。

——《古诗十九首》

【注解】 孟冬：初冬。至：到来。惨栗：形容极其寒冷。

【释义】 农历十月初冬时分，寒气逼人，凛冽的北风呼啸而来，样子很吓人。

【点评】 描写了初冬时北风呼啸寒气逼人的景象，表达了妻子对丈夫的思念。

2. 玉衡指孟冬，众星何历历!

——《古诗十九首》

【注解】 玉衡：星名。北斗七星分别为天枢、天璇、天玑、天权、玉衡、开阳、瑶光。"玉衡"是第五星，常用来指代北斗星。何历历：多么清晰明亮。

【释义】 北斗星指向了初冬的方位，天上的群星一颗颗都变得清晰明亮。

【点评】 描写了初冬时分天上群星清晰明亮的天象。

3. 今日大风寒，寒风摧树木，严霜结庭兰。儿今日冥冥，令母在后单。

——汉乐府《孔雀东南飞》

【注解】 摧：吹折。严霜：浓霜。

【释义】 今天风大又非常寒冷，寒风摧折了树木，院子里的白兰花上结满了浓霜。儿子现在就像要落山的太阳一样即将死去，不忍心使得母亲今后冷清又孤单。

【点评】 这是焦仲卿死前与其母亲说的话，意思是说天冷但他的心更冷。

4. 凄凄岁暮风，翳翳经日雪。倾耳无希声，在目皓已洁。

——东晋·陶渊明《癸卯岁十二月中作与从弟敬远》

【注解】 凄凄：寒凉。翳翳：阴暗。希：少。在目：眼睛所见。皓：白。

【释义】 年末的风很冷，连续下雪使得天气很阴暗。侧耳倾听却没有任何下雪的声音，但是眼睛所见已是一片洁白。

【点评】 这是写雪的名句，其妙处在于轻淡之至，全无雕刻之迹，但落笔却自然而声色俱到，远胜后人一意铺张和雕刻。

5. 春水满四泽，夏云多奇峰。秋月扬明晖，冬岭秀寒松。

——东晋·陶渊明《四时》

【注解】 四泽：指四周的江、河、湖、塘等水泽。

【释义】 春天的水溢满了江河沟渠和湖泊，夏天的云多如奇峰骤起，千姿万态。秋天的月光朗照大地，使秋夜的景物都显出了明亮的色彩。冬日的雪使岭上的青松更展现出了勃勃的生机。

【点评】 只用寥寥20个字，便抓住了四季的特征，勾勒出了一年四季四幅生动的画面。春水荡漾，夏云变幻，秋月清朗，冬松苍劲。

6. 明月照积雪，朔风劲且哀。运往无淹物，年逝觉已催。

——南朝宋·谢灵运《岁暮》

【注解】 朔风：北风。劲：猛烈。哀：凄厉。

【释义】 明月照在积雪上透出逼人的寒气，北风如同刀子扎人一样，凄厉地哀号着。时运过去了就不会有淹留的东西，年岁的逝去感觉到已经在催人衰老。

【点评】 描写了一种凄寒凛冽的境界，一切生命与生机都受到沉重的压抑与摧残，反映出诗人心绪的悲凉与不宁。

7. 蘅若首春华，梧楸当夏翳。鸣笙起秋风，置酒飞冬雪。

——南朝宋·王微《四气诗》

【注解】 蘅若：一种香草。首：领先。梧楸：梧桐、楸树。翳：遮蔽，指树荫。鸣笙：吹箫。

【释义】最先开花的香草是蘅若,夏天最茂盛的树木是梧桐和楸树。吹箫的时候刮起了秋风,备酒的时候下起了冬雪。

【点评】巧妙地把春、夏、秋、冬四字嵌入诸句中,足见其机巧绝伦。

8. 暮景斜芳殿,年华丽绮宫。寒辞去冬雪,暖带入春风。

——唐·李世民《守岁》

【注解】暮景:景,影。傍晚夕阳的影子。年华:年纪,这里指年末的岁月。丽绮(qǐ):美丽。辞:辞别。去:离开。

【释义】傍晚的夕阳斜照在满是鲜花的宫殿内,新年将到的时候将皇宫装饰得更加华丽。寒冷辞别冬雪悄悄离去,暖气带着春风已经进入皇城。

【点评】描写了作者在皇宫中年夜守岁的景象与感受。

9. 岁阴穷暮纪,献节启新芳。冬尽今宵促,年开明日长。

——唐·李世民《除夜》

【注解】岁阴:一年中寒冷的阴气。穷:尽。暮纪:年终,除夕。启新芳:开门迎接春天。宵:夜晚。

【释义】除夕夜,寒冷的阴气要完了,明日就是新正初一,春天就来了。冬天自今夜结束,过了年白天就一天比一天长了。

【点评】既描写了寒去春来日阳渐长的变化,也抒发了对冬去春来的喜悦之情。其实日长夜短是自冬至始的,作者有意归到除夕,以表达诗意。

10. 紫禁仙舆诘旦来,青旗遥倚望春台。不知庭霰今朝落,疑是林花昨夜开。

——唐·宋之问《苑中遇雪应制》

【注解】紫禁:指皇城、京城。仙舆:指御辇,皇家用的车驾。诘:惊讶。青旗(qí):旗,旗。青旗是古时店肆的一种招牌。望春台:皇城中的观律台(相当于今天的气象台),指代皇宫。庭霰:落在庭院里的雪花。

【释义】到紫禁城皇宫里应试不知不觉早上已经到来，旅店的招牌旗
　　　远远地倚靠着皇城的观律台。我不知道庭院里今朝已落下了雪，还
　　　以为昨夜庭树的春花开了。

【点评】其显著特点是比喻手法委婉，形象生动、贴切。

11. 隔牖风惊竹，开门雪满山。洒空深巷静，积素广庭闲。

——唐·王维《冬晚对雪忆胡居士家》

【注解】牖：窗户。积素：素，白。形容铺满了白雪。

【释义】晚上隔着窗户听到风雪打竹的沙沙声，清晨开门一看，发觉
　　　皑皑白雪已铺满了山头。雪花还在漫空飞舞，飞进每一条僻静的深
　　　巷，把厚厚白雪堆积在宽大的庭院中。

【点评】这是书写冬雪的典范，写得空灵细腻而有层次。

12. 寒冬十二月，苍鹰八九毛。寄言燕雀莫相啅，自有云霄万里高。

——唐·李白《观放白鹰》

【注解】苍鹰：即诗中的白鹰。八九毛：羽毛稀少。寄言：告诫之意。燕
　　　雀：一种爱叫唤的小型鸟类。啅（zhào）：聒噪。

【释义】到了寒冬十二月，苍鹰的羽毛稀少了，远望高空的白鹰，只有
　　　八九根羽毛。告诫那些平庸的燕雀不用叽叽喳喳地取笑，数片羽毛
　　　的苍鹰照样搏击长空。

【点评】全诗是借景抒情，表面写白鹰，实则描写了一个望月思夫的
　　　妇女，放下了水晶帘后，依旧望着，诗句未着一怨字，而怨情深寓
　　　其中。

13. 未洗染尘缨，归来芳草平。一条藤径绿，万点雪峰晴。

——唐·李白《冬日归旧山》

【注解】缨：帽缨。归：回家。藤径：似藤一般逶迤的小山路。

【释义】还没有洗干净衣帽上的征尘，便匆匆往庐山旧家飞奔，心情
　　　舒畅虽是严冬也觉芳草满地。在丛山之中一条像藤似的逶迤小道
　　　通向悠远的山中，远处许许多多的雪峰在阳光下闪着熠熠白光。

【点评】先描写了诗人冬归庐山旧居的急切心情，再写归时所见的冬山景象。

14. 地白风色寒，雪花大如手。笑杀陶渊明，不饮杯中酒。

——唐·李白《嘲王历阳不肯饮酒》

【注解】地白：地上满是积雪。陶渊明：晋代大诗人，爱喝酒，人称酒圣。

【释义】遍地白皑皑北风呼呼寒，雪花片片大如手，正是饮酒驱寒好时节。笑杀酒圣陶渊明，您的历阳王县丞，不敢饮下这杯中酒。

【点评】这是嘲笑历阳县丞表面上崇拜陶渊明，但喝酒却很不痛快，徒有虚名，显示了李白的冲天豪气。

15. 燕山雪花大如席，片片吹落轩辕台。幽州思妇十二月，停歌罢笑双蛾摧。

——唐·李白《北风行》

【注解】燕山：在河北省兴隆县北部。轩辕台：相传为黄帝擒蚩尤之处。幽州：又称燕州，历史古地名，即今天的北京。思妇：怀念远行丈夫的妇人。双蛾：即一双眉毛，古人认为蛾形的眉毛最美。摧：眉毛倒挂，形容悲伤的样子。

【释义】燕山的冬天特别冷，雪花大得如席片，纷纷扬扬地吹落在黄帝擒杀蚩尤的轩辕台上。幽州一带丈夫远征的思妇一到十二月就会耷拉着双眉，停止了歌舞不再欢笑，双蛾眉紧锁，一副哭相。

【点评】用夸张的手法描写了北方燕山一带冬天冰天雪地的寒冷景象。"雪花大如席"是写雪的千古名句。

16. 江南孟冬天，荻穗软如绵。

——唐·谢良辅《状江南·孟冬》

【注解】孟冬：初冬。古人把冬季分为孟、仲、季三段。荻穗：芦荻的花穗。

【释义】江南的初冬天气晴暖，芦荻花一穗一穗的，像丝绵絮一样蓬松地开着。

【点评】诗句准确地描写了江南孟冬的景色,共用了三个特写镜头,除"获穗软如绵"外,还有下文的"绿绢芭蕉裂、黄金橘柚悬"。

17. 战哭多新鬼,愁吟独老翁。乱云低薄暮,急雪舞回风。

——唐·杜甫《对雪》

【注解】新鬼:指战死的唐朝军士。薄:迫近。回风:回旋的风。

【释义】面对失败后这么多战死的将士,愁苦地在吟诗的只有一个被叛军抓住的孤老头。灰蒙蒙的乱云压得很低,好像是傍晚了一样,急风卷着雪花打着旋在飞舞。

【点评】描写了安史之乱给人们带来的苦难,表达了诗人对国家和亲人命运的深切关怀而又无从着力的苦恼心情。

18. 岁暮百草零,疾风高冈裂。天衢阴峥嵘,客子中夜发。霜严衣带断,指直不得结。

——唐·杜甫《自京赴奉先县咏怀五百字》

【注解】天衢(qú):指京都的大路。峥嵘:形容高峻突兀的样子。中夜:半夜。指直:手指冻僵了,不灵活。

【释义】年岁将尽百草凋零,疾风掠过高冈,如同要把万物吹裂。晚上皇城的天街上阴森森的,各种阴影如同峥嵘的猛兽,赶路的客人半夜里就上路出发了。严霜冻得衣带都断了,手指冻得僵直不能给衣帽打结。

【点评】诗句出自杜甫名作,是描写冬天的著名佳句。

19. 云晴鸥更舞,风逆雁无行。匣里雌雄剑,吹毛任选将。

——唐·杜甫《冬晚送长孙渐舍人归州》

【注解】无行(háng):不成行列。雌雄剑:装在一个剑匣中的两把形制相同的宝剑。吹毛:形容宝剑非常锋利。

【释义】冬天万里无云,鸥鸟在晴空里上下飞舞,强劲的北风吹得大雁都失去了飞行的队列。剑匣里的那两把雌雄宝剑,任选一把都锋利得能吹毛即断。

【点评】描写了诗人在冬天的傍晚送客回城时看到的景象。

20. 野旷吕蒙营，江深刘备城。寒天催日短，风浪与云平。

—— 唐·杜甫《公安县怀古》

【注解】吕蒙：三国东吴的名将。催日短：冬天是日短夜长。与云平：形容浪高云低。

【释义】原野空旷辽阔，那里曾经是东吴大将吕蒙的军营，江水深阔的对面是蜀汉国主刘备据守的公安县城。冬天日照时间短，白天一天天缩短，风浪汹涌几乎触到了云端。

【点评】描写了三国时的古战场公安县冬天浪高风急的景象。

21. 天时人事日相催，冬至阳生春又来。刺绣五纹添弱线，吹葭六琯动浮灰。

—— 唐·杜甫《小至》

【注解】天时：指一年中的时令时节。人事：指人世间必须做的事情。刺绣五纹：一种刺绣的针法。六琯动浮灰：古代将苇膜烧灰放在律管内测试气候，冬至一到，第六管内的灰就会向上飞，据说是因冬至阳生之故。小至：即冬至前一日。

【释义】天时和人事每天都催着人们要抓紧时间，冬至一到春天就快要来了。妇女们正在紧张地穿针引线刺绣五凤，并希望用丝线拴住时间，测试第六管中的芦灰是否已经向上飞动。

【点评】描写了冬至节前后的时令变化，不仅描写了妇女们刺绣添线的紧张繁忙，还描写了古人以芦灰测试冬至的方法。

22. 瀚海阑干百丈冰，愁云惨淡万里凝。

—— 唐·岑参《白雪歌送武判官归京》

【注解】瀚海：形容沙漠辽阔如海洋。阑干：纵横如同栅栏。

【释义】浩瀚的沙海，白雪遍地，粗长的冰凌纵横交错。天上雪压冬云，浓重稠密，天气短期内不会好转。

【点评】以夸张手法描绘了辽阔沙漠壮丽瑰奇的冰雪景象。

23. 山回路转不见君, 雪上空留马行处。

——唐·岑参《白雪歌送武判官归京》

【注解】山回路转: 路随山转。空留: 徒劳留有。马行处: 马行走过的痕迹。

【释义】遥望朋友远去的身影, 直到山回路转中渐渐不见了, 还呆呆地望着雪地上留下的那一行马走过的脚印。

【点评】抒发了作者对朋友依依不舍的深厚情谊。

24. 水声冰下咽, 砂路雪中平。旧剑锋铓尽, 应嫌赠脱轻。

——唐·刘长卿《酬张夏雪夜赴州访别途中苦寒作》

【注解】咽: 声音因阻塞而低沉。嫌: 怨恨。脱: 过于。

【释义】严冬的溪水在冰下艰难地流淌, 发出咕咕的声响, 坑坑洼洼的沙路被雪覆盖后看上去很平坦。用旧的宝剑锋芒已经没有了, 这是由于当初出手太轻率。

【点评】表面是写冬天的景象, 其实是在抒写心中的抑郁不平之气。

25. 日暮苍山远, 天寒白屋贫。柴门闻犬吠, 风雪夜归人。

——唐·刘长卿《逢雪宿芙蓉山主人》

【注解】白屋: 素屋, 没有装饰的屋子。柴门: 荆柴作门。

【释义】雪天的傍晚远望芙蓉山苍茫迷蒙, 紧赶慢赶终于投宿在芙蓉山主人白色的草屋里, 在寒冷的冬天里素屋更显得贫穷。夜里忽然听到柴门外犬吠声不止, 原来是主人冒着风雪连夜回家来了。

【点评】描绘的是一幅风雪夜归图。

26. 江南仲冬天, 紫蔗节如鞭。

——唐·吕渭《状江南·仲冬》

【注解】仲冬: 隆冬时节, 天最冷的时候。紫蔗: 甘蔗的一种, 皮色紫。

【释义】江南隆冬时节, 紫皮甘蔗依然十分茂盛, 茎秆像竹鞭一样直指天空。

【点评】描写了江南蔗乡的仲冬景色。隆冬时节吃甘蔗, 不觉使人潜生暖意。

27. 开瓮腊酒熟，主人心赏同。斜阳疏竹上，残雪乱山中。

——唐·韩翃《褚主簿宅会毕庶子钱员外郎使君》

【注解】瓮(wèng)：一种盛水或酒等的陶器。残雪乱山：形容冬雪融化时的景象。

【释义】打开酒瓮斟好腊酒，与主人一同品尝。夕阳斜照在疏朗的翠竹上，满山到处都是尚未融化的残雪。

【点评】描写了山中冬雪在夕阳下消融的景象。

28. 天寒色青苍，北风叫枯桑。厚冰无裂文，短日有冷光。

——唐·孟郊《苦寒吟》

【注解】文：通"纹"。短日：冬天日照时间短。

【释义】冬天的颜色是青苍寒色，北风吹得枯桑树呜呜叫。河水结起了厚厚的冰，没有一丝裂纹，冬天短时的太阳也只有清冷的光。

【点评】这是写冬天的名诗，天地万物都给人一种寒冷的感觉。

29. 雪霜自兹始，草木当更新。严冬不肃杀，何以见阳春。

——唐·吕温《孟冬蒲津关河亭作》

【注解】兹：此，现在。更新：变成新模样。肃杀：严酷萧瑟的样子。何以：以，凭借，依靠。即以何，凭什么。阳春：阳光温暖的春天。

【释义】霜雪从现在开始就要降下，草木都将变成草枯叶落的新模样。若不是严寒的冬天白雪覆盖了大地的一切，又怎会有阳春三月百花齐放的欣欣向荣。

【点评】以自然界的规律揭示了不经历艰辛难获成功的生活哲理。

30. 已讶衾枕冷，复见窗户明。夜深知雪重，时闻折竹声。

——唐·白居易《夜雪》

【注解】讶：惊讶。衾(qīn)：被子。复：又。折竹声：形容雪大。

【释义】冬夜天气真是寒冷，人在睡梦中也被冻醒，惊讶地发现身上的被子已经冰冷，又见窗外这么明亮，还以为是天亮了。原来是深夜里下了一场大雪，因而时时听到了竹子被雪压断的声音。

【点评】巧妙地写出了冬夜雪大天寒的情景。

31. 南檐纳日冬天暖，北户迎风夏月凉。洒砌飞泉才有点，拂窗斜竹不成行。

> ——唐·白居易《香炉峰下新卜山居草堂初成偶题东壁》

【注解】北户：北面的窗门。洒：同"洗"。砌：石砌的台阶。拂窗斜竹：意为风吹竹斜。

【释义】朝南的房檐正好接受阳光，冬天里十分暖和；北面的窗门夏天时正好迎着风，非常凉爽。飞泉飘落在门槛下的石砌台阶上形成了一些小水点，微风吹拂得窗前的竹子忽左忽右斜不成行。

【点评】盛赞自己新建的山居草堂冬暖夏凉，景色优美，极其舒适。

32. 雨径绿芜合，霜园红叶多。

> ——唐·白居易《司马宅》

【注解】绿芜：绿草。合：长满。

【释义】雨后庭中小径长满绿草，霜后花园中落满红叶。

【点评】描写旧时高官司马家的宅院如今一片荒凉寂寞的景象。

33. 十月江南天气好，可怜冬景似春华。霜轻未杀萋萋草，日暖初干漠漠沙。

> ——唐·白居易《早冬》

【注解】可怜：可爱。春华：春天的景象。未杀：没有冻死。萋萋：青翠茂盛的样子。漠漠：平整辽阔的样子。

【释义】江南的十月天气很好，冬天的景色像春天一样可爱。薄霜轻寒还没有冻死碧绿的小草，暖烘烘的太阳晒干了平整的沙滩。

【点评】描写了初冬十月人称"小阳春"的晴暖天气。

34. 邯郸驿里逢冬至，抱膝灯前影伴身。想得家中夜深坐，还应说着远行人。

> ——唐·白居易《邯郸冬至夜思家》

【注解】邯郸（hándān）：地名，曾是战国时赵国都城，在河北省。驿：古时供传递公文的人途中食宿、换马的处所。冬至：二十四节气之一，与"夏至"相对。远行人：指诗人自己。

【释义】冬至夜在邯郸的驿舍里，我孤独地抱膝枯坐在孤灯前，身子对着自己的影子相伴冷冷清清地度过。想到家里的亲人们在这样的寒夜里一定围坐在火炉旁，此刻还在谈说着我这个远行他乡的人。

【点评】描写了作者在冬至夜孤独地在旅馆中对家乡亲人的双向思念情景，其思亲之情表达得极其深刻感人。

35. 冬日诚可爱，不如夜漏多。幸君霜露里，车马犯寒过。

——唐·鲍溶《冬夜答客》

【注解】诚：确实。夜漏：漏，古代滴水计时的器具。即漏夜，指夜间的时刻。幸君：感谢你给我带来快乐。犯寒：冒着严寒。过：拜访，探望。

【释义】冬季的白昼确实可爱，但清冷的夜晚实在漫长。幸亏有您冒着寒冷的霜露前来探望我，打消我的寂寞冷清。

【点评】揭示了清冷漫长的冬夜里，得好友来聚会清谈实乃幸事。

36. 千山鸟飞绝，万径人踪灭。孤舟蓑笠翁，独钓寒江雪。

——唐·柳宗元《江雪》

【注解】千、万：不是实指，是指所有。绝：无。径：小路。人踪灭：没有人的踪影。蓑笠：蓑衣竹笠。

【释义】所有的山上一只鸟都没有，所有的路上没有一个行人的踪迹。只有在江上的一叶孤舟中有一个穿着蓑衣戴着竹笠的老头，冒雪在寒江里孤独地钓鱼。

【点评】描绘了冰天雪地里的一叶孤舟中独钓的蓑笠渔翁，创造了一个广袤无垠、万籁俱寂的艺术背景，至于渔翁幽冷孤寒的心境，则由读者自己去体会了。

37. 才见岭头云似盖，已惊岩下雪如尘。千峰笋石千株玉，万树松萝万朵银。

——唐·元稹《南秦雪》

【注解】盖：盖头、蒙头盖面的巾帕。惊：惊讶。千峰笋石：山峰如石笋。千株玉：比喻山峰被雪覆盖。万朵银：形容树树积雪。

【释义】刚才看见山头上乌云盖顶，低头惊见脚下雪花已经纷纷飘落。远看耸立的山峰像株株竹笋，被白雪覆盖后像根根白玉，千万棵松树被白雪装扮成千万朵银白色的花朵。

【点评】这是写下雪的名句，描写了诗人去南秦路上见到的大雪景象。

38. 旋扑珠帘过粉墙，轻于柳絮重于霜。已随江令夸琼树，又入卢家妒玉堂。

——唐·李商隐《对雪二首》

【注解】江令：南朝梁江淹曾为建安吴兴令。卢家：洛阳女子莫愁，嫁入豪富卢氏夫家。

【释义】风卷着雪花一会儿扑进门帘一会儿扫过粉墙，雪花轻似柳絮寒如严霜。披雪之树已经被江淹称赞为玉树，铺雪之地又使富豪卢氏妒忌得称为白玉堂。

【点评】这是写雪景的名言，把雪花纷飞的景象写活了。

39. 百泉冻皆咽，我吟寒更切。半夜倚乔松，不觉满衣雪。

——唐·刘驾《苦寒吟》

【注解】咽：形容泉水因冰冻而流动不畅。吟：吟诗，作诗。乔松：高大的松树。

【释义】山里的泉水因冰冻都只能在冰下鸣咽，寒冷更增加了我吟诗的悲切心情。直到半夜里还倚靠在高高的松树下，不知不觉中衣服上已落满了雪花。

【点评】描写了诗人在寒夜里吟诗的情景。

40. 乱山残雪夜，孤烛异乡人。

——唐·崔涂《岁除夜有怀》

【注解】异乡人：远离故乡漂泊在外的人。

【释义】除夕之夜飞雪交加，一个孤独的异乡人在乱山残雪的小路上奔走，其悲凉心境可想而知。

【点评】读此诗如同亲历,凄风冷雪飒然而至,令人身冷心寒。

41. 六出飞花入户时,坐看青竹变琼枝。如今好上高楼望,盖尽人间恶路歧。

——唐·高骈《对雪》

【注解】六出:雪花呈六角形,故称。琼枝:竹枝因雪覆盖而似白玉一般。恶路歧:岔道,难走的歪门邪道或偏离正道的小路。

【释义】六角形的雪花飘进了家门,我坐在窗下看着雪花把窗外的株株翠竹变成了洁白的琼枝。此时正是登楼观赏远景的好时光,人间崎岖难走的道路都被大雪覆盖,一切都变得洁白而坦荡。

【点评】抒发了诗人希望白雪能掩盖住世上的一切丑恶,让世界变得与雪一样洁白美好,表达了诗人胸中的感慨与不平。

42. 墙角数枝梅,凌寒独自开。遥知不是雪,为有暗香来。

——北宋·王安石《梅花》

【注解】凌寒:冒着严寒。遥:远远的。为:因为。暗香:指梅花的幽香。

【释义】墙角边有数棵梅树如同落满了白雪,其实是梅花冒着寒冷独自早早地开放了。我老远就知道那白色的不是雪,因为时不时有一阵阵的幽香飘过来。

【点评】赞扬了梅花不怕冷落、不畏严寒的高尚品格。

43. 南邻更可念,布被冬未赎。明朝甑复空,母子相持哭。

——南宋·陆游《十月二十八日风雨大作》

【注解】念:同情。赎:用财物换回抵押品。甑(zèng):蒸锅。相持:相互扶持。

【释义】南面的邻家更令人同情,连布被都典当出去了,又没有钱赎回来。到第二天蒸锅里还是空的,母子俩饿得互抱着痛哭。

【点评】诗句控诉了当时那种贫富悬殊、苦乐迥异的不合理现实,大有杜甫"朱门酒肉臭,路有冻死骨"之遗风。

44. 儿童冬学闹比邻，据案愚儒却自珍。授罢村书闭门睡，终年
不著面看人。

——南宋·陆游《秋日郊居》

【注解】冬学：农村在冬闲时开办的季节性学校。比邻：近邻。据案：
趴在桌子上。自珍：自爱。授罢：教授完。终年：一年到头。著面：
正面。

【释义】开办了冬学，左邻右舍的孩子都高兴得闹翻了天，趴在桌子上
的老腐儒懂得自重自爱，讲完课后就关门睡觉了，一年到头都不正
面看人。

【点评】反映了南宋时绍兴人重视文化教育，有乘冬闲开办冬学教授
贫困儿童的乡俗。

45. 五丁仗剑决云霓，直取银河下帝畿。战死玉龙三十万，败鳞
风卷满天飞。

——宋·张元《雪》

【注解】五丁：神话传说中的五个力神。仗剑：身佩宝剑。决：诀别。云
霓：指天界。帝畿(jī)：人间的帝都。玉龙：比喻飞雪。败鳞风卷：形
容雪片纷纷坠落的情景。

【释义】神话传说中的五个力神身佩宝剑，直接从银河下降到人间帝
都。与三十万条玉龙战斗结束后，玉龙的鳞片被风卷着满天飞舞。

【点评】表面是描写漫天飞雪的景象，写雪片漫天飞舞，就像被天兵
天将杀败的无数条白龙身上脱落的鳞甲在空中飘降，其实是写宋与
西夏之战宋朝战死沙场的男儿上百万，到处都是战士的盔甲鲜血，
比喻形象生动。

46. 片片随风整复斜，飘来老鬓觉添华。江山不夜月千里，天地
无私玉万家。

——元·黄庚《雪》

【注解】玉：比喻白雪。

【释义】雪花片片随风飘飞，飘到老翁的鬓发上如同增添了白头发。

月夜的江山在雪中更是千里明朗,天地是无私的,家家户户的屋顶都盖上了厚厚的雪被。

【点评】描写了在明月朗照下的江山雪夜美景。

47. 寒色孤村暮,悲风四野闻。溪深难受雪,山冻不流云。

——清·洪昇《雪望》

【注解】寒色:深冬的景象。四野:到处。溪深难受雪:溪深则水暖,故雪难积。

【释义】冬日黄昏时分的一个偏僻的小孤村,到处都是呜呜悲号的北风。小溪的水很深,积不住雪花,群山似乎被冻住了,连乌云也一动都不动。

【点评】诗句紧扣一个"雪"字,描写了一个偏僻小山村冬雪时的景象。

五、日

1. 日出东南隅，照我秦氏楼。

——汉乐府《陌上桑》

【注解】隅：角落，方向。秦氏：指秦罗敷。诗中有"秦氏有好女，自名
　　为罗敷"之句。

【释义】太阳从遥远的东南方升起，熹微的晨光柔和地照在我们秦
　　家的楼房上。

【点评】交代了秦罗敷家有阳光灿烂的好方位。

2. 白日依山尽，黄河入海流。欲穷千里目，更上一层楼。

——唐·王之涣《登鹳雀楼》

【注解】依：沿着。尽：落下。入：向着。欲：想要。穷：竭尽。更：再。

【释义】傍晚的太阳沿着远山缓缓落下，蜿蜒的黄河向着东海奔流
　　而去。想要竭尽目力观赏更远处的景物，就必须再登上一层楼去
　　观赏。

【点评】不仅描写了大漠傍晚的壮丽景象，而且包涵着深刻的哲理，
　　必须站得更高才能看得更远。

3. 海日生残夜，江春入旧年。

——唐·王湾《次北固山下》

【注解】次：船停泊、住宿。北固山：在今江苏省镇江市北，形势险
　　固，故名。

【释义】红日冲破残夜从海上升起，江上早春年底就春风拂面。

【点评】写出了新生之春的锐气，暗喻新生事物到来的不可阻挡。

4. 大漠孤烟直,长河落日圆。

——唐·王维《使至塞上》

【注解】孤:唯一的。烟直:说明大漠无风。日圆:太阳光减弱可清晰地看到太阳的形状。

【释义】广袤无垠的大漠里一缕孤烟冲天而上,绵延千里的黄河上一轮浑圆的太阳正在缓慢地降落。

【点评】描写沙漠向晚苍凉静穆的壮美,给人以戈壁黄昏、静谧死寂的气氛。

5. 日照香炉生紫烟,遥看瀑布挂前川。

——唐·李白《望庐山瀑布》

【注解】香炉:指庐山西北的香炉峰,峰顶尖圆,终日烟云缭绕,如一个硕大的香炉。紫烟:紫色的云气,紫是瑞色。

【释义】早晨太阳光照在香炉峰上,如同腾起了紫色的香烟,远远地观看香炉峰前的瀑布如同一条河流挂在前方。

【点评】用夸张的手法描写了早晨眺望庐山瀑布的奇特景观。

6. 总为浮云能蔽日,长安不见使人愁。

——唐·李白《登金陵凤凰台》

【注解】浮云:借喻奸佞小人。蔽:遮蔽,蒙蔽。日:指皇帝。长安:唐代的京城。

【释义】总是因为浮云遮住了太阳,望不见京都长安多么使人忧愁。

【点评】暗示皇帝已经被奸佞所包围,朝政已经腐败,阻断了进京报国的理想。表达了诗人报国无门的沉痛心情!

7. 两岸青山相对出,孤帆一片日边来。

——唐·李白《望天门山》

【注解】出:高耸。孤:独,唯一。

【释义】两岸青山相对峙,双峰耸立,在那天水相接之处,一片白帆沐浴着灿烂的阳光,从天边飘来。

【点评】描写了诗人欣赏名山胜景的喜悦情状,表达了对舟中友人到来的喜悦之感。

8. 清晨入古寺，初日照高林。

——唐·常建《题破山寺后禅院》

【注解】古寺：指虞山之中的破山寺后禅院。初日：初升的太阳。

【释义】早晨我进入古老的寺院，初升的红日正将金色的阳光洒向虞
山之中的寺院与林木。

【点评】描写古老的寺院在朝日的照耀下显得绚丽明亮，高耸入云的
树木也变得更加翠绿葱茏，令人心旷神怡。

9. 峥嵘赤云西，日脚下平地。

——唐·杜甫《羌村三首》

【注解】峥嵘：形容云如同山岭般高峻。赤云：傍晚的火烧云。日脚：
暗喻会行走的太阳。

【释义】在天边的夕阳快要躲到地平线下休息时，彤红的火烧云如同高
峻的山岭，映红了西边的天空，诗人终于千里迢迢地回到了家乡羌村。

【点评】描写了诗人在离乱时的傍晚时分回到家乡羌村时见到的景象。

10. 迟日江山丽，春风花草香。泥融飞燕子，沙暖睡鸳鸯。

——唐·杜甫《绝句》

【注解】迟日：春日白天渐长，故称迟日。泥融：泥土潮湿而松软。

【释义】江山沐浴着春光多么秀丽，阵阵春风送来花草的芳香。泥土
潮湿而松软，勤劳的燕子们正在忙着衔泥做窝，日丽沙暖，相亲相
爱的鸳鸯正在娇慵地安睡。

【点评】以和煦的春风、初放的百花、如茵的芳草展现了春光的明
媚。名句之妙不止于诗情画意，诗人着意传达的是他整个身心都沉
浸其中的柔美和谐的春意。

11. 日暮苍山远，天寒白屋贫。

——唐·刘长卿《逢雪宿芙蓉山主人》

【注解】远：使动用法，使苍山遥远。"贫"字用法相同。白：简陋，空白。

【释义】夜幕降临了，使得连绵的山峦在苍茫的夜色中变得更加深
　　　　远。天气寒冷，使这所简陋的茅屋显得更加清贫。

【点评】描写了借宿的主人家的偏远与清贫。

12. 东边日出西边雨，道是无晴却有晴。

——唐·刘禹锡《竹枝词》

【注解】晴：即"情"，用的是谐音双关的修辞手法。

【释义】东边出太阳西边在下雨，你说不是晴天却还是晴天。

【点评】表面上是说天气，实际上却是说"你说没有感情却是有很深的
　　　　感情"。借"晴"寓"情"，二字谐音，以双关的手法，使诗句具有含
　　　　蓄的美，用于表现女子那种含羞不露的内在感情，十分贴切自然。

13. 日出江花红胜火，春来江水绿如蓝。

——唐·白居易《忆江南》

【注解】红胜火：用的是比兴手法，意思是"比火还要红"。蓝：提取
　　　　靛青染料的蓝草。

【释义】早晨阳光照在江边野花上，花儿比燃烧的火焰还要鲜艳；春
　　　　风吹拂的时候，一江碧水，如同青青的蓝草一样蔚蓝。

【点评】形象地描绘了江南春天的绚丽多彩，生机勃勃。

14. 一道残阳铺水中，半江瑟瑟半江红。

——唐·白居易《暮江吟》

【注解】瑟瑟：波光粼粼好像在抖动一样。残阳：夕阳。

【释义】一道夕阳斜照在江面上，如同铺在江面上的红绒毯，江水缓
　　　　缓流动，粼粼的波纹，受光多的半边，呈现红色，受光少的半边呈
　　　　深碧色如在抖动。

【点评】描写了日暮时分夕阳下江面的瑰丽景象。

15. 暮霭生深树，斜阳下小楼。谁知竹西路，歌吹是扬州。

——唐·杜牧《题扬州禅智寺》

【注解】霭：雾气。竹西：扬州的别称。原指城北竹冈上的竹西寺，因

杜牧此诗而成为扬州别名。歌吹：歌乐吹打。

【释义】 傍晚的雾气从茂密的树林中升起，夕阳从禅智寺小楼西面慢慢落下去了。人们哪里知道通往竹西寺路的尽头，是歌乐喧闹市井繁华的扬州。

【点评】 运用衬托的手法，以乐衬哀，用歌吹喧闹、市井繁华的扬州反衬禅智寺的静寂，如此更突出了诗人孤独凄清和官场失意的心境。

16. 夕阳无限好，只是近黄昏。

——唐·李商隐《登乐游原》

【注解】 乐游原：建于汉宣帝时，原是庙苑，因地势轩敞，人们遂以"原"称呼。

【释义】 夕阳下的美景真是无限美好，但可观赏的时间不多了，因为时候已经接近黄昏了。

【点评】 表达了一种来日无多的感伤情绪，既可理解为是一种没落消极的心境，也可理解为勉励惜时的告诫。

17. 落日五湖游，烟波处处愁。浮沉千古事，谁与问东流？

——唐·薛莹《秋日湖上》

【注解】 五湖：指江苏的太湖。浮沉：指国家的兴亡治乱。

【释义】 秋日泛舟游太湖，夕阳下浩渺的烟波到处都引发人们的忧愁。千百年来兴衰治乱的历史，有谁去询问向东流逝的太湖水？

【点评】 历史上是非成败之事如同夕阳下浩渺的烟波，谁能说得清楚？

18. 但见时光流似箭，岂知天道曲如弓。

——唐·韦庄《关河道中》

【注解】 但见：只看见。时光：即光阴、时日。岂：怎么。天道：上天的运行规律。曲：弯曲。

【释义】 只看见光阴逝去如同射出去的箭一样快，怎么会知道天道运行的规律弯曲得像弓一样。

【点评】 这是成语"光阴似箭"的出处，意思是说时间过得非常快，但世事的发展从来都不是一帆风顺的。

19. 千山红树万山云，把酒相看日又曛。

——唐·韦庄《衢州江上别李秀才》

【注解】千山红树：红叶满树的群山。万山云：云雾缭绕的群山。曛（xūn）：落日的余晖。

【释义】群山都披上了红叶的秋装，笼罩在云雾缭绕之中，握着酒杯互看对方脸色，红彤彤的如同落日的余晖。

【点评】深秋时节在衢州江上与好友宴别，夕阳在山，酒已微醉，天色将暮，仍依依不舍。

20. 忆君心似西江水，日夜东流无歇时。

——唐·鱼玄机《江陵愁望寄子安》

【注解】忆：思念。

【释义】我对情郎的思念如同西江之水延绵不绝，流水有多长，我的思念就有多久，一天到晚没有停歇的时候。

【点评】此二句是写女子思念情郎之情，与南唐李煜"问君能有几多愁，恰似一江春水向东流"的表现手法相似。

21. 万壑有声含晚籁，数峰无语立斜阳。

——北宋·王禹偁《村行》

【注解】壑：山坳，山沟。籁：自然界的各种声音。立：高耸的样子。

【释义】静听群山万壑之中都有自然界的天籁之音，只有几座高耸的山峰默默地矗立在傍晚的斜阳之中。

【点评】描写了傍晚时分山村中的和平宁静气氛。

22. 山映斜阳天接水，芳草无情，更在斜阳外。

——北宋·范仲淹《苏幕遮》

【注解】斜阳：傍晚的太阳光。芳草：开满鲜花的草地。

【释义】傍晚的太阳光映照着山川，碧水连着蓝天，开满鲜花的草地，远连着天边的斜阳。

【点评】诗中表达出来的强烈的感情色彩为下面的抒情做了有效的铺垫。

23. 千嶂里,长烟落日孤城闭。

——北宋·范仲淹《渔家傲》

【注解】嶂:像屏风一样重叠高耸的山峰。长烟:战场上的烟尘。孤城:边疆的关隘。

【释义】站在山上,放眼望去,山峰延绵千里,炊烟袅袅直上苍天,夕阳西下,群山中一座孤零零的关城镶嵌其中,关门禁闭,仿佛锁住了将士们的思乡之情。

【点评】表现了雄壮的边塞风光与将士凄清无奈的思乡心情。

24. 人言落日是天涯,望极天涯不见家。

——北宋·李觏《乡思》

【注解】落日:太阳坠落的地方。天涯:天的边际。极:尽头。

【释义】人们都说太阳落下去的地方就是天的边际,可是我极目天边却看不见家乡的影子。

【点评】表达了诗人离乡之远,思乡之情之强烈以及回乡无望的无奈心情。

25. 飞来峰上千寻塔,闻说鸡鸣见日升。

——北宋·王安石《登飞来峰》

【注解】飞来峰:在浙江省杭州市灵隐山上。寻:古时的丈量单位,一般是八尺为寻。

【释义】飞来峰顶有座高耸入云的宝塔,听说鸡鸣时分就可以看见旭日初升的景象。

【点评】以夸张的手法和虚实结合手法极写古塔之高,本意是在表明自己站得高看得远。表现了诗人朝气蓬勃,胸怀改革大志,对前途充满信心。

26. 千门万户曈曈日，总把新桃换旧符。

——北宋·王安石《元日》

【注解】曈曈：形容日光灿烂。新桃换旧符：用桃木做的新门神换下旧门神。旧符是指桃符，即桃木做成的门神，古时每逢新年，家家户户都用两块桃木板子画上两个神像挂在大门上，用以驱鬼避邪。

【释义】千家万户都阳光普照光辉灿烂，人们都拿着新门神换掉了旧门神。

【点评】生动形象地描写了新年万象更新的景象。

27. 夕阳牛背无人卧，带得寒鸦两两归。

——北宋·张舜民《村居》

【注解】无人卧：没有人骑。寒鸦：冬天的乌鸦。归：回来。

【释义】傍晚时分老牛自行归来，牛背上驮的并不是短笛横吹的牧牛郎，而是一对寒鸦。

【点评】佳句极具生活情趣，寒鸦、老牛大小相映、动静相衬，构成和谐的画面。表现了一种宁静的气氛与悠闲和谐的生态。

28. 老牛粗了耕耘债，啮草坡头卧夕阳。

——北宋·孔平仲《禾熟》

【注解】粗了：大致上已了结。耕耘债：指耕田犁地的农活。啮（niè）草：嚼草。

【释义】老牛完成了耕耘田地的任务，傍晚时分卧在夕阳下的山坡上反刍青草。

【点评】描绘了一幅令人神往的田园风光图，歌颂老牛的品质，实则也是对劳动人民的歌颂与赞美。

29. 斜阳外，寒鸦数点，流水绕孤村。

——北宋·秦观《满庭芳》

【注解】寒鸦：冬天的乌鸦。孤村：形容村子小。

【释义】极目天涯，斜阳薄暮天，几只归飞的寒鸦，流水环绕孤村流去。

【点评】以一派凄凉的景象来表达诗人离国离群的游子之恨。

30. 新月已生飞鸟外, 落霞更在夕阳西。

——北宋·张耒《和周廉彦》

【注解】生: 升起。

【释义】新升起的月儿已经高过了飞鸟, 落日的余晖已经飘到了比夕阳更西的地方。

【点评】表面是说夜晚景色的美好和自然现象, 实际上也是对新事物代替旧事物的向往。

31. 织乌, 日也, 往来如梭之织。

——宋·赵德麟《侯鲭录》

【注解】织乌: 也称金乌。神话传说中驾驭日车的神鸟, 古人将之作时日, 太阳的代称。如梭: 来来去去如同织渔网的梭子在穿梭编织。

【释义】织乌, 就是时日、太阳。它早上来傍晚去, 来来往往如同织渔网的梭子在穿梭编织。

【点评】这是成语"日月如梭"的出处, 意思是说日子过得非常快。

32. 春山暖日和风, 阑干楼阁帘栊。

——元·白朴《天净沙·春》

【注解】阑干: 即栏杆。栊: 高楼上的大窗框。

【释义】山绿了阳光暖了, 春风和煦让人心动, 楼阁上少女高卷起窗帘凭栏眺望。

【点评】渲染了春意盎然的勃勃生机。

33. 孤村落日残霞, 轻烟老树寒鸦, 一点飞鸿影下。

——元·白朴《天净沙·秋》

【注解】残霞: 即将消尽的余霞。寒鸦: 冬天的群鸦。影: 形容飞鸿掠下之快。

【释义】天边的夕阳和残留的晚霞映照着一个孤零零的小村落, 冬天里的雾霭笼罩一棵老树和几只归巢的乌鸦, 忽然, 一只鸿雁飞掠而下。

【点评】诗句选取典型的秋天景物，营造了一种宁静、寂寥的氛围，描绘了一幅秋日黄昏图。表达了作者"不以物喜，不以己悲"的积极向上、乐观开朗的处世态度。

34. 光阴似箭，日月如梭。

——《增广贤文》

【注解】光阴：比喻时日。日月：白天黑夜。

【释义】时日过去得如同射出的箭一样非常快，白天黑夜的替换如同织渔网的梭子在不停地穿梭。

【点评】此谚语借用了唐朝韦庄《关河道中》的诗句和宋朝赵德麟《侯鲭录》中的诗句合成了一副语言精巧、含义深刻的惜时名联。

35. 赤日炎炎似火烧，野田禾稻半枯焦。

——明·施耐庵《水浒传》

【注解】赤日炎炎：夏天太阳的炎热。半枯焦：一半被烤晒死了。

【释义】夏天的太阳热得像火在烧烤，田野里的禾稻一半都被晒死了。

【点评】这是《水浒传》中好汉白胜唱的一首民歌中的前两句，精辟地概括了北宋末年农民的悲惨状况。

36. 是非成败转头空，青山依旧在，几度夕阳红。

——明·杨慎《临江仙》

【注解】转头：形容时间短。度：春夏秋冬一个轮回。

【释义】是非成败很快就过去了，只有青山千秋常在，夕阳常红。

【点评】诗句豪迈、悲壮，既有大英雄功成名就后的失落、孤独感，又暗含着高山隐士对名利的淡泊、轻视之意。

37. 一片晕红才着雨，几丝柔柳乍和烟。倩魂销尽夕阳前。

——清·纳兰性德《浣溪沙》

【注解】晕红：梦幻般的粉红色，此处指粉红的花儿。着雨：沾雨。

乍:忽然。倩魂:指梦幻般的淡粉红色。

【释义】 黄昏时分,雨刚落,夕阳映红了花儿,连雨水也带着粉红,几根柳枝在如烟的雨雾里摇动。那美好的梦幻般的粉红色,在太阳下山前已经没有踪影了。

【点评】 借景喻情,感叹弱小而美好的事物在强大势力面前的存时短暂。多用于咏叹儿女之情或被贬官员的落魄心态。

38. 一溪绿水皆春雨, 两岸青山半夕阳。

【注解】 半夕阳:青山一半都沐浴在夕阳中。

【释义】 满溪的绿水都是因为春雨充沛,两岸的青山大半沐浴在夕阳的光辉之中。

【点评】 描绘了山村人家春汛时的美丽景象。

39.飞瀑正拖千嶂雨,斜阳先放一峰晴。

——清·林则徐《即目》

【注解】 飞瀑:即瀑布。因其势飞流而下。嶂:山峰相连如同屏障。

【释义】 飞泻而下的瀑布如烟似雾与满山遍野的斜风飘雨连接成一片,而天边却有一座山峰高高地耸立斜阳之下,好似特意放他出来的。

【点评】 以拟人化的手法描写了秋天时大山里似雨还晴的特殊天气。

六、月

1. 明月照高楼，流光正徘徊。

——三国魏·曹植《七哀诗》

【注解】 流光：流水般的光阴。徘徊：来来回回地走动。

【释义】 皎洁的明月映照着高楼，思妇独倚高楼，对影自怜，来回不停地走动着，思念远方的夫君。

【点评】 明写怨妇思念远方丈夫的情怀，暗写诗人对兄长的情意和自己郁郁不欢的心情。

2. 种豆南山下，草盛豆苗稀。晨兴理荒秽，带月荷锄归。

——东晋·陶渊明《归园田居》

【注解】 草盛：野草长得茂盛。稀：稀疏瘦小。晨兴：早晨起来。理：清理。荒秽：荒芜的杂草。荷：肩扛。

【释义】 在南山下种植豆子，野草长得十分茂盛而豆苗却长得稀稀朗朗。早上起来到田地里清除杂草，直到晚上月亮升起来时才扛着锄头回家。

【点评】 表现了作者对田园生活的热爱以及对儒家小国寡民淳朴无争的理想社会的歌颂。

3. 春水满四泽，夏云多奇峰。秋月扬明辉，冬岭秀孤松。

——东晋·陶渊明《四时》

【注解】 满四泽：注满四方的湖泊。多奇峰：经常会出现奇异山峰模样的云团。扬明辉：布洒清明的光辉。秀孤松：松树会显得更加突出秀美。

【释义】 春汛水涨注满了四方的湖泊，夏天是多变的孩儿脸，经常会出现奇异山峰模样的云团。秋高气爽时月色最为明亮，总是布洒清明的光辉，冬天山岭上的松树会显得更加突出秀美。

【点评】写出了春夏秋冬四季的精神。景物都充满着生机，并给予积极的启示，使人见到了自然的精神。

4. 野旷沙岸净，天高秋月明。憩石挹飞泉，攀林搴落英。

——南朝宋·谢灵运《初去郡》

【注解】旷：空旷无人。天高：形容天空晴朗无云。憩：休息。挹（yì）：捧取。搴（qiān）：采摘。落英：将谢的山花。

【释义】举目野外空旷寂寥，河边沙岸清净，抬头望天夜空高远，一轮秋月明净如镜。坐在溪石休憩双手捧起晶亮的飞泉，攀登丛林一路采摘美丽的山花。

【点评】描写了秋夜旷野、河岸的寂寥清静和天清月明的悠远意境。

5. 春江潮水连海平，海上明月共潮生。

——唐·张若虚《春江花月夜》

【注解】连海平：与大海连了一片。共潮生：与潮水一同升起来。

【释义】春天的江潮水势浩荡，与大海连成一片，一轮皎洁的明月从海上随着潮水涌了出来。

【点评】这是描写春江水月的千古名句。

6. 江天一色无纤尘，皎皎空中孤月轮。江畔何人初见月？江月何年初照人？

——唐·张若虚《春江花月夜》

【注解】纤尘：微尘。皎皎：洁白，明亮。孤月轮：一个像车轮似的大月亮。江畔：江边。初：最先，最早。

【释义】江水和蓝天同一种颜色没有一丝微尘，天空中只有一个洁白明亮的车轮似的大月亮。谁是最先在江畔看到月亮的人？而江上的月亮又是什么时候开始照亮人们的？

【点评】诗人提出了一个永无答案的问题：生命始于何时？连当今的科学也无法确切回答。

7. 明月隐高树，长河没晓天。悠悠洛阳道，此会在何年。

——唐·陈子昂《春夜别友人》

【注解】隐：遮蔽。长河：指天上的银河。没：隐。悠悠：形容路远。洛阳：唐代的京城。

【释义】西沉的明月被高大浓密的树荫遮蔽了，明晃晃的银河隐没在拂晓时的曙光中。目送友人沿着这条悠长的洛阳古道踽踽而去，不由兴起不知何年何月再能相聚的感叹。

【点评】名句并非只是写景，而是表明时光催人离别，不为离人暂停须臾，难舍难分的离别之时总是要到的，何时才能再相会呢！

8. 海上生明月，天涯共此时。

——唐·张九龄《望月怀远》

【注解】生：升起。天涯：形容相隔距离远。

【释义】茫茫的海上升起一轮明月，此时你和我虽远隔天涯，但都在眺望那轮明月，想念着对方。

【点评】抒写了对远方亲人的一片深情，情真意浓，感人至深。

9. 秋空明月悬，光彩露沾湿。

——唐·孟浩然《秋宵月下有怀》

【注解】悬：悬挂，拟人的手法。沾：沾湿浸润。

【释义】秋天到了，晴空万里，明月高挂在天宇之上，由于温差而产生的露水受到明月的照耀，显得格外的明亮绚丽。

【点评】写诗人久站月下望月思人，衣衫都被露水打湿了。

10. 秦时明月汉时关，万里长征人未还。但使龙城飞将在，不教胡马度阴山。

——唐·王昌龄《出塞》

【注解】关：关塞，关卡。此处指边境险要处阻敌的建筑。长征：即远征。但：只要。使：让。龙城：坚固的城墙。飞将：勇猛快捷的将士。不教：不会让。胡马：匈奴的骑兵。度：越过。阴山：即大青山，是唐与匈奴的边界。

【释义】秦汉以来明月依旧那样照着那时的边关,离家万里远征的将士至今没有回来。只要有坚固的城墙和勇猛的将士在守边,就不会让匈奴的骑兵越过阴山边界。

【点评】从秦汉、万里下笔,气势雄浑苍茫,意境壮阔,极能振奋人的斗志。

11. 不见乡书传雁足,惟看新月吐蛾眉。

——唐·王维《秋思赠远》

【注解】乡书:家信。传雁足:我国古代有鸿雁送信的传说。新月:月球在与太阳交会之后,最早被看见的月相,也叫"眉月""朔月"。吐:这里是"变成"的意思。

【释义】多么想像传说的那样雁足之上系着妻子的信啊!但想象不是现实,只看见那弯弯的新月变成了娇妻美丽的蛾眉。

【点评】表达了诗人对家书的时时渴盼,对娇妻的想念之情。

12. 月出惊山鸟,时鸣春涧中。

——唐·王维《鸟鸣涧》

【注解】惊山鸟:山鸟以为天亮了。时鸣:不时地鸣叫。

【释义】明月当空,山鸟们以为天亮了,便不时地在春天的山涧中鸣叫。

【点评】描写了春山、明月、落花,还有鸟鸣声这样一种迷人的环境,让人感受到盛唐时代和平安定的社会气氛。

13. 松风吹解带,山月照弹琴。君问穷通理,渔歌入浦深。

——唐·王维《酬张少府》

【注解】吹解带:风吹着帮助解宽衣带。穷:仕途困顿。通:仕途顺利通达。理:缘由。渔歌:打鱼人的歌,比喻隐居。浦:江边码头。

【释义】松林里的风儿轻轻地吹着,帮助我解宽衣带,高山上的明月照着我像在听我弹琴。你若询问人生仕途顺利与曲折困顿的缘由,那道理就在打鱼人的渔歌里。

【点评】表现了诗人的"好静"志趣与对闲适生活的快意情趣。

14. 独坐幽篁里，弹琴复长啸。深林人不知，明月来相照。

——唐·王维《竹里馆》

【注解】幽篁：茂密幽深的竹林。复：又。长啸：排遣郁闷的大声呼叫。相照：与"独坐"相应，意思是"做伴"。

【释义】独自坐在茂密幽深的竹林里，又弹琴又唱歌并且大声地呼叫。竹林僻静幽深无人陪伴，唯有明月似乎能解人意，照着我与我相伴。

【点评】以月色明净清静安详的境界反衬了诗人内心的烦闷与不平静。

15. 空山新雨后，天气晚来秋。明月松间照，清泉石上流。

——唐·王维《山居秋暝》

【注解】空山：寂静的没有人的山野。新雨：刚下的雨。松间：松林里。石上流：在山涧中的石上淙淙流淌。

【释义】在寂静的没有人的山野里刚刚下过小雨后，天气到了傍晚，秋天的意味就更浓了。皓月当空，照在亭亭如盖的松林里；清冽的山泉在涧石上淙淙流淌，犹如一条洁白无瑕的素练，在月光下闪闪发光。

【点评】描绘了一幅青松、明月、琴声、泉声组成的幽清明净图，表现了诗人高洁的情怀和对理想境界的追求。

16. 明月出天山，苍茫云海间。长风几万里，吹度玉门关。

——唐·李白《关山月》

【注解】苍茫：辽阔广大的样子。长风：常用来比喻顺风、有助的外力。玉门关：又名小方盘城，是汉唐时我国西北著名的关卡，位于敦煌城西北90公里处戈壁滩中。关山月：乐府旧题，常用来抒写离情别绪。

【释义】明亮的圆月从天山那边升起来，在辽阔广大的云海里徘徊。我借助长风的外力，一下子来到戍边将士驻守的边关。

【点评】描绘了边塞月夜宏伟苍茫的风光,抒发了戍卒与思妇两地相思的苦情。

17. 床前明月光,疑是地上霜。举头望明月,低头思故乡。

——唐·李白《静夜思》

【注解】疑是:以为是。举头:抬头。故乡:家里的亲人。

【释义】床前一片明亮的月光,使人怀疑是地上积了白霜。举起头来仰望天上的明月,低下头来禁不住思念起故乡亲人。

【点评】语言浅显,形象鲜明,情感真挚,却写得明白如话,不愧是千古名作。

18. 花间一壶酒,独酌无相亲。举杯邀明月,对影成三人。

——唐·李白《月下独酌》

【注解】花间:指花园里。独酌:一个人喝酒。三人:指明月、影子与我,拟人的手法。

【释义】花园里有个拿着一壶酒的人,独自喝酒没有相好的亲友陪伴。于是举起酒杯邀请明月同饮,明月、影子与我合成了三个人。

【点评】描写了诗人月夜把影子与月亮当作好友一同畅饮的情景,奇特、浪漫的想象表现了诗人没有知音的孤独之情。

19. 月下飞天镜,云生结海楼。

——唐·李白《渡荆门送别》

【注解】飞天镜:比喻水中的月亮。海楼:海市蜃楼。

【释义】月亮在水中的倒影好像天上飞下来的一面天镜,云彩升腾起来,凝结变幻成了海市蜃楼。

【点评】想象瑰丽,意境高远,抒发了作者对故乡的热爱与思念之情。

20. 长安一片月,万户捣衣声。秋风吹不尽,总是玉关情。

——唐·李白《子夜吴歌·秋歌》

【注解】长安:当时唐代的京城。一片月:一片皎洁的月光。万户:千家万户。捣衣：洗衣时将衣服放在砧石上用棒捶打。吹不尽：刮不走。
玉关：玉门关。情：指对在玉门关守边征人的怀念之情。

【释义】 秋月皎洁，长安城一片光明，家家户户传来捣衣的声音。砧声
任凭秋风吹也吹不尽，声声总是牵系玉关的亲人。

【点评】 这千家万户的捣打洗涤之声寄托着人们对边关征夫无限思
念的深情。

21. 人攀明月不可得，月行却与人相随。

——唐·李白《把酒问月》

【注解】 攀：攀摘，追求。月行：月与人相伴而行。相随：相伴，跟随。

【释义】 人们往往希望得到明亮美好的月亮而刻意地去追求，但始终
得不到，而其实明月却天天陪伴我们一同行走。

【点评】 告诉人们要顺其自然，不要刻意地去追求不属于自己的东
西，这种东西可以是名、是利、是爱情。

22. 白兔捣药秋复春，嫦娥孤栖与谁邻？今人不见古时月，今月曾
经照古人。

——唐·李白《把酒问月》

【注解】 白兔捣药：是古代的神话传说。嫦娥：传说是后羿的妻子，
她偷吃了后羿的仙药，成为仙人飞进了月宫。孤栖：孤独的居住。不
见：没有见到过。

【释义】 月宫中的白兔为什么要年复一年地捣药，嫦娥孤独地居住与
谁是邻居呢？当今的人没有见到过古时月亮，现在的月亮却曾经映
照过古时候的人。

【点评】 以神话传说说明了月亮的亘古永恒的美丽与给人的无尽遐想。

23. 峨眉山月半轮秋，影入平羌江水流。

——唐·李白《峨眉山月歌》

【注解】 半轮秋：半圆的秋月。影：指月影。

【释义】 秋高气爽，半圆的明月照耀在峨眉山上，月影倒映入平羌江
水之中，伴随着我顺流而下。

【点评】描写了秋夜峨眉山下平羌江中的月影,意境明朗,语言浅近,
音韵流畅。

24. 小时不识月, 呼作白玉盘。又疑瑶台镜, 飞在青云端。

——唐·李白《古朗月行》

【注解】不识月:没有关于月亮的知识。白玉盘:白玉雕琢的盘子。
瑶台:也称瑶池,传说是神仙西王母居住的地方。青云:高天。端:
上面。

【释义】我小时候不认识月亮,把月亮叫作天上的一只白玉盘。又以
为是瑶台仙人西王母的镜子,飞到了青云上面。

【点评】用小孩子的想象比喻,生动地表现了月亮的形状和月光的皎
洁可爱,使人感到新颖有趣。

25. 俱怀逸兴壮思飞, 欲上青天揽明月。

——唐·李白《宣州谢朓楼饯别校书叔云》

【注解】俱:一同。逸兴:高雅的兴趣。上青天:形容艰难。揽:摘取。

【释义】我与谢灵运一样都怀有高雅的情趣、远大的志向,想腾空而
起直上青天,去摘取那皎洁的明月。

【点评】表达了诗人想要建立伟大事业的远大抱负。

26. 我寄愁心与明月, 随君直到夜郎西。

——唐·李白《闻王昌龄左迁龙标遥有此寄》

【注解】愁心:满腔关切的友情。夜郎:古县名,即今湖南省怀化市新
晃侗族自治县。

【释义】我将满腔的关切之情托付天上的月亮,请她一路陪伴你直到
放逐你的地方夜郎县。

【点评】诗人通过丰富的想象,用男女情爱的方式抒写志同道合的友
情,将抽象的"愁心"暗喻为可邮寄之物,陪伴友人直到流放之地
夜郎。

27. 玉阶生白露, 夜久侵罗袜。却下水晶帘, 玲珑望秋月。

——唐·李白《玉阶怨》

【注解】玉阶: 台阶的美称。侵: 打湿。却下: 回身放下。

【释义】在台阶上站了许久, 直到夜深露水打湿了罗袜。才回屋放下珠串的门帘, 但仍然执着地望着帘外那一轮皎洁的月亮继续出神。

【点评】描写了一个久久望月不眠的女子, 是思念征夫, 还是等待情郎? 给人以无限的想象空间。

28. 戍鼓断人行, 秋边一雁声。露从今夜白, 月是故乡明。

——唐·杜甫《月夜忆舍弟》

【注解】戍鼓: 边塞上军中报时的鼓声。秋边: 秋天的边塞。露: 指"白露", 是一年二十四节气中的一个。

【释义】守边军队中报时的鼓声可以判断行人, 边塞的一声雁叫就告诉人们秋天已深。今夜已是深秋白露时节, 将一天冷似一天, 虽是同一轮明月, 我总觉得故乡的更明亮些。

【点评】以景物描写边塞的战场情景, 借白露、明月体现作者深沉的思乡之情。

29. 江汉思归客, 乾坤一腐儒。片云天共远, 永夜月同孤。

——唐·杜甫《江汉》

【注解】江汉: 地名, 指长江与汉水之间。思归客: 回不了家的人。腐儒: 迂腐无用的儒生。片云: 孤单的云片。天共远: 与高天一样遥远。永夜: 整夜。

【释义】漂泊在江汉的我想回家都回不了, 实在是天下最没有用的一个读书人。如同天上孤独的片云独月, 独自整夜地漫游在辽远的天际。

【点评】感慨自己虽与明月一样四处飘零, 但对国之忠心却像明月般皎洁。写得情景交融, 将感情融入景物之中。

30. 花隐掖垣暮，啾啾栖鸟过。星临万户动，月傍九霄多。

——唐·杜甫《春宿左省》

【注解】花隐：花丛遮蔽。掖垣：指左偏殿。星临：临近天宫的星星。傍：靠近。九霄：天庭在的地方，形容高。

【释义】花丛遮蔽了左偏殿的矮墙，天色将暮，归巢投宿的鸟儿一群群鸣叫着飞过。临近天宫的星星如同千门万户的灯火在闪烁，靠近天庭的地方照到的月光也就特别多。

【点评】语意含蓄双关，景情合一，寓有帝居高远的颂圣味道。其中"动""多"两字用得极好，前人称为"句眼"。

31. 白云千里万里，明月前溪后溪。

——唐·刘长卿《谪仙怨》

【注解】白云：暗喻被贬谪远行的作者。明月：比喻朋友真挚关切的情意。

【释义】诸友的眷念之情如白云明月，陪伴我千里万里、溪前溪后地远行。

【点评】诗句之妙，在于诗中未着一言朋友情意之语，却营造了一种情意深切的诚挚意境。

32. 月落乌啼霜满天，江枫渔火对愁眠。

——唐·张继《枫桥夜泊》

【注解】月落：指天将破晓。乌啼：指乌鸦的鸣叫。霜满天：秋霜满布，让人感到彻骨的寒意。

【释义】深秋的上弦月升得早也落得早，月落将晓，树上的栖鸟发出啼鸣，满空都是秋霜的寒气，江边枫桥下的渔火还一闪一闪地亮着，正对着我这个愁思满怀长夜不眠的他乡游子。

【点评】描写了苏州水乡秋夜幽美的景色，表达了诗人旅途中孤寂忧愁的思想感情。

33. 月黑雁飞高，单于夜遁逃。欲将轻骑逐，大雪满弓刀。

——唐·卢纶《塞下曲》

【注解】 单于：匈奴人的最高统治者。遁：逃跑。欲：想要。将：率领。
轻骑：轻装的骑兵。逐：追赶。满弓刀：形容风雪之大。

【释义】 月亮被云遮住了，四周一片漆黑，宿雁被惊得飞向高空，单于
带着他的残部乘着黑夜逃跑了。本想率领轻骑兵去追赶，但是风雪
实在是太大了。

【点评】 描写了当时南侵的契丹族入侵者大漠战场上乘月黑之夜逃
跑的情景。

34. 更深月色半人家，北斗阑干南斗斜。

——唐·刘方平《月夜》

【注解】 更：古人夜间的计时单位。阑干：保护花木的护栏，也引申为
横向条状的事物。

【释义】 夜半更深，朦胧的斜月映照着家家户户，庭院一半沉浸在月
光下，另一半则笼罩在夜的暗影中。天上的星星，北斗星和南斗星
都已经横斜了，说明春天早已到来。

【点评】 以夜晚天空星象变化来表示温暖的春天已经到来。

35. 洞庭秋月生湖心，层波万顷如熔金。

——唐·刘禹锡《洞庭秋月行》

【注解】 洞庭：洞庭湖，是我国第二大淡水湖，在湖南省北部。层波：
水波动荡。万顷：形容广阔而平坦。

【释义】 洞庭湖上深秋的明月好像是从湖中心升起来的，金黄的明月
照映在波光粼粼的万顷湖面上，如同在熔化满湖的黄金。

【点评】 描写了深秋白露之夜洞庭湖上金月朗照，湖泛金波的美丽
景象。

36. 共看明月应垂泪，一夜乡心五处同。

——唐·白居易《望月有感》

【注解】 应：应该，大概，猜度之词。乡心：思念家乡亲人的心情。

【释义】离乱使兄弟姊妹们天各一方，在月圆之夜看到天上团团圆圆的明月肯定是泪流满面，因为在这一天夜晚五兄妹思念家乡亲人的心情是相同的。

【点评】抒写了离乱之后，关切、怀念诸位兄弟姊妹之情，诉说了离乱之苦。

37. 大漠沙如雪，燕山月似钩。

——唐·李贺《马诗》

【注解】大漠：广阔辽远的沙漠。燕山：我国北部的著名山脉，战略要地。

【释义】蜿蜒的燕山之上，一弯如钩的明月照亮了燕山下的万里平沙，在月光下的沙漠如同铺上一层皑皑白雪。

【点评】描写了一幅燕山大漠的战场景色，给人一种悲凉肃杀的感觉。

38. 独上江楼思渺然，月光如水水如天。

——唐·赵嘏《江楼感旧》

【注解】渺然：广远的样子。

【释义】月色中，一个人独自登上高楼眺望，他在思考什么呢？看到的是水天一色的景象。

【点评】诗人巧妙地运用了叠字回环的技巧，将江楼夜景写得那么清丽绝俗。

39. 晓镜但愁云鬓改，夜吟应觉月光寒。

——唐·李商隐《无题》

【注解】晓镜：清晨照镜时。但愁：只担心。云鬓改：乌黑的头发变白。

【释义】清晨起来照镜时只担心一头乌云一样的黑发因过度思念而变成白发，夜晚吟诗时常常觉得月光都是寒冷的。

【点评】以揣度的口吻表明了女主人公对情人的思念之切和了解之深。

40. 萧娘脸薄难胜泪，桃叶眉尖易觉愁。天下三分明月夜，二分无赖是扬州。

——唐·徐凝《忆扬州》

【注解】 无赖：可爱美丽之极。扬州：古称广陵、江都、维扬，自古是繁华美丽之地。

【释义】 扬州的少女们无忧无虑，笑脸迎人，娇美的脸上怎能藏住眼泪，她们可爱的眉梢上所挂的一点忧愁也容易被人察觉。若将天下明月的美丽可爱分为三份，那么她的可爱美丽扬州要占去三分之二。

【点评】 诗句巧妙地采用数字来分配月色，给人以特别深刻的印象，以致后来人们将"二分明月"作为扬州的代称。

41. 无言独上西楼，月如钩。寂寞梧桐深院锁清秋。

——南唐·李煜《相见欢》

【注解】 无言：形容孤苦伶仃。深院：形容宅院的高大、空旷无人。

【释义】 独自一人默默无语地登上西楼，天边明月似银钩。在这清冷的秋夜，深院里关锁着我与寂寞的梧桐树。

【点评】 以如钩的明月、清冷的梧桐、孤独的人织就了一幅凄凉之景，从而烘托了丧国之君李煜内心的苦楚与怅惘。

42. 多情自古伤离别，更那堪，冷落清秋节！

——北宋·柳永《雨霖铃》

【注解】 多情：指重情之人。伤离别：对离别特别悲伤。那堪：哪里承受得了。清秋节：指农历九月九日重阳节。

【释义】 重感情的人自古以来对离别感到特别悲伤，更难于承受的是，时节已到了百花凋零的重阳节。

【点评】 这是诗人离开汴京南下与恋人惜别时所作。词以种种凄凉、冷落的秋天景象衬托和渲染离情别绪，活画出一幅秋江别离图。

43. 明月却多情，随人处处行。

——北宋·张先《菩萨蛮》

【注解】 多情：重视情感。处处：到处。

【释义】明月却是那么多情，不管人走到哪里，她都陪伴着你同行。

【点评】明月照人是客观现象，与人本不相干。而诗人把明月人格化，说月是有意随人处处照行，把明月写得一往情深。

44. 沙上并禽池上暝，云破月来花弄影。

——北宋·张先《天仙子》

【注解】并禽：雌雄双禽。暝：日落，天黑。弄影：戏弄摇动。

【释义】沙滩上的雌雄双禽在池上相伴而眠，此时风吹开了薄云，月亮从云背后露出脸来，风儿如同在戏弄花儿的倩影。

【点评】"云破月来花弄影"是千古传诵的名句，因作者有此句与"堕风絮无影""隔墙送过秋千影"三个写影的名句，人称张先为"张三影"。

45. 人意共怜花月满，花好月圆人又散。

——北宋·张先《木兰花》

【注解】怜：喜爱。

【释义】人们都喜爱花好月圆，可是花好月圆时朋友们又各在一方了。

【点评】作者感叹世事难以十全十美。

46. 油壁香车不再逢，峡云无迹任西东。梨花院落溶溶月，柳絮池塘淡淡风。

——北宋·晏殊《寓意》

【注解】油壁香车：古代女子乘坐的精美小车。峡云：借代巫山神女。溶溶：形容月色朦胧。淡淡：形容风轻悄悄地吹着。

【释义】油壁香车辘辘而来又骤然消逝，一片彩云刚刚出现而又倏忽散去。坐在装饰精美轻便小车里的美丽女子再也见不到了，如同巫峡神女来无影去无踪。在梨花盛开的庭院里月色朦胧，柳絮飘飞的池塘边风轻悄悄地吹着。

【点评】运用美丽的神话典故写别后相思的恋情，意思是在一个梨花柳池的庭院里，作者与爱人度过了一个令人难忘的美满月夜。

47. 新月如佳人，出海初弄色。娟娟到湖上，潋潋摇空碧。

——北宋·苏轼《宿望湖楼再和》

【注解】弄色：故意显示美丽。娟娟：姿态柔美的样子。潋（liàn）潋：水波流动的样子。

【释义】刚刚上升的弯弯的新月如同佳人的美眉，一升上海面就显示出亮丽无比的姿色。它姿态柔美优雅地来到西湖之上，西湖的碧波也为之摇晃跳动起来。

【点评】写新月的美丽可爱，将新月比喻为如佳人一般的迷人，连西湖的碧波也兴奋得摇晃跳动起来。

48. 明月几时有？把酒问青天。

——北宋·苏轼《水调歌头》

【注解】几时有：什么时候能出现。把酒：握着酒杯。

【释义】因想月而不见月，便手握酒杯问天说：明月什么时候能够出现？

【点评】蕴含了词人对明月的赞美和向往之情，引发出对天上仙境的奇想。

49. 人有悲欢离合，月有阴晴圆缺，此事古难全。

——北宋·苏轼《水调歌头》

【注解】悲欢：有悲伤有欢乐。离合：有分离有聚合。阴晴：指有月的日子与无月的日子。此事：指想要天天晴朗、夜夜月圆的事。

【释义】人有悲伤的时候，可也少不了开心的时候，有分离的痛苦，也有相聚时候的快乐。月亮也有阴晴圆缺的时候，而且是交替轮转的，你要它天天月圆、日日晴朗这种事自古以来都是难以做到的。

【点评】揭示了天下没有十全十美的事，人要懂得知足。

50. 会挽雕弓如满月，西北望，射天狼。

——北宋·苏轼《江城子》

【注解】会：应当，一定要。挽：拉开。雕弓：饰有彩绘的弓。满月：把弓拉得如满月一样圆。天狼：星宿名，即天狼星。

【释义】我一定会把雕弓拉得圆如满月，警惕西北方的敌情，随时准备将利箭射向入侵之敌。

【点评】表达了诗人强烈的报国之心。

51. 少焉，月出于东山之上，徘徊于斗牛之间。

——北宋·苏轼《前赤壁赋》

【注解】少焉：不多时。焉，语气助词，无实义。徘徊：即"盘桓"，缓慢地移动。斗牛：星宿名，指北斗星与牛郎星。

【释义】不多时，明月从东山背后升起了，盘桓在北斗星与牛郎星之间。

【点评】描写了湖北省黄州城西赤壁月亮初出的景象。

52. 庭下如积水空明，水中藻荇交横，盖竹柏影也。

——北宋·苏轼《记承天寺夜游》

【注解】积水空明：比喻月光的清明澄澈。藻荇（xìng）：水草。

【释义】月光静静地泻在庭院中，如池水般清明澄澈，庭院里竹子和松柏的月影就像池水中交错的藻、荇等水草。

【点评】描写了承天寺月夜中庭院里的美丽景象。

53. 琵琶弦上说相思。当时明月在，曾照彩云归。

——北宋·晏几道《临江仙》

【注解】彩云：比喻作者家名叫小蘋的美丽歌女。

【释义】拨弹着琵琶弦，诉说相思病的滋味。当时明月如今依然还在，它曾映照彩云般美丽的妙姿倩影归来。

【点评】写作者曾经生活中的歌女小蘋的美丽可爱。

54. 暮雨不来春又去，花满地，月朦胧。

——北宋·贺铸《江城子》

【注解】暮雨：傍晚时下的雨。朦胧：隐隐约约，看不清楚。

【释义】傍晚的雨没有来，春天又匆匆离去了，看那满地的花瓣，笼罩在朦胧的月色之中，让人莫名地伤感。

【点评】描写暮春的景象，是抒发伤春之情的诗作。

55. 明月别枝惊鹊，清风半夜鸣蝉。稻花香里说丰年，听取蛙声一片。

——南宋·辛弃疾《西江月》

【注解】别枝：飞离枝头。惊鹊：明月使鸟鹊以为天亮了，所以惊飞起来。稻花香里：稻子扬花的时候。听取：听到。

【释义】如日的明月惊飞了枝头栖歇的鸦雀，深更半夜之时，清凉的风送来阵阵鸣蝉声。稻子扬花的时候就在期望丰收的年成，你听那一片此起彼伏的蛙鸣声就是丰年的证明。

【点评】描写了夏天乡野农村一个月明如昼的月夜的优美景象。

56. 梅花雪，梨花月，总相思。自是春来不觉去偏知。

——清·张惠言《相见欢》

【注解】梅花雪，梨花月：借喻爱人的纯洁美丽。春来：比喻与爱人在一起的日子。

【释义】爱人纯洁得如雪中梅花，美丽得似月下梨花，恩爱情思绵绵割不断。在一起的日子好比是温暖的春天，不知不觉就过去了，离开了她才觉得日子是如此难过。

【点评】名句是描写夫妻间的恩爱之情，采用了双关、借喻手法，是借景抒情的典范之作。

57. 清风明月本无价，近水遥山皆有情。

——清·梁章钜《苏州沧浪亭楹联》

【注解】本无价：形容宝贵而难得。皆有情：都是有感情的。

【释义】清风明月这样悠然的自然景色原本就是无价的，是可遇而不可求的；眼前的流水与远处的青山相映成趣，更是别有情意。

【点评】这是一副有名的对联，上联取自欧阳修的《沧浪亭》诗，下联取自苏舜钦的《过苏州》诗，虽是集句联，但天衣无缝，浑然天成，不愧是大师之作。

58. 辽海吞边月,长城锁乱山。

——清·萧诗《度关》

【注解】辽海:指渤海,泛指辽东滨海。吞:吞没,指月亮落入海中。
边月:边疆的月亮。乱山:不规整的山。

【释义】辽阔的渤海湾如同巨兽的大口将西沉的月亮一口吞没了,蜿
蜒的长城如同一条长龙缠住了辽东边关的无数大小的山头。

【点评】描写了辽东渤海湾与居庸关长城的雄伟气势。

七、日月

1. 书之论事, 昭昭如日月之代明。

——《尚书大传》

【注解】 书：《尚书》。论事：记叙论述的事情。昭：明显，清楚明白。

【释义】《尚书》中记叙论述的事情，像太阳和星星那样明显。

【点评】 形容圣人的丰功伟业，如同日月般明显清楚，是人所共
见的。

2. 是故夜寝蚤起, 父子兄弟不忘其功。为而不倦, 民不惮劳苦。

——《管子·乘马》

【注解】 是故：因此。蚤：通"早"。其：代词，他们。功：事情。惮
（dàn）：怕，畏惧。

【释义】 所以他们能够晚睡早起，父子兄弟全家关心劳动，不知疲
倦、不辞劳苦地细心经营。

【点评】 要大力发展农业，就必须把土地分给农民，这样才能充分调
动农民的生产积极性。

3. 日月出矣, 而爝火不息, 其于光也, 不亦难乎!

——《庄子·逍遥游》

【注解】 出矣：出来了。而：但是。爝（jué）火：照明的烛火。息：通
"熄"。其：指代烛火。光：动词，争比光亮。乎：吗。

【释义】 太阳、月亮出来了，而火烛还不熄灭，它还想与日月争辉，这
不也是很难的事吗!

【点评】 小事物是无法与巨大的事物相比的，小事物应有自知之明。

4. 与天地兮比寿，与日月兮齐光。

——战国·屈原《九章·涉江》

【注解】兮：语气词，无实义。

【释义】寿命与天地一般长久啊，名声像日月一样辉煌。

【点评】歌颂和赞美伟大人物及其功绩将彪炳青史，永垂不朽。

5. 日月忽其不淹兮，春与秋其代序。

——战国·屈原《楚辞·离骚》

【注解】忽：迅速。淹：久留。代序：指季节更相替换。

【释义】时光匆匆流逝，一刻也不久留；春去秋来周而复始，年复一年。

【点评】此是屈原有感于光阴空逝，而自己的政治抱负无法实现而写的感想。

6. 名声若日月，功绩如天地。

——《荀子·王霸》

【注解】若：如同。日月：形容功劳极为广大。

【释义】一个人的名声之高如日月高悬，光照寰宇；功劳之大如天广地厚，覆载万物。

【点评】形容功德如同日月，照耀天地；恩德如同大地，哺育万物。常被用来赞扬名望极高、功劳极大的人。

7. 日不知夜，月不知昼，日月为明而弗能兼也。

——《淮南子·缪称训》

【注解】日：白昼。昼：白天。

【释义】太阳不知道黑夜的情况，月亮不了解白昼的景象，太阳与月亮都是光明的，却不能同时照亮黑夜或同时出现在白天。

【点评】事物由于存在的条件、所处的地位等局限，都各有其片面性。

8. 日月欲明，浮云盖之；河水欲清，沙石溅之；人性欲平，嗜欲害之。

——《淮南子·齐俗训》

【注解】溅：huì，通"秽"，污浊，使污浊。嗜欲：嗜好和欲望。

【释义】日月想要明亮,浮云却要遮蔽它;河水想要清澈,沙石却想弄脏它;人的性情想要平和,嗜好和欲望却要损害它。

【点评】人的本性是平和的,不愿与人争斗;但人又是有嗜好和欲望的,总想有所获得,这就势必要争强好斗;争强好胜之心起,则就不能保持平和的心性了。

9. 冰炭不同器,日月不并明。

——西汉·桓宽《盐铁论·刺复》

【注解】器:器皿。并:一同。明:照亮。

【释义】冰块与炭火是不会放在同一个器皿里的,太阳是白天的,月亮是晚上的,它们是不可能同时照亮大地的。

【点评】物以类聚,两种不同性质的事物是不会聚集在一起的。

10. 尧舜不易日月而兴,桀纣不易星辰而亡。

——西汉·陆贾《新语》

【注解】尧舜:古史传说中的两个圣明君主。易:改变。而:但是。桀纣:历史上两个著名的残暴君王。亡:灭亡。

【释义】唐尧虞舜管理国家的时候太阳月亮没有改变但国家十分兴旺,夏桀商纣管理国家的时候日月星辰都没有变化但国家衰亡了。

【点评】管理国家的人,政治制度上不可失度脱离人道,不然会导致国家衰亡。

11. 日月经天,江河行地。

——《后汉书·桓谭冯衍传》

【注解】经:经过,运行。

【释义】太阳和月亮每天经过天空,江河永远流经大地。

【点评】常常用于比喻人或事物的永恒、伟大。

12. 日月之行,若出其中;星汉灿烂,若出其里。

——东汉·曹操《观沧海》

【注解】行:运行。若:如同。其:指代大海。星汉:指银河。

【释义】 太阳和月亮每天从东方升起，又从西方落下，好像是从大海中升起又回到大海之中；星光灿烂的银河斜贯天宇，它的一端垂向地平线，好像发源于大海一样。

【点评】 这里以丰富的想象、壮观的意境描写了大海的形象，表现了诗人昂扬奋发的精神风貌，以及大海般的雄心壮怀。

13. 大丈夫行事，当磊磊落落，如日月皎然。

——《晋书·石勒载记》

【注解】 磊磊落落：形容光明正大。皎然：光明的样子。

【释义】 大丈夫处世做事，应当坦坦荡荡，光明磊落，像日月那样洁白明亮。

【点评】 日月是光明的象征。

14. 与乾坤合其寿，与日月齐其明。

——唐·卢照邻《悲人生》

【注解】 齐：一样，同样。

【释义】 寿命与乾坤一样长久，名声与太阳月亮同样光明。

【点评】 表达了对有成就的长者的赞美和祝福。

15. 朗如日月，清如水镜。

——唐·杨炯《郪县令扶风窦兢字思谨赞》

【注解】 朗：指行为光明磊落。清：指品德廉洁清白。

【释义】 行为光明磊落，如同太阳和月亮一样光明，品德好比净水和镜子一样清澈。

【点评】 赞美官吏清正廉洁，也可用来形容廉洁和操守高尚的人格。

16. 屈平词赋悬日月，楚王台榭空山丘。

——唐·李白《江上吟》

【注解】 屈平：即屈原。词赋：即"辞赋"。榭（xiè）：建在高台上的房屋。

107

【释义】屈原的诗歌像高悬天际的日月一样永放光明,楚王的亭台楼榭却早已无迹可寻,只有山丘还在。

【点评】以对比的手法表达了作者对忧国忧民的屈原与他的作品的景仰。屈原的高尚人品与瑰丽诗歌如同日月永照,日月是不朽的象征。

17. 非无江海志,潇洒送日月。

——唐·杜甫《自京赴奉先县咏怀五百字》

【注解】非无:不是没有。江海:比喻隐居江湖。志:想法,打算。潇洒:自由自在的样子。日月:光阴。

【释义】我何尝没有隐居的打算,自由自在地在江湖间过隐居的生活,但时势不允许我过潇洒生活。

【点评】诗人表白自己也想过隐居的潇洒生活,但形势险恶,只能一路逃难,抒发了对安史之乱的怨恨之情。

18. 羯胡腥四海,回首一茫茫。血战乾坤赤,氛迷日月黄。

——唐·杜甫《送灵州李判官》

【注解】羯(jié)胡:指安禄山叛军。腥:牛羊的臊气。茫茫:空旷辽阔。血战:形容战斗之激烈。乾坤:天地。氛迷:形容风沙弥漫。

【释义】到处是胡人安禄山叛军的腥臊味,回头一望空旷苍茫。血战激烈得天地都变成了血红色,漫天的黄沙遮住了太阳的光芒。

【点评】描写唐军平定安禄山叛军的战斗异常激烈,黄沙蔽日,血光漫天。

19. 南山塞天地,日月石上生。

——唐·孟郊《游终南山》

【注解】南山:长安城南的终南山。塞:充满。生:升起来。

【释义】终南山高大的身躯简直充塞了天地空间,太阳和月亮似乎都是从它的石头上面生出来的。

【点评】以夸张的手法勾勒出终南山的奇伟形象,表达自己异乎寻常的感受,使人胸襟为之开阔。

20. 天涯浮云生，争蔽日月光。穷巷秋风起，先摧兰蕙芳。

——唐·刘禹锡《萋兮吟》

【注解】天涯：天边。穷巷：贫穷的乡村。蕙（huì）：兰花的一种。

【释义】天边飘来片片浮云，争先恐后地去遮蔽日月的光芒。贫穷的乡村里秋风一来，首先被摧残的就是芳香的兰花。

【点评】名句是比喻，意思是高尚的事物常受人玷污，高贵的东西容易被毁坏。

21. 东西生日月，昼夜如转珠。

——唐·元稹《苦雨》

【注解】东西生：东升西落的意思。珠：比喻太阳、月亮。

【释义】日月东升西落，昼夜似转珠一样周而复始。

【点评】慨叹光阴迅速，逝去得快，表达了要珍惜光阴，珍惜人生。

22. 将回日月先反掌，欲作江河惟画地。

——唐·李贺《荣华乐》

【注解】惟：通"唯"，只要。

【释义】想要把日月回转，只需一反掌而已；要想平地现江河，只要画地即可成。

【点评】用夸张比喻的手法，画出一个飞扬跋扈的权贵形象。旨在讽刺东汉时皇戚权贵们大权独揽的嚣张态势。

23. 乱条犹未变初黄，倚得东风势便狂。解把飞花蒙日月，不知天地有清霜。

——北宋·曾巩《咏柳》

【注解】倚：倚仗。解：懂得。飞花：此处指飞舞的柳絮。清霜：比喻清明严厉的人。

【释义】柳树杂乱的枝条刚刚抽芽，还没有改变初生时的浅黄色，因为能倚恃东风便狂舞起来。只懂得能用自己的飞絮去遮蔽日月，却不知天地间还有清霜存在。

【点评】运用拟人的手法，讽刺那些"倚得东风势便狂"的势利小人，最终必将受到"清霜"的惩罚。

24. 天地之功不可仓卒，艰难之业当累日也。

——北宋·司马光《资治通鉴序》

【注解】仓卒：匆忙，时间短。

【释义】天大功绩是不可能在短时间内建立的，艰巨的事业应当在于日积月累才能成功。

【点评】凡巨大艰难的事业都必须持之以恒长期积累才能成功。

25. 抬眸四顾乾坤阔，日月星辰任我攀。

——北宋·苏轼《失题二首》

【注解】眸：眼睛。顾：望。

【释义】抬眼四面望天地，天地广袤无边；日月星辰虽然高远，却都能任我攀摘。

【点评】表现诗人宽广的胸怀和豪迈大气的气魄。

26. 光阴似箭催人老，日月如梭趱少年。

——元·高明《琵琶记》

【注解】光阴似箭：比喻岁月过得快。如梭：如同梭子织布般穿梭。趱（zǎn）：逼赶。少年：年轻人。

【释义】光阴像飞箭一样催促人老去，日月像梭子织布般赶走年轻人的岁月。

【点评】这里连用两个比喻，描写时光流逝之快。形象地写出了看不见、摸不着的时间的流逝。

27. 心无日月之明，志无雷霆之奋，不可与言学。

——清·魏象枢《庸言》

【注解】心：思想。日月：比喻光明磊落。雷霆：比喻激情。可：能。言学：探讨学问。

【释义】思想上如果不能做到像日月那样光明磊落，志向方面如果没有像雷霆爆发那样激情四射，就没有必要与他讨论学问的问题。

【点评】心地的纯洁、光明以日月为喻,志向的宏大以雷霆作比。

28. 眼前得丧等烟云,身后是非悬日月。

——清·陈恭尹《赠余鸿客》

【注解】得丧:利害得失。等:等同。烟云:比喻很快就会消失。

【释义】眼前的利害得失如同烟云很快就会消散,死后的对错是非却如同日月永久存在。

【点评】这是关于是非得失的名句。

29. 日月如梭,光阴似箭,少年人,早打点。

——清·佚名儿歌《早打点歌》

【注解】打点:收拾,准备。

【释义】日月像织布的梭子一样交替穿行,光阴似飞箭般逝去,少年们应该早些做准备啊!

【点评】这是劝诫少年儿童珍惜光阴,抓紧学习的儿歌。

30. 天可补,海可填,南山可移。日月既往,不可复追。

——《曾国藩全集》

【注解】日月:岁月,时日。既往:已经过去。不可:无法。复:再。

【释义】天缺可以补,海深可以填,山挡路可以移。但已经过去的时间是再也无法追回来。

【点评】这是劝人珍惜时间的名言警句,以夸张、排比句式告诫人们一定要珍惜时间。

八、时间

1. 子在川上曰: 逝者如斯夫, 不舍昼夜。

——《论语·子罕》

【注解】子: 孔子。川上: 河岸上。逝者: 指过往的时间。如斯夫: 就像
    这流水一样。

【释义】孔子在河岸上说: 过往的时间, 就像这流水一样, 是日夜不
    停, 一去不返的。

【点评】孔子说此句时是在河边, 故后人多用来指时间像流水一样不
    停地流逝, 既是感慨人生世事变换之快, 亦有惜时之意。

2. 日出而作, 日入而息, 逍遥于天地之间而心意自得。

——《庄子·让王》

【注解】日出: 太阳升起。而: 就。作: 起来劳动。日入: 太阳落山。
    于: 在。

【释义】太阳升起就起来劳动, 太阳下山就休息, 人们自由自在, 单纯
    快乐地生活着。

【点评】表现了远古人民自由自在、单纯简朴的生活方式。

3. 人生天地之间, 若白驹之过隙, 忽然而已。

——《庄子·知北游》

【注解】生: 生活。若: 如同。驹: 马驹。隙: 缝隙。忽: 倏忽, 瞬间。而
    已: 罢了。

【释义】人生活在世界上, 就像一匹白色的骏马在缝隙间跑过, 一闪
    而过罢了。

【点评】形象地表达了人生的短暂, "白驹过隙"后成为光阴短暂的成
    语, 并沿用至今。

4. 吾生也有涯，而知也无涯。

——《庄子·养生主》

【注解】涯：边际，极限。而：然而。知：知识。也：表句中停顿语气。

【释义】人们的生命是有限的，而知识却是无限的。

【点评】庄子的原意是没有必要用有限的生命去追求无限的知识，而后人得出的认识正与庄子相反，既然人的生命有限，而知识无限，所以更应只争朝夕地学习。

5. 齐侯曰："余姑翦灭此而朝食！"不介马而驰之。

——《左传·成公二年》

【注解】齐侯：春秋时齐国的国君。余：我。姑：姑且。翦灭：消灭。此：指这些人。朝食：吃早饭。

【释义】骄傲的齐顷公嚷道："我们姑且消灭了这些敌人再回来吃早饭！"他连战马甲胄都不披就冲入战场，结果齐军大败，自己都做了俘虏。

【点评】表现了齐顷公的狂妄自大。

6. 叔孙归，曾天御季孙以劳之。且及日中不出。

——《左传·昭公元年》

【注解】叔孙：叔孙豹，春秋时鲁国大夫。曾天：季孙氏的家臣。御季孙：为季孙氏驾车。季孙，即季孙氏，是掌握鲁国实权，凌驾于公室之上的贵族。劳之：慰问叔孙豹。且：早晨。

【释义】叔孙豹参加盟会回到鲁国后，曾天为季孙氏驾车去慰问叔孙豹。自早晨等到将近中午，叔孙豹因怨恨季孙氏而不出来相见。

【点评】揭示了当时鲁国贵族与权臣间的矛盾。

7. 与庄贾约曰："旦日日中，会于军门。"穰苴先驰至军，立表下漏待贾。

——《史记·司马穰苴列传》

【注解】与：和。庄贾：战国时秦人。约：约定。旦日：第二天。穰苴（ránɡjū）：即司马穰苴，春秋末期齐国的军事家。驰：骑马快跑。

立表：树好测量日影的圭表。下漏：装好计时的漏壶。贾：即庄贾。

【释义】 穰苴和庄贾约定，第二天正午时分，在军营的大门外相会。司马穰苴先骑马赶到军营中，树好测量日影的圭表，装好计时的漏壶，来等待庄贾的到来。

【点评】 描写司马穰苴治军之严，庄贾依仗自己是齐景公的宠臣，骄横迟到，被斩首。说明了司马穰苴身先士卒，以身作则，治军严明的作风。

8. 诸客奔走市买，至日昳皆会。

——《汉书·原涉传》

【注解】 诸：各位。客：门客。市买：做买卖。日昳（dié）：即未时，相当于午后1—3时。

【释义】 各位门客都跑着去做买卖，到太阳偏西的时候全都会合了。

【点评】 描写游侠门客们的守时、守信用。

9. 鸡鸣入机织，夜夜不得息。

——汉乐府《孔雀东南飞》

【注解】 鸡鸣：又名丑时，相当于北京时间凌晨1—3时。

【释义】 鸡鸣的时候就进入机房织布，夜夜都是如此，一夜都不休息。

【点评】 描写刘兰芝勤劳的品德与艰辛的生活。

10. 奄奄黄昏后，寂寂人定初。

——汉乐府《孔雀东南飞》

【注解】 奄奄：昏暗的样子。黄昏：又名戌时，相当于现在下午的7—9时。人定：又名亥时，是夜深人静之时，相当于现在晚上的9—11时。

【释义】 在昏暗朦胧的黄昏之后，是万籁俱寂人定之时。

【点评】 描写了刘兰芝投河自尽前昏暗寂静的气氛。

11. 百川东到海，何时复西归。少壮不努力，老大徒伤悲。

——汉乐府《长歌行》

【注解】 百川：所有的河流。少壮：青壮年时。徒：徒劳。

【释义】所有的河流都向东流入大海,什么时候还会向西流回来?身强力壮的青壮年时不努力学习,到衰老之时只能徒劳地伤心悔恨。

【点评】这是惜时的名言警句,诗人用河水东流不返比喻时间的流逝不再,人生的光阴也一样不会为一个人而留住。

12. 至于衡阳,是谓隅中;至于昆吾,是谓正中。

——《淮南子·天文训》

【注解】至于:到达的意思。衡阳:南岳衡山的南面,在湖南省。隅中:即巳时,相当于北京时间上午9—11时。昆吾:山名,在今河南省许昌市东南。正中:即日中、日正、中午,又名正午、亭午等,相当于现在的中午11—13时。

【释义】太阳运行到衡阳上空,此时就叫"隅中";太阳运行到了昆吾的上空时,就要叫"正中"。

【点评】解释了白天太阳的运行与时间的关系。

13. 日至于悲谷,是谓晡时。

——《淮南子·天文训》

【注解】悲谷:大山谷。是:这时候。谓:就叫。晡时:又名申时,相当于现在的下午3—5时。

【释义】太阳运行到悲谷的上空时,这时候就叫晡时,是吃晚饭的时候。

【点评】此句是说何时该吃晚饭。

14. 年岁晚暮时已斜,安得力士翻日车?

——东汉·李尤《九曲歌》

【注解】安得:哪里会?日车:指太阳,亦指神话中太阳所乘的六龙驾的车,引申为时光。

【释义】年岁大了如同太阳偏西,哪里会有个力大无穷的人能倒挽太阳之车,使时光倒流呢?

【点评】诗人感叹年华已逝如同日落西山,流逝的岁月不再回来。

15. 盛年不重来，一日难再晨。及时当勉励，岁月不待人。

——东晋·陶渊明《杂诗》

【注解】盛年：精力充沛的年岁。再晨：第二个早晨。及时：抓住时间。

【释义】精力充沛的年岁不会再重新来过，就像一天之中绝不会有两个早晨。一定要趁年轻的时候，勉励自己努力奋斗，因为岁月的逝去是不会停下来等待任何人的。

【点评】感叹时间一去不复返，勉励人们应抓紧时间做有意义的事情。

16. 一年之计在于春，一日之计在于晨。

——南朝梁·萧绎《纂要》

【注解】计：计划，打算。

【释义】一年的计划要在春天里考虑安排好，一天的计划要在早晨时考虑安排好。

【点评】比喻凡事都要早做打算，任何事情开头时就要抓紧并认真做好，为全年或整天的工作打好基础。

17. 自非亭午夜分，不见曦月。

——北魏·郦道元《水经注》

【注解】自非：如果不是。亭午：中午。夜分：又名子时，相当于深夜11时至次日凌晨1时。

【释义】如果不到正午时太阳当头或半夜时分明月正中，就看不到太阳和月亮。

【点评】描写了长江三峡山势高耸挺立，层峦叠嶂，遮天蔽日的情景。

18. 闲云潭影日悠悠，物换星移几度秋。阁中帝子今何在，槛外长江空自流。

——唐·王勃《滕王阁序》

【注解】物换星移：景物改变，星辰移动。形容时序和世事的变化。几度秋：多少年。帝子：皇子。滕王阁是唐高祖李渊之子李元婴所建。
槛外：阁门外。

【释义】江潭每天都倒映着白云悠闲的影子，四时更替景物变换不知
过了多少年。滕王阁中的皇子如今在哪儿呢，只有阁门外的长江水
在滔滔不息地流淌。

【点评】描写了滕王阁景物物换星移数度变化，抒发了作者光阴如流
水的感叹。

19. 人事有代谢，往来成古今。

——唐·孟浩然《与诸子登岘首》

【注解】人事：人世间事，人情事理。代谢：变化交替。

【释义】朝代更替，家族兴衰，人们的生老病死、悲欢离合，人事总是
在不停地变化着。寒来暑往，春去秋来，时光也在不停地流逝着。

【点评】写出了人事的更替，光阴的流转。

20. 月明松下房栊静，日出云中鸡犬喧。

——唐·王维《桃源行》

【注解】房栊：房屋门庭。日出：即卯时，相当于早晨5—7时。

【释义】在明月的清光下松树影笼罩人们的房屋门庭，一片宁静安
详；早晨太阳出来了云山悠悠，山下鸡鸣犬吠，桃花源里一派繁荣的
喧闹景象。

【点评】通过夜晚、白昼两幅充满着诗情画意的画面，表现出桃花源
中人安宁繁荣的美好生活。

21. 君不见黄河之水天上来，奔流到海不复回。

——唐·李白《将进酒》

【注解】黄河之水天上来：黄河落差极大，仿佛从天而降。

【释义】您没有看见吗？黄河里的水从天上流泻而来，奔腾流到大海
不再回来。

【点评】既写出了黄河的雄伟气势，又发出了时光易逝的感叹。

22. 吾曾弄海水，清浅嗟三变。果惬麻姑言，时光速流电。

——唐·李白《赠王汉阳》

【注解】弄海水：在海上泛舟。清浅：指海水。嗟：感叹三变。惬：合乎。麻姑：道教神话中的仙人。时光：时间、光阴。电：闪电，形容速度快。

【释义】我也曾经泛舟于海上，清浅的海水也感叹这世事变幻太快。果真如麻姑仙女所言，时光飞逝流逝，如同闪电一样迅速。

【点评】表达了作者对时光的感叹，反映诗人的惜时之情。是千古惜时名句。

23. 抚酒惜此月，流光畏蹉跎。

——唐·李白《五松山送殷淑》

【注解】抚：持。流光：流逝的光阴。蹉跎：虚度。

【释义】手持酒杯惋惜这姣好的明月，时光飞逝，最怕的是虚度年华。

【点评】在时光易逝的叹咏中饱含着深沉的主观感情，震动着读者的心弦。

24. 昔人已乘黄鹤去，此地空余黄鹤楼。黄鹤一去不复返，白云千载空悠悠。

——唐·崔颢《黄鹤楼》

【注解】昔人：古人。空余：只剩下。黄鹤楼：在今湖北省武汉市，是中国江南三大名楼之一。传说是三国时蜀国杰出的政治家费祎驾鹤登仙之地。载：年。

【释义】古人已经乘坐黄鹤飞走了，这里只剩下了一座黄鹤楼。黄鹤飞走后再也没有回来过，千年来只有白云在楼顶上悠悠飘荡。

【点评】借白云黄鹤的故事表达了古人远去、光阴永逝、只有胜迹长存的感情。

25. 朝回日日典春衣，每日江头尽醉归。酒债寻常行处有，人生七十古来稀。

——唐·杜甫《曲江》

【注解】朝回：上朝回家。典：典当，卖掉。行处：到处。古来稀：自古以来就很少。

【释义】上朝回家天天要去典当春天穿的衣服，每天都要在曲江边尽兴喝醉才回家。喝酒欠下酒债是很平常的到处都有，而人能活到七十岁的自古以来就很少。

【点评】描写了作者爱酒如命与豪放豁达的诗人性情。此是成语"古稀之年"的来历。

26. 白首相逢征战后，青春已过乱离中。

——唐·刘长卿《送李录事兄归襄邓》

【注解】乱离：遭兵乱而流离。

【释义】战后重逢时已经年老，青春已在乱离中度过。

【点评】说明兵荒马乱耽误了美好的青春年华。

27. 岁去弦吐箭，忧来蚕抽纶。

——唐·孟郊《寿安西渡奉别郑相公》

【注解】岁：一年的时间。弦吐箭：形容去得快。蚕抽纶：比喻时间漫长。

【释义】一年时间的过去就像将弦上的箭射出去一样快，烦恼忧愁涌上心头时却慢得像蚕抽丝一样绵延不尽，没完没了。

【点评】说明要抓紧时间，只争朝夕，不能虚掷光阴。

28. 时乎时乎，去不可邀，来不可逃。

——唐·刘禹锡《何卜赋》

【注解】乎：语气词"啊"。邀：求得。逃：躲避。

【释义】时光啊时光啊，它一旦逝去就再也不可求得了，一旦到来也是无法躲避的。

【点评】采用拟人化手法来表现，显得生动活泼，在诸多惜时名句中独具一格。

29. 劝君莫惜金缕衣, 劝君惜取少年时。花开堪折直须折, 莫待无花空折枝。

———唐·杜秋娘《金缕衣》

【注解】劝: 勉励。君: 对人的尊称, 相当于"您"。金缕衣: 金线编织成的衣物。此指华美的衣服。花: 比喻青春年华。堪: 值得, 可以。直须: 应该。空: 徒劳。杜秋娘: 金陵歌女。

【释义】劝您不用珍惜金丝织成的衣物, 劝您珍惜风华正茂的青少年时光。美丽的青春之花值得折取之时就应该努力去折取, 不要等到年老花谢时再徒劳地去折取无花的空枝。

【点评】以形象的手法告诫人们, 一定要珍惜青春年华。人生最宝贵的是时光, 青春时光比一切都宝贵, 须倍加珍惜。

30. 流年莫虚掷, 华发不相容。

———唐·方干《送从兄郜》

【注解】流年: 光阴。虚掷: 不珍惜。华发: 花白的头发。不相容: 光阴不等人。

【释义】时间不要随意荒废, 花白的头发总是不等你做出成绩就出现了。

【点评】人是很容易老的, 千万不要虚度, 一定要及时努力奋斗。

31. 铜壶漏断梦初觉, 宝马尘高人未知。

———唐·温庭筠《鸡鸣埭歌》

【注解】铜壶漏断: 漏壶里的水滴完了, 表示一天的时间已经过完。铜壶, 计时器滴漏。觉: 醒。宝马: 装饰珠宝的马匹。尘高: 跑马时扬起了高高的灰尘, 形容马匹跑得很快很急。

【释义】漏壶里的水滴完了, 快要到天亮上朝的时候了, 而大臣们才刚从睡梦中醒来, 于是骑马急急忙忙地飞奔而来, 马群飞奔把尘土扬得老高, 而人们不知道他们是去干什么。

【点评】描写了晚唐时大臣们匆匆忙忙赶早朝的景象。

32. 初，惠远以山中不知更漏，乃取铜叶制器，状如莲花，置盆水之上，底孔漏水，半之则沉。

——唐·李肇《唐国史补》

【注解】 初：当时。惠远：唐代的著名高僧。更漏：古时夜间是以漏壶上的刻痕记时报更的，所以计时的漏壶又叫更漏。此处指夜晚的时间。

【释义】 当时释惠远在深山里，无法知道夜晚的时间，于是拿铜片制作计时之器，其形状似一朵盛开的莲花，放在盆水上面，荷花底上有漏水的孔漏，满一半就自动沉下去了。

【点评】 这是记载了唐代高僧惠远和尚制作荷花形漏壶计时器的事情，是唐代民间自制壶漏的宝贵史料。

33. 主人不醉下楼去，月在南轩更漏长。

——唐·许浑《韶州驿楼宴罢》

【注解】 去：离开。更漏：晚上的时间。

【释义】 主人家酒还没有喝好就下楼离去了，月亮正照着南窗外的长廊，夜晚的时间还长得很。

【点评】 描写了一次早早结束的夜宴。

34. 泽国路岐当面苦，江城砧杵入心寒。不知白发谁医得，为问无情岁月看。

——唐·高蟾《秋日北固晚望二首》

【注解】 泽国：水乡。路岐：岔路多。砧杵（zhēnchǔ）：捣衣石和棒槌，借指捣衣声。医得：治好。

【释义】 水乡岔路多当下就让人感到辛苦，江城边上的捣衣声却让人听得心寒。不知道人衰老头发白的毛病谁治得好，只能问无情的岁月它是否治得了。

【点评】 抒发了作者对岁月易逝，白发时未建功业的心情。

35. 朝钟暮鼓不到耳，明月孤云长挂情。

——唐·李咸用《山中》

【注解】 朝钟：早上报时的钟声。暮鼓：傍晚报时的鼓声。

【释义】早上报时的钟声与傍晚报时的鼓声都听不到，只有天上的明月与孤独的白云经常很有情意地悬挂在天上。

【点评】描写诗人当时在深山里过着与世隔绝的生活。

36. 但见丹霞翠壁远近映楼阁，晨钟暮鼓杳霭罗幡幢。

——北宋·欧阳修《庐山高》

【注解】但：只。丹霞翠壁：红色的霞光映照在树木青翠的崖壁上。晨钟暮鼓：古时大的庙宇都有早晨击鼓报时，傍晚敲钟报时的习俗。杳霭：袅袅升起的烟云。罗：盘绕。幡幢：庙里的幡子。

【释义】只看见红色的霞光映照在树木青翠的崖壁和远近的庙宇楼阁上，早晨天一亮钟楼上就响起了钟声，傍晚时分鼓楼上的暮鼓声随着袅袅升起的雾霭盘绕在幡幢之间。

【点评】描写了庐山高处大庙宇的瑰丽景象。

37. 飞来山上千寻塔，闻说鸡鸣见日升。

——北宋·王安石《登飞来峰》

【注解】飞来峰：又名灵鹫峰，在杭州灵隐山麓，山高168米。寻：古代的丈量单位，千寻，夸张之词，形容塔高。鸡鸣：即丑时，相当于现在凌晨1—3时。

【释义】飞来峰上的宝塔有千寻之高，据说在飞来峰上的宝塔上能听到天鸡的鸣叫，此时就能见到太阳初升的景象。

【点评】佳句写站得高，才能看得远，此时作者新任宰相，展现了他雄心勃勃的革新抱负。

38. 海隅山谷闲，人物最多处。平旦息相吹，连城默如雾。

——北宋·王安石《送元厚之待制知福州》

【注解】海隅（yú）：海角。平旦：即黎明，早晨太阳出来的时候。息相吹：形容人们都在酣睡。默（dǎn）：黑，引申为安静。

【释义】福州是天涯海角的边远地区，很空闲，是能人与物产最丰富的地方。日出了人们还都在酣睡，整座城池安静得像笼罩在雾里。

【点评】赞美福州是民风淳朴、物产丰富的好地方。

39. 落木无边江不尽，此身此日更须忙。

——北宋·陈师道《次韵李节推九日登南山》

【注解】落木：落叶。尽：停歇。身：自身。忙：勤奋努力。

【释义】深秋树木的落叶无边无际，江水长流不息，我自己今天更需要勤奋努力。

【点评】说明要珍惜时间，好好努力学习工作。

40. 莫等闲，白了少年头，空悲切。

——南宋·岳飞《满江红》

【注解】莫：不要。等闲：轻视。白：指白头发。空：徒劳。

【释义】不要轻易虚度光阴，等到年轻时的黑发都变成了满头的白发，才徒劳地懊悔自己年轻时虚度了光阴。

【点评】年轻人要珍惜生命和时间，要善于利用每一分钟，不断完善自我、锻炼自己，不要等到年老体衰时才徒劳地懊悔自己年轻时虚度了光阴。

41. 午夜星照泥，平旦云行西。小屋古泽中，天昏雨凄凄。

——南宋·陆游《朝雨》

【注解】午夜：半夜。平旦：黎明，相当于现在凌晨3—5时。

【释义】半夜时分看到满天星斗照亮大地，黎明时天却下起雨来，雨云蒙蒙向西而去。

【点评】描写了半夜里还是天晴，到清晨却下起雨来的情景。

42. 冬至一阳初动，鼎炉光满帘帏。五行造化太幽微。颠倒难穷妙理。

——南宋·张抡《西江月》

【注解】冬至：是二十四节气之一，与"夏至"相对。阳：阳气。鼎炉：鼎形的火炉。幽微：奥妙精微。颠倒：无论如何。

【释义】冬至节气一到阳气便开始回升，鼎形的火炉中的火光映满帘幕。五行的创造演化实在是太精妙了，无论如何都难于也无法探究到它的奥机妙理。

【点评】赞美自然造化的奇妙精微。

43. 少年易老学难成，一寸光阴不可轻。未觉池塘春草梦，阶前梧叶已秋声。

——南宋·朱熹《偶成》

【注解】一寸：比喻时间很短。觉：梦醒。秋声：风吹秋天枯叶的声音。

【释义】青春的日子十分容易逝去，学问却很难获得成功，所以，每一寸光阴都要珍惜，不可轻易放过。池塘边上野草的春梦还没有醒，台阶前的梧桐叶已经唱起了飒飒的秋声。

【点评】告诫人们不能放弃年轻时的大好学习时光。

44. 日出复日入，寝饭但默默。堪哀笼中鸟，欲去飞不得。

——南宋·赵蕃《日入》

【注解】寝饭：睡觉吃饭。但：只是。默默：无声的样子。堪：值得。

【释义】从太阳升上地平线到太阳落入地平线，吃饭睡觉都是默不作声的。就像鸟笼中的鸟一样悲哀，想要离开又飞不了。

【点评】描写人没有自由的生活。

45. 曲江三月势绝伦，此占四时长作春。岁月无情留不住，园上送官洞更主。

——南宋·陈杰《重过西湖感事》

【注解】曲江：此处指浙江、钱塘江。四时：四季春夏秋冬。更主：变换了主人。

【释义】江水曲折的钱塘江边池园三月的景色无处能比，此地一年四季都像春天。但岁月的流逝谁都留不住，宫苑里官府门内已经几度变更了主人。

【点评】描写了岁月更替，光阴如流水，人间世事物换星移。

46. 休怪岁月无情, 叹尘世浮生, 闲忙闲老。

——南宋·何梦桂《玉漏迟》

【注解】休怪: 不要责怪。浮生: 人们。

【释义】不要责怪光阴岁月没有人情味, 应该叹息人间的人们, 都是在庸庸碌碌地空忙活。

【点评】抒发了作者岁月易逝、功名虚空的颓废情绪。

47. 天地无情催岁月, 古今何物是功名。梅边且喜春风近, 痛饮挑灯坐到明。

——南宋·黎廷瑞《金陵岁晚》

【注解】无情: 不懂人情。何物: 什么东西。

【释义】天地是不懂人情的, 催促光阴如飞地逝去, 自古至今什么东西是所谓的功名呢? 姑且在春风里欣喜地坐在梅花树边, 痛痛快快地挑灯喝酒赏花坐到天亮。

【点评】抒发了作者轻视功名、及时行乐的颓废情绪。

48. 倚竹欹巾望远天, 脱鞋自在取高眠。无情岁月催双鬓, 有样文章委少年。

——南宋·董嗣杲《漫兴二首》

【注解】欹(qī): 倾斜, 歪。有样文章: 即官样文章, 指旧时官场中有固定格式和套语的例行公文。委: 通 "萎", 委顿, 衰败。少年: 年轻人。

【释义】斜靠着竹子歪系着头巾远望天空, 脱掉鞋子自由自在地选取高处睡眠。无情的岁月催白了我的双鬓, 官样的文章束缚了年轻人的思想, 使他们都变得萎靡不振。

【点评】揭露了束缚年轻人思想的官样文章的罪恶, 指出其浪费了年轻人的宝贵光阴。

49. 佳时苦恨欢悰少。镜里衰颜难再好。试将离恨说渠侬, 天若有情天亦老。

——金·段成己《木兰花》

【注解】佳时: 良辰美景。欢悰(cóng): 欢乐。悰, 快乐, 欢乐。渠侬

（nóng）：你们。

【释义】在良辰美景里常常怨恨欢乐太少。镜子里衰老的容颜已经难以再变回年轻。试着把离别时的相思之苦说给你们听，老天如果有生命有感情的话，天也会衰老的。

【点评】抒发了作者对青春易老、光阴难再的伤感心情。

50. 绨袍空敝却，岁月无情，赢得当时故人恋。

——元·吴景奎《洞仙歌·漫兴》

【注解】绨（tí）袍：厚缯制成之袍。敝：破旧。赢得：获得。

【释义】厚缯制成的袍子都穿破旧了，光阴似箭，岁月过得飞快，只是当时穿它的人还爱恋它。

【点评】抒发了作者对光阴似箭、日月无情的伤感情怀。

51. 岁月无情如电转，人生不耐消磨。前程路险莫蹉跎。

——元·姬翼《临江仙》

【注解】不耐：经不起。消磨：懒散虚度。蹉跎：虚度光阴。

【释义】岁月逝去不留情如同闪电，人生如墨禁不住消磨。前程道路艰险切莫虚度。

【点评】告诫人们岁月易逝，切莫虚度。

52. 忆湖光，醉别几经春，千里每神驰。恨无穷烟水，无情岁月，无限相思。

——元·张埜《八声甘州·戊申再到西湖》

【注解】忆：记起。春：借指年岁。神驰：令人神往。恨：爱到极处便是恨。

【释义】记得西湖光景，离别已经许多年，人在千里之外却常常梦游。那可爱的一湖烟水，岁月无情流逝，流走了我无穷无尽的思念之情。

【点评】抒发作者对杭州西湖山水的思念之情。

53. 两年欢会梦魂中，聚散人间似转蓬。岁月无情催去燕，关河有信寄来鸿。

——明·王秋英《归楚留别梦云》

【注解】转蓬：随风飘转的蓬草。关河：边关。有信寄来鸿：古人以为鸿雁是传书的信使。

【释义】两年欢乐的聚会还萦绕在梦魂之中，人间的相聚与离散如同随风飘转的蓬草。岁月无情地催促着燕子离去，从边关上飞来的鸿雁是否有信寄来。

【点评】描写了人生聚散无常，抒发了春燕去，秋雁来，岁月催人老的感叹。

54. 风吹花落依芳草，翠点胭脂颜色好。韶光有限蝶空忙，岁月无情人自老。

——明·于谦《落花吟》

【注解】胭脂：女人化妆用的红粉。韶光：美好的时光，常指春光。

【释义】风吹落残花依旧紧贴芳草，翠绿的芳草在胭脂般的红花点缀下颜色更加好看。但光阴流逝人生自然老去，如同蝴蝶在短暂有限的春光里空忙一样。

【点评】告诫人们人生短暂，岁月易逝，应及时努力，切莫虚度。

55. 明日复明日，明日何其多，我生待明日，万事成蹉跎。

——明·钱鹤滩《明日歌》

【注解】待：等待。

【释义】明天又明天，明天何等的多。如果天天空等明天才动手做，那么就只会空度时日，将一事无成。

【点评】此诗告诫人们要珍惜时日，不能空等。

56. 今日复今日，今日何其少！今日又不为，此事何时了！

——明·文嘉《今日歌》

【注解】复：再，又。何其：多么，何等。不为：不做。了：了结，完成。

【释义】一天又一天,眼睛一眨今天过去了。今天又没做事情,这些事
什么时候能做好!

【点评】告诫人们一定要珍惜时间,今天的事情要今天做了,从今天
做起,从现在做起。

57. 一寸光阴一寸金,寸金难买寸光阴。

——明·罗懋登《西洋记》

【注解】光阴:日月的明亮与阴暗,用以代称时间与岁月。

【释义】一寸光阴和一寸长的黄金一样昂贵,而一寸长的黄金却难以
买到一寸光阴。

【点评】用比喻来说明光阴的宝贵。

58. 展不开的眉头,捱不明的更漏。

——清·曹雪芹《红楼梦》

【注解】展不开的眉头:形容愁思凝重。捱不明:指怎么熬也熬不到
天明,形容长夜难眠,难消夜永的意思。更(gēng)漏:古时夜间凭
漏壶上的刻度表示的时刻报更,所以漏壶又叫更漏。

【释义】天天愁思凝重,眉头始终展不开。长夜难眠,夜夜怨恨天为
何不早点亮。

【点评】抒写男女相思情深,如词中所唱:滴不尽相思血泪抛红豆,
忘不了新愁与旧愁。

59. 志士惜年,贤人惜日,圣人惜时。

——清·魏源《默觚·学篇》

【注解】年:每年的光阴。日:每天的日子。时:每时每刻。

【释义】有志之士珍惜每一年的光阴,贤良的人爱惜每日的时光,勤
奋好学的圣贤人珍惜每时每刻的时间。

【点评】告诫人们一定要珍惜光阴,一时一刻也不能浪费。

60. 人生百年, 少壮二三十时, 如日方升至禺中, 实精气所凝聚。

——清·冯桂芬《惜阴书舍戊申课艺序》

【注解】少壮: 青壮年时期。方: 正。禺中: 即巳时、近正午之时, 相当于现在上午的9—11时。凝聚: 最集中最充沛。

【释义】人生在世不足百年, 属于青壮年的时间不过二三十年, 如同一天中太阳上升到正午的时候, 是人精气神最充沛的时候。

【点评】告诫人们要珍惜精力充沛的青壮年时期。

九、节气

立 春

1. 春日春盘细生菜，忽忆两京梅发时。

——唐·杜甫《立春》

【注解】立春：二十四节气之一，我国以立春为春季的开始，时间是
每年2月4日或5日。春盘：古代习俗，立春日用蔬菜、水果、饼饵等装
盘，谓之"春盘"。两京：即长安、洛阳两都。

【释义】立春之日挑选最好的果蔬装盘，准备馈赠亲友，忽然想起当
年在西京长安与东都梅花开放时的景象与习俗。

【点评】描写了唐时立春日人们有装春盘相互馈赠的习俗。

**2. 律回岁晚冰霜少，春到人间草木知。便觉眼前生意满，东风吹
水绿差差。**

——南宋·张栻《立春日禊亭偶成》

【注解】律回：即大地回春的意思。岁晚：写这首诗时的立春是在年
前，民间称作内春，所以叫岁晚。

【释义】立春了，天气渐渐转暖，冰冻霜雪虽然还有，但已很少了。春
天的到来，连草木都知道。眼前的一派绿色充满了勃勃生机。东风
吹来，春水碧波荡漾。

【点评】描写了立春到来后自然界草木与春风春水的变化。

3. 迎春正启流霞席，暂嘱曦轮勿遽斜。

——唐·李显《立春日游苑迎春》

【注解】迎春：上古时天子于立春日率百官出东郊祭祀青帝，迎接春
季到来。流霞：形容红色的酒浆。席：酒宴。曦轮：太阳。遽（jù）：

急速，匆忙。

【释义】迎春的宴会正在开启红色的美酒，暂且嘱咐那轮鲜红的太阳不要匆忙地斜向西方。

【点评】描写了唐时皇家举行迎春宴的盛况。

4. 春已归来，看美人头上，袅袅春幡。

——南宋·辛弃疾《汉宫春·立春日》

【注解】袅袅：随风飘动。春幡：古时立春日挂于树梢或插于发间的剪制而成的小饰物。

【释义】新春已经来到了人间，你看美女的头上，都已经插上了随风飘动的祈福的春幡。

【点评】描写了宋时立春日人们迎接春天到来的景象。

雨 水

5. 城里无闲处，却寻城外行。田园经雨水，乡国忆桑耕。

——唐·齐己《野步》

【注解】闲处：空闲的地方。却：只好。乡国：广大的乡村地区。忆：联想。

【释义】城里人多繁华没有空闲的地方，只好寻找城外空旷之地出行。农家的田园经过雨水的浇灌，使人联想到农民种桑养蚕耕种稼穑的辛苦快要开始了。

【点评】描写了作者在雨水节气后到城外散步的所见所想。

6. 雨水落了雨，阴阴沉沉到谷雨。

——民间气象谚语

【注解】雨水：二十四节气中的第二个，时间是每年2月18日前后。

【释义】如果雨水之日下雨，那么接下来就都是阴雨天，一直要到谷雨。

【点评】告诉人们雨水节气天气情况对未来半月的天气影响。

7. 微雨众卉新，一雷惊蛰始。田家几日闲，耕种从此起。

——唐·韦应物《观田家》

【注解】卉：花草。惊蛰：二十四节气之一，时间是每年3月5日或6日。惊蛰的意思是春雷开始乍响，惊醒蛰伏冬眠的昆虫。蛰，藏、冬眠的意思。田家：种田人。起：开始。

【释义】初春的小雨把花花草草洗刷得一派清新，一声春雷惊醒了所有冬眠的动物，它们开始活动。农民们一年中没有几天是空闲的，春耕春种的劳动从现在就要开始了。

【点评】描写了惊蛰节气的物候景象。

春　分

8. 南园春半踏青时，风和闻马嘶。青梅如豆柳如眉，日长蝴蝶飞。

——北宋·欧阳修《阮郎归》

【注解】南园：唐时李贺家的花园，后代指风景好的地方。春半：即春分，是春天昼夜平分之时，二十四节气之一。此时太阳直射赤道，春暖花开，莺飞草长，宜农作与外出踏青。日长：白昼的时间变长了。

【释义】春分正当春半，景色优美，正是出游踏青的时候，和煦的春风送来游人的马叫声。树上青梅已长得如豆子一般大，柳叶如同美人的眉毛一样长了，白昼变长了，蝴蝶在飞来飞去。

【点评】描写了春分时节古人的出游情景与自然界的物候变化。

9. 春分祭日，秋分祭月，乃国之大典，士民不得擅祀。

——清·潘荣陛《帝京岁时纪胜》

【注解】祭日：祭祀太阳神。士民：普通百姓。擅祀：擅自举行祭日典礼。

【释义】春分时节是朝廷祭祀太阳神的日子，秋分时节是祭祀月亮神的日子，都是国家的重大典礼，普通百姓是不允许擅自祭祀的。

【点评】记述了清代朝廷于春分之日祭祀太阳神的事情。

10. 野田黄雀自为群，山叟相过话旧闻。夜半饭牛呼妇起，明朝种树是春分。

——清·宋琬《春日田家》

【注解】叟：老头。饭牛：喂牛。

【释义】田野里有一群群黄雀在觅食，山村中一位老翁在与路过的人谈过去的事情。到了晚上喂牛的时候就叫醒老伴，商量明朝春分日种树的事情。

【点评】描写了春日农家的生活，具有浓郁的农家气息。

清　明

11. 清明时节雨纷纷，路上行人欲断魂。借问酒家何处有，牧童遥指杏花村。

——唐·杜牧《清明》

【注解】清明：二十四节气之一，时间是每年4月5日前后。行人：路上行走的人。断魂：形容情深而哀伤。酒家：酒店。

【释义】清明节时雨纷纷扬扬地下着，路上行走的人又饿又冷伤感得要命。于是问路边放牛娃酒店在什么地方，放牛娃用赶牛棒指了指远处开满杏花的村庄。

【点评】勾画出了一幅美丽的水墨画，春雨、牧童、酒家，诗人匆匆的步履牵引着清明节的诗情。

12. 无花无酒过清明，兴味萧然似野僧。昨日邻家乞新火，晓窗分与读书灯。

——北宋·王禹偁《清明》

【注解】兴味：兴趣味道。萧然：冷落、荒凉的样子。乞：讨要。新火：因古时寒食节是禁火的，寒食节后重新点燃的火称新火。

【释义】 既无花又无酒地过了一个清明节，一点兴趣味道都没有，冷落、凄凉得如同一个没有家的野和尚。昨天向邻居家讨来了新的火种，早上又用它点亮了窗下为读书照明的灯。

【点评】 描写了宋时清明节、寒食节的风俗。

谷 雨

13. 古岩树千章，香雾日腾结。谷雨采灵芽，紫霞胜绿雪。

——清·梅庚《紫霞贡茶》

【注解】 千章：千株大树。谷雨：二十四节气之一，时间是每年4月19日至21日之间。紫霞：安徽黄山出产的名茶，芽状似矛头，身披茸毫，汤色明亮，明朝时是进贡朝廷的贡茶。绿雪：著名绿茶品种，产于安徽宣州敬亭山，故名"敬亭绿雪"。

【释义】 古老的山岩下有上千株大茶树，云雾整日都升腾缭绕在茶丛间。人们在谷雨时就开始采摘新茶，紫霞贡茶的味道比敬亭绿雪还好。

【点评】 描写了安徽名茶"紫霞贡茶"的名贵。

14. 几枝新叶萧萧竹，数笔横皴淡淡山。正好清明连谷雨，一杯香茗坐其间。

——清·郑板桥《七言诗》

【注解】 萧萧：稀疏的样子。横皴：一种绘画的笔法。茗：茶。

【释义】 画上几株枝叶稀疏的新竹，添上数笔淡淡的皴山。时间正好是清明后的谷雨，画一杯香茶，我坐在竹林间。

【点评】 描写了画家谷雨节画竹的情景。

立　夏

15. 改序念芳辰，烦襟倦日永。夏木已成阴，公门昼恒静。

——唐·韦应物《立夏日忆京师诸弟》

【注解】改序：时序改变了，从春天进入夏天了。芳辰：形容春天美好的时光。公门：官府衙门。恒：常常。立夏：二十四节气之一，标志着夏天已到来，时间是每年的5月5日至7日之间。

【释义】时序改变了，但我仍怀念春天的美好时光，现在是每天都感到厌烦疲倦。初夏的树木已长得浓荫蔽天，官府衙门前连白天都是静悄悄的。

【点评】描写了作者在立夏日的所见与所感。

16. 赤帜插城扉，东君整驾归。泥新巢燕闹，花尽蜜蜂稀。

——南宋·陆游《立夏》

【注解】赤帜：红色的旗帜。古时有立夏日插红旗迎夏的习俗。扉：门。东君：掌管春天的神祇。

【释义】红色的旗帜插在城门上，春神东君整理车马准备回家了。用春泥筑新巢的小燕子正忙碌着，春花都已经凋谢了，采蜜的蜜蜂也稀少了。

【点评】描写了古时立夏的习俗与物候现象。

小　满

17. 汝家蚕迟犹未箔，小满已过枣花落。

——宋·邵定《缫车》

【注解】汝：你。箔（bó）：养蚕用的竹筛子。小满：二十四节气之一，时间是每年5月20日至22日之间，正是春蚕结茧之时。缫车：缫丝用的器具。

【释义】你家的蚕养迟了所以还没有上箔做茧，小满的节气已经过了，枣花也已经落了。

【点评】描写了小满正是春蚕成熟收茧的时候。

18. 一春多雨慧当悭,今岁还防似去年。玉历检来知小满,又愁阴久碍蚕眠。

——南宋·赵蕃《自桃川至辰州绝句四十有二》

【注解】慧:精明。悭(qiān):吝啬而贪得。玉历:指历书。检:查阅。蚕眠:蚕蜕皮前不动不食的状态。

【释义】整个春天雨水充沛,这雨水应该吝啬一点,少下点,今年还要预防像去年一样。查阅历书后知道小满已经到了,又担心阴雨时间太长影响了蚕宝宝的休眠生长。

【点评】描写了小满时节的天气与物候状况。

芒 种

19. 时雨及芒种,四野皆插秧。家家麦饭美,处处菱歌长。

——南宋·陆游《时雨》

【注解】时雨:及时雨。芒种:二十四节气之一,时间是每年的6月6日前后。意思是"有芒的麦子可收,有芒的稻子可种"。麦饭:陕西特色的名小吃,用各种菜蔬和以干面粉蒸而食之。菱歌:采菱人唱的情歌。

【释义】及时雨一直下到芒种这一天,田野里满是种田插秧的人。村庄里家家都烧煮着香喷喷的麦饭,田野里处处有人唱着采菱时唱的情歌。

【点评】描写了芒种时节农村繁忙而欢乐的景象。

20. 芒种才过雪不霏,伊犁河外草初肥。生驹步步行难稳,恐有蛇从鼻观飞。

——清·洪亮吉《伊犁纪事诗》

【注解】伊犁河:中国最大的内陆河,流经中国新疆和哈萨克斯坦。生驹:新生的马驹。鼻观:鼻孔。

【释义】芒种刚过去,雪停了,伊犁河边的牧草已经返青。新生的马驹奔走时还不懂使唤，唯恐有苏醒的蛇从鼻子下飞过。

【点评】此诗是作者嘉庆年间因越职言事获罪而充军伊犁时所作，描写的是新疆伊犁河畔的景象。

夏　至

21. 昼晷已云极，宵漏自此长。

——唐·韦应物《夏至避暑北池》

【注解】昼晷：指白昼的时间。夏至：二十四节气之一，时间是每年6月21日至22日之间。

【释义】夏至这天昼晷所测白天的时间已经到了极限，从此以后，夜晚漏壶所计的时间渐渐加长。

【点评】说明夏至过后白天和夜晚的时间发生了变化。

22. 璿枢无停运，四序相错行。寄言赫曦景，今日一阴生。

——唐·权德舆《夏至日作》

【注解】璿（xuán）枢：即璇枢。星宿名。北斗第一星为枢，第二星为璇。泛指北斗星。四序：指春、夏、秋、冬四季。赫曦：指太阳、阳光。一阴生：古代阴阳论认为，夏至日是阳极之时，此后阴气渐生，故曰"一阴生"。

【释义】北斗星不停地运行，春、夏、秋、冬四季轮换交替。告诉人们在炎阳的天气里，从今天起却有阴气开始渐渐增长了。

【点评】告诉人们夏至日是一年中阴阳转换的关键时刻。

小　暑

23. 小暑夏弦应，徽音商管初。愿赍长命缕，来续大恩余。

——唐·张说《端午三殿侍宴应制探得鱼字》

【注解】小暑：二十四节气之一，时间是每年7月6日至8日之间。夏弦应：古时口诵诗经曰"诵"，用乐器配合叫"弦"，不同的时节用不同的方法，时至小暑应以"弦"法学习诗经了。徽音：即德音，指赞美大德之音。商：音乐五声音阶之一，"商管"是指发出商音的管乐。赍（jī）：拿东西送人。长命缕：端午时系于小孩身上祈福免灾的五彩丝。续：连接。

【释义】小暑到了，应该采用弦乐伴奏的方法学习诗经了，赞美大德的徽音商管才刚刚奏响。我愿意拿长寿线，来连接天地赐予人们的大恩大德。

【点评】表达了作者关心民生的高尚情怀。

24. 夕阳已下月初生，小暑才交雨渐晴。南北斗杓双向直，乾坤卦位八方明。

——元·方回《夜望》

【注解】南北斗杓（biāo）：南斗星北斗星的柄杓。直：垂直。

【释义】夕阳已经落下，月亮才刚刚升起，小暑刚与夏至相交替，阴雨天便转晴了。南斗星北斗星的柄杓双双垂直指向南北了，天地乾坤阴阳八卦位的方位变得非常明确了。

【点评】描写了小暑时天时气象与星象的变化。

大 暑

25. 大暑运金气，荆扬不知秋。林下有塌翼，水中无行舟。

——唐·杜甫《毒热寄简崔评事十六弟》

【注解】运：运行。金气：即秋气，秋天的气息。荆扬：指荆州与扬州。塌翼：下垂的翅膀，比喻失意消沉的人。

【释义】大暑时节运行的已经有肃杀的秋气，荆州与扬州地近赤道，所以不知道秋气已动。隐居林下的人中还有意志消沉的人，江水之中也没有乘舟往来追求功名的人。

【点评】描写了荆扬之地大暑时节的气候状况。

26. 时节方大暑, 试来登殊亭。凭轩未及息, 忽若秋气生。

——唐·元结《登殊亭作》

【注解】大暑: 二十四节气之一, 时间是每年7月22日或23日。时值中伏, 是一年中最热的时候。殊亭: 在湖北鄂州西山松风阁旁。

【释义】我登殊亭的时候正好是大暑时节, 试着来西山攀登殊亭观景。靠着亭子栏杆还没有来得及喘息, 忽然感到似乎有一种秋天的气息产生了。

【点评】描写了作者在大暑节登亭, 却感到了秋意。

立 秋

27. 自古逢秋悲寂寥, 我言秋日胜春朝。晴空一鹤排云上, 便引诗情到碧霄。

——唐·刘禹锡《秋词》

【注解】寂寥: 寂静空旷, 没有声音。秋日: 立秋之日。排云: 穿破云层。碧霄: 指青天的最高处。

【释义】自古每逢秋天到来就会悲秋伤秋, 感到秋天太肃杀太寂寥, 而我却要说立秋日比春朝日还要好。你看, 晴朗的天空中一只白鹤穿云而上, 把我的诗情一下子引到了蓝天之上。

【点评】诗人一反常情, 表达了对秋天的赞美, 抒发了诗人积极乐观的思想情感。

28. 银烛秋光冷画屏, 轻罗小扇扑流萤。天阶夜色凉如水, 卧看牵牛织女星。

——唐·杜牧《秋夕》

【注解】银烛: 白色的蜡烛。秋光: 没有暖意的光。画屏: 有图画的屏风。轻罗: 轻薄的绸缎。天阶: 皇宫里的台阶。牵牛织女星: 两个星宿名, 民间传说此二星7月7日能够相会。秋夕: 即立秋的晚上。立秋是二十四节气之一, 表明秋季开始。

【释义】银白色的蜡烛散发着清冷的银光映照着画屏, 用轻薄的丝绸制作的小扇扑打着飞来飞去的萤火虫。皇宫里的夜色冷清得如同止水，只能无聊地躺卧着观看天上的牵牛星与织女星是如何相会的。

【点评】描写了一个孤独的宫女在立秋的晚上百无聊赖的情形。

处 暑

29. 处暑无三日，新凉直万金。白头更世事，青草印禅心。

——南宋·苏泂《长江二首》

【注解】处暑：二十四节气之一，时间是每年8月23日前后。直：通"值"。更：经历事情。世事：人情世故。印：印证。禅心：充满智慧的心。禅，东方文化特有的大智慧，其精髓就是智慧。

【释义】处暑没有三天，新凉的天气十分宝贵可值万两黄金。等到头发都白了才明白世上的事情，明白了绿草是可以印证佛教徒智慧的禅心的。

【点评】诗句洋溢着充满禅意的智慧，是一首著名的禅诗。

白 露

30. 蒹葭苍苍，白露为霜。所谓伊人，在水一方。

——《诗经·蒹葭》

【注解】蒹葭（jiānjiā）：芦苇。苍苍：茂盛深色的样子。白露：二十四节气之一，时间是每年9月7日或8日。露是因温度降低，水汽在地面物体上凝结成的水珠，所以白露是天凉的表征。

【释义】江边上一大片芦苇苍苍茫茫，天气一冷白露变成严霜。我所热爱的美人儿，她住在江水的那一边，可望而不可即。

【点评】这是一首古老的爱情诗，抒发主人公执着追求伊人但不可得的无可奈何的惆怅心情。

31. 八月白露降, 湖中水方老。且夕秋风多, 衰荷半倾倒。

——唐·白居易《南湖晚秋》

【注解】八月: 指农历八月。且夕: 从早到晚。衰荷: 枯萎的荷叶。

【释义】农历八月已是白露时节, 南湖中水上的景色正在开始衰败。一天到晚刮着秋风, 衰枯的荷叶大半都被刮倒了。

【点评】描写了白露时节南湖上水老荷枯的秋天景象。

秋 分

32. 漏钟仍夜浅, 时节欲秋分。泉聒栖松鹤, 风除翳月云。

——唐·贾岛《夜喜贺兰三见访》

【注解】漏钟: 通过滴漏器控制报时的钟。秋分: 二十四节气之一, 时间是每年9月23日前后。秋分日不仅是昼夜平分的时候, 也是秋季90天的中间日, 平分了秋季。故曰秋分。

【释义】报时的滴漏钟里水仍然很浅, 夜还未深, 但时节却要到秋分节气了。泉声喧闹, 松树上栖息着玄鹤, 夜风吹散了遮住月亮的薄云。

【点评】描写了作者秋分之夜在山中所见的景象。

33. 秋分一夜停, 阴魄最晶莹。好是生沧海, 徐看历杳冥。

——唐·李频《中秋对月》

【注解】阴魄: 月亮的别称。徐看: 慢慢仔细看。杳冥 (yǎomíng): 幽暗不清。中秋: 此处的中秋是指秋分, 非中秋节, 因秋分的意思是三秋中分之时, 故曰秋分又叫中秋。

【释义】秋分昼夜平分, 一夜就搞停当了, 此时的月亮是最晶莹明亮的。好像是从大海中出生的新生儿, 慢慢地仔细看却又是幽暗不清的。

【点评】描写了秋分之夜天高云淡、明月朗照的景象。

寒 露

34. 空庭得秋长漫漫，寒露人暮愁衣单。

——北宋·王安石《八月十九日试院梦冲卿》

【注解】空庭：无人居住的庭院。漫漫：形容时间过得缓慢。寒露：二十四节气之一，是露气寒冷的意思，时间是每年10月8日或9日。

【释义】无人居住的庭院到秋天便觉得时间特别漫长，寒露时节到傍晚便觉得衣服单薄了。

【点评】描写了寒露时节天气已经日渐寒冷，人们应及时添加衣服。

35. 飞唤行摇类急难，野田寒露欲成团。

——明·唐寅《题败荷脊令图》

【注解】类急难：似乎是要解救兄弟的急难。野田：即田野。脊令：即鹡鸰（jílíng），鸟名，国家保护动物。

【释义】一边飞行一边叫唤，似乎要解救兄弟的急难，田野里寒冷的露水快要凝结成霜团了。

【点评】描写了鹡鸰鸟在寒露到来时焦急的样子。

霜 降

36. 火烧寒涧松为烬，霜降春林花委地。遭时荣悴一时间，岂是昭昭上天意？

——唐·白居易《谪居》

【注解】烬：灰烬。委：凋谢。荣悴：比喻荣耀与困顿。昭昭：形容正大光明。

【释义】如同大火烧着了茂盛的林涧，松树都化为了灰烬，也如同严霜降落在春天的花园中，林花全都凋谢在地上。遭遇到恩宠荣耀或贬斥罢官都是一下子的事情，这难道是光明正大的天意？

【点评】抒发了作者被罢官谪居后的牢骚情绪。

37. 远上寒山石径斜，白云生处有人家。停车坐爱枫林晚，霜叶红于二月花。

——唐·杜牧《山行》

【注解】 石径：石砌山路。生处：升起来的地方。车：指人抬的轿子。坐：因。

【释义】 远远地登上深秋的寒山，山上的石径斜斜地向高处延伸，抬头望，白云升起来的地方还有居住的人家。我停下了人抬的轿子，是因为喜爱那一片晚秋的枫林，经霜的枫叶竟然红得胜过了早春二月的鲜花。

【点评】 描写了霜降后枫叶烂漫的美丽景象。

立 冬

38. 冻笔新诗懒写，寒炉美酒时温。醉看墨花月白，恍疑雪满前村。

——唐·李白《立冬》

【注解】 冻笔：形容天冷。墨花：指砚石上的墨渍花纹。恍疑：恍惚中以为。立冬：意思是开始进入冬季了，二十四节气之一，时间是每年11月7日或8日。

【释义】 天冷得冻住了毛笔，新诗也懒得写，冷天的火炉上美酒长时间地保着温。醉眼看砚台上的墨花月亮似的白，恍恍惚惚中以为雪花落满眼前的村庄。

【点评】 抒写了立冬天冷，借酒御寒喝得醉眼蒙眬，以为下雪了的情景。

39. 秋风吹尽旧庭柯，黄叶丹枫客里过。一点禅灯半轮月，今宵寒较昨宵多。

——明·王穉登《立冬》

【注解】 庭柯（kē）：庭院中的树枝。客里过：旅途中度过。禅灯：孤灯。宵：夜晚。

【释义】 秋风吹光了庭院中树上的枯树叶，枫树叶从黄转为红都是在

143

旅途中度过的。陪伴我的是一盏孤灯与半个月亮,今晚上的孤独寒冷之感肯定比昨晚更厉害。

【点评】描写了作者长期奔波于旅途的孤独凄凉心情。

小 雪

40. 甲子徒推小雪天,刺梧犹绿槿花然。

—— 唐·张登《小雪日戏题绝句》

【注解】甲子:天干地支之首。徒推:徒劳地推算。小雪:二十四节气之一,时间是每年11月22日或23日。气温下降,并开始下雪,但雪量不大,故称小雪。犹:依然。

【释义】按照天干地支的推排节气应该到小雪天了,但刺梧树叶依旧碧绿,槿花依然在开放。

【点评】描写了小雪时节仍然是刺梧碧绿槿花欲燃的阳春景象。

41. 寂寥小雪闲中过,斑驳轻霜鬓上加。算得流年无奈处,莫将诗句祝苍华。

—— 唐·徐铉《和萧郎中小雪日作》

【注解】寂寥:寂静空旷。斑驳轻霜:比喻黑白相间的头发。流年:岁月,光阴。苍华:形容头发灰白。

【释义】在寂寥空旷的旅途中简单地度过了小雪节,斑斑驳驳的如霜白发又增加了不少。算来流水一般的年华已经到了无可奈何的年龄,就不要写什么祝贺白发高寿的诗句了。

【点评】抒发了作者对自己年华虚度又无可奈何的心情。

42. 散漫阴风里,天涯不可收。压松犹未得,扑石暂能留。

—— 唐·李咸用《小雪》

【注解】散漫:无序的样子。天涯:漫无边际。犹:尚且,还。

【释义】雪花在散漫的阴风里飘洒,漫天飞舞没有际涯不堪收拾。飘落在松树上还不能压盖住松枝,扑打在山石上的雪花倒暂时能留积一些。

【点评】描写了小雪节漫天小雪飞舞的情形。

大　雪

43. 月黑雁飞高，单于夜遁逃。欲将轻骑逐，大雪满弓刀。

——唐·卢纶《塞下曲》

【注解】月黑：无月之夜。单于（chányú）：匈奴的最高统治者，借指当时的匈奴入侵者。遁（dùn）：逃避。将：率领。轻骑：轻装的骑兵。逐：追赶。

【释义】月亮被云遮住，天一片漆黑，宿雁受惊高飞起来，原来敌军乘着天黑偷偷地逃跑了。本想率领轻装骑兵去追击，但漫天的大雪把将士们的弓刀都裹住了。

【点评】描写了边塞的严寒景象，突出表达了战斗的艰苦性和将士们的奋勇精神。

44. 长安大雪天，鸟雀难相觅。其中豪贵家，捣椒泥四壁。

——唐·张孜《雪诗》

【注解】长安：唐朝的都城，在陕西省。大雪：二十四节气之一，时间是每年12月6日至8日之间。相觅：相互寻找。豪贵：有权有势的富贵人家。捣椒：将香椒捣碎成泥。泥：动词，用椒泥涂抹。

【释义】京城长安大雪这天下起了少有的大雪，连鸟雀都难以寻觅到一只。但其中有权有势的富贵人家，却在捣碎香椒做涂抹墙壁的涂料。

【点评】描写了晚唐时期社会贫富不均，富人奢靡浪费的现象。

冬 至

45. 天时人事日相催，冬至阳生春又来。**刺绣五纹添弱线，吹葭六琯动浮灰。**

——唐·杜甫《小至》

【注解】 冬至：二十四节气之一，时间是每年12月22日左右。刺绣五纹：蜀地刺绣的一种特别针法。吹葭六琯：古代定音律的六个管子，里面装上葭莩灰，等到冬至那天打开管子，由于阳气已开始上升，阳气会把葭莩灰冲得飘起来，这样就知道冬至节气来到了。

【释义】 天时岁月的运转、人事的变更都在催促着光阴，冬至节到来阳气又开始生长，春天又要来了。蜀地刺绣针法极多，冬至后便要用五纹阳针之法，吹葭定音的六管中的葭莩灰也已经飞升起来了。

【点评】 借用蜀女变换针法和定音六管灰飞两个古老习俗来描写冬至到来的景象。

46. 今日日南至，吾门方寂然。家贫轻过节，身老怯增年。

——南宋·陆游《辛酉冬至》

【注解】 日南至：正是冬至时分。吾门：我家。寂然：冷清的样子。轻：不重视。

【释义】 今日太阳来到了正南方，我家却冷冷清清一点都不热闹。由于贫穷过冬至节只好随便一点，身体衰老了就担心年岁又增长了。

【点评】 俗语"冬至大如年"，而作者由于家贫，过了一个冷冷清清的冬至节。

小 寒

47. 辛苦孤花破小寒，花心应似客心酸。更凭青女留连得，未作愁红怨绿看。

——南宋·范成大《窗前木芙蓉》

【注解】 小寒：二十四节气之一，时间是每年1月5日至7日之间。青女：

传说中掌管霜雪的女神。留连：依恋不忍离开。愁红怨绿：指经过风雨摧残的残花败叶。木芙蓉：又叫拒霜，秋天开各色大花，非常艳丽。

【释义】孤苦伶仃的木芙蓉花打破了小寒无花的旧历，久经风霜吹打的芙蓉花与久受打击的宦游人的心情应该是相同的。更是依靠掌管霜雪的女神喜爱而留住了她，没有把她当作脆弱的花儿来看待。

【点评】诗句借饱经风霜的芙蓉花比喻自己美丽而不屈的品格。

48. 结束晨妆破小寒，跨鞍聊得散疲顽。行冲薄薄轻轻雾，看放重重叠叠山。

——南宋·范成大《早发竹下》

【注解】结束：捆扎。晨妆：早上的装扮。破：冒着。聊：姑且。疲顽：疲乏倦怠。放：闪过，拟人的手法。

【释义】捆扎好装束、装扮好穿着，冒着小寒的天气，姑且跨上马鞍去散散心，放松一下筋骨做一会儿老顽童。行色匆匆地冒着薄薄的轻雾急急奔走，看路旁青山重重叠叠一座接一座地闪过去。

【点评】描写了作者小寒日骑马外出游玩散心的事。

大　寒

49. 大寒不寒，人马不安。

——气象谚语

【注解】大寒：二十四节气中最后一个节气，时间是每年1月19日至21日之间，是一年中最寒冷的时期。马：代表所有的家畜。不安：形容得病。

【释义】大寒时节应该是全年最寒冷的时候，如果此时天气不寒冷就会影响来年人与牲畜的健康。

【点评】此谚语是有科学道理的，因为应该冷的时候不冷，各种病菌病毒就不会被冻死，来年人与动物就容易得病。

十、节日

新春节日

1. 初岁元祚，吉日惟良。乃为嘉会，宴此高堂。

——三国魏·曹植《元会》

【注解】元：新年。祚（zuò）：福运。吉日惟良：吉日良辰的意思。乃为：于是举办。嘉：美好。宴此高堂：在这轩敞的大堂里设宴。

【释义】新年伊始，佳节良辰，于是在这高大宽敞的大堂里，举办了这一次美好的宴会。

【点评】用极其美好的词语赞美了新春宴会的美好。

2. 四气新元旦，万寿初今朝。

——南朝梁·萧子云《介雅》

【注解】四气：指寒、热、温、凉四性，代一年四季。

【释义】一年新的四季开始了，元旦是第一天，此后你活一万岁也是从今朝开始的。

【点评】是说元旦是一年的起始，所以历来为人们所重视。

3. 入春才七日，离家已二年。人归落雁后，思发在花前。

——隋·薛道衡《人日思归》

【注解】入春：正月初一又名春节，故曰入春。七日：传说人和家畜的生日都在正月。鸡正月初一，狗初二，羊初三，猪初四，牛初五，马初六，人初七，所以正月初七是人日节。归：回家。落雁：指深秋。在花前：指花未开的时候，即春前。

【释义】虽然进入春季只有七天，但离开家可以说已经是两年了。人回家的时候是在深秋雁落之后，但是想要回家的心思却是在春天花开之前就有了。

【点评】以平淡质朴的语言道出作者度日如年的心情，并以迟归的结局来对照念念在心的思归之心，表达了诗人身不由己、思归不得归的苦衷。

4. 法轮天上转，梵声天上来；灯树千光照，花焰七枝开。

——隋·杨广《正月十五日于通衢建灯夜升南楼》

【注解】法轮：指圆月。梵声：寺庙中的钟声。千光照：形容花灯多。花焰：即焰花。通衢（qú）：四通八达的大路。升：登上。

【释义】一轮明月在天上运行，远处寺庙的钟声如自天上飘来；高大的灯树上挂上了无数的灯笼，其中一棵七个枝丫的灯树还会放射焰花。

【点评】描写了诗人元宵节的美好感受与美丽神奇的灯火。

5. 颛帝以孟春正月为元，其时正月朔旦立春。

——《晋书》

【注解】颛帝：即颛顼（zhuānxū）帝，上古五帝之一，黄帝之孙，其制定的历法称颛帝历。为元：称为元月。其时：那时候。正月朔旦：正月初一。

【释义】颛帝历把孟春的正月称为元月，那时候把正月初一称为元旦春节。

【点评】名句告诉我们：正月、元旦、春节等名称，早在上古三皇五帝颛顼帝时代就确定了。

6. 草秀故春色，梅艳昔年妆。

——唐·李世民《元日》

【注解】故：原来的。

【释义】草色青秀还是原来的春色，梅花红艳仍与去年一样俏丽。

【点评】表明元日的景象依旧和往昔一样美丽。

7. 接汉疑星落，依楼似月悬。别有千金笑，来映九枝前。

——唐·卢照邻《十五夜观灯》

【注解】汉：河汉，即天上的银河。千金：才华横溢的少年。九枝：谓一干九枝的烛灯，也泛指一干多枝的灯。

【释义】烟花放到高空爆炸，好像银河里的星星落下来了；楼角上高挂的灯笼，如同月亮高悬在檐口。还有才华横溢的英俊少年笑盈盈地来到一干九枝的烛灯前映照自己的容貌。

【点评】名句捕捉到了元宵灯节的几个特写镜头，如烟花、明月、美少年、九枝灯等。

8. 火树银花合，星桥铁锁开。暗尘随马去，明月逐人来。

——唐·苏味道《正月十五夜》

【注解】火树银花：形容张灯结彩或焰火灿烂的夜景。星桥：神话银河中的鹊桥。

【释义】地上的灯火与天上的星光合为一片，银河上的铁锁已经打开，牛郎织女可以相会了。夜深了，天上的星星也随着人马的离去暗淡了，但天上的明月却越来越亮了。

【点评】描写了元宵夜灯会的美景，是情人约会的良辰。

9. 玉漏银壶且莫催，铁关金锁彻明开。谁家见月能闲坐？何处闻灯不看来。

——唐·崔液《上元夜》

【注解】玉漏银壶：古代计时的器具。铁关金锁：形容皇城大门。

【释义】玉漏银壶计时器呀不要漏得太快，皇城今晚不禁彻夜欢度佳节。谁家的人见到上元夜月能坐得住？什么地方的人听到有灯会能不来看？

【点评】描写京都元宵节通宵解禁，以及人们赏灯观月的迫切心情。

10. 昨夜斗回北，今朝岁起东。

——唐·孟浩然《田家元日》

【注解】斗回北：北斗星的斗柄转向了东北方。岁：一年。

【释义】昨天夜里北斗星的斗柄转向东北方,今天早晨新的一年又从东方开始了。

【点评】借天象说明了岁月周而复始,新的一年又开始了。

11. 人日题诗寄草堂,遥怜故人思故乡。柳条弄色不忍见,梅花满枝空断肠。

——唐·高适《人日寄杜二拾遗》

【注解】题诗:写诗。草堂:杜甫在成都的家。柳条弄色:指柳条已发芽泛绿。空:徒增。断肠:形容极度思念的痛苦。

【释义】人日节我写了一首诗准备寄到成都杜甫家里去,我在遥远的地方想念好朋友思念故乡。柳条已经发芽泛绿我却不忍心去看,梅花开满枝头只能徒增我对故乡思念的痛苦之情。

【点评】表达了诗人对故乡以及老朋友杜甫的极度思念与关切之情。

12. 戴星先捧祝尧觞,镜里堪惊两鬓霜。好是灯前偷失笑,屠苏应不得先尝。

——唐·成彦雄《元日》

【注解】戴星:意即顶着星宿,比喻晚归。觞:即羽觞,古代酒杯的一种。屠苏:指屠苏酒,是一种元日专饮的可防病消灾的药酒。

【释义】晚上归来举杯祝贺大家增寿,不想在镜子里看到的却是自己已经两鬓斑白。幸好在灯前先嘲笑了自己,屠苏酒大概是轮不到我先喝了。

【点评】交代了古人喝屠苏酒的规矩:自古以来饮屠苏酒老少不能同时共饮,要按年龄从小到大依次而饮。因为每逢新年,对年少者而言是增寿,长了一岁,而对年长者而言却是少了一岁,所以劝年少者先饮,以示祝贺,年长者后饮,以避忌讳。

13. 元日到人日,未有不阴时。冰雪莺难至,春寒花较迟。

——唐·杜甫《人日》

【注解】元日:正月初一。人日:农历正月初七。莺:黄莺,春鸟。难至:不敢来。花较迟:花还没有开。

【释义】从春节正月初一直到正月初七人日节，没有一天不是阴霾天气。冰雪尚未消融，春莺也不敢飞来，早春天气寒冷花都还没有开。

【点评】描写当年新年正月的天气非常不好，而且是一个晚来的春天；抒发了诗人韶华逝去的无奈情怀。

14. 乡心新岁切，天畔独潸然。老至居人下，春归在客先。

——唐·刘长卿《新年作》

【注解】乡心：思乡之情。切：急切。天畔：即天边。老至：到了老年。客：作者自称。

【释义】思念家乡的心情新年到来时更为迫切，我却孤独地流浪在遥远的天边，不由得潸然泪下。人已经衰老却还过着寄人篱下的生活，春回大地的脚步比我回家的速度还快。

【点评】抒发了作者新年到了，还奔波在回乡路上的凄凉心情。

15. 云车龙阙下，火树凤楼前。今夜沧州夜，沧州夜月圆。

——唐·顾况《上元夜忆长安》

【注解】云车：皇宫贵族们乘坐的高车大马。龙阙：帝王的宫阙。火树：挂满灯笼的花灯树。凤楼：皇后居住的楼阁。沧州：地名，因濒临渤海而得名。

【释义】曾记得皇宫贵族们乘坐的高大马车，停在了沧州城的龙阙凤楼之下，城楼前的树木上挂满了火树银花的花灯。想起那景象，就觉得今晚沧州的月亮也显得特别圆了。

【点评】描写了记忆中在京城长安元宵节观灯会的景象。

16. 千门开锁万灯明，正月中旬动帝京。三百内人连袖舞，一时天上著词声。

——唐·张祜《正月十五夜灯》

【注解】千门开锁万灯明：言人们都点亮灯打开门。正月中旬：即正月十五元宵节。三百：形容多，非实指。内人：指宫女。连袖舞：一同起舞。著词声：响起了乐舞的回声。

【释义】元宵节长安城内人家的门都打开了，真是万家灯火，人们庆贺新春的热闹直到正月中旬还洋溢在京城内。许许多多的宫女一同在跳舞,一时间歌舞乐声直冲云霄,传到天上。

【点评】描写了唐时人们庆贺元宵节的热闹景象。

17. 月色灯光满帝都,香车宝辇隘通衢。身闲不睹中兴盛,羞逐乡人赛紫姑。

——唐·李商隐《正月十五夜闻京有灯恨不得观》

【注解】隘通衢:使得通衢大道都变得狭隘了。赛紫姑:即迎紫姑。民间传说紫姑是个善良、贫穷的姑娘。正月十五因穷困而死于厕所,故被奉为厕神。百姓们同情她、怀念她,便出现了"正月十五迎紫姑"的风俗。

【释义】天上的月光和地上的灯火铺满了整个京城,装饰华美的车辆和伞盖把大道都挡住了。自己闲着忍不住要看京城百姓欢庆元宵节的盛况,但又羞于与乡间百姓一道去参加"迎紫姑"的活动。

【点评】描写了唐代元宵节就有了赏花灯、迎厕神等习俗。

18. 桑柘影斜春社散,家家扶得醉人归。

——唐·王驾《社日》

【注解】柘(zhè):一种树叶可喂蚕的树木。春社:古人春天祭祀社神的节日,以祈求六畜兴旺、五谷丰登,时间多在每年农历二月一日。醉人:喝醉酒的人。

【释义】桑树、柘树的影子都斜斜地拉长了,丰饶的春社宴散去,家家户户都有人喝的酩酊大醉,由家人搀扶着回家去。

【点评】描写了人们在宴会上喝了一天的酒,反映了当时人民生活富裕幸福。

19. 前时春社毕,今日燕来飞。将补旧巢缺,不嫌贫屋归。

——北宋·梅尧臣《新燕》

【注解】春社毕:春季祭祀社神的仪式刚刚结束。旧巢缺:旧巢的缺口。嫌:厌恶。

【释义】前天刚刚举行完春季祭祀社神的仪式,今天燕子就飞回来了。它们不休息就修补去年破旧的巢窝，不嫌主人贫穷屋破依旧回它们的老家。

【点评】 描写了春燕勤劳又不趋富嫌贫的优良品质。

20. 岁暮氛霾恶，冬余气候争。吹嘘回暖律，号令发新正。

——北宋·欧阳修《栾城遇风效韩孟联句体》

【注解】 氛霾恶：空气恶劣。暖律：古代以时令合乐律，温暖的节候称"暖律"。新正：农历新年正月。效：效仿。韩孟联句体：韩愈和孟郊共同合作联句诗，两人依韵而接，轮流联句，意尽而止。后人称为"韩孟联句体"。

【释义】 一年将尽之时空气中雾霾恶劣，冬季快去的时候冷暖还在争斗。天气乍暖还寒，正月已经有了回暖的迹象。

【点评】 描写了年尽岁初时气温多变，雾霾严重，天气转暖。

21. 去年元夜时，花市灯如昼。月上柳梢头，人约黄昏后。

——北宋·欧阳修《生查子·元夕》

【注解】 元夜：元宵节夜晚。花市：即今时之灯会。花，指花灯。

【释义】 去年元宵夜之时，花市上灯光明亮得如同白天。我与心爱的美人约定了相会的时间，等月亮爬到柳树上头，黄昏之后。

【点评】 描写了宋时元宵灯会的时空景象以及情人约会的风俗。

22. 今年元夜时，月与灯依旧。不见去年人，泪湿春衫袖。

——北宋·欧阳修《生查子·元夕》

【注解】 依旧：一样。

【释义】 今年元宵夜，月与灯照耀得跟去年一样，可是去年相伴看灯的人儿却不见了，想到这里，不禁泪流满面，沾湿衣襟。

【点评】 作者睹景思人，而且思恋的心深切至极。

23. 新正初破，三五银蟾满。纤手染香罗，剪红莲、满城开遍。

——北宋·欧阳修《蓦山溪》

【注解】 新正：农历新年正月。三五：正月十五上元节。银蟾：银色的月亮。

【释义】农历新年的春节刚过去没有多少天，又迎来了正月十五元宵节那天皎洁的满月。姑娘们穿着相匹配的罗衣伸出纤纤小手，裁剪出了无数的红莲花灯，照亮了全城。

【点评】描写新年元宵节，明月当空满地红莲等的景象。

24. 爆竹声中一岁除，春风送暖入屠苏。

————北宋·王安石《元日》

【注解】元日：农历正月初一。爆竹：鞭炮。一岁除：一年过去了。屠苏：草名，古人用以浸酒，此处代称酒。

【释义】爆竹声中送走了旧的一年，春风已把温暖送进了屠苏酒中。

【点评】描写了新年元日热闹、欢乐的动人景象，抒发了作者革新政治的思想感情。

25. 人日滞留江上村，定知芳草怨王孙。

————北宋·苏轼《雅安人日次旧韵二首》

【注解】王孙：诗人自比。

【释义】新年已到人日节，我还滞留在江边偏僻的乡村里，我知道家中妻子一定在埋怨我为什么还不回去。

【点评】名句表达的是一个古老的主题：春愁闺怨。诗人明明是怨恨自己滞留江村，新年都没能回乡，却道是家人在埋怨自己为何还不回乡。

26. 胜处旧闻荷覆水，此行犹及蟹经霜。使君约我南来饮，人日河桥柳正黄。

————北宋·苏辙《奉使契丹二十八首其二赠知雄州王崇拯二首》

【注解】胜处：景色好的地方。旧闻：原来听说。犹及：正赶上。蟹经霜：指螃蟹最肥美的深秋时节。使君：原是汉代人对太守、刺史的尊称，唐宋后用作对州郡长官的尊称。

【释义】听说原来景致好的地方是荷花覆盖着水面，此次来时正赶上螃蟹最肥美的时节。雄州的长官邀请我到南面来喝酒，人日节时河

155

边桥头的杨柳树已经萌发了翠黄的新芽。

【点评】描写了作者人日节赴雄州王使君宴见到的初春景象。

27. 周环筑级坛，立社祠秋春。既享不材寿，滥当有土神。

——北宋·贺铸《老槐》

【注解】周环：环绕四周。立社：即建起一座社稷坛。祠秋春：春季祭祀曰春社，秋季祭祀曰秋社。不材：用处不大。滥当：胡乱充当。

【释义】老槐树的四周环绕树身筑起台级成为祭坛，供人们秋社春社祭祀土地神。老槐树既享受了不该有的长寿，又胡乱地充当了当地的土神。

【点评】笑话当时人们把一棵老槐树当土地神的事情。

28. 风销绛蜡，露浥红莲，灯市光相射。桂华流瓦。纤云散，耿耿素娥欲下。

——北宋·周邦彦《解语花·上元》

【注解】绛蜡：红烛。浥（yì）：沾湿。红莲：指荷花灯。桂华：代指月亮、月光。娥：嫦娥。解语花：词牌名。上元：正月十五元宵节。

【释义】风吹灭了绛红的蜡烛，露水沾湿了漂亮的红莲花灯，灯光与天上的星光相辉映。月亮的清辉照耀着琉璃瓦。轻薄的云飘散了，夜夜思念人间的嫦娥要下凡了。

【点评】描写元宵夜的灯市，灯烛与天上的月光交相辉映，连嫦娥也想下来参加人间的欢庆。

29. 中州盛日，闺门多暇，记得偏重三五。

——宋·李清照《永遇乐》

【注解】中州：古时指中原地区。闺门：旧时多指女子居住的内室。暇：空闲。

【释义】在国家太平昌盛的日子里，姑娘们有许多空闲时光，记得那时我特别看重元宵节。

【点评】描写了国家太平时人们多空闲，所以特别重视正月十五元宵节。

30. 新岁逢人日, 老夫持道斋。断冰浮野水, 微绿发枯荄。

——南宋·陆游《人日》

【注解】 岁: 年。老夫: 作者自称。道斋: 谓吃素斋。断冰: 刚开始融化的冰块。枯荄(gāi): 枯草的根。

【释义】 新年已经到了正月初七人日节, 我这个老翁正在坚持斋戒吃素食。刚开始融化的冰块浮在水面上, 那微微的一点点的绿色是枯草根上刚长出的草芽。

【点评】 描写了一幅早春景象, 给人以新年新希望的感觉。

31. 桑眼初开麦正青, 勃姑声里雨冥冥。今朝有喜君知否, 到处人家醉不醒。

——南宋·陆游《春社》

【注解】 桑眼: 桑叶的芽。勃姑: 即鹁鸪鸟, 鸣声如唤姑姑。春社: 春季祭祀土地神的日子, 时间是每年农历二月一日, 是祭祀土地神祈求丰收的节日。

【释义】 桑叶刚刚展开了嫩叶, 麦苗正在返青, 在鹁鸪鸟的叫声里春雨密而无声地下着。今天是个让人欢喜的日子, 到处都在过春社节, 人们都喝得醉醺醺的。

【点评】 描写了南宋时人们过春社节的情景, 显示了江南人民的富裕生活。

32. 岁首未入春, 风气已稍和。

——南宋·陆游《人日东园》

【注解】 岁首: 新年初。未入春: 还没有进入春季, 即还未到立春。

【释义】 新年初还未到立春之时, 但吹来的风已经稍有点暖意了。

【点评】 是说这一年是年外春, 时间到了农历正月初七日还没有进入春天。

33. 人日西郊路, 晨光射浅滩。停桡喜萧散, 照影叹衰残。

——南宋·陆游《人日偶游民家小园有山茶方开》

【注解】 西郊: 城西的郊外。桡(ráo): 船桨。萧散: 即潇洒。衰残: 衰老。

【释义】人日节的早晨我乘船路过城西郊外，一路上早晨的阳光照射在河水清浅的沙滩上。停下划动的桡桨高兴地放松潇洒一回，却在河水中照见了自己衰老病态的影子。

【点评】描写人日节早晨城西郊外的景象，感叹年华易逝，自己已经衰老。

34. 非贤那畏蛇年至？多难却愁人日阴。

——南宋·陆游《人日雪》

【注解】非贤：秉性不贤良的人。蛇年：生肖属蛇的年份，古人以为蛇年往往多凶灾。

【释义】秉性不贤良的人哪里会担心灾害之年的到来？多灾多难的农民只害怕人日节是阴天。

【点评】抒写诗人担心人日天阴而使年成不好，表明诗人对农民生活和年成好坏的关切。

35. 前年谷与金同价，家家涕泣伐桑柘。岂知还复有今年，酒肉如山赛春社。

——南宋·陆游《丰年行》

【注解】涕泣：哭泣，流泪。桑柘（zhè）：桑木与柘木，叶是蚕的饲料。岂：哪里。赛：胜过。

【释义】前年歉收稻谷贵得与黄金同价，农民们都流着眼泪砍掉桑树改种粮食。哪里会知道还会有今年这样的好年成，酒肉堆得像山一样比过春社节还富足。

【点评】描写了宋时农民们在灾年与丰年时天渊之别的生活。

36. 箫鼓追随春社近，衣冠简朴古风存。从今若许闲乘月，挂杖无时夜叩门。

——南宋·陆游《游山西村》

【注解】箫鼓：箫声与鼓声，奏乐之声。春社：有欢聚宴饮的习俗。简朴：简单朴素。乘月：在月光下漫步。叩门：敲门。

【释义】迎贺社日的奏乐之声不时地传来，说明春社节快要到了，人们的穿戴都很简单朴素但散发着一种古老的乡风。从今以后如若允许我清闲无事，乘月漫游，我一定会杖藜而行，不分时间深夜叩门请宿，乘兴而行。我经常会拄着拐杖夜里去敲邻居家的门。

【点评】描写了民间春社的欢快与民风的淳朴可爱，表达了对田园生活的不舍之情。

37. 社燕归来春正浓，催花雨倩一番风。倚楼闲省经由处，月馆云藏望眼中。

——南宋·朱淑真《春日闲坐》

【注解】社燕：燕子春社时来，秋社时去，故又名社燕。月馆：即月宫、月亮。

【释义】燕子回来的时候春色正浓，春雨淅沥，春风轻柔。闲坐在绣楼上悠闲地检视着走过的地方，正看见月亮在悄悄地躲进云里去。

【点评】描写作者春社日闲坐赏春的情景。

38. 清波渺渺日晖晖，柳依依，草离离。老大逢春，情绪有谁知？

——南宋·王炎《江城子·癸酉春社》

【注解】渺渺：形容悠远的样子。晖晖：阳光灿烂的样子。依依：袅娜可爱的样子。离离：茂盛的样子。

【释义】江波浩渺悠远，晴日阳光灿烂，杨柳在春风中飘拂，青草茂盛墨绿。老无所成的人遇到了生机勃勃的春天，他内心的痛苦情绪有谁能了解呢？

【点评】以反衬的手法抒发了自己老无所成，而光阴不再的痛苦心情。

39. 东风夜放花千树，更吹落，星如雨。宝马雕车香满路，凤箫声动，玉壶光转，一夜鱼龙舞。

——南宋·辛弃疾《青玉案·元夕》

【注解】东风：春风。花千树：指花灯多得如千树开花。星如雨：指焰火纷纷乱落如雨。凤箫：指美妙的音乐。玉壶：指月亮。鱼龙：指鱼、龙之灯。元夕：农历正月十五夜称元夕或元宵。

【释义】元宵夜的花灯如同春风吹开了千树繁花，烟花满天似星雨纷纷落下。观灯的人有的乘坐香车宝马而来，美妙的音乐响起来了，明月似玉壶挂在空中，整夜都有鱼灯龙灯在飞舞。

【点评】描写了南宋都城元宵节灯会繁华热闹的景象。

40. 贵客钩帘看御街，市中珍品一时来。帘前花架无行路，不得金钱不肯回。

——南宋·姜夔《咏元宵》

【注解】贵客：作者自称。珍品：指元宵。金钱：指金钱元宵。

【释义】我撩开窗帘观看御街上的景象，看到美味元宵一时间都上市了。门前花架下拥挤得无路可走，不买到金钱元宵是不肯回家的。

【点评】描写了宋时元宵节京城人们挤买元宵的盛况。

41. 过春社了，度帘幕中间，去年尘冷。差池欲住，试入旧巢相并。

——南宋·史达祖《双双燕·咏燕》

【注解】度(duó)：揣度。中间：指帘幕里面，即房内。尘冷：比喻情感冷却了。差池：成双成对。相并：亲近。

【释义】春社节都已经过去了，估计这座挂着帘幕的房子内的人，对燕子的情感已经冷淡。燕子双双对对地想要进去住，终于试着飞了进去，在原来的旧窝里相亲相爱。

【点评】以拟人的手法描写了春燕回来寻旧窝时的情景。描绘燕子的亲昵之状，反衬了帘幕中人的孤独。

42. 年丰已卜晴人日，亦是平生畎亩忠。

——南宋·方岳《人日》

【注解】卜：占卜，预测吉凶。畎(quǎn)亩：田间，田地，指代农耕。

【释义】预兆人日节是个好晴天，如同占卜一样准，今年必定是个丰收年；当然也是靠老百姓对土地和稼穑的一贯忠诚。

【点评】抒发了作者渴望风调雨顺、稼穑丰收的良好愿望。

43. 袨服华妆着处逢,六街灯火闹儿童。长衫我亦何为者,也在游人笑语中。

——金·元好问《京都元夕》

【注解】袨服华妆:盛装重抹。着处:处处,到处。六街:指京都的大街和闹市。

【释义】人们都盛装重抹精心打扮,京城六街的灯火乐得儿童一片欢腾。像我这样穿着长衫的老人在干什么呢?也夹杂在游人的欢声笑语之中。

【点评】描写了当时京都人们欢度元夕的隆重与喜悦,表现了场面的热闹与欢腾。

44. 时当春社,庵里闲眠。梦魂飞上峰巅。忽见山中神道,万万千千。

——元·马钰《满庭芳·因梦作》

【注解】庵(ān):圆顶草屋,一般为僧尼所居。峰巅:山顶。神道:指得道成仙的人。

【释义】时间正当春社时节,我在庵堂里休闲睡眠。睡梦中我的魂魄飞到了山顶。忽然见到了许许多多的神仙道士。

【点评】描写自己春社时节闲睡时灵魂出窍,飞到了山顶,见到了许多得道成仙的人。

45. 有灯无月不娱人,有月无灯不算春。春到人间人似玉,灯烧月下月如银。

——明·唐寅《元宵》

【注解】娱人:使人欢乐。烧:点亮。

【释义】元宵节有灯无月不能使人开心,如果有月无灯就不能算新春。春天来到人间,人们也变得似玉般可爱,灯笼点得似月明,月光辉映白如银。

【点评】告诉人们元宵节玩灯与赏月是缺一不可的。

46. 中山孺子倚新妆，郑女燕姬独擅场。齐唱宪王春乐府，金梁桥外月如霜。

——明·李梦阳《汴中元夕》

【注解】中山：战国时河北一带的一个诸侯国。孺子：年轻男子。郑女燕姬：擅长表演的郑国燕国的歌女。春乐府：指周宪王朱有炖点缀太平盛世、宣扬女子守贞的一本杂剧。金梁桥：在今河南省驻马店市。

【释义】河北来的男青年都化好了妆，郑燕等地的女演员是最擅长表演的。他们一同表演宪王的《春乐府》剧本，金梁桥外元宵节的月色银白如霜。

【点评】描写了当时中山少男、郑燕少女都善演戏曲的现象，说明当时杂剧传布的盛况。

47. 天地风霜尽，乾坤气象和；历添新岁月，春满旧山河。

——元·叶颙《己酉新正》

【注解】风霜尽：是暖春的景象。和：祥和之气。岁月：年岁。山河：大地。新正：春节。

【释义】新春佳节，无风无霜，天地间春意盎然；日历上又多了一岁，新春的气象代替了旧年的景象。

【点评】描写了己酉年春节温暖祥和、万象更新的佳节景象。

48. 燕台夜永鼓逢逢，蜡炬金樽烂漫红。列第侯王灯市里，九衢士女月明中。

——清·施闰章《元夕诗》

【注解】燕台：指战国时燕昭王所筑的黄金台，代指京城。蜡炬：点燃的蜡烛。九衢：纵横交叉的大道，形容街市繁华。

【释义】京城夜晚时长更鼓砰砰地敲，点燃的红蜡炬映照得黄金酒杯红彤彤的。王侯大臣们依次排列在灯市中，美女们都站在繁华街市里明亮的月光下。

【点评】描写了清代人们欢度元宵节的景象。

49. 萧疏白发不盈颠，守岁围炉竟废眠。

——清·孔尚任《甲午元旦》

【注解】萧疏：稀疏。盈：满。颠：头顶。守岁：除夕夜，家人团坐饮酒不眠，谓之"守岁"。

【释义】稀疏的白发已经盖不住头顶了，但除夕夜仍按风俗和家人一起围炉饮酒守岁。

【点评】是说自己虽然年纪大了，白发稀疏头顶光脱，除夕夜仍与家人一起守岁。

50. 桂花香馅裹胡桃，江米如珠井水淘。见说马家滴粉好，试灯风里卖元宵。

——清·符曾《上元竹枝词》

【注解】江米：糯米。滴粉：和水一同磨的糯米粉。试灯：旧俗农历正月十五日元宵节晚上张灯，未到元宵节而张灯预赏谓之试灯。

【释义】香桂花裹胡桃肉做元宵馅，糯米用井水淘洗得洁白晶莹如同珍珠。听说马家汤圆的滴粉特别好，未到元宵节在试灯时的寒风里叫卖元宵了。

【点评】描写了清朝时人们正月十五赏灯吃元宵的习俗。

51. 元宵争看采莲船，宝马香车拾坠钿。风雨夜深人散尽，孤灯犹唤卖汤元。

——清·李调元《元宵》

【注解】采莲船：采莲女所坐的船，诗中是指船灯。宝马香车：形容女人乘坐的马车。拾：捡起。坠钿：比喻失去的欢乐或宠爱的对象重新捡起来，即重归于好。

【释义】元宵节人们争着观看采莲的船灯，美女们乘坐着宝马香车寻找爱情。夜深人散之时天开始刮风下雨了，孤灯下还有一个人在唤卖汤圆。

【点评】借元宵节景象揭示贫富不均，富人宝马香车寻欢作乐，穷人夜深孤灯叫卖汤圆。

52. 三年此夕无月光, 明月多应在故乡。欲向海天寻月去, 五更飞梦渡鲲洋。

——清·丘逢甲《元夕无月》

【注解】此夕: 元宵夜。海天: 指天涯海角, 遥远的地方。五更: 我国古代把夜晚分成五个时段, 用鼓打更报时, 所以叫作五更。鲲洋: 台湾的别名。

【释义】三年来的元宵节都没有见到月亮, 美丽而多情的明月大概只有在故乡才能看到。想要到天涯海角去寻找月亮, 五更时分我梦见自己飞到了台湾。

【点评】抒发了民族英雄丘逢甲思念家乡台湾的心情。

十一、春夏节日

上 巳

1. 暮春者，春服既成，冠者五六人，童子六七人，浴乎沂，风乎舞雩，咏而归。

——《论语·先进》

【注解】既成：已经做好，已经穿上。冠者：年长的人。舞雩（yú）：鲁国求雨的祭坛。雩，古代求雨的一种祭祀仪式。归：回家。

【释义】暮春三月的时候，春天的服饰都穿戴在身上了，五六个戴帽年长一点的人，与六七个少年儿童一道，在沂水边沐浴盥洗干净，再到舞雩台上吹吹春风，然后唱着歌儿回家。

【点评】佳句记录了春秋时上巳节人们在水边踏春的情景。

2. 少年分日作邀游，不用清明兼上巳。

——唐·王维《寒食城东即事》

【注解】分日：即春分日。清明：是一个集祭祀、踏青、宴饮等为一体的传统节日。从唐代开始，这是融合了清明节、寒食节、上巳节等习俗的重要民俗节日。上巳：我国一个古老的节日，俗称三月三。时间是在三月上旬的巳日，所以叫上巳。

【释义】年轻时曾经在春分之日结伴去远游，不一定要等到清明节或者上巳节。

【点评】是唐代才将寒食、清明与上巳融合为一体的佐证。

3. 三月三日天气新，长安水边多丽人。

——唐·杜甫《丽人行》

【注解】三月三日：即上巳节。这天人们到水边去游玩采兰，以驱除邪气,后来演变成水边宴饮、郊外春游的节日。

【释义】三月三日上巳节这天空气清新,长安城的水边有许许多多的美丽佳人。

【点评】描写了唐朝时上巳节京城长安城外宴饮郊游、美女如云的景象。

4. 记得兰亭被禊辰,今朝兼是永和春。一觞一咏无诗侣,病倚山窗忆故人。

——唐·王驾《永和县上巳》

【注解】兰亭:著名文化景点,在浙江省绍兴市。被禊(fúxì):犹被除,是古人春季上巳日至水滨洗濯去垢、被除不祥的祭礼习俗。永和:晋穆帝的年号。觞:古时一种船形有双耳的酒杯。

【释义】我记得王羲之为《兰亭诗集》写的序文,今天在永和县也是一个春天的上巳节。但是没有诗友在一起喝一杯酒吟一首诗,在病中只能斜靠在山窗上怀念我的老朋友。

【点评】抒写了诗人在上巳节冷清无友、孤苦伶仃的情景。

寒 食

5. 寒食东郊道,扬韝竞出笼。花冠初照日,芥羽正生风。

——唐·杜淹《咏寒食斗鸡应秦王教》

【注解】扬韝(gōu):抬起鸡爪。韝,保护鸡爪的皮套。芥:介甲。为鸡戴甲。

【释义】寒食节的长安东郊大道上,参加斗鸡比赛的雄鸡争着出笼了。阳光照耀下鸡冠艳得如红日,戴着甲羽的鸡扇动着翅膀呼呼生风。

【点评】描写了唐代京城长安寒食节斗鸡的风俗。

6. 伊川桃李正芳新,寒食山中酒复春。野老不知尧舜力,酣歌一曲太平人。

——唐·宋之问《寒食还陆浑别业》

【注解】伊川:伊水。山中:指洛阳西南山中宋之问的陆浑别业。野老：村野老人。

【释义】伊水之滨桃花李花正盛开，寒食节陆浑别墅中的酒暖好了。村野老人不知这是圣君明主的功劳，喝醉了酒高歌一曲自己是太平盛世的人。

【点评】主要抒发了诗人摆脱京洛烦琐政事回到山野田园的欢欣之情。

7. 去年上巳洛桥边，今年寒食庐山曲。遥怜巩树花应满，复见吴洲草新绿。

——唐·宋之问《寒食江州满塘驿》

【注解】上巳：农历三月三日为上巳节，旧俗人们要去水边袚除修禊，驱除鬼魅，同时也是文人聚会吟咏的日子。寒食：寒食节，在清明前一二日。曲：指山路弯曲。巩树：巩县的树，巩县在洛水西岸，是洛阳近畿之地。

【释义】去年三月三日上巳节在洛水边聚会吟咏，今年寒食节我已是一个被贬谪的人独自走在庐山下的小路上。只能远远地怀念那洛水边上的桃李春花，又仿佛看到我要去的南方吴洲春草已经绿了。

【点评】由眼前春光引起今昔之思，将去年洛水修禊与今年庐山寒食作对比，抒发作者遭贬吴洲的哀伤心情。

8. 马上逢寒食，途中属暮春。可怜江浦望，不见洛桥人。

——唐·宋之问《途中寒食》

【注解】马上：在被贬官南下路途中的马背上。可怜：可爱。江浦：江边的船码头。洛桥：洛阳市的天津桥。桥在洛水上，故简称洛桥。

【释义】在马背上度过了一个寒食节，是贬官南行途中的暮春时节。可是在江边的码头上眺望可爱的故乡，却看不见洛阳天津桥上送别的亲人。

【点评】写作者虽被贬官到南方，心中仍惦念着君王与故乡！

**9. 去年寒食洞庭波，今年寒食襄阳路。不辞著处寻山水，只畏还
家落春暮。**

——唐·张说《襄阳路逢寒食》

【注解】 辞：辞别。著处：居住的地方，这里指家，家人。著，居住。
落：落后，错过。春暮：即晚春。

【释义】 去年寒食节在洞庭湖观赏湖水，今年寒食节在前往襄阳的
路上。之所以与家人不辞而别游山水，是由于担心回家耽误了晚春
之游。

【点评】 描写作者寒食节不与家人告别，外出春游的情景。

**10. 去年余闰今春早，曙色和风著花草。可怜寒食与清明，光辉
并在长安道。**

——唐·李隆基《初入秦川路逢寒食》

【注解】 余闰：指闰月。曙色：早晨的阳光。可怜：可爱。寒食：亦称
"禁烟节""冷食节""百五节"，时间是冬至后一百零五日，清明
节前一二日，相传源于纪念春秋时晋国人介子推。

【释义】 去年是闰年，所以今年春天来得早，早晨的阳光、和煦的风照
拂着花草。可爱的寒食节与清明节，美好的风光都在长安大道上。

【点评】 描写了当时长安早春寒食节的景象。

11. 我爱陶家趣，园林无俗情。春雷百卉坼，寒食四邻清。

——唐·孟浩然《李氏园林卧疾》

【注解】 百卉：百花。坼（chè）：裂开。四邻：左邻右舍。

【释义】 我喜爱陶家人的情趣，他家的园林毫无俗气。春雷一声百花
盛开，到寒食节左邻右舍都透着清雅之气。

【点评】 描写了作者对清雅脱俗的隐居生活的喜爱。

**12. 二月江南花满枝，他乡寒食远堪悲。贫居往往无烟火，不独
明朝为子推。**

——唐·孟云卿《寒食》

【注解】 二月：指农历二月。不独：不仅仅。子推：即介之推，春秋时

晋国人，因"割股奉君"，隐居"不言禄"深得世人怀念。

【释义】二月份是江南花开满枝的春天，我却在寒食节孤苦伶仃地流寓他乡。贫困人家往往会揭不开锅，不仅仅是由于明朝是介子推的忌日。

【点评】作者描写了自己漂泊流寓生活中的一个孤苦伶仃的寒食节。

13. 光风千日暖，寒食百花燃。惆怅佳期近，澄江与暮天。

——唐·韩翃《送蒋员外端公归淮南》

【注解】光风：雨止日出时的和风。千日：酒名。燃：形容花开似火燃烧，满树通红。惆怅：伤感，愁闷，失意。

【释义】雨止日出和风吹来千日酒的清香，春到寒食时节百花红得似火燃烧。心情苦闷而清明节蒋公的归期就要到了，江水澄澈与暮春的蓝天连成一片。

【点评】描写了作者与几位朋友一道在寒食节饯别好友蒋公的情景。

14. 春城无处不飞花，寒食东风御柳斜。日暮汉宫传蜡烛，轻烟散入五侯家。

——唐·韩翃《寒食》

【注解】春城：春天的长安城。东风：春风。汉宫：唐代诗人常常借汉讽喻当朝。传蜡烛：寒食节普天下禁火，但权贵宠臣可得到皇帝恩赐点蜡烛。五侯：宦官宠臣。

【释义】春天的长安城里无处不开满鲜花，寒食时节春风轻轻地梳理着御街旁的柳丝。傍晚时皇宫中传出了赏赐蜡烛的消息，但蜡烛轻烟飘散在贵戚、宠臣的家中。

【点评】批评了唐代时朝廷不准百姓用火，却给权臣赏赐蜡烛的不公平做法。

15. 两重门里玉堂前，寒食花枝月午天。想得那人垂手立，娇羞不肯上秋千。

——唐·韩偓《想得》

【注解】玉堂：玉饰的殿堂，亦为宫殿的美称。月午：即半夜。秋千：古时寒食节的一项娱乐活动。

【释义】 在两重门的宫殿里的玉堂前，寒食节宫女们都打扮得花枝招展的，月到中天已经是半夜了。我中意的那个垂手而立的姑娘，却十分娇羞，始终不肯登上秋千架。

【点评】 描写了寒食节宫女们荡秋千的习俗。

16. 红叶纷纷盖欹瓦，绿苔重重封坏垣。唯有中官作宫使，每年寒食一开门。

——唐·白居易《江南遇天宝乐叟》

【注解】 欹（qī）瓦：歪斜不整的瓦片。重重：一层覆盖一层。垣（yuán）：围墙。唯有：只有。中官：宫内或朝内之官。

【释义】 红色的树叶纷纷落下覆盖了欹瓦，绿色的青苔一层层地封闭了破败的围墙。只有宫内的宦官，每年的寒食节会来开门祭扫一下。

【点评】 借与天宝乐叟的对谈描写了唐代安史之乱前后的巨大变化，昔盛今衰现象。

17. 何处难忘酒，朱门羡少年。春分花发后，寒食月明前。

——唐·白居易《何处难忘酒七首》

【注解】 难忘酒：指清明酒。清明节饮酒与寒食节有关。清明与寒食本是两个节日，寒食在清明前一二日，由于时间相近，后来人们便将清明祭祖扫墓与寒食禁火饮酒习俗相融合，使二者合为一个节日。朱门：朱红的大门，比喻豪富人家。春分：二十四节气之一。

【释义】 何处的酒最令人难忘，最令人羡慕的是豪富人家的年轻人。春分百花开后就吃春菜喝祭酒，寒食节清明之前就开始喝清明酒了。

【点评】 描写了唐时豪富人家的生活，一年四季宴饮不断。

18. 寒食青青草，春风瑟瑟波。逢人共杯酒，随马有笙歌。

——唐·白居易《闲游即事》

【注解】 瑟瑟：水波动荡的样子。随马：随着马走。笙歌：指吹笙唱歌或奏乐唱歌。

【释义】寒食时节碧草青青，春风轻拂碧波瑟瑟。遇到人就一同喝一杯酒，随处行马都能听到笙歌。

【点评】描写了作者在寒食节随马信游的情景，说明寒食节是古人踏青赏春的节日。

19. 楚江横在草堂前，杨柳洲边载酒船。两见梨花归不得，每逢寒食一潸然。

——唐·赵嘏《东望》

【注解】楚江：即长江。楚国位于长江上游的湖北、湖南地区，故长江古时又称楚江。草堂：指杜甫草堂，位于四川省成都市西门外的浣花溪畔，是杜甫流寓成都时的故居。杨柳洲：植满杨柳的小沙洲。归不得：不能回家。潸然：伤心流泪的样子。

【释义】长江横淌在杜甫草堂的前面，植满杨柳的沙洲旁停着载酒船。两度看到梨花开谢却不能回家，每逢寒食节到来就使我伤心潸然泪下。

【点评】描写了作者寒食节有家难归，抒发了对家乡亲人的思念之情。

20. 寒食家家出古城，老人看屋少年行。丘垄年年无旧道，车徒散行人衰草。

——唐·王建《寒食行》

【注解】丘垄：坟墓。徒：只能。

【释义】寒食节家家都有人走出古城去扫墓，老年人看家年轻人都出门了。墓地里年年都有新添的坟墓，没有旧道可走，马车只能散漫地行走在衰草丛中。

【点评】描写了战乱年代寒食节家家都去扫墓，说明年年都有许多人亡故。

21. 玉楼朱阁横金锁, 寒食清明春欲破。窗间斜月两眉愁, 帘外落花双泪堕。

——北宋·晏殊《木兰花》

【注解】 玉楼朱阁: 富贵豪华居所。寒食清明: 春深之时。堕: 落下。

【释义】 玉楼朱阁横着一把金锁, 寒食清明春色已深, 春意已浓。不见伊人, 使得窗间的明月成了我的两弯愁眉, 窗帘外落花如同我的泪珠纷纷落下。

【点评】 描写人去楼空之痛, 抒发了作者无尽的离愁别恨。

22. 乌啼鹊噪昏乔木, 清明寒食谁家哭。风吹旷野纸钱飞, 古墓累累春草绿。

——宋·苏轼《寒食野望吟》

【注解】 累累: 层层叠叠。

【释义】 乌鸦在高大的乔木上啼噪, 清明寒食时节如同有人号哭。旷野里风吹得纸钱灰到处乱飞, 墓地中春草碧绿的坟墓层层叠叠。

【点评】 描写了古代寒食时节人们祭祖扫墓的景象。

23. 寒食今年二月晦, 树林深翠已生烟。绕城骏马谁能借, 到处名园意尽便。

——北宋·苏轼《和子由寒食》

【注解】 晦 (huì): 阴历每月的最后一天。绕城骏马: 春游时骑的马匹。

【释义】 今年的寒食节是二月的最后一天, 树叶深绿如同升腾起袅袅轻烟。这一天春游的骏马谁肯借与他人骑, 到处都有知名的花园, 十分方便, 也能尽游兴。

【点评】 描写了寒食节人人都外出踏青春游, 想春游, 连马匹都借不到的情景。

24. 柳丝碧。柳下人家寒食。莺语匆匆花寂寂。

——宋·陈克《谒金门》

【注解】 碧: 青绿色。寂寂: 无声的样子。

【释义】春天杨柳丝条碧绿。杨柳下的人家正过寒食节。黄莺在柳条间穿梭飞鸣，花儿静静地开放着。

【点评】描写了寒食时节柳绿花开的深春景象。

25. 秋千外、卧红堆碧。心情费消遣，更梨花寒食。

——宋·谢懋《忆少年》

【注解】秋千：古代贵族少女们在寒食节荡玩的器具。卧红堆碧：形容红花绿叶成堆。消遣：排解，消除。梨花：暮春的标志。

【释义】少女玩乐的秋千架旁，红花绿叶满地。惜春的心情难于消除，更何况是梨花盛开的寒食节。

【点评】描写了落红满地、梨花盛开的寒食暮春的景象。

26. 宿草春风又，新阡去岁无。梨花自寒食，进节只愁余。

——南宋·杨万里《寒食上冢》

【注解】宿草：隔年的草。新阡（qiān）：新的墓道。愁余：使余哀愁。

【释义】隔年的草在春风里又长出了绿叶，新的墓道是上坟的人们踩踏出来的。寒食时节自是梨花盛开的时候，而我一进寒食节便只有满心的哀愁。

【点评】描写了作者寒食节扫墓时的悲哀心情。

27. 寒食不多时，几日东风恶。无绪倦寻芳，闲却秋千索。

——南宋·朱淑真《生查子》

【注解】东风恶：形容春风料峭，寒气逼人。倦寻芳：懒得去赏花。闲却：闲置无人。

【释义】寒食节只有一两天，而这几天却刮起了料峭的寒风。使人赏花的情绪都打消了，连秋千架也空荡荡的没有人玩。

【点评】描写了一个春寒料峭的寒食节，无人赏花，无人游乐。

28. 烟雨海棠花，春夜沈沈酌。寒食清明数日间，人也须行乐。

——南宋·韩淲《卜算子·初十日海棠宋十一哥家饮》

【注解】沈沈：情意深浓的样子。酌：斟酒。

【释义】烟雨蒙蒙海棠花开，春夜情深浓似酒。寒食节清明节只在数日间，人呀就应该及时行乐。

【点评】告诫人们春色难留，要及时行乐。

29. 夜来梦绕宛溪干，啼鴂梦中酸。过了他乡寒食，白鸥划地盟寒。

——南宋·吴潜《朝中措》

【注解】宛溪：在今安徽省宣城市。干：通"岸"。鴂（jué）：杜鹃一类的伯劳鸟。划地：依旧的意思。盟：与鸥鸟订盟同住水乡。

【释义】夜晚来临梦魂萦绕在宣城宛溪岸畔，伯劳鸟的啼叫声听得人满腹酸楚。在他乡度过了冷清的寒食节，与白色鸥鸟依旧订盟一同住在水乡。

【点评】描写了宣城寒食节的景象。

30. 平生行止懒编排。住蒿莱。走尘埃。社燕秋鸿，年去复年来。

——元·刘秉忠《江城子》

【注解】蒿莱：茅草，指草棚。

【释义】平生对自己的生活懒作精心的安排，住的是茅草房，走的是土尘路。但每年都有春社来秋社去的燕子与鸿雁，年年都来与我做伴。

【点评】描写了诗人简朴的生活，抒发了豁达高雅的情怀。

31. 满衣血泪与尘埃，乱后还乡亦可哀。风雨梨花寒食后，几家坟上子孙来?

——明·高启《送陈秀才归沙上省墓》

【注解】满衣血泪：形容战乱的苦难。

【释义】全身衣服都沾满了血泪和尘埃，战乱后回到故乡仍感到悲哀。寒食清明本是人们上坟扫墓的时节，清明都过了还有几家有后人来祭扫?

【点评】描写战乱使故乡的年轻人死了，抒发了作者痛恨战乱的哀伤之情。

清　明

32. **清明时节雨纷纷，路上行人欲断魂。借问酒家何处有？牧童遥指杏花村。**

——唐·杜牧《清明》

【注解】雨纷纷：春雨细密连绵的样子。欲断魂：形容哀伤到极点。

【释义】清明时节春雨纷纷不停，游人在旅途中冒着寒雨，思亲怀土之情油然而生，悲伤得魂都没了。问哪里有酒店，放牛孩子指着远处的杏花村。

【点评】作者抓住清明时节的气候特点来描写人的情感，用白描手法，成为描写清明节景、物、情的佳句。

33. **白下有山皆绕郭，清明无客不思家。**

——明·高启《清明呈馆中诸公》

【注解】白下：南京的别称。

【释义】南京城四周群山环绕，景色秀丽。眼下正值清明节，又有哪个远离故土的游子不思念自己的家乡呢？

【点评】诗句由李白的"青山横北郭，白水绕东城"变来，描写了羁旅中的客愁与乡思。细腻的语言和笔法写出了诗人的思乡之情。

端　午

34. **宫衣亦有名，端午被恩荣。细葛含风软，香罗叠雪轻。**

——唐·杜甫《端午日赐衣》

【注解】宫衣：皇上赏赐的名贵衣服。端午：端午节，为每年农历五月初五，又称端阳、重午、夏节、蒲节等，原是夏季驱除瘟疫的节日，后因屈原于端午节投江自尽，就演变成纪念屈原的节日。被恩荣：得到皇上的恩宠。细葛：细的葛布。

【释义】端午佳节，皇上赐予名贵的宫衣，恩宠有加。细葛衣柔软得

175

风一吹就会飘起来, 清香洁白宛如一堆新下的雪花。

【点评】描写了作者在端午节得到了皇上赏赐的葛衣, 感到无上荣幸。

35. 沅江五月平堤流, 邑人相将浮彩舟。灵均何年歌已矣, 哀谣振楫从此起。

——唐·刘禹锡《竞渡曲》

【注解】邑人: 当地人。灵均: 屈原字灵均。竞渡: 端午节一种划船竞赛活动。

【释义】端午节沅江里的水涨到与江堤齐平了, 当地人都相约去沅江里划船祭奠屈原。屈原不知是何年停止吟唱投江的, 但哀悼他的歌谣声就从此时随着桨声响起来了。

【点评】描写沅江上龙舟竞渡的活动源自纪念爱国诗人屈原。

36. 少年佳节倍多情, 老去谁知感慨生。不效艾符趋习俗, 但祈蒲酒话升平。

——唐·殷尧藩《端午日》

【注解】佳节: 指端午节。艾符: 旧俗端午节在门上插艾蒿作符以祛邪恶。

【释义】年轻时对端午节特别有感情, 人老了以后却产生了许多感慨。不仿效在门上插艾蒿避邪的习俗, 只祈求能喝着蒲酒谈谈太平盛世的生活。

【点评】表达了作者对衣食无忧的太平盛世生活的期望。

37. 轻汗微微透碧纨, 明朝端午浴芳兰。流香涨腻满晴川。

——北宋·苏轼《浣溪沙·端午》

【注解】轻汗: 薄汗。碧纨: 绿色薄绸。浴芳兰: 是屈原家乡人们的一种芳兰沐浴, 穿上光鲜的罗纱, 身佩五彩的饰品, 空气中弥漫着粽叶、艾叶、菖蒲等的清香, 纪念将香草比美人的屈原。芳兰, 芳香的兰花, 代称妇女。流香涨腻: 指女子梳洗时, 用剩下的香粉胭脂随水流入河中。

【释义】妇女们忙乎得汗水微微湿透了绿色薄绸衣, 明天是端午节,妇女们要行浴芳兰活动。所以河川里流淌着一河的香水红脂。

【点评】描写了宋时妇女们在端午节前做各种欢庆准备工作的情景。

38. 竞渡深悲千载冤，忠魂一去讵能还。国亡身殒今何有，只留离骚在世间。

——北宋·张耒《和端午》

【注解】竞渡：一种传统的水上体育活动。千载：千年。讵：怎么，哪里。殒：死亡。离骚：我国历史上最伟大的诗篇之一，屈原所作。

【释义】龙舟竞渡的活动是为了悼念爱国诗人屈原的冤魂，然而忠魂去了以后哪里还能回来。屈原死了楚国灭亡了，如今还有什么呢？只留下了屈原写的《离骚》诗还在世上。

【点评】诗句是以写龙舟竞渡来悲悼为了拯救祖国而投河的屈原的千载冤魂。

39. 酒杯深浅去年同。试浇桥下水，今夕到湘中。

——宋·陈与义《临江仙》

【注解】深浅：指对屈原的敬重之情。

【释义】酒杯中对屈原的敬重之情与去年相同。去年是把酒洒到汨罗桥下水中祭奠屈原，今年端午节又把相同的酒洒到湘江中。

【点评】表达了作者对屈原的凭吊之情，抒发了诗人强烈的怀旧心情和爱国情感。

40. 画帘开、练衣纨扇，午风清暑。儿女纷纷夸结束，新样钗符艾虎。

——南宋·刘克庄《贺新郎·端午》

【注解】练（shū）：苎（zhù）织布。纨（wán）：细致洁白的薄绸。儿女：年轻人。结束：穿戴打扮。钗符艾虎：端午节时人们为辟邪而佩戴的饰物。

【释义】绣有画图的门帘打开了，穿上苎布织的练衣，拿着洁白纨扇，端午凉风吹走了暑气。年轻人都夸赞自己打扮得好看，互相品评着谁的饰物式样新。

【点评】诗句托屈原之事抒发自己的怨愤之情。

41. 莫唱江南古调，怨抑难招，楚江沉魄。

——南宋·吴文英《澡兰香·淮安重午》

【注解】古调：指纪念屈原时唱的招魂曲。楚江：即长江。重午：端午节。

【释义】不要唱江南为屈原招魂的古曲，怨恨难抑，屈原之魂难以招来，屈原是投楚地的汨罗江而自尽的。

【点评】描写了古代人们在端午节为纪念屈原唱招魂曲的习俗。

七　夕

42. 迢迢牵牛星，皎皎河汉女。纤纤擢素手，札札弄机杼。

——《古诗十九首》

【注解】迢（tiáo）迢：高远的样子。皎皎：明亮。河汉女：指织女星，在银河北，与牵牛星隔河相对。河汉，即银河。纤纤：形容手指细长。擢（zhuó）：伸出。素手：白皙的手。札（zhá）札：织布的声音。

【释义】牵牛星啊相隔得那样遥远，银河那边洁白的织女盼你。她摆动着细长柔软的手儿，梭儿札札不停地织着布匹。

【点评】描写遥远的牛郎星与美丽的织女星隔着银河遥相对望。

43. 今日云骈渡鹊桥，应非脉脉与迢迢。家人竞喜开妆镜，月下穿针拜九宵。

——唐·权德舆《七夕》

【注解】云骈：祥云聚集。渡鹊桥：传说七夕节天下的喜鹊都会飞到银河架鹊桥让牛郎织女相会。脉脉：深情的样子。拜九宵：古代女子向织女星乞求针艺的礼数。七夕：农历七月七日，相传是牛郎织女一年一度渡鹊桥相会之日。民间妇女有呈献瓜果，向织女穿针乞巧的习俗。

【释义】今天彩云联骈牛郎织女鹊桥相会，应该用不着隔河遥遥相望了。爱妻也欣喜地打开了妆镜，在月光下穿针拜求织女赐予织布的巧手。

178

【点评】写出了唐人对七夕佳节的情结以及古代女子七夕穿针乞巧的习俗。

44. 一道鹊桥横渺渺,千声玉佩过玲玲。别离还有经年客,怅望不如河鼓星。

——唐·徐凝《七夕》

【注解】鹊桥:民间传说每年农历七月七日,人间的喜鹊都要到银河上架桥,让牛郎织女在鹊桥上相会。玲玲:拟声词,环佩之声。经年:连续两年。河鼓星:星宿名,在牛宿的北面、银河的东面。

【释义】一道喜鹊架起的小桥横卧在银河上,听到织女佩环叮咚地从鹊桥上过来。我和伊人离别后却是常年不得相会的,我怅然地望着牛郎星北面的河鼓星感到与自己很相似,看着牛郎与织女相会自己却不能与爱妻相会。

【点评】借七夕牛郎织女鹊桥相会,抒发了自己难以与爱妻相见的悲哀心情。

45. 香帐簇成排窈窕,金针穿罢拜婵娟。铜壶漏报天将晓,惆怅佳期又一年。

——唐·罗隐《七夕》

【注解】窈窕:形容美丽。婵娟:指织女。铜壶漏:古代铜制的计时器。惆怅:失望,伤感,懊恼。

【释义】牛郎织女在银河里用香帐围起了美丽的洞房,地上的女孩们都穿好了金针,拜织女为师向她乞巧。监管滴漏铜壶的人报告天快要亮了,令牛郎织女最惆怅的离别时刻就要到了。

【点评】以神话的笔法描写了七夕节美丽可爱的民间习俗。

46. 未会牵牛意若何,须邀织女织金梭。年年乞与人间巧,不道人间巧已多。

——北宋·杨朴《七夕》

【注解】未会:不理解。须:一定。金梭:金贵的纺织工具,金梭子。不道：不知道。

【释义】 不明白牵牛的用意是怎么回事，每年七月一定要邀请织女在天上用金梭子织锦给地上的人们看。你们每年都把"巧"让人们讨去，却不知道人间的"巧"已经太多了！

【点评】 此诗别具一格，以织女七夕节给人间施巧来批判人间以巧作怪的人太多。

47. 柔情似水，佳期如梦，忍顾鹊桥归路。两情若是久长时，又岂在朝朝暮暮。

——北宋·秦观《鹊桥仙》

【注解】 柔情：情意温柔。佳期：美好的约会。忍顾：不忍心回头看。朝朝暮暮：以朝暮代表一整天。

【释义】 牛郎织女相会时的柔情蜜意如温柔的水，约定下次约会的佳期遥远如梦，难舍难分怎忍心回头去看那回去的鹊桥路。只要两人的感情真正是牢固的、长久的，并不一定要一天到晚在一起，一时一刻都不分离。

【点评】 以牛郎织女一年一度的鹊桥相会告诉人们真正牢固的永久的爱情，用不着一刻都不分离。

十二、秋冬节日

秋　社

1. 愿为同社人，鸡豚燕春秋。

——唐·韩愈《南溪始泛》

【注解】愿：希望。同社人：在同一个土地庙里祭祀土神、谷神的人，
　　　也即同里、同村人。鸡豚(tún)：鸡肉与猪肉。燕：即"宴"。

【释义】希望自己能够与祭祀社神的人们成为同社的人，在每年的春
　　　社和秋社节日里可以尽情地吃肉喝酒。

【点评】描写了丰年时节春秋二社祭祀社稷的日子里到处吃鸡吃肉
　　　喝酒的场面，令人不胜向往。

**2. 动静防闲又怕疑，佯佯脉脉是深机。此身愿作君家燕，秋社
归时也不归。**

——唐·韩偓《不见》

【注解】动静：动作或说话的声音。防闲：引申为防备和禁阻。防，堤
　　　也，用于止水。闲，圈栏也，用于阻兽。佯佯：装模作样。脉脉：默默
　　　地用眼神或行动表达情意的样子。深机：秘诀。此身：我。

【释义】严格地控制自己的言行还怕被人怀疑，佯装作脉脉含情的样
　　　子是包含深意的。我这辈子情愿做您家的燕子，秋社时燕子南归的
　　　时候我也不归去。

【点评】逼真地描写了作者迷恋上一位姑娘后的心情。

3. 八月秋社，各以社糕、社酒相赍送。

——宋·孟元老《东京梦华录·秋社》

【注解】赍(jī)：把东西送给人。

【释义】每到八月里秋社那一天，各家都要做社糕、社酒相互赠送。

【点评】描写了北宋时期民间秋社时吃社糕喝社酒以及相互赠送的风俗。

4. 洞落洗腥秽，生意从此始。鸡豚醉秋社，老农自相语。

——南宋·刘黻《梅使君守横浦擒寇闵雨》

【注解】洞落：指盗寇盘踞的山洞。洗腥秽：形容全部剿灭。生意：生活的气象。秋社：秋季祭祀土地神的日子，是人们感谢土神并且祈求来年丰收的祭祀活动，有祭祀、宴饮等活动。

【释义】盘踞在横浦山洞里的盗寇，被太守梅使君一网打尽，全部剿灭，从此横浦开始显得生气盎然。每年秋社祭宴人们吃鸡吃肉，酒多得吃不完，老农们都自言自语地在那里说。

【点评】赞扬了横浦太守梅使君为当地百姓剿灭了一伙为非作歹的盗寇，使之太平富裕。

5. 秋社日，朝廷及州县差官祭社稷于坛，盖春祈而秋报也。

——南宋·吴自牧《梦粱录·八月》

【注解】盖：表原因的虚词"因为"。

【释义】每年八月秋时节，朝廷以及各州、县衙门都要派官员到各地的社稷坛祭祀土地神，因为春社是祈求社神赐予丰收，而秋社是报答社神恩赐的丰收。

【点评】交代了举行秋社、春社的原因，是为了祈求与报答。

6. 社坛烟淡散林鸦，把酒观多稼。

——元·王恽《平湖乐·尧庙秋社》

【注解】多稼：庄稼丰收。尧庙：在今山西省临汾境内。

【释义】在尧庙社稷坛举行的祭祀土地神的秋社宴刚刚结束，香烟尚未散尽，一群林鸦就飞来觅食，我手握着酒杯长时间地观察着这一大片庄稼的长势。

【点评】描写了尧庙社日活动情景，抒发了作者渴望庄稼丰收、祈求人民富裕幸福的愿望。

7. 无租犹欲望丰年，岂不差于酤籴便。浪说岁星守南斗，略微社雨润秋田。

——元·方回《社后复晴》

【注解】浪说：妄说，乱说。岁星：即太阳系的八大行星之一木星，是太阳系中最大的行星。南斗：星名，即斗宿，有星六颗。在北斗星以南，形似斗，故名。"岁星守南斗"表示是好年成。社雨：社日下的雨。

【释义】没有赋税还是希望年成好一些，年成好岂不比赊酒喝更方便。乱说岁星守南斗必定是好年成，为什么直到秋社日才略微有点小雨湿润秋天的农田。

【点评】描写大旱之年老天久不下雨，表达了诗人对农民生活的关心。

8. 清晨视园树，槁叶脱梧榽。邻家馈彘肉，里巷作秋社。

——元·方回《社前一日用中秋夜未尽韵》

【注解】梧榽（wújiǎ）：梧桐与山楸，皆良木。馈：赠送。彘（zhì）肉：猪肉。里巷：小村子。

【释义】清晨去检视园子里的树是否枯死，发现梧桐与山楸树的枯叶脱落了。邻居家有人送来了猪肉，小村子里的人们正为秋社宴做准备。

【点评】描写了人们对秋社祭祀土地神的装饰，大旱之年也不敢放弃。

中 秋

9. 海上生明月，天涯共此时。情人怨遥夜，竟夕起相思！

——唐·张九龄《望月怀远》

【注解】遥夜：长夜。竟夕：整夜，彻夜。

【释义】一轮皎洁的明月从海上升起，虽然远隔天涯伊人却和我同在仰望明月。有情人天各一方都在怨恨长夜难捱，彻夜相思辗转反侧不能成眠。

【点评】描写了爱人中秋夜对月相思彻夜不眠的情景。

10. 满目飞明镜，归心折大刀。转蓬行地远，攀桂仰天高。

——唐·杜甫《八月十五夜月》

【注解】归心折大刀：形容思乡之情如同刀在心头割。转蓬：颠沛流离。行地远：离家乡越来越远。攀桂：古人将取得功名称为月宫折桂。

【释义】明月如镜光漫天地，有家难归心似刀绞。颠沛流离离家越来越远，想要月宫折桂只能仰天长叹。

【点评】抒发了作者流寓他乡中秋思归不得的悲伤心情。

11. 纤云四卷天无河，清风吹空月舒波。

——唐·韩愈《八月十五夜赠张功曹》

【注解】纤云：几缕淡云。四卷：正在消散。河：银河。

【释义】薄云四处飘散还不见银河，清风吹开云雾，月光放清波。

【点评】描写八月十五夜晚碧空无云、清风明月、万籁俱寂的景色。极尽空灵之情致，让人身临其境在这美好的夜晚中。

12. 西北望乡何处是，东南见月几回圆。临风一叹无人会，今夜清光似往年。

——唐·白居易《八月十五日夜湓亭望月》

【注解】西北：指帝京长安。东南：指江西省九江市浔阳区湓浦。无人会：没有人理解、领会。

【释义】去年是在西北曲江池畔杏园边赏月望乡，今年被贬官到东南湓浦沙头赏月，心中的理想何时能圆。临风叹息无人领会，今天夜里月亮的清光也依然与往年一样。

【点评】以特定空间与特定时间的月亮作今昔对比，抒发了作者贬谪后凄苦怅惘的人生感慨。

13. 中庭地白树栖鸦，冷露无声湿桂花。今夜月明人尽望，不知秋思落谁家？

——唐·王建《十五夜望月寄杜郎中》

【注解】地白：形容月光如银。秋思：中秋时思念亲人的情绪。十五夜：即中秋夜，我国古有中秋赏月的习俗。

【释义】中秋夜月明如昼，看得见庭树上的栖鸦，清冷的露水打湿了桂花纷纷落下。今夜的月亮如此之圆如此之亮人们都在眺望，不知谁在家乡思念着流寓他乡的亲人？

【点评】诗句不说自己思念故乡亲人，却说家乡亲人思念他乡的游子，情真意切，委婉动人。

14. 一轮霜影转庭梧，此夕羁人独向隅。未必素娥无怅恨，玉蟾清冷桂花孤。

——北宋·晏殊《中秋月》

【注解】霜影：指明月。羁人：羁旅之人，作者自称。隅：墙角。玉蟾：比喻月宫。桂花：传说月宫中有桂花树、玉兔、蟾蜍。

【释义】明月转到了庭院中梧桐树上空，在这中秋节的晚上，我独自对着墙壁黯然伤神。想来嫦娥也应与我一样有着无限的惆怅怨恨，因为月宫里太清冷，桂花树也太孤独。

【点评】用比喻象征的手法抒发了作者自己在中秋之夜还羁旅在外的怨恨孤独之情。

15. 人有悲欢离合，月有阴晴圆缺，此事古难全。但愿人长久，千里共婵娟。

——北宋·苏轼《水调歌头》

【注解】难全：难于周全圆满。婵娟：形容美女姿态曼妙优雅或形容月色明媚。可指美人也可指明月。

【释义】人世间总有悲欢离合，像天上的月亮有阴晴、圆缺一样，这些自古以来都是难以周全圆满的。只希望人们能够永远健康平安，即使相隔千里也能在中秋之夜共同欣赏天上的明月。

【点评】表达了作者对人生洒脱、旷达的感悟，以及对远方亲人的怀念之情。

16. 此生此夜不长好, 明月明年何处看。

> ——北宋·苏轼《阳关曲·中秋月》

【注解】此生此夜: 明月团圆的中秋之夜。

【释义】我这一生中每逢中秋之夜, 月光多为风云所掩, 很少碰到像今天这样的美景, 真是难得啊! 可明年的中秋, 我又会到何处观赏月亮呢?

【点评】在明月团圆的中秋之夜, 诗人禁不住感叹, 当下享受着团圆之夜兄弟团聚的快乐, 明年的团圆之夜兄弟不知能否再相聚。

17. 一轮秋影转金波。飞镜又重磨。把酒问姮娥: 被白发、欺人奈何?

> ——南宋·辛弃疾《太常引·建康中秋夜为吕叔潜赋》

【注解】秋影: 指秋月。飞镜: 比喻明月。把酒: 手握酒杯。姮娥: 嫦娥, 代指月亮。奈何: 怎么办。建康: 即今江苏省南京市。

【释义】一轮金色的秋月运行在蓝天上, 如同新磨的铜镜多么明亮。手握酒杯问月亮: 我不想老, 白发却来欺侮我了, 我该怎么办?

【点评】诗人当时在建康任江东安抚司参议官, 这是为好友吕叔潜所写。

18. 今夕不登楼, 一年空过秋。

> ——南宋·高观国《菩萨蛮》

【注解】登楼: 登高赏月。

【释义】今朝中秋美景之夜不登楼赏月, 今年这个秋天就白过了。

【点评】佳句既是对中秋明月的高度赞赏, 又是作者自劝与劝人勿辜负良辰美景的警语, 意为不要错过美好的事物。

19. 客醉倚河桥, 清光愁玉箫。

> ——南宋·高观国《菩萨蛮》

【注解】清光: 月光。玉箫: 乐器名, 这里指代凄冷的箫声。

【释义】中秋夜亲人朋友团聚, 一醉方休, 对着天上水中的明月浮想联翩, 见秋月反勾起了凄凉的愁苦之声。

【点评】词人登高赏月, 因离别而伤心, 在万家团圆的中秋之夜, 更加反衬出作者凄苦孤单的境况。

重　阳

20. 九月九日眺山川，归心归望积风烟。他乡共酌金花酒，万里同悲鸿雁天。

——唐·卢照邻《九月九日登玄武山旅眺》

【注解】眺：登高望远。风烟：山间的云雾。金花酒：菊花酒。

【释义】九月九日登高眺望山川，归乡的思绪如同山间的云烟缭绕惆怅。在异乡与在家乡一样喝着菊花酒，但当看到天上鸿雁南归的景象时思乡之情不禁悲从中来。

【点评】描写了作者重阳节看到大雁南归，引发了心中的思乡悲情。

21. 九月九日望乡台，他席他乡送客杯。人情已厌南中苦，鸿雁那从北地来。

——唐·王勃《蜀中九日》

【注解】望乡台：古人久戍不归或流落他乡，往往登高或筑台以眺望故乡。南中：南方。九日：即九月九日重阳节，重阳节自古有登高的习俗。

【释义】重阳节登上望乡台送客回故乡，在异乡设宴送客望乡更使我愁上加悲。我已经因久居南方而不能北归悲伤不已，忽又见一对鸿雁不知因何从北方飞到南方来。

【点评】借重阳节鸿雁南归烘托作者异乡思归的思想感情。

22. 独在异乡为异客，每逢佳节倍思亲。遥知兄弟登高处，遍插茱萸少一人。

——唐·王维《九月九日忆山东兄弟》

【注解】异乡：他乡。佳节：指重阳节。登高处：古时重阳节有登高及戴茱萸香袋避邪的习俗。茱萸（zhūyú）：一种芳香植物。

【释义】我独自一个人客居在他乡，每到那重阳佳节就加倍地想念亲人。我在遥远的地方想象着兄弟们都在登高避邪, 分茱萸香袋时会发现今年怎么少了一个人。

【点评】诗句把重阳节"共乐而缺一"的人生缺憾写得令人心颤而余味无穷。

23. 昨日登高罢, 今朝更举觞。菊花何太苦, 遭此两重阳。

——唐·李白《九月十日即事》

【注解】今朝: 指九月十日, 唐宋时, 九月十日称为"小重阳"。举觞(shāng): 举杯喝酒。

【释义】昨天九九重阳节登高采菊后, 今朝九月十日又要采菊喝菊花酒。菊花的命为什么那么苦, 与我一样要遭受两个重阳节的摧残。

【点评】诗人借菊花遭受九月九日与十日两次采折之苦寄托自己被贬官的极度苦闷心情。

24. 今日云景好, 水绿秋山明。携壶酌流霞, 搴菊泛寒荣。

——唐·李白《九日》

【注解】流霞: 酒名, 一种霞红色的酒。搴(qiān): 采拔。寒荣: 寒冷时节开放的菊花。

【释义】今天云彩飘飘景色好, 水绿山青气爽朗。我一手携壶流霞酒, 一手采撷菊花黄。

【点评】描写了重阳时山青水绿、黄菊飘香的美好景象, 赞赏了菊花凌霜不凋的品德。

25. 我来不得意, 虚过重阳时。题舆何俊发, 遂结城南期。

——唐·李白《九日登山》

【注解】题舆: 意思是景仰贤达, 望其出仕。遂: 于是。期: 约定。

【释义】我来这里心中很不快意, 白白地度过了一个重阳节。为何匆忙赶来? 是由于朋友希望我出仕, 于是定下了重阳节前来城南登台的约定。

【点评】抒发了作者一直以来都不得志, 重阳节更是没人陪, 只有独自虚度的慨叹。

26. 重阳独酌杯中酒, 抱病起登江上台。竹叶于人既无分, 菊花从此不须开。

——唐·杜甫《九日》

【注解】重阳: 重阳节, 也称重九节、老人节, 民间有赏菊、登高、喝菊花酒等习俗。酌: 斟酒。竹叶: 酒名, 即竹叶青。

【释义】重阳节独自一人默默地喝着杯中的酒, 而且是抱病起身强登江边的高台。竹叶青美酒既然我都无缘喝, 那么重阳节的菊花你从此也不要再开了。

【点评】重阳节时美酒是非喝不可的, 菊花是非赏不可的。抒发了作者独在南方思念亲人却不能北归的思乡之情。

27. 但将酩酊酬佳节, 不用登临恨落晖。古往今来只如此, 牛山何必独沾衣。

——唐·杜牧《九日齐山登高》

【注解】酩酊: 严重酒醉。落晖: 夕阳。沾衣: 泪湿衣服。

【释义】只管用酩酊大醉来酬谢这良辰佳节, 无须在重阳佳节登高时感叹夕阳西下, 怨恨人生迟暮。古往今来都是这样的, 何必要在牛山上做出悲悲切切的样子呢?

【点评】作者试图以偶然的开心、节日的醉酒, 来消解长期积在心中的郁闷。

28. 薄雾浓云愁永昼, 瑞脑消金兽。佳节又重阳, 玉枕纱橱, 半夜凉初透。

——宋·李清照《醉花阴》

【注解】薄雾浓云: 形容香炉内升起的香烟。瑞脑: 高档香料。金兽: 金属制的兽形香炉。纱橱: 碧纱橱, 古代极精致的床铺。

【释义】一天到晚都有浓云般的香烟从香炉上升起, 香雾迷蒙使人发愁, 白天的时间怎么会如此的长。重阳佳节到了, 秋夜里睡在碧纱橱内的玉枕上, 到半夜感到凉气刚刚浸透。

【点评】描写了作者年轻时所过的是贵妇人的奢华生活。

29. 三载重阳菊，开时不在家。何期今日酒，忽对故园花。

——明·文森《九日》

【注解】三载：三年。何期：哪里想到。故园：故乡。

【释义】三年来重阳节采菊花的时候，我都不在家里。哪里想得到今天独自饮酒，竟然是面对故乡的菊花喝的。

【点评】抒发了作者重阳节思念故乡的心情。

腊 八

30. 凝寒迫清祀，有酒宴嘉平。宿心何所道，藉此慰中情。

——北齐·魏收《腊节》

【注解】腊节：夏代称腊日为"嘉平"，商代为"清祀"，周代称为"大蜡"；因在十二月举行，故称该月为腊月，称腊祭之日十二月初八为腊日。

【释义】严寒冰冻的时节已近腊祭之节，腊祭神灵早已准备好了，在夏朝则称为"嘉平"。早就藏在心底的感谢神灵的心事有什么可说的，只不过借腊八节表示一下。

【点评】描写了腊八日人们摆上酒肉祭祀和感谢神灵的福佑，抒发了心中的敬神凤愿。

31. 腊日常年暖尚遥，今年腊日冻全消。侵凌雪色还萱草，漏泄春光有柳条。

——唐·杜甫《腊日》

【注解】腊日：农历十二月八日，即腊八节。萱草：有金针菜、黄花菜、忘忧草、宜男草等别名。

【释义】往年的腊八节离天气暖和还早着呢，今年腊八日冰冻全都融化了。名叫黄花菜的萱草已经抽芽，远望柳条已经有了朦胧的春烟。

【点评】描写了一个没有寒意的暖冬天气景象。

32. 腊月风和意已春, 时因散策过吾邻。草烟漠漠柴门里, 牛迹重重野水滨。

——南宋·陆游《十二月八日步至西村》

【注解】散策: 骑马闲逛。

【释义】虽是隆冬腊月天, 已露暖风丽春意。腊八骑马去闲逛, 不觉来到邻村前。人家柴门里炊烟漠漠, 河畔已多牛蹄迹。

【点评】描写了作者在一个暖洋洋的腊八节外出闲逛所见的景象。

33. 晴腊无如今日好, 闲游同是再生身。自伤白发空流浪, 一瓣香消泪满巾。

——清·顾梦游《腊八日水草庵即事》

【注解】再生: 重生。自伤: 自感悲伤。一瓣香: 比喻自己的美好理想。

【释义】晴朗的腊月天今日特别好, 一同闲游者都是重生之人。为自己满头白发还在流浪感到悲哀, 想到美好的理想破灭禁不住泪流满面。

【点评】抒发了作者对光阴易逝, 功业未成而头发已白的悲哀心情。

34. 共尝佳品达沙门, 沙门色相传莲炬。童稚饱腹庆州平, 还向街头击腊鼓。

——清·道光帝《腊八粥》

【注解】佳品: 指腊八粥。色相: 也叫色象, 佛教名词, 指一切事物的形状外貌。腊鼓: 古时有腊月击鼓催春的风俗。腊八粥: 清代朝廷有施腊八粥的习俗。

【释义】人们一同到皇家寺庙喝腊八粥, 佛门的善举如莲台上光明的火炬。孩子们喝饱肚皮庆贺天下太平, 还到街上咚咚地敲起了腊鼓。

【点评】描写了皇家寺院施散腊八粥和食用腊八粥时人涌如潮的景象。

35. 腊八家家煮粥多, 大臣特派到雍和。圣慈亦是当今佛, 进奉熬成第二锅。

——清·夏仁虎《腊八》

【注解】腊八粥: 据清史记载, 清代雍和宫有四口煮粥的大锅, 熬粥时，第一锅粥是奉佛的，第二锅粥是赐给太后和帝后家眷的，第三锅粥是赐给诸王和少主府的，第四锅粥是赐给喇嘛的。

【释义】清时腊八节家家都要精心熬煮很多粥互赠亲邻，朝廷也特派大臣到雍和宫负责煮腊八粥。圣明慈德的皇上就是当今菩萨，进奉太后和帝后家眷的是熬成的第二锅粥。

【点评】描写了清代皇家及百姓都吃腊八粥的盛况。

36. 腊月八日粥，传自梵王国。七宝美调和，五味香掺入。

——清·李福《腊八粥》

【注解】腊八粥：也叫"七宝五味粥"。喝腊八粥最早流行于宋代。到清代，风气更盛。皇帝、皇后、皇子都要向文武大臣、侍从宫女赐腊八粥，并向众佛寺发放米、果等供僧侣食用。在民间，家家户户也要做腊八粥，祭祀祖先；同时，合家团聚在一起食用，馈赠亲朋好友。梵王国：佛教王国。

【释义】腊月八日喝腊八粥，习俗传自印度佛徒国。七果调和煮出味道美，五味香入米羹中。

【点评】交代了腊八粥的来历与美味。

除 夕

37. 阶馥舒梅素，盘花卷烛红。共欢新故岁，迎送一宵中。

——唐·李世民《守岁》

【注解】阶：台阶。馥(fù)：浓香。舒：开放，释放。盘花：一种以手工制作服饰配饰的劳动，所制作的配饰也叫盘花。

【释义】宫苑台阶旁洁白的梅释放着馥郁的清香，宫女们制作盘花给红烛卷上红纸。她们都在做辞旧迎新的事情，迎接新年送别旧岁都在这一夜之中。

【点评】描写了唐时宫廷除夕守岁的情景，表达的是新年伊始的辞旧迎新之情。

38. 畴昔通家好,相知无间然。续明催画烛,守岁接长筵。

——唐·孟浩然《岁除夜会乐城张少府宅》

【注解】畴昔:往昔,从前。无间然:亲密无间。续明:点亮蜡烛。岁除:除夕。

【释义】我家与张少府一家是多年的好朋友,亲密得如同一家人。除夕宴夜我们点亮了大花烛,拼排起守岁的酒筵。

【点评】描写了诗人一家与张少府一家共度除夕的情景。

39. 旧曲梅花唱,新正柏酒传。

——唐·孟浩然《岁除夜会乐城张少府宅》

【注解】梅花唱:唱起老的《梅花》曲。柏酒樽:饮有柏木香的酒。

【释义】席间大家唱起《梅花》旧曲,畅饮新暖的有柏木香气的酒,大家推杯换盏,行令饮酒,非常快乐。

【点评】描写了除夕夜宴时家人团聚、歌唱欢饮的景象。

40. 旅馆寒灯独不眠,客心何事转凄然。故乡今夜思千里,霜鬓明朝又一年。

——唐·高适《除夜作》

【注解】客:旅客,指自己。转:变得。霜鬓:白色的鬓发。明朝(zhāo):明天。

【释义】我独自在旅馆里躺着,寒冷的灯光照着我,久久难以入眠。是什么事情让我这个旅居他乡的人心里变得如此凄凉悲伤?故乡的人今夜一定在思念远在千里之外的我,我的鬓发已经变得斑白,到了明天又是新的一年了。

【点评】作者把对故乡的思念之情通过除夕之夜充分地表达出来了。

41. 病眼少眠非守岁,老心多感又临春。火销灯尽天明后,便是平头六十人。

——唐·白居易《除夜》

【注解】守岁:指从吃年夜饭开始,一夜不睡,以迎候新年到来的习俗。临:接近。销:熄灭。平头:古代凡计数逢十,如十、百、千、万等

193

不带零头, 谓之齐头, 亦称平头。

【释义】 因眼有病所以彻夜难眠, 并非是为了守岁而不睡眠。人老了心里就容易感伤, 更何况明天就是春节了。等到燃烧的火堆熄灭、送年灯点尽、天明之后, 我便是十足的六十岁的人了。

【点评】 描写了作者除夕夜通宵不眠, 抒发了花甲之人对岁月无情的伤感情怀。

42. 事关休戚已成空, 万里相思一夜中。愁到晓鸡声绝后, 又将憔悴见春风。

——唐·来鹄《除夜》

【注解】 休戚: 欢乐和忧愁; 幸福与祸患。憔悴: 形容人瘦弱, 面有病态。

【释义】 无论喜忧、福祸, 任何事情都已经过去了, 无论多深多愁的相思之情也只有这一夜了。等到报晓的鸡啼声停止后就是明年了, 又将要病恹恹、面容憔悴地迎接新春的到来了。

【点评】 在除夕之夜作者抒发了对虚度光阴的极度悔恨之情。

43. 渐与骨肉远, 转于僮仆亲。那堪正飘泊, 明日岁华新。

——唐·崔涂《除夜有怀》

【注解】 岁华: 年华。

【释义】 我与骨肉亲眷, 不觉渐离渐远; 只有身边僮仆, 跟我越来越亲。漂泊生涯之苦, 怎么经受得了? 除夕一过, 明日又是新年新春。

【点评】 抒写亲眷远离, 僮仆成了至亲, 点出时逢除夕, 更不堪漂泊。离愁乡思, 发泄无余。

44. 稚齿喜成人, 白头嗟更老。年华日夜催, 清镜宁长好。

——北宋·梅尧臣《除夕》

【注解】 稚齿: 年少, 少年, 儿童。嗟: 叹息。年华: 岁月光阴。清镜: 明镜, 借代镜中自己的影像。宁: 怎么。

【释义】 儿童们大多欢喜自己早点长大成人, 白发老头却总是叹息自己变得更老了。岁月日日夜夜在催人衰老, 明镜中自己的形象怎么能长保美好。

【点评】诗句以岁月无情催人衰老的事实告诫人们要珍惜光阴。

45. 明年岂无年，心事恐蹉跎。努力尽今夕，少年犹可夸。

——北宋·苏轼《守岁》

【注解】岂：难道。蹉跎（cuōtuó）：虚度光阴。尽：完成。少年：年轻人。

【释义】过了今天的除夕夜难道会没有明年了吗？明年当然是有的，但担心的是又会把光阴虚度，浪掷年华。努力做完这今年最后一天的事情，这样才是年轻人应该学习赞赏的。

【点评】表达了诗人惜时如金的精神与奋发进取的态度。

46. 老逢新正幸强健，却视徂岁何峥嵘。

——南宋·陆游《壬子除夕》

【注解】新正：农历新年正月，或农历正月初一。却视：回头望。徂（cú）岁：光阴流逝。峥嵘（zhēngróng）：形容不平凡的年月。

【释义】我虽已年老但身体康健，又活到了新一年的正月初一，回首过去的光阴都是些不平凡的岁月。

【点评】描写诗人在壬子年除夕夜回忆起以往不平凡的岁月。

47. 北风吹雪四更初，嘉瑞天教及岁除。半盏屠苏犹未举，灯前小草写桃符。

——南宋·陆游《除夜雪》

【注解】四更：指凌晨1时至3时。岁除：即除夕，大年三十夜。盏：酒杯。屠苏：酒名。小草：草书的一种。桃符：古人辞旧迎新之际，在桃木板上写"神荼""郁垒"二神的名字，或者在纸上画上二神于正月初一挂、贴于门首，意在祈福灭祸。

【释义】凌晨一两点钟时雪花随风飞舞而下，预兆丰年的瑞雪紧跟除夕的脚步而来。盛屠苏的酒杯子还没有拿起来，我已在灯下写起了对联画起了门神。

【点评】描写了作者在瑞雪纷飞的除夕之夜为迎新年做准备的事。

48. 除夕更阑人不睡，厌禳钝滞迎新岁。

——南宋·范成大《卖痴呆词》

【注解】更阑：午夜时分。厌禳：以巫术祈祷鬼神除灾降福。钝滞：迟钝呆滞。

【释义】除夕夜直到午夜时分人们都还没有睡意，都在祈求神灵除灾降福，大家都呆滞地等待新的一年的来临。

【点评】描写的是除夕之夜民间守岁的习俗。

49. 命随年欲尽，身与世俱忘。无复屠苏梦，挑灯夜未央。

——南宋·文天祥《除夜》

【注解】尽：结束。俱：全都。无复：再不用。屠苏：屠苏酒。挑灯：点起灯。夜未央：天还没有亮。

【释义】我随着年节将至也要被问斩了，身家性命与整个世界都可以抛弃了。再也用不着想念喝迎春的屠苏酒了，还是点起灯看书趁天还没有亮考虑明天如何对付元军的劝降。

【点评】表现了文天祥被处死前仍宁死不屈、视死如归的从容心态。

50. 乾坤空落落，岁月去堂堂。末路惊风雨，穷边饱雪霜。

——南宋·文天祥《除夜》

【注解】乾坤：大千世界。落落：空旷的样子。堂堂：从容的样子。末路：将走到尽头的路，这里比喻人生之路。

【释义】世界是那么的空旷，时间是那么从容地在流逝。我已经快走到人生的尽头了，面对着荒凉边疆的遍地寒霜。

【点评】这是文天祥平生的最后一个除夕夜，诗句毫不悲切，也不慷慨，有的是从容与平静，不愧为我们民族精神的象征，将万年不朽。

51. 人家除夕正忙时，我自挑灯拣旧诗。莫笑书生太迂阔，一年功课是文词。

——明·文徵明《除夕》

【注解】挑灯：拨亮灯火。拣：挑选。书生：读书人。迂阔：思想僵化，做事刻板，不合时宜。文词：诗文。

【释义】人家在大年三十夜正是忙碌的时候，我却独自点亮灯挑选原来的诗稿。不要取笑读书之人太迂腐了，要知道一年来的成绩就是这些诗稿。

【点评】嘲笑自己一年到头只是读书写诗，实在没有什么成绩。

52. 听烧爆竹童心在，看换桃符老兴偏。鼓角梅花添一部，五更欢笑拜新年。

——清·孔尚任《甲午元旦》

【注解】鼓角梅花：一种用扁豆、胡萝卜、甘蓝、黄豆芽、牛肉、香菇、木耳、鸡蛋等制成的精制食品，食时各人按量取食。五更：我国古代把夜晚分成五个时段，用击鼓或打更报时，所以叫作五更、五鼓。五更，即凌晨3至5时。甲午：干支纪年之一。元旦：清代时称农历正月初一为元旦。

【释义】除夕夜喜听爆竹声声童心还在，看人家换符贴对联的兴致依旧不减。对制作"鼓角梅花"等迎春食品的兴趣却增加了，到五更天亮时就高高兴兴地笑着去拜新年了。

【点评】描写了晚清时期除夕夜人们迎接新年的一些习俗。

53. 巧裁幡胜试新罗，画彩描金作闹蛾。从此剪刀闲一月，闺中针线岁前多。

——清·查慎行《凤城新年词》

【注解】幡胜：即彩胜。唐宋时每逢新春，妇女们就用金银箔、罗彩剪出各种花样的饰物或戴在头上或系在花下，以欢庆新春来临，并互相遗赠。闹蛾：用纸做成的灯蛾儿。闺中：代指妇女。

【释义】妇女们用剪刀裁剪彩罗金箔，制作式样新颖的幡胜闹蛾迎接新年。过了新年剪刀就要闲置一个月，所以，妇女的女红活儿年前特别多。

【点评】描写了京城妇女年前剪画戴胜迎接新年的繁忙景象。

54. 千家笑语漏迟迟，忧患潜从物外知。悄立市桥人不识，一星如月看多时。

——清·黄景仁《癸巳除夕偶成》

【注解】漏：古代的计时器。迟迟：形容时光过得很慢。潜：暗暗的。物外：即外物。

【释义】除夕之夜千家万户笑语声声，时间也因此过得特别慢，然而不知什么东西触发了作者有关国家安危的思绪。一个人静悄悄地站在通往市场的桥上，人们都不了解他为何长时间望着那颗月亮似的大星星发呆。

【点评】诗句寄托了作者对仕途的不满和愤慨，抒发了满腹心酸。格调凄婉，含义深沉。

花卉篇

一、春风一家

1. 桃之夭夭, 灼灼其华。之子于归, 宜其室家。

——《诗经·周南·桃夭》

【注解】之：句中助词，起间隔停顿作用。夭夭：形容花繁叶茂。灼灼：鲜艳茂盛。

【释义】桃花怒放千万朵，色彩鲜艳红似火。这位姑娘要出嫁，喜气洋洋归夫家。

【点评】此诗是我国最早最有名的咏桃诗句。它以嫩红的桃花，硕大的桃实，浓绿成荫的桃叶比喻美满的婚姻，表达对女子出嫁的美好祝愿。由于此诗将桃花赋予女流的属性，之后桃花就成了历代骚人墨客吟咏寄情的对象。

2. 桃李不言, 下自成蹊。

——《史记·李将军列传》

【注解】蹊：小路。

【释义】桃树李树虽然不会说话，但由于它们花艳果甜，人们都来赏花摘果，树下自然形成了一条路。

【点评】此成语为古谚语，比喻为人品德高尚，诚实、正直，用不着自我宣言，就自然受到人们的尊重和敬仰。

3. 忽逢桃花林, 夹岸数百步, 中无杂树, 芳草鲜美, 落英缤纷。

——东晋·陶渊明《桃花源记》

【注解】忽逢：忽然遇到。杂树：此处指"非桃树"。英：花朵。

【释义】忽然遇到一片桃花林，河两岸间有百步来宽，夹河都是桃树，其中没有别的树，花草鲜艳美丽，花瓣纷纷洒落。

【点评】描写了武陵渔人初入桃花源见到的美丽景象。

4. 洛阳城东桃李花,飞来飞去落谁家?

——唐·刘希夷《代悲白头翁》

【注解】 洛阳:唐代的东都,十分繁华。桃李花:比喻洛阳女儿。

【释义】 洛阳城东十分繁华,是一座花园般的都市,桃花李花竞相开放,艳丽的鲜花凋谢后便四处飘洒,不知飘向何处。

【点评】 以桃花李花四处飘飞的洛阳城东暮春景色比喻洛阳女儿的命运。

5. 山源夜雨度仙家,朝发东园桃李花。桃花红兮李花白,照灼城隅复南陌。

——唐·贺知章《望人家桃李花》

【注解】 山源:山里的河流。朝发:早上离开。城隅:城的一角。陌:小路。

【释义】 夜晚冒雨渡河到桃花源仙家一样的朋友家去,早上出发的时候东园的桃花李花都开了。桃花红呀李花白,花色春光照亮了城隅又掩映着南面的小路。

【点评】 描写了山城人家桃李盛开,掩城映路的景象。

6. 桃红复含宿雨,柳绿更带春烟。

——唐·王维《田园乐》

【注解】 宿:昨夜。春烟:春天早晨的雾气。

【释义】 桃花的花瓣上还含着昨夜的雨珠,雨后的柳树碧绿一片,笼罩在春晨的烟雾之中。

【点评】 描绘了春天早晨桃红柳绿的美景。

7. 渔舟逐水爱山春,两岸桃花夹古津。坐看红树不知远,行尽青溪不见人。

——唐·王维《桃源行》

【注解】 逐水:随水流而行。古津:古渡头。不知远:记不起小船行了多少路。

【释义】 因为贪恋春天山野的美景让小船随水流而行,武陵古渡头两岸全是盛开的桃花。只顾观赏清溪两岸彤红的桃花，已记不得小船行了多少路了，直到清溪的尽头也没有看到一个人。

【点评】借桃花引出世外桃源，将隐居山间的眼前现实和陶渊明笔下的理想世界巧妙地结合了起来。

8. 癫狂柳絮随风舞，轻薄桃花逐水流。

——唐·杜甫《绝句漫兴》

【注解】癫狂：即疯狂。轻薄：形容不稳重。

【释义】暮春时节柳絮随着风到处飞舞，桃树落花的花瓣又轻又薄追随流水漂流。

【点评】描写暮春江边景色：柳絮飞舞，桃花漂流，绮丽动人，寄托了诗人对黑暗现实的深刻不满，后被用于形容人的言行狂放与轻浮。

9. 桃花细逐杨花落，黄鸟时兼白鸟飞。

——唐·杜甫《曲江对酒》

【注解】细逐：轻轻地追随。兼：与。

【释义】桃花轻轻地追随着杨花飘落，黄鸟时不时地与白鸟一起飞翔。

【点评】表达了诗人当时仕途失意，懒散无聊的心情。

10. 江上人家桃树枝，春寒细雨出疏篱。影遭碧水潜勾引，风妒红花却倒吹。

——唐·杜甫《风雨看舟前落花戏为新句》

【注解】遭：遭受。潜：暗中，偷偷地。

【释义】住在江边人家的桃树枝悄然伸出稀疏的篱笆墙。花影倒映在水面，大概桃花被碧水所勾引，春风妒忌了，偏要将桃花从水面倒吹上去，不让春水与花儿接吻，恋情独专。

【点评】诗句中拟人的手法运用得太逼真了，写出了人们的妒忌心与恋情独专的人性。

11. 朱唇一点桃花殷，宿妆娇羞偏髻鬟。细看只似阳台女，醉著莫许归巫山。

——唐·岑参《醉戏窦子美人》

【注解】殷：红。宿妆：晚间的装束。阳台女：指男女欢会的女神。

【释义】小巧的嘴唇像一点殷红的桃花，昨夜的艳妆还在头上的高髻偏斜着一副娇羞模样。仔细看真像巫山女神，您酒醉还未醒呢不能回到巫山去。

【点评】此诗是醉酒后形容一个叫窦子的美人的，表达了作者对美人的喜爱与依恋之情。

12. 草色青青柳色黄，桃花历乱李花香。

——唐·贾至《春思》

【注解】历乱：即凌乱。

【释义】草色嫩绿杨柳鹅黄，桃花嫣红李花洁白，两色凌乱交错，花香袭人。

【点评】采用以景衬情的手法，以美妙的春景反衬无法消除的深愁苦恨。

13. 溪上残春黄鸟稀，辛夷花尽杏花飞。始怜幽竹山窗下，不改清阴待我归。

——唐·刘长卿《晚春归山居题窗前竹》

【注解】黄鸟：黄鹂鸟，叫声婉转悦耳。辛夷：木兰树的花，比杏花早开。怜：喜爱。清阴：形容枝叶茂盛葱茏。

【释义】晚春时节小溪上已经很难见到黄鹂鸟的踪影了，辛夷花凋谢后，粉红的杏花也开始纷纷扬扬地飘飞了。此时我才开始爱惜起山窗下默默无闻的竹子，只有它没有改变其苍翠葱茏的本色等待我回来。

【点评】以对比手法描写了幽竹的"待我"之情，同时抒发了诗人的爱竹之意；赞美了竹子不畏春残、不畏俗屈的高尚节操。

14. 春风不肯停仙驭，却向蓬莱看杏花。

——唐·张继《上清词》

【注解】仙驭：比喻仙人驾驭的马车。却：回头。蓬莱：蓬莱岛，传说中的仙山。

【释义】春风不肯暂停天马驾驭的马车，回头又向蓬莱仙岛进发去观赏杏花了。

【点评】用拟人的手法形象地写出了光阴如箭，春光难留。

15. 燕子不归春事晚，一汀烟雨杏花寒。

——唐·戴叔伦《苏溪亭》

【注解】归：回巢。汀：江河里的沙洲。

【释义】燕子还没回到旧窝，而美好的春光已快要过去了；水上岸边烟雨蒙蒙，雨中杏花也感到寒意。

【点评】表面是写眼前之景，其实是暗喻心中之情：游子不归，红颜将老。具体而婉曲地表达了诗人的怅惘与不尽的思念。

16. 不逐浮云不羡鱼，杏花茅屋向阳居。

——唐·刘商《归山留别子侄二首》

【注解】浮云：虚名，指代富贵功名。鱼：指代奢侈生活。茅屋：指代贫苦生活。

【释义】我一生不追求虚名也不追求豪华生活，只要求居处向阳、四周多种些杏花之类的花木。

【点评】诗句表白了作者的人生态度，不求浮华奢侈，只求安逸和谐的平常生活。

17. 不食枯桑葚，不衔苦李花。偶然弄枢机，婉转凌烟霞。

——唐·灵澈《听莺歌》

【注解】桑葚：桑果子。衔：叼。弄枢机：比喻发出叫声。凌：逼近，直达。

【释义】生性高贵的黄莺鸟不吃枯的桑葚，不去叼苦李树的花。偶然叫几声，鸣声婉转直达天上的云霞。

【点评】借黄莺鸟自比，比喻自己不仅有才，也有远大的志向。

18. 李白桃红满城郭，马融闲卧望京师。

——唐·羊士谔《山阁闻笛》

【注解】马融：东汉名将马援从孙，擅长古文经学，世称"通儒"。汉安帝时，任典校秘书。因得罪当权者，十年不得升官。

【释义】洛阳城内城外李白桃红开遍，马融先生悠闲地躺着盼望朝廷能起用他。

【点评】表达了马融长期不得重用的状况。

19. 萋萋麦陇杏花风，好是行春野望中。

——唐·羊士谔《野望二首》

【注解】萋萋：茂密青翠。杏花风：煦暖的春风。行春：也称踏青。

【释义】三月垄上麦苗青，融和煦暖杏花风，最好的春景就是踏青时在野外瞭望。

【点评】生动地描绘了春天乡野风吹麦苗绿、杏花遍地香的美丽景象。

20. 百叶双桃晚更红，窥窗映竹见玲珑。

——唐·韩愈《题百叶桃花》

【注解】百叶双桃：桃花的一种。玲珑：围棋局。

【释义】晚春时节百叶双桃的花开得更加鲜红，隔窗可以窥见映着竹影的窗帘内有人正在下棋。

【点评】描写了可爱的百叶双桃和灯光照得粉红的对坐下棋人的头颜，竹叶影与人头影，恰如百叶双桃。

21. 李花初发君始病，我往看君花转盛。

——唐·韩愈《寒食日出游》

【注解】发：花开。盛：盛开。

【释义】李花初开的时候您就生病了，我去看望您的时候李花已经盛开了。

【点评】以李花开放的情形来表示时间的过往。

22. 居邻北郭古寺空，杏花两株能白红。

——唐·韩愈《杏花》

【注解】邻：毗邻。郭：外城。能：会开。

【释义】居处毗邻城北郊，古寺无人空荡荡；寺有两株大杏花，花开白红世无双。

【点评】描写了曲江城北古寺内能开白红二色花的老杏树。

23. 江陵城西二月尾，花不见桃惟见李。

——唐·韩愈《李花赠张十一署》

【注解】二月尾：点明是无月之夜。花不见桃：桃花红，夜里看所以看不见。惟见李：只看见李花。

【释义】我在二月底的时候到江陵城西去探春看花，由于时已傍晚，所以，桃花一朵都未看到，只看到了浪花雪堆似的李花。

【点评】夜晚光弱，桃花红没有反光，李花白有反光，所以不见桃花只见李花。

24. 迩来又见桃与梨，交开红白如争竞。

——唐·韩愈《寒食日出游》

【注解】迩（ěr）：近。交开：交相辉映。

【释义】近来又看到桃花和梨也都盛开了，这里红那里白交相辉映，又如同在竞争，比赛谁开得美丽。

【点评】用拟人的手法描绘了桃花、梨花全都盛开、交相辉映的热闹景象。

25. 城中桃李须臾尽，争似垂杨无限时。

——唐·刘禹锡《杨柳枝词》

【注解】须臾：片刻。争：怎。

【释义】城中艳开一时的桃花李花转眼间就凋谢净尽，怎似那倒垂的柳条能长时间地喷绿叶翠。

【点评】诗句一贬一褒，讥讽势利小人如同过眼桃李，不像杨柳那样长期翠绿。

26. 山桃红花满上头，蜀江春水拍山流。花红易衰似郎意，水流
无限似侬愁。

——唐·刘禹锡《竹枝词》

【注解】拍山流：紧贴着桃山流淌。衰：衰败，凋谢。侬：我，女子的
自称。

【释义】满山的桃花红艳艳，蜀江春水紧贴桃山流。红桃花容易凋谢
就像情郎的爱情，流不尽江水我的哀愁。

【点评】诗句以桃花比喻郎君的爱情，以长流不息的江水比喻女子的
无尽愁苦，形象地表达了失恋女子的内心痛苦。比喻形象贴切，读
之不禁为女子爱情上的不幸遭遇深深感动。

27. 去年今日此门中，人面桃花相映红。人面不知何处去，桃花
依旧笑春风。

——唐·崔护《题都城南庄》

【注解】此门中：在这个院门里面。人面：脸色。

【释义】在去年今天的这个院门里面，我看到一位姑娘脸色跟桃花一
样鲜艳，相映美极了。今年我再次来探春，脸色桃花般鲜艳的姑娘
不知到哪里去了，只有桃花依旧开得那么鲜艳好像在春风里朗声地
笑着，笑我这多情种子：你来迟了！

【点评】这是一首情意真挚的抒情诗，抒发了诗人寻春不遇的惆怅之感。

28. 赵村红杏每年开，十五年来看几回？七十三人难再到，今春
来是别花来。

——唐·白居易《游赵村杏花》

【注解】赵村：指河南省洛阳市赵村，赏杏花的好地方。回：次。

【释义】赵村的红杏花每年都会开放，以往十五年来每年都去观赏，
不知去看过多少回了？我已经是七十三岁的人了，明年恐怕不能再
来了，今年春天是为了与杏花告别而来的。

【点评】用拟人的手法以花喻人，与杏花告别，表达了诗人对美好生
活的留恋之情。

29. 风回云断雨初晴, 返照湖边暖复明。乱点碎红山杏发, 平铺
新绿水蘋生。

——唐·白居易《南湖早春》

【注解】风回: 风转向了。返照: 夕阳照射。乱点碎红: 杏花飘零。南
湖: 鄱阳湖分南湖、北湖, 自星子县、甓子口以南称南湖。

【释义】风转向云升高雨初晴, 夕阳返照湖边暖和而明丽。山杏谢,
水蘋生, 欣欣向荣, 红绿相映, 碎红无序, 绿蘋如铺, 生机勃勃。

【点评】运用以乐景写哀情的手法, 流露出诗人遭遇贬谪的忧闷心情。

30. 桃花浅深处, 似匀深浅妆。春风助肠断, 吹落白衣裳。

——唐·元稹《桃花》

【注解】匀: 化妆用语。助: 增加。肠断: 令人悲伤的心情。

【释义】春天桃花盛开了, 颜色有浅有深, 恰似美女的化妆, 匀粉有深
匀有浅匀。春风更是增加了游人悲伤的情绪, 吹落的白桃花使人联
想令人断肠的白色丧服。

【点评】描写了深浅不一的各色桃花, 不同颜色的桃花会引发人不同
的情绪。

31. 柳阴覆岸郑监水, 李花压树韦公园。

——唐·元稹《去杭州》

【注解】覆: 遮盖。压: 压弯, 形容繁花沉重。

【释义】柳树的浓荫遮蔽了堤岸的房屋, 那是郑监水的住宅, 李树的
繁花压弯了园林的树枝, 那是韦公的花园。

【点评】描写了当时杭州的繁华, 官员住宅的宏大及环境景色的
优美。

32. 杨柳千寻色, 桃花一苑芳。风吹入帘里, 惟有惹衣香。

——唐·无名氏《胡渭州》

【注解】千: 非确数, 形容多。一: 满。惹: 熏染。

【释义】杨柳枝上的叶子在阳光的反射下闪烁着许多种色彩, 盛开的
桃花使整个花苑都芬芳无比。风儿吹开窗帘进入我的房中, 香风竟

然熏香了我的衣服。

【点评】以夸张的手法描写了柳绿桃香、令人陶醉的美丽春景。

33. 莫怪杏园憔悴去，满城多少插花人。

——唐·杜牧《杏园》

【注解】憔悴：零落不堪。

【释义】不用奇怪杏园这么快就憔悴地凋零了，要知道城中有多少攀插杏花来装饰自己的人。

【点评】用拟人的手法描写了杏园零落不堪的原因，是因为城里折花插头的人太多。

34. 桃花百媚如欲语，曾为无双今两身。

——唐·温庭筠《照影曲》

【注解】欲：想要。语：诉说。无双：独一无二。

【释义】美人如同千娇百媚的桃花似乎想要对我诉说衷肠，曾经桃花似的您是举世无双的美人，今天在镜照中竟出现了两个美人。

【点评】桃花具有千娇百媚的雍柔女性特征，所以更能显示女性之美，诗人将美人比作桃花是非常恰当的。

35. 杏花落尽不归去，江上东风吹柳丝。

——唐·温庭筠《长安春晚》

【注解】归：回家。

【释义】满树杏花全都零落尽净，进京追求功名的王孙公子还不回家去，无聊地观看曲江上的春风在轻轻地梳理着柳丝。

【点评】描写了进京追求功名的王孙公子们落榜后的无聊与惆怅。

36. 三春月照千山道，十日花开一夜风。知有杏园无路入，马前惆怅满枝红。

——唐·温庭筠《春日将欲东归寄新及第苗绅先辈》

【注解】三春：指孟、仲、季三春。杏园：比喻可望而不可即的仕宦之途。惆怅：悲伤的心情。

【释义】三春的月色照亮了千重山峦的道路,十天中待放的花朵已经绽放在这一夜的暖风之中。我明知有座杏花盛开的园子却找不到进入的道路,只好驻马立在园子前面惆怅悲伤地看那满枝的红杏花。

【点评】重点表达了作者的官场失意,正好与三春月色、一夜花开的风光映衬,暗含了作者多少不能平抑的悲伤!

37. 雨后却斜阳,杏花零落香。

——唐·温庭筠《菩萨蛮》

【注解】零落:稀疏,凋零。

【释义】雨后的夕阳又悬挂在西边的天际,一树杏花被急雨吹打后显得稀疏仍飘着一丝清香。

【点评】诗句流露出伤春之感怀,但花虽零落香气犹存,又暗含赞美之意。

38. 日日春光斗日光,山城斜路杏花香。几时心绪浑无事,得及游丝百尺长?

——唐·李商隐《春光》

【注解】浑:完全彻底。得及:比得上。游丝:春天飘荡在晴空中的一种晴丝,比喻游兴。

【释义】春天的丽日艳阳下,景物绚烂生机勃勃,如同春光与日光在争艳竞妍;山城斜路之旁,杏花开得茂盛,在艳阳映照下飘散出阵阵芳香。什么时候才能摆脱这缭乱不安的心绪,使我的游兴能够像这空中飘飞的晴丝一样百尺长呢?

【点评】描写作者在杏花烂漫的春日里游览山城的快乐心情。

39. 桃花春色暖先开,明媚谁人不看来?可惜狂风吹落后,殷红片片点莓苔。

——唐·周朴《桃花》

【注解】明媚:明艳妩媚。惜:怜。殷红:深红。莓苔:苔藓。

【释义】桃花在暄暖的春光里先于百花绽放,谁能忍住不去看那明媚美丽的桃花?可怜娇艳的桃花经大风吹打后,如同化成了片片殷红的血色点缀在青苔之上。

【点评】以暗喻的手法将桃瓣比作殷红的血色,抒发了风摧桃花的惋惜之情。

40. 暖气潜催次第春,梅花已谢杏花新。

——唐·罗隐《杏花》

【注解】次第:依顺序。新:是指花开得鲜艳。

【释义】春风暖暖的,不知不觉中依次吹开各种花儿,早开的梅花开始凋谢,杏花就紧接着热热闹闹地开放了。

【点评】以拟人的手法描写春天和暖的空气在人们毫无觉察中吹开了种种春花。

41. 寄花寄酒喜新开,左把花枝右把杯。欲问花枝与杯酒,故人何得不同来?

——唐·司空图《故乡杏花》

【注解】把:执,握。何得:怎么能。

【释义】我给故乡的老朋友送去了花与酒,庆贺春来杏花开,我左手执着杏花树枝,右手握着酒杯等待着。想问问花枝与杯酒:故乡的老朋友怎么会不一同来赏美丽的杏花呢?

【点评】诗句极富情趣地写出了对故乡杏花的思念之情。

42. 天上碧桃和露种,日边红杏倚云栽。

——唐·高蟾《下第后上永崇高侍郎》

【注解】天上、日边:象征及第者有得天独厚身份,有所凭恃,特承恩宠;意味着他们春风得意、前程似锦。和:拌和。倚:依傍。

【释义】天上的碧桃花是和着天上的仙露种植的,太阳边上的红杏树是依傍着天上的云霞栽培的。

【点评】诗句不但用词富丽堂皇,而且对仗整饬精工,与所描摹的及第者平步青云的非凡气象十分相称。

43. 满树和娇烂漫红，万枝丹彩灼春融。何当结作千年实，将示人间造化工。

——唐·吴融《桃花》

【注解】和娇：温柔娇艳。烂漫：颜色鲜丽。何当：怎样才能。结作：长成。将示：以此显示。工：本领，功绩。

【释义】满树娇艳的花朵鲜丽灿烂，仿佛千万根枝条上都燃烧着红色的火焰，释放着暖融融的春意。怎样才能使之结成让人长寿的桃实，以此来显示人间也有胜过天公的本领。

【点评】赞扬了桃树不仅花艳，而且能结出美味的桃子，真是大自然的惠赠。

44. 一枝红艳出墙头，墙外行人正独愁。长得看来犹有恨，可堪逢处更难留。

——唐·吴融《途中见杏花》

【注解】红艳：指代杏花。愁：伤春之情。恨：即愁，伤春之情绪。可堪：怎么承受得了。

【释义】一枝粉红的杏花探出墙头，而在墙外的我正为春色而惆怅。这枝杏花似乎也跟我一样在因伤春而惆怅，我哪里禁受得了这种与春杏相逢却又要匆匆离去难以挽留的情形呢？

【点评】揭示了这枝昭示着青春与生命的杏花在作者的心头引发的却是苦涩的滋味。

45. 长忆去年寒食夜，杏花零落雨霏霏。

——唐·吴融《忆街西所居》

【注解】长：常常。寒食：寒食节，纪念古代晋国隐士介子推的节日。零落：凋谢。

【释义】常常回忆起去年寒食节的夜晚，细雨纷纷飘洒，杏花满地凋零一片狼藉。

【点评】描写了寒食时节的残春景象，有杜牧"清明时节雨纷纷，路上行人欲断魂"的意味。

46. 薄薄春云笼皓月, 杏花满地堆香雪。

——五代·刘兼《春夜》

【注解】笼: 罩, 遮。皓月: 明月。

【释义】一片淡薄的春云遮住了一轮明亮的圆月; 满地凋落的杏花, 有如堆积着芬芳的白雪。

【点评】写残春夜色, 画面淡雅, 意境清幽, 明月落花, 相映成趣, 虽然写的是残春, 却毫无伤感之意。

47. 桃李栽成艳格新, 数枝留得小园春。

——北宋·王周《小园桃李始花, 偶以成咏》

【注解】格: 格局, 格调。

【释义】园中新栽的桃树李树开花了使小园形成了新鲜美艳的格调, 寥寥数枝桃李花竟然留住了满园的春光。

【点评】抒发了诗人对新栽的桃李美化了春天的小园的喜悦之情。

48. 绿杨烟外晓寒轻, 红杏枝头春意闹。

——北宋·宋祁《玉楼春》

【注解】烟: 雾气。寒轻: 即微寒。春意: 春天的气象。闹: 拟人的手法。

【释义】绿柳梢外的淡烟漫笼里, 轻晓的寒气悠悠飘荡, 春意已减。枝头上红杏盛开, 一簇簇红艳艳的, 好不热闹!

【点评】描写了早春二月杨柳如烟, 杏花盛开的美好景象。

49. 小桃西望那人家, 出树香梢几树花。只恐东风能作恶, 乱红如雨坠窗纱。

——北宋·刘敞《桃花》

【注解】恐: 担心。能: 会。恶: 坏事。乱红: 形容吹落的桃花。

【释义】向西望去那户人家的小桃树开花啦, 有几枝高出院墙的桃树已经开满了香花。只是担心春天常要刮东风作践桃花, 将桃花如下雨般胡乱地吹落在纱窗上。

【点评】抒发了作者的爱花之情与惜花之情。

50. 一陂春水绕花身，花影妖娆各占春。纵被春风吹作雪，绝胜南陌碾成尘。

——北宋·王安石《北陂杏花》

【注解】陂：山坡下的池塘。春水绕花身：指杏花树倒映在池水中。雪：比喻将谢的杏花。

【释义】一池春水碧波倒映着一树绚丽的杏花，岸上的花树与池中的倒影同样美丽，共同表现出明媚的春光。纵然被春风吹拂失去了红艳的颜色，亦绝对胜过南阳的杏花在车水马龙的大道上被碾作尘土。

【点评】此诗是诗人的自况，以北坡水边的杏花与南阳陌上的杏花对比，纵然被春风吹落水上，仍能保持着纯洁，远胜于路边的杏花，在车水马龙中被碾碎，化为污浊的尘土。流露出悲壮的情感，表现出坚持自己的理想情操、不愿同流合污的精神。

51. 鄱阳湖上都昌县，灯火楼台一万家。水隔南山人不渡，东风吹老碧桃花。

——北宋·苏轼《过都昌》

【注解】都昌县：在江西省。东风：春风。老：比喻花谢。

【释义】鄱阳湖边上的都昌县十分繁华，夜晚灯火通明楼台参差，有上万户人家。湖水中隔着南山，人坐船是过不去的，春风把碧桃花都吹得凋谢了。

【点评】描写都昌县的繁华，但路途遥远难行，长时间都到不了。

52. 杏子梢头香蕾破，淡红褪白胭脂涴。

——北宋·苏轼《蝶恋花》

【注解】淡红褪白：淡红的花色褪成了浅白色。胭脂涴：为胭脂所沾污。

【释义】在杏花刚刚破蕊的早春，来了一位美若天仙的姑娘，她的肌肤白里透着粉色，相貌美极了。

【点评】以夸张的手法描写了一位肌肤惊人美丽的姑娘。

53. 风吹梅蕊闹, 雨红杏花香。

——北宋·晏几道《临江仙》

【注解】蕊闹: 花盛开的样子。

【释义】风吹在梅树上, 枝头的梅花摇摆嬉闹着, 雨水洒在杏花上传来一阵阵花香。

【点评】两句诗十个字, 描绘了一幅早春的画卷。

54. 桃花香, 李花香。浅白深红, 一一斗新妆。

——北宋·秦观《江城子》

【注解】斗: 比赛。新妆: 女子新扮饰好的容色。

【释义】初春时节, 桃花香气浓郁, 李花馥郁芳香。浅白深红, 争奇斗艳, 竞相开放, 如同姑娘们在比赛谁的新衣服漂亮。

【点评】诗句为我们描绘出一派生机勃勃的春景, 桃李在炫耀自己的色彩, 在散发着浓郁的馨香, 在争抢着显示自己的美丽, 可用来形容百花盛开的场景。

55. 桃红李白一番新, 对舞花前亦可人。才遇东来又西去, 片时游遍满园春。

——北宋·谢逸《咏蝶诗》

【注解】一番: 一派。可人: 使人愉悦。

【释义】绯红的桃花、雪白的李花相映开放, 一派春天的美景, 成双成对的蝴蝶在花前翩翩起舞也颇为吸引人。一会儿从西飞到东一会儿又从东飞到西, 不久就飞遍了整个花园。

【点评】描写了暖春时节满园蝶舞花香的美好景象。作者谢逸对蝴蝶情有独钟, 曾写蝴蝶诗三百首。

56. 疏疏晴雨弄斜阳, 凭栏久, 墙外杏花香。

——北宋·曹组《小重山》

【注解】弄: 戏弄。凭: 倚靠。

【释义】疏疏朗朗的几点晴日雨似乎在戏弄西边的斜阳, 长时间地靠在栏杆上, 闻着墙外飘来的阵阵杏花香。

【点评】描绘了一幅春天少有的晴日雨景象。

57. 小桃初破两三花，深浅散余霞。

——宋·李弥逊《诉衷情》

【注解】初破：刚刚绽放。

【释义】桃花刚刚开放了两三朵，花色有深有浅，恰似尚未散去的余霞。

【点评】用"散余霞"比喻初开的桃花，既美丽又恰当。

58. 沾衣欲湿杏花雨，吹面不寒杨柳风。

——南宋·释志南《绝句》

【注解】杏花雨：杏花开时的毛毛雨。杨柳风：杨柳初绿时的春风。

【释义】阳春三月杏花开放时的绵绵春雨如烟似雾，看似雨小但一会儿就能淋湿衣服，人称"杏花雨"；杨柳放叶之时的春风，吹在人脸上一点寒意都没有，暖洋洋的，人称"杨柳风"。

【点评】两句是描写春雨春风的千古名句，特别是"杏花雨""杨柳风"二词趣味无穷，真可谓妙手偶得。

59. 桃源只在镜湖中，影落清波十里红。自别西川海棠后，初将烂醉答春风。

——南宋·陆游《泛舟观桃花》

【注解】镜湖：即浙江省绍兴市的鉴湖。西川：即四川。将：拿，用。答：答谢。

【释义】传说中的桃源仙境原来是在我家乡的镜湖里，岸上的桃花倒映在十里清波的鉴湖里，映照得满湖泛红。我自从离开了四川盛开的海棠花还是第一次对花饮酒，并以喝得烂醉来答谢春天的恩赐。

【点评】赞扬了家乡绍兴鉴湖的美丽，表明其桃花之美堪与桃源仙境相比。

60. 小楼一夜听春雨，深巷明朝卖杏花。

——南宋·陆游《临安春雨初霁》

【注解】一夜：整夜。明朝：此处指次日清晨。

【释义】诗人只身居宿小楼上,彻夜听着春雨的淅沥;次日清晨,深幽的小巷中传来了叫卖杏花的声音,告诉人们春已深了。

【点评】以淅淅沥沥的春雨声,卖杏花的叫喊声,细腻形象地写出了浓浓的春深情致。

61. 谁家池馆静萧萧,斜依朱门不敢敲。一段好春藏不住,粉墙斜露杏花梢。

——南宋·张良臣《偶题》

【注解】静萧萧:即静悄悄。依:倚靠。

【释义】何人家的池馆大门紧闭静悄悄的,我斜靠在红漆大门上看不到园内的景色又不敢敲门。幸而一派大好春光是藏不住的,在粉白的墙头上斜伸出一枝杏花梢。

【点评】诗句借鉴了叶绍翁"春色满园关不住,一枝红杏出墙来"的诗意,使这两句诗轰动了当时诗坛。

62. 城中桃李愁风雨,春在溪头荠菜花。

——南宋·辛弃疾《鹧鸪天》

【注解】愁:担心,害怕。荠菜:一种美味的野菜。

【释义】城中娇艳的桃花李花,最害怕风雨的吹打;春天却留驻在田野溪头卑贱的荠菜花上。

【点评】此词是对农村美丽景色的赞颂,表现出作者对城市上层社会的鄙弃。"城中桃李"与"溪头荠菜花"进行对比,以哲理启示人们:平凡的事物具有顽强的生命力,春天是属于它们的!

63. 道是梨花不是。道是杏花不是。白白与红红,别是东风情味。曾记,曾记,人在武陵微醉。

——南宋·严蕊《如梦令》

【注解】东风:春风。人在武陵微醉:用了陶渊明《桃花源记》"武陵人"的典故。

【释义】这花那么洁白,是梨花吗?不是。有的又那么红艳,是杏花吗?也不是。只是给人春风荡漾的感觉。想起来了,想起来了,那是陶渊明笔下"桃源仙境"中的桃花。

【点评】此词以梨花之白、杏花之红为映衬对比，赞美了红白桃花的独特别致，并以花比人，表达了自己心地高洁、凌越世俗的感情。

64. 应怜屐齿印苍苔，小扣柴扉久不开。春色满园关不住，一枝红杏出墙来。

——南宋·叶绍翁《游园不值》

【注解】应怜：大概是爱惜。屐（jī）齿：木屐齿痕。小扣：轻敲。

【释义】大概是主人担心我的木屐齿踩坏了园内的青苔，所以敲好久的门都不开。但主人家满园子的春色园门是关不住的，那一枝红杏不是悄悄地伸出墙来啦。

【点评】诗句形象鲜明，构思奇特，"春色"和"红杏"都被拟人化，不仅景中含情，而且景中寓理，能引起读者许多联想。

65. 寻得桃源好避秦，桃红又见一年春。花飞莫遣随流水，怕有渔郎来问津。

——南宋·谢枋得《庆全庵桃花》

【注解】桃源：即桃花源，这里指庆全庵。好：可以，能够。莫遣：不要让。问：询问，寻找。津：渡口。庆全庵：寺庙名。

【释义】找到了陶渊明所说的桃源仙境就能躲避秦朝的暴政，桃花开了一春又一春。桃花飞落下来不要让它随着溪水流走，因为怕有渔郎顺着流花来寻找仙境。

【点评】作者身处乱世，眼见山河破碎，国土沦丧，忧心如焚，字里行间流露出作者的这种忧愤心情。

66. 山欲开云柳乍风，杜梨花白小桃红。三年三月官桥路，策蹇经过似梦中。

——明·李流芳《滕县道中》

【注解】乍：忽然。杜梨：棠梨。官桥：在今山东省滕州市官桥镇。策：鞭打。蹇（jiǎn）：跛足。

【释义】群山想要拨开笼罩的云雾，风一下子就吹来了，路边的杜梨花开得洁白，小山桃花开得通红。三年了每年三月我都走在这官桥路上，骑着跛足的小毛驴经过时就像在梦中一样。

【点评】抒发了宦游人的无奈与辛酸之情。

67. 青溪尽是辛夷树，不及东风桃李花。

——清·孔尚任《桃花扇》

【注解】青溪：水名，在今江苏省。辛夷树：高大乔木，因开花早又称为迎春花。桃李花：这里暗指李香君。

【释义】青溪一带都是高贵挺拔的辛夷树，却比不上依傍春风而开的桃李花。

【点评】揭示了辛夷树一样高贵的侯方域在清兵南下时却比不上妓女李香君有骨气。

68. 二月春归风雨天，碧桃花下感流年。残红尚有三千树，不及初开一朵鲜。

——清·袁枚《题桃树》

【注解】碧桃：一种先长叶后开花的桃树。流年：时光流逝。残红：剩余的花。三千：非实指，许许多多的意思。

【释义】二月的时候春天是以刮春风、下春雨为主的天气。在叶绿花红的桃树下我感叹时光像流水一样在过去。没有凋谢的桃花还有几千株，但比不上桃花刚开的第一朵花让人惊喜。

【点评】诗句将桃花凋零后满目的狼藉景象与初放第一朵时的鲜艳明丽作对比，说明新生事物的可贵，也表达了诗人怜花惜春的感情。

69. 红桃映日一川霞，翠麦舞风千顷浪。

——清·佚名《对联语》

【注解】一：满。舞风：使动用法，风吹使之起伏。

【释义】满川盛开的桃花与朝日红霞交相辉映如同万里朝云，一望无际的麦苗在春风里起伏舞蹈恰如千顷碧浪。

【点评】此是一副优秀的春景对联，描写的是春天桃红麦绿的乡野秀美风光,言语典雅,对仗工整。

70. 杏林春满,橘井泉香。

——民间谚语

【注解】 杏林:建安时的名医董奉。据《神仙传》载,董奉居庐山下,
医术高明,给人看病不收分文,只要求病人痊愈后在后山上栽杏
树,病轻者1棵,重者5棵。数年后山就成了一片大杏林。他又用杏子
换粮,接济穷苦百姓。人们为了纪念他,就以"杏林"来作中医学界
的代称。用"杏林春满"来赞誉医生的医技高超、医德高尚。春满:
以杏花满林比喻功德宏大。橘井:东汉时湖南郴州的名医苏耽。
他医术高明,爱好仙道,在成仙之前,他告诉母亲:明年将有瘟疫
流行,到时候,你用井中的泉水泡橘叶就能防治。次年果然瘟疫流
行,其母依其说来救治穷苦人,救活了周围无数的穷人,于是留下了
"橘井泉香"的典故。至今,郴州仍有"橘井""苏仙观"等遗迹,
以纪念这位名医仙人。泉香:以泉水橘香比喻功德声誉绵长。

【释义】 杏树林中春花开满,橘皮入井泉水飘香。

【点评】 世人常以"杏林春满"称颂医师的医术高明,以"橘井泉香"
比喻良药救人的功绩。

二、春兰、秋菊

春 兰

1. 芝兰生于深林，不以无人而不芳，君子修道立德，不为穷困而改节。

——《孔子家语·在厄》

【注解】芝兰：即兰花。不以：不因为。节：品节，气节。

【释义】兰花生长在树林深处，不会因为没有人知道就不开美丽芬芳的花；就如同有道君子学习知识修养品德，不会由于穷困或有困难就改变自己高尚的品节。

【点评】自从孔子将兰蕙比喻为君子，从此以后，兰花便有了"君子"的美名，可见兰花在人们心目中具有崇高的地位。

2. 春兰兮秋菊，长无绝兮终古。

——战国·屈原《九歌·礼魂》

【注解】兮（xī）：句中语气助词，无意义。长无绝：永久不断。终古：久远。

【释义】春兰幽香馥郁呀，秋菊金黄永久芳香，愿神灵们如春兰秋菊般芳香，地久天长！

【点评】这是战国时楚国人祭祀天地神灵时所唱的歌曲，以春兰秋菊来祈愿神灵长寿。

3. 日丽参差影，风传轻重香。会须君子折，佩里作芬芳。

——唐·李世民《芳兰》

【注解】参差：斑驳。轻重：或淡或浓。会须：正应当。

【释义】兰花在和煦的阳光下斑驳的倩影,轻风送来阵阵或浓或淡的兰花芳香。有道君子正应当将芳兰折来,佩戴在身上让它充分散发芳香。

【点评】此是借物言志之诗,作者借物抒情,以春天御园的芳兰的迷人景色期待奇才贤士来大展宏图,与他共创大业。

4. 山中兰叶径, 城外李桃园。岂知人事静, 不觉鸟声喧。

——唐·王勃《春庄》

【注解】径:小路。岂知:哪里晓得。喧:吵闹声。

【释义】山林中有一条长满兰草的小路,城外有一座种有桃李的园子。只是由于没有人事的骚扰,所以听惯了鸟儿的啼叫就不觉得喧闹了。

【点评】这是一首借景抒情的写景小诗,也隐隐地表达了作者的处世心态,不喜繁闹的城市而更喜欢幽静的山间林里。

5. 兰若生春夏, 芊蔚何青青。幽独空林色, 朱蕤冒紫茎。

——唐·陈子昂《感遇》

【注解】兰若:香兰和杜若两种香花。芊蔚(qiānyù):草木茂盛的样子。蕤(ruí):花下垂的样子。

【释义】秀丽芬芳的兰草和杜若生于春天和夏天,花叶与枝茎相互掩映,是多么的茂密和繁盛。它幽姿逸韵的秀色在空林中艳绝群芳,绿叶配上朱红花紫茎更令人称奇。

【点评】赞美了兰若秀色超群,以群花的失色来反衬兰若的卓然风姿。其中对比和反衬手法的结合运用,大大增强了艺术效果。

6. 兰叶春葳蕤, 桂华秋皎洁。欣欣此生意, 自尔为佳节。

——唐·张九龄《感遇》

【注解】葳蕤(wēiruí):形容枝叶茂盛。皎洁:用通感手法写清香。欣欣:生机勃勃的样子。尔:代词,指兰桂。

【释义】兰花逢春来则茂盛而芬芳,桂花到中秋就皎洁而浓烈。兰香桂芳都如此生机勃发,使春秋两季都成了佳节良辰。

【点评】佳句借物起兴,自比兰桂,抒发诗人孤芳自赏、气节清高、不求引见的品行。

7. 孤兰生幽园，众草共芜没。虽照阳春晖，复悲高秋月。

——唐·李白《古风》

【注解】幽：冷清。芜没：荒芜淹没。悲：担心。

【释义】孤兰生长在幽静冷清的花园，各种野草都来淹没它。虽然也能沐浴阳春的光辉，却要为秋天清冷的寒霜而伤悲。

【点评】以孤兰自比，写自己艰难的处境，既要遭众草的排挤，又要担心秋霜摧残，它们想要孤兰早早凋萎。表达了诗人知音难觅的寂寞心情。

8. 为草当作兰，为木当作松。兰秋香风远，松寒不改容。

——唐·李白《于五松山赠南陵常赞府》

【注解】为：做。容：容颜，借喻松叶的颜色。

【释义】做花草的话就应当做兰花，做树木的话就应当做松树。兰花在秋天依旧香风远飘，松树在冬天还是傲雪苍青。

【点评】诗句借兰花、松树不怕秋霜冬雪的无畏精神，赞扬了不怕艰难困苦的人们。

9. 清风摇翠环，凉露滴苍玉。美人胡不纫，幽香蔼空谷。

——唐·唐彦谦《兰》

【注解】翠环：比喻兰叶。苍玉：比喻兰花。美人：暗喻朝廷。胡：为什么。纫：佩戴。幽香蔼：弥漫布撒。空谷：无人的山谷。

【释义】清风吹拂着兰花青翠而环形的碧叶，清凉的露水滴在碧玉似的兰花上。美人啊你为什么还不来佩戴她，让这美好的清香白白布撒在无人的深山里。

【点评】用花和美人来形容有才德的人从《楚辞·离骚》就开始了，佳句就是以《楚辞》的手法抒发内心的抑郁之情，自己有才华却不为朝廷所任用，就像兰花生长在无人知的深谷中无人光顾。

10. 谢庭漫芳草，楚畹多绿莎。于焉忽相见，岁晏将如何？

——唐·唐彦谦《兰》

【注解】谢：指谢家，东晋的名门望族。漫：长满了。楚畹：兰圃。绿莎：绿草地。于焉：从此。岁晏：一年将尽时，也指人到暮年。

【释义】 名门望族谢家的庭院里长满了香草，楚国屈原大夫的兰圃里也是绿草旺盛。在这儿忽然又相见了，我已经到岁末暮年之时了又有什么办法呢？

【点评】 诗人感叹自己已至暮年，仍功业未就，旨在批评朝廷不肯任用有用之才。

11. 幽植众宁知，芬芳只暗持。自无君子佩，未是国香衰。

——唐·崔涂《琴曲歌辞·幽兰》

【注解】 宁：怎么。暗持：暗自坚持。佩：佩戴。未是：难道是。衰：衰败。

【释义】 清幽贞洁的兰花，其品格众花怎么会知道，她的芳香只好自己暗中默默地坚持。竟然没有高雅的有道君子来佩戴它，难道是王者之香就这么衰败了。

【点评】 以幽兰比喻国中品德高尚的人才，无人赏识无人重用。感叹这是幽兰的悲哀，其实是国家的悲哀。

12. 本是王者香，托根在空谷。先春发丛花，鲜枝如新沐。

——北宋·苏轼《题兰诗》

【注解】 王者香：是孔子语，形容其高贵。托根：扎根生长。发：催开。新沐：刚出浴。

【释义】 兰花原本是高贵的王者之香，却生长在无人的大山深谷里。春天的阳光雨露催得百花齐放之时，兰花的枝叶鲜嫩得如美人出浴一般。

【点评】 赞扬了兰花的高贵与美丽。

13. 兰生幽谷无人识，客种东轩遗我香。知有清芬能解秽，更怜细叶巧凌霜。

——北宋·苏辙《种兰》

【注解】 识：看到。客：朋友。遗（wèi）：送。秽（huì）：肮脏。怜：可爱。巧：能够。凌霜：抵御风霜。

【释义】兰花长在深山幽谷中没有人看见，朋友在东轩种好了送给我。它的香气能解除各种污秽之气，更让人怜爱的是它的细叶能够抵御风霜。

【点评】借兰花自喻，赞扬了兰花拒秽凌霜的精神品格。

14. 手培兰蕊两三栽，日暖风和次第开。坐久不知香在室，推窗时有蝶飞来。

——元·余同麓《咏兰》

【注解】培：培植。次第：一朵接一朵地。推窗：开窗。

【释义】亲手种植兰花已经两三年了，每当风和日暖的春日，兰花就次第开放，在屋里坐的时间长了不觉得兰花香，打开窗户有蝴蝶飞来才知道屋里的兰花已经开了。

【点评】意思是说久居芝兰之室而不闻其香，与"不识庐山真面目，只缘身在此山中"有异曲同工之妙。

15. 幽兰花，在空山，美人爱之不可见，裂素写置明窗间。

——明·刘基《题兰花图》

【注解】幽：高雅纯洁的样子。空：比喻无人。美人：借喻高雅的文人雅士。之：代词，指兰花。裂：扯开。素：白绢。

【释义】高雅纯洁的兰花啊，你开放在无人的山谷里，美人喜爱你却无法见到你，只能扯一匹白绢在窗前描画美丽的你。

【点评】作者将自己比作兰花在深山空谷中，无人知道他的芳香与美好，表达了他渴望出山并施展才华的愿望。

16. 芳草碧萋萋，思君澧水西。盈盈叶上露，似欲向人啼。

——明·张羽《着色兰》

【注解】芳草：指兰花。碧萋萋：深绿色。澧水：水名，在湖南省北部。盈盈：美好的样子。啼：哭。

【释义】芳香的兰花长得碧绿茂盛，我思念你在澧水的西面。兰叶上那晶莹美丽的露珠，似乎就是你对人哭诉的眼泪。

【点评】作者将兰花比作其美丽的爱人，写得形神兼美，充满深深的感情。

17. 兰生深山中，馥馥吐幽香。偶为世人赏，移之置高堂。

——明·陈汝言《兰》

【注解】馥（fù）馥：形容香气浓郁。高堂：比喻宫廷。

【释义】兰花生长在深山之中，散发着淡淡的优雅清香。偶然被世人所赏识，于是被移到了宫廷之中。

【点评】诗句是对原本生长在深山里却能香飘四方的兰花的赞许，比喻世间美好的东西往往也都是出于"幽谷深山"的。

18. 空谷有佳人，倏然抱幽独。东风时拂之，香芬远弥馥。

——明·孙克弘《兰花》

【注解】倏（shū）然：忽然。幽独：幽静而独立。东风：春风。拂：吹拂。之：代词，指兰花。弥馥：更加芳香。

【释义】在空旷的山谷中有一位美人，忽然心中涌起了一种幽静而独立的念头。春风不时地吹拂她，她的芬芳却是吹得愈远愈香。

【点评】这是借兰花写美人的名诗，也是成语"空谷佳人"的出处。

19. 我爱幽兰异众芳，不将颜色媚春阳。西风寒露深林下，任是无人也自香。

——明·薛网《兰花》

【注解】幽兰：兰花。

【释义】我喜爱幽兰不同于其他花，因为它不凭借自己的颜色来讨好春天的阳光。在风寒露冷的深林里，即使无人欣赏也依旧散发着沁人心脾的芬芳。

【点评】赞美兰花不争奇斗艳、不献媚邀宠的高洁品格。

20. 道是深林种，还怜出谷香。不因风力紧，何以度潇湘。

——明·景翩翩《写兰》

【注解】怜：爱怜。紧：急。何以：即"以何"的倒装，凭什么。度：越过。潇湘：横贯湖南的河流，潇水与湘江。

【释义】虽说是深山空谷中品种，但还是使人怜爱她走出深山的幽香。不是由于春风刮得紧，她的幽香凭什么越过宽阔的潇水与湘江呢？

【点评】说明作者非常喜爱兰花。

21. 懊恨幽兰强主张，花开不与我商量。鼻端触著成消受，着意寻香又不香。

——明·李日华《兰花二首》

【注解】懊恨：怨恨。强主张：自作主张。触著：闻到。着意：刻意。

【释义】真怨恨幽兰她自作主张，要花开了也不和我商量。鼻孔闻到兰香是一种享受，刻意去寻找香兰在何处时却又闻不到了。

【点评】用拟人的手法写出了兰香的特点。以怨恨写喜爱是一种反衬的手法。

22. 新妆才罢采兰时，忽见同心吐一枝。珍重天公裁剪意，妆成敛拜喜盈眉。

——清·钱谦益《咏同心兰四绝句》

【注解】新妆：女子新颖别致的打扮修饰。罢：停歇。同心：兰花名。吐：开放。裁剪：打扮。盈：充满。

【释义】新颖婚妆刚停歇正是采兰花的时节，忽然看见我种植的同心兰有一枝开放了。她真是按照上天的美意来精心打扮的，收拾妆具拜见我时眉宇间依然喜气洋洋。

【点评】借兰喻人，赞誉新婚妻子的美艳与喜悦。

23. 千古幽贞是此花，不求闻达只烟霞。采樵或恐通来路，更取高山一片遮。

——清·郑板桥《高山幽兰》

【注解】幽贞：清幽贞洁。闻达：声名显赫。烟霞：比喻隐居山林。采樵：砍柴。或：有人。

【释义】千万年来最清幽贞洁的就是这种兰花，不求名声显达只愿隐居在烟霞迷茫的山林。害怕上山砍柴人记住了兰花的处所，便藏在更高的山后面遮蔽自己。

【点评】以暗喻的手法赞美了隐士不求官禄，不求闻达的贞洁高雅品格。

24. 九畹齐栽品独优，最宜簪助美人头。一从夫子临轩顾，羞伍凡葩斗艳俦。

——清·秋瑾《兰花》

【注解】畹（wǎn）：一畹等于三十亩，也有说十二亩为一畹的。簪（zān）：古人发饰。夫子：孔子。临轩：登上高山。羞伍：以与之为伍为羞。凡葩：平常的花。俦（chóu）：同类。

【释义】兰花是花中最优秀的品种，最适宜在美人头上为其增光添彩。自从孔子登山观看作出"王者之香"的评价，她便羞于与平庸的百花去争奇斗艳了。

【点评】这是一首富有深意的咏兰诗，诗人以兰自喻，借咏花提出自己为人的标准，赞扬兰花高尚的品德。

秋 菊

25. 朝饮木兰之坠露兮，夕餐秋菊之落英。

——战国·屈原《离骚》

【注解】朝饮：早上喝。夕餐：傍晚吃。落英：落花。

【释义】早上喝木兰花上滴落下来的露水，傍晚吃秋菊的落花。

【点评】出自屈原《离骚》，诗中多用香草比喻君子的高志洁行，饮露是表示自己不与世同污。

26. 芳菊开林耀，青松冠岩列。怀此贞秀姿，卓为霜下杰。

——东晋·陶渊明《和郭主簿》

【注解】霜下杰：不畏严霜的豪杰，指菊花。

【释义】芬芳的菊花金光耀眼地在林中开放着，青松顶着茂盛的树冠整齐地排列在山岗上。他们挺拔秀丽的身姿里都怀有坚贞的品德，卓尔不群堪称斗霜傲雪的豪杰。

【点评】将菊与松并称斗霜傲雪的豪杰，赞扬了松与菊不畏霜雪的顽强、坚贞，堪称百花之冠。

27. 秋菊有佳色，裛露掇其英。

——东晋·陶渊明《饮酒》

【注解】裛(yì)：通"浥"，沾湿。掇(duō)：选摘。英：花。

【释义】秋天的菊花有极佳的颜色，我乘着露水未干采摘那美丽的菊花。

【点评】赞美了秋菊的颜色清丽可爱，要把那沾带露水的花瓣选摘下来。

28. 采菊东篱下，悠然见南山。

——东晋·陶渊明《饮酒》

【注解】东篱：东面的篱笆，后成为菊花的代名词。悠然：逍遥自在的样子。

【释义】在东篱下悠闲地采摘野菊花，抬起头怡然自得地见到了终南山。

【点评】这是千百年来赞颂隐居生活的脍炙人口的名句，表达了诗人超凡脱俗的品格。

29. 开轩面场圃，把酒话桑麻。待到重阳日，还来就菊花。

——唐·孟浩然《过故人庄》

【注解】开轩：打开门窗。把酒：握着酒杯。就：走近观赏。

【释义】打开门窗面对着晒场菜园，一面握着酒杯一面闲聊桑与麻的收成。诗人为农庄生活所深深吸引，临走时向主人率真地表示将在秋高气爽的重阳节再来观赏菊花。

【点评】生动地描写了故人待客的热情，客人的愉快、主客的亲切融洽都跃然纸上。

30. 时过菊潭上, 纵酒无休歇。泛此黄金花, 颓然清歌发。

——唐·李白《忆崔郎中宗之游南阳遗吾孔子琴, 抚之潸然感旧》

【注解】时: 时常。过: 过访。菊潭: 在南阳西峡菊花山下, 是古代赏菊胜地。

【释义】我不时地要去菊花潭过访游玩, 一到菊花潭就纵情喝酒喝个不停。酒杯中泛着金黄色的菊花, 喝醉了颓然躺着放声唱歌。

【点评】这是诗人游南阳菊花潭时所作。描写了他游西峡菊花山的美好情思, 抒发了对南阳山水的热爱。

31. 雨荒深院菊, 霜倒半池莲。

——唐·杜甫《宿赞公房》

【注解】荒: 萧条凄凉。倒: 枯萎, 倒伏。

【释义】连日秋雨使得深深庭院里菊花显得一派荒凉, 凌厉的秋霜已经打倒了半池塘的荷莲。

【点评】以景写人, 描写了赞公与自己处境的萧条凄凉。"荒""倒"二字极为传神, 使冷落的身世表现到了极致。

32. 寒花开已尽, 菊蕊独盈枝。

——唐·杜甫《云安九日》

【注解】寒花: 秋天开的花。盈枝: 开满枝头。

【释义】深秋时节百花都已凋零, 唯有菊花在园内怒放开满枝头。

【点评】诗人参加了郑贲等人组织的重阳节登高宴饮活动, 作了这首诗, 赞扬了菊花的高洁、坚贞品格。

33. 满园花菊郁金黄, 中有孤丛色似霜。

——唐·白居易《重阳席上赋白菊》

【注解】郁金黄: 浓重的金黄色。孤丛: 只有一丛。色似霜: 花色如同白霜。

【释义】诗人看到满园金黄的菊花, 其中有一株白色的菊花, 感到无限的欣喜。

【点评】以比拟的手法表达了诗人虽然年老仍有少年的情趣。以花喻人, 饶有情趣。

34. 耐寒唯有东篱菊, 金粟初开晓更清。

——唐·白居易《咏菊》

【注解】金粟: 金黄色粟米的颜色, 借喻金黄色的菊花。

【释义】只有篱笆边的菊花耐住寒冷, 金黄色的花朵在清晨的阳光下
开得更加艳丽清亮。

【点评】借赞赏菊花凌寒的品格来比喻自己的志向。

35. 秋丛绕舍似陶家, 遍绕篱边日渐斜。不是花中偏爱菊, 此花 开尽更无花。

——唐·元稹《菊花》

【注解】陶家: 爱菊大家陶渊明的家。花中: 百花之中。更无花: 夸张
的说法。

【释义】菊花一簇簇、一丛丛, 遍布屋舍四周, 我沿着竹篱忘情地欣
赏这些亲手栽种的秋菊, 不觉日已西斜。我并非是没来由地钟情
菊花, 因为时节已至深秋, 百花都已谢尽, 唯有菊花能凌风霜而不
凋, 为这世界保持盎然的生机。

【点评】采用陶诗之意境, 但不是全用意象, 而是在描绘具象之后,
即自述爱菊之由, 但又不一语说尽, 留下了想象空间让人们去回味
咀嚼, 所以历来为人们所喜爱。

36. 幽鸟飞不远, 此行千里间。寒冲陂水雾, 醉下菊花山。

——唐·贾岛《石门陂留辞从叔誉》

【注解】陂 (bēi): 山坡。石门陂: 南阳菊花山上一面风光秀美的
山坡。

【释义】我如同深山中的鸟一样飞不远, 此次出行只不过翻越千座
山冈罢了。寒气冲开了弥漫在山坡上的水雾, 我才醉醺醺走下菊花
山去。

【点评】南阳西峡山美景深深吸引了诗人, 不得已入关去时还恋恋不
舍, 表达作者对南阳西峡山水的热爱。

37. 紫艳半开篱菊静, 红衣落尽渚莲愁。

——唐·赵嘏《长安晚秋》

【注解】艳: 指代鲜艳的菊花。静: 以通感的手法写菊花庄重, 不张扬。渚(zhǔ): 河湾积水处。

【释义】竹篱旁边一丛丛紫色的菊花正含苞欲放, 似开未开, 仪态十分娴雅静穆; 水塘里的莲花, 一朵朵红衣脱落, 只留下枯荷败叶, 显得凄容满面。

【点评】诗句以"静"写菊, 以"愁"状莲, 都是拟人手法, 形象传神, 含有浓郁的主观色彩。

38. 待到秋来九月八, 我花开后百花杀。冲天香阵透长安, 满城尽带黄金甲。

——唐·黄巢《不第后赋菊》

【注解】九月八: 其实是指重阳节九月九日, 为了与"杀""甲"押韵而改。百花杀: 群芳都凋谢了。尽带: 全都开遍。黄金甲: 金黄的菊花。

【释义】等到秋天重阳节菊花开的时候, 其他的花儿都凋谢了。整个长安城都开满了带着黄金盔甲的菊花。它们散发出的阵阵浓郁香气直冲云天, 浸透全城。

【点评】借题菊花为名, 寄寓抒写了诗人傲世独立的品格与改天换地的凌云壮志。

39. 飒飒西风满院栽, 蕊寒香冷蝶难来。他年我若为青帝, 报与桃花一处开。

——唐·黄巢《题菊花》

【注解】飒飒: 风声。他年: 将来。青帝: 掌管百花时令的天神。一处: 一同。

【释义】飒飒的秋风吹着满院菊花, 秋风中开放的菊花由于寒冷连蝴蝶也不来光顾。这太不公平了, 来年我假若当上了主管百花的天神青帝, 就告诉菊花和桃花等百花同时开放。

【点评】抒发了农民起义领袖黄巢的远大抱负,梦想自己能够成为掌管春天的神仙,可以使菊花与其他花都开在春天而不会受到冷落。

40. 王孙莫把比蓬蒿,九日枝枝近鬓毛。露湿秋香满池岸,由来不羡瓦松高。

——唐·郑谷《菊》

【注解】王孙:公子哥。蓬蒿:指野草。九日:重阳节。秋香:比喻菊花。瓦松:瓦檐上的一种寄生草。

【释义】公子哥们不要把菊苗看作蓬蒿草,重阳节时美人是将菊花插在鬓发间的。露水阳光会让菊花开得更热闹,满池岸都飘满菊香,菊花从来都不羡慕寄生的瓦松长在这么高的地方。

【点评】这里的菊其实是诗人的自画像,意思是说自己有才干有品德,所以不羡慕那些只是身处高位但没有专长的庸才。

41. 荷尽已无擎雨盖,菊残犹有傲霜枝。

——北宋·苏轼《赠刘景文》

【注解】尽:全都枯萎了。擎:高举着。雨盖:遮雨的伞。

【释义】荷叶荷花全都枯萎了,已不再像夏天那样亭亭玉立地举着一把遮雨伞似的叶子;而菊花的叶子虽然也已经枯萎,但那傲霜斗雪的菊花依然生机勃勃地在枝干上开放着。

【点评】以对比的手法赞扬了菊花傲霜斗雪的坚贞品格。

42. 轻肌弱骨散幽葩,更将金蕊泛流霞。欲知却老延龄药,百草摧时始起花。

——北宋·苏轼《赵昌寒菊》

【注解】轻肌弱骨:形容菊花的瘦弱。葩:花。

【释义】植株瘦弱短小的菊花却开满了浓香的奇葩,那金色的花朵摇晃着闪烁着如同金色的流霞。要知道菊花是有延年益寿功效的,在百花凋谢枯萎的时候菊花才开始开花。

【点评】诗句是对菊花的品性的赞叹,其品性就是晚开,不争春。

43. 南阳白菊有奇功, 潭上居人多老翁。

——北宋·苏辙《五月园夫献红菊》

【注解】南阳: 白菊花的名产地。功: 功效。潭上: 菊花潭岸边。

【释义】南阳的白菊花有神奇的功效, 在产菊花的菊花潭边居住的人多数是长寿老翁。

【点评】赞扬了南阳白菊花具有使人长寿的神奇功效。

44. 莫道不销魂, 帘卷西风, 人比黄花瘦。

——宋·李清照《醉花阴》

【注解】销魂: 无比的牵挂。帘卷西风: 是"西风卷帘"的倒装。瘦: 比拟手法。

【释义】怎么能说心里没有牵挂呢, 连西风吹拂过帘幕的声音都让人担心, 因为帘内人的身影太瘦弱了, 比菊花还要消瘦呢!

【点评】诗句描绘出了一幅画面: 重阳佳节佳人独对西风中的瘦菊, 在环境的烘托下真使人感到佳人比黄花更瘦, 所以能成为千古传诵的佳句。

45. 寂寞东篱湿露华, 依前金靥照泥沙。世情儿女无高韵, 只看重阳一日花。

——南宋·范成大《重阳后菊花》

【注解】金靥(yè): 金黄色的面庞, 代指菊花。照泥沙: 面对着尘土, 比喻地位卑微。

【释义】菊花在东边的篱笆下, 带着清晨的露水在寂寞地开放, 依然像往常一样在无人关注地自展芳华。世间的人比较浅薄, 缺少高雅的情趣, 只在重阳节这一天循惯例去赏菊花。

【点评】借重阳赏菊批评了一些世人的浅薄与假清高。

46. 菊花自择风霜国, 不是春光外菊花。

——南宋·杨万里《赏菊》

【注解】外: 另眼看待。

【释义】是菊花自己选择了要在寒风冰霜中开放, 不是春光对菊花见外，不让它在春光中开放。

【点评】从别具一格的角度来赞赏菊花，的确与他诗不同，独具新意。

47. 花开不并百花丛，独立疏篱趣未穷。宁可枝头抱香死，何曾吹落北风中。

——南宋·郑思肖《画菊》

【注解】不并：不随时俗。抱香死：枯萎。

【释义】菊花不与百花同时开放，是不随俗不媚时的高士。菊花凋谢时宁愿枯死枝头，决不被北风吹落地上。

【点评】描绘了菊花傲骨凌霜、孤傲绝俗、坚守高尚的节操，也是作者宁死不肯向元朝投降的决心；同时也是诗人不屈不移、忠于故国的誓言。

48. 故园三径吐幽丛，一夜玄霜坠碧空。多少天涯未归客，尽借篱落看秋风。

——明·唐寅《菊花》

【注解】三径：小路。玄霜：严霜。天涯未归客：沦落天涯的游子。尽：全都。

【释义】陶渊明故乡小路上的菊丛开花了，一夜的严霜从天而降。有多少天涯游子没有回到家乡，全都借着观赏篱笆旁的菊花思念秋风中的家乡。

【点评】这是一首托物寄兴的诗，写菊花淡放的情形，以菊花自比。从秋菊中看到了浓浓的秋意，也看到了自己的影子。自陶渊明以来，菊花就是隐士、高洁的象征，诗人就是借菊花表现自己的高洁品格。

49. 南阳菊水多耆旧，此是延年一种花。八十老人勤采嚥，定教霜鬓变成鸦。

——清·郑板桥《菊花》

【注解】南阳菊水：古代著名的菊花产地，长寿村。耆（qí）旧：长寿老人。霜鬓：白头发。鸦：比喻乌鸦般乌黑的头发。

【释义】南阳菊水潭岸边有许多长寿的老人，这是因为长年饮用菊潭水产生的功效，因为菊水潭上的菊花是一种能使人延年益寿的花。八十岁的老人若能坚持饮用菊潭水，一定能使白发变成黑发。

【点评】诗句夸奖了南阳菊水的菊花助人延年益寿的神奇功效。

50. **进又无能退又难，宦途踽踽不堪看。吾家颇有东篱菊，归去秋风耐岁寒。**

——清·郑板桥《画菊与某官留别》

【注解】踽踽（jújí）：后脚紧跟着前脚，步子极小。东篱菊：有陶渊明精神的菊花。归去：辞官回家。

【释义】要想升官又无拍马献媚的能耐，要想退出又觉得难堪，仕途上长期困顿也实在不甘心。想到我家里有许多具有陶渊明风骨的菊，辞官回家也经受得了清苦生活的考验。

【点评】抒发了诗人不愿同流合污，宁愿辞官回家保持清贫本色的心情。

三、国色天香

牡　丹

1. 绿艳闲且静，红衣浅复深。花心愁欲断，春色岂知心。

——唐·王维《红牡丹》

【注解】　绿艳：指叶。闲且静：文雅又端丽。红衣：指花瓣。愁欲断：拟人的写法。

【释义】　牡丹花浓绿肥大的叶子显得文雅而端丽，盛开的花瓣如美人的红衣外淡内浓富有层次。而花的中心红得让人联想到殷红的鲜血，俏丽的春光哪里知道牡丹花也开得不易，如同人一样献出了毕生的心血。

【点评】　采用了拟人的手法描写了姹紫嫣红的牡丹花，在宽大肥硕的绿叶的衬托下愈加娇艳可人；表达出作者对牡丹花的无比喜爱以及怀才不遇的感慨。

2. 名花倾国两相欢，常得君王带笑看。解释春风无限恨，沉香亭北倚阑干。

——唐·李白《清平调》

【注解】　名花：指牡丹。倾国：指美人杨玉环。春风：此处指代君王。恨：烦心事。阑干：指栏杆。

【释义】　牡丹花与杨贵妃都是那么美丽那么惹人喜爱，常常使得我高兴得合不拢嘴。解放了我一切忧国忧民的烦心事，在沉香亭北面斜倚着栏杆看人赏花，多么优雅风流呀。

【点评】　诗句把牡丹与杨贵妃的美艳动人写得情趣盎然，君王面带笑容连无限的仇恨都为之消释了。

3. 一枝红艳露凝香，云雨巫山枉断肠。借问汉宫谁得似，可怜飞燕倚新妆。

——唐·李白《清平调》

【注解】红艳：鲜红的牡丹花，诗中比喻杨贵妃。云雨巫山：借代男女之事。怜：爱。飞燕：汉代美女赵飞燕，汉成帝的皇后。

【释义】美人如同一枝红艳的牡丹花凝结着清露浓香，又如巫山上撩人心魄的云雨让人浮想联翩徒然断肠。想问一问美人跟汉宫里的哪个人相似，可爱的赵飞燕还得依靠艳丽的新妆才能相仿。

【点评】诗句以花喻人，牡丹花是杨贵妃，美丽娇艳无可比拟。

4. 近来无奈牡丹何，数十千钱买一颗。今朝始得分明见，也共戎葵不校多。

——唐·柳浑《牡丹》

【注解】无奈：没奈何。颗：同"棵"。始：才。戎葵：蜀葵花，花大而丽，俗称"一丈红"。

【释义】近来对于牡丹离谱的价格真是没有办法，竟然要数十千钱才能买到一棵。今朝我才得以仔仔细细地观看，其实牡丹花与戎葵花实在是差不多的。

【点评】此诗的特点是不重描摹状物，而是言志，短短四句话表达了诗人柳浑对世人酷好牡丹的批评。

5. 传情每向馨香得，不语还应彼此知。只欲栏边安枕席，夜深闲共说相思。

——唐·薛涛《牡丹》

【注解】每：常常。应：依靠。只欲：真想。

【释义】如同一对情人闻到那种特殊的馨香就知道伊人来了，不用说话就知道彼此的所想所欲，这就叫知心。真想在花亭的栏杆边上铺上枕席一同睡下，到夜深人静的时候共同诉说爱慕相思之情。

【点评】以拟人的手法抒写喜爱牡丹的感情，写得委婉动人，令人难忘。

6. 庭前芍药妖无格, 池上芙蕖净少情。惟有牡丹真国色, 花开
时节动京城。

——唐·刘禹锡《赏牡丹》

【注解】 妖: 妖娆, 不稳重。格: 格调, 品性。芙蕖(qú): 荷花。国色:
一国之中最美的女人, 比喻牡丹。也是牡丹花的美誉别称。

【释义】 庭前的芍药花妖娆妩媚但缺少格调, 池塘上荷花虽然高洁但
缺少人情味。只有牡丹花才真正是一国中的绝色美女, 花开的时候
能轰动整个京城长安。

【点评】 诗句用衬托、比喻等手法描写牡丹的艳丽绝伦。虽未直接描
绘牡丹, 但牡丹的艳丽动人跃然纸上。

7. 偶然相遇人间世, 合在增城阿姥家。有此倾城好颜色, 天教晚
发赛诸花。

——唐·刘禹锡《思黯南墅赏牡丹》

【注解】 增城: 即瑶池昆仑, 神话中传说有"开明兽陆吾镇守昆仑增
城"的说法。阿姥: 指西王母。晚发: 晚一点开放。赛诸花: 胜过
百花。

【释义】 在人世间偶尔见到牡丹花, 我总觉得这花应该生长在昆仑仙
境瑶池西王母家里才对。大概是上天叫这般倾城的好花迟一点开
放, 让它显示出与众花不同的地方胜过百花吧!

【点评】 诗句极力赞美了思黯南墅牡丹花艳丽无比, 胜过百花众芳的
情景。

8. 一丛深色花, 十户中人赋。

——唐·白居易《秦中吟·买花》

【注解】 深色花: 指颜色浓艳的牡丹花。中人赋: 中等人家一年的
税赋。

【释义】 仅仅买一丛深红色的花, 就要挥霍掉十户中等人家的赋税
钱粮。

【点评】 诗句借卖花翁在卖花处长叹之语表达了两重意思: 一是牡丹

昂贵，二是农民赋税负担繁重，揭示了当时社会的贫富差距。

9. 我愿暂求造化力，减却牡丹妖艳色。少回卿士爱花心，同似吾君忧稼穑。

——唐·白居易《牡丹芳》

【注解】造化力：指大自然。少回：稍稍冷却。稼穑：农事。

【释义】我愿暂求掌握造化的主宰者，减少牡丹妖艳的颜色。稍稍冷却一下官吏们爱花的狂热心情，都像天子一样关心农业生产，人民就都得到幸福了。

【点评】针对当时人们"一城之人皆若狂"地玩赏牡丹的狂热进行了批评，发出了"忧稼穑"的呼声。

10. 宿露轻盈泛紫艳，朝阳照耀生红光。红紫二色间深浅，向背万态随低昂。

——唐·白居易《牡丹芳》

【注解】宿露：晚上的露水。低昂：上下晃动。

【释义】花瓣上带着晚上的露水泛起紫色的艳丽，在早晨太阳的照耀下产生了红光。红紫两种颜色有深有浅，随着微风有时俯有时仰。

【点评】逼真地描绘了牡丹花雍容华贵、仪态万方的模样。

11. 惆怅阶前红牡丹，晚来唯有两枝残。明朝风起应吹尽，夜惜衰红把火看。

——唐·白居易《惜牡丹花》

【注解】惆怅：伤感。阶：台阶。明朝：明天。衰：凋谢。把火：手持火把。

【释义】我真为阶前红牡丹的凋谢而伤感，一夜工夫就只剩下两枝了。明天风一来肯定会被吹得精光，我爱惜这快要凋零的红牡丹，手持火把连夜观赏。

【点评】描写了诗人自己爱惜牡丹，手持火把连夜观赏的趣事，表达了作者的惜花之情。

12. 牡丹一朵值千金，将谓从来色最深。今日满栏开似雪，一生辜负看花心。

——唐·张又新《牡丹》

【注解】将谓：只以为。似雪：像雪一样白的牡丹花。辜负：不合心愿。

【释义】一朵牡丹花的价值就要上千金，从来只知道喜欢颜色深的牡丹花。可是今天满园白牡丹开得像雪一样，辜负了一生只爱深色花的看花人的心。

【点评】表面是批评白牡丹辜负了人们的爱花之心，实际上是批评当时朝廷的用人标准。

13. 长安年少惜春残，争认慈恩紫牡丹。别有玉盘乘露冷，无人起就月中看。

——唐·裴潾《白牡丹》

【注解】春残：即残春。慈恩：慈恩寺，地名。玉盘：比喻圆月。就月：在月光下。

【释义】京城长安的富贵子弟都爱惜暮春的花卉，人们都争先恐后地到慈恩寺去观赏那儿的紫牡丹。他们不知道裴给事府中别有像玉盘承露般冷艳的白牡丹，没有人清早起来就在月色中观赏白牡丹的皎洁的意境。

【点评】批评了长安富贵子弟们的庸俗，赞美了白牡丹的美丽皎洁。

14. 何人不爱牡丹花，占断城中好物华。疑是洛川神女作，千娇万态破朝霞。

——唐·徐凝《牡丹》

【注解】占断：独占，断然。物华：事物的精华。洛川神女：传说洛河中的女神。破：胜过。

【释义】有谁不喜欢牡丹花呢，只有它独占着那春天的光华，其他的美景都已黯然失色。人们都怀疑这是不是洛川女神的神来之笔，其千娇百态的美丽胜过了天上的朝霞。

【点评】赞美牡丹花的美丽胜过了一切花卉，甚至胜过了天上的朝霞。

15. 浓艳初开小药栏，人人惆怅出长安。风流却是钱塘寺，不踏红尘见牡丹。

————唐·张祜《杭州开元寺牡丹》

【注解】药栏：指芍药之栏，泛指花栏。

【释义】人们不知道浓艳的牡丹花竟然开在江南的小花栏里，而许多人都因看不到或看不起京城里的牡丹花，怀着惆怅的心情离开了长安。却想不到风韵无限的牡丹花开在钱塘的开元寺里，有缘之人不用走尽世俗红尘就能看见牡丹。

【点评】表达了自己在钱塘城的开元寺观赏到了名贵的牡丹花的喜悦之情。

16. 桃时杏日不争浓，叶帐阴成始放红。

————唐·韩琮《牡丹》

【注解】叶帐：形容牡丹的绿叶如同遮掩美人的帐幔。始：才。放红：花朵绽放。

【释义】桃花杏花开的时候，牡丹从来不跟她们争夺春天谁的花开得早、开得艳丽，等牡丹叶子全都伸展开来，叶荫长成了绿帐才开始绽放红艳的花朵。

【点评】赞扬了牡丹花不与桃杏争春的品格。

17. 若教解语应倾国，任是无情也动人。

————唐·罗隐《题牡丹》

【注解】教：让，使。解：懂得，理解。倾国：使国家为之倾覆，比喻牡丹像绝色佳人。

【释义】倘若牡丹花是有生命的能善解人意的人，那就是倾国倾城的美人，就算它不是人，是没有感情的花儿，也实在是美艳动人、扣人心弦。

【点评】以比拟的手法描写了牡丹花令人难以抵挡的美丽。

18. 当庭始觉春风贵，带雨方知国色寒。日晚更将何所似？太真
　　 无力凭栏杆。

——唐·罗隐《牡丹》

【注解】始：才。贵：可爱。方：才。国色：牡丹花。太真：杨贵妃的
　　　 道号。

【释义】满庭院的牡丹花盛开了才觉得春光实在可爱，雨滴落在花上
　　　 才知道牡丹有些寒意。到太阳落山的时候可以跟什么相比拟呢？就
　　　 像杨贵妃娇羞慵懒地倚靠在栏杆上。

【点评】以拟人的手法描写了牡丹花在多种状态下的种种美丽
　　　 感觉。

19. 竞赏姚家第一香，满城空巷若痴狂。天生可谓韶华主，仙赐
　　 龙袍贵作王。

——唐·佚名《姚黄》

【注解】姚黄：相传古时洛阳北邙山下的姚家培育出一种开黄花的牡
　　　 丹，花初开呈鹅黄色，盛开转乳黄色，朵大八寸，香气沁人。消息传
　　　 开，姚家门前车水马龙，观赏者络绎不绝。皇上听说后，传旨养花人
　　　 带花入宫。姚家随即撷花进宫。皇帝一看，大喜，花色竟堪比身上的
　　　 龙袍，不禁赞曰："真乃天下第一香也！"即赐名"花王"。后人们称
　　　 之为姚黄。

【释义】人们争着去姚家观赏皇上赐名"第一香"的牡丹，全城空巷，
　　　 人们像疯了似的赶往姚家。姚家"第一香"的牡丹天生就是百花之
　　　 主，上天赐予的龙袍色就是贵为花王的颜色。

【点评】描写了人们万人空巷地争看牡丹名种"姚黄"的疯狂景象。

20. 开日绮霞应失色，落时青帝合伤神。

——唐·唐彦谦《牡丹》

【注解】绮霞：美丽的彩霞。青帝：传说中天上掌管百花开谢的神仙。
　　　 合：应当。

【释义】牡丹花开放之日，天上美丽的彩霞都会为之失色；牡丹花凋

谢之时，天上掌管百花开谢的神仙青帝也会为之伤心。

【点评】以奇特的想象、新颖的比喻赞扬了牡丹花的艳丽动人。

21. 落尽残红始吐芳，佳名唤作百花王。竟夸天下无双艳，独占人间第一香。

——唐·皮日休《牡丹》

【注解】残红：指暮春之花。佳：美好。竟：通"竞"。

【释义】暮春时节桃李等花都已凋谢，牡丹才开始怒放，它的另一个美名叫作百花之王。人们争着夸赞它是天下没有可以与之相比的美花丽葩，是人间独一无二的美艳香花。

【点评】赞誉牡丹的艳丽举世无双。

22. 临风兴叹落花频，芳意潜消又一春。应为价高人不问，却缘香甚蝶难亲。

——唐·鱼玄机《卖残牡丹》

【注解】临：面对。频：不断。潜：不知不觉地，暗暗地。缘：因为，由于。

【释义】面对大风不断地吹落牡丹花禁不住叹息，香花在不知不觉中凋零，又一年的春天要过去了。大概是价格太高人们不敢询问，或者是由于香气太浓蝴蝶不敢来亲近。

【点评】表面是咏牡丹花，实则是以残牡丹自况，以物喻人，寄托着女诗人的身世之感，表现了诗人因清高不被赏识、因才高不被接纳的处境，道出了诗人卑微不幸的遭遇和孤傲清洁的品格。

23. 闲来吟绕牡丹丛，花艳人生事略同。半雨半风三月内，多愁多病百年中。

——唐·杜荀鹤《中山临上人院观牡丹寄诸从事》

【注解】略：完全。百年：比喻人的一生。

【释义】闲来绕着牡丹丛一面观赏一面吟诗，花的绽放美艳跟人一生之事完全是相同的。花儿在三个月中总是要经历风风雨雨的，人最多能活百年，百年之中也是要经受一些愁苦和病痛折磨的。

【点评】诗句以花喻人，说明"人无千日好，花无百日红"的道理。

24. 教人知个数，留客赏斯须。一夜轻风起，千金买亦无。

——唐·王建《赏牡丹》

【注解】个数：挨个儿清点。斯须：一会儿。千金：形容钱多。

【释义】到名苑里赏牡丹都要点清人数，每个留下来观赏的人也只能看一会儿。如果晚上起了轻风，第二天其价格更高得吓人，即使用上千金也买不到。

【点评】描写唐时不仅牡丹金贵，连到名苑中观赏牡丹也价高，而且有许多要求。

25. 香多觉受风光剩，红重知含雨露偏。

——唐·齐己《题南平后园牡丹》

【注解】剩：多余。含：蕴含。偏：偏爱。

【释义】南平后园的牡丹浓香扑鼻使人觉得春光有些过剩了，雨后的花瓣显得更加红艳沉重，那是春天的雨露对它特别偏爱。

【点评】用贵戚南平后园的牡丹香多红重来比喻皇恩不均。

26. 牡丹妖艳乱人心，一国如狂不惜金。曷若东园桃与李，果成无语自垂阴。

——唐·王毂《赏牡丹》

【注解】妖艳：美丽得使人失去本性。曷：何。东园：农家果园。

【释义】牡丹开得过于妖艳扰乱了人心，举国上下一片疯狂不惜花费重金。哪里比得上东园的桃与李，果子成熟以后默默无语地藏在绿荫中。

【点评】诗句一反常人的赞扬牡丹，而是批评牡丹的华而不实，不如桃李花有实，且默默无闻。

27. 屋面尽生人耳朵，篱头多是老翁须。平分造化双苞去，拆破春风两面开。

——唐·徐仲雅《合欢牡丹》

【注解】尽：全都。老翁须：比喻植物的根须。造化：自然力。拆破：形容花绽放。

【释义】阴暗潮湿的木屋上长出了许多木耳，有的似人耳般大，篱笆上不知什么植物长出了许多跟老翁的胡须一样的根须。种花的本事可以与造化媲美，培育出了双苞牡丹，春风拆开花苞，两面各一朵盛开的牡丹花。

【点评】描写合欢牡丹的名贵，想象丰富奇特，比喻生动形象。

28. 东风未放晓泥干，红药花开不奈寒。待得天晴花已老，不如携手雨中看。

——唐·窦梁宾《雨中看牡丹》

【注解】东风：春风。红药：红色的牡丹花。待得：等到。老：花凋零。

【释义】早上的春风还没有把夜雨淋湿的泥土吹干，红色的牡丹花开得十分娇艳但禁不住料峭春寒。等到天晴暖和时牡丹花就要衰败了，还不如手牵着手在雨中观看。

【点评】告诉人们：爱一个人不是一点困难都没有的，总要经受一些考验，在困难中相爱是一种快乐而美丽的过程，如同赏花，雨又有何惧？同时也告诉人们应当珍惜光阴。

29. 万叶红绡剪尽春，丹青任写不如真。风光九十无多日，难惜尊前折赠人。

——唐·卢士衡《题牡丹》

【注解】叶：片。丹青：丹青手，画家。写：即画。尊前：酒杯前面。

【释义】万片红色薄绡一样的花瓣都是由春风剪成，无论多么高明的画家也描绘不出真牡丹花的精神。牡丹花开的时间只有九十多天，真不舍得在酒宴上将这可人的花朵折下来送人。

【点评】赞美了牡丹花的无比绚丽，抒发了诗人的爱花之心。

30. 偷香黑蚁斜穿叶，觑蕊黄蜂倒挂枝。除却解禅心不动，算应狂杀五陵儿。

——唐·归仁《牡丹》

【注解】斜穿：斜飞过去。觑：偷看。除却：除去。五陵儿：富豪子弟。

五陵，汉时富人区。

【释义】偷闻牡丹花香的黑蚁斜穿叶子靠近牡丹花，偷窥牡丹花蕊的黄蜂倒挂在枝条上。如此之美的牡丹花只有解禅念佛的和尚能做到不动心，想来一定会使富家子弟们为之疯狂死的。

【点评】以拟人的手法与间接描写的手法描写牡丹的美丽动人，别具一格。

31. 雍容典雅比无伦，闭锁深宫未见真。翌日临园倾百卉，誉封花后万方钦。

——五代·佚名《魏紫》

【注解】魏紫：洛阳牡丹的传统名品，花呈皇冠形，紫色；瓣端呈粉白色，稍有光泽；花梗粗而硬，花朵直立。最早出自南朝宋国宰相魏仁溥家，据说此花是魏仁溥从一砍柴人手中买的一株野生紫牡丹，种在池馆内，经多年培育，才育成名满天下的花中皇后"魏紫"。翌日：第二天。

【释义】魏紫牡丹雍容华贵，仪态典雅，无与伦比，深藏在宰相府内，一般人都没有见到过她的真模样。一旦在花园中开放，园里所有的花卉都为之失色，被誉封为花中皇后，四面八方的人都无比钦佩。

【点评】描写了名牡丹"魏紫"雍容华贵的仪态，誉为"花后"是名副其实的。

32. 但是豪家重牡丹，争如丞相阁前看。凤楼日暖开偏早，鸡树阴浓谢更难。

——宋·徐铉《严相公宅牡丹》

【注解】但：只要。重：喜爱，重视。争如：争先恐后地前往。凤楼：宫中的楼阁，此处指丞相府。鸡树：丞相府中的树。阴浓：朝廷给的恩惠多。谢更难：凋谢得特别晚。

【释义】只要是豪门贵族之家都特别喜爱牡丹，人们都争着前往丞相府前去观赏。丞相府靠近皇宫，日光特别温暖，牡丹花开得特别早，丞相府里的花树也特别茂盛，凋谢得特别晚。

【点评】表面是写相府的牡丹花，实际上是在批评朝廷的恩赐不均。

**33. 枣花至小能成实，桑叶虽柔解吐丝。堪笑牡丹如斗大，不成
一事又空枝。**

——宋·王溥《咏牡丹》

【注解】至：极。成实：长成枣实。解：懂得。堪：值得，应该。空枝：不
结果实。

【释义】枣花极细极小却能长成枣实，桑叶虽然柔软却能由蚕来吐
丝。可笑牡丹花开得如斗那么大，不会结果也不能用来养蚕吐丝，
只是一棵没有果实的植物。

【点评】诗句一反诗坛极誉牡丹的陈套，嘲笑它华而不实，别具一格，
很有见地。

34. 洛阳地脉花最宜，牡丹尤为天下奇。

——北宋·欧阳修《洛阳牡丹图》

【注解】地脉：土质，气候。宜：适合。尤为：尤其是。

【释义】洛阳城里土地气候最适合花草的生长，尤其是牡丹花更是美
丽得天下少有，真可谓是天下之奇花。

【点评】赞赏洛阳牡丹的美丽，同时也点出了洛阳牡丹花特好的原
因，是其土地气候好。

35. 一年春色摧残尽，更觅姚黄魏紫看。

——南宋·范成大《再赋简养正》

【注解】姚黄、魏紫：两种名贵的牡丹花。

【释义】一年的春天将要过去，在五颜六色的鲜花大都已经凋谢的时
候，牡丹花却开了，人们又可以去寻觅观赏出自姚崇家的会变色的
名花黄牡丹和出自魏仁溥家的皇冠形的紫牡丹了。

【点评】告诉人们暮春时节百花虽已谢，却是观赏牡丹的好时光。

**36. 占断雕栏只一株，春风费尽几工夫。天香夜染衣犹湿，国色
朝酣酒未苏。**

——南宋·辛弃疾《鹧鸪天·祝良显家牡丹一本百朵》

【注解】占断：独占。费：耗费。天香：指牡丹花。苏：酒醒。

【释义】占据雕栏这块地方的只是一株大牡丹，春风耗费了好几天时间才将牡丹花吹开。夜晚浓郁的牡丹花香熏染得衣衫都带有露香，早晨再看牡丹花，颜色鲜红如同喝醉酒还未苏醒。

【点评】这是词的上阕，描写了牡丹晚香带露，花瓣明艳欲滴，花色红如醉脸的情形。

37. 天上有香能盖世，国中无色可为邻。名花也自难培植，合费天公万斛春。

——元·李孝光《牡丹》

【注解】盖世：压倒世上同类。合费：总共花费。万斛（hú）：无数。斛，古时的计量单位，十斗为一斛。

【释义】天上一定有许多种香花，但牡丹一定是超越一切香花，牡丹的艳丽色彩是一国之中无可比拟的。名花牡丹当然是极难培植的，人力与天公合计不知花费了多少财富。

【点评】前两句赞扬了牡丹的绝世之美，是名副其实的"天香""国色"，后两句写名花牡丹的难于养育培植。

桂　花

38. 薜荔摇青气，桄榔翳碧苔。桂香多露裛，石响细泉回。

——唐·宋之问《早发始兴江口至虚氏村作》

【注解】薜（bì）荔：一种藤本植物，茎蔓生，叶子卵形。桄榔（guānglàng）：桄榔树，一种亭亭玉立的乔木，无枝，至头生叶。翳（yì）：遮蔽，障蔽。裛（yì）：通"浥"，打湿的意思。早发：早上进发。始兴：即曲江，在韶州府。虚氏村：地名。

【释义】蔓生的薜荔枝叶繁茂，长满碧苔的桄榔树充满生机。桂花的浓香被雾露打湿了包裹着，溪涧的石块上回响着泉水的清响。

【点评】描写了岭南热带植物的茂盛，桂花树等树木都充满了生命力。

39. 楼观沧海日，门对浙江潮。桂子月中落，天香云外飘。

——唐·宋之问《灵隐寺》

【注解】浙江：又名钱江、钱塘江。天香：奇异的香气。灵隐寺：又名云
　　　　林寺，在今浙江省杭州市西灵隐山下，是著名的佛教禅寺。

【释义】站在灵隐寺的斋房楼上可以观看从大海中升起的太阳，寺门
　　　　正对着钱塘江的潮水。寺中每到八月就有桂花从天上的月宫里落
　　　　下来，寺中敬神礼佛的香烟和着桂花的香气一直飘到天上。

【点评】诗句是写灵隐寺周围的山水景色，对仗工整，气势雄伟，是历
　　　　来为人传诵的名句。

40. 莫羡三春桃与李，桂花成实向秋荣。

——唐·刘禹锡《答乐天所寄咏怀，且释其枯树之叹》

【注解】三春：指春天的孟春、仲春、季春。古人称农历正月为孟春，
　　　　二月为仲春，三月为季春，合称"三春"。桂花：有三种，白者称银
　　　　桂，黄者称金桂，红者称丹桂。常生于高山之上，冬夏常青，以同类
　　　　为林，中无杂树。又秋天开花者为多，其花香味浓郁。

【释义】不要老是羡慕春天里的桃红李白是何等的繁华，这秋天里
　　　　的桂花变成了桂子也是一件美好的事情。

【点评】诗句以对比的手法将秋天的桂花与春天的桃李对比，赞扬了
　　　　桂花的独特。

41. 江南忆，最忆是杭州。山寺月中寻桂子，郡亭枕上看潮头。何
**　　日更重游？**

——唐·白居易《忆江南》

【注解】山寺：杭州佛教圣地天竺寺、灵隐寺都在灵隐山中。

【释义】忆及江南，最怀念的还是杭州。月圆之时到灵隐寺去寻找桂
　　　　子；潮起之日，躺在郡衙的亭子里观看钱塘江潮。这些都是杭州人
　　　　的赏心乐事，我什么时候才能故地重游呢？

【点评】抒发作者对杭州美景的赞美以及对在杭州为官时的种种赏
　　　　心乐事的怀念之情。

42. 遥想吾师行道处，天香桂子落纷纷。

——唐·白居易《寄韬光禅师》

【注解】遥想：远远想象。行道：讲经布道。天香桂子：传说的月宫里的桂花。

【释义】我在远处想象我师父讲经布道的地方（杭州灵隐寺和天竺寺），每到秋天就有桂花从天空中纷纷落下。

【点评】以传说想象描写了杭州灵隐寺和天竺寺秋时常有桂花从天空飘落的奇异景象。

43. 中庭地白树栖鸦，冷露无声湿桂花。今夜月明人尽望，不知秋思落谁家。

——唐·王建《十五夜望月寄杜郎中》

【注解】中庭：即庭中，庭院中。地白：明月照在地上的样子。湿：形容夜雾清冷。秋思：指游子思乡或闺中思人。

【释义】月光照射在庭院中，地上好像铺了一层霜雪。浓密的树荫里，鸦鹊的聒噪声逐渐停息了，夜已深了，清冷的露水无声地打湿了馥郁的桂花。今夜是月圆之夜人们全都望月思人，不知这秋夜的乡思会降落于谁的家中。

【点评】描写了一幅秋桂飘香、秋夜思人的图画，月明人远、思深情长，表现得非常委婉动人。

44. 洛阳春日最繁华，红绿阴中十万家。谁道群花如锦绣，人将锦绣学群花。

——北宋·司马光《看花》

【注解】阴：遮蔽，掩映。锦绣：美丽的丝绸织品。

【释义】洛阳的春天花开的最为鲜艳热闹，城市在红花绿叶掩映中居住有十万人家。是谁将各种鲜花比喻为锦绣一样，其实人们所织的锦绣是模仿鲜花的。

【点评】描写了洛阳春天鲜花盛开的美丽景象，并点出"真花胜画"的道理。

45. 江云漠漠桂花湿，海雨翛翛荔子然。

——北宋·苏轼《舟行至清远县见顾秀才极谈惠州风物之美》

【注解】漠漠：茫茫。翛（xiāo）翛：形容雨声。荔子：荔枝。然：同"燃"，形容荔枝色红如火。

【释义】清远县临近江边水气如云，茫茫雾露把桂花都润湿了，惠州近海雨水充沛，经常是风雨潇潇的日子，那儿的荔枝味美、色艳如同一株株燃烧的火树。

【点评】是说惠州清远临江近海，雨水充足，花卉水果长得特别好。

46. 月缺霜浓细蕊干，此花元属玉堂仙。

——北宋·苏轼《八月十七日天竺山送桂花分赠元素》

【注解】此：这。元属：原来就属于。玉堂：指翰林院。仙：翰林学士中的佼佼者。

【释义】八月既望以后，月亮便残缺不圆，霜浓露冷，而芳香馥郁的桂花却在纤细的枝干上怒放了，这种桂花本来就属于翰林院里的佼佼者。

【点评】告诉人们桂花不是普通平凡的花，是官府中的名贵花种。

47. 揉破黄金万点轻，剪成碧玉叶层层。风度精神如彦辅，大鲜明。

——宋·李清照《摊破浣溪沙》

【注解】黄金：借喻金黄色的桂花。轻：与"重"相对，作为黄金无疑是重的，但能揉破化为万点黄花，则无论在事实上还是感觉上都是轻柔的。碧玉：比喻浓密深绿的桂叶。彦辅：指东晋人乐广，字彦辅。其为政芳名远播，遗爱往往为人所思。

【释义】那用黄金揉破后化成的米粒状的万点耀眼金花，那以碧玉剪出的层层叠叠的翠叶，若非清香流溢追魂十里的月中丹桂，更无别花可堪比拟。

【点评】诗句将花朵娇小无比的桂花比作黄金，绿叶比作碧玉，风度精神比作东晋名臣乐彦辅，赞扬了桂花不以妖艳丰满取胜的精神品质。

48. 暗淡轻黄体性柔,情疏迹远只香留。何须浅碧深红色,自是花中第一流。

——宋·李清照《鹧鸪天·桂花》

【注解】暗淡轻黄:颜色不鲜艳。情疏迹远:指桂花的高雅。自是:本来就是。

【释义】桂花体小轻柔、花色暗淡浅黄很不起眼,只有香味传播得很远、留存得很久。何必一定要浅碧深红的鲜艳色彩,桂花本来就是百花中的一流花卉。

【点评】描写桂花形神兼备,抓住了桂花"色"与"香"的特点及独特风韵,赞扬了桂花不以浓艳的颜色取悦于人的品格。

49. 瑟瑟金风,团团玉露,岩花秀发秋光。水边一笑,十里得清香。

——宋·向子諲《满庭芳》

【注解】瑟瑟:形容风声。金风:秋风。岩花:岩桂花。笑:形容桂花绽放。

【释义】秋风沙沙响,玉露圆又亮,岩桂花生机勃勃,焕发着秋天的光彩。它们站在水边上一齐绽放了,十里之内都闻得到它的清香。

【点评】描写了桂花的秀美与散发得很远的清香。

50. 粟玉黏枝细,青云剪叶齐。团团岩下桂,表表木中犀。

——南宋·曾几《岩桂》

【注解】玉:形容桂花的洁净无瑕。云:比喻桂叶的浓密。

【释义】如同粟米般细小的桂花粘满纤细的枝头,浓密的桂树叶如同修剪了一样整齐。那就是绿荫团团的岩桂树,那就是形表俊秀挺拔的木樨花。

【点评】描写了岩桂花的花细小而稠密,叶整齐而浓密的形象特点。

51. 只饶篱菊同时出，尚占江梅一著先。重露湿香幽径晓，斜阳烘蕊小窗妍。

——南宋·陆游《嘉阳绝无木犀偶得一枝戏作》

【注解】出：开花。幽径：僻静的小路。斜阳：傍晚的阳光。

【释义】只知道桂花是与篱边的秋菊同时绽放，比江梅还要早一步开花。早晨浓重的秋露湿润了飘满桂香的幽静小路，傍晚的阳光暖洋洋地照着小窗外金黄的桂花。

【点评】这种天气有利于桂树开花加速，苏州人称为"木樨蒸"。中秋前后天气突然热起来，像夏天似的，桂花一经蒸郁，便开始盛开了。

52. 月窟飞来露已凉，断无尘格惹蜂黄。纤纤绿裹排金粟，何处能容九里香？

——南宋·范成大《次韵马少伊木犀》

【注解】断：绝对。尘格：人间的格调。金粟：比喻金黄的桂花。九里香：桂花的别名。

【释义】桂花从月宫里飞下来所以仙露是清凉的，绝对没有人间凡人的风格去招来黄蜂蝴蝶。纤细的花朵如同金黄的粟米一排排整齐地裹在绿叶间，什么地方能够容纳桂花那能够播撒到九里之外的香气呢？

【点评】诗人将神话里的月中桂和眼前的月下桂有机地融合在一起，为桂花抹上了神奇的色彩。既赞美了桂花之香，又抒发了诗人的内心情愫。

53. 不是人间种，移从月窟来。广寒香一点，吹得满山开。

——南宋·杨万里《丛桂》

【注解】种：品种。广寒：月亮里的广寒宫。

【释义】桂花馥郁的香气不像是人间的品种，倒像是天上月亮里移来的。大概是广寒宫里的桂花香风吹过，吹开了漫山遍野的桂花。

【点评】通过桂花香气，联想到传说中的广寒宫里的桂花，赞美了桂花的奇香。

54. 弹压西风擅众芳, 十分秋色为伊忙。一枝淡贮书窗下, 人与花心各自香。

——南宋·朱淑真《木犀》

【注解】弹压: 压倒。擅: 擅长, 胜过。伊: 伊人, 比拟桂花。贮: 站立。

【释义】在西风中绽放的桂花让其他的花都黯然失色, 所有的秋光似乎都在为她忙碌。有一枝桂花淡然地伫立在书房的窗前, 书房内的人与桂花都显得高雅而芳香。

【点评】描写了桂花不畏秋风香压群芳, 与高雅的读书人为伍的高尚品格。

55. 大都一点宫黄, 人间直恁芬芳。怕是秋天风露, 染教世界都香。

——南宋·辛弃疾《清平乐·忆吴江赏木樨》

【注解】大都: 不过。宫黄: 宫中妇女化妆用的黄粉, 借指黄色的金桂。直恁(nèn): 竟然如此。怕: 揣测之词, 与"恐怕""大概"义相近。教: 让, 使得。木樨: 指桂花。

【释义】桂花只不过像一点点宫中妇女化妆用的黄粉, 在人间竟然如此芳香。大概是秋天的风露特别, 把整个世界都染得又黄又香。

【点评】以比喻、拟人的手法写出了桂花花小而香浓的特点。

56. 芙蓉泣露坡头见, 桂子飘香月下闻。

——南宋·虞俦《有怀汉老弟》

【注解】芙蓉: 指辛夷花, 又名木芙蓉。

【释义】观赏辛夷花要在朝露中的山坡上, 因太阳出来不久就要凋谢; 观赏桂花最好是在轻风桂香的朗月之下。

【点评】以前我常常问自己, 到底什么样的人生才是完美的; 现在我明白了, 带露看芙蓉月下赏桂花, 才是诗意的栖居、诗意飘香的人生。

57. 月宫秋冷桂团团, 岁岁花开只自攀。共在人间说天上, 不知天上忆人间。

——明·边贡《题美人》

【注解】攀: 攀折, 意思是嫦娥思念人间。说: 谈论, 羡慕。天上: 代指天上的嫦娥。

【释义】每到秋冷时节月宫里的桂树便阴影团团, 月宫中桂树年年开花, 嫦娥都只是为了思念人间。人们都赞美天上的美好或艳羡月宫里的嫦娥, 却不知道嫦娥天天都在思慕人间的美好。

【点评】借神话传说中的嫦娥思念人间, 赞美人间生活的美好胜于天堂。

58. 一抹雕栏, 喷清香桂花初绽。

——清·洪昇《长生殿·惊变》

【注解】一抹: 一排。喷: 形容香气浓郁。

【释义】一排雕花的栏杆旁, 那棵团团的桂花正初绽, 花蕊喷发着浓浓的清香。

【点评】热烈赞美了桂花香气的浓郁。

四、梨花、海棠

梨　花

1. 柳色黄金嫩，梨花白雪香。玉楼巢翡翠，金殿锁鸳鸯。

——唐·李白《宫中行乐词》

【注解】玉楼：装有玉石的楼阁。翡翠：水鸟名。金殿：装饰的金碧辉煌的宫殿。

【释义】柳色如黄金般鲜艳，梨花似白雪般无瑕。玉楼上描绘着艳丽的翡翠水鸟，金殿里装饰着双宿双飞的鸳鸯水鸟。

【点评】描绘了皇宫中富丽堂皇的锦绣景色与奢华无度的糜烂生活。

2. 斗酒渭城边，垆头耐醉眠。梨花千树雪，杨叶万条烟。

——唐·岑参《送杨子》

【注解】渭城：长安城。垆（lú）头：古时酒肆中卖酒暖酒的吧台。

【释义】在京城长安的酒店里为朋友杨子饮酒饯行，喝醉了酒就醉眠在酒店暖酒的吧台前。店外洁白梨花盛开如同千树积雪，万条杨柳正萌芽泛青如烟似雾，春光宜人。

【点评】描写在梨花盛开的季节里为朋友饯别送行的情景。

3. 纱窗日落渐黄昏，金屋无人见泪痕。寂寞空庭春欲晚，梨花满地不开门。

——唐·刘方平《春怨》

【注解】金屋：极为华丽的居室，这里指嫔妃们住的宫殿。春欲晚：明媚的春天即将过去。不开门：指没人开门。

【释义】纱窗外的日头已经落下去了，天色逐渐变得昏暗。在这豪华的宫室里，没人发现我的泪痕。春天快要过去了，寂寞空旷的庭院里,梨花落得到处都是,却无人前来打开门看看我。

【点评】这是一首宫怨诗,描写的是宫女们豪华而寂寞的宫廷生活,
抒发了她们的幽怨之情。

**4. 金鸭香消欲断魂, 梨花春雨掩重门。欲知别后相思意, 回看罗
衣积泪痕。**

——唐·戴叔伦《春怨》

【注解】金鸭:金属铸作的鸭形香炉。欲断魂:形容痛苦的思念。掩
重门:关上内外两重门。

【释义】金鸭香炉里的香快要燃尽了,思念几乎要了我的命。等不到
您,我泪流满面如同春雨淋湿的梨花,因无人欣赏而关上了重重的
园门。要想知我和您分别后相思的情意,请回来看一看我的罗衣上
堆积的泪痕。

【点评】诗句极力描绘了一个深闺怨女思念情人,却不得相见的苦闷
心情。

**5. 溪上谁家掩竹扉, 鸟啼浑似惜春晖。日斜深巷无人迹, 时见梨
花片片飞。**

——唐·戴叔伦《过柳溪道院》

【注解】竹扉:竹制的门。浑:完全是。春晖:春光。

【释义】清澈的小溪流水潺潺,溪边青青的翠竹掩映着幽静的道院。
清脆的鸟鸣声声婉转,似乎在告诉人们要珍惜大好春光。晌午了太
阳斜照进悠长的街巷不见一个人影,只见洁白的梨花一片一片地从
眼前飘过。

【点评】描写了作者所经过的道院的景色。

**6. 梨花落尽柳花时, 庭树流莺日过迟。几度相思不相见, 春风何
处有佳期。**

——唐·武元衡《与崔十五同访裴校书不遇》

【注解】日过迟:一天比一天晚。春风:比喻主考大人或主管领导。

【释义】梨花落尽的时候也是柳絮飘飞的时候,庭院中树上的黄莺也

来得一天比一天晚了。多次想要拜见您都没有见到，您老什么时候才有空接见我呢？

【点评】表达了作者想要拜见前辈裴校书，希望得到他提携或引荐而不得的失望心情。

7. 玉容寂寞泪阑干，梨花一枝春带雨。

——唐·白居易《长恨歌》

【注解】玉容：形容面容如白玉般细腻滋润。泪阑干：泪痕纵横。

【释义】杨玉环美丽的脸上神情寂寞，泪水纵横，就像一枝带着春雨的梨花。

【点评】诗句通过视觉形象用比喻来描写杨贵妃的痛苦心情。尽管她泪流满面，神情凄然，但给读者看到的仍是美得让人心疼的艺术形象。

8. 梨花有思缘和叶，一树江头恼杀君。最似嫦闺少年妇，白妆素袖碧纱裙。

——唐·白居易《酬和元九东川路诗十二首·江岸梨花》

【注解】缘和叶：由于伴有叶子。恼杀：极度的思念。嫦闺：寡居的少妇。

【释义】从梨花中感悟到情感是因为梨花有叶子的陪伴，这树江边的梨花让我触景生情情难抑，就像那带着孩子的年轻寡妇，一身洁白素雅的妆扮，配上碧绿的纱裙子，实在让人怜爱。

【点评】诗句将梨花的神韵比喻得活灵活现，由江岸的梨花联想到家中等待自己的妻子，表现出对家人的挂念和离家的无奈。

9. 红袖织绫夸柿蒂，青旗沽酒趁梨花。谁开湖寺西南路，草绿裙腰一道斜。

——唐·白居易《杭州春望》

【注解】柿蒂：绫上的花纹。梨花：酒名。其俗酿酒趁梨花时熟，号"梨花春"。

【释义】一位红衣女孩在纺织柿蒂纹的绫罗，趁着梨花开放挂上青色旗在酒肆中叫卖"梨花酒"。是谁在杭州西湖孤山寺西南修筑了一条白堤路，春草绿时望去好像一条绿色的裙腰斜斜地系在西湖上。

【点评】赞美一位红袖衣绿裙腰的美人，使人联想到妩媚秀丽的西湖，而西湖正是这位美丽少女的化身。

10. 风香露重梨花湿，草舍无灯愁未入。南邻北里歌吹时，独倚柴门月中立。

——唐·白居易《寒食月夜》

【注解】露重：露水多。愁未入：由于忧愁而未能入眠。

【释义】夜露打湿了梨花，轻风带着清香飘过来，在漆黑的夜里茅草屋中连灯都没有。周围邻居的歌吹声闹个不停，我孤独地靠着柴门望天看月盼望着天明。

【点评】描写寒食节的月夜在梨花下的茅屋中因忧愁而整夜未眠的情景。

11. 高枝百舌犹欺鸟，带叶梨花独送春。仲蔚欲知何处在，苦吟林下拂诗尘。

——唐·杜牧《残春独来南亭因寄张祜》

【注解】百舌：鸟名，又名"乌鸫(dōng)"，能模仿百鸟的叫声。仲蔚：即张仲蔚，晋代修道的隐士。拂：道士手中的拂尘。

【释义】高树上的乌鸫鸟还在模仿着春鸟的叫声，只有已经长满了绿叶的梨花独自送春天回去。像隐士张仲蔚那样的人不知在什么地方，只有苦吟的诗人隐居在山林中寻找诗句。

【点评】描写春鸟渐少、叶茂花稀的晚春景象，抒发了诗人仕途困顿、意欲隐居的情绪。

12. 淮阳多病偶求欢，客袖侵霜与烛盘。砌下梨花一堆雪，明年谁此凭阑干？

——唐·杜牧《初冬夜饮》

【注解】欢：指的是酒。客袖侵霜：客居他乡孤苦伶仃。

【释义】客居淮阳心情糟糕,冬夜饮酒只有烛盘相对。饮完凭栏眺望,只见台阶下已堆满了梨花般的白雪,明年不知谁会在这里凭栏看雪?

【点评】描写了孤苦伶仃的诗人在茫茫雪夜中饮酒寻欢,看到满地梨花般的白雪更加深了他的身世茫茫之感,禁不住想到明年此时又不知身在何处!诗句使一个烛光下自斟自酌、孤独苦闷的失意诗人形象跃然纸上。

13. 三月雪连夜,未应伤物华。只缘春欲尽,留著伴梨花。

——唐·温庭筠《嘲三月十八日雪》

【注解】物华:美好的景物。缘:因。著:同"着"。

【释义】三月里连着几夜都在下雪,不会损伤春天的美景吧?只因为春天快要过去了,请将雪花留在枝头陪伴梨花。

【点评】虽为"嘲",实则是赞美雪,表达对雪的不舍之情。

14. 柳色青山映,梨花雪鸟藏。绿窗桃李下,闲坐叹春芳。

——唐·无名氏《一片子》

【注解】雪:白的意思。藏:意思是看不清。

【释义】青山映绿柳,山更绿柳更青;白梨花中栖白鸟,只见一树白雪。桃红李白映绿窗,白发老人闲坐喟叹好春光。

【点评】诗句对颜色的描写颇为耐人寻味,简简单单的青白二色,就能造就绝色之美,面对着茵茵的绿色,似水流年,谁不产生淡淡的哀愁?

15. 旧山虽在不关身,且向长安过暮春。一树梨花一溪月,不知今夜属何人?

——唐·无名氏《杂诗》

【注解】不关身:与自己不相干。且:姑且。长安:在陕西,是唐时的都城。

【释义】如画江山与身在长安的我不相关了,暂且在长安度尽春天。一树的梨花与溪水中弯弯的月影,不知这样美好的夜属于谁?

【点评】诗句以想象中的故园梨花、溪月之幽雅高洁来反衬游子客居异地、有家难归的羁旅愁怨，抒发了作者的思乡念亲之情。

16. 燕子来时新社，梨花落后清明。池上碧苔三四点，叶底黄鹂一两声。

——北宋·晏殊《破阵子·春景》

【注解】新社：指春天祭祀土地神的节日。清明：并非指清明节，而指清朗明亮的天气。

【释义】燕子回来的时候正赶上热闹的春社，梨花谢落后却迎来了风和日丽、清朗明亮的天气。池塘边也长出了几块青翠的苔藓，树林丛中传来了几声黄鹂鸟婉转的啼鸣。

【点评】以燕来梨谢的物候景象表现了鸟语花香、春正盛时的季节特征。

17. 油壁香车不再逢，峡云无迹任西东。梨花院落溶溶月，柳絮池塘淡淡风。

——北宋·晏殊《寓意》

【注解】油壁香车：装饰的光亮一新、清香扑鼻的小车。峡云：巫山峡谷上的云彩。宋玉《高唐赋》记有巫山神女，与楚王相会，说自己住在巫山南，"旦为朝云，暮为行雨"。后常以巫峡云雨指男女爱情。溶溶：月光似水一般地流动。寓意：有所寄托，但在诗题上又不明白说出。这类诗题多用于写爱情的诗。

【释义】我所钟情的美人乘坐美丽芳香的小车去了，像神女一样从此就再没有重逢的机会，使我深深地怀念。回忆当年花前月下的美好生活：溶溶的月色笼罩着满院洁白的梨花，袅袅的轻风吹拂着轻盈的柳絮，悄悄地飘落在池塘的水面上，寻常春天的夜色就美得难于忘怀。

【点评】这是抒写别后相思的恋情诗，意境优美，韵律动人，使人百读不厌。

18. 院落沉沉晓, 花开白雪香。一枝轻带雨, 泪湿贵妃妆。

——北宋·王洙《梨花》

【注解】院落沉沉: 深宅大院。晓: 天亮了。花开白雪香: 指梨花盛开。泪湿贵妃妆: 白居易《长恨歌》中有"梨花一枝春带雨", 写杨贵妃流泪的脸, 这里借来形容美人流泪。

【释义】深宅大院中的美人等候丈夫归来一直等到天亮, 庭中雪白的梨花飘来阵阵花香。经夜雨淋洗的梨花跟我一样, 思念的泪水淋毁了我的美人妆。

【点评】描写美人思念爱人泪流满面的娇容, 借用"梨花一枝春带雨"非常恰当。

19. 落尽梨花春又了。满地残阳, 翠色和烟老。

——北宋·梅尧臣《苏幕遮·草》

【注解】了(liǎo): 了结。残阳: 夕阳。和烟老: 在暮烟笼罩下颜色变暗。

【释义】眼看梨花落尽, 春天马上又要过去了。日光渐暗, 暮霭沉沉, 那翠绿的春草也似乎变得苍老了。

【点评】以自然界春色的匆匆归去, 暗示自己仕途上的春天也正消逝, 渲染了自然界的残春与人生迟暮的景象。

20. 梨花淡白柳深青, 柳絮飞时花满城。惆怅东栏一株雪, 人生看得几清明。

——北宋·苏轼《东栏梨花》

【注解】惆怅: 伤感的情绪。东栏: 东边庭院。一株雪: 比喻梨花, 借梨花慨叹人生的短促。

【释义】梨花雪白柳色深青, 柳絮飘飞时花絮满城。让人伤感的是东边庭院里的那一株白花如雪的梨树, 人生也正跟她一样很快就要凋谢, 一生能看得到几个清明呢?

【点评】以白描手法描写了梨白柳青的春光易逝, 人生短促; 抒发了诗人淡看人生, 从失意中得到解脱的思想感情, 让人们感受到了人生苦短，引人深思。

21. 恨春去、不与人期，弄夜色，空余满地梨花雪。

——北宋·周邦彦《浪淘沙慢》

【注解】恨：怨恨。期：约定日期。弄：赏玩。空余：徒留。

【释义】恨春光悄然离去，不与人预约归期，而今赏玩这春归后的夜
色，只空剩下了这遍地积雪般的白茫茫的梨花。

【点评】以具体的景象"满地梨花"象征"春去"，以"空余梨花雪"
来抒发对春去匆匆的怨恨之情。

22. 杜宇声声不忍闻。欲黄昏，雨打梨花深闭门。

——北宋·李重元《忆王孙·春词》

【注解】杜宇：杜鹃。相传古蜀国君杜宇号望帝，死后化为杜鹃，啼声
哀切。

【释义】杜鹃鸟的叫声悲悲切切，令人不忍再听。天色临近黄昏，无情
的风雨吹得梨花满地，我只好关上了院门。

【点评】作者用黄昏时雨打梨花的景象，衬托了一位满怀相思之情的
女子孤寂的心态。

23. 粉淡香清自一家，未容桃李占年华。常思南郑清明路，醉袖
迎风雪一枝。

——南宋·陆游《梨花》

【注解】自一家：独具风格。南郑：汉中大地上的古地名。东周时
犬戎侵郑，"郑人南奔"而居河南，因故国难忘，乃命新居之所为
"南郑"。

【释义】梨花色泽素雅香气清新，独具风韵自成一家；不容许桃花李
花独占了春天的好年华。常常想起每年的清明时节南郑的官道上，
醉酒舞袖时常常能看到那迎风舞雪般的一树梨花。

【点评】赞扬梨花的素雅清香，敢于与桃李争春，风格独具，抒发了不
忘收复中原的思想感情。

24. 列圣仁恩深雨露,中兴赦令疾风雷。悬知寒食朝陵使,驿路梨花处处开。

——南宋·陆游《闻武均州报已复西京》

【注解】 列圣:列位宋朝的先皇。仁恩:仁义功德。赦令:皇帝的诏命。悬知:预料。寒食:即寒食节。朝陵使:指为朝廷祭祀皇陵的使者。

【释义】 列位圣上的仁义功德如雨露般布撒全国,大宋中兴赦令像疾风响雷一样传遍全国。可以预料来年的清明寒食节祭祀祖宗,祭扫先帝陵墓的使者将通过梨花盛开的驿道直达洛阳了。

【点评】 抒发了诗人听闻武均州报已收复西京的胜利消息后,不禁浮想联翩的愉快心情。

25. 碧瓦楼头绣幕遮,赤栏桥外绿溪斜。无风杨柳漫天絮,不雨棠梨满地花。

——南宋·范成大《碧瓦》

【注解】 碧瓦楼头:形容金碧辉煌的宫殿。赤栏桥:桥栏是红色的,形容桥的华丽。无风:是"无文"的谐音。不雨:"不语"的谐音。

【释义】 金碧辉煌的宫殿用绣幕遮蔽着,赤栏桥外斜淌着一条绿水荡漾的溪流。没有风,杨柳树却是漫天的飞絮;没有雨,棠梨花却纷纷凋谢满地花瓣。

【点评】 这是一首精致的小诗,表面是描写暮春景致,其实是暗指南宋小朝廷忘却国耻,终日歌舞西湖,不知祸之将至的行为。

26. 朝来带雨一枝春,薄薄香罗蹙蕊匀。冷艳未饶梅共色,靓妆长与月为邻。

——南宋·朱淑真《梨花》

【注解】 朝来:早晨。春:借代梨花。香罗:指花瓣。冷艳:洁白的梨花。

【释义】 早晨那一枝带着夜雨的梨花,洁白的花瓣香喷喷地包裹着中心的花蕊。素雅洁白的梨花没有和梅花同时开放,美丽的倩影却常常与明月做伴。

【点评】以女性独有的审美视角和细腻生动的生花妙笔把梨花的特征描写得形神兼备，一枝皎洁无瑕的梨花形象跃然纸上。

27. 轻暝笼寒，怕梨云梦冷，杏香愁幂。歌管酬寒食。

——南宋·周密《曲游春·禁苑东风外》

【注解】轻暝：淡淡的暮霭。幂（mì）：盖东西用的巾。寒食：即寒食节，时间是每年清明节前一或两天。这天要禁烟火，吃冷食，故称"寒食节"。

【释义】清明时节暮烟轻寒生于西湖之上，此时西湖寂寞，春亦寂寞，真担心梨花之美如梦一般消逝而去，杏花之香气被夜色所笼罩。所以人们就用音乐与歌唱来过寒食节。

【点评】描写寒食节傍晚时的西湖景象，抒发了对西湖春色的无限钟情。

28. 杏火无烟然绿暗，梨云如雪冷清明。冶游天气冶游心。

——南宋·周密《浣溪沙》

【注解】杏火：杏花盛开时灿若火燃，故曰"杏火"。然：通"燃"。冶游：即野游，男女出外游乐。

【释义】杏花盛开红若火燃，绿叶一点都看不见，梨花怒放似云如雪给清明节平添了一丝冷意。正是踏青游乐的天气人们也都怀揣着野游之心。

【点评】描写古人们清明踏青游乐的情景与快乐的心情。用语冷峭动人。

29. 梨花风起正清明，游子寻春半出城。日暮笙歌收拾去，万株杨柳属流莺。

——南宋·吴惟信《苏堤清明即事》

【注解】寻春：即踏青。笙：一种竹制的管状乐器。流：形容黄莺飞行速度快。

【释义】江南三月清明节梨花万朵白如雪，青年人大都结伴出城踏青游春去了,人们寻欢作乐了一整天直到傍晚才回家。此时歌唱声笙箫声停歇了,春天的美景属于黄鹂鸟了。

【点评】前两句是写西湖春景和游春的热闹场面,后两句是写日暮人散,景色更加幽美,而人们不知道欣赏,只好让飞来飞去的黄莺去享受了。反映了古时清明时节郊游踏青的盛况。

30. 更落尽梨花,飞尽杨花,春也成憔悴。

——南宋·汪元量《莺啼序·重过金陵》

【注解】更:即"更何况"。憔悴:原意是人脸色有病容,此处是拟人的写法。

【释义】更何况梨花都凋谢了,杨花都落尽了,春天也成了一个病西施。

【点评】1276年元兵大破临安,南宋恭帝和作者汪元量及后妃属员三千多人被俘北上,汪元量因对南宋朝廷忠心,不仕元朝做了道士,后被释放回到江南。这首词是他南归重游金陵时所作,所以虽是春天,但满目凄凉。

31. 春游浩荡,是年年、寒食梨花时节。白锦无纹香烂漫,玉树琼葩堆雪。

——金·丘处机《无俗念·灵虚宫梨花词》

【注解】白锦:白色的织锦,比喻满地的梨花。

【释义】每年寒食清明时节,梨花盛开春风浩荡游人众多。梨花满地如同铺上了白色的织锦,玉树琼枝般光洁的花枝上堆积了皑皑白雪。

【点评】描写了清明寒食梨花盛开的美丽景象,以白锦、白雪比喻梨花的洁白无瑕与清香烂漫的模样。

32. 等待清明得素芳,团枝晴雪暖生香。洗妆自有风流态,却笑红深映海棠。

——金·吕中孚《梨花》

【注解】素芳:素洁的白花,指梨花。风流态:美好的风度神韵。

【释义】等到清明时节素雅的梨花盛开了，花团雪堆地在枝间风中布撒着清香。雨洗的梨花别有一种娇柔的风韵，使人禁不住要嘲笑海棠花的颜色过于深红了。

【点评】诗句赞誉梨花的洁白芳香，美艳胜过人称"醉美人"的海棠花。

33. 雪作肌肤玉作容，不将妖艳嫁东风。

——金·雷渊《梨花》

【注解】容：容颜。嫁东风：意思是在春风里开放。

【释义】梨花如冰雪肌肤的容颜盛放于春天，不像春天的桃李花一样以妖艳姿色讨好人。

【点评】赞扬了梨花冰清玉洁的气质与不以色事人的高贵品德。

34. 梅魂何物三春在，桃脸真成一笑空。雨细无情添寂寞，月明有意助丰融。

——金·雷渊《梨花》

【注解】梅魂：暗喻梨花的洁白清香。三春：春天有三个月，称为孟、仲、季。丰融：即"丰韵"，美丽的姿态与精神。

【释义】梨花具有梅花般的洁白与清香，在暮春开放，桃花虽然红艳美丽谢后却成一场空。绵绵春雨无情地吹打百花增添寂寞，皎洁的月光却有意增添梨花的丰韵。

【点评】赞美梨花的洁白无瑕，清香悠远，与梅花、海棠相比，她们都要自叹不如，桃花则更有所不及。

35. 梨花如静女，寂寞出春暮。春工惜天真，玉颊洗风露。

——金·元好问《梨花海棠二首·梨花》

【注解】静女：安静的姑娘。春工：春神。惜：珍爱。

【释义】梨花就如同安静的姑娘，安静得有点寂寞直到暮春才开放。春神最爱她的天然本真，她那白玉般的面颊由风露来清洗。

【点评】把梨花比喻为幽静的姑娘，在月光下更见其淡雅的风度。

36. 雪岭松边路,月寒湖上村。缥缈梨花入梦云。

——元·吴镇《[南吕]金字经·梅边》

【注解】缥缈:隐隐约约、若有若无的样子。

【释义】白雪皑皑的松岭路,月色清寒的湖边村。迷迷糊糊地如同进
　　　　入了万树雪梨花的寒冬的梦云之中。

【点评】诗句以乐景反衬哀景,塑造了一个失意的、心情凄凉的赏
　　　　雪人。

**37. 水晶帘外娟娟月,梨花枝上层层雪。花月两模糊,隔帘看
　　欲无。**

——明·杨基《菩萨蛮》

【注解】娟娟:美好的样子,这里是说月光皎洁,月色妩媚。

【释义】水晶门帘外面是皎洁美好的月光,开满梨花的树枝上像堆上
　　　　了一层层的白雪。到底是花还是月实在看不清楚,隔着门帘看又似
　　　　乎什么都没有。

【点评】诗人认为梨花特别适宜在月光下和细雨中观赏。以月色比衬
　　　　花容,是以机趣见巧的小词。

**38. 粉痕浥露春含泪,夜色笼烟月断魂。十里香云迷短梦,谁家
　　细雨锁重门?**

——明·文徵明《梨花》

【注解】浥露春含泪:形容白梨花上的春雨。断魂:无限思念。短梦:
　　　　是是非非的世俗生活。

【释义】梨花粉白春雨如泪美得让人怜爱,月夜里的梨花如烟笼梦使
　　　　人想入非非。梨花十里飘香使佛教徒也迷恋于世俗的生活,在梨花
　　　　盛开的季节里谁会因绵绵春雨而关锁扇扇院门?

【点评】梨花带雨悲而不伤,却写出人间美色的极致,引出人们心湖
　　　　里那一阵阵的怜爱之情,那带雨的梨花凄美而芳香,是人世间的绝
　　　　色之美,无人能够抵挡。

39. 雪为天上之雪，梨花乃人间之雪；雪之所少者香，而梨花兼擅其美。

——清·李渔《梨花雪》

【注解】 乃：就是。兼擅：兼而有之且俱佳。

【释义】 雪花是天上的花，梨花就是人间之雪；天上的雪所欠缺的是香气，而人间的梨花既白又香，不仅二者兼有，且二美俱佳。

【点评】 这是清代文学家、戏剧家李渔在读古人梨花诗时对梨花的赞美之语。

海 棠

40. 东风袅袅泛崇光，香雾空蒙月转廊。只恐夜深花睡去，故烧高烛照红妆。

——北宋·苏轼《海棠》

【注解】 东风袅袅：形容春风的吹拂之态。崇光：指增长中的春光。故：所以。高烛：插在高大烛台上的蜡烛。红妆：年轻妇女的装饰，此处借指海棠花。

【释义】 春风袅袅，春光正一日浓于一日，海棠花的幽香在夜雾中弥漫开来，沁人心脾。夜已深，月亮已转到回廊那边照不到海棠花了，唯恐夜深好花无人赏辜负了这大好春光，所以点起了高台上的蜡烛照亮这穿红妆的新娘海棠花。

【点评】 写此诗时诗人虽已过不惑之年，却毫无颓唐萎靡之气，从"东风""崇光""香雾""高烛""红妆"等意象中我们可以看到诗人达观、潇洒的胸襟。

41. 嫣然一笑竹篱间，桃李漫山总粗俗。也知造物有深意，故遣佳人在空谷。

——北宋·苏轼《寓居定惠院之东，杂花满山，有海棠一株，土人不知贵也》

【注解】 嫣然：指女子笑的样子。造物：大自然，指主宰天地之神。

【释义】惠州当地人不懂得海棠花的高贵，随便将它栽种在乡下的竹篱茅舍之间，但高贵的海棠花好不在意，嫣然一笑而对，而漫山遍野的桃李花在春风里肆意地怒放着，总给人以粗俗的感觉。我知道造物主的安排是大有深意的，特意让高雅幽静的隐士一样的海棠花生长在人迹罕至的山谷中。

【点评】诗句写海棠的生长环境，以及作者对海棠花的外在感受。作者惜海棠花的"幽独"，而深赏海棠花"嫣然一笑"的自然高雅。

42. 只恐夜深花睡去。火照红妆，满意留宾住。

——宋·葛胜仲《蝶恋花》

【注解】只恐：只担心。火：灯火。红妆：指海棠花。此句袭用苏轼《海棠》诗"只恐夜深花睡去，故烧高烛照红妆"句。满意：全心全意。

【释义】只担心夜深了海棠花睡过去了。所以用灯火照亮娇贵的海棠花，真心实意地要留住贵客。

【点评】与"只恐夜深花睡去，故烧高烛照红妆"有相同意境，由此海棠花有"睡美人"之誉。

43. 春似酒杯浓，醉得海棠无力。谁染玉肌丰脸，做燕支颜色。

——南宋·周紫芝《好事近》

【注解】酒杯浓：比喻春色浓。无力：娇柔的样子。燕支：即"胭脂"。

【释义】春天像一杯令人陶醉的美酒，使海棠花都醉倒在春风里了，那么的娇柔妩媚。如同有人在美人丰腴滋润的肌肤上搽了胭脂般美丽的颜色。

【点评】词句工巧尖新，富于南宋文人的审美取向和生活情调。

44. 昨夜雨疏风骤，浓睡不消残酒。试问卷帘人，却道海棠依旧。

——宋·李清照《如梦令》

【注解】疏：疏朗。浓睡：睡得很沉。不消残酒：酒还没有完全醒。

【释义】昨天夜里雨疏风声急，借酒消愁喝醉了睡得很深。早晨醒来就询问早起的卷帘人，园中的海棠花有没有被风吹落，卷帘人却答道海棠跟昨天一样。

【点评】抒写了作者因夜闻风雨之声，担心海棠花被风雨摧残，一早就打听，表达了诗人爱花惜花的心情。

45. 海棠开后春谁主，日日催花雨。可怜新绿遍残枝。不见香腮和粉、晕燕脂。

——宋·李弥逊《虞美人》

【注解】谁主：谁做主。催：同"摧"，摧残的意思。可怜：可爱。

【释义】海棠花开过之后春天由谁主管呢，天天都是摧残鲜花的风和雨。可爱的新绿已经长满了只有残花的枝头。再也闻不到醉人的花香，也见不到姹紫嫣红的少女般娇艳的鲜花了。

【点评】描写暮春时节百花凋零、绿肥红瘦的景象，抒发了作者惜春、伤春的情绪。

46. 二月巴陵日日风，春寒未了怯园公。海棠不惜胭脂色，独立蒙蒙细雨中。

——宋·陈与义《春寒》

【注解】巴陵：地名，即今湖南岳阳市。怯：害怕。园公：诗人自注"借居小园，自号园公"。

【释义】早春二月巴陵每天都刮着寒风，料峭春寒尚未过去使管园的老人十分担心。海棠花却不害怕美丽的颜色遭摧残，坚强地独立在寒风凛冽的蒙蒙细雨中。

【点评】此诗是作者在流亡巴陵时写的，表面上是写海棠不惜风寒损伤"胭脂"的风骨，其实是作者对自己高雅孤傲性格的写照。

47. 君是诗中老作家，笑将丽句换名花。花因诗去情非浅，诗为花来语更嘉。

——南宋·吴芾《和泽民求海棠》

【注解】丽句：佳句。名花：指画上的海棠花。

【释义】您是诗坛的老作家，笑盈盈地用妙句换名画。花画与诗一同回乡去，乡情实在深，诗句与画一同来印证，诗句显得更加美妙。

【点评】表达了作者对于家乡和老朋友们的思念之情。

48. 胭脂为脸玉为肌，未赴春风二月期。曾比温泉妃子睡，不吟西蜀杜陵诗。

——南宋·朱淑真《海棠》

【注解】赴：赶上。妃子睡：形容海棠像刚洗过温泉浴的妃子。唐玄宗曾见杨贵妃醉酒未醒，说道："岂是妃子醉耶？海棠睡未足耳。"杜陵诗：杜甫的诗句，意为"这么美的海棠花，著名诗人也无法用诗句去赞颂她"。

【释义】胭脂是海棠的脸，美玉是海棠的肌肤，海棠没有去赴二月春风的约会。但她的美丽唐明皇曾比作温泉妃子刚睡醒，使得西蜀的大诗人杜甫都无法用诗句来形容。

【点评】诗句除去用"胭脂"和"玉"描写海棠外，还以杨贵妃、杜甫两个典故来描写海棠的惊人美艳。

49. 枝间新绿一重重，小蕾深藏数点红。爱惜芳心莫轻吐，且教桃李闹春风。

——金·元好问《同儿辈赋未开海棠》

【注解】蕾：花苞，蓓蕾。爱惜：爱护好。且：姑且。

【释义】海棠花枝间的新绿密密层层，只见到几个小花蕾深藏在密叶之中。要爱护好花蕊芳心不要轻易吐露，姑且让桃花李花肆意地在春风中怒放吧。

【点评】抒写了深藏于重重新绿之中的、尚未开放而仅仅是"数点红"的海棠蓓蕾，借此寄托了矜持高洁，不趋时，不与群芳争艳的思想感情。

五、荷花、芙蓉

荷 花

1. 江南可采莲，莲叶何田田！

——汉乐府民歌《江南》

【注解】采莲：古代吴、楚水乡人民的一种生产民俗。夏秋之际，少男少女们多乘小舟出没于莲荡中，轻歌互答，采摘莲子。古诗中多有描写。莲，水生植物，其花即"荷花"，其地下茎是"藕"，其子称"莲子"。

【释义】江南水乡到处都生长着荷莲，真是采莲子的好地方；莲叶圆满劲秀，一片片地挺立在水面上，多么茂盛啊！

【点评】既描写莲叶茂密，莲花繁盛，也表明了莲子必然丰收，采莲人心里有多么高兴。

2. 青荷盖绿水，芙蓉披红鲜。下有并根藕，上有并头莲。

——晋·乐府《青阳渡》

【注解】芙蓉：荷花的别名。藕：荷花的地下茎。并头莲：即并蒂莲。

【释义】青青的荷叶铺盖在绿水之上，亭亭玉立的荷花披着鲜艳的红装。荷花下泥里的根是同一条藕，水面上绽放的是象征夫妻恩爱的并蒂莲。

【点评】借咏荷花的高洁美丽、同藕并蒂，宣扬夫妻要恩爱相依，与荷花一样并蒂莲藕。

3. 园林才有热，夏浅更胜春。嫩竹犹含粉，初荷未聚尘。

——南朝陈·徐陵《侍宴》

【注解】犹：还。含粉：带有白粉。聚尘：沾惹灰尘。

【释义】园林里的草木才感觉到有了热度,初夏的风光更比春景还要美丽。刚刚长成的嫩竹还带有一些白粉,颜色还来不及变成绿竹的颜色,刚开的荷花特别的鲜艳,还没有沾染上世间的灰尘。

【点评】描写了初夏时园林中的景象,新生的竹子与荷花的清新无瑕都被淋漓尽致地表现出来了。

4. 荷风送香气,竹露滴清响。欲取鸣琴弹,恨无知音赏。

——唐·孟浩然《夏日南亭怀辛大》

【注解】清响:清脆的响声。恨:可惜。知音:知心朋友。

【释义】微风送来荷花清淡细微的香气,竹叶上的清露滴在池水上发出清脆的清响。那样悦耳动听的天籁之音,不由得使人取琴欲弹,可惜没有投缘的知音。

【点评】诗句滴水可闻,细香可嗅,使人感到此外更无声息,其表达的境界,为时人叹绝。

5. 晴露珠共合,夕阳花映深。从来不著水,清净本因心。

——唐·李颀《粲公院各赋一物得初荷》

【注解】不著水:即不沾水,指荷叶不会没于水中。

【释义】晴天里荷叶上的露珠都凝合成了一颗,夕阳映照下的荷花颜色更加深红。荷花的叶子从来不会浸没于水中,荷花的清高洁净原本就因为它秉心高雅。

【点评】以露珠与夕阳下的红荷为衬托,赞扬了荷花从来不沾水的高雅品格。

6. 荷叶罗裙一色裁,芙蓉向脸两边开。乱入池中看不见,闻歌始觉有人来。

——唐·王昌龄《采莲曲》

【注解】罗裙:绫罗制的裙裾。芙蓉:荷花。向脸:脸蛋两面。开:开脸,化妆。乱:混在其中。始:才。

【释义】少女们碧绿的罗裙颜色跟荷叶一模一样,荷花的颜色与少女们的脸色一模一样。采莲少女置身莲池之中,已辨不清哪里是荷花哪里是采莲少女，只有听到莲塘中响起了歌声，才知道少女们的采莲船来到了眼前。

【点评】描绘了一幅江南采莲少女劳动生活的采莲图，荷叶与罗裙一样绿，荷花与脸庞一样红，美丽的采莲少女与美丽的荷塘融为了一体，难以分辨。饶有情趣的是，当听到歌声时才看到了采莲少女。

7. 摘取芙蓉花，莫摘芙蓉叶。将归问夫婿，颜色何如妾。

——唐·王昌龄《越女》

【注解】芙蓉花：即荷花、莲花。将归：拿回去。夫婿：丈夫。妾：古代女子对丈夫的自称。

【释义】谁家采莲女请采芙蓉花，不要采摘芙蓉叶。拿回家去问丈夫，我的脸色与荷花相比，哪个更好看。

【点评】表达了古代女子爱美丽、爱丈夫的心理以及求爱的大胆行为。

8. 绿竹含新粉，红莲落故衣。渡头烟火起，处处采菱归。

——唐·王维《山居即事》

【注解】新粉：指刚长成的竹子，因新竹节周围带有白色的茸粉，故称“新粉”。故衣：指莲花凋零的花瓣。渡头：船埠头。烟火：指炊烟。

【释义】新生翠竹的竹节间尚带有粉白的茸粉，红色的荷花花瓣正在一片片地掉落，如同美人脱去一件件旧衣。船埠头上的人家升起了缕缕炊烟，到处都是采菱回家的船只。

【点评】描写了水乡码头上采莲时节竹翠荷红，炊烟袅袅，处处归船的繁荣景象。

9. 轻舸迎上客，悠悠湖上来。当轩对樽酒，四面芙蓉开。

——唐·王维《临湖亭》

【注解】舸（gě）：小木船。上客：即贵客。轩：四面有窗的小房子。芙蓉：此处指荷花。

【释义】贵客坐着小木船从湖面上悠然驶来。到来后宾主围坐临湖亭轩里开怀畅饮，窗外是一片盛开的荷花。

【点评】诗句描写的是诗人美妙的诗酒人生！作者将贵客、醇酒、鲜花、美景和闲情巧妙地融于一体，意境娟秀飘逸，质朴中见情趣，令人陶醉。

10. 竹色溪下绿，荷花镜里香。辞君向天姥，拂石卧秋霜。

——唐·李白《别储邕之剡中》

【注解】溪：指剡（shàn）溪，在今浙江省嵊川市。辞：告别。天姥（mǔ）：浙江名山天姥山。

【释义】剡溪两岸满是碧绿的翠竹，竹色覆盖着剡溪，溪水倒映着翠竹；荷塘里池水清澈如明镜，镜中倒映着鲜艳的荷花，水面上飘荡着荷花的清香。告别朋友们又向齐天高的天姥山而行，拂扫干净石板上的落叶，在漫天的秋霜下躺卧休息。

【点评】描写了作者游剡溪时的美丽情景。

11. 清水出芙蓉，天然去雕饰。

——唐·李白《经乱离后天恩流夜郎忆旧游书怀赠江夏韦太守良宰》

【注解】天然：自然天成。雕饰：人为的雕琢装饰。

【释义】（韦太守的文章）就像刚出清水的芙蓉花，质朴明媚，毫无雕琢装饰。

【点评】此名句常被后人用于比喻文学作品像芙蓉出水那样自然清新。后人也常用这两句诗来评价李白的作品。

12. 若耶溪傍采莲女，笑隔荷花共人语。日照新妆水底明，风飘香袂空中举。

——唐·李白《采莲曲》

【注解】若耶溪：今名平水江，是浙江省绍兴境内一条著名的溪流。新妆：新颖美丽的妆样。采莲曲：古曲名。

【释义】若耶溪边的采莲女郎，隔着荷花与人说话。日光下溪水中映照出女郎新化妆的靓丽倩影，溪上轻风掠过，荷叶荷香与女郎的衣衫都被风吹得飘了起来。

【点评】诗句栩栩如生地刻画了吴越采莲女的形象。将采莲女郎们置于荷花盛开、荷叶青翠的花丛中，碧波轻风飘来，更烘托出采莲女郎的天真靓丽。

13. 镜湖三百里，菡萏发荷花。五月西施采，人看隘若耶。

——唐·李白《子夜吴歌·夏歌》

【注解】镜湖：又名东湖，在浙江省绍兴市。菡萏（hàndàn）：荷花的花苞。西施：历史上最著名的美女，战国时越国人。隘：使动用法，使……狭隘。若耶：若耶溪，在浙江省绍兴市。

【释义】浙江的镜湖广阔三百里，满湖的荷苞开放发出清香。美女西施划船来采莲，观者如潮，船只堵塞了若耶溪。

【点评】以侧面描写的手法表现西施的美丽。美女西施到镜湖采莲，人人争睹西施秀色，使宽阔的若耶溪都变狭隘了。"隘"字传神，写出了那种人潮舟海填溪塞岸的热闹场面。

14. 涉江玩秋水，爱此红蕖鲜。攀荷弄其珠，荡漾不成圆。

——唐·李白《折荷有赠》

【注解】涉江：渡江。红蕖（qú）：红色的荷花。弄：此处是"捡拾"的意思。

【释义】渡江时被湛蓝的秋水所吸引，鲜红娇艳亭亭玉立的荷花使人顿生无限爱慕之情。伸手去宽大荷叶上捡拾明亮的珍珠，但荷叶上晶莹透亮的明珠，刹那间，颗颗泻落水中，变成荡漾的水波逝去了。

【点评】表面上是写荷花，实际是写诗人爱慕一位佳人，但佳人绝情而去。从作者的境遇看，其实是写诗人的失落之感，抒写手法与屈原将香草美人比作贤良忠臣的手法相同。"不成圆"三字，既是写露珠落水之状，又是暗示隐喻。

15. 锦里烟尘外，江村八九家。圆荷浮小叶，细麦落轻花。

——唐·杜甫《为农》

【注解】锦里：即锦官城里，在四川省成都市，杜甫的居住地。烟尘外：不在战乱之中。

【释义】锦官城里虽然还未受战乱骚扰，但江村景象已荒凉寥落，只剩下八九户人家。村边池塘里荷花浮着圆圆的小叶子，田野里稀疏瘦弱的麦子正在抽穗扬花。

【点评】描写的是居处周围所见的景象，为下文的愤世之言"卜宅从兹老，为农去国赊。远惭句漏令，不得问丹砂"做铺垫。

16. 万里桥西一草堂，百花潭水即沧浪。风含翠筱娟娟净，雨裛红蕖冉冉香。

——唐·杜甫《狂夫》

【注解】万里桥：在成都南门外，相传为诸葛亮送费祎处。草堂：杜甫的居处。百花潭：在浣花溪上，在杜甫草堂旁。沧浪：暗喻《孟子》"沧浪之水清兮，可以濯我缨"之意。翠筱（xiǎo）：细小的竹子。娟娟：美好貌。净：光洁。雨裛（yì）：沾湿。红蕖（qú）：荷花。冉冉：柔弱的样子。

【释义】在成都南门外万里桥西是我居住的草堂，桥下就是浣花溪上百花潭里荡漾的碧波。微风吹拂着溪上细小而洁净的竹子，雾雨打湿了溪里鲜艳的荷花，散发着袅袅的清香。

【点评】描写了草堂及浣花溪上令人陶醉的美丽景色，同时与下文"恒饥稚子色凄凉""欲填沟壑唯疏放"的严酷生活现实作对比，以显示诗人贫困不能使之移的精神。

17. 沙上草阁柳新暗，城边野池莲欲红。

——唐·杜甫《暮春》

【注解】沙上：指浣花溪边。草阁：指新建的草堂。

【释义】浣花溪边新建的草堂外杨柳已经枝叶繁茂，浓荫匝地，锦江城外野池中无边的莲叶间点缀着鲜艳的红荷花。

【点评】描写了晚春时节锦江城外杜甫草堂旁柳绿荷红的优美景象。

18. 杖锡何来此，秋风已飒然。雨荒深院菊，霜倒半池莲。

——唐·杜甫《宿赞公房》

【注解】杖锡：僧人拄着锡杖出行。锡，锡杖，云游僧所持的法器。飒

(sà)然：形容风雨之声。

【释义】因何拄着拐杖来到此地，而且是在萧瑟飒然的秋风里。秋雨中深院的菊花一片荒凉，美丽的荷花大半都被严霜击倒在池塘里。

【点评】诗人因上疏救宰相房琯，被贬官到秦州，不料遇到谪居此地大云寺的赞公，所以用反诘起笔，表示惊愕之情，接着描绘秋风、秋景的凄厉萧瑟，并借此表述内心的不满与困苦。

19. 荷香随坐卧，湖色映晨昏。

——唐·刘长卿《留题李明府雪溪水堂》

【注解】雪(zhà)溪：水名，在浙江，指苕溪流入湖州市区的一段。

【释义】水堂四周多荷花，行止之间有荷香随身，处处有天光湖色相伴，湖光里倒映着朝霞、落日。

【点评】赞美了雪溪水堂周边的美丽景色，同时也暗含对主人眼光、养生、修养等方面的恭维。

20. 两竿落日溪桥上，半缕轻烟柳影中。多少绿荷相倚恨，一时回首背西风。

——唐·杜牧《齐安郡中偶题》

【注解】两竿：这里形容落日有两竹竿高。相倚：形容荷叶密密层层地依偎在一起。齐安：今湖北省黄冈黄州一带。

【释义】诗人站在溪桥上看到落日还有两竿高，夕阳中桥下柳树的影子朦朦胧胧似烟如雾。阵风吹来，满溪荷叶随风翻飞，如同有许许多多怨恨无限的女子相互依偎着，一下子回过头去背对着西风。

【点评】描写了傍晚时分在溪桥上看到风吹荷叶的景象，用拟人的手法写蓦然回首背西风依偎着的荷叶，表达了作者愤世嫉俗的心情。

21. 天上碧桃和露种，日边红杏倚云栽。芙蓉生在秋江上，不向东风怨未开。

——唐·高蟾《下第后上永崇高侍郎》

【注解】天上碧桃：比喻科举得第者。东风：春风。

【释义】天上的碧桃花容易得到雨露滋润，日边的红杏能够得到云雾的庇护。荷花长在秋天的江面上，却不向掌管春风的春神埋怨不让它春天开放。

【点评】诗句用语富丽堂皇，对仗整饬精工，正合得第者平步青云的非凡气象，成为千古名句。

22. 素花多蒙别艳欺，此花端合在瑶池。无情有恨何人觉，月晓风清欲堕时。

——唐·陆龟蒙《白莲》

【注解】素花：指白莲。欺：蔑视，看不起。端合：真的应该。觉：觉察，理解。

【释义】洁白素雅的白莲花由于没有鲜艳的色彩，很少有人喜爱欣赏，其实这冰清玉洁的白莲花，真应该生长在西王母的仙境瑶池之中，任她自开自落。无论她有无怨恨，反正很少有人赏识，然而白莲其实是极美的，她那纯洁的白色也只有清风晓月配与她做伴。

【点评】诗句主要是写白荷花的精神，把白荷花写得若隐若现，但又栩栩如生，白荷似乎融化在诗的意境里了。

23. 重湖叠𪩘清嘉。有三秋桂子，十里荷花。

——北宋·柳永《望海潮》

【注解】重湖：杭州西湖有里西湖、外西湖，故称重湖。叠𪩘（yǎn）：重重叠叠的山岭。清嘉：清新秀丽。三秋：农历七、八、九三个月。桂子：桂花。

【释义】西湖有里西湖、外西湖与重重叠叠的山岭，非常清秀美丽。整个秋天都有桂花飘香，西湖方圆十里以内都开满着美丽的荷花。

【点评】极力赞美了西湖山水的美丽可爱。

24. 予独爱莲之出淤泥而不染，濯清涟而不妖，中通外直，不蔓不枝，香远益清，亭亭净植，可远观而不可亵玩焉。

——北宋·周敦颐《爱莲说》

【注解】予独：我只。而：却。濯（zhuó）：洗。妖：美丽而不端庄。蔓：

藤蔓(wàn)。亵(xiè):轻慢,亲近而不庄重。

【释义】 我只爱荷花从污泥中生长出来却不被污泥所沾染,置身碧波之间洁净美丽却不显妖媚。莲荷的茎是中空虚怀,正直端庄的,没有旁逸斜出枝叶,荷花的清香远远就能闻到,亭亭玉立地站在清波之上,人们只可在远处观赏而不能在手中把玩。

【点评】 名句借荷托意,以赞扬荷花"出淤泥而不染"的高洁品质来比喻自己行事廉洁,又仪态庄重,令人尊敬而不敢轻辱的品格。

25. 亭亭风露拥川坻,天放娇娆岂自知。一舸超然他日事,故应将尔当西施。

——北宋·王安石《荷花》

【注解】 坻(dǐ):池塘水底。娇娆:娇艳美丽。舸(gě):扁舟,小船。

【释义】 亭亭玉立的荷花拥抱着装点着河沟池塘,光彩照人地开放着,上天让她开花,人们哪里知道她能开出如此美艳的花朵。如同历史上著名美人西施,帮助越王打败吴国后就和范蠡坐船离开了,毫不留恋功名,所以人们将荷花比作西施。

【点评】 这是对荷花(西施)品格的赞美!其实也在暗喻自己和西施一样,不在乎别人是否理解,一心做好自己该做的事情,由此也可看出王安石的执拗性格。

26. 微雨过,小荷翻,榴花开欲然。玉盆纤手弄清泉,琼珠碎却圆。

——北宋·苏轼《阮郎归·初夏》

【注解】 翻:小荷叶被风吹得背过身来。榴花:借喻红荷花。然:通"燃"。玉盆:比喻圆形的荷叶。琼珠:美玉般的圆珠。阮郎归:词牌名。

【释义】 小雨刚刚下过,微风弄翻叶面,叶上水珠碎复圆,鲜艳的荷花红似石榴花一般,经雨一洗,红得像燃烧的火焰。荷叶上的水珠,像玉珠那样圆润晶亮。

【点评】 描写了荷叶的摇动之美,从视觉落笔,用一幅幅无声的画面来展示荷塘的生机,淡雅清新而富于生活情趣。

27. 采莲时节定来无。醉后满身花影、倩人扶。

——北宋·晏几道《虞美人》

【注解】 无：疑问代词，可译为"来不来""能不能"。

【释义】 采莲的时节是不是能确定一定前来采莲。那么到时就可以像唐诗中所写的一样采花喝酒，酒醉后在月下花影里，由美人们扶着回家。

【点评】 借景抒情，抒写月下采莲的快乐景象，语言和婉浓丽，精雕细琢，情感真挚。

28. 莲花生淤泥, 净色比天女。

——北宋·苏辙《千叶白莲花》

【注解】 莲花：即荷花，是佛教的主要象征。据说佛祖悉达多太子出世后，立刻下地走了七步，步步生莲，所以莲就成了佛的象征。千叶白莲花：荷花的一种，花瓣数百，又名"百叶华"。佛经说：此花生于佛国阿耨达池中，人世间难见，故又称"稀有之花"。

【释义】 莲花生在淤泥之中，但它洁净无尘堪与天女相比。

【点评】 赞美莲花的佛性，如同赞美大慈大悲的观音菩萨，身穿白衣，坐在白莲花上，一手持净瓶，一手执白莲，仿佛在导引信徒脱离尘世，到达荷花盛开的佛国净土。

29. 断无蜂蝶慕幽香, 红衣脱尽芳心苦。

——北宋·贺铸《踏莎行》

【注解】 幽香：指荷花。红衣：荷的花瓣。芳心苦：秋天荷花落、结莲子、子心苦，用拟人手法写荷的形、神，形象生动。

【释义】 莲舟路断无人采摘，甚至连蜂蝶也不来光顾，荷花只能在寂寞中逐渐褪尽红色的花瓣，剩下孤苦的莲心。

【点评】 词句中的荷花生长在被人遗忘的角落，不趋时附俗，不愿在春花烂漫的时节与百花争芳斗艳，保持了清高的气节。

30. 叶上初阳干宿雨,水面清圆,一一风荷举。

——北宋·周邦彦《苏幕遮》

【注解】 宿雨：指荷叶上隔夜的雨水珠。清圆：形容荷叶洁净圆润。风荷举：晨风吹动着荷叶在水面上舒展开来。

【释义】清晨的阳光投射到荷花的叶子上，昨夜花叶上的积雨珠很快就蒸发了。清澈的水面上，粉红的荷花在春风中轻轻颤动，一齐举起了晶莹剔透的绿盖。

【点评】国学大师王国维评此句曰："此真能得荷之神理者。"全词由眼前的荷花想到故乡的荷花，抒发了游子浓浓的思乡之情。

31. 溪上新荷初出水，花房半弄微红。

——宋·米友仁《临江仙》

【注解】花房：花苞。半弄：少女含羞作秀的样子。米友仁：宋朝诗人、山水画家。

【释义】碧溪上嫩荷刚长出水面，花儿含苞待放如同欲抱琵琶半遮面的少女的娇羞样儿。

【点评】词句之妙，妙在一个"弄"字，逼真地刻画出了新荷含苞初放的神韵。

32. 风蒲猎猎小池塘，过雨荷花满院香，沈李浮瓜冰雪凉。

——宋·李重元《忆王孙·夏词》

【注解】风蒲：风吹蒲柳。蒲柳，即水杨。猎猎：风声。沈李浮瓜：瓜果浸于寒水中取凉。

【释义】小池雨后，风吹蒲柳猎猎作响，院中初晴，池塘里的荷花送来阵阵清香，在冰冷的井水里浸泡过的瓜果味道格外清凉。

【点评】描写了夏季的景象与宋代富豪人家悠闲富足的生活。

33. 毕竟西湖六月中，风光不与四时同。接天莲叶无穷碧，映日荷花别样红。

——南宋·杨万里《晓出净慈寺送林子方》

【注解】毕竟：到底。四时：四季。无穷：无边无际。别样：格外。

【释义】到底是西湖的六月中旬，西湖的风光与四季中任何时候都不相同了。那满湖密密匝匝的荷叶一直延续到天边；高举着的荷花在初升的阳光照耀下尽情地绽放着，显得格外的鲜红。

【点评】描写出六月天的西湖的秀美。运用碧绿的荷叶衬托鲜红的荷花，相映成趣。

34. 泉眼无声惜细流，树阴照水爱晴柔。小荷才露尖尖角，早有蜻蜓立上头。

——南宋·杨万里《小池》

【注解】泉眼：泉水的出水口很小，故称泉眼。晴柔：晴天柔和的风光。尖尖角：尚未展开的嫩荷叶的尖端。

【释义】一道细流缓缓从泉眼中流出，没有一点声音，池塘边的绿树在斜阳的照射下，将明暗斑驳的绿荫投入水中。新生的荷叶刚刚从水面上露出一个尖尖角，一只小小的蜻蜓便站立在它的上面了。

【点评】诗句逼真地描绘出了水乡初夏时节一幅生动的小池风物图，表现了大自然中万物之间亲密和谐的关系。

35. 苑墙曲曲柳冥冥，人静山空见一灯。荷叶似云香不断，小船摇曳入西陵。

——南宋·姜夔《湖上寓居杂咏》

【注解】苑墙：指西湖北山下御花苑的围墙。冥冥：昏暗的样子。西陵：即西泠。在浙江杭州西湖孤山西北，至今尚有西泠桥。湖上：指杭州西湖。

【释义】花园的围墙曲曲折折，柳树下夜色中一片昏暗，西湖边人静山空，远处家中的小窗内射出一盏孤灯的亮光。池塘里荷叶像云彩一样弥散开送来阵阵香气，我的小船摇曳着，乘着夜色驰向温暖的家的方向西泠。

【点评】描写了诗人在春末时节夜晚乘船从西湖回西泠家时所见的幽美景象。

36. 胭脂雪瘦熏沉水，翡翠盘高走夜光。

——金·蔡松年《鹧鸪天·赏荷》

【注解】胭脂雪瘦：形容红中透白的荷花颜色。熏沉水：闺房熏香用的沉香水。夜光：指露珠在月光下的荷叶上滚动。

【释义】荷花如美女的肤色，红中透白，白里透红，而且花香四溢。碧绿的荷叶如高足的翡翠盘，月下水珠在荷叶上滚动闪烁，令人想起荷花般皎洁秀美的姑娘。

【点评】描写初秋时节黄昏月下的荷塘月色的清丽秀雅，暗香袭人，天光云影间，山容水态皆给人一种幽静温馨的感觉。

37. 四面荷花三面柳，一城山色半城湖。

——清·刘凤诰《咏大明湖》

【注解】大明湖：山东省济南市的园林名胜，园中铁翁祠原有名联："四面荷花三面柳，一城山色半城湖。一盏寒泉荐秋菊，三更画舫穿藕花"，绘声绘色地道出了大明湖的佳妙之处。清代重修铁翁祠，书法家仍保留了上联"四面荷花三面柳，一城山色半城湖"的名句。大明湖公园历史悠久，景色秀丽，杨柳荫浓，荷花满湖，远山近水与晴空融为一色，犹如一幅美丽的画卷。

【释义】大明湖水面的四周都是荷花，环绕湖水的三面都是枝叶倒垂的杨柳；由青山包围着的济南城，一城的山色有半城映照在湖水中。

【点评】对联是赞美大明湖风光的美丽，两句十四字，写出了大明湖与济南城主要的景致特点。

芙 蓉

38. 芙蓉新落蜀山秋，锦字开缄到是愁。闺阁不知戎马事，月高还上望夫楼。

——唐·薛涛《赠远》

【注解】锦字：出自前秦窦滔之妻苏蕙织锦为回文《璇玑图》诗，赠其夫。后世因称"锦字"为妻寄夫之信。开缄：拆开又封上。闺阁：女人的闺房。

【释义】芙蓉花刚刚凋谢，蜀地的山岭一派凄凉的秋色，写给情人元稹的锦字书信多次打开又封上有写不完的相思愁情。我女人家不懂得男人们的君国大事，只是忍不住思念之情，月高夜深了还要登上望夫楼等您回来。

【点评】表达了薛涛对元稹无尽的相思，表明自己像苏蕙思念丈夫一样思念被贬谪到江陵的元稹。

39. 怜君庭下木芙蓉，袅袅纤枝淡淡红。晓吐芳心零宿露，晚摇娇影媚清风。

——唐·徐铉《题殷舍人宅木芙蓉》

【注解】怜：喜爱。木芙蓉：即芙蓉花，一种秋天开放的木本花卉，又名"拒霜"。袅袅：柔美的样子。零宿露：含着隔夜的露水。

【释义】您庭园中的木芙蓉真让人喜爱，枝干纤细又柔美，红花淡雅不招摇。早晨含着隔夜露珠开花吐蕊，傍晚摇曳着娇艳的身影与清风嬉戏。

【点评】赞美了殷舍人家的木芙蓉花美丽可爱。

40. 湘上阴云锁梦魂，江边深夜舞刘琨。秋风万里芙蓉国，暮雨千家薜荔村。

——五代·谭用之《秋宿湘江遇雨》

【注解】湘：湖南省的简称。锁梦魂：借喻住宿。舞刘琨：引用了刘琨舞剑（闻鸡起舞）的典故。芙蓉国：形容芙蓉花盛。薜荔村：极言薜荔之多。薜荔，常绿藤本灌木。

【释义】船阻湘江，阴云笼罩，只能宿在船上，虽仕途困踬，夜宿江上，但不能忘记理想，我仍要像刘琨那样闻鸡起舞。虽然已是万里秋风，但遍地荷花盛开，湘江两岸的乡村全被暮雨笼罩了，但到处可见生长茂盛的薜荔。

【点评】描写景物情景交融，抒情跌宕起伏，意境开阔，借湘江秋雨的苍茫景色抒发其慷慨不平之气。

41. 水边无数木芙蓉，露染燕脂色未浓。正似美人初醉著，强抬青镜欲妆慵。

——北宋·王安石《木芙蓉》

【注解】燕脂：胭脂，女子化妆品。强抬：勉强拿起。青镜：青铜铸成的镜子。

【释义】水边长满了一丛丛的木芙蓉，晨露洒在花朵上看起来颜色还不是很浓；好似娇媚的少女刚刚喝醉了酒，颤巍巍地拿起镜子想要整理慵懒的妆容。

【点评】以喝醉了酒的美女比喻初开的芙蓉花，极其神似，给人无限美感。

42. 溪边野芙蓉，花水相媚好。坐看池莲尽，独伴霜菊槁。

——北宋·苏轼《王伯扬所藏赵昌花四首·芙蓉》

【注解】芙蓉：原产我国，最著名的产地是四川成都，五代时后蜀国主孟昶命在都城内外广植芙蓉，"每至秋，四十里如锦绣，高下相照"。名曰芙蓉城，现简称蓉城。

【释义】溪边开着野生芙蓉花，花与水相互比美（倒影）。看着池莲慢慢消尽，它陪伴着严霜和菊花一起枯槁。

【点评】称颂芙蓉品性高洁，不畏风霜，傲霜怒放的君子品格。它们在严酷的封建礼教中顽强地生长，开出动人心魄的爱情之花。

43. 千林扫作一番黄，只有芙蓉独自芳。唤作拒霜知未称，细思却是最宜霜。

——北宋·苏轼《和陈述古拒霜花》

【注解】千林：所有的花木树林。一番黄：全都枯黄。称：相称。

【释义】深秋时节当千树万花都纷纷黄萎凋谢之时，只有芙蓉花独自吐艳放香，花名唤作"拒霜花"似乎不是很恰当，细细想来拒霜花却是她最适宜的名字。因为她能傲寒斗霜，在百花凋谢的深秋开放。

【点评】赞扬了芙蓉花不同凡俗、不畏秋寒的高洁精神，所以木芙蓉又有"拒霜花"的别称，常被用来比喻经得起厄境考验的人。

44. 小池南畔木芙蓉，雨后霜前着意红。犹胜无言旧桃李，一生开落任东风。

——宋·吕本中《木芙蓉》

【注解】小池南畔：暗喻南宋的河山。木芙蓉：诗中象征作者自己。旧桃李：借喻南宋的旧臣。任东风：听凭春风摆布。

【释义】 池塘的南面处耸立着一棵木芙蓉树，风雨之后严霜到来前都显得特别鲜艳，其风骨远胜早先开放的桃李之花，不像桃李毫无风骨，一生的开落全由春风决定。

【点评】 诗句借"小池南"暗喻南宋的河山，以木芙蓉为爱国志士的象征，歌颂了小池南岸"雨后霜前着意红"的木芙蓉。

45. 辛苦孤花破小寒，花心应似客心酸。更凭青女留连得，未作愁红怨绿看。

——南宋·范成大《窗前木芙蓉》

【注解】 破：经受住。小寒：指深秋的微寒，不是二十四节气中的小寒。客心：游子的心情。更凭：任凭。青女：主管霜雪的女神。留连：迟迟不走。

【释义】 冒着秋日的微寒，孤单的木芙蓉努力盛开着。它们心中的酸楚应当与客居他乡的游子是相同的。但任凭风霜连续不断地摧残，木芙蓉也绝不会像那些凋零败落的花草一般愁怨不已。

【点评】 表面上是赞扬了木芙蓉不畏孤独艰辛，傲风斗霜的精神，实际上是对自己操守的写照。

46. 托根不与菊为双，历尽霜风未肯降。本自无心那有怨，年年清艳照秋江。

——南宋·孝宗《木芙蓉》

【注解】 降：屈服，凋谢。宋孝宗：南宋第二位皇帝赵昚(shèn)。

【释义】 芙蓉花扎根在清水河边，不肯像菊花一样随便长在篱边，经受了无数的寒风秋霜也不肯凋谢。她本来就无意显示自己的美艳，怎么会怨恨不让她在温暖的春天开放？所以她年复一年地站在秋江照看自己的倩影。

【点评】 诗句对木芙蓉的评价比秋菊还高。因为菊花是重阳前后开的，而芙蓉是重阳后才开。这个季节，除了木芙蓉，再也没有别的花了，这也是它倍受欢迎的原因。

47. 两岸绿阴犹未合, 更须补竹添松。最怜几树木芙蓉。手栽才数尺, 别后为谁红。

——南宋·刘克庄《临江仙·潮惠道中》

【注解】绿阴犹未合: 是说花木初栽尚未长成。

【释义】两岸新栽种的花木尚未长成, 绿叶还没有全长出来, 空隙处还需要补种几丛竹子、添栽几棵松树。最令人喜爱的是那几株木芙蓉。我亲手栽的只有数尺高, 如今我离开后不知还有没有人来关心它欣赏它。

【点评】诗句借物抒情, 抒发了诗人流连忘返, 忘不了一草一木的真挚感情。

48. 开了木芙蓉。一年秋已空。送新愁、千里孤鸿。

——南宋·周密《南楼令》

【注解】空: 结束了。孤鸿: 孤单的鸿雁, 悲秋的象征。

【释义】等到木芙蓉已经开过了, 一年中秋季的花事就结束了。看到千里孤单南飞的鸿雁, 送来了秋天悲切凄凉的情绪。

【点评】抒发了作者的悲秋之情, 芙蓉花开过之后便没有赏花的乐事, 只有悲秋的哀情了。

六、蔷薇、月季

蔷薇

1. 新花对白日，故蕊逐行风。参差不俱曜，谁肯盼薇丛?

——南朝齐·谢朓《咏蔷薇》

【注解】 新花: 刚开的蔷薇花。故蕊: 已经凋谢的蔷薇花。逐: 追随。
参差: 不整齐。曜 (yào): 光明照耀。盼: 盼望, 等待。

【释义】 新绽放的花朵迎着太阳开放, 已凋谢的花瓣随着风飘飞。花
儿的绽放是先后参差不齐的, 不会一同怒放, 谁会去等待那棵微小
而后开的蔷薇花呢?

【点评】 表明除了作者自己没人注意到后开的小花, 是对蔷薇花的同
情和怜悯。

2. 当户种蔷薇，枝叶太葳蕤。不摇香已乱，无风花自飞。

——南朝梁·柳恽《咏蔷薇》

【注解】 葳蕤 (wēiruí): 草木茂盛枝叶下垂的样子。乱: 指香气浓郁,
纵横袭人。自飞: 形容花瓣轻盈。

【释义】 正对着窗户栽种上蔷薇花, 蔷薇花的枝叶花朵太茂盛了。不
必摇动它的花枝, 蔷薇花的香气就已经四处弥漫, 没有风的吹拂花
瓣也在自然飞落。

【点评】 描写蔷薇花芬芳浓郁, 香气袭人, 刻画了蔷薇的神韵。

3. 不向东山久，蔷薇几度花。白云还自散，明月落谁家。

——唐·李白《忆东山二首》

【注解】 东山: 非山东。据施宿《会稽志》载: 东山位于浙江省上虞市
西南, 山有蔷薇洞和谢安所建的白云、明月二堂, 传为谢安游宴之

地；故诗中的蔷薇、白云、明月皆与东山之景有关，是语带双关的。

【释义】长久以来一直没有了却向往东山的心愿，谢安游宴之地的蔷薇花已经开谢了几度。谢安建的白云堂前的白云不知自聚自散了多少年，谢安在明月中建立的功业不知还有谁来继承。

【点评】李白向往东山，是由于仰慕谢安。这位在淝水之战中吟啸自若就击败苻坚百万之师于八公山下的传奇英雄，出仕前就是长期隐居东山的。

4. 一茎独秀当庭心，数枝分作满庭阴。春日迟迟欲将半，庭影离离正堪玩。

——唐·储光羲《蔷薇》

【注解】庭心：庭院的当中。迟迟：形容时间长而缓慢。离离：浓密茂盛的样子。堪玩：值得赏玩。

【释义】花园的庭心有一枝独秀的蔷薇花，后来分发成数枝变作了满庭的绿荫。春日一天天变长将近春分时，庭院中蔷薇花的绿荫越来越浓，越来越有韵味。

【点评】描写了蔷薇花生命力的旺盛，春才过半，蔷薇枝已由一茎发展到覆盖整个庭院。

5. 破却千家作一池，不栽桃李种蔷薇。蔷薇花落秋风起，荆棘满庭君自知。

——唐·贾岛《题兴化寺园亭》

【注解】破却：毁坏。作：建筑。荆棘：原来是指两种植物，即荆条和酸枣棘，后多指带刺的灌木丛。兴化寺园亭：指唐代文学家裴度在兴化寺所建的园亭。

【释义】为筑一口荷池使上千户人家破产，为官不做好事如同不栽桃李而种蔷薇。蔷薇花凋落后秋天就到来了，到那时满地荆棘无路可走你就知道自己做错了。

【点评】此诗是作者讽刺高官裴度的，唐文宗时裴度进位中书令，大肆建造兴化寺亭园。诗句反映了中唐时"富者兼地数万亩，贫者无容足之居"的社会现实。

6. 真宰偏饶丽景家,当春盘出带根霞。从开一朵朝衣色,免踏尘埃看杂花。

——唐·章孝标《刘侍中宅盘花紫蔷薇》

【注解】真宰:宇宙的主宰。盘出:花朵密集如同和盘托出的蔷薇花。带根霞:形容蔷薇花像朝霞一样瑰丽。朝(cháo)衣:上朝时穿的官服。

【释义】宇宙的主宰偏偏喜欢在景色富丽的人家,当春天来到之时它就和盘托出了一盘带根的彩霞。纵然只开一朵朝服颜色的花儿,也免得我踏着尘埃去观赏其他无名的花儿。

【点评】赞扬刘侍中家的那株奇特的花朵层层叠叠的盘状的紫蔷薇花。

7. 绕架垂条密,浮阴入夏清。绿攒伤手刺,红堕断肠英。

——唐·朱庆馀《题蔷薇花》

【注解】浮阴:随着阳光移动的绿荫。攒:集聚。红堕:红色的蔷薇花谢落了。英:花。

【释义】蔷薇攀绕在花架上垂下密密的枝条,入夏后长成一片绿荫给人清凉。防攀折绿枝上攒满扎手的尖刺,红花凋谢就是人们伤春的断肠花。

【点评】描写蔷薇花能爬高却不忘下,给人阴凉但不许随意攀折的可贵品格。

8. 朵朵精神叶叶柔,雨晴香拂醉人头。石家锦幛依然在? 闲倚狂风夜不收。

——唐·杜牧《蔷薇花》

【注解】柔:形容生机勃勃的样子。雨晴香拂:无论晴雨都香气扑鼻。石家锦幛:引用了晋朝富豪石崇与人斗富,搭五十里锦步障的典故。

【释义】蔷薇花朵朵鲜艳饱满,蔷薇叶张张神采奕奕,一路的蔷薇架花团锦簇, 香气扑鼻。如同晋朝富豪石崇的五十里锦步障一样华丽奢侈, 日夜怒放着, 大风也不能将它吹败。

【点评】诗句用"石崇五十里锦步障"的典故来描写蔷薇花的盛开之貌, 可谓神形兼备, 一个"闲"字, 描绘出了蔷薇坚韧而旷达的品质, 这是本诗的一个小小的境界提升。

9. **舞靴应任闲人看, 笑脸还须待我开。不用镜前空有泪, 蔷薇花谢即归来。**

——唐·杜牧《留赠》

【注解】空: 白白的, 徒劳的。蔷薇花谢: 夏天的时候。

【释义】漂亮的舞靴应该任凭闲人们去观看, 但不能随意对陌生人微笑, 应该等我来开怀。请不要经常在镜子前徒劳地流泪, 因为到蔷薇花谢的时候我就要回来了。

【点评】诗句是留赠给诗人一个要好的女朋友的, 并对她进行了谆谆告诫。

10. **绿树阴浓夏日长, 楼台倒影入池塘。水晶帘动微风起, 满架蔷薇一院香。**

——唐·高骈《山亭夏日》

【注解】水晶帘: 用水晶珠串成的门帘。

【释义】夏天树荫浓绿时间格外长, 楼阁亭台静静地倒映在池水中。微风吹来, 水晶帘子轻轻摆动, 那满架蔷薇花的清香溢满了整座院子。

【点评】描写了夏日风光, 用近似绘画的手法, 如绿树阴浓、楼台倒影、满架蔷薇, 构成了一幅色彩鲜丽、情调清和的图画。这一切都是诗人在山亭上描绘的。

11. **何处遇蔷薇, 殊乡冷节时。雨声笼锦帐, 风势偃罗帏。**

——唐·韩偓《寒食日沙县雨中看蔷薇》

【注解】冷节: 寒食节。锦帐: 形容蔷薇花丛。偃: 倒伏。罗帏: 绸缎做的帐幔。

【释义】什么地方偶然观赏到了蔷薇花，在沙县偏僻的乡下过清冷的寒食节时。纷纷冷雨笼罩着锦帐般盛开的蔷薇花，冷风很大将罗帏锦帐般华丽的蔷薇花刮得向一边倒去。

【点评】描写了作者清冷的寒食节在异乡偶尔见到了遭风吹雨打的蔷薇花。

12. 红霞烂泼猩猩血，阿母瑶池晒仙缬。晚日春风夺眼明，蜀机锦彩浑疑黦。

——唐·王毂《红蔷薇歌》

【注解】猩猩：暗红色。瑶池：仙人王母娘娘住的地方。缬（xié）：染红的绸衣。夺眼明：鲜明耀眼。黦（yuè）：黑红色。

【释义】红蔷薇花盛开如同泼天的朝霞猩红如血，又如同瑶池王母娘娘在晾晒仙人的绸衣。春风中的蔷薇花夕阳映照下更鲜明耀眼，如同蜀女机织的黑红色黦锦。

【点评】用事物来比喻红蔷薇花的颜色，想象奇特瑰丽。

13. 根本似玫瑰，繁英刺外开。香高丛有架，红落地多苔。

——唐·齐己《蔷薇》

【注解】英：花。刺：蔷薇茎多棘刺，故它还有个名字叫山刺。红：指蔷薇落花。

【释义】蔷薇的根茎与玫瑰相似，它的繁花在刺儿外开放。蔷薇丛喜欢爬高架，因而香气也在高处飘荡；它的花瓣轻轻散落，像许多红色苔藓铺在地上。

【点评】描写蔷薇花的根茎、繁花，以及蔷薇花的香气，层次分明，"香高"二字出人意表，用来描写蔷薇极为恰当。

14. 万蕊争开照槛光，诗家何物可相方。锦江风撼云霞碎，仙子衣飘黼黻香。

——唐·李建勋《蔷薇二首》

【注解】蕊：指花。槛：门下的横木。相方：作比方。锦江：又名府南河，在四川省成都市。黼黻（fǔfú）：绣有华美花纹的礼服。

【释义】蔷薇花盛开时万朵争艳照得园门口光彩无限，诗人用什么东西才可与之比拟。如同灿烂的云霞倒映在锦江里被风摇碎，或者是仙女华丽的衣裙上飘来的醉人的芳香。

【点评】描绘了千朵万朵蔷薇花盛开的情景，并将之比作倒映在锦江中的晃动的彩霞。

15. 绛罗房灿烂，碧玉叶参差。分得殷勤种，开来远近知。

——南唐·李从善《蔷薇诗一首十八韵呈东海侍郎徐铉》

【注解】绛罗房：张挂着红色纱罗的闺房。殷勤：情意恳切。

【释义】蔷薇花架如同张挂着红色纱罗的闺房装饰得光辉灿烂，碧玉般光润的绿叶浓淡参差。这是一种情意恳切的花卉品种，此种蔷薇花一开，远远近近的人便都知道了。

【点评】以比喻、拟人的手法描写了蔷薇花盛开时光辉灿烂的景象。

16. 一夕轻雷落万丝，霁光浮瓦碧参差。有情芍药含春泪，无力蔷薇卧晓枝。

——北宋·秦观《春日》

【注解】一夕：一夜。万丝：形容密密麻麻的细雨。霁：指雨后初晴。参差：光影斑驳。芍药：芍药科芍药属草本花卉，因其花色艳丽妩媚，故得风致"绰约"之谐音"芍药"。春泪：指未干的雨点。

【释义】响了一夜的轻雷落下了密密麻麻的细雨，雨霁后的晴光浮动在碧绿的琉璃瓦上参差斑驳。雨后的芍药花如同含泪的少妇使人感到满含着悲情，娇柔无力的蔷薇花恰如醉妇慵懒地安卧在晓枝上。

【点评】诗句描写一夜春雨之后花草的柔媚姿态。晨雾薄笼，碧瓦晶莹，春光明媚，娇艳妩媚。用拟人的手法，写出了芍药、蔷薇宛如不同神情、不同姿态少女的形象。

17. 彤阙收红暖，金门赐鞠衣。若无纤刺骨，一摘便须稀。

——南宋·洪适《黄蔷薇》

【注解】彤阙：红色的城阙。金门：皇宫之门。李白《金门答苏秀才》

诗有"我留在金门，君去卧丹壑"句。鞠衣：古代王后、九嫔及卿妻春天所穿的黄色衣服，色同菊花，也曰"菊衣"。

【释义】红色的城阙上已经收起了彤红暄暖的阳光，皇宫门内正在赏赐春天穿的黄鞠衣。倘若没有那一丝刺骨的料峭春寒，黄色的蔷薇花一采摘便会凋谢得稀稀朗朗。

【点评】蔷薇有很多种颜色，其中有一种特别漂亮，那就是黄色的蔷薇，不但颜色鲜艳，且花期特早，为人们所珍爱。诗句赞扬了黄色蔷薇在夕阳下的高贵典雅。黄色蔷薇的花语为永恒的微笑。

18. 红残绿暗已多时，路上山花也则稀。藟苴余春还子细，燕脂浓抹野蔷薇。

——南宋·杨万里《野蔷薇》

【注解】红：指花朵。藟苴（lǎjū）：阑珊残余。子细：即仔细、留心。燕脂：即胭脂，女人化妆用的红粉。

【释义】暮春时节百花早已凋残、绿叶浓荫茂盛，路旁的山花已经不大看得到了。春意阑珊的残春必须十分用心地欣赏，胭脂般鲜红的野蔷薇已经盛开了。

【点评】描写暮春时节百花凋谢，绿肥红瘦，而野蔷薇盛开正当时，可慰人们伤春之情。

19. 碎剪红绡间绿丛，风流疑在列仙宫。朝真更欲薰香去，争掷霓衣上宝笼。

——南宋·王义山《王母祝语·蔷薇花诗》

【注解】朝真：道教谓朝见真人。真人，道教始祖谓"元始天君"。霓衣：即霓裳，虹霓般华丽的薄纱衣。宝笼：又称宝笼罩，是盛放文物、古玩、珠宝的透明的罩子。

【释义】蔷薇花如同剪碎的红绡夹杂在绿叶丛中，那风流艳丽的模样使人以为是天宫中的仙女。又如同道士们去朝见元始天君要先薰香沐浴，争着把华丽的霓衣掷进百宝笼中。

【点评】以瑰丽的想象描写了蔷薇花盛开时清香四溢、绮丽如霞的景象。

20. 百丈蔷薇枝，缭绕成洞房。密叶翠帷重，秾花红锦张。

——明·顾璘《蔷薇洞》

【注解】百丈：夸张的手法，形容长。缭绕：回环旋转上升。翠帷：绿色的帐幔。

【释义】长长的蔷薇枝条缭绕穿插，织成一座幽深的洞房。繁茂的叶子像是厚重的帷幔，鲜艳的花朵像是张挂着锦缎。

【点评】将茂密的蔷薇架比喻为"蔷薇洞"，十分逼真，使人联想到新婚的洞房。

21. 分得蔷薇种，新妆学道家。春风开到此，也似厌秾华。

——清·张仲英《黄蔷薇》

【注解】新妆：女子新颖别致的打扮修饰。学道家：意思是要清静寡欲。春风：惊蛰后的一个节气。秾（nóng）华：艳丽繁盛。

【释义】从别处分得一棵黄蔷薇的品种，其开花的样子很特别，有清心寡欲的道家风范。从春风日一直开到此时，她似乎已厌倦了浓艳与繁华的生活。

【点评】赞扬了黄蔷薇花不与群芳争艳，清心寡欲，不羡慕荣华富贵的道家精神。

<h2 align="center">月 季</h2>

22. 牡丹殊绝委春风，露菊萧疏怨晚丛。何似此花荣艳足，四时长放浅深红。

——北宋·韩琦《四季》

【注解】殊：特别。绝：绝伦，没有可比的同类。委：凋谢。萧疏：荒凉萧条。荣：开花。四时：一年四季。

【释义】牡丹花美艳绝伦但在春天里就凋谢了，秋天白露后才开的菊花到晚秋时节也就哀怨地枯萎了。其余还有哪一种花能像这月季花一样称心如意地长期开放，而且一年四季，每季都能开深浅不同的红色月季花。

【点评】赞扬月季花一年四季都能开花，比牡丹、秋菊等一切名花都好。

23. 谁言造物无偏处，独遣春光住此中。叶里深藏云外碧，枝头常借日边红。

——北宋·徐积《长春花》

【注解】独遣：只派遣。云外碧：比喻天上的绿色。日边红：比喻太阳的红色。长春花：即月季花。月季花因其花期长，且春夏秋冬四季都能开花，所以有"长春花、斗雪红、月月红、四季花、胜春、胜花、胜红"等别名。

【释义】谁说老天爷是没有偏心的呢？你瞧，他不是把这大好的春光都给了这种花了吗！她那润泽碧绿的叶子分明是从云雾中取来的，而那火红热烈的花朵不正是太阳借给她的吗？

【点评】诗句想象奇特，从大处落笔，绘声绘色地描绘了月季花的特点，使人读后赏心悦目。

24. 牡丹最贵惟春晚，芍药虽繁只夏初。唯有此花开不厌，一年长占四时春。

——北宋·苏轼《月季》

【注解】最贵：开得最好的时候。惟：只。不厌：形容花开个不息。占：当作。

【释义】牡丹花开得最好的时候只是在暮春时节，芍药花虽然繁华只开在夏初之时。唯有这种月季花，花红美艳开不厌，把一年四季都当作春天来占领。

【点评】诗句用拟人的手法描写月季花把春夏秋冬四季都当成春天，因而长开不息。

25. 偶乘秋雨滋，冒土见微苗。猗猗抽条颖，颇欲傲寒冽。

——北宋·苏辙《所寓堂后月季再生》

【注解】猗（yī）猗：修长且柔美的样子。条颖：指月季条状的嫩苗。颇欲：很能够，极能够。傲：不畏惧。

【释义】 被砍去的月季花偶尔乘着秋雨再次生根滋长了,冒出泥土就
　　　　能见到细小而坚强的根苗。新抽出来的月季苗修长而柔美,但她却
　　　　是不畏严寒很能够傲霜斗雪的。

【点评】 赞扬了月季顽强的生命力和敢于与恶劣环境搏斗的精神。

26. 曲径深丛枝袅袅。晕粉揉绵,破蕊烘清晓。十二番开寒最好。此花不惜春归早。

——北宋·王安中《蝶恋花》

【注解】 袅袅:柔美的样子。晕粉揉绵:将胭脂搽在脸上。寒:寒露
　　　　节气。

【释义】 弯弯的小路旁长满一丛丛枝叶苗条的月季花。如同美人刚在
　　　　傅粉化妆,月季花破蕊盛开等待早晨的第一缕阳光。她寒露时开得
　　　　最好。月季花是不在乎春天来得早晚的。

【点评】 描写月季花在深秋寒露时依旧长势旺盛,花开艳丽。

27. 只道花无十日红,此花无日不春风。一尖已剥胭脂笔,四破犹包翡翠茸。

——南宋·杨万里《腊前月季》

【注解】 花无十日红:俗语有"人无百日好,花无十日红"。无日:没有
　　　　一天。胭脂笔:比喻毛笔头状的月季花蓓蕾。

【释义】 无论什么花,只知它开花到凋谢时间最长不过十天左右;而
　　　　月季却一年四季,每天都有花朵在怒放。这一朵刚刚冲破翡翠般碧
　　　　绿的花苞外瓣,将要破蕾,那一朵含苞待放、欲开未开的花儿已经
　　　　从绿叶中悄悄地伸出来了。

【点评】 生动地描写了月季开花时的动人情景。一朵接一朵,此花尚
　　　　未凋谢,那花已开始吐艳,似乎永远也开不尽似的。

28. 一枝才谢一枝殷,自是春工不与闲。纵使牡丹称绝艳,到头荣瘁片时间。

——南宋·朱淑真《长春花》

【注解】 谢:凋谢。殷:一本作"妍"。春工:用拟人的手法写春天。荣

痹：盛开凋谢。

【释义】美丽的月季花一枝刚刚凋谢一枝又接着盛开了，当然是自然界的春天不让她空闲。纵使牡丹花被称为美丽绝伦的国花，但牡丹花从盛开到凋谢只有短短的一个月时间。

【点评】用月季花与牡丹花对比的手法，赞扬了月季花常开不息的特点。

29. 蔷薇颜色，玫瑰态度，宝相精神。休数岁时月季，仙家栏槛长春。

——南宋·赵师侠《朝中措（月季）》

【注解】宝相：宝相花，花形有莲花、牡丹花的特征，是隋唐时佛教中盛行的花卉图案。休：不要。数（shǔ）：计算。长春：月季花又名长春花。

【释义】月季花有蔷薇花的艳丽颜色，玫瑰花的风韵态度，宝相花的精神品质。不用计算岁时季节，它就叫月季，道人仙家的门口长期有春花盛开，它的名字就叫长春。

【点评】用类比的手法赞扬月季花，且巧妙地嵌入"月季""长春"两个花名。

30. 凤阙朝回晓色分，彩霞轻拂绛衣新。炎乌影里年年好，碧玉枝头日日春。

——南宋·姚述尧《鹧鸪天·县有花名日日红，高仲坚席间作》

【注解】凤阙：即皇宫，古书载："秦建章宫圆阙，临北道，凤在上，故曰凤阙也。"绛衣：红色的官服。炎乌：即太阳，传说太阳里有鸟曰"金乌"，故名之。日日春：月季花的别名，因月季花天天都能开花，如同日日都是春天一样。

【释义】宫中朝见太后回家天已经大亮了，晨风轻拂鲜红的朝霞映照着我大红的新衣。在温暖的阳光下，生活年年是那么美好，如同那些在碧玉样的枝头上绽放的"日日红"花朵。

【点评】描写了在皇宫里做事的达官贵人们的生活，有朝廷皇上的照顾，所以年年美好、日日幸福。

31. 风流天下真难似，惜赂篱边砌下栽。依旧风情三月在，斩新花叶四时开。

——南宋·舒岳祥《和正仲月季花》

【注解】风流：极其美艳的样子。难似：难以比拟。赂：通"落"。砌：台阶。斩新：崭新。

【释义】月季花的美艳风流是天下闻名难以比拟的，可惜被遗落在篱笆边、栽种在台阶下。但她那春天鲜花的风情依旧还在，崭新的花、崭新的叶一年四季都在盛开。

【点评】赞扬月季花即使在贫困艰难的地方照样能四季开花，给人们带来无限的美丽。

32. 已共寒梅留晚节，也随桃李斗浓葩。才人相见都相赏，天下风流是此花。

——清·孙星衍《月季花》

【注解】晚节：梅花严冬盛开，傲霜雪，斗严寒，在一年花事中开得最晚，故言"留晚节"。浓葩：秾丽的花朵。才人：形容有才干的人。

【释义】月季花已经与梅花一道傲霜斗雪在冬季开放，也随同桃李花一起在春天里争奇斗艳。才人佳人见到她都赞赏她，天下美艳风流的花就是这种月季花。

【点评】意在赞扬月季花的性格、气概与精神。

七、石榴、杜鹃

石 榴

1. 可惜庭中树，移根逐汉臣。只为来时晚，花开不及春。

——隋·孔绍安《侍宴咏石榴》

【注解】 移根：移植。逐：跟随。汉臣：汉朝的使臣，指出使西域的张骞。为：由于。不及：赶不上。石榴：一种花果并丽的植物，花火红可爱，果甘甜可口，被人们喻为繁荣昌盛、和睦团结之花，为吉庆、团圆之兆。

【释义】 庭院中那棵多么可爱的石榴树，是跟随着汉朝的张骞从西域被移植到中原的。只是因为到中原的时间比其他花卉晚一点，所以没有赶上春天，无法同其他花卉一样受到大好春光抚慰同时开放。

【点评】 表面上是写石榴传播到中原比较晚，所以才错过了同其他植物在春天竞相开放的机会，实际上是说自己投唐较晚，得不到李唐皇朝的重用，侧面表达了诗人对唐高祖李渊的不满。

2. 夕雨红榴拆，新秋绿芋肥。

——唐·王维《田家》

【注解】 红榴：即石榴。拆：红石榴绽裂开来。

【释义】 夏末秋初的傍晚，一阵夕雨使红石榴都绽裂开来了，新秋的雨水使碧绿芋艿叶长得特别肥大。

【点评】 描写了农村夏末秋初夕雨后石榴开口笑，芋叶绿油油的丰收景象。

3. 鲁女东窗下，海榴世所稀。珊瑚映绿水，未足比光辉。

——唐·李白《咏邻女东窗海石榴》

【注解】鲁：指鲁地，即山东。海榴：即海石榴，一种稀有的石榴品
　　　　种。未足比：比不过。

【释义】美丽的山东女郎啊，东面的窗户下植有一株世所罕见的海
　　　　石榴。即使是碧海中鲜艳的红珊瑚，也没有这海石榴花那么鲜艳
　　　　夺目。

【点评】用夸张对比的手法赞扬了鲁女东窗下的海石榴的美丽
　　　　鲜艳。

4. 五月榴花照眼明，枝间时见子初成。

——唐·韩愈《题张十一旅舍三咏榴花》

【注解】照眼：犹耀眼。形容物体明亮或光度强。榴花：石榴花。时
　　　　见：常见。子：指石榴果实。

【释义】初夏五月石榴花开得通红，红得甚至有点刺眼，花枝间还常
　　　　见两三颗新长成的石榴果。

【点评】描写了春末夏初百花已凋谢，而石榴正是花红子成的兴盛
　　　　之时。

**5. 赤玉何人少琴轸，红缬谁家合罗裤。但知烂熳恣情开，莫怕南
　　宾桃李妒。**

——唐·白居易《喜山石榴花开》

【注解】赤玉：比喻红色的石榴花。琴轸（zhěn）：琴上调弦的小柱。
　　　　亦借指琴。此诗中比喻石榴子。红缬（xié）：有红晕的印花丝绸。
　　　　但：只有。南宾：唐代忠郡的行政区划名。

【释义】有花纹的山石榴花可以给缺少琴轸的人作琴轸，也可给谁家
　　　　的公子小姐作红色的衣裙。山石榴只知道一味地烂漫恣情开放，不
　　　　去担心南宾郡的桃花李花们的妒忌。

【点评】既是赞扬山石榴花的精致美丽以及无所顾忌与大胆泼辣，也
　　　　是在赞美山里妹子的热烈与泼辣。

6. 一**丛**千朵压栏干，剪碎红绡却作团。风袅舞腰香不尽，露销妆脸泪新干。

——唐·白居易《题山石榴花》

【注解】压：倒向。却：又。销：消失。新干：一作"始干"。

【释义】山石榴花开得真盛呀，一丛就开出上千朵弯腰压向栏杆上，花朵如同剪碎的红绡攒成的红团。在袅袅的轻风中扭腰舞蹈布撒着无穷无尽的芳香，当露珠儿被风干后，妆脸般美丽的花上会显出新干的泪痕。

【点评】用拟人的手法将山石榴花描写成了一个能歌善舞的俏丽的舞女，以此赞扬山石榴花的美丽。

7. 几年封植爱芳**丛**，韵艳朱颜竟不同。从此休论上春事，看成古木对衰翁。

——唐·柳宗元《始见白发题所植海石榴》

【注解】封植：精心种植海石榴。韵艳：美艳。朱颜：红色的容颜。上春事：指开春时栽植花草树木的事。上春，即农历正月。始见白发：开始出现白头发。海石榴：一种矮化的石榴树，只要长到一二尺高就能开花结实。

【释义】几年来精心培植海石榴只是由于喜爱其芬芳艳丽的花丛，美艳的红花与憔悴的面容竟然是如此的不同。从此再也不用提孟春时节种花的事了，只要看着海石榴长成老树陪伴我这衰弱的老翁。

【点评】寥寥数语便勾画出一幅人面鲜花两不同，一切都在寂寞中的夏景图，呈现出一种既有意苦争春、又无可奈何花落去的苦闷、颓废心情。

8. 四十年前马上飞，功名藏尽拥禅衣。石榴园下擒生处，独自闲行独自归。

——唐·元稹《智度师二首》

【注解】马上飞：形容骑术高超。拥禅衣：披上僧衣当和尚。擒生处：活捉生擒叛将的地方。

【释义】四十年前智度禅师是一个骑术高超、战功卓著的平叛将士，但他的功名全都被隐藏起来，披上僧衣当了和尚。石榴园下曾经是他生擒活捉叛将的战场，现在却只有他一个人孤独地来去了。

【点评】诗句以人物前后的反差刻画了一个诗人企慕的功成身退的英雄形象，其艺术表现力是颇足称道的。

9. 似火山榴映小山，繁中能薄艳中闲。一朵佳人玉钗上，只疑烧却翠云鬟。

——唐·杜牧《山石榴》

【注解】似火山榴：花开得如同燃烧的火焰一样的山石榴花。翠云：比喻乌黑的头发。鬟：发髻。山石榴：又名杜鹃花。

【释义】似火在燃烧一样的山石榴花映红了整座小山，既有花瓣繁密的品种，也有花型单薄鲜艳的品种。如果采一朵插在美人头上的玉钗上，就会担心它烧毁了美人一头乌黑的头发。

【点评】诗句写榴花似火，艳丽无比，山里姑娘采来插在发钗上，真够美的。望着那火红如焰的花朵，诗人竟担心把姑娘的美发烧坏了。

10. 榴枝婀娜榴实繁，榴膜轻明榴子鲜。可羡瑶池碧桃树？碧桃红颊一千年。

——唐·李商隐《石榴》

【注解】榴膜：石榴中包隔榴齿的薄膜。瑶池：仙人王母娘娘的居处。

【释义】石榴树婀娜多姿而且结果繁硕，石榴果内膜轻薄透明，石榴籽晶莹鲜亮。简直可与令人羡慕的瑶池边的碧桃媲美，只是没有瑶池碧桃长寿可以千年开花。

【点评】这是李商隐的一首悼亡诗。诗句表面上是歌咏了石榴花的娇艳，赞美了石榴果的丰满，并将石榴花的红与碧桃花的红相比；其实是在赞美他的亡妻，言其比之王母娘娘瑶池边的碧桃还要俏丽高贵，可惜她去世太早了！可见诗人对她是多么爱慕，多么怀恋。

11. 奇崛梅枝干, 清新柳叶眉。单瓣足陆离, 双瓣更华炜。

——唐·陆龟蒙《古风·五月石榴》

【注解】 柳叶眉: 形容美人的眉毛。陆离: 绮丽的样子。华炜 (wěi): 华丽耀眼。

【释义】 石榴花奇崛的枝干像梅树, 清新碧绿的榴叶恰似柳叶眉; 单瓣的榴花已足够美艳陆离了, 双瓣榴红则更加华丽娇艳。

【点评】 诗句用了互文的修辞手法赞扬了石榴花的美艳, 堪称 "夏心秋魂" 般的神花。

12. 别院深深夏簟清, 石榴开遍透帘明。树阴满地日卓午, 梦觉流莺时一声。

——北宋·苏舜钦《夏意》

【注解】 别院: 正院旁侧的小院。深深: 言小院之幽深。簟清: 言席子之清凉。透帘明: 石榴花的红色透过了帘子。卓午: 正午。梦觉: 睡醒。

【释义】 小院幽深床席清凉, 石榴花的红色透过了稀疏的窗帘。满地都是圆圆的树荫可知时间已到正午, 从睡梦中醒来听到了一声黄莺飞过时的鸣叫。

【点评】 诗句写莺声而不写黄莺, 既见得树荫之茂密深邃, 又有以鸟鸣衬寂静的功效, 反衬出这小院的幽深宁谧。能在盛夏炎热之时写出清幽之境, 堪称佳作。

13. 浓绿万枝红一点, 动人春色不须多。

——北宋·王安石《石榴花》

【注解】 红: 指石榴花。动人: 打动人, 吸引人。

【释义】 在枝叶浓绿的背景上点缀一朵鲜艳的红石榴花, 画面顿时变得活泼而娇艳; 石榴的艳美、珍贵, 并不在于其万紫千红的繁多, 而在于一片浓绿背景的衬托下那一点红花更加显得鲜艳夺目。

【点评】 诗句表面是写石榴花, 其实是比喻好东西不必太多, 恰到好处就行了。

14. 微雨过，小荷翻。榴花开欲然。

——北宋·苏轼《阮郎归·初夏》

【注解】然：通"燃"，谓石榴花开得像燃烧的火焰。

【释义】一阵小雨下过，池塘里的小荷叶被风雨吹打得翻过来，石榴花开得通红，像要燃烧了一样。

【点评】描写了池塘边荷绿榴红的美丽景象。

15. 石榴半吐红巾蹙。待浮花、浪蕊都尽，伴君幽独。

——北宋·苏轼《贺新郎·夏景》

【注解】蹙（cù）：收敛，折皱成团。浮花、浪蕊：指春天轻浮艳冶的桃花杏花之类。

【释义】石榴花半开半闭如同折皱成团的红丝巾，待到春天那些轻浮艳冶的桃花杏花之类都凋谢之后，石榴花就以她赤诚的红艳陪伴幽怨孤独的佳人。

【点评】以比喻、象征的手法既写榴花也写佳人，从榴花的形象与佳人的孤高中又透露出作者的失意迟暮之感。

16. 窈窕安榴花，乃是西邻树。坠萼可怜人，风吹入幽户。

——南宋·朱熹《榴花》

【注解】窈窕：形容女子姣美，此处形容石榴花美丽。安榴花：即石榴花。萼：指石榴花蕊。可怜人：令人惋惜。

【释义】鲜艳美丽的石榴花，它是西域邻国移植而来的。美丽的石榴花一开始凋谢就令人感到惋惜，所以风也爱惜地把它吹落到清幽的地方。

【点评】意在描写石榴花盛后将谢的光景，表达了诗人一种惋惜又无可奈何的惆怅之情。

17. 不因博望来西域，安得名花出安石。朝元阁上旧风光，犹是太真亲手植。

——南宋·王义山《王母祝语·石榴花诗》

【注解】博望：指汉朝的张骞，因出使西域有功被封为博望侯。安：怎么。朝元阁: 阁名。在陕西省西安市临潼区骊山宫苑内。太真: 唐代杨玉环的道号。

【释义】 如果不是博望侯张骞到西域来出使, 怎么能够得到这种出于安石国的名花安榴花。而骊山宫的朝元阁花园里也只能是原来的风光, 依旧还是杨玉环亲手种植的名花。

【点评】 交代了石榴花是博望侯张骞从西域带来的, 赞扬了博望侯张骞出使西域的历史功绩。

18. 山茶赤黄桃绛白, 戎葵米囊不入格。庭中忽见安石榴, 叹息花中有真色。

——金·元格《榴花》

【注解】 绛: 淡红色。戎葵: 花名, 又称蜀葵。米囊: 罂粟花的别名。安石榴: 石榴的别名。史载石榴是汉朝张骞出使西域时从西域的安石国带回来的, 所以石榴又名安石榴。

【释义】 火黄色的山茶和粉白色的桃花都不够鲜艳, 戎葵花与米囊花更是格调太低, 进不了名花之格。失望之时忽然在庭院中看见了石榴花, 不由得令人感叹百花中原来还有如此鲜艳美丽的花朵。

【点评】 以对比的手法赞扬了石榴花的色彩鲜艳, 格调高雅。

19. 猩血谁教染绛囊, 绿云堆里润生香。游蜂错认枝头火, 忙驾薰风过短墙。

——元·张弘范《榴花》

【注解】 猩血: 猩红似血。驾: 乘。

【释义】 石榴花猩红似血, 是谁将它装入淡红的花囊中的? 而且绿叶如云、花香四溢, 引得游蜂前来采蜜, 但它误以为那猩红的花团是树上火焰, 于是便慌慌张张地乘风逃过墙去了。

【点评】 诗句通过夸张手法, 把石榴花的红艳似火、游蜂惊惧飞逃写得十分逼真, 简直写活了。

20. 乘槎使者海西来，移得珊瑚汉苑栽。只待绿阴芳树合，蕊珠
如火一时开。

——元·马祖常《赵中丞折枝图·石榴》

【注解】槎（chá）：木船。珊瑚：以珊瑚的红色借代石榴花。蕊珠：指
石榴花苞。

【释义】石榴花是乘木船从海外西方来的使者，它的花红得如同红珊
瑚一样美丽，是汉朝的时候被移栽在宫苑里的。只要等到石榴树的
绿叶长成绿荫时，它的花蕊就会如同火焰一样一下子开放出来。

【点评】诗句不仅道出了石榴的来源，也描写了石榴花的优美。

21. 移来西域种元奇，槛外绯花掩映时。不为秋深能结实，肯于
夏半烂生姿。

——明·杨升庵《庭榴》

【注解】西域种：石榴原产西域安石国。槛外：即门外。夏半：夏季
之半。

【释义】这棵从西域移植而来的石榴花多么奇特，它枝如梅树、叶同
杨柳，绯红的鲜花掩映着园内的小门。不是由于它深秋时能结出多
少石榴果实，而是因为它在盛夏之时依然生机勃勃，神姿奕奕地开
出烂漫如火的花朵。

【点评】诗句旨在赞扬石榴不仅能结丰硕的果实，而且不畏炎夏，能
在盛夏之时为人们献上艳丽的花朵。

22. 上林开过浅深丛，榴火初明禁院中。翡翠藤垂新叶绿，珊瑚
笔映好花红。

——清·爱新觉罗·胤礽《榴花》

【注解】上林：皇家苑林。初明：刚刚开放。翡翠藤：比喻石榴的枝
叶。珊瑚笔：比喻石榴花。爱新觉罗·胤礽（1674—1725）：乳名保
成，清圣祖康熙帝玄烨第二子。

【释义】浅绛深红的石榴花在上林苑中是经常能见到的，似火焰远
远的石榴花在禁院中却是新栽新开的。翡翠般碧绿的枝条上垂着

新长的绿叶,花儿如同珊瑚一样美丽的笔管,上面缀着艳红的石榴花。

【点评】描写了禁院中石榴花的华贵,抒发了诗人见到禁院中石榴花开的喜悦心情。

杜鹃花

23. 蜀国曾闻子规鸟,宣城还见杜鹃花。一叫一回肠一断,三春三月忆三巴。

——唐·李白《宣城见杜鹃花》

【注解】蜀国:今四川蜀中。子规:杜鹃鸟。宣城:今安徽宣城。肠一断:形容心情极度悲哀。三巴:古地名。巴郡、巴东、巴西合称三巴之地。

【释义】在四川蜀地就曾听到子规鸟的悲鸣声,来到安徽宣城后还看见杜鹃花鲜红如血。听杜鹃鸟叫一回我就悲伤得肝肠寸断一回,在流放夜郎的孟春、仲春、季春三个月里无日不在思念故乡三巴。

【点评】诗句是写作者迟暮之年被流放到夜郎,遇赦归江南时正值杜鹃啼血的暮春,李白贫病交加,景况十分凄凉,故而诗句抒发了浓重的思乡之情。

24. 山净江空水见沙,哀猿啼处两三家。筼筜竞长纤纤笋,踯躅闲开艳艳花。

——唐·韩愈《答张十一》

【注解】筼筜(yúndāng):大竹子,节长而竿高。踯躅(zhízhú):杜鹃花的别名,映山红。

【释义】春山明净,春江空阔,水清见沙,猿猴哀啼的高山深处住着两三户人家。粗大的毛竹争相长出许许多多细小的竹笋,一丛丛的杜鹃花悠闲地开满了红艳艳的鲜花。

【点评】勾画了阳山地区的全景和人烟稀少的空寂。淡淡几笔,生动地摹写了荒僻冷落的景象。

25. 九江三月杜鹃来，一声催得一枝开。江城上佐闲无事，山下斸得厅前栽。

——唐·白居易《山石榴寄元九》

【注解】 九江：古称江州，有"江西北门"之称。杜鹃：杜鹃鸟。上佐：部下属官的通称。斸（zhú）：掘，挖。山石榴：即杜鹃花，又名山踯躅。

【释义】 九江之地毗邻蜀地，三月里杜鹃鸟就飞来了，一声声地催得杜鹃花一枝枝地开放了。江城府的属官闲来无事可做，在山下挖掘了一枝杜鹃花将它栽种在了厅前的空地上。

【点评】 描写了诗人在杜鹃声声的春天里在九江衙门前种杜鹃花的事情。

26. 才应行到千峰里，只校来迟半日闲。最惜杜鹃花烂熳，春风吹尽不同攀。

——唐·白居易《雨中赴刘十九二林之期及到寺刘已先去因以四韵寄之》

【注解】 才应：刚才。千峰里：高僧所居的深山中。只校：只由于。最惜：珍重爱惜。攀：攀折，玩赏。

【释义】 刚刚才走到高僧所居的深山中，只是由于来迟了得到了半日的空闲。最使人珍重爱惜的是烂漫的杜鹃花，春风快要将它们吹凋谢了，却没有机会与好朋友一同欣赏。

【点评】 抒发了作者赴朋友之约不遇，风景只好独赏，表达可惜与无奈之情。

27. 杜鹃如火千房拆，丹槛低看晚景中。繁艳向人啼宿露，落英飘砌怨春风。

——唐·李绅《新楼诗二十首·杜鹃楼》

【注解】 杜鹃：指杜鹃花。千房拆：许多房子怕火烧而拆除。丹槛：火红色的栏杆。繁艳：纷繁鲜艳。落英：落花。砌：台阶。春风：指代春天。

【释义】 杜鹃花开如同大火烧着了千万间房，也如同傍晚夕阳下在低处观看景林寺层层叠叠的红栏杆。纷繁鲜艳的杜鹃花好似在向人啼哭流泪，火红的落花飘满了台阶如在怨恨春天去得太快。

【点评】诗句逼真地描写了杜鹃花满山怒放的景象，如同千房火燃，映红了天地。

28. 一朵又一朵，并开寒食时。谁家不禁火，总在此花枝。

——唐·曹松《寒食日题杜鹃花》

【注解】寒食：即寒食节，亦称"禁烟节、冷节、百五节"。每年清明节的前一天。在这一日，禁烟火，只吃冷食，所以叫作"寒食节"。禁火：即禁止使用烟火。

【释义】鲜红的杜鹃花一朵又一朵地盛开着，它们都是在寒食清明时一同怒放的。如果要问寒食节哪一家没有禁止用火，人们总是会回答说那只有这种杜鹃花还在枝头上燃烧着。

【点评】表明寒食清明时节杜鹃花怒放枝头，给禁火的节日带来了"火焰"。

29. 一园红艳醉坡陀，自地连梢簇蒨罗。蜀魄未归长滴血，只应偏滴此丛多。

——唐·韩偓《净兴寺杜鹃》

【注解】坡陀：即山坡。簇（cù）：聚集，丛生。蒨罗：即轻罗薄纱，形容艳丽的花瓣。蜀魄：杜鹃鸟的别名。偏：偏重。

【释义】满园都是红艳艳的杜鹃花，如同整个山坡都喝醉了酒，从地上直到枝梢都开得花团锦簇的全是艳丽的花朵。大概是杜鹃鸟还没有回去，长期地在悲啼滴血，只因为在此地的杜鹃花丛上悲啼的鲜血滴得特别多。

【点评】以杜鹃啼血典故描写净兴寺的杜鹃花盛开的景象，形象生动感人。

30. 杜鹃花与鸟，怨艳两何赊。疑是口中血，滴成枝上花。

——南唐·成彦雄《杜鹃花》

【注解】怨：指杜鹃鸟哀怨的啼叫声。艳：指杜鹃花鲜艳的红花。口中血：杜鹃啼血的故事。传说周朝末年，蜀地君主杜宁，号曰望帝。后来禅位退隐，不幸国亡身死，魂化为鸟，名为杜鹃。暮春啼苦，至于口中流血，其声哀怨凄悲，动人心腑。杜鹃啼血溅洒在花丛上，花便化为杜鹃花。所以，古人常把杜鹃花与杜鹃鸟放在一起。

【释义】杜鹃花与杜鹃鸟是两种极致的东西，杜鹃鸟啼叫声是最哀怨的，杜鹃花的红色是最鲜艳的。大概是由于啼鹃口中鲜血，滴在了杜鹃花枝上染红了花朵，故而形成了两种至美。

【点评】赞美了杜鹃花与杜鹃鸟，指出了这是两种最富文学美感的东西。

31. 鲜红滴滴映霞明，尽是冤禽血染成。羁客有家归未得，对花无语两含情。

——宋·杨巽斋《杜鹃花》

【注解】滴滴：形容红艳欲滴。冤禽：杜宇所化的杜鹃鸟。羁（jī）客：居无定所的旅客。

【释义】红艳欲滴的杜鹃花与明丽的彩霞相映，那都是含冤的杜鹃鸟啼血染成的。我羁旅在他乡有家回不得，只能与鲜艳的花儿相对无语默诉乡情。

【点评】借杜鹃花抒发了作者的羁旅之苦与思乡之情。

八、杨花、柳絮

1. 昔我往矣，杨柳依依。今我来思，雨雪霏霏！

——《诗经·小雅·采薇》

【注解】昔：当初出征之时。矣：句末语气词"呀"。依依：轻柔的样子。古人常用来形容依依不舍。思：与"矣"的意思相同。霏（fēi）霏：雪花飞舞的样子。

【释义】当初我出征的时候呀正是春天，杨柳青青随风飘逸。如今我返家之时呀已是严冬，狂风卷着漫天雨雪无情地抽打着我。

【点评】名句充满着人性的美。一个出征在外近一年的征人，在雨雪迷漫的冬天冒雪回家的路上，回想起了春天与家人依依惜别的情景。诗人把一年来战场上无限的辛劳、艰苦、险恶，全都用杨柳、雨雪两句诗来表达了，把读者的想象力发挥到极致。

2. 宜春苑中春已归，披香殿里作春衣。新年鸟声千种啭，二月杨花满路飞。

——北周·庾信《春赋》

【注解】宜春苑：秦汉时的名苑，即唐代的曲江，在陕西长安南。披香殿：汉代的宫殿名。啭（zhuàn）：鸟鸣。杨花：即柳絮。

【释义】宜春苑中的春天已经回来了，披香殿里的宫女都在制作春衣。新年的鸟鸣声也特别好听，刚进二月杨花柳絮便满路飞扬。

【点评】描写了当时京城春天的美丽景象，辞藻绚丽，对仗工整，充分表现了六朝的绮靡文风。

3. 杨花落尽子规啼，闻道龙标过五溪。我寄愁心与明月，随风直到夜郎西。

——唐·李白《闻王昌龄左迁龙标遥有此寄》

【注解】杨花：柳絮。子规：杜鹃鸟。龙标：地名，龙标县，在今湖南省怀化市。唐天宝七年（748），王昌龄被贬为龙标县尉，因称其为王龙标。五溪：在今湖南省怀化市。因境内有酉水、辰水、溆水、舞水和渠水，怀化自古便称为"五溪之地"。夜郎：古县名，今天新晃侗族自治县曾称为夜郎县。

【释义】在杨花落尽、杜鹃悲啼的时节，惊悉好友王昌龄被贬为湖南龙标县的县尉，且已经越过了五溪之地。龙标是偏僻荒凉之地，我真为好友担忧，但只能把思念与祝福托付给明月，让明月带着我的思念与祝福一直陪你到夜郎西的龙标县。

【点评】表达了诗人对朋友被贬官到荒凉偏僻之地的关切之情及两人之间的友情之深。

4. 肠断春江欲尽头，杖藜徐步立芳洲。颠狂柳絮随风舞，轻薄桃花逐水流。

——唐·杜甫《绝句漫兴九首》

【注解】肠断：形容伤春的惆怅之情。杖藜（lí）：藜木制的拐杖。芳洲：长满花草的水中陆地。颠狂：放荡不羁。轻薄：不稳重。漫兴：随性而至，信笔写来。

【释义】春江美景已是暮春，拄着拐杖在江边漫步，怎能不感到伤感呢？况且又只看见无知的柳絮在春风的吹拂下肆无忌惮地飘舞着，还有那轻薄不知自重的桃花，追逐着春江的流水欢快地向远方流去。

【点评】诗句描写暮春江边柳絮飞舞、桃花绮丽动人，诗人却无比伤感；寄托了诗人政治理想不能实现的苦闷和对黑暗现实不满的思想。

5. 章台柳，章台柳！往日依依今在否？纵使长条似旧垂，也应攀折他人手。

——唐·韩翃《章台柳》

【注解】章台柳：暗喻长安娼女柳氏。因柳氏本娼女，后人遂将章台柳喻指娼女。章台，在今陕西省西安市长安区，战国时建，台下有街名章台街。依依：柔美的样子。

【释义】章台柳呀章台柳! 往日那么娇柔美丽的你, 如今在哪里呢? 纵使和以前一样娇柔美丽, 恐怕也早已落入他人之手了。

【点评】抒发了诗人韩翃在安史之乱后对柳氏的担心与疼爱之情。

6. 杨柳枝, 芳菲节, 所恨年年赠离别。一叶随风忽报秋, 纵使君来岂堪折!

——唐·柳氏《杨柳枝》

【注解】杨柳枝: 是柳氏自比。芳菲节: 清明节, 比喻青春年华。岂: 哪里还。堪折: 值得折、值得爱的意思。

【释义】杨柳枝柔弱而美丽, 正值青春年华。自从与君离别后日日思君泪洗面。一叶报秋兵祸到, 柔柳颜色老, 纵使君再来也不会喜欢我了!

【点评】抒发了柳氏对诗人的无尽思念以及担心自己容颜衰老而不被爱的情感。

7. 河畔多杨柳, 追游尽狭斜。春风一回送, 乱入莫愁家。

——唐·杨凝《柳絮》

【注解】追游: 寻胜而游。莫愁: 唐代一位能歌善舞的美貌女子。《唐书·乐志》中有 "石城有女子名莫愁, 善歌舞"。

【释义】河畔上生长的大多是杨柳树, 寻胜而游, 柳条斜拂道路为之狭窄。春风每年都要迎送一回, 柳絮便乱飞乱飘闯入莫愁女的家中。

【点评】描写了暮春时节柳絮乱飞, 闯入人家居室的情形。

8. 草树知春不久归, 百般红紫斗芳菲。杨花榆荚无才思, 惟解漫天作雪飞。

——唐·韩愈《晚春》

【注解】不久归: 这里指春天很快就要过去了。斗芳菲: 争芳斗艳。杨花: 柳絮。榆荚: 榆钱, 榆树未生叶时, 先在枝间生荚, 荚小如钱, 荚老呈白色, 随风飘落。惟解: 只知道。

【释义】花草树木知道春天不久就要回去了, 所以努力地开花像在比赛谁开得美丽似的。只有杨花和榆荚是没有思想的傻瓜, 只知道扮作雪花无聊地漫天飞舞。

【点评】 用拟人的手法描绘了晚春的美丽景色与杨花榆荚的无聊,并且寄寓着希望人们能够乘时而进,抓紧时机努力去创造世界的思想感情。

9. 二月杨花轻复微,春风摇荡惹人衣。他家本是无情物,一向南飞又北飞。

——唐·薛涛《柳絮》

【注解】 杨花:作者的自况。惹:依恋。他家:它们。一向:一贯以来。

【释义】 春天里飘荡的杨花轻柔而微不足道,春风吹得它们到处游荡常常沾惹在人们的衣服上。但杨花原本是无情之物,沾惹上你并不意味着爱你,它从来就是此时往南飞彼时又往北飞。

【点评】 这是女诗人薛涛的自喻诗。表面是写柳絮,实际上是写爱情不能自主的妓女。诗句借柳絮作比,奉劝世人,她们是多情的无情者,是随人操纵、玩弄的玩偶。

10. 金谷园中莺乱飞,铜驼陌上好风吹。城中桃李须臾尽,争似垂杨无限时。

——唐·刘禹锡《杨柳枝》

【注解】 金谷园:著名园林,在河南省洛阳市,是西晋富豪石崇的别墅。铜驼陌:即铜驼街。须臾:片刻。争:怎。垂杨:落叶乔木,枝叶下垂,袅娜多姿。故又称垂柳、柳条。

【释义】 金谷园中莺鸟在欢快地飞鸣,铜驼街上和煦的春风暖洋洋地吹拂。城中妖艳的桃李花数日间便凋谢尽净,哪里比得上葱郁繁茂的杨柳,充满了无限的生机。

【点评】 诗句一贬一褒,讥讽那些势利小人如过眼桃李,不如杨柳般普通的平民情谊无限。

11. 飘飏南陌起东邻,漠漠蒙蒙暗度春。花巷暖随轻舞蝶,玉楼晴拂艳妆人。

——唐·刘禹锡《柳絮》

【注解】 飘飏(yáng):即飘扬。漠漠蒙蒙:懵懵懂懂。艳妆:浓妆。

【释义】飘扬在南面路上的柳絮是从东面的柳树上飞来的,它懵懵懂懂的不知不觉中度过春天。在花香温暖的小巷里它追随着蝴蝶飞舞,在富贵人家的高楼上与浓妆艳抹的美人嬉戏。

【点评】诗句以暮春柳絮飘飞的景象作比,批评了生活无度、虚度光阴的行为。

12. 春尽絮花留不得,随风好去落谁家。

——唐·刘禹锡《杨柳枝词九首》

【注解】絮花:即柳絮。谁家:比喻不知什么地方。

【释义】春天结束了,杨花柳絮是留不住的,只能让它们随风飘飞到更好的地方去落脚生根。

【点评】抒发了作者的惜春之情和希望杨柳树能更好地生长的感情。

13. 三月尽是头白日,与春老别更依依。凭莺为向杨花道,绊惹春风莫放归。

——唐·白居易《柳絮》

【注解】尽:都。头白日:头上落满了柳絮。绊惹:缠住,拉住。

【释义】阳春三月柳絮飘落在人头上染白了头发,使人感到春天老了人也一同老了。凭借柳树上的黄莺告诉杨花说,请柳丝把春风缠拉住,不要让春天回去。

【点评】抒发了作者的惜春之情,其妙处在于将柳絮之白比喻头发之白,别出心裁,不落窠臼。

14. 无风才到地,有风还满空。缘渠偏似雪,莫近鬓毛生。

——唐·雍裕之《柳絮》

【注解】缘渠:由于他。鬓毛:即白头发,因人头发白,鬓发最先,故以鬓毛代称白发。

【释义】没有风的时候才会落到地上,有风之时还会满天空的飞舞。由于他如同雪花似的,千万不要靠近他,靠近会成白头发的。

【点评】这是一首谜语诗,谜底就是题目“柳絮”。

15. 芳蹊密影成花洞，柳结浓烟花带重。

——唐·李贺《春怀引》

【注解】蹊：小径。花带重：花盛开而使枝条下坠。

【释义】鲜花盛开的小路两旁，茂密的花丛形成了一个花洞，柳条浓密、柳叶茂盛，纠结在一起，鲜花与柳枝都沉甸甸地下垂着。

【点评】两句是写小径两边鲜花盛开，交结遮掩，看上去像花洞，一派阳春景象。

16. 处处东风扑晚阳，轻轻醉粉落无香。就中堪恨隋堤上，曾惹龙舟舞凤凰。

——唐·罗邺《柳絮》

【注解】隋堤：即运河之堤，隋炀帝杨广命令建造。

【释义】杨花在东风里到处飞舞，傍晚时更是随处乱扑，杨花轻飘飘的没有一丝香气像醉鬼似的到处乱撞。其中最让人遗憾的是运河隋堤上的柳树，曾经招惹得龙舟上的帝皇与皇后翩翩起舞。

【点评】抒发了诗人对时过境迁、物是人非的感慨。

17. 年年二月暮，散乱杂飞花。雨过微风起，狂飘千万家。

——南唐·李中《柳絮》

【注解】暮：晚。杂飞花：无规律无次序地飞舞。狂飘：漫天飞舞的样子。

【释义】每年的晚春时候，杂花散乱满天飞。雨后微风吹来，柳絮飞进了千家万户。

【点评】这是一首谜语诗，谜底就是题目"柳絮"。

18. 泪眼倚楼频独语，双燕飞来，陌上相逢否？撩乱春愁如柳絮，悠悠梦里无寻处。

——五代·冯延巳《鹊踏枝》

【注解】独语：自言自语。双燕：反衬人的孤独。撩乱：纷乱，杂乱。

【释义】眼泪不尽，靠在绣楼上时不时自言自语：成双成对的燕子呀你飞来飞去的，在路上是否遇到过那位春日冶游不归的负心人？我的思绪春愁如同那撩乱的柳絮，即使在悠长的梦里也思念那可恨的负心人。

【点评】诗句描写怨妇春愁,情真意切,向飞来的双燕探问,足见其
思念之切。

19. 行云去后遥山暝,已放笙歌池院静。中庭月色正清明,无数杨花过无影。

——北宋·张先《木兰花·乙卯吴兴寒食》

【注解】暝(míng):天色昏暗。杨花:柳絮。

【释义】行云飘走后远山就暗下来了,庭院中的人都走了笙歌也就静
歇了。而庭院中的月色正清明,可以看到点点杨花在庭中飞舞,但留
不下一丝杨花的影子。

【点评】张先人称"张三影",因其有三句写影的名句。朱彝尊《静志
居诗话》评曰:"张子野吴兴寒食词'中庭月色正清明,无数杨花过
无影'在世所传'三影'之上。"

20. 野绿连空,天青垂水,素色溶漾都净。柳径无人,堕絮飞无影。

——北宋·张先《翦牡丹·舟中闻双琵琶》

【注解】野绿:郊原草绿。天青垂水:形容天水一色。素:白。径:
小路。

【释义】地上草绿,湖中水绿,抬头望天空蔚蓝,蓝天碧水绿野连成
一片,白云的倒影荡漾在水中更显洁净。杨柳轻拂的小路上没有行
人,飘落的柳絮不时飞过,却没有一丝影子,春天似乎天地都是空
明的。

【点评】采用铺叙的手法把春郊绿野、柳絮白云描写得形神兼备,栩
栩如生。

21. 小径红稀,芳郊绿遍,高台树色阴阴见。春风不解禁杨花,蒙蒙乱扑行人面。

——北宋·晏殊《踏莎行》

【注解】径:小路。红:以红色借代花。高台:高高的楼台,这里指高

楼。阴阴见：暗暗显露。阴阴，隐隐约约。杨花：其实是杨柳树的种子，上有白絮如绒，故又称杨花为柳绵。

【释义】小路两旁春花已经稀疏，放眼望去漫山遍野已只见一片绿色；高台原上树木郁郁葱葱，茂密幽深。春风不懂得约束杨花，任由它漫天飞舞，向行人脸上乱扑。

【点评】诗句描写暮春景色，暗示了无计留春，只好听任杨花飘舞送春归去；另一方面也显示杨花无拘无束的活跃的生命力。

22. 油壁香车不再逢，峡云无迹任西东。梨花院落溶溶月，柳絮池塘淡淡风。

——北宋·晏殊《寓意》

【注解】油壁香车：古代女子乘坐的装饰精美的小车，诗中指代女子。峡云：暗用楚怀王与巫山神女梦中相会的传说，渲染爱情气氛。溶溶：朦朦胧胧的样子。淡淡：轻悄悄的。

【释义】乘坐华丽香车的美人一去不返，再也见不到她了，犹如巫峡神女不知是向西还是向东去了，毫无踪迹。留给我的只有梨花和柳絮沐浴在如水的月光之中。阵阵微风吹来，梨花摇曳，柳条轻拂，飞絮萦回，只是一个意境清幽、情致缠绵的境界。

【点评】以美丽的神话传说渲染浓密的爱情气氛，先写人间现实的爱情，后写神话梦幻中的爱情，兴象玲珑，对仗工整，清新流丽。

23. 陇禽有恨犹能说，江月无情也解圆。更被春风送惆怅，落花飞絮雨翩翩。

——北宋·欧阳修《瑞鹧鸪》

【注解】陇禽：受人豢养的鹦鹉。无情：没有生命的意思。惆怅：伤感而无奈。

【释义】笼中的鹦鹉心有怨恨尚且还能学人话，江上的明月虽然是没有生命的但也有团圆的时候。而我却只有被春风送来的满腹春愁无限惆怅，风中的翩翩落花，雨里的潇潇飞絮。

【点评】抒发了春去无情，惜春无用，留春无法的无奈心情。

24. 四月清和雨乍晴,南山当户转分明。更无柳絮因风起,惟有葵花向日倾。

——北宋·司马光《客中初夏》

【注解】乍:刚,起初。更:再。因:随。惟:只。

【释义】农历四月天气清和雨后初晴,正对着大门的南山变得历历在目。已经再没有随风飘舞的柳絮,只有葵花全都朝着太阳倾斜着。

【点评】这是一首状物抒怀的托物言志诗,诗人以"柳絮""葵花"作比表明心志,意思是:风雨之中我不会做"水性杨花"的败絮,只会学"永远向日"的葵花! 表达了作者初进京为宰相的倾向与心情。

25. 小怜初上琵琶,晓来思绕天涯。不肯画堂朱户,春风自在杨花。

——北宋·王安国《清平乐·春晚》

【注解】小怜:北齐后主高纬宠妃冯淑妃名小怜,善弹琵琶,后人常借指歌女。

【释义】歌女一弹琵琶,歌声哀婉动人,不由得令人去追寻那即将逝去的春宵,闺中人长夜不眠,情思飞越千里关山,追寻天涯游子。春风任凭是画堂朱户的富贵人家也不留居,宁愿在杨花柳絮间游荡。

【点评】抒写了由春天匆匆归去而引起的年华虚度之感,寄托着一种美人迟暮、英雄末路的悲慨。

26. 渰渰轻云弄落晖,坏檐巢满燕来归。小园桃李东风后,却看杨花自在飞。

——北宋·王令《渝渝》

【注解】渰(yǎn)渰:云起的样子。弄:时隐时现。坏檐:破旧的屋檐。杨花:柳絮。渝(yuè)渝:浸渍。

【释义】舒卷的轻云遮住了落日的余晖,破屋檐上筑满了燕巢都是回家的燕子。小园子里的桃花李花都已经开谢,只看到杨花柳絮在自由自在地飞舞。

【点评】描写了暮春傍晚落日余晖,处处杨花,家家燕归的景象。

27. 春色三分，二分尘土，一分流水。细看来，不是杨花，点点是离人泪。

——北宋·苏轼《水龙吟·次韵章质夫杨花词》

【注解】春色：此处指杨花。二分尘土：指杨花有三分之二落在尘土中。一分流水：指杨花有三分之一飘落水面。

【释义】代表春色的杨花倘若分成三分，那么有二分是飘落在了尘土中，有一分是飘落在流水中。仔细看来，细细想来，那些都不是杨花，其实每一朵都是离别之人的眼泪。

【点评】作者用全部的春色来写与挚友分手时的离愁别绪，其友情之深、离别之痛不言而喻。饱含了作者的全部感情，确实是情景交融、情深意长。

28. 池上春归何处。满目落花飞絮。孤馆悄无人，梦断月堤归路。

——北宋·秦观《如梦令》

【注解】池上：即池院里。落花飞絮：凋落的花瓣，飘飞的柳絮。孤馆：孤寂的驿馆。梦断：无法实现的伤感的愿望。

【释义】池塘上院子里的春天到哪里去了？为什么满眼都是落花飞絮。孤寂的驿馆静悄悄的不见人影，一个人孤独地在明月下柳堤上伤感地做着挽留春天的梦。

【点评】诗句写的是从白天一直到夜晚的一段愁绪。春天来了，又回去了，她的家在何处呢？

29. 歌逢袅处眉先妩，酒半酣时眼更狂。闲倚绣帘吹柳絮，问何人似冶游郎。

——北宋·贺铸《瑞鹧鸪》

【注解】袅：袅娜，婉转。酣：酒醉。狂：狂妄，忘乎所以。冶游郎：在春天或节日里外出游玩找乐的男子。

【释义】唱歌唱到歌声袅袅的地方歌者的眉头便先妩媚起来了，喝酒喝到酒半酣的时候眼神会变得更加狂妄。悠闲地靠绣帘玩吹柳絮的游戏，问帘内的美人谁是像柳絮一样的冶游郎。

【点评】描绘了古代青年男女春日郊游时饮酒歌咏的游乐景象。

30. 杨柳回塘，鸳鸯别浦，绿萍涨断莲舟路。断无蜂蝶慕幽香，红衣脱尽芳心苦。

——北宋·贺铸《踏莎行》

【注解】鸳鸯：爱情鸟。浦：船埠头。慕：爱慕。幽香、红衣：暗喻荷花。脱尽：拟人写法。

【释义】杨柳树四面的池塘，鸳鸯嬉戏的船埠头，碧绿的荷萍挡住了采莲船的路，却没有蜜蜂蝴蝶来爱慕荷花的幽香，红花瓣凋落光了只剩下莲蓬，里面的莲子心却是苦的。

【点评】名句是以荷花自比。诗人咏物，多半有寄托。生活中许多事物都可类比，情感可以相通，人们可以由此及彼地联想词中的文外之意。古代的《诗经》《楚辞》大多也是用这种比兴的表现手法的。

31. 卷絮风头寒欲尽。坠粉飘红，日日香成阵。新酒又添残酒困。今春不减前春恨。

——北宋·赵令畤《蝶恋花》

【注解】卷絮风头：吹卷着柳絮的阵风。寒欲尽：寒意将尽。香成阵：香气阵阵。酒困：酒醉。恨：悲伤之情。

【释义】吹卷柳絮的阵风刮过，料峭春寒即将过去。凋零的花瓣带着芬芳随风飘飞，一阵风过，一阵花香。昨日送别朋友时喝的酒还未醒，今天又喝起了新的送别酒。前春送别使人惆怅，今春送别更让人悲伤。

【点评】描绘了春深花落的景象，抒发了惜花怀人的离别之情。

32. 落絮无声春堕泪，行云有影月含羞。东风临夜冷于秋。

——南宋·吴文英《浣溪沙》

【注解】堕：掉下，落下。临：接近。

【释义】柳絮无声坠落，那是老天爷为人世间的生离死别滴下的行行热泪；月光躲进了浮云的背后，那是因为含羞而挡住了泪眼。春夜风冷更使人心凄寂,胜过秋天的凄凉。

【点评】诗句写景抒情不落俗套,借梦写情,感梦怀人,足见其心之诚、其情之痴。

33. 蝶粉轻沾飞絮雪,燕泥香惹落花尘。系春心情短柳丝长,隔花阴人远天涯近。

——元·王实甫《西厢记》

【注解】系(jì)春:留住春天。系,拴。《西厢记》:元代著名杂剧。

【释义】粉蝶在柳絮间飞舞似乎带有柳絮的白粉,春燕叼来落花变成的尘泥仿佛还带着花香。系春心情短意长胜似柳丝,两个心爱的人隔花相望,虽在眼前却无法亲近,仿佛远隔天涯。

【点评】此是《西厢记》中主人公崔莺莺的唱词,表达了崔莺莺的满怀春情。

九、荼蘼、栀子

荼 蘼

1. 句芒人面乘两龙，道是春神卫九重。彩胜年年逢七日，酴醾岁岁满千钟。

——唐·阎朝隐《奉和圣制春日幸望春宫应制》

【注解】句（gōu）芒：中国古代神话中的木神（春神），主管树木的发芽生长，少昊的后代，名重，是伏羲氏之臣。乘两龙：乘坐两条龙拉的车。九重：天很高，便称九天、九重、九霄等。彩胜：亦称花胜、幡胜。古代立春日和人日（正月初七）用纸或绸剪成，戴在头上或系于花下，庆祝春日来临。七日：指古代的人日节（农历正月初七）。酴醾：指酴醾花浸的酒。

【释义】句芒神长着人的面相乘坐双龙拉的车，说是主管春天的神，是保卫九天的。每年的农历正月初七日都要张挂迎接春天来临的幡胜彩纸，家家户户每年都要喝酴醾花浸的酒。

【点评】记录了唐时人们迎春及祭祀春神句芒的情景。

2. 红粉当垆弱柳垂，金花腊酒解酴醾。笙歌日暮能留客，醉杀长安轻薄儿。

——唐·贾至《春思》

【注解】红粉：比喻美女。当：主持买卖。垆（lú）：古时酒店里温酒、卖酒的柜台。弱柳：比喻妓女。金花腊酒：金黄色的陈年的好酒。笙歌：奏乐唱歌。笙，竹制的管乐。长安：唐都城，在陕西省西安市。

【释义】美人在柜台前卖酒风骚得跟妓女似的，金黄色的陈年的好酒带有酴醾花的香味。天晚了，店内的歌乐之声依然不息能留客住宿，使京城长安的轻薄儿郎都过着醉生梦死的生活。

【点评】描写的是当时京城长安一酒店的情形，表达的却是对醉生梦死的美好生活的厌弃以及排遣不去的仇恨。

3. 一从梅粉褪残妆，涂抹新红上海棠。开到荼蘼花事了，丝丝天棘出莓墙。

——北宋·王淇《春暮游小园》

【注解】褪残妆：形容梅花凋谢。荼蘼：也作酴醾。蔷薇科落叶灌木，攀缘茎，上有钩状刺，椭圆形小羽状复叶，花白色，有香气，夏季盛放。花事了：春天的花全都开谢了。荼蘼开后，便无花开放，因此荼蘼花开是一年花季的终结。天棘：酸枣树。

【释义】春天鲜艳的红梅一开始凋谢，又把红艳涂上了新开的海棠花上。姹紫嫣红的花儿一直要开到荼蘼花开的时候才会结束，那时酸枣树的枝叶已一丝丝地爬上了长满草莓的围墙。

【点评】描写春初梅花海棠开谢，到荼蘼花开的时候，春天便结束了。所以荼蘼花开代表着女子的青春已成过去。

4. 更值牡丹开欲遍，酴醾压架清香散。花底一尊谁解劝。增眷恋。东风回晚无情绊。

——北宋·欧阳修《渔家傲》

【注解】更：特别是。值：正当。压架：形容花开得热闹。花底：花架下面。尊：即樽，酒杯。

【释义】牡丹花将要开遍庭院，荼蘼花旺盛地开着，清香四溢，花朵快要把花架压断了。在牡丹与荼蘼花旁边小饮一杯是无比惬意之事。更增添了我对春天的眷恋之情。傍晚东风吹来，我什么烦恼的羁绊之情都没有了。

【点评】表达了作者对春天的眷恋喜爱之情。

5. 荼蘼不争春，寂寞开最晚。

——北宋·苏轼《杜沂游武昌以荼蘼花菩萨泉见饷》

【注解】荼蘼：指荼蘼花。

【释义】一般的花都在春天争先恐后地开放，而荼蘼花与其他花不一样，它不争春，到春末才开，花期又长，要开到初夏，是最晚凋谢的花。

【点评】诗句常被用来比喻不追逐名利，不赶潮流和热闹，坚持自己的人。

6. 绿暗藏城市，清香扑酒尊，淡烟疏雨冷黄昏。零落酴醾花片、损春痕。

——北宋·毛滂《南歌子·席上和衢守李师文》

【注解】绿暗：形容枝叶茂密。酒尊：即酒杯。零落：凋谢。春痕：春天的容颜。

【释义】茶蘼花叶浓绿适宜于城市生长，茶蘼花的清香可以浸调香酒，淡烟疏雨的五月清冷的黄昏。凋零的茶蘼花片片飘飞，告诉人春天已经结束。

【点评】描写了茶蘼花的生长环境及生长习性与花期。

7. 玉枕春寒郎知否? 归来留取，御香襟袖，同饮酴醾酒。

——宋·李祁《青玉案》

【注解】玉枕：玉制的睡枕。郎：指丈夫。御香：皇宫内用的香。襟袖：指代衣服。酴醾酒：用酴醾花浸的香酒。

【释义】春天的夜晚你睡在玉枕上是否感觉到还有些寒冷? 回家来衣服上还留有朝堂上带来的御香，便与夫人一同饮酴醾酒取暖。

【点评】描写诗人散朝回家与夫人一同饮酴醾酒取暖的场景，表示夫妻恩爱之意。

8. 莺唤屏山惊睡起，娇多须要郎扶。茶蘼斗帐罢熏炉，翠穿珠落索，香泛玉流苏。

——宋·张元幹《临江仙》

【注解】屏山：即屏风，在室内起隔挡作用的家具。郎：指丈夫。斗帐：是古人专用于挡飞虫、风尘的坐帐。落索：悬挂物晃荡的样子。流苏：一种下垂的以五彩羽毛或丝线等制成的穗子。

【释义】早晨黄莺的鸣叫声进入了屏风，惊醒了熟睡的美女，她娇滴滴地还要丈夫搀扶她起床。在绣有酴醾花的斗帐里摆好熏香，才将翠色晃动的珠宝戴好，在头发里插上香喷喷的玉流苏。

【点评】逼真地写出宋代贵族妇女妖娆奢华的生活。

9. 几许暮春清思，未知芍药，先拟荼蘼。老却东风，春去不与人期。

——宋·尹济翁《玉蝴蝶》

【注解】几许：多少。芍药：一种著名的花卉兼药材。期：约定日期。

【释义】有许许多多爱春惜春的美好情思，还不知道芍药的情况如何，就先替暮春才开放的荼蘼花担心了。春风一天比一天干热了，好像老了，春天回去了也不预先与人打个招呼。

【点评】抒写了诗人爱春惜春的美好情思。

10. 名园雨盖谩童童，不似青蛇出瓮中。好事主人仍好施，定移韵友乞山翁。

——南宋·王十朋《荼蘼花》

【注解】谩：通"漫"，弥漫。童童：茂盛的样子。好（hào）事：喜欢多事。韵友：荼蘼花在花中十友里命名为韵友。乞：施舍，赠送。山翁：作者自称。

【释义】著名园林中的花卉在漫天春雨笼罩下长得十分茂盛，荼蘼花没有叶片的青枝条不是从瓦罐中游出来的青蛇。喜欢多事的主人依然是那么乐善好施，一定要把荼蘼花移栽到我家的园子里。

【点评】花中十友起于宋代，诗人曾以十种花各题名目，称为十友：一兰花（芳友）、二梅花（清友）、三腊梅花（奇友）、四瑞香花（殊友）、五莲花（净友）、六栀子花（禅友）、七菊花（佳友）、八桂花（仙友）、九海棠花（名友）、十荼蘼花（韵友）。

11. 福州正月把离杯，已见酴醾压架开。吴地春寒花渐晚，北归一路摘香来。

——南宋·陆游《东阳观酴醾》

【注解】把：手握。离杯：离别之酒。酴醾：即荼蘼花。吴地：江浙一带的地方, 春秋战国时属吴地。花渐晚: 花开得晚。香: 借代花儿。

【释义】 我是在正月里喝离任酒离开福州的, 那时已见到荼蘼花盛开, 沉重地压上了花架。江浙一带春天相对寒冷花开得晚一些, 往北回家一路都能采摘到清香的野花。

【点评】 抒发了陆游从福州离任, 北回临安京城任职的愉悦心情。

12. 去岁诸司赏物华, 酴醾一会属侬家。今年不识酴醾面, 却买茅柴对野花。

——南宋·杨万里《野酴醾二首》

【注解】 诸司: 主要指通政司和行人司。茅柴: 酒名, 劣酒的别称。

【释义】 去年与各司的人约定轮流做东观赏物华, 今年观赏荼蘼花的聚会轮到我家了。却连荼蘼花的面都没有见着, 只买了茅柴劣酒招待诸位观赏野花。

【点评】 表达了生活一年不如一年的情景。

13. 不识酴醾恨杀人, 野花香里度芳晨。寄笺为报东皇道, 不理今年一个春。

——南宋·杨万里《野酴醾二首》

【注解】 不识: 没有见到。恨杀人: 使人遗憾伤心到了极点。芳晨: 美好的时光。笺: 信笺, 代指书信。东皇: 指司春之神。不理: 没有管理好。

【释义】 没有见到荼蘼花真使人遗憾伤心到了极点, 只能在野花的香气里度过春天的美好时光了。寄信是为了向管理春天的神灵质问, 为何不好好管理今年的整个春天。

【点评】 表达了诗人春天没有见到荼蘼花开而耿耿于怀的心情, 甚至向司春的神灵提出了质问。

14. 月中露下摘荼蘼, 泻酒银瓶花倒垂。若要花香薰酒骨, 莫教玉醴湿琼肌。

——南宋·杨万里《予与客尝荼蘼泻酒, 客求其法, 因戏答之》

【注解】 月中露下: 指夜晚。泻酒: 汲酒。银瓶: 指酒器。玉醴: 美酒之名。琼肌: 如玉的肌肤。

【释义】 有月亮的夜晚露水降下来了就可以采摘荼蘼花,汲取荼蘼酒的银瓶口里倒垂着荼蘼花。想要把荼蘼花的香气熏浸进酒里去,不要让玉醴美酒打湿了美女洁白如玉的肌肤。

【点评】 详细地描绘了制作荼蘼酒的过程。味道谈不上多好,但胜在色、香与格调。

15. 以酒为名却谤他, 冰为肌骨月为家。借令落尽仍香雪, 且道开时是底花。

——南宋·杨万里《酴醿》

【注解】 为名:命名。谤:诽谤。肌骨:比拟美人的形象。借令:假设连词,即使,假如。且道:试想,试问。底:何,什么。

【释义】 以酒来命名荼蘼花实在是在诽谤她,荼蘼花的肌骨冰清玉洁,是月宫中的花。即使全部凋落了也是洁白清香的雪,请你试想一下她开的到底是不是酒花。

【点评】 诗句把荼蘼花比作香雪,以为用酿酒的"酴醿"两字来命名荼蘼花是不恰当的,赞美了荼蘼花的冰清玉洁。

16. 南游可待再书催, 芍药酴醿陆续开。看自花开到花落, 红蕖时候却归来。

——南宋·陈造《次韵赵帅》

【注解】 再书催:再次写信催促。芍药:草本花卉,我国六大名花之一。红蕖:红色的荷花。

【释义】 只要再次写信催促,往南游历是可以期待的,芍药花酴醿花陆续地开放了。看来从花开到花落时间并不长,红色的荷花开的时候就可以回来了。

【点评】 抒发了作者渴望南游的心情。

17. 白玉球团青玉枝, 幽芳不恨见春迟。酴醿过后榴花末, 管领风光更是谁。

——南宋·陈造《新林小憩见花二首》

【注解】 白玉球团:比喻团状的荼蘼花。幽:文静内向。末:末尾,结束。管领：掌管引领。

【释义】团状白花似白玉、枝条碧绿如青玉，文静内向的花儿不会怨恨春天来得晚。荼蘼花开后榴花也就凋谢了，那时引领的是哪一种花呢，当然只有荼蘼花了。

【点评】赞扬荼蘼花如白玉、枝如青玉，花期长能开到初夏。

18. 当此际，意偏长，萋萋芳草傍池塘。千钟尚欲偕春醉，幸有荼蘼与海棠。

——南宋·朱淑真《鹧鸪天》

【注解】此际：指春末之时。长：此处是强烈的意思。萋萋：草木茂盛的样子。傍：依傍，沿着。钟：酒杯。偕：一并，一同。

【释义】每当暮春这个时节，惜春心意就格外强烈，茂盛的花草依傍池塘疯长。喝了千百杯酒还想再喝，想与春天一同醉倒，幸亏还有荼蘼花与海棠花没有凋谢。

【点评】描写了池塘边的暮春景象，抒发了诗人的惜春心情。

19. 谢了荼蘼春事休。无多花片子，缀枝头。

——南宋·吴淑姬《小重山·春愁》

【注解】春事休：意思是春将尽。花片子：残存的花瓣。缀：点缀。

【释义】荼蘼花开始谢了，春天可算要结束了。现在满树的花朵上只剩零星的几片花瓣，点缀在枝头上。

【点评】描写荼蘼将谢未谢，春事将休未休时的景象，用"花片子"描写残花是词人自造的新词，十分贴切，能给人凄清之美。

20. 唐时三月十八雪，况复今年多一旬。万紫千红浑过尽，荼蘼满架与争春。

——南宋·洪咨夔《雪叹二绝》

【注解】三月十八：指农历三月十八日。一旬：十日为一旬。浑：全，都。争：竞争，拟人的写法。

【释义】唐朝的时候三月十八还下最后一场雪，况且今年这场雪比唐朝时还要晚整整十天。姹紫嫣红的百花都已经开过了，现在只有满架的荼蘼花在与春天竞争春光。

【点评】赞美了荼蘼花不畏春寒的品格。

21. 山径阴阴雨未干，春风已暖却成寒。不缘天气浑无准，要护荼蘼继牡丹。

——南宋·方岳《荼蘼》

【注解】缘：由于。浑：全，都。继：继续。

【释义】山间的小路很潮湿阴雨未干，春风已经温暖了却又变寒冷了。不是由于天气完全没有准头，而是要庇护荼蘼花继而还庇护牡丹花。

【点评】以拟人的手法描写了春天乍暖还寒的特殊天气状况。

22. 微风过处有清香，知是荼蘼隔短墙。相得故园成索寞，诗盟谁复为平章。

——南宋·赵孟坚《客中思家》

【注解】相得：互相投合，比喻相处得很好。故园：老家。索寞：冷落寂寞。诗盟：诗人的盟会。平章：古代官名，原意为商量处理，此处为评说的意思。

【释义】微风徐徐吹过带来了阵阵清香，闻到香味就知道矮墙外的荼蘼花开了。我与荼蘼花相处得这么融洽，老家花卉肯定冷落寂寞了，诗人盟会时诗作的优劣由谁来评定呢。

【点评】由闻到荼蘼花的香气联想到故乡的花卉，抒发了思乡之情。

23. 风甃残花满地红，别离樽俎谩匆匆。春光未肯收心去，却在荼蘼细影中。

——南宋·宋伯仁《晚春二首》

【注解】甃（zhòu）：砌，垒。引申为采摘，拟人的写法。残花：将要凋谢的花。樽（zūn）：酒杯。俎（zǔ）：盛肉的器皿，后来常用作宴席的代称。谩（màn）：莫，不要。

【释义】风吹残花如同人用手在采摘一样满地鲜红，告别春天的酒宴不要那么匆忙地摆开。春光还不愿收起她烂漫的心情，只好盘桓在荼蘼花细碎的花影中。

【点评】描写了暮春时节风吹落红群芳凋谢,只有荼蘼花盛开的景象。

24. 金屋静,玉箫闲。一尊芳酒驻红颜。东风落尽荼蘼雪,满院清香夜不寒。

——南宋·陈允平《思佳客》

【注解】尊:即樽,酒杯。驻:留住。东风:即春风。荼蘼:即荼蘼花,春天最后的花,谢后就没有花了。

【释义】华丽的金屋清静无人,珍贵的玉箫闲置不吹。一杯芳香的荼蘼酒留住了美女的红颜,春风吹落了满架雪一般的荼蘼花,使得满院子都荡漾着荼蘼花香,连夜晚都不觉得寒冷。

【点评】描写了暮春时节庭院中荼蘼花谢后仍然花香四溢的情景。

25. 缘霜和雪揉为裁,消得玻璃紫玉杯。扰扰开时违赏玩,匆匆落去漫迟回。

——南宋·陈普《和荼蘼》

【注解】缘:由于。揉:混合。消得:适合。扰扰:纷纷攘攘,热闹的样子。谩:延展。

【释义】由于荼蘼花晶莹洁白似乎是霜雪剪裁而成的,浸熏的荼蘼酒最适宜用玻璃杯、紫玉杯来盛。其纷纷攘攘地开花的时候却错过了人们赏花的季节,匆匆忙忙地凋落后却要等到明年暮春时才会再开。

【点评】抒发了对荼蘼花未适时开放,所以很少人玩赏的惋惜之情。

26. 春残豆蔻花,情寄鸳鸯帕,香冷荼蘼架。旧游台榭,晓梦窗纱。

——元·张可久《殿前欢·离思》

【注解】豆蔻花:多年生常绿草本植物,初夏开花,象征春光已残。鸳鸯帕:绣有鸳鸯图案的罗帕。

【释义】暮春的豆蔻花已经凋谢,感情只能寄托在绣有鸳鸯的丝帕上,象征着情爱的荼蘼花已经香冷花残。剩下的只是旧时游玩过的楼台,以及梦醒后看到的窗纱。

【点评】诗句采用了一系列具有文学象征意义的事物,抒发了诗人与情人离别后凄苦哀伤的心情。

27. 荼蘼花落,东风吹散红雨。春透紫髓琼浆,玻璃杯酒,滑泻蔷薇露。

——元·萨都剌《酹江月·游句曲茅山》

【注解】红雨:比喻红花,此处指代百花。紫髓琼浆:比喻紫色的酒。玻璃杯:古时玻璃杯是非常宝贵的。滑泻:流淌。蔷薇露:古代的酒名,因酒色粉红故名。

【释义】荼蘼花凋谢了,暮春的风吹落了百花。春意渗透进了紫色的酒浆里,透明的玻璃酒杯里,流淌着粉红色蔷薇露酒。

【点评】描写了暮春时节饮酒送春的情景。

28. 遍青山啼红了杜鹃,荼蘼外烟丝醉软。

——明·汤显祖《牡丹亭·惊梦》

【注解】啼红:传说杜鹃啼血染红了杜鹃花。荼蘼:即荼蘼花。烟丝:如烟的柳丝。

【释义】在布谷鸟的啼叫声中杜鹃花红遍了青山,荼蘼花在烟柳游丝外如同喝醉了酒飘忽着。

【点评】此是明杂剧《牡丹亭·惊梦》中主人公杜丽娘的两句唱词,表达了杜丽娘的满怀春情。

29. 步花径,阑干狭。防人觑,常惊吓。荆刺抓裙钗,倒闪在荼蘼架。

——明·兰陵笑笑生《金瓶梅》

【注解】径:小路。觑:看见。裙钗:女人的服饰。倒闪:跌倒。

【释义】急步行走在开满鲜花的小路上,两旁的栏杆把小路拦得更狭窄。提防着被人看见,所以常常担惊受怕怕被惊吓。被荆刺钩住了衣裙,跌倒在荼蘼架下。

【点评】描写十分生动,忙着去偷情,跌倒在长着细刺的荼蘼花架下。

30. 酴醾之品，亚于蔷薇、木香，然亦屏间必须之物，以其花候稍迟，可续二种之不继也。

——清·李渔《闲情偶寄》

【注解】 品：花的品位。亚：第二名。然：但是，然而。花候：即物候。续：连接。

【释义】 荼蘼花的品位，仅次于蔷薇花和木香花，然而也是园林景区设置屏障或间隔区域所必须有的东西，由于它花开得比一般花要稍晚一些，可以解决蔷薇花和木香花这两种花接不上的问题。

【点评】 详细说明了荼蘼花的品位与园林绿化中的优点与功用。

31. 琼瑶晶莹，芬芳袭人，若甘露焉，夷女以泽体发，腻香经月不灭。

——清·褚人获《酴醾露》

【注解】 袭人：振奋人的精神。酴醾露：一种外国妇女用的香水。

【释义】 荼蘼露如美玉般晶莹剔透，它的香气能振奋人的精神，如同甘露一样，外国妇女用它来润肤美发，其香气隔月都不消失。

【点评】 以夸张的手法赞扬了荼蘼露香水奇特的香气与功效。

32. 漫脱春衣浣酒红，江南三月最多风。梨花雪后酴醾雪，人在重帘浅梦中。

——清·厉鹗《春寒》

【注解】 漫：缓。春衣：春天穿的衣服。浣酒红：洗涤红色的酒渍。酴醾雪：荼蘼花白，如雪一般。

【释义】 迟缓一点脱去春装不要忙着去洗涤，江南的三月里春寒料峭，风还有点冷。梨花如雪地开过后，荼蘼花又开如白雪了，人就好像在层层叠叠门帘内做着冬天的梦似的。

【点评】 描写了早春三月梨花、荼蘼花等春花接连不断地开放的景象。

33. 开到荼蘼花事了，尘烟过，知多少？

——清·曹雪芹《红楼梦》

【注解】 荼蘼花：春天的最后一种花，一直要开到初夏，等到荼蘼花开了，春天就要结束了，美丽也就不能再继续了。所以荼蘼花象征着女子青春已逝，或感情的终结。

【释义】春花开到荼蘼花开的时候花事就要结束了，整个春天的风风雨雨、人间的恩恩爱爱都已经过去了，不知道有多少使人难于忘怀的往事让人追忆？

【点评】此句是《红楼梦》第六十三回《寿怡红群芳开夜宴》中宝玉的丫鬟麝月抽到的花签词，预示着麝月的命运，也预示着贾府的繁华将尽。

栀 子

34. 桃蹊李径年虽古，栀子红椒艳复殊。锁石藤梢元自落，倚天松骨见来枯。

——唐·杜甫《寒雨朝行视园树》

【注解】桃蹊李径：园林中的小路。艳复殊：花开得特别艳丽。锁石藤：紧紧包裹山石的藤萝。倚天：形容高大。松骨：比喻折断多年的松枝硬白如骨。

【释义】园林中桃李树下的小路虽然破旧，但鲜花一开就显得格外美丽了，您看栀子花白香椒花红多么艳丽。攀爬并包裹着山石的藤萝末梢原来就垂挂下来了，高大古松的枯枝已变成了白骨似的油松。

【点评】具体描绘了园中的美景，不仅句子对仗工稳，而且句子内部也对仗，如"桃蹊李径年虽故，栀子红椒艳复殊"，就是句中自对。

35. 山石荦确行径微，黄昏到寺蝙蝠飞。升堂坐阶新雨足，芭蕉叶大栀子肥。

——唐·韩愈《山石》

【注解】荦（luò）确：怪石嶙峋的样子。径微：山路狭隘。黄昏：太阳下山天黑之前的一段时间。蝙蝠：一种翼手目会飞的哺乳动物，只在黄昏时出来觅食。升堂：走进寺门。栀子肥：栀子花又肥又大。

【释义】去寺庙的山路十分狭隘且怪石嶙峋，直到黄昏时分蝙蝠都飞出来了才到寺庙。走进寺门坐在台阶上观赏四周的景象，刚下过一场雨芭蕉树伸展开大叶片，栀子花也开得又肥又大。

【点评】描写了黄昏时分大雨后寺庙内的景象。

36. 雨里鸡鸣一两家，竹溪村路板桥斜。妇姑相唤浴蚕去，闲着中庭栀子花。

——唐·王建《雨过山村》

【注解】妇姑：婆婆与媳妇。相唤：相互招呼。浴蚕：古时用盐水选蚕种。栀子花：常绿灌木，枝叶繁茂，叶色四季常绿，花白而大，有浓香，为重要的庭院观赏植物。

【释义】在山村里有一两户人家的公鸡报晓了，村中的小路掩映在竹林里，溪上的小板桥斜斜的不大安全。谁家的婆婆与媳妇相互招呼去选蚕种，家里的庭院中只有那株芳香的栀子花安闲地待在那里。

【点评】诗句富有诗情画意，又充满劳动生活的气息，表现了山村妇女的勤劳和睦，颇值得称道。

37. 首夏清和新雨晴，绿莎细软不妨行。园夫遮道白何事，栀子花开斑笋生。

——北宋·司马光《效赵学士体成口号十章献开府太师》

【注解】首夏：即始夏、初夏，指农历四月。莎：柔软的小草。妨：妨碍。园夫：园丁。遮道：挡在路当中。斑笋：斑竹的笋。

【释义】农历四月天气清和雨后初晴，碧绿柔软的小草一点不妨碍人行走。园丁挡在路当中要告诉我什么事情，原来是说栀子花开了，斑竹的笋已经长成行了。

【点评】描写春末夏初的园林景象，绿草如茵，栀子花开，斑笋成行。

38. 重台栀子玉攒花，初夏湖山一供嘉。三嗅馨香几欲泣，年时曾食故侯瓜。

——宋·张埴《初夏湖山》

【注解】重台：复瓣的花。玉攒(cuán)花：即玉簪花，多年生草本花卉。花白如玉，未开时如簪头，故名。湖山：借代园林景区。三嗅：出自《论语·乡党》：（路遇雌鸡鸟）"子路共之，三嗅而作。"故侯瓜：即东陵瓜。出自《史记·萧相国世家》："召平者，故秦东陵侯。秦破，为布衣，贫，种瓜于长安城东，瓜美，故世俗谓之'东陵瓜'……又称故侯瓜。"常用为失意隐居之典。年时：方言，指去年。

【释义】复瓣的花栀子如同玉簪花一样洁白清香，是初夏时园林景区一种人见人爱的景观。如雌鸡鸟一样三嗅而不敢进食，我嗅着栀子花的馨香直想哭泣，因为去年曾经是一个无名的隐居者。

【点评】诗句运用典故来抒发作者曾经被朝廷抛弃的悲伤心情。

39. 禅友何时到，远从毗舍园。妙香通鼻观，应悟佛根源。

——南宋·王十朋《薝蔔》

【注解】禅友：即栀子花，花中十友之一。毗舍园：西方的佛寺。妙香：佛教谓殊妙的香气。观：佛教徒培育智慧的修行方法。薝蔔：栀子花。

【释义】洁白栀子花是从何时何地到来的，是从西方的毗舍园移栽而来的。带有佛性的奇妙香气能通过鼻子观悟大千世界，能够领悟到佛教的根本意义。

【点评】揭示了栀子花与禅佛的关系以及被称为禅友的原因。

40. 雪魄冰花凉气清，曲阑深处艳精神。一钩新月风牵影，暗送娇香入画庭。

——明·沈周《薝蔔》

【注解】雪魄冰花：形容栀子花的洁白。曲栏：即曲折的栏杆。风牵影：风吹云动月影移。娇香：柔和的香气。

【释义】栀子花的洁白无瑕给人清凉的感觉，在曲折的栏杆的映衬下，洁白的花儿显得更加美艳动人。一钩弯弯的新月风吹云动如牵行，不知不觉中将栀子花的暗香送进了我的画室。

【点评】描写了诗人画院中洁白的栀子花的美艳动人。

41. 金鸭香消夏日长，抛书高卧北窗凉。晚来骤雨山头过，栀子花开满院香。

———明·丰坊《栀子花题画》

【注解】金鸭：金色的鸭形香炉。抛书：放下书本。高卧：无忧无虑地躺着。骤雨：来得快也去得快的雨。

【释义】夏天白日特别长，金色的鸭形香炉里的香料都快焚完了，抛却手中的书卷惬意地躺卧北窗下乘凉。傍晚时一场暴雨从山头那边压过来，风吹得盛开的栀子花满院子都是香气。

【点评】描写了作者夏日纳凉遇到骤雨的情景。

十、樱桃、玫瑰

樱 桃

1. 倒流映碧丛，点露擎朱实。花茂蝶争飞，枝浓鸟相失。

——南朝梁·简文帝《朱樱桃诗》

【注解】 倒流映：倒装句，意思是河流上倒映着。擎：满怀敬意地高举着。相失：迷失。

【释义】 河流上倒映着一丛丛碧绿的樱桃树，树上朱红的樱桃还带有晶亮的露珠。樱桃花盛开的时候蝴蝶纷纷飞来，在枝叶茂密浓绿的树上，鸟儿躲在里面都找不到了。

【点评】 描写了樱桃成熟时节樱桃园中果红叶绿，蝶飞鸟鸣的繁荣景象。

2. 华林满芳景，洛阳遍阳春。朱颜含远日，翠色影长津。

——唐·李世民《赋得樱桃》

【注解】 华林：繁荣兴旺的园林。阳春：阳光温暖的仲春时节。朱颜：比喻红色的樱桃。影：形容绿荫遮盖。

【释义】 繁荣兴旺的花苑果林到处是美好的景致，京城洛阳遍地阳光和煦的春天。朱红的樱桃果映红了天边的夕阳，翡翠般碧绿的樱桃叶遮盖了整条去船码头的道路。

【点评】 描写了洛阳樱桃的丰富，洛阳樱桃以个大肉多、色泽红润而著称，一直是皇宫御花园中的植物，花开时节景致极佳。唐太宗喜食樱桃，这就是唐太宗描写吃樱桃时的愉悦心情所作。

3. 西蜀樱桃也自红，野人相赠满筠笼。数回细写愁仍破，万颗匀圆讶许同。

——唐·杜甫《野人送朱樱》

【注解】西蜀：今四川省成都市一带。野人：乡下人。筠(yún)笼：竹篮。数回：多次。愁：担心。讶许同：惊讶有这么多相同的樱桃。

【释义】西蜀地方的樱桃同样红艳、味道同样好，乡下人十分豪爽，樱桃送起来满竹篮地赠送。一颗颗地把樱桃数到盘里去总担心被碰破，想不到千颗万颗都是这样均匀圆润。

【点评】此诗如禅家所谓信手拈来，头头是道者。直书目前所见，平易委曲，得人心所同然，但他人来写必难做到，不可能写得这么真切。

4. 昨日南园新雨后，樱桃花发旧枝柯。天明不待人同看，绕树重重履迹多。

——唐·张籍《和裴仆射看樱桃花》

【注解】南园：原为皇族李贺家的园子。发：开放。柯(kē)：树的枝丫。履：鞋子，借代脚。

【释义】昨天李家南园春雨之后，园中的樱桃树新老枝丫都开花了。看花的人不等天明与大家一同观赏，绕着樱桃树赏花人的脚印已经重重叠叠了。

【点评】描写了到南园赏花人之多，具有"桃李不言，下自成蹊"的意境。

5. 山樱先春发，红蕊满霜枝。幽处竟谁见，芳心空自知。

——唐·吕温《衡州岁前游合江亭见山樱蕊未折因赋含彩吝惊春》

【注解】先春：早春。发：花绽放。霜枝：形容银灰的樱桃枝。幽处：指山里。空：徒劳。

【释义】山里的野生樱桃花在早春时节就开花了，红艳的花朵开满了银灰的树枝。在幽深的山坳里开放究竟有谁来观赏呢？那只有樱桃花自己心里知道了。

【点评】描写了野樱桃花清雅美丽以及它不愿为人知的高洁品格，抒发了诗人怀才不遇的感慨。

6. 樱桃千万枝，照耀如雪天。王孙宴其下，隔水疑神仙。

        ——唐·刘禹锡《和乐天宴李周美中丞宅池上赏樱桃花》

【注解】照耀：比喻在樱桃花的笼罩下。王孙：贵族子弟。其下：樱桃花下。神仙：形容年轻人的潇洒快活。

【释义】李周美中丞家的樱桃树真多啊，千枝万枝盛开着，铺天盖地的如同下雪天似的。公子哥儿们在樱桃花下宴饮，隔着池塘看过去，像是瑶池仙境中的神仙。

【点评】描写李周美中丞家樱桃盛开时年轻人宴饮作乐的景象。

7. 晓报樱桃发，春携酒客过。绿饧粘盏杓，红雪压枝柯。

        ——唐·白居易《同诸客携酒早看樱桃花》

【注解】发：花绽放。过：拜访。绿饧（xíng）：有绿糟的甜酒。粘盏杓：粘满了酒杯酒勺。红雪：指粉红色的樱桃花。

【释义】早晨仆人报告说樱桃花开了，趁着大好春光携带着酒去拜访朋友。绿糟的甜酒粘满了酒杯酒勺，沉重的粉红色的樱桃花压弯了树枝。

【点评】描写春日作者与朋友在樱桃树下饮酒的情景，樱花如盖，酒甜花香，快乐无比。

8. 含桃最说出东吴，香色鲜秾气味殊。洽恰举头千万颗，婆娑拂面两三株。

        ——唐·白居易《吴樱桃》

【注解】含桃：樱桃的别称。东吴：地名，江东吴地。婆娑（pósuō）：密密麻麻。

【释义】一种叫含桃的樱桃就是出自江东吴地，芳香色艳味道鲜美。举头看头顶上悬挂着千万颗，有好几株长得密密麻麻的，低垂着拂到了人的面孔。

【点评】描写了春天江南东吴地方樱桃盛产的富饶景象。

9. 柏树台中推事人，杏花坛上炼形真。心源一种闲如水，同醉樱桃林下春。

——唐·元稹《同醉》

【注解】柏树台：即柏台，御史台的别称。杏花坛：指授徒讲学之所，即学校讲坛。

【释义】在御史台中主事的那位大人，是一位有真才实学的好老师。品德高尚心清如水，令人尊敬，我能同他一道在樱桃林下喝春酒感到无上光荣。

【点评】赞扬了作者的一位品学兼优的老领导、好老师，表达了自己能与品德高尚的上司老师一同喝酒的自豪心情。

10. 石榴未拆梅犹小，爱此山花四五株。斜日庭前风袅袅，碧油千片漏红珠。

——唐·张祜《樱桃》

【注解】未拆：没有开花。犹：还。斜日：太阳斜照，说明时近傍晚了。漏：露出来。

【释义】石榴花尚未绽放，梅花刚刚结果梅子还很小，我非常喜爱这四五株山里的樱桃花。夕阳西斜时庭院前春风袅袅，深碧油绿的枝叶间露出了颗颗晶莹的红樱桃珠。

【点评】诗句以石榴花、梅子的生长情况等物候现象来描写樱桃成熟的情形。

11. 新果真琼液，未应宴紫兰。圆疑窃龙颔，色已夺鸡冠。

——唐·杜牧《和裴杰秀才新樱桃》

【注解】新果：新采的樱桃。琼液：甘美的浆汁。宴紫兰：即紫兰宴，报恩之宴。紫兰是紫兰花，与紫薇仙子是姐妹。曾受恩于石猴（孙悟空的前身）。依赖顽石的滴露生存，吸收其精华，后成紫兰仙子。后为报恩而随悟空师徒西天取经，为救悟空而死。龙颔：龙口里的宝珠。夺鸡冠：胜过鸡冠的红艳。

【释义】新采来的樱桃果真是仙果琼浆，可惜尚未进入紫兰仙子的报恩之宴。那么圆润晶莹，真让人怀疑是将龙嘴里的宝珠偷来了，红艳的颜色已经胜过大公鸡红肉冠。

【点评】诗句以比喻夸张与神话传说来描写樱桃的珠圆玉润，味道鲜美。

12. 直缘多艺用心劳，心路玲珑格调高。舞袖低徊真蛱蝶，朱唇深浅假樱桃。

——唐·方干《赠美人四首》

【注解】直缘：只因。心路：心思。玲珑：精巧通透。假樱桃：即赛樱桃。

【释义】只因多才多艺用心劳苦，才心思玲珑、思绪缜密、格调高雅。舞姿翩翩，水袖高扬恰如飞舞的蛱蝶，朱红的小嘴唇赛过诱人的红樱桃。

【点评】赞扬了美人多种才艺，包括高雅的格调、高妙的舞姿以及迷人的美貌。

13. 惊飞失势粉墙高，好个声音好羽毛。小婢不须催柘弹，且从枝上吃樱桃。

——唐·郑谷《山鸟》

【注解】失势：遭殃或受奚落。粉墙高：鸟名，即白头鹎（bēi），雀形目鹎科的小型鸟类，额至头顶黑色，两眼上方至后枕白色，形成一白色枕环，叫声恰如"粉墙高"，故俗称"粉墙高"。柘弹（zhèdàn）：柘木做的弹弓。

【释义】白头鹎鸟受惊飞逃到粉白的高墙上，它的叫声真好听，羽毛也非常漂亮。小婢女不会用柘木弹弓打鸟，姑且从樱桃枝上吃几颗红樱桃吧。

【点评】描写了一只被人用弹弓追打的小山鸟，惊慌失措地逃到了墙上，小婢女安慰小鸟说，不会打它了，并请它在花园里吃樱桃。表达了婢女爱鹎鸟，弱者同情弱者的感情。

14. 去年曾赋此花诗, 几听南园烂熟时。嚼破红香堪换骨, 摘残丹颗欲烧枝。

——唐·齐己《乞樱桃》

【注解】此花: 指樱桃花。南园: 唐代著名园林, 盛产樱桃。红香: 颜色红艳而味香。堪: 好比, 如同。

【释义】去年曾经赋过这种樱桃花的诗篇, 几次听说过南园地方樱桃成熟时的热闹景象。美丽红艳清香扑鼻的樱桃吃在嘴里舒服得像换了骨头, 那一树树没有采摘的樱桃果红得似乎要把树枝都烧掉了。

【点评】描写南园地方盛产樱桃, 味道鲜美香甜酥软, 长在树上红艳欲燃, 美丽无比。

15. 小堂深静无人到, 满院春风。惆怅墙东, 一树樱桃带雨红。

——南唐·冯延巳《罗敷艳歌》

【注解】小堂: 有厅堂的房屋。惆怅: 伤感, 失意。

【释义】小堂屋幽深静谧, 一天到晚少有人来, 但满院春色。最让人惋惜惆怅的是院墙东面, 那一树晶莹的樱桃在雨中显得更加鲜红。

【点评】抒发了作者在美好的春天中寂寞无聊的心情与伤春的情感。

16. 懿夫樱桃之为树, 先百果而含荣; 既离离而春就, 乍苒苒而冬迎。

——后梁·宣帝《樱桃赋》

【注解】懿 (yì): 美好, 一般指品德方面。夫: 表示赞美的语气词。荣: 开花。既: 已经。离离: 枝叶茂盛的样子。乍: 不久。苒 (rǎn) 苒: 长势茂盛。

【释义】真美好啊, 可爱的樱桃树, 她比一般的果树都先开花结果; 在春天时就已经枝叶茂盛了, 不久又长势茂盛地准备迎接冬天的到来了。

【点评】诗句只用了樱桃花的美德, 赞扬它在春天就完成了开花结果的任务,并有准备地迎接冬天的到来。

17. 凤帻生犹嫩, 龙睛未脱枯。彤标与霞彩, 紫府閟雪腴。

【注解】凤帻(zé):一种名贵的樱桃品种。龙睛:一种晚熟的樱桃品种。紫府:道家称仙人居住的地方。閟(bì):客观存在但不可亲眼看见,引申义为"隐匿"。

【释义】一种名为凤帻的樱桃刚长出来没有多久还十分娇嫩,那种叫龙睛的樱桃也尚未成熟。而那种叫彤标的樱桃已经红得如同霞彩一样艳了,紫气萦绕的仙府中隐藏着雪白丰腴的樱桃珠。

【点评】描写了数种极其名贵的樱桃品种,可惜有的已经失传。

18. 人说樱桃美, 谁知味特殊。颗匀圆更好, 色丽赏还须。

——北宋·强至《次韵郡僚樱桃之什》

【注解】颗匀:颗粒大小相等。赏还须:更值得品赏。次韵:旧时古体诗词写作的一种方式,按照原诗的韵和用韵的次序来和诗,次韵就是和诗的一种方式。

【释义】人们都说樱桃鲜艳美丽,又有谁知道樱桃滋味的特殊。颗粒均匀圆润的味道更好,颜色艳丽的更加值得品赏。

【点评】描写了樱桃的美丽与可口,既好吃,更值得观赏。

19. 独绕樱桃树, 酒醒喉肺干。莫除枝上露, 从向口中溥。

——北宋·苏轼《樱桃》

【注解】樱桃:一种水果,含铁元素高,可补充体内对铁元素的需求,促进血红蛋白再生,可防治缺铁性贫血,有健脑益智、养颜驻容、使皮肤红润嫩白、去皱消斑的功效。

【释义】独自环绕樱桃树转圈,酒醒之后喉烧肺干。请不要清除樱桃树上的露水,直接让它从树上流向我的口中。

【点评】诗句逼真地描写了酒后口干喉燥的感觉,恨不得直接从樱桃树上喝露水。

20. 雪消闲步花畔。试屈指、早春将半。樱桃枝上最先到，却恨小梅芳浅。

——北宋·晁补之《金凤钩》

【注解】闲步: 悠闲地漫步。屈指: 借代计算。芳浅: 花少了。

【释义】白雪消融不久便到花园里散步。屈指一算早春已过去了将近一半。樱桃树上春意最为热闹，只可惜梅枝上的香花已开始凋谢。

【点评】感叹春去匆匆，抒发了作者爱春、惜春的情感。

21. 陌上风光浓处，日暖山樱红露。结子点朱唇，花谢后，君看取。流莺偏嘱付。

——宋·李弥逊《十样花·山樱》

【注解】陌: 郊外的道路。朱唇: 小巧的红嘴唇。此后几句是倒装，翻译时要调整。

【释义】野外道路上春光浓的地方，就是日光照到的地方，山樱花红艳艳地露出来了。花谢之后，山樱结的果实玲珑美艳如佳人点画的红嘴唇，"您看，您看(樱桃多美呀)。"偶尔飞过的黄莺鸟禁不住嘱咐道。

【点评】诗句采用拟人手法写黄莺鸟，用倒装的手法写黄莺鸟的嘱咐，写出了山樱极度美艳，也把黄莺鸟写活了。

22. 四月江南黄鸟肥，樱桃满市粲朝晖。赤瑛盘里虽殊遇，何似筠笼相发挥。

——宋·陈与义《樱桃》

【注解】黄鸟: 即黄雀，又名金雀、芦花黄雀。粲(càn): 鲜明的样子。赤瑛盘: 红色玉石做的盘子，即玛瑙盘。筠笼: 竹篮。

【释义】四月的江南春光明媚，黄雀鸟儿正肥，满街市都是贩卖的红艳艳的樱桃，在阳光下闪闪发亮。富贵人家将她搁在玛瑙盘里虽是一种特殊待遇，但还不如让她装在竹篮里红绿相配交相辉映更加醒目。

【点评】诗句说明了一个道理，任何事物都要合理搭配才会美丽，如红樱桃放在贵重的红玛瑙盘里，一点看不出它的好看，而将它搁在普普通通的竹篮里，红艳的樱桃与青翠的竹篮相互映衬，会显得无比美丽。

23. 一树含桃火烁空，而今春献隔离宫。只应壮士忧时泪，洒向枝头点点红。

——宋·刘子翚(huī)《和士特栽果十首·樱桃》

【注解】 离宫：指在国都之外为皇帝修建的永久性居住的宫殿，皇帝在固定时间去居住。

【释义】 一株硕果累累的红樱桃如同一树火苗在空中闪烁，而今年春天给皇上献寿礼是隔着离宫的。只是为了回应爱国壮士忧虑时事的眼泪，那一颗一颗殷红樱桃使人想到为国家抛洒向枝头的点点鲜血。

【点评】 这是一首感时之诗，由用樱桃为皇上献寿而联想到那些在靖康之变后为国献身的壮士。

24. 谷雨郊园喜弄晴，满林璀璨缀繁星，筠篮新采绛珠倾。

——宋·曾觌(dí)《浣溪沙·樱桃》

【注解】 谷雨：二十四节气之一，在清明节之后。璀璨：形容光彩绚丽。绛：大红色。

【释义】 谷雨时节天气晴朗，郊外园林的风光特别好，满树林的樱桃树上结满了繁星般璀璨的樱桃，卖樱桃的竹篮里倒满了新采的樱桃，如同颗颗鲜红的宝珠。

【点评】 描写谷雨樱桃成熟时节，郊外樱桃园里万树红珠如星星灿烂，卖樱桃人满篮宝珠的丰收景象。

25. 槐柳成阴雨洗尘，樱桃乳酪并尝新。古来江左多佳句，夏浅胜春最可人。

——南宋·陆游《初夏》

【注解】 并：同时。尝新：每年初次品尝时鲜食品。江左：因长江在安徽境内向东北方向斜流，身处中原的古人以此段江为标准确定左右，故江左也称"江东"，包括长江下游以东的两岸。可人：形容使人称心如意。

【释义】初夏之时槐树柳树已浓荫蔽天，雨水为之洗尘，此时美味的樱桃、乳酪同时可以尝新了。自古以来江东的美景常助诗人写出好诗句，刚入夏的景色比春天还美丽。

【点评】描绘江东初夏绿树浓荫、樱桃味美的可人景象。

26. 病著寒侵怕出门，萧萧烟雨暗江村。一樽阙与梅花别，过尽樱桃不足言。

——南宋·陆游《东冈樱桃已过殊不知》

【注解】萧萧：拟声词，形容马叫声或风雨声。阙：阙失，失误，错误。殊不知：竟然不知道。

【释义】我由于生病畏寒所以久未出门，天气也不好，烟雨萧萧笼罩着江村。自从错误地与梅花对酒道别后，直到错过了樱桃盛开的季节才出门，还有什么可说的呢！

【点评】描写了江村暮雨的沉闷景象，抒发了因久病而错过了樱花盛开的美好时节的感慨。

27. 樱桃一雨半雕零，更与黄鹂翠羽争。计会小风留紫脆，殷勤落日弄红明。

——南宋·杨万里《樱桃》

【注解】雕零：掉落。更：还在。翠羽：碧绿的羽毛状的叶片。计会：计算。殷勤：勤恳。弄：映照。

【释义】成熟的樱桃一到下雨天就有一半要凋谢，似乎还在与喜欢啄食樱桃的黄莺比赛谁更能在翠绿的樱桃叶中躲藏。计算一下不停刮着的小风还能保留几颗紫红爽脆的樱桃，傍晚的落日正用它彤红的斜光映照着樱桃。

【点评】描写了树上的樱桃十分娇贵，禁不住风吹雨打的特点。

28. 樱桃花发满晴柯，不赌娇娆只赌多。落尽江梅余半朵，依前风韵合还他。

——南宋·杨万里《樱桃花》

【注解】赌：比胜的意思。江梅：梅花品系中较为原始的品种，属直枝梅类，花呈白、粉、红等单色，都为五瓣。风韵：美好的风度情致。

【释义】樱桃花在春天晴好的天气里满树都盛开了，好像不是在比赛谁开得好看而是在比赛谁开得多。此时的江梅花已经凋零，只剩一朵半朵残梅花，樱桃花就依照江梅先前的风韵来还原它。

【点评】描写樱桃花盛开时正值梅花凋谢，樱桃花正好填补了梅花凋零的缺憾。

29. 含桃丹更圜，轻质触必碎。外看千粒珠，中藏半泓水。

——南宋·杨万里《樱桃煎》

【注解】含桃：樱桃的别称。圜（yuán）：团圆。轻质：皮质薄。

【释义】樱桃红艳而且圆润晶莹，好樱桃果皮薄，一不小心就会碰破。表面看像是千万颗宝珠，实际上每颗宝珠中蕴藏的是一滴仙露般的甜水。

【点评】描绘了樱桃的形与质，圆润晶莹，水淋鲜嫩，使人不忍下口。

30. 为花结实自殊常，摘下盘中颗颗香。味重不容轻众口，独于寝庙荐先尝。

——南宋·朱淑真《樱桃》

【注解】殊常：不同于一般的樱桃。樱桃中有一种早熟品种，称"早春第一果"或"百果第一枝"。据说黄莺特别爱啄食此果子，因而又名"莺桃"。莺桃小而色泽红艳光洁，味甘甜而微酸，备受人们青睐。味重：味道鲜美。寝庙：宗庙。

【释义】结果特早的樱桃（莺桃）非比寻常，摘到果盘中一看，颗颗艳丽颗颗香。味道鲜美不容许众人先入口品尝，只准供在祠堂宗庙里请祖宗神灵先品尝。

【点评】赞扬了早樱桃的味美与珍贵，以及对祖宗神灵的孝敬。

31. 香浮乳酪玻璃碗，年年醉里尝新惯。何物比春风？歌唇一点红。

——南宋·辛弃疾《菩萨蛮·席上分赋得樱桃》

【注解】玻璃：古代的玻璃就是琉璃，非常珍贵。尝新：时鲜果蔬第一次吃叫"尝新"。春风：比喻名唤"早春第一果"的樱桃。

【释义】早樱桃的清香如同奶酪的香味在玻璃碗中飘荡，年年喝春醉的时候就能品尝到早樱桃了。什么东西可以比作"早春第一果"的樱桃呢？大概只有美女那一点鲜红的歌唇可以比拟。

【点评】描写早熟品种的樱桃的味美可口、鲜艳美丽，"歌唇"一句令人浮想联翩。

32. 流光容易把人抛，红了樱桃，绿了芭蕉。

——南宋·蒋捷《一剪梅·舟过吴江》

【注解】流光：即"岁月"。把人抛：形容时间过得快。

【释义】光阴似箭，日月如梭，时间过得真快，不知不觉春天就过去了，你看通红的樱桃果都成熟了，芭蕉叶也更大更绿了。

【点评】诗句采用了暗示手法，即借助意象表达某种特定心态的方法，形象地体现季节的推移，抒发了词人伤春的情绪及久客异乡思归的情绪。

33. 红到十分春始去，香余一滴齿皆苏。柏梁每羡东方朔，七字吟成兴倍殊。

——清·曹寅《樱桃》

【注解】柏梁：原指宫廷，后借指一种叫"柏梁"的诗体。东方朔：西汉著名辞赋家。性格诙谐，言词敏捷，出口成章，常在武帝前谈笑取乐，并观察颜色，直言切谏。七字：指七言诗。

【释义】樱桃到十分红的时候春天才算过去了，樱桃的香味余下一滴也会使所有的牙齿都酥软的。在柏梁宫中的人常常羡慕东方朔的才华，七字诗吟成后兴趣便更加不一样了。

【点评】据专家考证，此诗是对应《红楼梦》中的人物史湘云的。

玫 瑰

34. 春看玫瑰树，西邻即宋家。门深重暗叶，墙近度飞花。

——唐·李叔卿《芳树》

【注解】暗叶：即叶暗，枝叶茂密就显得昏暗。度：越过。芳树：指玫瑰花。

【释义】春天来了，我看着那可爱的玫瑰树，她长在西边邻居宋家院内。门院深远，比绿叶还昏暗，墙在眼前，花可以飞过去而我却不能。

【点评】描写诗人对邻居宋家的漂亮玫瑰，想看而不得的惆怅心情。

35. 独鹤寄烟霜，双鸾思晚芳。旧阴依谢宅，新艳出萧墙。

——唐·常衮《咏冬瑰花》

【注解】独鹤：离群之鹤。双鸾（luán）：成对的凤凰。旧阴：先辈留给后辈的好处。依：依傍。谢宅：东晋谢安家的住宅，指豪门贵胄的家宅。新艳：新奇艳丽。萧墙：大户人家内部的障壁，引申为内部。

【释义】离群独鹤的羽毛往往带有灰白的霜色，成双结对的鸾凤总惦念着傍晚美丽的鲜花。前辈积下的阴德总是依傍着官宦之家，新奇艳丽的打扮总是从豪门贵族的内部兴起的。

【点评】诗句引用了"谢宅""萧墙"等典故来描写冬季的玫瑰花，大有深意。

36. 蝶散摇轻露，莺衔入夕阳。雨朝胜濯锦，风夜剧焚香。

——唐·常衮《咏冬瑰花》

【注解】入夕阳：到傍晚才回去。濯（zhuó）锦：成都一带所产的织锦，以华美著称。亦指漂洗这种织锦。濯，洗涤。剧：剧烈，浓郁。

【释义】玫瑰花艳而香，蝴蝶聚而不散直到晚上降露水时才散去，黄莺也不舍得离开，要到傍晚时才把它衔入彤红的夕阳中去。下雨天时玫瑰花艳丽得胜过刚洗濯过的华美的蜀锦，有风的夜晚玫瑰花浓郁的香气胜过有人在焚烧香料。

【点评】极度夸张地描写了玫瑰花的色彩艳丽与馥郁的浓香。

37. 麝炷腾清燎, 鲛纱覆绿蒙。宫妆临晓日, 锦段落东风。

——唐·唐彦谦《玫瑰》

【注解】麝炷(zhù): 含有麝香炷条。腾清燎: 升腾着青烟。鲛(jiāo)纱: 薄而轻柔的白纱。宫妆: 正规的打扮。锦段: 比喻玫瑰花的华丽。东风: 即春风。

【释义】玫瑰花散发的香气如同麝香点燃般烟雾缭绕, 碧绿的枝叶上如同披上了薄薄的鲛纱。迎着早晨的太阳恰如妆扮一新的少女, 又如同花团锦簇的绸缎在春风中飘落。

【点评】诗句将玫瑰的馥香、玫瑰的娇柔、玫瑰的绚丽多彩尽收诗中, 并有一种淡淡的怜爱, 这是封建社会对女人和爱情束缚的观念。

38. 露湿凝衣粉, 风吹散蕊黄。蒙茏珠树合, 焕烂锦屏张。

——唐·司空曙《和李员外与舍人咏玫瑰花寄徐侍郎》

【注解】蒙茏: 即朦胧。珠树: 形容玫瑰树的宝贵。焕烂: 光辉灿烂。张: 铺陈开来。

【释义】露水打湿了玫瑰花, 浓香凝聚在衣粉上, 轻风吹散了金黄色的花蕊粉。朦朦胧胧的分不清玫瑰花树的枝条, 满树灿烂的鲜花如同搭起了华丽的锦屏。

【点评】描写了玫瑰花开时花香四溢, 蕊粉漫天, 灿烂辉煌的景象。

39. 芳菲移自越王台, 最似蔷薇好并栽。秾艳尽怜胜彩绘, 嘉名谁赠作玫瑰。

——唐·徐夤《司直巡官无诸移到玫瑰花》

【注解】芳菲: 指玫瑰花。越王台: 越王勾践与美女西施游冶之地。秾(nóng)艳: 绚丽艳美。尽怜: 人们都喜欢。玫瑰: 蔷薇科蔷薇属花卉, 因花大而红艳, 故以"玫瑰"呼之。玫瑰花还是纯洁与爱情的象征, 国人云: "神州有爱情, 唯有玫瑰红。"

【释义】芳香的玫瑰花是从越王台上移栽的, 与蔷薇花最为相似, 正好一同栽培。她的绚丽艳美胜过彩色的图画, 人们都十分喜爱, 因而人们给她取了美好的名字叫"玫瑰"。

【点评】诗句以越王台美女西施来暗喻玫瑰花,点明了玫瑰花名的来历。

40. 日高闲步下堂阶,细草春莎没绣鞋。折得玫瑰花一朵,凭君簪向凤凰钗。

——唐·李建勋《春词》

【注解】日高:近午时。春莎:细柔的春草。没:淹没,覆盖。簪(zān):一种用来绾住头发的首饰,这里是插、戴的意思。凤凰钗:古代女子发髻上的贵重金钗。钗头上饰以凤凰形。

【释义】近午时分在厅堂前的台阶下漫步,细柔的春草刚好能盖住女子的绣花鞋。随手折下一朵猩红的玫瑰花,任凭夫君插在发髻里的凤凰钗上。

【点评】描写了春天里夫妻双双游春,丈夫为爱妻戴花的情景,表现了夫妻间的恩爱生活。

41. 非关月季姓名同,不与蔷薇谱牒通。接叶连枝千万绿,一花两色浅深红。

——南宋·杨万里《红玫瑰》

【注解】非关月季姓名同,不与蔷薇谱牒通:这两句是说不要因为玫瑰与月季、蔷薇同属同科而同等看待,其实玫瑰与它们是大不一样的。

【释义】玫瑰与月季蔷薇虽然同属同科,但他们有很大的不同,切不可同等看待,错误地归为一类。红玫瑰叶子繁茂,碧绿光亮,一茎上开两朵花,一花而二色,红艳绚丽,颜色一深一浅,相映成辉。

【点评】诗句开宗明义,点出玫瑰与月季、蔷薇的不同,赞扬了红玫瑰美好的容颜。

42. 玉人晓起惜春残,花事正阑珊。卖花声送妆台畔,开篮处,艳紫浓殷。

——清·董元恺《咏玫瑰花》

【注解】玉人:肌肤温润如玉的美人。阑珊:将尽,衰落。艳紫浓殷:

指姹紫嫣红的玫瑰花。

【释义】美人早晨一起来就叹惜春天快要过去了，因为各种花儿都正在凋谢衰败。卖花声一声声地传到美人的梳妆台畔，打开花篮一看，全是姹紫嫣红的玫瑰花。

【点评】描写暮春时节百花快要凋谢，街市上到处是卖玫瑰花的人的情景。

43. 色欲泥人还滴露，香如泛酒莫辞杯，佳人笑插鬓云堆。

——清·赵怀玉《浣溪纱·玫瑰花》

【注解】色：玫瑰花鲜艳的颜色。泥人：使人迷恋。辞：推却。鬓云堆：美人的发髻。

【释义】鲜艳的颜色使人迷恋，似乎还含着眼泪似的露水，那浓郁的香气如同酒杯里泛出来的令人不得放下酒杯，美人儿却笑着将它插在了乌黑的头发上。

【点评】描写玫瑰花如同美人艳色迷人，令人流连忘返，难以离开。

44. 闻道江南种玉堂，折来和露斗新妆。却疑桃李夸三色，得占春光第一香。

——清·秋瑾《玫瑰》

【注解】闻道：听说。玉堂：中书省，借代官府。新妆：新颖的化妆。三色：指桃、李、玫瑰三种花。得(děi)：一定。

【释义】听说玫瑰花在江南是种在官府玉堂中的，我折一枝带露的玫瑰插在头发上。却疑心同时夸赞桃李、玫瑰和我自己时，玫瑰花应该排在第一名。

【点评】玫瑰的香艳美丽自古有名，无愧于"得占春光第一香"。

十一、紫薇、紫荆

紫 薇

1. 名见桐君篆，香闻郑国诗。孤根若可用，非直爱华滋。

——唐·张九龄《苏侍郎紫薇庭各赋一物得芍药》

【注解】桐君篆：古代著名的药典。郑国诗：郑国咏兰香的诗句。非直爱：并非只是喜爱。

【释义】美名被著录在古代著名的药典《桐君篆》上，它的浓香在古代郑国咏香兰的诗中早已写到。它那少有的孤根也是大有用处的，人们不只是喜爱它枝叶长得茂盛华滋、生机勃勃。

【点评】表面上是写一种药草，其实是表明节操高的忠臣就如同这种有名的药草般久久流传。

2. 几年丹霄上，出入金华省。暂别万年枝，看花桂阳岭。

——唐·刘禹锡《和郴州杨侍郎玩郡斋紫薇花十四韵》

【注解】丹霄：即绚丽多彩的天空，比喻皇宫皇帝居处。金华省：门下省的美称。万年枝：比喻年代久远的冬青树。桂阳：在今湖南省郴州市。

【释义】数年来一直在京城中居住，在朝廷的门下省为官。被贬官离开了京城中上万年的冬青树，来到湖南郴州的桂阳岭观赏紫薇花。

【点评】抒发诗人被贬官后与友人杨侍郎一同赏花而依然超脱的品格。

3. 雨余人吏散，燕语帘栊静。懿此含晓芳，翛然忘簿领。

——唐·刘禹锡《和郴州杨侍郎玩郡斋紫薇花十四韵》

【注解】帘栊：窗帘和窗牖。懿：品行美好。翛（xiāo）然：无拘无束、自由自在的样子。簿领：整理文档的秘书工作。

【释义】雨还没有完全停，官吏都已经散去，燕子在房梁上窃窃私语，帘枕内十分安静。紫薇这种具有美好品德的鲜花满含着清晨的芳香，欣赏它使我心情畅快，自由自在地暂时忘却了整理文档的麻烦事。

【点评】抒发了作者喜爱紫薇花与观赏紫薇花时忘了日常文秘工作的烦恼的愉快心情。

4. 明丽碧天霞，丰茸紫绶花。香闻荀令宅，艳入孝王家。

——唐·刘禹锡《和令狐相公郡斋对紫薇花》

【注解】丰茸：肥大蓬松。紫绶花：因紫薇花似古人结于腰间的绶带，故亦称紫绶花。

【释义】紫薇花明丽灿烂如同碧天上的彩霞，又如同古人肥大蓬松的紫绶带。清香飘遍荀令宅第，鲜艳紫红进了孝王家院。

【点评】主要赞美了紫薇花的美艳与高贵。

5. 丝纶阁下文书静，钟鼓楼中刻漏长。独坐黄昏谁是伴？紫薇花对紫微郎。

——唐·白居易《紫薇花》

【注解】丝纶阁：指替皇帝撰拟诏书的阁楼。刻漏：古时用来滴水计时的器物。紫微郎：唐代官名，中书舍人，因中书省曾改名紫微省，取天文名词"紫微垣"为义，故"薇"一作"微"。

【释义】我在丝纶阁值班，没什么文章可写，周围一片寂静，只听到钟鼓楼上刻漏的滴水声，时间过得太慢了。在这黄昏的寂寞中，我一个人孤独地坐着，谁来和我做伴呢？唯有阁下的紫薇花和我这个紫微郎寂然相对。

【点评】诗中"对"字传神，诗人与花，你看着我，我看着你，真是"相看两不厌"。这种感受更显出了他的寂寞无聊。

6. 一丛暗淡将何比？浅碧笼裙衬紫巾。除却微之见应爱，人间少有别花人。

——唐·白居易《见紫薇花忆微之》

【注解】暗淡：指紫薇花尚未开放，色泽暗淡。将何比：把它比拟成什么。微之：指元微之，是白居易的好友，鉴定花卉的大师。

【释义】一丛尚未开放的紫薇花色泽暗淡, 如同一位美人穿着浅绿笼裙外罩浅紫的纱巾。只有鉴花大师元微之知道她是名贵的花卉而喜爱它, 人们中少有能鉴别她的人。

【点评】既赞扬了元微之鉴识花卉的能力, 也表达了诗人爱花的情感。

7. 紫薇花对紫微翁, 名目虽同貌不同。独占芳菲当夏景, 不将颜色托春风。

——唐·白居易《紫薇花》

【注解】貌: 外貌, 这里指情境。

【释义】耄耋老翁紫微郎面对着风华正茂的紫薇花, 他们的名字是相同的, 但是他们的情境却迥异, 紫薇花她不是把自己的妩媚展现在那柔美的春风里, 而是开在炎热的盛夏, 独占夏日的芳菲。

【点评】诗句以同名的紫薇花写出了耄耋老翁紫微郎的无奈, 以乐景写哀情, 乐的是盛夏的紫薇花, 悲的却是自己被贬官的无奈与悲戚。

8. 晓迎秋露一枝新, 不占园中最上春。桃李无言又何在, 向风偏笑艳阳人。

——唐·杜牧《紫薇花》

【注解】一枝新: 形容盛开的紫薇花。艳阳人: 比拟紫薇花如同光明磊落的正人君子。

【释义】紫薇开花在夏秋之际, 它不去抢占园中最美好的春光。桃李虽艳此时已无影无踪了, 它们花期这么短却对着风嗤笑紫薇花在艳阳下开放。

【点评】诗句用桃李花来衬托紫薇花的独特之处, 借花抒情, 赞美紫薇花的美及花期之长, 杜牧亦因写了《紫薇花》这首咏物抒情诗, 被人誉为"杜紫薇"。

9. 桃绶含情依露井, 柳绵相忆隔章台。天涯地角同荣谢, 岂要移根上苑栽?

——唐·李商隐《临发崇让宅紫薇》

【注解】岂要: 为什么一定要。上苑: 皇家苑林。

【释义】桃花含情脉脉依傍着豪富家的露井,柳絮情丝绵绵忘不了华丽的章台宫。无论什么花,无论是在天涯海角都是春荣冬谢的,为什么一定要移植到皇家苑林里去呢?

【点评】此诗是李商隐对紫薇有感而作的,是以紫薇自况,暗喻寂寞无主、惺惺相惜之情。

10. 素秋寒露重,芳事固应稀。小槛临清沼,高丛见紫薇。

——唐·唐彦谦《紫薇花》

【注解】素秋:秋季。古代五行之说:秋属金,其色白,故称素秋。

【释义】秋天寒露渐多,植物已渐枯萎,很少有花事鲜艳的。小院子的门前紧挨着花园,可以见到一树高大的紫薇花正热烈绽放。

【点评】赞美紫薇花的花期长,从夏季一直开到秋天,这是其他名花所没有的可贵品质。

11. 蜀葵鄙下兼全落,菡萏清高且未开。赫日迸光飞蝶去,紫薇擎艳出林来。

——唐·孙鲂《甘露寺紫薇花》

【注解】蜀葵:一种著名的花卉,又名"一丈红"。菡萏(hàndàn):荷花的别称。去:离开。

【释义】蜀葵等一些普通的花卉全都凋谢了,荷花虽然清高但尚未盛开。炎热的阳光下连蝴蝶都飞走了,这时却有一树紫薇花灿烂地开着,从树林间将美丽的紫色高高地擎起。

【点评】诗句以比较的手法将紫薇花与蜀葵花、荷花作比较,赞美了紫薇花的平凡却高贵,和谐却美丽。

12. 虚白堂前合抱花,秋风落日照横斜。阅人此地知多少,物化无涯生有涯。

——北宋·苏轼《次韵钱穆父紫薇花二首》

【注解】虚白:《庄子》云"虚室生白,吉祥止止",意思是说心中纯净无欲。所以古人常爱以之为堂室之名。

【释义】虚白堂前有一株合抱粗的紫薇花,在萧萧秋风、暮日西照下花影横斜散乱, 老树阅尽人间沧桑多少事, 事物的变化是无穷无尽的, 而人的生命是有限的。

【点评】表达了诗人对故园依旧, 而物是人非产生的怀恋故乡之情。

13. 盛夏绿遮眼, 此花红满堂。自惭终日对, 不是紫薇郎。

——南宋·王十朋《紫薇》

【注解】红满堂: 紫薇花的别称。形容紫薇花正盛开。

【释义】夏天树荫浓绿遮眼, 只有紫薇满堂艳。终日面对紫薇花, 自惭不是紫薇郎。

【点评】诗句写自己面对盛开的紫薇, 联想到白居易"紫薇花对紫微郎"的诗句, 感叹自身还未进入官场的苦闷之情。

14. 红药紫薇西省春, 从来惟惯对词臣。问囚自是粗官分, 无奈名花解笑人。

——南宋·陆游《听事前紫薇花二本甚盛戏题绝句》

【注解】西省: 中书省的别称。词臣: 文臣。问囚: 是指《左传》"伯州犁问囚"的典故。粗官: 指武夫。这里应该有轻蔑的含义。

【释义】中书省衙门前芍药花紫薇花盛开, 一派春天的景象, 上官从来只会排挤正直的文臣。《左传》中伯州犁问囚的故事就说明了这些人有多阴险与卑鄙, 紫薇花是知道我受排挤不得志的, 但她也只能以盛开的笑脸宽慰我。

【点评】诗句以《左传》中伯州犁问囚的典故表达了作者抑郁不得志的郁闷心情。

15. 钟鼓楼前官样花, 谁令流落到天涯? 少年妄想今除尽, 但爱清樽浸晚霞。

——南宋·陆游《紫薇》

【注解】官样花: 紫薇花的别称。流落: 移植。妄想: 收复中原的理想。

【释义】钟鼓楼前的紫薇花, 是谁叫你流落到偏僻的天涯! 岁月早就消磨了我年轻时的理想, 如今只喜欢举着酒杯看酒中那醉人的晚霞。

【点评】诗句以紫薇花作比,喻自己被排挤贬官到偏僻之地,抒发了诗人壮志难酬的无奈心情。

16. 绿槐夹道集昏鸦,敕使传宣坐赐茶。归到玉堂清不寐,月钩初上紫薇花。

——南宋·周必大《入直》

【注解】昏鸦:黄昏时归巢的乌鸦。敕:皇上的诏命。玉堂:翰林院。月钩:形容新月。

【释义】皇宫内道路两旁槐树浓荫如盖,黄昏时树上栖集着许多乌鸦,内宫使者传达皇命,恩赐我到选德殿陪坐喝茶。回到翰林院后仍觉得无比荣幸,神清气爽久久不能入睡。直到新月上来,月亮照在紫薇花上。

【点评】表达了作者得到皇帝信任的激动心情。

17. 似痴如醉弱还佳,露压风欺分外斜。谁道花无红百日,紫薇长放半年花。

——南宋·杨万里《咏紫薇花》

【注解】似痴如醉:形容花开得热烈。分外斜:更加有姿态。长放:长期绽放。

【释义】紫薇花似痴如醉地绽放着,虽然软弱但非常美丽,秋露来欺压她秋风来吹打她,而紫薇花却显得更加娇媚,谁说无论什么花都是开不到一百天的,这话不对,因为紫薇花的花期可以长到半年以上。

【点评】诗句赞扬紫薇花的和蔼大方与花期之长,语言通俗易懂,明白如话。

18. 禁门深锁寂无哗,浓墨淋漓两相麻。唱彻五更天未晓,一墀月浸紫薇花。

——南宋·洪咨夔《直玉堂作》

【注解】禁门:宫门。两相:即两位宰相,指左丞相与右丞相。麻:唐宋时朝廷任命大臣的诏书必须用黄麻纸，此即指诏书。墀（chí）：宫中的台阶。直：通"值"，值班的意思。玉堂：官署名。汉称侍中为玉堂署，唐称中书省为玉堂署，宋以后翰林院亦称玉堂。

【释义】宫禁之门深深地锁着寂静无哗，拜相令在两页麻纸上淋漓挥洒。红巾卫士唱彻了五更天还没亮，晓月如水浸泡着阶上的紫薇花。

【点评】抒写作者在中书省值班时的所见所闻，表现了宫禁制度的森严与万籁俱寂、月光如水的情景。

19. 紫薇花自非凡品，何事栖极枳棘<u>丛</u>。白发舍人羞见道，相逢那敢恨飘蓬。

——南宋·程公许《衢信道间见紫薇花》

【注解】栖：置身。白发舍人：指白居易，曾任紫薇令中书舍人。飘蓬：飘飞的蓬草。

【释义】紫薇花生来高贵，不是平凡品种，但为什么要让它栖身于不堪承受的荆棘丛中。白发苍苍的中书舍人羞愧满面地说道，相逢他乡哪里敢怨恨被朝廷贬官四处漂泊。

【点评】诗句借名贵的紫薇花被种植在荆棘丛中的事来比喻自身的遭遇。

20. 紫薇开最久，烂熳十旬期。夏日逾秋序，新花续故枝。

——明·薛蕙《紫薇》

【注解】旬：十日为一旬。逾：延续。续：接连不断。

【释义】紫薇花开的时间最长，烂漫的紫红要开一百天。从初夏一直要开到秋天，老花尚未全凋谢，新花又继续开放在老枝上了。

【点评】赞扬紫薇花烂漫美丽、花期特长，人们称紫薇花为"十旬花""百日红"即出于此。

21. 风吹紫荆树, 色与春庭暮。花落辞故枝, 风回返无处。

——唐·杜甫《得舍弟消息》

【注解】辞故枝: 指兄弟分离。

【释义】风吹紫荆树落花无数, 让人觉得已经是暮春时分。风吹落花
使它告别了待了很久的枝头, 花被风吹来吹去, 不知道该在哪里停
留。虽然兄弟情深, 但漂泊在异乡, 难以相遇。

【点评】描写诗人睹物思亲。昔日朝夕相伴的手足兄弟, 如今骨肉分
离, 收到亲人的一点音信, 泪如雨下, 表达了颠沛流离中对亲人有几
多牵挂。

22. 作诗通小雅, 献赋掩长杨。流转三千里, 悲啼百万行。庭前
紫荆树, 何日再芬芳。

——唐·窦蒙《题弟臮〈述书赋〉后》

【注解】小雅: 借代《诗经》。长杨: 指《长杨赋》, 赋文名篇, 汉代扬
雄所写。三千里: 形容文名远播。

【释义】兄弟写的诗可与《诗经》相比, 写的赋文超过了汉代写赋的
名家扬雄。文名流传到很远的地方, 使许多人感动得流泪。真想问
问庭前紫荆树, 哪一天能用美丽的芳影来宽慰我思乡的断肠心绪?

【点评】抒写作者阅读兄弟的来信, 多少旧事重上心头, 抒发了诗人
思乡不止的心情。

23. 杂英纷已积, 含芳独暮春。还如故园树, 忽忆故园人。

——唐·韦应物《见紫荆花》

【注解】紫荆花: 分本土紫荆与洋紫荆两种。大家所熟悉的香港市花
是洋紫荆; 古代诗词中所写的紫荆花都是本土紫荆, 是整个枝条都
开满玫瑰色小花的"满条红"。

【释义】紫红色的花瓣已满地堆积, 紫荆花还在纷纷降下, 落花中饱
含着暮春独特的芳香。花的颜色、花的芳香都如同故乡的紫荆树,
这忽然使我想起了故乡的亲人。

【点评】落英缤纷，那一地的紫色花瓣，让游子心头再次涌上思归乡、忆故里的感情。诗句着墨不多却透视出款款深情，感人至深。那故园的紫荆花此时该也是如此的光景了吧，久违了故乡的亲人，是否别来无恙？

24. 鹤骨龙筋结寿枝，红绡紫绮曝仙衣。只应不奈麻姑爪，独领春风住翠微。

——宋·朱翌《咏紫荆》

【注解】鹤骨龙筋：形容屈曲遒劲的紫荆花枝条。曝：曝露。麻姑：引用成语典故"麻姑献寿"。出自东晋葛洪《神仙传》："麻姑，建昌人，修道于牟州东南余姑山。三月三日西王母寿辰，麻姑在绛珠河畔以灵芝酿酒，为王母祝寿。"传说麻姑手似龙爪。翠微：绿叶丛。

【释义】像鹤骨龙筋一样屈曲遒劲的紫荆花枝结满了祝寿的紫红花，如同仙姑的红绡紫绮的内衣曝出了衣外。又似乎是按捺不住麻姑女爪痒，独自带领春光住在翠绿丛中。

【点评】抒写的是一种名贵品种叫"浙皖紫荆"，其枝形屈曲遒劲如同鹤骨龙筋，花色较一般紫荆花鲜艳。

25. 稼艳压春葩，葩成叶始芽。未张青羽旆，先糁紫金砂。

——南宋·卫宗武《紫荆花》

【注解】稼：家种的紫荆花。羽旆（pèi）：羽毛装饰的旗帜，比喻紫荆叶片。糁（sǎn）：方言，米粒（指煮熟的）。紫金砂：比喻紫荆花。

【释义】紫荆花的鲜艳胜过了许多春天开放的鲜花，紫荆花的奇特之处是花开之后才开始发芽长叶。尚未展开青翠的叶片，就先长出了许多紫金色的如煮熟的饭粒一样的小花。

【点评】赞扬了紫荆花的两个特点：紫艳胜春花，花先叶而发。

26. 枯条谁缀桃花米，嫩蕊初挼撒酒媒。野老门前栽一树，才开桐角此花开。

——南宋·舒岳祥《咏紫荆花》

【注解】枯条：指紫荆花的枝条。紫荆树是一种先花后叶的落叶灌木,开花之前如同枯枝。

【释义】紫荆树光秃秃的枝条上是谁缀满了桃红色的小米粒,这种初生的娇嫩的小花蕊如同酿红酒时撒入酒缸中的红酒媒。一位老农家门前就栽有一棵紫荆花,桐角叶一开始伸展,此花就开始绽放了。

【点评】诗句是说一簇簇的紫荆花就像我们的一个个兄弟姐妹,美丽温暖着我们的心灵,且与人类心心相印,手足情深。

27. 临湖门外是侬家,郎若闲时来吃茶。黄土筑墙茅盖屋,门前一树紫荆花。

——元·张雨《湖州竹枝词》

【注解】侬家:吴地人称我为"吾侬",侬家即我家。郎:对青年男子的爱称。竹枝词:湖州一带的情爱民歌。

【释义】我家临湖而居,门外就是太湖,亲爱的,你有空的时候请来喝杯茶吧! 请记住我家房屋的特点,我住的是黄土墙的茅草屋,门前还有一株紫荆花。

【点评】通俗易懂,明白如话,刻画了一个大胆追求爱情的爽朗的水乡姑娘。

十二、岁寒三友

松

1. 秩秩斯干，幽幽南山。如竹苞矣，如松茂矣。

——《诗经·小雅·斯干》

【注解】秩秩：水清而流动的样子。斯：此。干：通"涧"。幽幽：形容茂密。苞：竹叶。

【释义】清清的涧水流个不停，深幽的南山多么清静。那里都是茂密的竹丛，都是苍翠茂盛的松林。

【点评】用来比兴兄弟和睦，家业兴旺发达。

2. 岁寒，然后知松柏之后凋也。

——《论语·子罕》

【注解】岁寒：指每年天气最寒冷的时候。岁，年。凋：凋零。

【释义】只有到了每年天气最寒冷的时候，这样才知道松树和柏树是最后凋谢的。

【点评】此语常用来比喻耐得困苦，受得折磨，意志坚强的品质。

3. 郁郁涧底松，离离山上苗。以彼径寸茎，荫此百尺条。

——西晋·左思《咏史》

【注解】郁郁：苍郁茂盛的样子。涧：山坳溪沟。离离：纤细稀疏的样子。径：直径。荫：蔽。

【释义】苍郁茂盛的松树生长在山沟里，枝叶纤细稀疏的小杂苗却长在山冈上。仅凭直径不过寸的茎干来遮蔽上百尺高的涧底苍松。

【点评】用比兴手法批判了当时极不合理的用人制度。

4. 苔滑非关雨, 松鸣不假风。

——唐·寒山《登陟寒山道》

【注解】 苔: 苔藓。假: 借, 凭借。

【释义】 寒山道上苔藓滑, 与下雨没有关系, 松林中发出的轰鸣声, 也不是凭借风力。

【点评】 描写了寒山道上山深林密, 人迹罕至的特点。

5. 松柏本孤直, 难为桃李颜。

——唐·李白《古风》

【注解】 孤直: 孤傲正直。桃李颜: 比喻奴颜婢膝, 讨好人的样子。

【释义】 松柏的本性就是孤傲正直的, 难以做出桃花李花的颜色和样子。

【点评】 诗句用比喻的手法表达了诗人为人孤傲正直, 不愿以谄容与媚色取悦于权贵的品质。

6. 为草当作兰, 为木当作松。兰秋香风远, 松寒不改容。

——唐·李白《于五松山赠南陵常赞府》

【注解】 为: 做。改容: 改变容颜。

【释义】 做花草, 就要做兰草, 做树木, 就要做松树。兰草在秋天依旧香风远飘, 松树在冬天里依然傲立雪霜, 不改苍翠的容颜。

【点评】 赞扬了兰草和松树不畏严寒霜雪的高贵品质。

7. 新松恨不高千尺, 恶竹应须斩万竿。

——唐·杜甫《将赴成都草堂途中有作先寄严郑公五首》

【注解】 新松: 新栽种的小松树。恨: 极度盼望。恶竹: 阻碍新松生长的竹子。

【释义】 我恨不得让新松长到千尺高, 而阻碍新松生长的恶竹应该全部加以拔除。

【点评】 诗人喜爱新松是因它峻秀挺拔, 不随时态而变; 诗人痛恨恶竹, 是因恶竹随乱而生。诗句寓意深刻。乱世的岁月里, 诗人的才干难以为社会所用,而各种丑恶势力竞相做充分表演,诗人由此感慨万分。

8. 松门风自扫,瀑布雪难消。

——唐·皇甫曾《送少微上人东南游》

【注解】 风自扫:山风自动打扫。难消:难以消融。

【释义】 落满松针的寺门是山风在自动打扫,山涧中的瀑布似同堆积的白雪长年不会消融。

【点评】 描写了东南名刹国清寺的奇特景象。

9. 为君壁上画松柏,劲雪严霜君试看。

——唐·刘商《画树后呈濬师》

【注解】 君:对人的尊称,相当于"先生"。此处是对"濬师"的称呼。

【释义】 为濬师先生您在墙壁上画成了一幅松柏图,那种不畏冰雪严霜的坚贞操守您自己去揣摩吧!

【点评】 表达了诗人崇尚不畏冰雪严霜的松柏节操与自强精神。

10. 有松百尺大十围,生在涧底寒且卑。

——唐·白居易《涧底松》

【注解】 围:两手相合的圆围。寒且卑:贫寒且地位低下。

【释义】 有位才士如同一棵高大的松树,生长在山涧下生活贫寒地位低下。

【点评】 表达了作者对怀才不遇的读书人的同情与对不公平的黑暗现实的愤慨。

11. 不能更折江头柳,自有青青松柏心。

——唐·贯休《春送僧》

【注解】 折江头柳:江头折柳送别是唐代的风俗。松柏心:指坚定不移修持佛道的志愿。松树与柏树,枝叶繁茂,经冬不凋。人们在诗文中常以松柏作为志操坚贞的象征。

【释义】 因为我们都是有信仰的佛教徒,不能像常人那样在江头折柳送别,更何况都有一颗青青松柏一样的信佛之心。

【点评】描写了赠别友人的情景，景为主体，情寓其中，感染力很强。

12. 穿松渡双涧，宫殿五峰围。

——北宋·夏竦《国清寺》

【注解】宫殿：指寺庙。五峰围：国清寺四围有五座山峰，它们是：寺前祥云峰，寺后八桂峰，寺东灵禽峰，寺西灵芝峰，寺西北映霞峰。

【释义】穿过松林渡过两道山涧，国清寺的庙宇四周有五座山峰拱围着，如同皇家宫殿一样壮丽。

【点评】描写天台山国清寺的环境，称赞它选址布局的精妙。

13. 松竹越冬而不雕，梅耐寒而开花，谓岁寒三友。

——明·程敏政《寒岁三友图赋》

【注解】越：经历。雕：即"凋"。谓：称为。

【释义】松树与竹子经历严寒的冬天也不会凋谢，梅花耐得住寒冷能在最冷的时候开花，所以将它们合称为"岁寒三友"。

【点评】说明了将松竹梅合称为"岁寒三友"的原因。

竹

14. 瞻彼淇奥，绿竹猗猗。

——《诗经·国风·淇奥》

【注解】瞻：远望。淇：淇水，河流名。奥：水边弯曲的地方。猗（yī）猗：美而茂盛的样子。

【释义】远望那淇水边弯曲的地方，碧绿的竹子长得多么秀美而茂盛。

【点评】《淇奥》是我国最早一首赞美竹子的诗歌，也是最早把竹子比作君子品德的诗歌。

15. 此地有崇山峻岭，茂林修竹，又有清流激湍。

——东晋·王羲之《兰亭序》

【注解】此地：指会稽山兰亭。修竹：高大的竹子。激湍（tuān）：湍激的瀑布。

【释义】这地方有高峻的山岭，高大茂密的竹林，又有清澈泉流、湍激的瀑布。

【点评】描写了书法圣地会稽山兰亭的秀美景色。

16. 谁能制长笛，当为吐龙吟。

——南朝梁·刘孝先《咏竹》

【注解】当：一定。吐：发出。

【释义】何人能将竹子制作成长长的竹笛，就一定会为他吹奏出龙吟般的高雅音乐。

【点评】诗句借竹述怀，表明自已有高雅远大的理想，希望能遇到知音伯乐，完成自已的远大抱负。

17. 今兵威已振，譬如破竹，数节之后，皆迎刃而解。

——《晋书·杜预传》

【注解】兵威已振：部队的士气已经振作。皆：都。

【释义】如今部队的士气已经振作，其形势譬如劈竹子，开头数节劈开之后，后面的便都迎刃而解了。

【点评】以劈竹子作比喻，开头的难题解决后，后面的问题一般都不会成为阻碍，都是可以顺势解决的。

18. 荷风送香气，竹露滴清响。

——唐·孟浩然《夏日南亭怀辛大》

【注解】送：吹来。响：声。

【释义】清风吹过送来缕缕荷花的香气，竹叶上的露珠滴下来发出清脆的响声。

【点评】通过嗅觉与听觉抒写纳凉的愉悦感受。

19. 郎骑竹马来，绕床弄青梅。同居长干里，两小无嫌猜。

——唐·李白《长干行》

【注解】竹马：小孩当马骑的竹竿。青梅：青的梅子。长干里：江东方言，二山冈间称"干"。

【释义】 幼小时您跨着竹扫把当马骑着来我家，绕着床椅子玩弄青青的梅子。我们一同都居住在长干里，两个天真无邪的小孩子感情非常真诚。

【点评】 形象地写出了两个小孩天真无邪的真诚情感，后人以"青梅竹马"比喻男女儿童在一起玩耍，天真无邪的感情。

20. 天寒翠袖薄，日暮倚修竹。

——唐·杜甫《佳人》

【注解】 翠：冷色调。倚：斜靠。

【释义】 天气寒冷时还穿着单袖薄衣，傍晚时分倚靠在修长的竹子上休息，俨然似一支不畏风寒的挺拔翠竹。

【点评】 诗句借竹喻人，赞美佳人虽遭不幸，仍能洁身自持的高尚情操。

21. 诗思禅心共竹闲，任他流水向人间。

——唐·李嘉祐《题道虔上人竹房》

【注解】 共竹闲：与竹子一样洁净安闲。流水：比喻红尘俗世。

【释义】 诗人的诗思与礼佛之心都与竹子一样洁净安闲，任凭世间红尘滚滚流水般涌来。

【点评】 是描写一位禅师的禅参已悟达天人一体、万物共融的境界。

22. 因过竹院逢僧话，又得浮生半日闲。

——唐·李涉《题鹤林寺僧舍》

【注解】 因：由于。过：造访。竹院：环境幽雅脱俗的竹林寺。逢僧话：与寺僧的一番闲聊。浮生：俗人凡人，指诗人自己。

【释义】 由于造访竹林寺，在幽雅脱俗的环境中与寺僧的一番闲聊，使得我这个俗人心中的烦闷暂且放下。

【点评】 描述了诗人心情不佳时来到幽雅脱俗的竹林寺，与僧人一番闲聊后有所感悟，得到些许慰藉。

23. 千花百草凋零后, 留向纷纷雪里看。

——唐·白居易《题李次云窗竹》

【注解】凋零: 凋谢。

【释义】寒冷的严冬, 自然界所有的花草都凋谢了, 唯有竹子, 在纷纷扬扬的大雪之中更显得翠绿。

【点评】用对比的手法赞扬了竹子凌雪傲寒的品格。

24. 水能性淡为吾友, 竹解心虚即我师。

——唐·白居易《池上竹下作》

【注解】性淡: 本性清静淡泊。心虚: 虚心。

【释义】我把水的清静淡泊的品格当作朋友, 要以竹子的虚心品德作为我的老师。

【点评】表明做人要如水一般清淡, 竹子一般虚心。

25. 箨落长竿削玉开, 君看母笋是龙材。更容一夜抽千尺, 别却池园数寸泥。

——唐·李贺《昌谷北园新笋》

【注解】箨(tuò): 竹笋的皮壳。削玉开: 比喻新竹展开枝叶。母笋: 指老竹子。龙材: 比喻不凡之材。更容: 更应该。别却: 告别, 离去。

【释义】笋壳落掉后展开了枝叶, 你看那些老竹都是栋梁之材。它们一夜之间就穿出地面数尺高, 远离竹园的数寸泥。

【点评】运用了夸张的手法, 形象生动地描绘了竹子拔节上长的勃勃生机和非凡气势。

26. 忽忆秦溪路, 万竿今正凉。

——唐·许浑《秋日众哲馆对竹》

【注解】秦溪: 指秦溪村, 作者所留恋的小乡村。万竿: 茂密的竹林。

【释义】忽然想起秦溪村的小路两旁, 那万竿茂密的翠竹现在也是一片清凉。

【点评】诗人忆想秦溪村小路旁茂密的竹林, 抒发对那片竹林的留恋之情。

27. 有节骨乃坚,无心品自端。几经狂风骤雨,宁折不易弯。

——唐·钱樟明《水调歌头·咏竹》

【注解】乃:才。自端:本来就端庄。

【释义】竹子因为有节操才能无比坚强,因为没有私心所以品德非常端庄。无数次地经受狂风骤雨摧残,依然坚强,宁折不弯。

【点评】赞扬了竹子无比坚强,宁折不弯,毫无私心的高贵品质。

28. 皇都陆海应无数,忍剪凌云一寸心。

——唐·李商隐《初食笋呈座中》

【注解】皇都:皇家都城。陆海:山珍海味。忍剪:怎么忍心挖取。凌云一寸心:比喻有望成为凌云大竹的竹笋。

【释义】皇家都城里山珍海味多得数不清,怎么忍心去挖吃将来有望成为一棵凌云大竹的竹笋呢?

【点评】诗句借物喻世,批评当时摧残打击青年知识分子的社会风气。

29. 竹映风窗数阵斜,旅人愁坐思无涯。

——唐·唐彦谦《竹风》

【注解】数阵斜:一次次地吹斜。旅人:外出的行人。无涯:无边无际。

【释义】风吹斜竹子的影像一次次地投映在纱窗上,行客枯坐,唯见竹影摇曳,斜映纱窗,愁思无限。

【点评】抒发了诗人的思乡之情。

30. 宜烟宜雨又宜风,拂水藏村复间松。

——唐·郑谷《竹》

【注解】宜:相宜,相合。藏:掩映。

【释义】翠竹与烟雨清风最为相宜,最为相合,轻拂流水,掩映村庄,与松树相伴。

【点评】赞扬了竹子的秀丽身影与清雅脱俗的品格。

31. 数竿苍翠拟龙形,峭拔须教此地生。

——唐·裴说《春日山中竹》

【注解】苍翠:青绿。拟:恰似。峭拔:挺拔。

【释义】数竿苍翠的竹子恰似数条苍龙从天而降,俊俏挺拔的形象的确应该生长在春天的山岗上。

【点评】诗句以逼真的描摹赞扬了林中竹子株株俊俏挺拔的形象。

32. 罄南山之竹,书罪无穷;决东海之波,流恶难尽。

——《旧唐书·李密传》

【注解】罄:用尽。南山:长安城南的终南山。书:写。流恶:用水冲洗罪恶。

【释义】用尽终南山的竹子制成竹简,也写不完杨广的罪孽;挖开东海用东海的水,也冲洗不掉他的罪恶。

【点评】此语是成语"罄竹难书"的出处,用于贬义。

33. 未出土时先有节,纵凌云处也无心。

——北宋·徐庭筠《咏竹》

【注解】纵:纵然。无心:空心。

【释义】竹子尚未长出地面的时候就已生就竹节,纵然长到接近云端的高处它仍然还是空心的。

【点评】比喻未成名时就有操守,身居高位时也有居高不傲的高贵品质。

34. 故画竹必先得成竹于胸中,执笔熟视,乃见其所欲画者,急起从之。

——北宋·苏轼《文与可画筼筜谷偃竹记》

【注解】必:一定要。先得成竹于胸中:胸有成竹。执:握。熟视:仔细看。欲画者:想要画的竹子。急起从之:马上随之而画。

【释义】所以画竹一定要心里先有竹子的形象,拿起笔来凝神看去,才能看到所想画的竹子,马上随之而画,一气呵成。

【点评】此语是"胸有成竹""成竹在胸"等成语的出处。

35. 留我同行木上座, 赠君无语竹夫人。

——北宋·苏轼《送竹几与谢秀才》

【注解】 同行木上座: 即木手杖。因为手杖总是随人而行, 供人休息。

竹夫人: 古代消暑用具。清代赵翼《陔余丛考·竹夫人汤婆子》:

"编竹为筒, 空其中而窍其外, 暑时置床席间, 可以憩手足, 取其轻凉也, 俗谓之竹夫人。"

【释义】 你留给我一根随我同行供我休息的木手杖, 我回赠老朋友一个不会说话的竹笼子。

【点评】 诗句以极雅语言将极通俗的生活用具写入诗中, 极具生活情趣。

36. 长江绕郭知鱼美, 好竹连山觉笋香。

——北宋·苏轼《初到黄州》

【注解】 郭: 城墙。

【释义】 长长江水绕城而流, 由此可知江中的鱼儿一定十分鲜美, 这山苍翠的竹子连着那山茂密的竹子, 可想而知山间的竹笋必定又嫩又香。

【点评】 赞扬黄州的风物之美, 表现作者豁达的心胸。

37. 竹杖芒鞋轻胜马, 谁怕? 一蓑烟雨任平生。

——北宋·苏轼《定风波》

【注解】 芒鞋: 草鞋。轻胜马: 轻便胜过马匹。一蓑烟雨: 披着蓑衣在风雨里。任平生: 过一辈子。

【释义】 拄着竹杖脚穿草鞋赶路, 却感到一身轻松, 胜过骑马, 贬官我才不怕呢, 大不了像农民一样披着蓑衣在风雨里过一辈子。

【点评】 表达了诗人不怕打击排挤, 随遇而安的豁达心胸。

38. 新笋已成堂下竹, 落花都上燕巢泥。

——北宋·周邦彦《浣溪沙》

【注解】 堂下: 厅外。燕巢泥: 燕子做窝的泥巴。

【释义】 厅屋外竹笋已长成亭亭玉立的翠竹, 洒落在地上的花瓣都已经变成泥土被燕子衔去做巢了。

【点评】两句是说春光已逝，羁旅之人依旧淹留，乡思无限，不胜惆怅。

39. 解箨时闻声簌簌，放梢初见叶离离。

———南宋·陆游《东湖新竹》

【注解】箨（tuò）：竹笋上的外皮。放梢：幼竹新长出的竹梢。离离：茂盛的样子。

【释义】竹笋外壳脱落时听到簌簌声，幼竹新长出竹梢时见到竹叶离离一片。

【点评】作者观察细致，体物深刻，描写真切，写出了新竹生长的迅速。

40. 东风弄巧补残山，一夜吹添玉数竿。

———南宋·杨万里《新竹》

【注解】东风：春风。弄巧：施展技巧。补残山：修补好了被冰霜摧残过的寒山。玉：比喻新竹。新竹色泽嫩绿，犹如碧玉。

【释义】春风卖弄技巧似的修饰好冬天被冰霜摧残的寒山，一夜就吹绿了数竿碧玉似的竹子。

【点评】以比拟的手法描绘了新竹子碧玉般的清秀形象。

41. 修竹万竿松影乱，山风吹作满窗云。

———元·萨都剌《道遇赞善庵》

【注解】修：长。乱：随风摇摆。满窗云：比喻投在窗上的暗影。

【释义】那亭亭挺立的千万枝翠竹，夹杂着零乱的松枝，在山风吹拂下影投山窗，仿佛满窗浓云。

【点评】描写风吹竹摇、松影满窗的动人画面，充满了诗情画意。

42. 寒梢千尺将如何，渭川淇澳风烟多。

———元·吴镇《野竹》

【注解】寒梢：指枝叶浓密的竹子。千尺：形容竹子长得高。将如何：会怎么样。淇澳风烟：比喻君子之风。

【释义】枝叶浓密的竹子长得又高又大会怎么样呢？当然会像渭河淇

澳地方的竹子那样君子之风特别盛行。

【点评】赞美了竹子的君子品德、君子风度。

43. 雪压竹枝低,虽低不着泥。一朝红日出,依旧与天齐。

——明·朱元璋《咏雪竹》

【注解】枝头:梢头。着泥:碰着地。齐:平。

【释义】寒冬大雪压弯了竹子,但竹子并没有趴下。等到红日升起(积雪融化),竹子依然会傲然挺立于天地之间。

【点评】表面是赞扬竹子的坚贞不屈,其实是暗寓自己虽失意落魄,仍洁身自好,一旦时来运转,便要东山再起。

44. 千磨万击还坚劲,任尔东西南北风。

——清·郑燮《竹石》

【注解】磨:折磨。坚劲:坚定强劲。尔:那。

【释义】经受了千万种磨难打击,竹子还是那样坚韧挺拔;不管是东风西风,还是南风北风,都不能把它吹倒,不能让它屈服。

【点评】高度赞扬了竹子坚韧挺拔的高贵品质。

45. 一节复一节,千枝攒万叶。我自不开花,免撩蜂与蝶。

——清·郑燮《竹》

【注解】攒(cuán):聚集在一起。免撩:省得招来。

【释义】竹子一节又一节地往上长,千枝万叶攒在一起十分茂密。但竹子是不喜欢花枝招展的,省得招来蜜蜂蝴蝶的骚扰。

【点评】表达了竹子不与百花争艳,不爱慕虚荣,清高脱俗的高贵品质。

46. 凌霜竹箭傲雪梅,直与天地争春回。

——清·魏源《行路难》

【注解】凌霜、傲雪:不畏严寒的意思。

【释义】枝叶如同刀箭的竹子与铁骨冰心的梅花凌霜斗雪,简直是跟天地争夺春天的回归。

【点评】竹子与梅花在冰天雪地时还傲然挺立、红花盛开,那气势好像要把春天争回来似的；赞扬了竹和梅不畏严寒霜雪的精神。

梅

47. 折梅逢驿使，寄与陇头人。江南无所有，聊赠一枝春。

——北魏·陆凯《赠范晔》

【注解】驿使：官府中专门送信的人。陇头：指今甘肃省。聊：姑且。

【释义】折梅花的时候恰好遇到了信使，于是将花寄给你这个身在遥远陇头的好友范晔了。江南也没啥可相赠的东西，姑且送给你一枝报春的梅花吧！

【点评】此诗是陆凯率兵南征度梅岭时所作，当时正值梅花怒放，立马想起了远方好友范晔，让信使给他带去报春的信息。

48. 绝讶梅花晚，争来雪里窥。

——南朝梁·萧纲《雪里觅梅花》

【注解】绝讶：极度的惊讶。窥：艰难地观看。

【释义】绝对是惊讶梅花开得太晚了，人们争先恐后地到雪地里来观看。

【点评】描写了人们看梅盼春迫不及待的心情与赏梅的热情。

49. 常年腊月半，已觉梅花阑。

——北周·庾信《梅花》

【注解】腊月半：农历十二月十五日。阑：完，结束。

【释义】每年腊月过半的时候，就已经觉得梅花开败了。

【点评】诗句借助客观形象，融入主观之意，来赞美梅花的优良品格。

50. 迎春故早发，独自不疑寒。畏落众花后，无人别意看。

——南朝陈·谢燮《早梅》

【注解】故：所以。畏：害怕。

【释义】为了迎接春天所以早早地开花，独自开花不畏惧严寒。只担心落在了百花的后面，这样就没有人能看出梅花别具一格的品格了。

【点评】刻画了梅花傲寒的品性，素艳的风韵，并以此寄托自己的意志。

51. 忽见寒梅树，开花汉水滨。

——唐·王适《江滨梅》

【注解】忽见：突然发现。汉水：长江支流。

【释义】突然发现一株在寒冬里的梅树，花开满树长在汉江边上。

【点评】描写作者发现一株早梅的惊喜。

52. 白玉堂前一树梅，今朝忽见数花开。

——唐·蒋维翰《春女怨》

【注解】白玉堂：白玉砌成的堂屋，形容富贵人家。忽见：突然发现。

【释义】白玉堂前的庭院里有一棵梅树，前些天都不见有什么动静，今天早上我突然发现它已经开出了几朵梅花。

【点评】形象地描写了豪富人家的梅花与春色。

53. 君自故乡来，应知故乡事。来日绮窗前，寒梅著花未?

——唐·王维《杂诗》

【注解】绮(qǐ)窗：雕花的窗户。著花未：开花没有。

【释义】您是从家乡来的，应该知道家乡之事。来的那一天雕花的窗户前，梅树是否已经开花?

【点评】表现了一个久离故乡者，一见故乡人，欲知故乡事的急切心情和钟情于梅花的高尚品性。

54. 已见寒梅发，复闻啼鸟声。

——唐·王维《杂咏》

【注解】发：花开。复闻：又听到了。

【释义】寒梅早已开花了，现在天天反复地听着春鸟的啼鸣声。

【点评】诗句以时序的递进、物候的变化，来表达女主人公感到青春将逝而终日惆怅，见花落泪、闻鸟伤心的心绪。

55. 梅蕊腊前破，梅花年后多。绝知春意好，最奈客愁何？

——唐·杜甫《江梅》

【注解】腊前破：腊月前花苞已经打开。绝知：完全知道。最奈：即"怎奈何"。

【释义】梅花开得早的在腊月前就绽放了，过年后梅花便越开越多。我完全知道那是春光最好之时，但对于一个寄居异乡的人又能解决得了何种愁绪呢？

【点评】抒发了诗人久居他乡的愁苦与对家乡亲人的思念之情。

56. 不经一番寒彻骨，怎得梅花扑鼻香？

——唐·黄檗禅师《上堂开示颂》

【注解】寒彻骨：寒冷到了极点。怎得：如何能获得。

【释义】不是经过一番彻骨严寒的考验，怎么能获得梅花那扑鼻的清香？

【点评】这是两句借梅喻理的名言，是著名的哲理诗。既是颂梅花傲雪迎霜、凌寒独放的性格，也是在赞人克服困难、立志成就事业的坚毅品格。

57. 寒梅最堪恨，常作去年花。

——唐·李商隐《忆梅》

【注解】堪恨：让人感到怨恨。作：开花。

【释义】寒冬腊月就开花的梅树最使人感到怨恨，常常盛开跟去年相同的花朵。

【点评】借梅花喻自己。寒梅先春而开、望春而凋的特点，与诗人少年早慧、科第早登而后遭到一系列打击使自己心灰意冷、意志消沉形成鲜明对比。

58. 朔风如解意, 容易莫摧残。

——唐·崔道融《梅花》

【注解】朔风: 北风。容易: 轻易。

【释义】北风如果能够理解梅花的心意, 就请不要轻易地摧残她。

【点评】借梅花表现自己的孤标气韵和对生活的慨叹。

59. 前村深雪里, 昨夜一枝开。

——唐·齐己《早梅》

【注解】深雪里: 积雪很厚。一枝开: 此是点睛之笔, 说明其早于众梅。

【释义】村前的一切东西都被深雪覆盖了, 昨天夜里却有一枝梅花悄然开放了。

【点评】诗句用字虽平淡无奇, 却耐咀嚼, 描摹了梅花一枝独放的奇特景象。

60. 疏影横斜水清浅, 暗香浮动月黄昏。

——北宋·林逋《山园小梅》

【注解】疏影: 疏朗的梅枝倒影。暗香: 清淡的花香。

【释义】疏朗横斜的梅枝倒映在清澈的浅水中, 清淡的花香在昏黄的月色中阵阵飘来。

【点评】两句是写梅的千古名句, 勾勒出了梅之骨, 也状写了梅之形, 更描绘了梅之神。

61. 墙角数枝梅, 凌寒独自开。遥知不是雪, 为有暗香来。

——北宋·王安石《梅花》

【注解】凌寒: 冒着严寒。遥: 远远的。为: 因为。暗香: 指梅花的幽香。

【释义】墙角有几枝梅花, 冒着严寒独自开放。我在很远的地方看去就知道那洁白的不是雪花而是梅花, 因为有阵阵的梅花香气隐隐飘来。

【点评】此咏梅小诗用雪喻梅的冰清玉洁, 又用"暗香"点出梅胜于雪,说明坚强高洁的人格所具有的伟大的魅力。

62. 故人应在千山外,不寄梅花远信来。

——北宋·苏轼《虔州八境图》

【注解】故人:老朋友。应:大约,猜测之词。信:送信的人。

【释义】朋友可能远隔着千山万水,不用寄梅花就有远方的信使到来了。

【点评】表达了作者收到朋友来信时的快乐心情。

63. 独拥寒衾不忍听。月笼明,窗外梅花瘦影横。

——宋·李重元《忆王孙·冬词》

【注解】独拥寒衾:单人独睡的被窝特别寒冷。月笼明:月色朦胧。瘦影:稀疏的枝条。

【释义】单人独睡在寒冷的被窝里几乎不敢听寒风的声音。窗外月色朦胧,月光下梅花稀疏的枝条如同描画在窗帘上。

【点评】诗句情景交融地描写了冬夜月下梅花的清丽影像。

64. 何方可化身千亿,一树梅花一放翁。

——南宋·陆游《梅花绝句·其一》

【注解】何方:什么方法。可:能够。放翁:陆游,字放翁。

【释义】什么方法能让自己化身千千万万,每棵梅花树下都有我陆放翁在赏梅花。

【点评】用夸张的手法抒发了对不畏严寒、玉骨冰肌的梅花的无比喜爱。

65. 高标逸韵君知否,正在层冰积雪时。

——南宋·陆游《梅花绝句·其二》

【注解】高标逸韵:高贵品格与迥异流俗的风致。君:您。

【释义】梅花的高贵品格与迥异流俗的风范您知道吗?它的高贵品格与迥异流俗的风致就是在数九寒天、冰天雪地的时候体现出来的。

【点评】诗句以一问一答的手法赞扬了梅花傲霜斗雪的高贵品质。

66. 雪虐风饕愈凛然，花中气节最高坚。

——南宋·陆游《梅花绝句·其三》

【注解】凛然：无畏不屈的样子。高坚：高贵坚贞。

【释义】在暴风雪肆虐怒号的寒冬，梅花愈加表现出它的凛然不屈，
　　　　是百花中品格最高贵气节最坚贞的。

【点评】以梅喻人，赞美了在恶势力面前凛然不屈的坚贞气节与高贵
　　　　品格。

67. 一朵忽先变，百花皆后香。欲传春信息，不怕雪埋藏。

——南宋·陈亮《梅花》

【注解】先变：敢为天下先。皆：全都。

【释义】有一朵梅花忽然先开了，其余百花都落在了梅花的后面了。为
　　　　了要传送春天已到的消息，梅花它毫不畏惧冰霜的欺凌。

【点评】诗人抓住梅花最先开放的特点，写出了不怕打击挫折、敢为
　　　　天下先的品质，既是咏梅，也是咏自己。

68. 梅花雪，梨花月，总相思。自是春来不觉去偏知。

——清·张惠言《相见欢》

【注解】梅花雪：雪中的梅花最美。梨花月：月色下的梨花最媚。自
　　　　是：实在是，确实是。

【释义】心爱的恋人或爱人如同雪中梅花、月下梨花，相思情隔不
　　　　断。在一起的日子如同春天一样不知不觉就过去了，离开了才觉得
　　　　日子难过。

【点评】诗句借景抒情，语意双关，把恋人或爱人比作雪中梅花、月
　　　　下梨花，将相聚相离比作春来春去，委婉动情。

家庭篇

一、治家

1. 源浊者流不清。

——《墨子·修身》

【注解】源：水的源头。浊：浑浊，不干净。

【释义】河水的源头是混浊的，那么下游的水流肯定也是不干净的。

【点评】比喻说明家长有不好的习惯与恶劣的言行，必会影响子女。

2. 身不行道，不行于妻子；使人不以道，不能行于妻子。

——《孟子·尽心下》

【注解】身：自身。行道：遵循道德准则。妻子：指妻子与儿女。使人：使唤别人。以：按照。

【释义】自己如果不遵循道德准则行事，那么你的妻子儿女也不会遵循道德准则行事；如果不按照道德准则使唤别人，那么在自己的妻子儿女身上道德准则也行不通。

【点评】要想教育好子女，家长首先要以身作则。

3. 为人父者，慈惠以教。为人子者，孝悌以肃。为人兄者，宽裕以诲。为人弟者，比顺以敬。

——《管子·五辅》

【注解】慈惠：仁爱。以：来。教：教诲。孝：对长辈孝敬。悌（tì）：对弟、妹友爱。肃：恭敬真诚。比顺：一个接一个。

【释义】做父亲的人慈爱地来教育，孩子们就会恭敬真诚地来孝敬长辈，友爱弟妹。做兄长的人如果能够以宽大的胸怀来教育弟妹，做弟弟妹妹的就会一个个都恭恭敬敬地对待长辈。

【点评】家庭要和睦团结，首先家长要有爱心，以身作则，做好榜样。

4. 父子笃, 兄弟睦, 夫妇和, 家之肥也。

——《礼记·礼运》

【注解】笃: 感情深厚。睦: 关系和睦。和: 恩爱。肥: 比喻富足。

【释义】父子、兄弟、夫妇之间, 感情深厚, 真诚慈爱, 这就是家业兴旺富足的保障。

【点评】家庭成员内部能和睦相处, 那么家业一定会兴旺发达, 即所谓的家和万事兴。

5. 君子素其位而行, 不愿乎其外。素富贵行乎富贵, 素贫贱行乎贫贱。

——《礼记·中庸》

【注解】君子: 有道德和知识的人。素: 平素。其位: 他处在什么地位。不愿: 不高兴做。外: 本分以外的事情。

【释义】君子只求就现在所处的地位, 来做他应该做的事, 不喜欢做本分以外的事。平素是富贵人家, 就按富贵人家的条件做事; 平素是贫穷人家, 就按贫穷人家的条件来做事。

【点评】君子治家要按自身的地位和经济条件行事。

6. 心正而后身修, 身修而后家齐, 家齐而后国治, 国治而后天下平。

——《礼记·大学》

【注解】心正: 思想端正了。而后: 然后。身: 自身。修: 自我修炼自身的言行品德。家齐: 指家人都知礼法懂长幼之序。国治: 国家安宁繁荣。

【释义】思想端正了, 然后才能认真地进行自我修养; 自我修养完善了, 然后才能使家人都知礼法懂长幼之序; 家庭治理好了, 然后国家才会治理好; 国家治理好了, 然后天下才能太平安宁。

【点评】家庭是社会的细胞, 家长的思想品德关系到治家、治国、天下安宁。

7. 欲治其国者，先齐其家；欲齐其家者，先修其身；欲修其身者，先正其心。

——《礼记·大学》

【注解】欲：想要。治：治理好。齐：治理。修：修炼好。其身：他自身的品德行为。正：端正。

【释义】想治理好国家的人，要先治理好自己的家庭；想治理好家庭的人，首先要修炼好自身的品行；要想进行自我修养的人，首先要端正自己的思想。

【点评】家长的"正心"，意义极其重大。

8. 积善之家，必有余庆，积恶之家，必有余殃。

——《周易·坤》

【注解】积善：行善做好事。之：的。必：一定。余庆：许多值得庆贺的事情。积恶：经常干坏事。殃：灾祸。

【释义】经常做好事行善的家庭，一定时常会有吉祥如意的事情出现；时常干坏事的人家，一定会有许多灾祸发生。

【点评】用因果报应劝告人们，每个家庭要多行善做好事，千万不要干坏事。

9. 积德之家，必无灾殃。

——西汉·陆贾《新语·怀虑》

【注解】积德：行善，做好事。灾殃：祸患。

【释义】经常做好事积阴德的人家，一定不会遭遇灾殃。

【点评】告诉人们，做人若想平安，一定要积德行善，多做好事。

10. 非其地，树之不生；非其意，教之不成。

——《史记·日者列传》

【注解】非其地：不适合它生长的土地。树：种植。之：它。不生：也不会生长。非其意：不适合他的心意。

【释义】不是合适它生长的土地，无论种什么东西都不能生长；不适合受教育者的意向，即使教育他也不会有成效。

【点评】用种树作比喻,说明教育要想有成效,必须做到因材施教。

11. 遗子黄金满籯,不如一经。

——《汉书·韦贤传》

【注解】遗:留给。籯(yíng):筐笼。经:经书,指儒家经典。

【释义】留给儿子满满一筐黄金,不如教他熟读一种经书。

【点评】一筐金诚可贵,而一种经典的价值却无法估量。要给子女创
造学习的条件,而不是给他们财富。

12. 是以父不慈则子不孝,兄不友则弟不恭,夫不义则妇不顺矣。

——北齐·颜之推《颜氏家训·治家》

【注解】是以:因此。则:那么。恭:恭敬。顺:和顺。

【释义】因此如果父亲不慈爱,那么子女就不会孝顺;哥哥不友爱,
弟弟就不会恭敬;丈夫不仁义,妻子就不会和顺。

【点评】一个家庭如一个国家,都是上行下效,所以家长、长辈都应
该以身作则。

13. 父慈而子逆,兄友而弟傲,夫义而妇陵,则天之凶民,乃刑戮之所摄,非训导之所移也。

——北齐·颜之推《颜氏家训·治家》

【注解】逆:忤逆。傲:倨傲。陵:通“凌”,凶悍。摄:通“慑”,使人
畏惧。

【释义】父亲慈爱但是子女却忤逆,哥哥友爱但是弟弟却倨傲,丈夫
仁义但妻子却凶悍,那么就是天生的凶民,只有靠刑罚杀戮来使他
们畏惧,因为不是用教育训导就可以使他们改变的。

【点评】教育与刑罚是相反相成的,对于教育训导无法使他们转变的
天生恶人,只有用刑罚来惩罚他们。

14. 人遗子孙以财,我遗之以清白。

——《梁书·徐勉传》

【注解】遗:遗留。以:把。清白:清白为人的品德。

【释义】别人把财产留给子孙，我把清白的做人品德留给子孙。

【点评】品德高尚的长辈留给后人的精神财富远比物质财富宝贵。

15. 国计已推肝胆许，家财不为子孙谋。

——唐·罗隐《夏州胡常侍》

【注解】国计：国家大事。肝胆：借代身体、生命。许：勇于，乐于。

【释义】对于国家大事要勇于献出生命，切不可只为子孙去谋取家财。

【点评】子孙应以国家为重，以家庭为次，家长不应该为子孙谋取家财。

16. 临期上马无他嘱，多买诗书教子孙。

——宋·陈世卿《思古堂》

【注解】临期：赴任的时日。他嘱：另外的嘱咐。诗书：借代书籍。

【释义】临到上马赴任之时已没有另外的嘱咐了，只是希望要多买书籍教育子孙们好好读书。

【点评】书是无声的老师，多读书，等于请教了许多老师。

17. 为子孙作富贵计者，十败其九。为人作善方便者，其后受惠。

——北宋·林逋《省心录》

【注解】作计：筹划。后：后人，后代。

【释义】替自己的子孙后代筹划富贵的人，十个当中有九个要失败的。而为周围的人做好事、行方便的人，他的后人一定会得到好处。

【点评】这是治家历史经验的总结，也为后世治家的成败案例所证明。

18. 内睦者家道昌，外睦者人事济。

——北宋·林逋《省心录》

【注解】内睦：家庭内部和睦。昌：兴旺。外：与外人相处。济：成功。

【释义】家庭内部和睦的人家业一定兴旺，能与其他人和睦相处的人办事一定能成功。

【点评】家和是家业兴旺之本，待人和睦是办事成功的基础。

19. 以令率人，不若身先而使其从之乐也。

——北宋·欧阳修《太子太师致仕赠司空兼侍中文惠陈公神道碑铭》

【注解】以：用。率：带领。身先：亲自走在前面。

【释义】用命令率领人，不如自己走在前面而使人乐意随从。

【点评】以身作则是最好的命令。

20. 儿孙自有儿孙福，莫为儿孙作远忧。

——元·关汉卿《包待制三勘蝴蝶梦》

【注解】自：原本。莫：不用。远忧：长远的打算。

【释义】儿孙原本就有他们自己的生活和福气，不要费尽心思为他们的将来劳心伤神了。

【点评】与俗语"儿孙自有儿孙福，莫为儿孙做马牛"意思相同。

21. 无药可延卿相寿，有钱难买子孙贤。

——元·佚名《冤家债主·楔子》

【注解】延：延长。卿：古代君对臣下的爱称。相：宰相，高官。贤：德行好，也指多才。

【释义】没有灵丹妙药能够延长宰相高官的寿命，钱再多也难以买到使子孙变得贤良的办法。

【点评】要使子孙继承老一辈的正义事业，必须教育孩子好好读书才能够使子孙贤良。

22. 阴阳和而后雨泽降，夫妇和而后家道成。

——明·程允升《幼学琼林·夫妇》

【注解】阴阳：指地和天。和：调和。家道成：指家庭和睦事业兴旺。

【释义】天地间的阴阳调和了，然后雨水才会均匀地降落；夫妇间感情融洽了，然后才能家庭和睦事业兴旺。

【点评】夫妻恩爱和睦是治家的第一目标。

23. 入其家，见其父慈子孝，兄友弟恭，夫和妇顺，方是家齐景象，而家之贫富不与焉。

——清·黄宗羲《明儒学案·甘泉学案五》

【注解】方：正。不与：不算。焉：指示代词，那里。

【释义】走进他家里，看到他们父亲慈祥孩子孝顺，兄长友爱弟弟恭敬，丈夫和蔼妻子恭顺，正是家庭治理得好的景象，而家庭的贫穷还是富裕是不算在家庭治理得好坏那里面的。

【点评】这里提出了治家齐家的三条标准，它与贫富无关，适用于所有家庭。

24. 为父而不能尽父之道，则家无孝友之子；为师而不能尽师之道，则门无行艺之士。

——《古今图书集成·家范典》

【注解】而：却。道：有尽到责任。则：那么。孝友：孝顺父母友爱弟妹。门：师门。行艺：有德行有技艺。

【释义】做父亲的却不能尽做父亲的责任，那么家中就不会有孝顺友爱的孩子；做老师的如果不能尽老师的职责，那么师门中就不会出有德行有技艺的人。

【点评】要想教育好孩子，家长老师首先必须尽责。

25. 治家之道，与其失之于宽，不如宁过于严。

——《古今图书集成·家范典》

【注解】道：方法。失：过失。于：由于。宁：毋宁，还不如。

【释义】管理家庭的方法，与其不严格造成过失，还不如用严苛之法加以防范。

【点评】所谓严厉一点，就是要严格要求，不要放任。

26. 富贵之家，爱子过甚，子所欲得，无不曲从……一切刑祸从此致矣。

——清·陈弘谋《五种遗规·养正遗规》

【注解】爱：溺爱。曲从：无理由地顺从。刑祸：刑罚灾祸。此致：这时候开始的。

【释义】富贵的人家，往往过分地溺爱子女，孩子想要得到的东西，没有不无理由地顺从他，长大后的一切触犯刑罚的灾祸都是从这个时候开始的啊。

【点评】富家子弟犯罪，往往是由于小时候家长过分溺爱导致的。

27. 家有万贯，不如出个硬汉。

——清·钱大昕《恒言录》卷六

【注解】万贯：形容许多的钱财。硬汉：比喻刚强正直的人。

【释义】家中有许许多多的钱财，还不如有一个刚强正直的人来得可贵。

【点评】培养刚强正直的贤良后代，远比积累钱财重要。

28. 子孙若如我，留财做什么？贤而多财，则损其志；子孙不如我，留钱做什么？愚而多财，益增其过。

——清·林则徐《对联》

【注解】若：如果。贤：贤良。而：却。如：像。益：更加。

【释义】子孙后代如果像我这么廉洁，留钱给他干什么？他本来就很贤惠和聪明，我把钱和财产留给他反而损害了他奋斗的意志；子孙如果不像我，那留钱给他干什么？反而使他好逸恶劳，坐吃山空。留的钱越多，他就越是胡作非为，更会增加他的过错。

【点评】林则徐认为：为孩子积累财富不是爱，而是害，所以不要为孩子积累很多财富。

二、外化

1. 汩常移质，习俗易性。

——《晏子春秋·杂上》

【注解】汩（gǔ）：肮脏的水。移：改变。质：事物的本质。易：改变。

【释义】肮脏的环境常改变物体的本质，风俗习惯会改变人的性情。

【点评】人是社会的一员，生活环境对人的品性影响很大。

2. 染于苍则苍，染于黄则黄。

——《墨子·所染》

【注解】染于：浸染到。苍：青黑色。

【释义】白色的丝浸染到青黑色的染缸里就变成青黑色的了，浸染到黄色的染缸里就变成黄色的了。

【点评】比喻环境对受教育者影响巨大，什么样的家庭环境就会培养出什么样的人。

3. 富岁，子弟多赖；凶岁，子弟多暴。非天之降才尔殊也，其所以陷溺其心者然也。

——《孟子·告子上》

【注解】富岁：丰收年。子弟：指年轻人。暴：指凶暴的行为。天之降才：先天的秉性。殊：不同。陷溺：比喻影响大。

【释义】如果是丰收年，年轻人大多会因此而懒惰；如果是灾荒年，年轻人大多会因此而争抢食物。这不是他们先天的禀性不同，这是环境的影响使他们变得如此不同。

【点评】自然环境对一个人的性情品格也有影响。

4. 居移气，养移体，大哉居乎！

——《孟子·尽心上》

【注解】居：居住的环境。气：人的气质。养：饮食。

【释义】人居住的环境可以改变人的性情，饮食可以改变人的体质，人的居处的环境对人的影响是无比巨大的呀！

【点评】居住环境对人的影响也不能低估。

5. 久与贤人处则无过。

——《庄子·德充符》

【注解】处：相处。过：过错。

【释义】长期和贤德的人相处在一起，那么就不会有什么过错。

【点评】按照外化之理，多与品德高尚的聪明人相处，就自然可以少犯错误。

6. 井蛙不可以语于海者，拘于虚也；夏虫不可以语于冰者，笃于时也。

——《庄子·秋水》

【注解】井蛙：比喻目光短浅的人。语于：他讲的意思。拘：局限。虚：凭空想象。笃：拘泥。

【释义】井里的蛤蟆你不能跟它讲海有多么大，那是讲不通的，因为它没见过大海；夏天的虫子你和它讲冰是什么样子的，也是讲不通的，因为它没经历过冬天，因为他们生存的时令不同。

【点评】人的知识学问是由生长环境与生活阅历所决定的。

7. 蓬生麻中，不扶而直；白沙在涅，与之俱黑。

——《荀子·劝学》

【注解】蓬：蔓生的蓬草。麻中：麻秆田里。直：笔直的。涅（niè）：黑泥。俱：一同。

【释义】蓬草生长在大麻田里，不扶持它也能长得笔直；白色的沙粒混在了乌黑的泥里，也会同黑泥一样变得乌黑。

【点评】告诉人们，人是环境的动物，什么样的生存环境就出什么样的人。

8. 学莫便乎近其人。

——《荀子·劝学》

【注解】莫：没有。便乎：比……更方便。

【释义】求学的捷径，没有比接近良师更好、更便利的了。

【点评】尊师敬师，是拜师求学的最佳捷径。

9. 人虽有性质美而心辩知，必将求贤师而事之，择良友而友之。

——《荀子·性恶》

【注解】性质美：天赋很好。心辩知：特别聪明。事之：向老师学习。友之：与朋友互相切磋学习。

【释义】人即使有良好的天赋，又特别聪明，也一定要寻找贤德的老师向他学习，选择高尚的朋友互相帮助。

【点评】根据外化之理，古人特别重视受教育者的良师与益友。

10. 与不善人居，如入鲍鱼之肆，久而不闻其臭。

——《孔子家语·六本》

【注解】不善人：品行不好的人。鲍鱼之肆：卖咸鱼的店铺。臭（xiù）：通"嗅"，气味。

【释义】和品行不好的人居住在一起，就像住进了咸鱼店，时间一久，就闻不出鱼腥味了。

【点评】比喻贤善者长时间与品行不好的人相处，也会变得好坏不分的。

11. 井中之无大鱼也，新林之无长木也。

——《吕氏春秋·有始览》

【注解】新林：新栽树林。长木：粗大的木材。

【释义】水井里是没有很大的鱼的，新栽树林中是没有粗大的木材的。

【点评】说明环境对人有决定性的作用。

12. 良冶之子，必学为裘；良弓之子，必学为箕。

——《礼记·学记》

【注解】 冶：陶铸金属。箕：簸箕。

【释义】 好的陶铸金属者的孩子，见父兄融化金属使柔和来补破器，也仿照将小片兽皮并合补续为完整的皮衣；好的制弓者的孩子，见父兄将干角弯曲来制成弯弓，也仿照将柳条弯曲编成簸箕。

【点评】 充分说明家庭环境对孩子的影响。

13. 宇栋之内，燕雀不知天地之高；坎井之蛙，不知江海之大。

——西汉·桓宽《盐铁论·复古》

【注解】 燕雀：指不会高飞的小鸟。坎井：浅水井。

【释义】 只会屋檐旁栋梁下飞翔的小燕子、小麻雀是不知道天有多高、地有多厚的；浅水井里的青蛙，是不知道江河海洋有多么广大辽阔的。

【点评】 生活环境决定了一个人的志向与知识、视野。

14. 近朱者赤，近墨者黑。

——东晋·傅玄《太子少傅箴》

【注解】 近：接触，靠近。朱：朱砂。赤：红色。

【释义】 接触朱砂的东西就会被染成红色，靠近黑墨的东西就会被染成黑色。

【点评】 现常用来比喻接近好人，可以使人变好；接近坏人，可以使人变坏。

15. 山中人不信有鱼大如木，海上人不信有木大如鱼。

——北齐·颜之推《颜氏家训·归心》

【注解】 不信：不相信。大如木：如树木一样大。

【释义】 居住在山里的人不相信有像树木那样大的鱼，居住在海边的人不相信有大鱼那样巨大的树木。

【点评】 说明人居住的客观环境决定着人们的思想意识。

16. 近河之地湿，近山之土燥。

——唐·魏徵《群书治要·新语》

【注解】近河：靠近河流。之：的。土：泥土。燥：干燥。

【释义】靠近河流的地方土地比较潮湿，靠近山坡的地方土地就干燥。

【点评】与"近朱者赤近墨者黑"相近，都是形容环境对人的影响之大。

17. 立身成败，在于所染。兰芷鲍鱼，与之俱化。

——唐·魏徵《十渐不克终疏》

【注解】所染：受什么样的环境影响。兰芷：比喻芳香的环境。鲍鱼：比喻腥臭的环境。俱化：同化。

【释义】人生事业的成功或失败，关键在于受什么样的教育与受什么人的影响。与善良人住在一起，如同住在香花房里，时间一久人就有了香气；与恶人住在一起，好比住进了鲍鱼店里，时间一久人也有了腥臭味，这是和环境同化了。

【点评】说明了人所处的环境与所受的教育是一个人事业成败的关键。

18. 在山泉水清，出山泉水浊。

——唐·杜甫《佳人》

【注解】清：清澈。出山：流出山外。浊：浑浊。

【释义】泉水在山中的时候是清澈的，流出山外的泉水就变得浑浊了。

【点评】名句表面是说清澈的泉水受环境影响而变浑浊，其实是说环境对人的影响是巨大的。

19. 近贤则聪，近愚则聩。

——唐·皮日休《耳箴》

【注解】近：接近。愚：愚笨。聩（kuì）：耳聋，比喻糊涂。

【释义】多接近智慧贤德的人，听听他们的言论，就会变成聪明人；

如果经常接近愚蠢的人，老听他们的言论，就会变成糊涂虫。

【点评】诗人主张要多与智慧贤德的人接近，人才会变得聪明起来。

20. 近水知鱼性，近山识鸟音。

——《增广贤文》

【注解】知：了解。识：熟悉。鸟音：鸟叫声。

【释义】住在水边的人就了解鱼的习性，住在山里的人就熟悉鸟的鸣叫声。

【点评】比喻接触某方面的事情，就会得到某方面的知识。

三、幼教

1. 鞭扑之子，不从父之教。

——西汉·刘向《说苑·杂言》

【注解】鞭扑：用鞭子猛打。从：听从。

【释义】用鞭子抽打来教育孩子，孩子是不会听从父亲的教诲的。

【点评】惩罚教育是一种极坏的教育方法，古人也反对。

2. 三岁学，不如一岁择师。

——东汉·桓谭《新论·启寤》

【注解】岁：年。择：寻找，选择。

【释义】自己学习三年的成效，还不如找位好老师教学一年的成效大。

【点评】拜师求师很重要。

3. 尊人共客语，侧立在傍听。莫向前头闹，喧乱作鸦鸣。

——《全唐诗补逸》卷二（王梵志诗）

【注解】尊人：长辈。侧立：静静地站着。莫：不要。

【释义】长辈同客人在一道说话，孩子应站在旁边听。不要跑到人前去嬉戏吵闹，也不要乌鸦似的乱叫唤。

【点评】这是小孩待客做人的一条规矩。

4. 父善教子者，教于孩提。

——北宋·林逋《省心录》

【注解】孩提：话都说不清的小时候。

【释义】父亲如果是擅于教育子女的，总是在孩子很小的时候就给予正确引导。

【点评】幼教是孩子未来成长的基础，教子就从幼儿开始。

5. 蒙以养正, 使蒙者不失其正, 教人者之功也。

——北宋·张载《经学理窟·义理篇》

【注解】蒙: 启蒙教育。养正: 培养人的刚直正义之气。

【释义】对小孩的启蒙教育目的是在于培养人的刚直正义之气, 使懵懂的孩子不失去刚强的正义之气, 这就是教育者的功劳。

【点评】启蒙教育非常重要, 必须以刚强正义来教育儿童。

6. 古之小儿, 便能敬事长者, 与之提携, 则两手奉长者之手, 问之, 掩口而对。

——北宋·张载《经学理窟·义理篇》

【注解】敬事: 恭敬地侍奉。提携: 指手拉手互相搀扶。奉: 通"捧"。对: 回答。

【释义】古时的小孩子, 就懂得恭敬地侍奉年长的人, 手拉着老师或长辈的手相互搀扶着; 师长问他事情, 他就礼貌地小声回答。

【点评】古时幼儿就懂得敬重师长, 言行举止都彬彬有礼。

7. 盖稍不敬事, 便不忠信, 故教小儿, 且先安详恭敬。

——北宋·张载《经学理窟·义理篇》

【注解】盖: 大概。敬事: 恭敬奉事。安详: 从容稳重。

【释义】大概因为侍奉师长之事稍微有不恭敬的表现, 就是不忠不信, 所以教育小孩子, 首先就是要教育小孩举止安详、行事恭敬。

【点评】教育孩子恭敬踏实地做事, 是第一要务。

8. 古有千文义, 须知后学通。圣贤俱间出, 以此发蒙童。

——北宋·汪洙《神童诗》

【注解】千文: 即《千字文》。通: 读懂, 学会。俱: 都是。蒙童: 无知的小孩。

【释义】古代有本蒙学教材叫《千字文》, 只要肯学习一定能学懂。以前的圣贤们都是向书中圣贤学习才做出成绩的。它是一本小孩启蒙教育的好教材。

【点评】评价《千字文》是一本自学能懂的启蒙教育好教材。

9. 人之初, 性本善。性相近, 习相远。

——《三字经》

【注解】初: 出生之时。性: 本性, 天性。善: 良, 好。远: 差距大。

【释义】人生下来的时候, 其本性都是善良的。人秉性都是差不多的, 只是由于后来不同的学习环境使人们的性情变得千差万别。

【点评】教育可以改变人, 这是教育的伟大意义所在。

10. 苟不教, 性乃迁。教之道, 贵以专。

——《三字经》

【注解】苟: 如果。性: 人的善良本性。迁: 变化。道: 方法。

【释义】如果不从小就好好教育, 善良的本性就会变坏。教育孩子的方法, 最可贵的就是一心一意地去教育他。

【点评】好的思想品质要靠教育, 而一心一意是教育的最佳途径之一。

11. 昔孟母, 择邻处。子不学, 断机杼。

——《三字经》

【注解】昔: 从前。择: 选择。断: 割断。机杼 (zhù): 织布用的梭子。

【释义】战国时孟子的母亲曾三次搬家, 就是为了使孟子有个好的学习环境。一次孟子逃学, 孟母就割断织机上的布匹来教育孩子。

【点评】赞扬了孟母对孩子严格、正确的教育方法。

12. 养不教, 父之过。教不严, 师之惰。

——《三字经》

【注解】养: 养育。教: 教育。过: 错误。惰: 懒惰, 不尽责。

【释义】仅仅是供养儿女吃穿, 而不好好教育, 是父亲的过错。只是教育, 但不严格要求就是做老师的懒惰与不尽责。

【点评】对孩子的教育, 家长与老师都是第一责任人。

13. 子不学, 非所宜。幼不学, 老何为。

——《三字经》

【注解】子: 小孩子。宜: 应该。何为: 干什么好?

【释义】小孩子不肯好好学习,是很不应该的。一个人倘若小时候不好好学习,到老的时候既不懂做人的道理,又无知识,能有什么用呢?

【点评】家长和孩子都要懂得,幼儿时如不好好学习,老了将一事无成。

14. 为人子,方少时。亲师友,习礼仪。

——《三字经》

【注解】为:做。方:正在。习:学习。

【释义】作为儿女,从小时候就应该亲近老师和朋友,向他们学习为人处事的礼节方法。

【点评】孩子要从小学习尊师亲友,为人处事的礼节与方法。

15. 凡训蒙,须讲究。详训诂,明句读。

——《三字经》

【注解】凡:大凡。训蒙:教幼童。训诂:指解释古书中词句的意义。句读(dòu):即句号和逗号,意思是正确断句。

【释义】凡是教导刚入学的儿童的老师,必须把每个字都讲清楚。每句话都要正确断句,正确解释,使学童真正读懂文句。

【点评】对幼儿教育特别要讲究方法。先识字,学好文字的音形义,再正确句读,这样才能领会儒家经典中所表达的含义和观点。

16. 鞭笞之下,有贤士乎?

——明·方孝孺《闲居感怀》

【注解】鞭笞:用皮鞭抽打的教育管理。

【释义】在用皮鞭抽打的教育管理之下,还能培养出贤良的人才吗?

【点评】惩罚教育是培养不出人格正常的人才的。

17. 幼是定基,少是勤学。

——明·洪应明《菜根谭》

【注解】幼:幼年时。定:打扎实。少:年轻时。

【释义】幼儿的学习是为将来打实基础，年轻时的学习就必须要勤奋努力。

【点评】要家长认识到，幼教定基础，少教抓勤学。

18. 人之初生，不食则死；人之幼稚，不学则愚。

——清·戴震《孟子字义疏证》

【注解】初生：刚出生。

【释义】人一出生就要吃东西，不给他吃就会饿死；人在幼小时是幼稚无知的，不教他学习就会很愚笨。

【点评】人要会吃才会长大，幼儿要从小就不断地学习知识，获取精神食粮。

19. 教于幼正大光明，检于心忧勤惕厉。

——清·王永彬《围炉夜话》

【注解】忧：忧患。惕：敬惧。厉：危险。

【释义】在子弟幼年时就要开始教导，培养他们光明磊落的气概；在平日生活中要时时作内心反省，有忧患意识和自我勤勉、警惧磨砺的修养功夫。

【点评】要从小就培养幼儿坚毅、正直、上进的性格。

20. 岳母刺字育忠良；孟母复迁飞典章。

——《格言对联》

【注解】忠良：忠臣良将。复迁：反复搬迁。典章：经典文章，法令制度。

【释义】岳飞的母亲在岳飞背上刺上了"精忠报国"四字，教育岳飞要做忠臣良将；孟轲的母亲反复搬家寻找有利于孟子学习的好环境，终于培养出了著有儒家经典《孟子》的亚圣。

【点评】名句以岳母、孟母培养孩子的故事，说明了对幼儿教育的重要性。

四、教子

1. 父兄之教不先,子弟之率不谨。寡廉鲜耻,而俗不长厚也。

——西汉·司马相如《喻巴蜀檄》

【注解】教不先:不先垂范。率:全都。谨:严谨。寡、鲜:少。耻:羞愧,羞耻。而俗:风气。长厚:淳厚,良好。

【释义】父母师长的言行没有率先垂范,那么孩子学生们就不会严格地遵循教导去做,就会不廉洁、不知耻,因而社会风俗是不会好的。

【点评】"上梁不正下梁歪",父母师长如果品行不端,教育效果与社会风气就不会好。

2. 夫家之教子孙,当视其所以好,好含苟生活之道,因而成之。

——《史记·日者列传》

【注解】夫:发语词。视其:按照他的。好(hào):兴趣爱好。苟:如果。因:凭。成之:"使之成"的倒装。

【释义】大凡家庭对子孙的教育,应该按照他的兴趣爱好因势利导从而使他成功。

【点评】家教要尊重和顺应子女的兴趣爱好,这样能发挥孩子的主观能动作用,就容易成功。

3. 故曰:制宅命子,足以观士;子有处所,可谓贤人。

——《史记·日者列传》

【注解】制宅:建造住宅。命子:给儿子取名字。观:看出。子:这个读书做官的人。

【释义】所以说:建造什么住宅,为儿子取用何名,完全可以看出这个士大夫的志趣所在;使儿子能够有建功立业的地方,他才可以称得上是个贤良之人。

【点评】家庭对子女的教育,寄托着父母的理想与希望。

4. 慈母有败子,小不忍也。

——西汉·桓宽《盐铁论·周秦》

【注解】败子:即败家子。不忍:不忍心严加管教。

【释义】慈爱的母亲往往会养出败家子,原因就是从小就宠溺,不忍
　　　心严加管束。

【点评】这是家教失败的一条总结,可以古为今用。从小宠溺,实际
　　　是失教,其恶果已屡见不鲜。

5. 知其心,然后能救其失也。

——《礼记·学记》

【注解】知:了解。其:是指学生。失:过失。

【释义】教育者要了解被教育者的思想,然后才能挽救他的过失。

【点评】这里提出了一条教育原则:教育者必须了解自己的教育对象,
　　　而且是"知其心"。

6. 人莫知其子之恶,莫知其苗之硕。

——《礼记·大学》

【注解】莫:不。子:子女。恶:恶行,坏习惯。硕:丰茂苗壮。

【释义】人们看不到他孩子身上的毛病,如同农民总是觉得自家的禾
　　　苗长得丰茂苗壮。

【点评】比喻有些家长出于溺爱,看不到孩子身上的毛病。

7. 父母之爱子,则为之计深远。

——《战国策·赵策四》

【注解】计:考虑,打算。

【释义】做父母的疼爱孩子,就要为他们做长远打算,不能只顾眼前
　　　得失。

【点评】父母如果爱子,就要为他们做长远打算。

8. 君子之于子也,爱而勿面也,使而勿貌也,导之以道而勿强也。

——《大戴礼记·曾子立事》

【注解】 于:对待。子:自己的儿子。勿:不。使:使唤。貌:表露容貌上。导之以道:是"以道导之"的倒装。强:强迫。

【释义】 有知识而品德高尚的人对自己的儿子,疼爱他但不表露在脸上,使唤他但不表露在容貌上,用道理引导他而不是强迫他。

【点评】 这是疼爱孩子与教育孩子的最好做法。

9. 教,上所施下所效也;育,养子使作善也。

——东汉·许慎《说文解字》

【注解】 上:上级,长辈。所施:做出样子。下:下级,晚辈。所效:模仿学习的样子。育:生养孩子。作善:做好事、做贡献。

【释义】 所谓"教",就是大人或上级做出示范样子,孩子或下级来模仿学习;所谓"育",就是培养教育后代子孙为人们做贡献,做好人。

【点评】 这是对"教""育"二字的解释,合起来就是现在的"教育",可见古代很早就提出教育是培养孩子成长,将来对人民对社会做出贡献。而这首先从家庭做起,而家教重点是教子。

10. 以身教者从,以言教者讼。

——《后汉书·第五伦传》

【注解】 从:跟从。讼:因怀疑而争吵。第五伦:人名,姓第字伯鱼。

【释义】 以身示范的人,学生乐意学习、跟从;空言不实的教师,会招致学生的质疑与争辩。

【点评】 教师一定要以身作则,因为身教重于言教。

11. 欲得儿孙贤,无过教及身。一朝千度打,有过更须嗔。

——唐·王梵志《神童诗》

【注解】 无过:没有过错。身:自身。千度:惩戒人的尺子。

【释义】 想要儿孙都品行贤良,自身首先要以身作则没有错误。有朝一日被千度尺打了就要记牢,犯了过错再不要撒娇了。

【点评】身教重于言教。想要子孙品行好,首先要自身做好表率。

12. 水性虽能流,不导则不通。

——唐·马总《意林》

【注解】导:引导,疏导。通:流通。

【释义】流水的性质虽然是会自然流淌的,但是不去疏导它就不会顺着正确的方向流通。

【点评】以流水作比,说明家教不可少,不经教育引导,放任自流,就难以使孩子成才。

13. 玉不琢,则南山之圆石。

——唐·马总《意林》

【注解】琢:雕琢。

【释义】玉如果不经雕琢,那也不过就是南山之上普通的圆石而已。

【点评】从反面立论,说明玉经琢磨方成器、人经磨砺始为才的道理。

14. 父否母然,子无适从。

——北宋·宋祁《杂说》

【注解】否:认为错的。然:认为对的。无适从:不知道怎么做好。

【释义】父亲认为孩子行为不当,要批评,而母亲却表扬孩子做得对,使得孩子无所适从。

【点评】父母教育孩子的思想、方法不一致,不仅教不好孩子,而且容易引起夫妻矛盾。

15. 父慈于箠,家有败子。

——北宋·宋祁《杂说》

【注解】父:父母家长。慈:因慈爱而不忍心。箠:鞭子;木棍。这里做动词,鞭打。

【释义】做父母的过分慈爱,不忍鞭打子女,家里就会出品德败坏的子女。

【点评】作者认为对于孩子身上恶劣的行为习惯, 必须采取体罚的手段进行惩戒教育。此话有一定道理, 然而按现代教育理念衡量, 体罚是错误的, 是绝对不允许的。不过, 从严教子的思想还是对的。

16. 黄金满籝富有余, 一经教子金不如。

——北宋·张景修《送朱天锡童子》

【注解】黄金: 比喻钱财。籝 (yíng): 筐箱一类的容器。经: 儒家经典。

【释义】积蓄满筐满箱的钱财给孩子, 还不如教会孩子一种经典与做人的道理。

【点评】以对比的手法, 强调了对子女的教育远比积累金银遗产重要。

17. 窦燕山, 有义方。教五子, 名俱扬。

——《三字经》

【注解】窦燕山: 名禹钧, 五代人。俱: 都。扬: 好名声。

【释义】有个叫窦燕山的人, 教育孩子有极好的方法。他教育的五个儿子都很有成就, 科举考试时同时被录取, 成了当时的名人。

【点评】赞扬窦燕山教育孩子的好方法, 以及取得五子登科良好的效果。

18. 家教宽中有严, 家人一世安然。

——明·吕得胜《小儿语》

【注解】一世: 一生。然: 样子。

【释义】家庭教育一定要做到宽中有严, 宽严有度, 家庭才能安宁祥和。

【点评】家庭教育一定要宽严相济, 如此才能保障家人一生的安宁。

19. 爱其子而不教, 犹为不爱也; 教而不以善, 犹为不教也。

——清·黄宗羲《明夷待访录》

【注解】爱: 疼爱。犹: 如同。为: 是。善: 指好的教育。

【释义】如果疼爱自己的孩子, 却又不加以教育, 这就如同是不疼爱孩子;如果教育孩子却又不引导他往正道上走,这就如同是没有教育孩子。

【点评】家教、教子,家庭必须做,而且要做好,讲求实效。

20. 教子功夫: 第一在齐家, 第二在择师。

——清·陆世仪《思辨录辑要》

【注解】功夫:指时间与心血。齐家:指治理家庭,来达到平定天下的最高理想。

【释义】教育孩子的功夫:第一是要下在齐家上,第二是要选择好老师。

【点评】这里明确说明,家庭教育对孩子的作用是第一位的,家教不好,师教也不会成功。

21. 人各欲善其子, 而不知自修。

——清·张履祥《愿学记》

【注解】善:教育好。自修:自我修养。

【释义】人们都想教育好子女,却不懂得要自己提高道德修养。

【点评】人们往往不懂得"上梁不正下梁歪"的道理,虽重视家教,但不懂得自身修养,不能以身作则做榜样,这真使人大惑不解。

22. 爱子不教, 犹饥而食之以毒, 适所害之也。

——清·申涵煜《通鉴评语》

【注解】爱子:疼爱。犹:如同。适:恰好。

【释义】疼爱孩子却不教育孩子就像是孩子饥饿的时候给他吃毒药,恰好是害了孩子。

【点评】说明疼爱孩子怕他吃苦,因而不教子,这是毒害孩子。

23. 数子十过, 不如奖子一长。数过不改也徒伤情; 奖长益劝也且全恩。

——清·颜元《习斋记余》

【注解】数(shǔ):数落,批评。过:过错。不如:不及。徒:白白地。

伤：挫伤。恩：感谢你。

【释义】 数落、批评孩子的十个错误，还不如赞扬孩子的一个优点。
数落、批评孩子的过错，如果不起作用却白白挫伤了他的感情，而赞
扬奖励却容易起作用、取得成绩，而且还会感谢你。

【点评】 教育孩子既要严格也要注意方式方法，要以表扬奖励为主，
尽量少批评。

24. 惟德学，惟才艺；不如人，当自励；若衣服，若饮食；不如人，勿生戚。

——《弟子规》

【注解】 惟：只有。自励：勉励自己。戚：悲伤。

【释义】 读书人如果道德、学问、才华、能力等本领比不上人家，就应
当勉励自己，努力赶上去；如果是衣着打扮、吃的喝的东西比不上
别人，就用不着难受悲伤。

【点评】 读书人应该在德、才、学的成绩方面比高低，不能在吃、穿等
物质方面比好坏。应在生活上低标准，学习上严要求。

25. 宠子未有不骄，骄子未有不败。

——清·吴楚材《古文观止》

【注解】 宠：娇宠、溺爱。子：孩子。骄：骄傲。

【释义】 被娇宠、溺爱的孩子，没有一个不是高傲得不可一世的，而不
可一世的人没有一个是不失败的。

【点评】 这又是一条经验总结：宠子—骄子—败子。

26. 新竹高于旧竹枝，全凭老干为扶持。明年再有新生者，十丈龙孙绕凤池。

——清·郑燮《画竹》

【注解】 于：比。十丈：形容多。龙孙：比喻新竹。凤池：凤凰池，借代
皇家苑池。

【释义】 新竹子因何能比老竹子长得高，全靠老竹干的护卫扶持。明
年还有新长的竹子，一定会长得更多更高大，并成为国家的栋梁。

【点评】告诫人们精心抚养教育孩子是上一辈的天生职责。

27. 爱子女以其道。

————清·郑燮《潍县署中与舍弟墨第二书》

【注解】以：用。其道：那正确的方法。

【释义】父母疼爱自己的子女，必须要用有利于子女身心健康成长的方法。

【点评】父母疼爱子女必须注意方法得当，否则会适得其反。

28. 教子勿溺爱，子堕莫弃绝。

————清·王永彬《围炉夜话》

【注解】堕：堕落。莫：不要。弃绝：丢弃。

【释义】教育孩子千万不要溺爱，孩子堕落了，也千万不要放弃对子女的教育。

【点评】作者揭示、批评了家教中的两种倾向：开始是过于溺爱而放弃管教；一旦孩子变坏了，就抛弃他。

29. 劝君莫将油炒菜，留与儿孙夜读书。

————《增广贤文》

【注解】劝君：告诫人们。莫：不要。将：拿。

【释义】劝告你不要把家里的油拿去炒菜，应该留给子孙做灯油，让他们夜里能够好好读书。

【点评】宁可生活艰苦，也要让子孙受教育，多读书。

30. 教子教孙须教义；积善积德胜积钱。

————《格言对联》

【注解】义：道义。

【释义】教育子孙需要教育他们懂得道义；做好事积阴德胜过积累财产金钱。

【点评】教育子女要使他们明是非懂道理，积累财产金钱还不如多做好事。

31. 传家万世皆宜勤；教子千方首为德。

——《格言对联》

【注解】传家：传家宝的省略。万世：形容年代久。千方：形容方法多。德：培养品德。

【释义】可以世世代代相传的传家宝都说是要勤劳；教育孩子第一重要的是培养他的品德。

【点评】勤能发家，德以成才，佳句强调了勤俭教育与品德教育的重要性。

32. 成家勿谓当家易；养子应知教子难。

——《格言对联》

【注解】成家：年轻人结婚组成新家庭。知：懂得，体会到。

【释义】结婚成家之后就不会说当家是多么容易；生养孩子后就懂得了教育孩子有多么艰难。

【点评】当家难，教育孩子更难。

33. 传家有道惟存厚；教子无方只求严。

——《格言对联》

【注解】道：方法。存厚：忠厚待人。方：方略。

【释义】传给后代的治家方法就是忠厚做事、厚道待人；教育子孙没有什么奇方妙法，就是要求严格。

【点评】名句强调要忠厚、厚道待人，严格教育子女。

34. 溺爱享乐酿苦果；勤劳素朴造贤才。

——《格言对联》

【注解】溺爱：过分地关爱。享乐：只追求享受。苦果：极坏的结果。

【释义】溺爱孩子使之只知享乐，如此教育出来的孩子定是不肖子孙；在勤劳俭朴的家教中成长的孩子才是德才兼优的贤才。

【点评】不同的家教不同的结果：享乐出败子，勤俭成贤才。

35. 研卷知古今；藏书教子孙。

——《对联集锦》

【注解】 研：认真阅读。卷：书籍。知：了解。

【释义】 研读史书就能了解古今的变化；收藏书籍用以教育后代子孙。

【点评】 读书学习的风尚人们应该代代相传。

36. 养子莫徒使；先教勤读书。

——《对联集锦》

【注解】 莫：不要。徒：学徒。使：使唤。

【释义】 抚养孩子不能把他们当学徒来使唤，首先要教他勤奋读书，认真学习。

【点评】 养子不是添劳力，而要先教育他勤读书，大人则多劳，这样的父母最令人尊敬。

教育篇

一、重教

1. 有教无类。

——《论语·卫灵公》

【注解】类：类别，区别。

【释义】施行教育不分人等，不论贫富尊卑，人人都有受教育的
权利。

【点评】人人有权受教育，这是孔子教育思想的亮点。

2. 谨庠序之教，申之以孝悌之义，颁白者不负戴于道路矣。

——《孟子·梁惠王上》

【注解】谨：认真从事。庠序：古代的学校，商代叫序，周代叫庠。教：
教化。申：反复陈述。孝：尊敬父母。悌（tì）：敬爱兄长。义：道理。
颁白：头发花白。颁，同"斑"。负戴：背负着东西。

【释义】认真办好学校教育，把孝悌的道理反复讲给百姓听，使头发
花白的老人不用背负着东西在路上行走。

【点评】学堂教育能使年轻人都知道敬老爱老，都把老人照顾得很
周到。

3. 夏曰校，殷曰序，周曰庠。学则三代共之，皆所以明人伦也。

——《孟子·滕文公上》

【注解】则：却。所以：用来。明：懂得。人伦：即"父子有亲，君臣有
义，夫妇有别，长幼有序，朋友有信"这些做人的基本伦理道德。

【释义】学校在夏代称为校，殷商时叫作序，周朝时则作庠。夏、商、
周三代学校的名称虽然不同，但教学的内容与目的却都是相同的，
都在于让受教育者懂得人伦道德。

【点评】古代开办学堂的目的就是使受教育者都了解和遵守社会的

伦理道德。

4. 得天下英才而教育之，三乐也。

——《孟子·尽心上》

【注解】 天下：全国。英才：优秀人才。

【释义】 得到全国的优秀人才并培养教育他们，是人生的第三大快乐
之事。

【点评】 孟子曾说人生有三大乐事：一是父母俱存，兄弟无故。二是
仰不愧于天，俯不怍于人。三是得天下英才而教育之。足见孟子对
教育的高度重视。

5. 一年之计，莫如树谷；十年之计，莫如树木；终身之计，莫如
树人。

——《管子·权修》

【注解】 计：计划，打算。莫：没有。如：比得上。树：种植，培育。木：
树。人：人才。

【释义】 作一年的打算，没有比种植谷物更恰当的；作十年的打算，
没有比培植果木更合算的；作终身的打算，没有比培育人才更恰
当的。

【点评】 培养人才是国家与民族兴盛必经的门径，因此是长远之计。

6. 先王之教，莫荣于孝，莫显于忠。

——《吕氏春秋·孟夏纪·劝学》

【注解】 先王：上辈国君。教：政治，教化。显：隆重。

【释义】 在先辈国君传下来的政治教化中，没有比表彰孝敬老人更荣
耀的了，没有比奖励忠臣更隆重的了。

【点评】 教人忠于国家与教民孝敬父母是治国教化的两大主要任务。

7. 忠孝，人君人亲之所甚欲也；显荣，人子人臣之所甚愿也。

——《吕氏春秋·孟夏纪·劝学》

【注解】 人君：国君。人亲：父母。甚：很。显荣：荣耀名声。

【释义】 忠于国君与孝敬父母的行为是君主与父母十分希望得到的东西；奖励荣耀与显赫的名声是做子女与臣下们十分想要获得的东西。

【点评】 忠孝，国君与父母都需要；显荣，人臣与人子都需要。由此可知，古代君主为什么特别重视教育。

8. 故教也者，义之大者也；学也者，知之盛者也。

——《吕氏春秋·孟夏纪·尊师》

【注解】 故：因此。盛：重大的。

【释义】 因此，教育是义理中意义最重大的内容；学习方法，是知识中最重要的知识。

【点评】 将教育、学习并举，强调了教与学是同等重要的。

9. 义之大者，莫大于利人，利人莫大于教。

——《吕氏春秋·孟夏纪·尊师》

【注解】 义：高尚的事情。利人：有利于他人。

【释义】 最高尚的义行，没有比做对别人有利的事情更高尚的了，而对别人有利的义事，没有比教育更高尚的了。

【点评】 教育工作是人类最高尚的事业。

10. 教也者，长善而救其失者也。

——《礼记·学记》

【注解】 教也者：教师这种人。长（zhǎng）：增长。这里是发扬的意思。救：补救。

【释义】 教师，就是发扬人们的优点，并且补救他们各自缺失的人。

【点评】 点明了教师工作的主要职责是长善救失。

11. 古之教者，家有塾，党有庠，术有序，国有学。

——《礼记·学记》

【注解】 塾：古时私家设立的教学场所。党：古代的基层行政单位，五百家为"党"，一万二千五百家为"乡"，合称乡党。庠（xiáng）：上古乡里办的学校。术：同"遂"，大于乡级的行政单位。序：省级学校。学：指"太学"。

【释义】上古时教育人的场所有大户人家举办的私塾，乡村一级办的"庠"，县、省一级办的"序"，还有国家创办的太学。

【点评】这里介绍了上古周代时从中央到地方各种学堂的不同名称。

12. 性者，天质之朴也；善者，王教之化也。

——西汉·董仲舒《春秋繁露·实性》

【注解】性者：人的天生本性。天质：先天的本质。朴：浑朴。善者：善良品质。王教：正确的教育。化：产生的变化。

【释义】人的本性，其本质是天生浑朴的；之所以有善良的品德，是教育产生的结果。

【点评】正确的教育具有改变人性的巨大作用。

13. 天子立辟雍者何？所以行礼乐，宣教化，教导天下之人，使为士君子。

——西汉·刘向《五经通义》

【注解】辟雍（pìyōng）：传说是殷商时天子创办的太学。辟雍形如璧环，建在四周有流水的高坛上，所以称为辟雍，后世也叫"明堂"，是国家的最高学府。所以：用它来。士君子：士大夫。

【释义】国君为何要建立辟雍太学？是由于要用它来推行礼乐治国，宣扬教化，教育引导全国的人，使人们都成为有知识的正人君子。

【点评】辟雍是古代君主推行教化的太学，是育人之所。

14. 是故教化立而奸邪皆止者，其堤防完也；教化废而奸邪并出，刑罚不能胜者，其堤防坏也。

——《汉书·董仲舒传》

【注解】堤防：堤坝。完：完好无损。并：全都。

【释义】因此建立起完备的教育感化体制，奸佞邪恶就被制止了，正如坚固的堤坝可以有效地阻挡洪水；如果对人的教育感化体制被废除，那么种种奸佞邪恶都会出现，即使严刑峻法也无法制止，这是阻挡洪水的堤坝坏掉了的原因。

【点评】教育帮助国家实施教化，它是阻挡邪恶的堤坝。教育防患于
　　　　未然，刑罚打击于事后。

15. 养士之大者，莫大乎太学。

——《汉书·董仲舒传》

【注解】养士：培养贤士。大：最重要。乎：比。

【释义】培养贤士的最重要的工作，没有比兴办太学更重要的了。

【点评】太学是汉代培养高级人才的主要场所。

16. 太学者，贤士之所关也，教化之本源也。

——《汉书·董仲舒传》

【注解】关：关键，主要。本源：事物的根本源头。

【释义】太学是国家培养贤士的主要部门，也是国家实施教化的根本
　　　　源头。

【点评】本条是董仲舒《贤良对策》中的话语，阐释了国家兴办太学
　　　　的重要性。

17. 愿陛下兴太学，置明师，以养天下之士。

——《汉书·董仲舒传》

【注解】愿：希望。兴：兴建举办。明师：经典意义的老师。养：教育
　　　　培养。

【释义】希望皇上举办国家级的太学，在太学内设置精通儒学、明了
　　　　六经意义的老师，用他们来教育培养全国的读书人。

【点评】国家创办太学要聘请有学问的老师来执教。

18. 凡以教化不立而万民不正也。夫万民之从利也，如水之走下，不以教化堤防之，不能止也。

——《汉书·董仲舒传》

【注解】凡：大凡。以：由于。从：追逐。

【释义】大凡由于没有推行道德教化，百姓就不会走上正路。百姓

追财逐利,就如同水流向低处一样,不用教化来筑成堤坝,就不能阻止。

【点评】没有教化,老百姓就不懂规矩,容易走上邪路。

19. 立太学以教于国,设庠序以化于邑,渐民以仁,摩民以谊,节民以礼,故其刑罚甚轻而禁不犯者,教化行而习俗美也。

——《汉书·董仲舒传》

【注解】立太学:创办太学。于:在。渐:慢慢改变。

【释义】在国内创办太学进行教化,并且在地方县城中也建立学校,用仁心来教育民众,以情感来引导民众,以礼仪来节制人们的行为,所以刑罚很轻也没有触禁犯法的人,其原因就在于推行了教化,社会风俗良好。

【点评】重视教育,能移风易俗,改变社会风气,使国家太平。

20. 辟雍岩岩,规矩圆方。阶序牖闼,双观四张。流水汤汤,造舟为梁。神圣班德,由斯以匡。

——东汉·李尤《辟雍赋》

【注解】岩岩:高大的样子。牖(yǒu):窗户。闼(tà):屋门。汤汤(shāng):水势浩大的样子。班德:相般配的德行。由斯:从这里。匡(kuāng):纠正,帮助。

【释义】辟雍学宫高大宽敞,建造规矩天圆地方。台阶有对门窗成双,上下轩朗四面宽敞。四周流水浩浩汤汤,有船有桥可达四方。神灵圣德在此显扬,不足之处由此补偿。

【点评】赞扬了辟雍学宫的高大轩敞与巨大的教化功德。

21. 兴衰资乎人,得失在乎教。

——隋·王通《中说·立命篇》

【注解】兴衰:国家的兴旺和衰败。资:凭借。

【释义】国家的兴旺和衰败决定于人才的多寡有无,人才的多寡有无决定于教育的得失。

【点评】强调了教育对国家兴衰的决定性作用。

22. 人无常心, 习以成性; 国无常俗, 教则移风。

——唐·白居易《策林一·策项》

【注解】 常心: 天生固定的习性。习: 长期做同一类事情。常俗: 固定的社会风尚。移风: 使之移变成另一种社会风气。

【释义】 人没有某种天生固定的习性, 是长期做同一类事情才养成为习性的; 国家也没有某种固定的风尚习俗, 但是国家经过对国民长期的教化才形成良好的风尚。

【点评】 教育不仅能转变人, 而且能转变社会风气。

23. 君不得师, 则不知所以为君; 臣不得师, 则不知所以为臣。

——北宋·王安石《请杜醇先生入县学书》

【注解】 不得师: 得不到老师的教诲。所以为: 如何去做。

【释义】 当国君没有老师教诲, 就不知道如何去当好国君; 做臣子的没有老师的教诲, 就不知道怎样去做好臣子。

【点评】 老师对于君臣治国具有重大意义。

24. 好之而欲学者无其师, 知之而欲传者无其徒, 可不悲哉?

——北宋·苏轼《书鲜于子骏楚词后》

【注解】 好: 爱好。传: 传授。徒: 徒弟。可: 疑问代词, 难道。

【释义】 爱好而且又希望学习的人却没有指导他的老师, 通晓某种知识而且希望传授给他人的人却没有学生, 难道不是很可悲吗?

【点评】 想学而没有老师, 想教却没有学生, 都是不重教的原因。

25. 致天下之治者在人才, 成天下之才者在教化, 教化之所本者在学校。

——《宋史·胡瑗传》

【注解】 致: 使。治: 太平。成: 培养。

【释义】 使国家能治理好的原因在于人才, 培育治国人才的方法在于教化, 教化要靠学校和老师。

【点评】 阐明了学校、教师、教育在培养治理国家人才方面的巨大作用。

26. 若要好, 问三老。

——明·康海《中山狼》

【注解】 三老: 古代掌管教化的官员。乡县郡各级都有设置, 由年老的长者担任。

【释义】 要想把事情办好, 就要多向有经验的老年人请教。

【点评】 除了学堂、私塾外, 三老是地方上德高望重的老师。

27. 敬教劝学, 建国之大本; 兴贤育才, 为政之先务。

——明·朱之瑜《朱舜水集·劝兴》

【注解】 敬: 重视。劝: 鼓励。本: 基础。兴: 树立。贤: 榜样。

【释义】 重视教育, 鼓励学习, 是建设国家的基础工作; 树立榜样, 培养人才, 是治理国家的首要任务。

【点评】 兴教育人是立国治国基础性的重要工作。

28. 教以言相感, 化以神相感。

——清·魏源《默觚·治篇》

【注解】 以: 用。言: 语言。化: 转变人。神: 精神情感。感: 感化。

【释义】 教育人是用语言谈论来感染人的, 转变人是靠精神情感来打动人的。

【点评】 通过语言宣传教育人重要, 而榜样精神情感教育更重要。

29. 今欲自强, 非讲兵不可, 讲兵非理财不可, 理财非学校以开民智不可。

——清·康有为《大同书》

【注解】 欲: 想要。讲: 发展壮大。兵: 军队。理财: 发展经济。开: 开发。

【释义】 如今想要自己国家强大, 非壮大军队不可; 要壮大军队非发展壮大经济不可; 发展壮大经济非要办好学校来开发国民的智慧不可。

【点评】 阐明了办好学校对于富国强兵的重要性。

二、尊师

1. 不贵其师, 不爱其资, 虽智大迷。

——《老子》第二十七章

【注解】 贵: 尊重。资: 借鉴。虽: 即使。智: 聪明。大迷: 糊涂。

【释义】 不尊重他的老师, 不爱惜借鉴的作用, 即使聪明也会变成糊涂虫。

【点评】 教导人们要尊重老师, 也要善于多方借鉴。

2. 孔子畏于匡, 颜渊后, 孔子曰:"吾以汝为死矣。"颜渊曰:"子在, 回何敢死?"

——《论语·先进》

【注解】 畏于: 被囚禁在。后: 落在后面。为: 是。子: 您。回: 颜渊名回。

【释义】 孔子被囚禁在匡地, 颜渊最后才到, 孔子说:"我以为你死了。"颜渊说:"您还活着, 我怎么敢死呢?"

【点评】 颜回不仅好学, 也是尊师的典范, 对孔子如父亲般的敬重。

3. 君子隆师而亲友。

——《荀子·修身》

【注解】 隆: 敬重。而: 并且。

【释义】 品德高尚的人尊敬老师并和善地对待朋友。

【点评】 古人常将师友并举, 对人助学都不可少, 故后世有良师益友之语。

4. 人虽有性质美而心辨知, 必将求贤师而事之, 择良友而友之。

——《荀子·性恶》

【注解】 虽: 即使。性质美: 天赋好。辨: 聪慧。

【释义】人即使天赋很好，心智聪慧，也一定要寻找好的老师亲近他，向他学习，选择高尚的朋友互相学习切磋。

【点评】无论多么聪明的人，也同样需要良师益友，这又是一条人生的历史经验。

5. 国将兴，必贵师而重傅；国将衰，必贱师而轻傅。

——《荀子·大略》

【注解】贵：看重，尊重。傅：师傅，古代辅佐君王或诸侯办事的官员。

【释义】国家将要兴旺的时候，一定十分尊重教师；国家将要衰亡的时候，一定格外轻贱、看不起教师。

【点评】这是治国的一条经验、规律：国家强，必重教、重才、尊师。所以从教师在社会中的地位可以看出国家的盛衰。

6. 在右则右重，在左则左重，是故古之圣王未有不尊师者也。

——《吕氏春秋·孟夏纪·劝学》

【注解】重：受人尊重。

【释义】圣人在这里，这地方就受到人尊重，圣人在那里，那个地方就受到人尊重，因此古代的圣王明君没有不尊重老师的。

【点评】自古圣王都尊师，后人何以不贵师？

7. 尊师则不论其贵贱贫富矣。若此则名号显矣，德行彰矣。

——《吕氏春秋·孟夏纪·劝学》

【注解】其：代词，老师的。若：如果。显：明显。

【释义】尊重老师就不能讲究老师地位的尊贵卑贱和贫穷富裕了。如能这样，那么拜师人的名声也就显达了，他们的好品德也就表现出来了。

【点评】是否尊重老师，可以看出一个人品行的好坏。

8. 疾学在于尊师，师尊则言信矣，道论矣。

——《吕氏春秋·孟夏纪·劝学》

【注解】疾学：勤奋刻苦地学习。信：被人们相信、听从。道：从师的道理含义。论：条理彰明。

【释义】努力刻苦地学习关键在于对老师的尊重。老师受到尊重了，那么他的话语就会被人信从，从师的道理含义也就彰明了。

【点评】听老师的话努力刻苦地学习，就是对老师的尊重。

9. 故师必胜理行义然后尊。

——《吕氏春秋·孟夏纪·劝学》

【注解】胜：顺，依循。

【释义】所以老师一定要依循事理，遵行道义，然后才能显得尊贵崇高。

【点评】老师的尊贵崇高是因为他是道义的典范。

10. 曾子曰："君子行于道路，其有父者可知也，其有师者可知也。夫无父而无师者，余若夫何哉！"此言事师之犹事父也。

——《吕氏春秋·孟夏纪·劝学》

【注解】于：在。其：其中。

【释义】曾子说："君子在道路上行走，其中父亲还在的可以看出来，其中有老师的也可以看出来。至于那些父亲、老师都不在的其他人，又怎么能知道呢？"对待老师是和对待他父亲一样的。

【点评】行路也能看出一个人有没有教养，对待老师必须真心实意地尊重。

11. 颜回之于孔子也，犹曾参之事父也。古之贤者，与其尊师若此，故师尽智竭道以教。

——《吕氏春秋·孟夏纪·劝学》

【注解】颜回：孔子最贤的学生。于：对待，侍奉。犹：如同。曾参：孔子最孝的学生。若：如。尽智竭道：尽心竭力。

【释义】颜回对待孔子如同曾参侍奉父亲一样。古代的贤人，他们尊重老师达到这样的地步，所以老师能尽心竭力地教诲学生。

【点评】学生敬重老师如父，老师视学生为子。

12. 君子之学也,说义必称师以论道,听从必尽力以光明。

——《吕氏春秋·孟夏纪·尊师》

【注解】义:道理。光明:发扬光大。

【释义】品德高尚的人研究学问、说明道理时一定称老师是如何教导他的,并努力发扬光大。

【点评】君子不仅敬师遵循师道,还努力发扬光大老师的学问。

13. 是故君之所不臣于其臣者二:当其为尸, 则弗臣也; 当其为师, 则弗臣也。

——《礼记·学记》

【注解】尸:即"尸主",在尸祭仪式中装扮已死国君的形象(尸主)接受众人祭祀。弗:不。

【释义】因此国君不以君臣关系来对待臣子的情况只有两种:一是臣子在尸祭中担任尸主,尸主可以不对国君行臣礼;二是臣子担任君主的老师时,老师可以不对国君行臣子之礼。

【点评】该句以类比的方法,说明了古代国君对老师的敬重。尊师贵师是我国的一项文化传统。

14. 学则正,否则邪,师哉! 师哉! 桐子之命也。

——西汉·扬雄《法言·学行》

【注解】否:不。桐:童,同音假借,通"洞",洞然无知。命:命运。

【释义】在老师指导下学习就能走上正路,不在老师指导下学习就会走上邪路。老师啊老师,真是左右懵懂孩子们命运的人。

【点评】老师的职责是无比崇高的,他是决定孩子命运的人。

15. 明师之恩,诚为过于天地,重于父母多矣。

——东晋·葛洪《勤求》

【注解】明师:贤德的老师。诚为:实在是。于:比。

【释义】德高望重、学问渊博的老师的恩情,实在比天地还博大,比父母对我的恩德还要多啊。

【点评】好老师的恩德无与伦比,远胜于父母。

16. 人非生而知之者，孰能无惑？惑而不从师，其为惑也，终不解矣。

——唐·韩愈《师说》

【注解】非：不是。孰：谁。惑：疑难问题。终：最终，永远。

【释义】人不是生来就懂得一切的，谁能没有疑难问题呢？有疑难问题却不去请教老师，他的疑难问题就永远得不到解决了。

【点评】在学习上有了疑难问题，一定要虚心向老师请教。

17. 圣人无常师。孔子师郯子、苌弘、师襄、老聃。

——唐·韩愈《师说》

【注解】常师：固定的老师。师郯(tán)子：以郯子为师，孔子向他请教过少昊时代的官职名称。苌(cháng)弘：周敬王时候的大夫，孔子曾向他请教古乐。师襄：春秋时鲁国的乐官，孔子曾向他学习弹琴。老聃(dān)：即老子，春秋时楚国人，思想家，道家学派创始人。孔子曾向他请教礼仪。

【释义】圣贤之人没有固定的老师。千古圣人孔夫子就曾拜郯子、苌弘、师襄、老聃等人为师，并虚心向他们学习。

【点评】人不能没有老师，连万世师表的孔夫子也拜过许多老师。

18. 不师者，废学之渐也。

——唐·吕温《吕衡州文集·与族兄皋请学春秋书》

【注解】废：放弃。渐：开始。

【释义】不向老师学习请教的人，就是放弃学问的开始。

【点评】作者看到了不尊敬老师的内质。

19. 不师如之何？吾何以成？不友如之何？吾何以增？

——唐·柳宗元《师友箴》

【注解】如之何：怎么办。何以：即以何，依靠什么。成：成才。增：增益，提高。

【释义】不向老师学习怎么办？我靠什么成就自己呢？没有真正的朋友怎么办？我靠什么提高自己呢？

【点评】学习必须从师、交友，否则不能发展、成才，后果严重。

20. 善之本在教，教之本在师。

——北宋·李觏《李觏集》

【注解】善：善良。教：教育水平。

【释义】一个人的秉性是否善良根本原因在于他所受的教育如何，他所受教育的好坏根本原因在于老师。

【点评】教师是决定教育好坏的根本原因。

21. 师友贵隆亲，古学当自反。

——南宋·刘过《湖学别苏召叟》

【注解】隆：尊敬。亲：亲近。反：同返，回。

【释义】老师、朋友的可贵之处在于尊敬和亲近，考察古代的教育文化应当反躬自问。

【点评】学习古代良好的学术文化，应当反思自己的学术言行有没有做到尊师敬友亲朋。

22. 会见春风入杏坛，奎文阁上独凭栏……飘零踪迹千年后，无复东西老一箪。

——元·杨奂《谒圣庙》

【注解】会见：适逢，巧遇。杏坛：孔夫子讲学的地方。奎文阁：又名奎星阁、魁星阁、文昌阁等。老一箪（dān）：形容生活清贫。

【释义】适遇春风吹进了圣人孔子的讲坛，我独自在奎文阁上思绪万千。孔子文庙的遗迹千年后到处都有，但无论何时何地的老师生活都是清贫的。

【点评】抒发了对老师培育人才贡献巨大但自古以来却生活清贫的感慨。

23. 纵然有志也蹉跎，欠明师指点。

——明·冯惟敏《海浮山堂词稿·醉太平》

【注解】纵然：即使。蹉跎：比喻虚度光阴。欠：欠缺，没有。明：高明。

【释义】即使是有志于学习，如果没有高明的老师指点，也是白费
　　功夫。

【点评】无良师之教容易庸碌虚度。

24. 欲正天下之人心，须慎天下之师爱。

——明·王夫之《四书训义》

【注解】正：矫正。须：必须。慎：重视。师爱：敬重老师的思想感情。

【释义】若想矫正天下人不良的思想感情，就必须重视培养天下人的
　　尊敬老师的思想感情。

【点评】强调了要重视培养尊师重教的良好风尚。

25. 学贵得师，亦贵得友。

——清·唐甄《潜书·讲学》

【注解】贵：重要。

【释义】学习最重要的是得到一位好老师的指导，但得到能互相切磋
　　的好朋友也非常重要。

【点评】强调了好导师与好朋友对每个人学习与成长都至关重要。

26. 择师为难，敬师为要。择师不得不审，既择定矣，便当尊之敬之，何得复寻其短？

——清·郑燮《潍县寄舍弟墨第三书》

【注解】择：选择。要：重要。审：审慎。何得：怎么可以。寻：挑剔。
　　短：短处。

【释义】选择好老师是最困难的事，尊敬老师是最重要的事情。选择
　　老师不得不慎重，已经选定老师了，就应当尊敬他听从他，怎么可
　　以再去挑他的毛病与短处。

【点评】二者不矛盾：择师可以挑剔，而一旦择定为师，便当尊之敬
　　之，不要挑剔。

27. 师以质疑，友以析疑。师友者，学问之资也。

——清·李惺《西沤外集·冰言补》

【注解】质：辨明，弄清。析：分析，切磋。资：指依靠与帮助。

【释义】老师是用来解决疑难问题的，朋友是用来切磋辨析疑难的，老师和朋友，是做学问的依靠与帮助。

【点评】师友是"学问之资"，是对古代学习传统的深刻概括。

28. 弟子事师，敬同于父，习其道也，学其言语。一日之师，终身为父。

——清·罗振玉《鸣沙石室佚书·太公家教》

【注解】弟子：学生。事：侍奉。言语：说话。

【释义】学生侍奉老师，要恭敬得如同对待父亲，学习他的品德作风，学习他的说话风格习惯。做过我一天的师父，就要一辈子当作父亲一样来对待。

【点评】本句是对"事师犹事父"做出进一步说明：要学其道和言语。

三、为师

1. 善人者不善人之师，不善人者善人之资。

——《老子》第二十七章

【注解】不善：恶。资：借鉴。

【释义】善良的人可以成为恶人们的老师，邪恶的人也可以成为善良的人的借鉴。

【点评】佳句合乎辩证法，后一句与当今"坏人也可作反面教材"的意思相近。

2. 默而识之，学而不厌，诲人不倦，何有于我哉！

——《论语·述而》

【注解】识（zhì）：记。诲：教导。于：对于。

【释义】默默地记住所学的知识，学习不觉得厌烦，教导人不知道疲倦，这些好品德对于我有什么困难呢？

【点评】这是孔子的自我评价，但他以为这些是每个君子必备的品德，要做到毫不困难。而在后世，这些都成为一个老师的高标准。

3. 夫子焉不学，而亦何常师之有？

——《论语·子张》

【注解】焉：文言疑问词，怎么，哪里。常师：固定不变的老师。

【释义】孔夫子哪里会有不学习的情况，而且他哪里有固定不变的老师？

【点评】孔子是随时都在学习的，是没有固定的老师的，总是以能者为师。

4. 礼者, 所以正身也; 师者, 所以正礼也。

——《荀子·修身》

【注解】礼: 泛指封建等级社会中人们所遵循的行为和道德的规范。所以: 用来。正: 规范, 约束。身: 自身。

【释义】社会规范和道德规范是用来端正人们的品德修养的; 而教师的作用是矫正社会规范和道德规范的。

【点评】告诉人们, 老师是等级社会中社会伦理规范的化身, 是圣人。

5. 师术有四, 而博习不与焉。

——《荀子·致士》

【注解】师术: 当老师的技术。四: 四个方面。博习: 即博学。焉: 兼词"于是", 在这里面。

【释义】当老师的技术主要有四个方面, 而且博学多知是不包括在这里面的。

【点评】"博学多知"并不是当老师的主要条件, 孔子善于向老师学习, 并且不止一师。

6. 尊严而惮, 可以为师; 耆艾而信, 可以为师; 诵说而不陵不犯, 可以为师; 知微而论, 可以为师。

——《荀子·致士》

【注解】惮: 怕, 使人敬畏。可以: 可以凭借。耆(qí): 指六十岁的老人。艾(ài): 五十岁的老人。信: 信誉威望。诵说: 诵讲。不陵不犯: 不违背先哲的学说。

【释义】言行有尊严而使人敬畏的人, 可以当老师; 五六十岁而有信誉威望的老人, 可以当老师; 诵讲先哲的学说而不违背的人, 可以当老师; 能够窥一斑而知全貌阐发微言大义的人, 可以当老师。

【点评】这里介绍了当老师的四个要求。

7. 故为师之务，在于胜理，在于行义。理胜义立则位尊矣，王公大人弗敢骄也，上至于天子，朝之而不惭。

——《吕氏春秋·孟夏纪·劝学》

【注解】 务：要务。胜理：依循事理。行义：施行道义。位：教师的地位。

【释义】 所以，做老师的要务在于依循事理，在于施行道义。只要事理被依循，道义得以树立，那么老师的地位就尊贵了，王公大人就不敢骄横地对待老师了，即使上朝拜见天子，老师也不会感到羞愧了。

【点评】 说明教师要靠自己去掌握规律，去施行仁义的道德教育，才能获得被尊敬的地位。

8. 既知教之所由兴，又知教之所由废，然后可以为人师也。

——《礼记·学记》

【注解】 既：已经。所由：原因。兴：指成功。废：指失败。

【释义】 教师不仅懂得教育成功的因素，而且也知道教育失败的原因，然后才能胜任教师的工作。

【点评】 要了解教育成功与失败的原因才能当好老师，或许是强调教师要积累教学经验。

9. 君子知至学之难易，而知其美恶，然后能博喻。能博喻，然后能为师。

——《礼记·学记》

【注解】 至学：最好的学习。美恶：好坏。博：知识渊博。喻：明白。

【释义】 圣明君子只有深刻了解学习的难易之处，并且知道它的好坏之处，然后才能够凭渊博的知识阐明它。能够把疑难复杂的知识道理以广博的知识去阐明它，然后才能当好老师。

【点评】 掌握了渊博的知识，然后才能当一个好老师。

10. 智如泉源，行可以为表仪者，人师也。

——《韩诗外传》

【注解】 智：智慧。表仪：榜样。

【释义】智慧像水源一样永不枯竭，行为可以做别人榜样的人，就是老师了。

【点评】介绍了老师的两个主要特征。

11. 圣人之道，宽而栗，严而温，柔而直，猛而仁。

——《淮南子·氾论训》

【注解】道：方法。宽：宽大。栗：严厉。严：严格。温：温和。

【释义】圣人的教育方法，是宽容而又严厉，在严格中带有温情，柔软中寓有刚直，严厉中带有慈仁，做到宽严相济。

【点评】教育工作者应该学习古时的圣哲，做到宽严结合、严宽相济。

12. 一哄之市，必立之平；一卷之书，必立之师。

——西汉·扬雄《法言·学行》

【注解】哄（hòng）：形容人声嘈杂。市：集市，做买卖的场所。平：公平。

【释义】人声嘈杂的集市，一定要确立一个公平的标准；一卷书的文章，也一定要确立它的师承标准。

【点评】佳句以街市上的公平标准，比喻老师就是人们的言行标准。

13. 学无常师，惟德所在。

——三国魏·卞兰《赞述太子赋》

【注解】常师：固定的老师。惟：只要。所在：在的地方。

【释义】好学是没有固定老师的，高尚的品德在谁那儿，谁就是他的老师。

【点评】品德高尚的人就是人们的老师。

14. 教无常师，道在则是。

——西晋·潘岳《闲居赋》

【注解】教：接受教育。道：知识，真理。是：代词，老师。

【释义】接受教育学习知识是没有固定的老师的，有知识有真理的人就是老师。

【点评】佳句以为谁掌握了知识与真理,谁就是老师。

15. 凡探明珠,不于合浦之渊,不得骊龙之夜光也;采美玉,不于荆山之岫,不得连城之尺璧也。

——东晋·葛洪《抱朴子·祛惑》

【注解】探:寻找。于:到。合浦:产珠之地。骊(lí)龙之夜光:即"夜明珠"。荆山:产玉之地。连城之尺璧:即"和氏璧"。

【释义】大凡想寻找稀世的明珠,不到合浦的深渊,就采不到骊龙口中夜明珠;想得到宝贵的美玉,不到荆山就得不到价值连城的和氏璧。

【点评】比喻弟子不跟高明的老师学习,就无法得到宝贵的知识。

16. 风标才器,实足师范。

——《魏书·彭城王传》

【注解】风标:风格高尚。才器:有才华的人。师范:老师与榜样。

【释义】风格高尚、才气横溢的人才,实在完全可以成为人们的老师与模范。

【点评】德才兼备者可以当老师。

17. 虽天子必有师。然亦何常师之有?唯道所存。

——隋·王通《中说·问易》

【注解】虽:即使。道:方法与真理。

【释义】即使是帝王也一定是有老师的。然而,哪儿有固定的老师呢?谁掌握了治国的方法与真理就向谁学习。

【点评】无论谁都应该以能者为师,以真理为师。

18. 摇落深知宋玉悲,风流儒雅亦吾师。

——唐·杜甫《咏怀古迹》

【注解】摇落:形容深秋树叶凋零。风流儒雅:指宋玉文采风雅和学问渊博。

【释义】阅读宋玉悲秋的诗句,感受到了宋玉感情深沉,而且学问渊博，文辞精彩，真是我的老师。

【点评】认真阅读好文章，就是在接受好老师的指教。

19. 师者，所以传道授业解惑者也。

——唐·韩愈《师说》

【注解】师者：所谓老师。传道：传授道理。授业：授予学业。解惑：解决疑难问题。

【释义】所谓老师，是用来传授道理、授予专业知识、解答疑难问题的人。

【点评】老师的职业标准是必须明事理，有知识，善释疑。

20. 是故无贵无贱，无长无少，道之所存，师之所存也。

——唐·韩愈《师说》

【注解】无：无论。道：知识、真理。所存：在的地方。

【释义】无论身份贵贱，地位高低，年岁大小，知识、真理在的地方，就是老师在的地方。

【点评】谁掌握了知识与真理，谁就是老师。

21. 古之圣人，其出人也远矣，犹且从师而问焉；今之众人，其下圣人也亦远矣，而耻学于师。

——唐·韩愈《师说》

【注解】其：代词，圣贤们。出人：超越常人。从师：拜师。焉：兼词，于之，向老师。

【释义】古代的圣贤人，他们的才能超出众人许许多多啊，尚且还要拜师向老师学习呢；如今的普通人，他们的才能与古圣人们相差远呢，却把拜师向老师学习当作羞耻的事情。

【点评】本句以古代的圣贤之人谦虚好学来批评当世人不谦虚不好学。

22. 巫医、乐师、百工之人，不耻相师。

——唐·韩愈《师说》

【注解】巫医：用巫术为人治病的人。乐师：为人演奏音乐的人。百工：各种手工业。不耻相师：不以相互学习为耻。

【释义】 <u>巫医、乐师和各种手工业者，不把互相学习当作耻辱的事情。</u>

【点评】 告诫人们不要以相互学习为耻，各种技术人员都是相互学习的。

23. 弟子不必不如师，师不必贤于弟子。闻道有先后，术业有专攻，如是而已。

——唐·韩愈《师说》

【注解】 弟子：学生。贤：贤能。如是：像这样。而已：罢了。

【释义】 学生不一定什么都不及老师，老师也不一定样样都胜过学生。通晓知识规律有早有晚，技术专业各有专长，老师与学生就是这点区别罢了。

【点评】 韩愈的看法符合辩证法。

24. 令公桃李满天下，何用堂前更种花。

——唐·白居易《奉和令公绿野堂种花》

【注解】 桃李：比喻学生。何用：哪里还用得着。

【释义】 您的学生遍布天下，还有必要再在你的院子里种花吗？

【点评】 名句是说您这辈子已经培养了许多的人才，现在该歇歇了。

25. 今之世，为人师者众笑之。举世不师，故道益离。

——唐·柳宗元《师友箴》

【注解】 举：全部。师：师道，学习。离：背离。

【释义】 当今社会，干老师这一行被人耻笑。全社会的人都不肯从师学习，所以离"中庸之道"越来越远了。

【点评】 作者抨击了当时社会不尊师的风气，弃师就是弃道，不可容忍。

26. 经师易遇，人师难遭。愿在左右，供给洒扫。

——北宋·司马光《资治通鉴·汉纪·桓帝延熹七年》

【注解】 经：典籍。人师：为人师表的老师。遭：遇到。

【释义】单纯传授知识的老师容易遇到,但能为人师表的老师却不容易遇到。我希望能待在您身边向您学习,哪怕给您端茶送水打扫卫生也可以。

【点评】最好的老师是能教他怎么做人、成为人才的老师。

27. 惟无不师者,乃复能为天下师。

——明·庄元臣《步苴子·内篇》

【注解】惟:只有。无不:双重否定,都,全。复:反过来。

【释义】老师不是天生的,所以一定是先当学生,再当老师。

【点评】只有好学的人,才能成为众人的老师。

28. 学校之师,不论乡学、国学、太学,决定以德行学问为主。

——明·陆世仪《思辨录辑要》

【注解】乡学:乡一级的学校。国学:国立学校。太学:国家的重点大学。

【释义】凡是学校的老师,不论是乡学,还是国学,乃至太学,任何一级学校决定任用的老师都必须以德才兼备作为主要标准。

【点评】只有德才兼备的老师才能培育出好学生。

29. 必以修身为本,然后师道立。

——清·黄宗羲《明儒学案》

【注解】修身:通过自我反省体察,使身心达到完美的境界。师道:尊师重教的风尚。

【释义】一定要把修身养性作为根本性大事来做,这样才能使尊师重教的风尚树立起来。

【点评】修身养性是人们尊师重教的基础。

30. 学问无大小,能者为尊。

——清·李汝珍《镜花缘》

【注解】无大小:不论年龄的大小。能者:掌握这门学问的人。

【释义】学问是不论人的年纪大小的,掌握了学问的人就可以当老师。

【点评】能者为师，掌握了知识学问的人就是老师。

31. 不论男女皆得为师，惟才德是视。

——清·康有为《大同书》

【注解】得：可以。惟：只。是：代词，才德。

【释义】不论男女都可以当教师，只看他们的才能和品德够不够当老师的标准。

【点评】当老师的标准就是既有才能又品德高尚。

四、善教

1. 匪面命之，言提其耳。

——《诗经·大雅·抑》

【注解】匪：不但。命：教诲。之：他。言：叮嘱。

【释义】不但当面指教，而且提着耳朵叮嘱，希望他永不忘记。

【点评】形容教诲殷切，成语"耳提面命"即源于此。

2. 菁菁者莪，乐育材也。君子能长育人材，则天下喜乐之矣。

——《诗经·小雅·菁菁者莪序》

【注解】菁菁：茂盛的样子。莪（é）：萝蒿。喜乐：太平快乐。

【释义】长陵上长满茂盛的萝蒿，象征着长陵培育的人才。如果使君子能够长期培育人才，那么天下太平快乐的日子也就来了。

【点评】能使有道君子长期培养人才，是天下太平兴盛的标志。

3. 不言之教，无为之益，天下希及之。

——《老子·道德经》

【注解】不言之教：身体力行的教育与榜样教育。无为：老子思想的顶峰高度就是无为，意思是顺其自然，从心所欲，不逾矩。益：功效，好处。希：少有。及：比得上。

【释义】行不言之教所获得的收益之多，施无为之政所获得的功效之大，天下没有什么东西能够比得上它们。

【点评】赞扬了身体力行的身教与榜样教育的巨大作用。

4. 子以四教：文、行、忠、信。

——《论语·述而》

【注解】子：孔子。文：典籍。行：孝悌。忠：忠君。信：诚信。

【释义】孔夫子是从四个方面来教育弟子的：典籍、孝悌、忠君与诚信。

【点评】这里介绍了孔子教育学生的主要内容。

5. 颜渊喟然叹曰：仰之弥高，钻之弥坚，瞻之在前，忽焉在后。

——《论语·子罕》

【注解】颜渊：孔子的学生。喟然：叹息声。仰之：仰望他。弥：更。钻：钻研。瞻之在前，忽焉在后：无论在前在后，他的伟大都是令人难以置信的。

【释义】颜渊喟然叹息道：仰望孔子和他的儒道，真是高不可及；钻研孔子之道，实在是坚不可入；看着在前面，忽然又在后面了。

【点评】赞扬了孔子及其儒道的伟大，伟大得使人难于理解。

6. 夫子循循然善诱人，博我以文，约我以礼，欲罢不能。

——《论语·子罕》

【注解】夫子：指孔子。循循：有序的样子。我以文：用文学开阔我的眼界。约我以礼：以礼节约束我的行为。

【释义】孔夫子能循循善诱地教育大家，用文学开阔我们的思想眼界，用仪礼约束我们的行为，我想停下来都不能。

【点评】赞扬了孔子的善教与儒道的伟大。

7. 其身正，不令而行；其身不正，虽令不从。

——《论语·子路》

【注解】正：指行为端正。而：承接连词，就。虽：转折连词，即使。

【释义】自身行为端正，做出表率时，不用下命令，手下人也就会跟着行动起来；相反，如果自身的行为不端正，那么即使三令五申，手下人也不会服从的。

【点评】自己一定要以身作则，否则令不能行。身教重于言教。

8. 善政得民财，善教得民心。

——《孟子·尽心上》

【注解】政：治国的方法。

【释义】好的政治国策能够使国家与人民富裕起来，好的教育方针方法能够获得人民的拥护。

【点评】治国必须有善政与善教。

9. 学者师达而有材，吾未知其不为圣人。圣人之所在，则天下理焉。

——《吕氏春秋·孟夏纪·劝学》

【注解】学者：从师学习的人。材：通"才"。理：治理得好。

【释义】从师学习者的老师，如果是通达而有才能，我没听说过这样的人不是圣人的。有圣人在的地方，那么那地方就一定是治理得太平安定的地方。

【点评】事理通达又有才能的人就是圣人，求学的人应该向他们学习。

10. 故师之教也，不争轻重尊卑贫富，而争于道。

——《吕氏春秋·孟夏纪·劝学》

【注解】争：计较。

【释义】所以老师执教的时候，不能计较学生的轻重、尊卑、贫富，而应看重学生的品行与是否能接受理义。

【点评】这里实际上是说老师教育学生，不能只看学生的身份、地位，而应注重其品行学业。

11. 凡说者，兑之也，非说之也。今世之说者，多弗能兑，而反说之。

——《吕氏春秋·孟夏纪·劝学》

【注解】说者：说服教育的方法。兑（yuè）：悦。说：硬性的说教。说者：指运用说教法教育的老师。

【释义】大凡说服教育的方法，都应该是使对方心情舒畅心悦诚服，而不是硬性的说教。当今采用说教法教育的老师，大多不会使用让人心悦诚服的说教方法，而是只会用生硬的说教方法。

【点评】说教也是一种教育方法，但一定要使被教育者心悦诚服，心情愉快。

12. 达师之教也，使弟子安焉，乐焉，休焉，游焉，肃焉，严焉。

　　　　　　　　　　　　　　　　　——《吕氏春秋·孟夏纪·诬徒》

【注解】达师：精通教学规律的老师。

【释义】精通教学规律的老师教学，能使学生安心、快乐、安闲、从容、庄重、严肃地学习。

【点评】与毛主席说的学校教学要"团结、紧张、严肃、活泼"的意思相近。

13. 知不足，然后能自反也；知困，然后能自强也。故曰：教学相长也。

　　　　　　　　　　　　　　　　　　　　　　　——《礼记·学记》

【注解】自反："反"即"返"。求之于己。自强：修业不倦。长：增长。

【释义】老师在教授学生时会发现自己的不足，然后迫使自己去求知；知道自己的困惑，然后就能修业不倦。因此说：教与学是能互相促进，互相提高的。

【点评】后世教育学上的常用语"教学相长"就出于此。只有善教者能臻于此境界。

14. 善歌者，使人继其声；善教者，使人继其志。

　　　　　　　　　　　　　　　　　　　　　　　——《礼记·学记》

【注解】善：擅长。歌者：唱歌的人。

【释义】擅长唱歌的人，能使人沉醉于他的歌声流连不忘；善于教学的人，能使人继承他的志向。

【点评】这里的志向，包含了实现志向的知识、才干、品德等内容。

15. 师严然后道尊，道尊然后民知敬学。

　　　　　　　　　　　　　　　　　　　　　　　——《礼记·学记》

【注解】严：尊重。道：知识学问。敬学：敬重学问。

【释义】教师得到敬重后，知识才会得到尊重，知识受尊重后，老百姓才会重视学问。

【点评】师严是根本。

16. 记问之学，不足以为人师，必也其听语乎！

——《礼记·学记》

【注解】不足以：没有资格。其：语气副词，大概。

【释义】如果只凭记忆前人的东西而没有自己见解的学问，这样的人是没有资格当指导学生的老师的。当教师的人，一定要善于听取学生的问题。

【点评】老师必须具有真才实学，对知识能融会贯通，并有自己的见解，既能告诉学生是什么，又能告诉学生为什么。

17. 宽而栗，严而温。

——《淮南子·氾论训》

【注解】宽：宽容。栗：害怕得发抖。严：严厉。温：温和。

【释义】宽容中要有严厉使人害怕得发抖，严厉中要有温和，做到宽严相济。

【点评】教育与法度一样，宽容中要有严厉，要做到宽严相济。

18. 父兄之教不先，子弟之率不谨，寡廉鲜耻，而俗不长厚也。

——西汉·司马相如《喻巴蜀檄》

【注解】父兄：指长辈与官长。教：指言传身教。先：率先垂范。率：遵行。谨：严格。寡：孤独。鲜（xiǎn）：少。长厚：仁爱宽厚。

【释义】父兄与长官未做到言传身教率先垂范，子弟遵循教导的行为就不会很严谨，因而就不会有仁爱宽厚的良好风俗。

【点评】社会风俗是上行下效的，好风俗的形成需要上级官员率先垂范。

19. 动人以言者，其感不深；动人以行者，其应必速。

——唐·陆贽《奉天论奏当今所切务状》

【注解】以：用。其：它的。

【释义】用言语去打动人的，它的感染力总不那么深；用行动去打动
　　　　人的，它的效应一定很快。

【点评】说明言教的效果终究不如身教好。

20. 滞者导之使达，蒙者开之使明。

——北宋·欧阳修《夫子罕言利命仁论》

【注解】滞：思想闭塞。达：通达。蒙：蒙昧不明。

【释义】对思想闭塞的人，要引导他，使他豁达开朗；对蒙昧的人，要
　　　　启发他，使他明白开化。

【点评】这里提出对学习有困难者（后进生）必须采用引导启发的
　　　　方法。

21. 养子不教父之过，训导不严师之惰。

——北宋·司马光《劝学文》

【注解】养：生养孩子。不教：不让孩子接受教育。过：错误。惰：
　　　　懒惰。

【释义】生养孩子而不使他受教育，这是父亲的过错；教育了但不严
　　　　格，那是教师懒惰的过错。

【点评】不严与不教，无异于五十步与一百步。

22. 教之而不受，虽强告之无益。譬之以水投石，必不纳也，今夫石田虽水润沃，其干可立待者，以其不纳故也。

——北宋·张载《经学理窟·义理篇》

【注解】虽：即使。强：勉强。纳：吸收。润沃：水多的意思。故：
　　　　缘故。

【释义】教育他但他不接受，即使勉强告诉他也是没有用的。譬如把
　　　　石头投进水里，一定是不会吸纳水分的，如今那石板田里即使积满
　　　　了水，但石田的干涸是站着就可以等到的，原因是石田是不会吸收
　　　　水分的。

【点评】以石田不吸收水分的道理，说明受教者主观能动性的重要。

23. 圣人教人,皆略启其端,使学者深思而自得之。

——明·薛瑄《读书录·教人》

【注解】皆:都是。启:开,起。端:始,起头。

【释义】圣明贤德的人教育学生,都只是启发一下或开个头,让学习的人自己去深入思考从而自我悟得知识、道理、学问。

【点评】圣明贤德的好老师都是采用启发式教育学生的。

24. 古之教者,莫难严师。师严道尊,教乃可施。

——明·王守仁《严师箴》

【注解】教者:教育这件事情。莫难:没有比……更难。

【释义】古代的教育,最难的是尊重老师。教师受尊重了,他所讲授的道理也就受尊重了,教育才能实行有效的教育。

【点评】强调要特别尊重老师。

25. 教有本,躬行为起化之原。

——清·王夫之《四书训义·孟子》

【注解】教:教育原则。躬行:亲身示范。

【释义】确立教育原则是有本源的,教师的亲身示范就是使学生转化的本源。

【点评】强调了教师身教的重要性。

26. 子弟天性未漓,教易入也,则体孔子之言以劳之,勿溺爱以长其自肆之心。

——清·王永彬《围炉夜话》

【注解】未漓(lí):浅薄无知。长:助长。自肆:放纵任意。

【释义】孩子(学生)的秉性虽浅薄无知,但还是有可以教育好的时候,那么就应采用孔子的思想、方法来教育他,再不能溺爱娇宠他,不能助长他自我放纵的坏习惯。

【点评】孩子虽然浅薄无知,但是能教育好的,千万不能轻易放弃对他的教育,更不能因溺爱而助长他自我放纵的坏习惯。

27. 子弟有才, 制其爱毋弛其诲, 故不以骄败。子弟不肖, 严其诲毋薄其爱, 故不以怨离。

——清·金缨《格言联璧》

【注解】制: 控制。爱: 兴趣爱好。弛: 放松。诲: 教诲。骄败: 骄傲而失败。不肖: 愚笨无能。薄: 剥夺。怨: 怨恨。离: 放弃。

【释义】学生如果有才华, 就要适当控制他的兴趣爱好, 不要放松对他的教诲, 所以不会由于骄傲而失败; 学生如果愚笨无能, 就要更加严格地教育他, 不要剥夺他的兴趣爱好, 所以不会因为怨恨而放弃。

【点评】这是一副教育名联, 对聪明学生、愚笨学生要采用不同的教育方法, 但都要重视兴趣爱好的培养。

五、教程

1. 礼乐法而不说,诗书故而不切,春秋约而不速。

——《荀子·劝学》

【注解】礼乐:《周礼》与《乐经》。诗书:《诗经》与《尚书》。春秋:
指鲁国的史书《春秋》。

【释义】礼和乐是有其法度的,但没有它明确的解说;《诗经》《尚
书》记古代故实,但未必切合当今;《春秋》的语言十分简约但旨意
深奥,是难于快速理解的。

【点评】儒家的经典虽是学习的典范,但也都各有特点。

2. 礼者,所以正身也;师者,所以正礼也。

——《荀子·修身》

【注解】礼:礼仪。正:规范,修正。身:自身。

【释义】礼仪,是用来修正人们自身的不良行为举止的;老师,是用来
修正不合时宜的礼仪制度的。

【点评】强调了老师至高无上的权力,可以修正不合时宜的礼仪
制度。

3. 为学者,必有初。小学终,至四书。

——《三字经》

【注解】初:先打好基础。小学:学习文字知识。四书:是指《论语》
《孟子》《大学》和《中庸》。

【释义】作为一个求学的人,一定是由浅入深地先打好基础,先要学
好文字知识,然后才可以学习儒家经典"四书"。

【点评】学习一定要循序渐进,先要打好基础,然后才学习更高深的
知识。

4. 论语者，二十篇。群弟子，记善言。

——《三字经》

【注解】论语：儒家学派的经典著作之一，是孔子的弟子及其再传弟子编纂而成的，集中体现了孔子的政治主张、伦理思想、道德观念及教育原则等。群：众群。善言：重要言论。

【释义】《论语》共有二十篇。是孔子的弟子以及再传弟子们编撰的，书中记载了孔子的一些重要言论。

【点评】孔子是我国古代伟大的思想家和教育家，是儒家思想的代表人物。

5. 孟子者，七篇止。讲道德，说仁义。

——《三字经》

【注解】孟子：名轲，人们尊称孟子，是战国时代的大思想家、儒家思想的代表。《孟子》是他的著作。孟子继承并发扬了孔子的思想，是仅次于孔子的儒家一代宗师，人称"亚圣"，其思想与孔子的思想合称为"孔孟之道"。

【释义】《孟子》是孟轲的著作，共分七篇。内容是有关品行修养、宣扬仁义道德等优良德行的言论。

【点评】概括了《孟子》的主要政治理想与思想内容。

6. 作中庸，乃孔伋。中不偏，庸不易。

——《三字经》

【注解】中庸：是儒家经典"四书"之一。孔伋：即子思，孔子之孙。春秋战国时期著名的思想家，儒家的主要代表之一。

【释义】著作《中庸》这本书的人是孔伋。"中"是不偏的意思，"庸"是不变的意思。

【点评】介绍了儒家经典《中庸》的作者以及主旨，《中庸》是一本关于人生哲学的书。

7. 作大学，乃曾子。自修齐，至平治。

——《三字经》

【注解】大学：是儒家经典中的一部书。子：对有学问人的尊称，相当于先生。

【释义】著作《大学》这本书的人是曾参,在书中他提出了"修身,齐家,治国,平天下"的人生主张。

【点评】介绍了曾子的著作《大学》及其主要思想观点,也是一部关于修身养性的书。

8. 孝经通,四书熟。如六经,始可读。

——《三字经》

【注解】孝经:中国古代儒家的伦理学著作,传说是孔子自作。通:通晓,明白。六经:指六部儒家经典,即《诗经》《尚书》《仪礼》《乐经》《周易》《春秋》。

【释义】《孝经》里的道理弄明白了,《论语》《孟子》《大学》《中庸》这四部书读熟了,才可以去读六经这些学问道理深奥的书。

【点评】读书应由浅入深,先易后难,循序渐进。

9. 诗书易,礼春秋。号六经,当讲求。

——《三字经》

【注解】诗:指《诗经》。书:即《尚书》,又称《书经》。易:《周易》。礼:《周礼》。春秋:鲁国的史书《春秋》。号:号称。六经:诗、书、易、礼、春秋,再加上已经逸亡的《乐经》合称六经。

【释义】《诗》《书》《易》《礼》《春秋》,再加上《乐经》称六经,这是中国古代儒家的重要经典,应当认真仔细地阅读。

【点评】中国的古代文化是个非常丰富的知识宝库,作为一个中国人,我们应该努力学习研究,并发扬光大祖先的伟大文化。

10. 有典谟,有训诰。有誓命,书之奥。

——《三字经》

【注解】典:是立国的基本原则。谟:即治国的计划。训:即大臣们的观点态度。诰:即国君的通告。誓:起兵文告。命:国君的命令。

【释义】典、谟、训、诰、誓、命都是《书经》的主要内容,分六个部分,都是极其深奥的。

【点评】介绍了《书经》的主要内容,它是一部极有价值的历史资料,相当于我们现在的国家档案。

11. 我周公,作周礼。著六官,存治体。

——《三字经》

【注解】周公:姓姬名旦,亦称叔旦,是周文王姬昌第四子。因封地在周(今陕西省岐山县北),故称周公或周公旦。公,上古的爵位,也是尊称。周公是孔子一生最崇敬的古代圣人。

【释义】周公制定了治理国家的制度《周礼》。制定了六宫的官制,《周礼》中就保存了当时的政治制度与国家体制。

【点评】周公是周文王的第四子,在周文王的所有儿子中最有才干,也最有仁慈之心。武王死后,由周公帮助成王处理朝政,由于他的贤德,把国家治理得十分富强。

12. 大小戴,注礼记。述圣言,礼乐备。

——《三字经》

【注解】大小戴:指戴德和戴圣父子俩。礼记:是研究中国古代社会情况、典章制度和儒家思想的重要著作。

【释义】戴德和戴圣整理并且注释《礼记》。传述和阐扬了圣贤的著作,这使后代人知道了前代的典章制度和有关礼乐的情形。

【点评】中国传统的礼义道德,其中很大部分到今天仍是有益的,我们要从这些有益的成分中吸取营养、身体力行。

13. 曰国风,曰雅颂。号四诗,当讽咏。

——《三字经》

【注解】号:号称。四诗:指《诗经》中的《国风》《大雅》《小雅》《颂》四类诗歌。当:应该。讽咏:反复诵读。

【释义】《国风》《大雅》《小雅》《颂》,合称为四诗,它是一种内容丰富、感情深切的诗歌,我们应该去反复诵读。

【点评】我国最古老的一本诗集叫《诗经》,共汇集了周代诗歌三百零五篇,所包含的题材非常广泛,有的反映复杂的社会形态,有的反映人民的生活状况及百姓的思想和感情等。

14. 诗既亡，春秋作。寓褒贬，别善恶。

——《三字经》

【注解】既：已经，之后。亡：遭冷落。

【释义】周朝后期《诗经》被冷落了，所以孔子就作《春秋》。这本书中隐含着对现实政治的褒贬以及对各国善恶行为的分辨。

【点评】读《春秋》，除了能够了解当时一般政治和人民的生活情况，更重要的是可以用前人累积的经验作为自己做人处事的借鉴。

15. 三传者，有公羊。有左氏，有谷梁。

——《三字经》

【注解】三传：是指补充注释鲁国史书《春秋》的三部经典著作：《左传》《谷梁传》《公羊传》。

【释义】三传就是公羊高所著的《公羊传》，左丘明所著的《左传》和谷梁赤所著的《谷梁传》，它们都是解释《春秋》的书。

【点评】《春秋》是鲁国的史书，内容十分精彩，但文字记事都非常简略，甚至隐晦；加之年代久远，所以要读懂《春秋》必须详读三传，才能真正读懂。

16. 经既明，方读子。撮其要，记其事。

——《三字经》

【注解】经：儒家的经典。明：读懂，弄明白。方：才。子：诸子写的书。撮（cuō）：选择。记：记住。

【释义】儒家经典诠释都读熟了之后就可以读诸子百家的子书了。子书繁杂，必须选择重要的来读，并且要记住事情的本末因果。

【点评】学习要循序渐进，先主后次，学习历史要用提纲挈领的方法，掌握主要脉络。对于重点历史事件要记住它的起因和结局，才能很好地掌握这门学问。

17. 五子者, 有荀扬。文中子, 及老庄。

——《三字经》

【注解】五子: 指荀子、扬子、文中子、老子和庄子。老: 老子。庄: 庄子。

【释义】当时最有名的先生有五位, 他们的著作就是以姓名命名的, 如《荀子》《扬子》《文中子》《老子》和《庄子》。

【点评】佳句介绍五子, 其中有三位是著名的思想家, 如老子、荀子、庄子。他们博学广闻, 其所写的这些书就是子书。

18. 经子通, 读诸史。考世系, 知终始。

——《三字经》

【注解】经: 儒家的经典。子: 诸子百家的著作。旧时我国的古籍按内容区分为经史子集四大部类编排的。通: 读懂。诸: 各种。考: 考证。世系: 事情的先后顺序, 朝代兴衰的前因后果。

【释义】经书和子书读熟了以后, 再读各类史书。读史时必须要考究各朝各代的世系, 明白他们盛衰的原因, 才能从历史中汲取教训。

【点评】我国的春秋战国时代, 是各种哲学思想百家争鸣的时代, 像荀子的人性本恶说、扬子的自利说、老庄的顺其自然说等思想都是我们宝贵的文化遗产。

19. 自羲农, 至黄帝。号三皇, 居上世。

——《三字经》

【注解】羲(xī): 伏羲氏, 又称宓羲、庖牺、包牺、牺皇、皇羲、太昊等, 是中华民族敬仰的人文始祖, 居三皇之首。他根据天地万物的变化, 发明了八卦, 并教会了人们渔猎的方法, 是中华文明的奠基者和启蒙者。农: 指神农氏, 即炎帝, 是中华农业和医药的发明者, 有"神农尝百草"的传说, 教人医疗与农耕, 后世人尊称为"药王""五谷先帝""神农大帝"等。华夏上古最伟大的三皇之一。黄帝: 中国文化的标志性人物, 与神农炎帝合称中华民族的祖先。如炎黄后裔、炎黄子孙就是全体中国人的自称。上世: 远古时期。

【释义】从伏羲氏、神农氏到黄帝时期。这三位远古时代勤政爱民的伟大君主把国家治理得繁荣富强，因此后人尊称此时为"三皇"时期，他们都是上古时期的明君。

【点评】历史学家大体把历史分为三个阶段：即上古、中古、近代。中国历史从夏商以后才有了较可靠的记载，此前的历史，即远古时代，只是个神话和传说的历史。

20. 唐有虞，号二帝。相揖逊，称盛世。

——《三字经》

【注解】唐：唐尧，远古明君。虞：虞舜，远古明君，与唐尧合称二帝。相揖逊：谦虚地把帝王之位禅让给德才兼备的人。盛世：国家繁荣富强的时期。

【释义】黄帝之后，有唐尧和虞舜两位帝王，尧认为自己的儿子不肖，谦虚地把帝位传给了德才兼备的舜，天下在这两位贤明帝王治理下，人民富庶，国家太平，人人称颂。

【点评】尧是位贤德的帝王，他把帝位禅让给有贤能的舜，让舜做继承人。当然舜也不负重托。他们所处的这段历史时期，是中国远古历史上的黄金时代。

21. 夏有禹，商有汤。周文武，称三王。

——《三字经》

【注解】禹：夏禹，也称大禹。上古的治水英雄，因治水有功被拥戴为国君。汤：商朝的开国之君。文武：周朝的开国之君。

【释义】夏朝的开国君主是夏禹，商朝的开国君主是商汤，周朝的开国君主是周文王、周武王。他们是德才兼备的君王，后人称为三王。

【点评】夏商周三朝，历史上合称三代，每一代的时间都很长，夏朝统治四百年，商朝统治六百年，周朝统治八百年。

22. 夏传子，家天下。四百载，迁夏社。

——《三字经》

【注解】传：传位。家天下：由一个家族统治国家。载：年。迁：变迁。

社：国家的宗庙。

【释义】 夏禹把帝位传给了自己的儿子，从此天下就成了夏家的天下。夏朝经过了四百多年，被商汤灭掉了，从此夏王朝的宗庙改变成了商王朝的宗庙。

【点评】 从禹把帝位传给儿子启之后，就形成了由一个家族统治国家的历史，持续了几千年，一直到辛亥革命推翻了最后一位清朝皇帝，家天下的统治才真正结束。

学习篇

一、贵学

1. 思索生知，慢易生忧。

——《管子·内业》

【注解】慢易：疏忽粗心。忧：患。

【释义】勤于思索才能增长智慧，疏忽粗心就会招来忧患。

【点评】学习必须勤于思考，不能粗心大意。

2. 人而不学，其犹正墙面而立。

——《尚书·周官》

【注解】而：如果。犹：就像。

【释义】人如果不学习，他就像面对着墙壁站着，什么东西也看不见。

【点评】学习能见多识广。

3. 少而不学，长无能也。

——《孔子家语·三恕》

【注解】而：如果。长：成人后。能：本领。

【释义】少壮时如果不努力学习，长大了就没有谋生的本事。

【点评】告诫人们，要趁年轻时努力学习谋生的本领。

4. 圣人生于疾学。不疾学而能为魁士名人者，未之尝有也。

——《吕氏春秋·孟夏纪·劝学》

【注解】生：产生。疾学：勤奋学习。魁士：学问渊博的人。未之尝有：是"未尝有之"的倒装句。

【释义】圣人是在努力学习中产生的。不经过勤奋学习而能成为学问渊博的贤士圣人的，自古以来不曾有过。

【点评】刻苦努力地学习是成为圣人、名人的根本途径。

5. 学者处不化不听之势而以自行，欲名之显、身之安也，是怀腐而欲香也，是入水而恶濡也。

——《吕氏春秋·孟夏纪·劝学》

【注解】学者：从师学习的人。势：情形，情势。名：名声。显：显赫。恶：厌恶。

【释义】从师学习的人处于不要接受教化、不愿听从教诲的情势，而随己所欲地行事，却又想使自己名声显赫、生活安逸，这就如同怀揣腐臭却希望散发芳香，入水中却厌恶打湿一样。

【点评】学生要贵学。主观上一定要有想学习渴望受教的愿望，老师教学才有效果。

6. 知之盛者，莫大于成身，成身莫大于学。

——《吕氏春秋·孟夏纪·尊师》

【注解】盛者：重要的知识。大于：比……大。成身：完善自身修养。

【释义】任何丰富的知识都比不上完善自我道德修养重要，任何完善自身修养效果都没有学习的效果好。

【点评】强调了学习的重要性。

7. 为义而不讲之以学，犹种而弗耨也。

——《礼记·礼运》

【注解】为：追求。耨（nòu）：除草。

【释义】追求大义却不通过学习，这好比种了庄稼而不除草似的。

【点评】用比喻来说明想要懂道理明大义必须通过学习。

8. 虽有佳肴，弗食，不知其旨也；虽有至道，弗学，不知其善也。

——《礼记·学记》

【注解】虽：即使。

【释义】即使有美味可口的菜肴，不吃就不会知道它的味道到底如何；即使有极完善的学问与道理，不学习就不会了解它到底好在哪里。

【点评】以类比的方法说明只有去学习，才能了解知识与真理。

9. 人皆知以食愈饥，莫知以学愈愚。

——西汉·刘向《说苑·建本》

【注解】以：用。愈：治愈，解除。

【释义】人们都知道用食物来解除饥饿，却不知道用学习来治疗
愚昧。

【点评】学习知识可以治疗人们的愚昧无知。

10. 人而不学，虽无忧，如禽何？

——西汉·扬雄《法言·学行》

【注解】虽：即使。忧：忧患，毛病。

【释义】人如果不学习，即使没有什么大的毛病，但这与禽兽又有什
么两样呢？

【点评】不学习，成呆子，就是站立的动物。

11. 人知药理病，不知学理身。

——东晋·葛洪《抱朴子·勖学》

【注解】理：治疗。理身：陶冶自己。

【释义】人人都知道用药物来治疗自己的疾病，却不知道通过努力学
习来陶冶自己的身心。

【点评】学习知识是可以陶冶自己身心的。

12. 若不学，譬如无目而视，无胫而走，无翅而飞，无口而语，不
可得也。

——唐·马总《意林·正部》

【注解】若：如果。胫：小腿。

【释义】人如果不学习，就好比没有眼睛却想看清东西，没有腿却想
行走，没有翅膀却想飞翔，没有口却想说话，这是不可能做到的。

【点评】说明如果不学习，就什么事情也做不成。

13. 善国者, 莫先育才; 育才之方, 莫先劝学。

——北宋·范仲淹《上时相议制举书》

【注解】国: 动词, 治理国家。劝: 勉励, 鼓励。

【释义】擅长治理国家的人, 没有不把培育人才放在第一位的; 培育人才的方法, 没有比鼓励学习更重要的了。

【点评】治理好国家首先要抓好教育, 要鼓励人们努力教育学习。

14. 人之性, 因物则迁; 不学, 则舍君子而为小人。

——北宋·欧阳修《诲学》

【注解】迁: 改变。舍: 离开。

【释义】人的本性, 是随环境而改变的; 如果不学习, 就会离开道德高尚的人而沦为小人。

【点评】人不学习就会蜕变为不明事理的人。

15. 人而无学, 则不能烛理; 不能烛理, 则固执而不通。

——北宋·邵雍《观物外篇》

【注解】烛: 比喻明白。

【释义】一个人如果没有学问, 就不能明白事理; 不明事理, 就会固执己见, 固执己见就不知道如何上通下达。

【点评】没有学问的人思想往往是僵化的, 不会变通的。

16. 人之知识, 若登梯然, 进一级, 则所见愈广。

——南宋·陆九渊《象山集》

【注解】若: 如同。然: 一样。愈广: 越多。

【释义】人学习知识就像登梯子一样, 是循序渐进的, 如果前进一步就是登上一级, 那么接触到新知识就越多。

【点评】学习每进一步, 就能接触更多的新知识。

17. 玉不琢, 不成器。人不学, 不知义。

——《三字经》

【注解】琢: 雕琢。器: 器物, 器皿。知: 懂得。义: 做人的道理。

【释义】玉石如果不经过雕琢，就不会成为器物。人们如果不努力学习，就不会懂得什么是仁义、道义、正义。

【点评】以玉石要雕琢才能成器物作比喻，说明人要通过教育与学习提高自身的道德修养，才能懂得做人的道理。

18. 圣凡之分，学与俗而已。习于学而日圣，习于俗而日凡。

——清·陈确《瞽言》

【注解】圣：圣明之人。凡：凡夫俗子。分：区分，差别。

【释义】圣人和平庸之辈的差别，就在于学知识还是学俗务罢了。学习知识学问的人就能日益圣贤，学习平庸俗务的人就会变得更平凡庸俗。

【点评】圣人与凡人的区别，就在于所学的东西不同，说明了学习内容的重要性。

19. 惟德学，惟才艺，不如人，当自励。

——《弟子规》

【注解】惟：如果。励：勉励。

【释义】如果认识到自己的德行、学问、才艺都不及别人，就应当勉励自己迎头赶上。

【点评】认识到自己的不足，就要努力学习，尽快赶上。

20. 人贵知足，惟学不然。人功不竭，天巧不传。

——清·袁枚《续诗品》

【注解】惟：唯独。天巧：高超的技艺。不传：学不到。

【释义】人们可贵的品德在于对待物质生活能够知足，唯独对学习不能使用这个标准。因为人们如果不竭尽全力，就无法学到高超的技艺。

【点评】做人应该知足，但是学习知识技能却必须贪婪一点，才能取得成就。

21. 食以养其生，充之使长；学以养其良，充之至于贤人圣人。

——清·戴震《孟子字义疏证》

【注解】食：吃饭。其生：自己的生命。充：补充。良：指优良品德。至于：达到。

【释义】吃饭是用来保养自己的生命，补充营养使他生长的；学习是用来培养自己良好品德的，补充他的能力使他达到圣贤之人的境界。

【点评】佳句采用比照的手法，将人的学习与吃饭比照，说明学习的重要性。

二、善学

1. 学而不思则罔，思而不学则殆。

——《论语·为政》

【注解】罔：惘然。殆：疑惑。

【释义】只是接受而不思考，就会惘然；只是自己思虑而不接受有关的知识，就会多疑惑。

【点评】学与思结合，才是正确有效的学习方法。

2. 敏而好学，不耻下问，是以谓之文也。

——《论语·公冶长》

【注解】不耻下问：不以向下等人问学为耻。是：这样。

【释义】聪敏又爱好学习，不以向职位比自己低、学问不如自己的人求学为耻辱，这样就可以用"文"作谥号了。

【点评】用"文"作谥号的人，必须有聪明好学、不耻下问的品德。

3. 食不厌精，脍不厌细。

——《论语·乡党》

【注解】厌：满足于。脍（kuài）：切细的鱼、肉。

【释义】饭食不满足于舂得精细，鱼肉菜肴不嫌做得精致。

【点评】以食脍作比喻，说明做学问也要像对待饮食一样，越精细越好。

4. 当仁，不让于师。

——《论语·卫灵公》

【注解】当：面临。仁：仁爱正义之事。

【释义】面临仁爱正义之事，即使是老师，也不必谦让。

【点评】是成语"当仁不让"的出处。

5. 日知其所亡，月无忘其所能，可谓好学也已矣。

——《论语·子张》

【注解】所亡：还不知道的。好：爱好，乐于。

【释义】每天能学到一些自己没有的知识，每月不遗忘自己已经掌握的知识，这样才可以说是好学的人了。

【点评】每天知新，每月温故，就是好学、善学的人。

6. 学之经，莫速乎好其人，隆礼次之。

——《荀子·劝学》

【注解】经：途径。好：爱戴。其人：教授自己的贤人。隆礼：尊崇礼义。

【释义】学习的途径，没有比爱戴贤师，并虚心向老师求教更快速的，尊崇礼义是次要的。

【点评】爱戴老师是学生最快最好的学习途径。

7. 方其人之习君子之说，则尊以遍矣，周于世矣。故曰学莫便乎近其人。

——《荀子·劝学》

【注解】方：通"仿"，仿效。其人：指习《诗》《书》《礼》《乐》《春秋》的通经之士。周：全面。

【释义】唯有仿效通经贤人，讲习先师君子之说，那么经义就能融会贯通，全面运用了。所以说求学的途径，没有比不亲近贤师更便捷的了。

【点评】亲近老师是学习仿效老师的最好途径。

8. 善学者尽其理，善行者究其难。

——《荀子·大略》

【注解】尽：穷究。究：探究。

【释义】善于学习的人总爱彻底了解其中的道理，善于实践的人总爱探究事物的艰难之处。

【点评】善学者不仅要知道是什么，还要知道为什么；不仅知流，还
要知源。

9. 上学以神听，中学以心听，下学以耳听。

——《文子·道德》

【注解】上学：上等的学习方法。神听：全神贯注地听。心听：较认真
地听。耳听：心不在焉地听。

【释义】最好的学习方法是全神贯注来听讲，中等的学习方法是用心
思来听讲，不好的学习方法是用耳朵来听讲。

【点评】善学者听课一定要全神贯注，这样听后能很快消化吸收。

10. 善学者，若齐王之食鸡也，必食其跖数千而后足。

——《吕氏春秋·孟夏纪·用众》

【注解】齐王食鸡：相传齐王吃鸡，但只吃鸡掌心肉，一只鸡的掌心
肉很少，齐王一次要吃数千个鸡掌心。跖（zhí）：鸡爪的掌心肉。

【释义】善于学习的人，如同齐王吃鸡一样，一定要吃几千个鸡爪心
肉才满足。

【点评】以齐王吃鸡作比，说明要多多学习别人的长处，取其精华弥
补自身的短处。

11. 安其学而亲其师，乐其友而信其道，是以虽离师辅而不反。

——《礼记·学记》

【注解】乐：乐于，喜欢。道：学问，道理。虽：即使。辅：辅导，帮助。
反：通"返"。

【释义】安心地学习，亲近师长，乐于与众人交朋友，并深信所学
之道理，因此即使离开了师长的帮助，也不会倒退，违背所学的
道理。

【点评】学生亲师乐友地学习，会获得独立自学和研究的能力。

12. 人之学也，或失则多，或失则寡，或失则易，或失则止。

——《礼记·学记》

【注解】 或：有的。失：失误。寡：少。止：中途停止。

【释义】 人们的学习，有的失误在学得多，有的失误在学得太少，有的失误在学得太容易，有的失误在遇到困难中途就停止。

【点评】 点出了学生在学习上易犯的四种毛病，教师要针对性地指导、教育。

13. 善学者，师逸而功倍，又从而庸之；不善学者，师勤而功半，又从而怨之。

——《礼记·学记》

【注解】 逸：安逸，轻松。功：成效。庸：功劳。勤：辛劳。

【释义】 善于学习的人，老师教得很轻松却能收到双倍的效果，而且还要感谢老师的功劳；不善于学习的人，老师教得非常辛苦，结果却是事倍功半，而且还要埋怨老师。

【点评】 学生不仅要贵学，还要善学，以提高学习效率。

14. 善问者，如攻坚木，先其易者，后其节目，及其久也，相说以解。

——《礼记·学记》

【注解】 攻：雕刻。节目：有节疤的坚硬之处。

【释义】 擅长提问学习的人，就像雕刻家做木雕，先雕刻容易雕的坚木，然后雕刻有节疤的坚硬之处。等到时间久了，难题渐渐就解决了。

【点评】 学习应先易后难，循序渐进。

15. 山不让尘，川不辞盈。

——西晋·张华《励志》

【注解】 让：拒绝。川：河流。辞：推辞，嫌弃。盈：水满。

【释义】 山不拒绝细小的尘埃，因此才那样巍峨；江河不会因水满而嫌弃细流。

【点评】 比喻学习上应该虚心永不满足，才能成其高大、成其浩瀚。

16. 为道不在多，自为己有。

——东晋·葛洪《抱朴子·微旨》

【注解】道：知识学问。己有：为己所用。

【释义】知识学问不在于数量多，而在于能够为己所用。

【点评】能够独立运用，才是真正掌握了知识。

17. 待宾榼里常存酒，化药炉中别有春。积德求师何患少，由来天地不私亲。

——唐·吕岩《答僧见》

【注解】榼（kē）：酒杯。何患：担心什么。由来：从来。私：偏心。

【释义】招待宾客的酒杯里常常斟满了酒，炼丹药的火炉中别有一番春天。虚心求师、努力积德的人就不怕成就不大，天地是从来都不会偏心的。

【点评】只要虚心好学，终究会取得成就的。

18. 思曰睿，睿作圣。

——北宋·周敦颐《通书》

【注解】睿：聪慧。作圣：成为圣明的人。

【释义】思考就能聪慧，聪慧就能成为圣明的人。

【点评】勤于思考才能聪慧，才能成为圣人。

19. 人多是耻于问人。假使今日问于人，明日胜于人，有何不可？

——北宋·张载《经学理窟》

【注解】耻于问人：以向他人请教为耻。何：什么。

【释义】人们大多是以向别人请教为羞耻的。假如今天向他人请教，明天就胜过他人，那么向他人请教有什么不好呢？

【点评】学习应该不耻下问。

20. 为学大益，在自求变化气质。

——北宋·张载《语录钞》

【注解】益：好处。气质：指良好的言行风度。

475

【释义】喜欢学习的最大好处，在于潜移默化地改变自己的言行风度。

【点评】学习能使人有良好的气质。

21. 为学务日益，此言当自程；为道贵日损，此理在既盈。

——北宋·苏轼《张寺丞益斋》

【注解】益：增加，进步。损：减少。盈：满。

【释义】学习知识应当每日追求新的进步，应当把这话列入自学的日程；研究疑难问题贵在一天天地减少，这个道理在于已经获得的收益。

【点评】学习是为了增加知识，解决疑难，所以要努力，不能自满。

22. 问学必有师，讲习必有友。

——北宋·陆佃《省试策问》

【注解】问学：请教学习。讲习：讨论复习。

【释义】请教和学习一定要有老师，讨论与复习一定要有同学。

【点评】老师和同学，是求学之人必须具备的良师益友。

23. 为学之道，必本于思。思则得之，不思则不得也。

——北宋·晁说之《晁氏客语》

【注解】道：方法，规律。则：就。

【释义】学习方法与规律必定是以思考为根本的。思考就能有所收获，不思考就得不到。

【点评】思考是学习的根本方法。

24. 人资质有美恶，得师友琢磨，知己之不美而改之。

——南宋·陆九渊《象山语录》

【注解】资质：天资品质。师友：此指老师、学友。

【释义】人的天资品质有好的也有恶的，在老师的教导下与同学朋友的批评帮助下，明白了自己不好的毛病从而来改正它。

【点评】在老师同学的帮助下，人的缺点是能够改掉的。

25. 为学患无疑，疑则有进。

——南宋·陆九渊《陆九渊集·语录》

【注解】患：怕。

【释义】学习最可怕的就是不能发现疑难问题，能发现疑难问题就可
能进步。

【点评】学习能发现疑难问题就是进步的标志。

26. 为学固不可迫切，亦当有穷究处，乃有长进。

——南宋·陆九渊《象山集》

【注解】固：本来。迫切：急于求成。

【释义】做学问本来就不能急于求成，有的地方也应彻底弄懂，如此
才能真正学到知识，取得进步。

【点评】做学问不能急功近利，必须从容不迫，穷究深探才能做好。

27. 善学者之于其心，治其乱，收其放，明其蔽，安其危。

——《二程粹言·论学》

【注解】治：管住。乱：胡思乱想。治、收、明、安：四字都是使动
用法。

【释义】善于学习的人会管住自己的心思，不让它胡思乱想，能把放
荡的心思收回来，能使受蒙蔽的心重新明亮，也能使不安的情绪平
静下来。

【点评】强调学习一定要让心安定下来。

28. 师友贵隆亲，古学当自反。

——南宋·刘过《湖学别苏召叟》

【注解】隆：尊重。亲：亲近。古学：学习研究古代文化。

【释义】老师、学友之间可贵的是相互尊敬和亲近，学习研究古代文
化应当反躬自问。

【点评】这里提出了学习的三条途径：尊师、亲友、反躬自省。

29. 猎者，必之山林；渔者，必之江湖；而学者，必游于贤人君子之域。

———明·高启《审游赠陆彦远》

【注解】之：到。渔：捕鱼。游：游学，古人一种到老师身边去求教学习的方法。域：地方。

【释义】打猎的人，必须到深山野林去；捕鱼的人，必须到江河湖海去；求学的人，必须到品德高尚、知识渊博的人那里去。

【点评】以类比的方法说明求学必须到贤德君子的身边去。

30. 为学大病在好名。

———明·王守仁《传习录》

【注解】好（hào）：喜欢。名：名声。

【释义】做学问的人最大的毛病就是喜好追求虚名。

【点评】追求虚名是求学者的大忌。

31. 为人第一谦虚好，学问茫茫无尽期。

———明·冯梦龙《警世通言》

【注释】茫茫：形容广大无边。

【释义】做人第一要谦虚，因为知识学问是无边无际的，我们是永远也无法探索尽的。

【点评】做人谦虚，才能做好学问。

32. 学贵得师，亦贵得友。

———清·唐甄《潜书·讲学》

【注解】贵：宝贵。得：有合适的。

【释义】学习最好是找到合适的老师来教授，同时又能有同学朋友相互切磋。

【点评】强调求学者必须有好老师与好同学。

33. 为学作事，忌求近功；一求近功，则自画气阻，渊源莫极。

——清·黄宗羲《明儒学案》

【注解】忌：忌讳。极：到。

【释义】求学、做事最怕求速效；如求速效，就是给自己画一道界限，丧失了志气，知识深远的本源就无法探求到。

【点评】求学、做事都不能急功近利，速成难得深厚。

34. 学问难穷，故亲师取友。

——清·汤斌《潜庵学案·志学会约》

【注解】穷：尽。亲：亲近。取：结交。

【释义】学问是难于学尽的，所以要亲近老师结交朋友。

【点评】做学问的正确道路，就是亲近老师结交朋友。

35. 圣学之要，只在慎独。

——清·陈确《别集·学谱》

【注解】圣学：学习圣人。慎独：在独处时能谨慎不苟。

【释义】学习圣人言行的关键，就在于独处之时仍然能谨慎不苟。

【点评】学习圣人的关键在于学习他们能够"慎独"。

36. 黍头低，麦头昂；昂者露，低者藏。

——清·金埴《不下带编》

【注解】头：指黍或麦的穗。露：无壳，空虚不饱满。藏：有壳，含蓄饱满。

【释义】学识渊博的人如同黍穗低垂着，知识浅薄的人却像麦穗一样直挺着；直挺的外露不实，低垂的含蓄饱满。

【点评】以两种禾穗比喻两种读书人：学识渊博的人不卖弄，知识浅薄者却好炫耀。

37. 知得十件而都不到地，不如知得一件却到地也。

——清·戴震《戴东原先生年谱》

【注解】不到地：没有真正掌握。

【释义】学十样没有真正掌握的知识，还不如只学到了一样完全掌握的知识好。

【点评】学习在于精专，不在于博杂。

38. 为学从切实处下手，自不落空。

——清·王豫《蕉窗日记》

【注解】不落空：即有收获。

【释义】学习要从切合实际需要的地方开始着手，就一定不会没有收获。

【点评】学习一定要结合实际需要，不能空对空。

39. 唯尽知己之所短而后能去人之短，唯不恃己之所长而后能收人之长。

——清·魏源《魏源集》

【注解】唯：只有。尽：完全，彻底。知：了解。恃：自恃。收：吸收，学到。

【释义】只有尽可能地知道自己的短处，才能教育学生去掉短处；只有不自以为自己是天下第一是最好的，然后才能学到别人的长处与优点。

【点评】人要知己之短，才能学到别人之长。

40. 为学之功，要在应事接物处见，若但虚讲道理，而于情事茫然，学问便成无用事。

——清·申居郧《西岩赘语》

【注解】见（xiàn）：体现。但：只。茫然：不明白的样子。

【释义】做学问的功夫在于能解决实际问题，假若只会空谈道理，对处理实际问题一窍不通，那么学问就成了没有用的了。

【点评】做学问要切合实际，学问要能解决实际问题。

三、勤学

1. 日就月将, 学有缉熙于光明。

——《诗经·周颂·敬之》

【注解】就: 成就, 收获。将: 进步。缉熙: 光明。

【释义】日日有所收获, 月月有所进步, 这样不断地学习, 日积月累就能到达光明的境界。

【点评】人只有持之以恒地学习, 才能达到圣人的境界。

2. 惟日孜孜, 无敢逸豫。

——《尚书·君陈》

【注解】惟: 句首语气词, 无义。孜(zī)孜: 勤谨, 不懈怠。逸豫: 逸乐嬉游。

【释义】每天都孜孜不倦努力学习或工作, 不敢贪图享受。

【点评】形容工作和学习孜孜不倦, 辛勤努力。

3. 虽有天下易生之物也, 一日暴之, 十日寒之, 未有能生者也。

——《孟子·告子上》

【注解】虽: 即使。暴(pù): 即"曝", 晒。寒: 冻。

【释义】即使有天下最容易生长的植物, 晒它一天, 又凉它十天, 没有能够成活长大的。

【点评】做事一日勤, 十日怠, 没有恒心, 是不会成功的。

4. 山径之蹊间, 介然用之而成路; 为间不用, 则茅塞之矣。

——《孟子·尽心下》

【注解】蹊: 小路。间: 便道。介然: 草木丛生的样子。用之: 指经常有人走它。

【释义】山间的小道，经常有人行走便踏成了一条路；长时间没有人去走，那么就会长满茅草堵塞了。

【点评】比喻做学问要持之以恒，时时用功，长时间不钻研学习，就会荒废而不会有成就。

5. 人莫不知学之有益于己也，然而不能者，嬉戏害之也。

——《淮南子·泰族训》

【注解】莫：没有。益：好处。不能：没有得到好处。

【释义】人们没有不知道学习是对自己有好处的，但是很多人并没有学到真本领的原因，是游戏、玩乐妨害了他们。

【点评】学习不能贪玩、游乐，要甘坐冷板凳。

6. 少而好学，如日出之阳；壮而好学，如日中之光；老而好学，如炳烛之明。

——西汉·刘向《说苑·建本》

【注解】少：年轻。壮：壮年。炳：通"秉"，举，握。

【释义】青少年时努力学习的人，如同刚升起的太阳一样光明；壮年时努力学习的人，好比中午的太阳一样明亮；老年时还能努力学习的人，就如同举着蜡烛的光一样明亮。

【点评】人生的任何阶段都是可以学习的，学习永远不会晚。

7. 少壮不努力，老大徒伤悲。

——汉乐府《长歌行》

【注解】少：年轻。徒：枉自，徒劳。

【释义】年轻力壮时不努力学习上进，等到年纪老了只有枉自悲伤了。

【点评】名句勉励人们，要趁年轻时学习知识本领。

8. 人生在勤，不索何获？

——东汉·张衡《应闲》

【注解】在：在于。索：探索。何获：怎么会有收获。

【释义】人的一辈子就在于勤奋努力，倘若不努力探索，哪会有收获呢？

【点评】做人就应该努力学习,勤奋工作。

9. 学之广在于不倦,不倦在于固志。

——东晋·葛洪《抱朴子·崇教》

【注解】固志:坚定志向。

【释义】学习广博的知识,就需要孜孜不倦地学习;学习能够坚持不懈,是在于有了坚定的志向。

【点评】学习是修身养性的最佳方法,而树立坚定的志向才是不倦学习的关键。

10. 三冬劳聚学,驷景重兼金。刺股情方励,偷光思益深。

——唐·孟简《惜分阴》

【注解】三冬:冬季三个月。劳聚学:努力学习积累学问。驷景:飞驰的光阴。刺股:战国时苏秦头悬梁锥刺股的典故。情:精神。偷光:西汉匡衡凿壁偷光勤学苦读的典故。

【释义】人们应当利用冬季三个月的空闲时间努力学习积累学识,因为飞驰的光阴比成倍的金子还要宝贵。要以战国时苏秦头悬梁锥刺股苦读的精神激励自己,像西汉匡衡那样凿壁偷光勤学苦读。

【点评】借用典故来告诫人们要珍惜光阴,勤奋苦学。

11. 业精于勤,荒于嬉;行成于思,毁于随。

——唐·韩愈《进学解》

【注解】于:因。行:行业的专家。

【释义】学业由于勤奋而精通,由于喜欢嬉玩而荒废;各行业的行家里手都是由于善于思考才成就的,却会由于不独立思考随大流而毁灭。

【点评】古今成就事业的人都是来自勤奋努力与独立思考。

12. 贪多务得,细大不捐。焚膏油以继晷,恒兀兀以穷年。

——唐·韩愈《进学解》

【注解】务得:一定要有得。捐:放弃。焚膏油:点亮油灯。晷(guǐ):

日晷,测一天的时间,指代白天。恒:经常。兀(wù)兀:孤独勤勉的样子。穷年:一年到头。

【释义】追求丰富的知识一定要有收获,微小的和宏大的都不舍弃。点亮油灯,夜以继日,经常一年到头勤勉不懈地用功。

【点评】人应该长年累月地学习,才能获得丰富的知识。

13. 策马前途须努力,莫学龙钟虚叹息。

——唐·李涉《岳阳别张祜》

【注解】策:马鞭。龙钟:年老体衰的样子。

【释义】快马加鞭地奋力奔前程,不要像老态龙钟的潦倒人那样长吁短叹。

【点评】告诫年轻人要抓紧时间努力奋斗,不要等到老态龙钟,无力奋斗,到那时后悔就来不及了。

14. 少不勤苦,老必艰辛。

——宋·李邦献《省心杂言》

【注解】勤苦:形容读书辛劳。

【释义】年轻时期不勤奋学习知识和本领,年老体弱时一定会备受艰难与辛劳。

【点评】与"少壮不努力,老大徒伤悲"句同义,告诫人们年轻时一定要勤奋学习。

15. 人生要当学,安宴不彻警。古来惟深地,相待汲修绠!

——北宋·黄庭坚《送李德素归舒城》

【注解】安宴:安闲赴宴之时。不彻警:不放松警惕。修绠(gěng):汲水用的长绳。

【释义】人在任何时候都应努力学习,即使在安闲赴宴之时,也不放松学习这根弦。从古以来凡是深刻的思想,都是靠长期苦学深究才获得的。

【点评】以打井作比,说明做学问如同打水井一样,要长期苦学深究才能得到。

16. 为学虽有聪明之资，必须做迟钝工夫，始得。

——南宋·朱熹《朱子语类》

【注解】虽：即使。资：天赋。迟钝：死笨。

【释义】做学问即使是天资很好的人，也必须下死功夫、笨功夫，才能取得成就。

【点评】强调做学问，任何人都必须下苦功。

17. 成人不自在，自在不成人。

——南宋·罗大经《鹤林玉露》

【注解】成人：做有成就的人。自在：放任自由。

【释义】人想做有成就的人，就必须刻苦努力，不能放任自由；如若放任自由，就不可能有所作为。

【点评】佳句阐明了一个深刻的人生哲理：轻轻松松是成不了大事的，要成大事必须付出艰苦。

18. 世之落拓而无成者，皆自谓不痴者也。

——清·蒲松龄《聊斋志异》

【注解】落拓：碌碌无为。痴者：呆子。

【释义】人世间那些碌碌无为的人，都说自己不是书呆子一类的人。

【点评】对学习、事业痴迷的呆劲，就是勤奋。

四、读书

1. 士欲宣其义，必先读其书。

——东汉·王符《潜夫论·赞学》

【注解】士：从政的知识分子。宣：弄明白。

【释义】一个从政的知识分子想要明白什么样的事才是合乎道义的，就一定要先读书。

【点评】只有读书才能深明道义。

2. 读书百遍而义自见。

——《三国志·魏书·王肃传》

【注解】百：非实指，形容多。见（xiàn）：显现。

【释义】凡书只要多读，就能读懂，读它一百遍，书的意思就自然显现出来了。

【点评】书只要多读几遍，就一定能理解其中的意义，这是一种"悟"的读书法。

3. 好读书，不求甚解，每有会意，便欣然忘食。

——东晋·陶渊明《五柳先生传》

【注解】好：喜欢。甚：过分。会意：理解体会。欣然：高兴的样子。

【释义】我喜欢读书，但不在一字一句上过分解读，重在理解体会，每当对书中意旨有所领会的时候，就高兴得忘了吃饭。

【点评】主张读书不能死抠字句，重在得其旨意，这是一种潇洒的读书法。

4. 若心不在学而强讽诵，虽入于耳而不谛于心。

——北齐·刘昼《专学第六》

【注解】强：勉强。讽诵：诵读。虽：即使。谛：真义，含义。

【释义】如果心思不在学习上而勉强读书，即使耳朵能听到诵读的声音，但是文章的意义没有进入心里去。

【点评】有口无心地诵读，虽读百遍，也不会悟出什么要义的。

5. 世人不问愚智，皆欲识人之多，见事之广，而不肯读书，是犹求饱而懒营馔，欲暖而惰裁衣也。

——北齐·颜之推《颜氏家训·勉学》

【注解】见事：经历事情。馔（zhuàn）：食物。惰：懒。

【释义】人们不管是愚蠢还是聪明，都想要多结识人多经历事，希望自己见多识广，却不肯多读书，这就好比想吃饱却不肯认真做饭，想穿暖却懒得缝制衣服一样。

【点评】强调只有认真读书学习才是增长知识才能的切实方法。

6. 三更灯火五更鸡，正是男儿读书时。黑发不知勤学早，白首方悔读书迟。

——唐·颜真卿《劝学》

【注解】三更：指半夜时分。五更：指清晨时分。黑发：代年轻时。白首：代老年时。

【释义】从半夜三更到五更天明，正是人们读书的大好时光。精力充沛的年轻时不趁早努力学习，到年老白发时想学习就迟了，后悔也来不及了。

【点评】读书学习一定要趁早。

7. 书史足自悦，安用勤与劬？贵尔六尺躯，勿为名所驱。

——唐·柳宗元《读书》

【注解】安用：哪里用得着。劬（qú）：过度劳苦。驱：驱使。

【释义】经书、史册已经足以自娱自乐了，用不着那么辛勤劳苦地去读书。要珍惜堂堂六尺身躯，不应被虚名所驱使。

【点评】读书是一种快乐，不应有过强的功利心；但勤奋、勤学还是要肯定、提倡的。

**8. 读书不觉已春深, 一寸光阴一寸金。不是道人来引笑, 周情孔
思正追寻。**

——唐·王贞白《白鹿洞二首》

【注解】道人: 指白鹿洞道士, 王贞白自称。引笑: 指逗笑、开玩笑。周
情孔思: 指周公、孔子的教导, 泛指古代的儒家典籍。

【释义】埋头读书不知不觉春意已浓, 大好春光每一刻都是非常宝贵
的。不是我王贞白道人在开玩笑, 其实古代的圣人周公与孔子早在
书中有教诲。

【点评】年轻人不要辜负春天的大好光阴, 要努力读书。

9. 惟有吟哦殊不倦, 始知文字乐无穷。

——北宋·欧阳修《戏答圣俞持烛之句》

【注解】惟: 只。吟哦: 诵读吟唱。

【释义】只有诵读吟唱诗词特别有兴趣孜孜不倦, 才懂得文字所蕴含
趣味真是其乐无穷。

【点评】反复诵读吟唱诗词, 才能体会到诗句中的美妙情趣。

10. 读书趋简要, 害说去杂冗。

——北宋·欧阳修《送焦千之秀才》

【注解】趋: 趋于。杂冗: 驳杂烦冗。

【释义】读书要尽量趋于简要, 要努力删除有害多余的内容。

【点评】读书写文章都要简洁, 少做多余的无用功。

**11. 书之富如入海, 百货皆有; 人之精力, 不能兼收尽取, 但得其
所欲求者尔。**

——北宋·苏轼《别笺累幅帖》

【注解】富: 多。但: 只能。得: 选取。尔: 罢了。

【释义】书籍又多又杂如同进入大海, 什么东西都有; 而人的精力是
有限的, 不能什么东西都兼收尽取, 只能选取其中需要的书籍来阅
读罢了。

【点评】书如大海, 人的精力有限, 所以必须选择自己最需要的来阅读。

12. 旧书不厌百回读，熟读深思子自知。

——北宋·苏轼《送安惇秀才失解西归》

【注解】不厌：不满足。百：形容次数多。子：对人的尊称，你。

【释义】老旧的书本不要满足于上百次的阅读，反复阅读深入思考你自然会理解书中的含义。

【点评】与"书读百遍，其义自见"意思一样。

13. 天子重英豪，文章教尔曹。万般皆下品，惟有读书高。

——北宋·汪洙《神童诗》

【注解】天子：皇帝。英豪：英雄豪杰。尔曹：你们。万般：任何工作。

【释义】天子最看重有知识有才能的英雄豪杰，所以文章也是如此教导你们的。世间的任何事情与读书相比都是下等的，只有读书学习知识是最高贵的。

【点评】名句是教育儿童，一定要重视读书。后二句传颂千古。

14. 自小多才学，平生志气高。别人怀宝剑，我有笔如刀。

——北宋·汪洙《神童诗》

【注解】才学：才华学问。笔如刀：形容文章犀利。

【释义】自小认真读书就能多才多艺，平生要树立远大的志向。别人靠武艺去建功立业，我只要一支笔就可以取得功名。

【点评】自小立志读书，就能取得功名。

15. 学乃身之宝，儒为席上珍。君看为宰相，必用读书人。

——北宋·汪洙《神童诗》

【注解】学：学问知识。儒：儒学。席：酒筵。珍：山珍海味。君：对他人的尊称。

【释义】学问知识是自己立身的宝贝，儒学是酒席上的珍馐佳肴。你看看朝中做宰相等高官的人，一定是读书有学问的人。

【点评】只有具备儒学知识的读书人才能做辅助国君处理政务的最高长官。

16. 莫道儒冠误,读书不负人。达而相天下,穷则善其身。

——北宋·汪洙《神童诗》

【注解】 儒冠:古代书生戴的礼帽,借指儒生。误:耽误。达:指仕途通达。相:做天下人的宰相,引申为治理天下。穷:仕途困顿。善其身:保持自身的良好品德。

【释义】 不要说戴着儒冠读书耽误了自己的前途,读书是不会辜负人的。能做官仕途通达就可以辅助国君治理天下,仕途不顺做不了官也可以保持自身良好的品德。

【点评】 读书是有利于国家,也有利于自身的大好事。

17. 两眼欲读天下书,力虽不逮志有余。千载欲追圣人徒,慷慨自信宁免愚。

——南宋·陆游《读书》

【注解】 虽:即使。欲追:想要学习。徒:们。

【释义】 两只眼睛想要读遍天下的书,能力上即使做不到但志向是高远的。想要学习千年前的圣人们,慷慨激昂自信不是一个愚笨的人。

【点评】 虽不能成古圣贤,也要立志活到老、学到老。

18. 白发无情侵老境,青灯有味似儿时。

——南宋·陆游《秋夜读书每以二鼓尽为节》

【注解】 白发:比喻年老了。老境:老年人的境遇。青灯:比喻在光线青荧的油灯下读书。

【释义】 人老白发长满头悲情油然而生,回想儿时读书时的欢乐事,仍滋味无限。

【点评】 老来挑灯夜读可有返老孩童的滋味。

19. 嗜书如嗜酒,知味乃笃好。

——南宋·范成大《寄题王仲显读书楼》

【注解】 嗜:嗜好,上瘾。笃:厚。

【释义】 读书上瘾的人如同喝酒上瘾的人一样,领略到了其中的滋味,才会深深地爱好它。

【点评】读书要能体会书中的韵味，才会真正喜欢读书。

20. 读书有三到，谓心到，眼到，口到。

——南宋·朱熹《训学斋规》

【注解】到：到位。谓：讲的是。

【释义】有效的读书有三个"到"：一是心到，二是眼到，三是口到。

【点评】"三到"是大学者朱熹关于读书的经验之谈，行之有效。

21. 心不在此，则眼不看仔细，心眼既不专一，却只漫浪诵读，决不能记，记亦不能久也。

——南宋·朱熹《训学斋规》

【注解】此：指书上。既：已经，之后。

【释义】如果心不在书上，那么眼睛就不会看得很仔细，心与眼都不专一以后，就只能是有口无心地浪读，是决不会记住什么东西的，时间也不会支持多久。

【点评】读书要专心，有口无心便无功。

22. 大抵观书须先熟读，使其言皆若出于吾之口；继以精思，使其意皆若出于吾之心，然后可以有得尔。

——南宋·朱熹《朱子语类·读书法》

【注解】大抵：大致上。继以：接着用。

【释义】大概看书的方法总是先要熟读，熟得书中的话全都像是从我口里说出来的；接着采用"精思"的方法，使得书中的含意都像是从我的心里想出来的，这样的读书才是有所得。

【点评】读书的最佳方法是"熟读"与"精思"相结合。

23. 读书无疑者须教有疑，有疑者却要无疑，到这里方是长进。

——南宋·朱熹《朱子读书法》

【注解】无疑者：不会发现疑难问题的人。方是：才算是。

【释义】读书没有疑难问题的人必须教会他发现疑难，有疑难问题的人却要教会他如何解决疑难问题，到这时候才能算是有了长进。

【点评】教人读书,要教人发现问题和解决问题。

24. 读书之法无他,惟是笃志虚心,反复详玩,为有功耳。

——南宋·朱熹《学规类编》

【注解】惟:只有。笃志:专心致志。功:成效。耳:罢了。

【释义】读书,没有其他什么特别的方法,只有专心致志地读,虚心地探索,反复详细地体会,才能收到成效罢了。

【点评】提出读书反复玩味的读书法。

25. 凡看书须虚心看,不要先立说,看一段有下落了,然后又看一段。须如人受词讼,听其说尽,然后方可决断。

——南宋·朱熹《朱子语类》

【注解】先立说:先有成见。受词讼:断官司。

【释义】大凡看书都必须虚心地看,不要先有成见,看完一段有了初步的想法,然后再看下一段。必须如同为人们打官司,要听他讲完,才能判断其对与错。

【点评】看书不要先有成见,要全部看完再分析、判断。

26. 为学读书,须是耐烦细意去理会,切不可粗心。若曰何必读书,自有个捷径法,便是误人底深坑也。

——南宋·朱熹《朱子语类》

【注解】为学:做学问。切:千万。若曰:如果说。

【释义】做学问读书,必须耐下心来读还有细心地去体会,千万不可粗心大意。如果有人说何必用这么麻烦的方法读书,另外还有更便捷的方法,这就是害人的深坑。

【点评】要耐心、细心、虚心,不要粗心,是读书的不二法门。

27. 看文字须大段精彩看,耸起精神,竖起筋骨,不要困,如有刀剑在后一般。

——南宋·朱熹《朱子语类》

【注解】看文字:读书。耸起:抖擞。困:趴在桌子上。

【释义】读书必须大段大段地集中精力看才精彩，要抖擞精神，竖起筋骨，不要趴在桌子上，要如同有刀剑在后背一样挺直腰背。

【点评】读书要集中精力、抖擞精神才有效果。

28. 就一段中须要透，击其首则尾应，击其尾则首应，方始是。不可按册子便在，掩了册子便忘。

——南宋·朱熹《朱子语类》

【注解】其首：指文章的开头。方始：才。册子：书本。

【释义】对文章每一段的理解都必须透彻，问到它的开头就能知道它的结尾，谈到它的结尾就能联想到它的开头，这样才行。不能捧着书本在读时是知道的，合上书本就忘了。

【点评】读书的关键是要理解透彻。

29. 半亩方塘一鉴开，天光云影共徘徊。问渠那得清如许，为有源头活水来。

——南宋·朱熹《观书有感》

【注解】鉴：镜子。徘徊：往返回旋，潋滟摇动。渠：他。那得：怎么会。活水：比喻新的知识。

【释义】半亩大的一口方塘明亮得如同一面镜子打开了，天光云影在这面镜子中潋滟摇动。如果要问方塘中的水为什么会这样澄清，因为水的源头不断有新的活水流来。

【点评】这是古今传颂的关于读书的一首名诗，末句尤其精彩，表示书籍可以为大脑源源不断地输送新的知识学问。

30. 读书切戒在慌忙，涵泳工夫兴味长。未晓莫妨权放过，切身须要急思量。

——南宋·陆九渊《陆九渊集·语录》

【注解】慌忙：匆忙。涵泳：反复诵读品味。权：暂且。

【释义】读书千万不要匆忙翻阅，只求速度不去理解，而是要深入其中细细品味，通过潜心钻研反复揣摩，才能真正理解书中的内容，才能培养自己的审美情趣。对于不明白的地方不要死抠住不放，也许看完下文后难懂的地方也就理解了，但是关乎自身的事却是需要马上思考的。

【点评】读书不求急，要深入思考，慢慢来。

31. 书生如鱼蠹书册，辛苦雕篆真徒劳。

——南宋·刘过《从军乐》

【注解】鱼蠹(dù)：蛀蚀器物的虫子。雕篆：文字。

【释义】死读书读死书的人如同书里的蛀虫，再辛苦也只是徒劳无益钻在文字堆里。

【点评】书要结合实际来读，活读活用，不能死读书。

32. 读书如销铜，聚铜入炉，大鞴扇之，不销不止，极用费力；作文如铸器，铜既销矣，随模铸器，一冶即成，只要识模，全不费力。

——元·程端礼《程氏家塾读书分年日程》

【注解】销：熔化。炉：熔炉。大鞴(bèi)：鼓风器。铸器：浇铸铜器。随模：按着模范。

【释义】读书就像是熔化铜，将铜放进熔炉，用鼓风器不停地鼓风吹火使铜熔化，铜不熔化鼓风器就不会停止，可谓用尽了力气；作文就像是浇铸铜器，铜已经熔化了，就按照模型浇铸器具，一冶炼就成功了，只要能够识别模型，毫不费力。

【点评】用冶铜比喻只要读书用足功夫，就会写文章。

33. 书卷多情似故人，晨昏忧乐每相亲。眼前直下三千字，胸次全无一点尘。

——明·于谦《观书》

【注解】故人：老朋友。相亲：比喻在一起。胸次：心中。尘：比喻杂念。

【释义】我与书卷如同老朋友有很深的感情，一天到晚休戚相关、忧乐与共。现在已经看了三千来字，心中被洗得干干净净，思想上没有一点杂念。

【点评】 书籍是每天不离的好友,读书可以消除忧愁、陶冶性情。

34. 读书务在循序渐进,一书已熟,方读一书,勿得卤莽躐等,虽多无益。

——明·胡居仁《丽泽堂学约》

【注解】 卤莽:盲目地。躐(liè)等:超越等级。

【释义】 读书学习务必要遵循循序渐进的原则,一本书读熟以后,再读另外一本书。千万不能不按难易次序越级去读,无序的阅读即使读得多,也是没有用处的。

【点评】 主张读书学习要循序渐进,粗翻浅览,虽多也无益处。

35. 授书不在徒多,但贵精熟。

——明·王守仁《传习录》

【注解】 徒:徒劳。贵精熟:以精熟为贵。

【释义】 读书不能只讲数量多,因为只有讲得精粹讲得熟练才是最可贵的。

【点评】 提出读书不在数量多,而在于精熟的科学方法。

36. 年年岁岁笑书奴,生世无端同处女。世上何人不读书,书奴却以读书死。

——明·李贽《书能误人》

【注解】 书奴:死读书的人。处女:未出嫁的姑娘。

【释义】 死读书的人每年每月都在死读书,对于世事与生活幼稚得如同未出嫁的姑娘。世上的人有谁不读书呢,只有书奴却是读书读死的。

【点评】 讽刺了死读书、读死书的人。

37. 要知天下事,须读古人书。

——明·冯梦龙《醒世恒言》

【注解】 要:想要。须:就必须。

【释义】 想要知道天下的事情,就必须努力多读古人的书籍。

495

【点评】历史经验值得注意，今人要多读古人书。

38. 读书当读全书，节抄者不可读。

——清·冯班《钝吟杂录·家戒下》

【注解】全书：整本的书。节抄：节录摘抄。

【释义】读书应当读原文整本的书，不能只读节录摘抄的书。

【点评】读整本原著才能正确理解该书内容与含义，节录摘抄的书往往是断章取义的。

39. 善读书者，始乎博，终乎约。

——清·汪琬《尧峰文钞·传是楼记》

【注解】博：广泛阅读。约：简约。

【释义】善于读书的人，开始是广泛阅读，最后就要有所侧重。

【点评】读书一定要先博后约，先要泛读，再专一侧重。

40. 性痴，则其志凝：故书痴者文必工，艺痴者技必良。

——清·蒲松龄《聊斋志异》

【注解】痴：沉迷。凝：专注，停留在某一点上。

【释义】天性痴迷的人，他的心思往往会凝滞在某件事情上：因而痴迷于读书的人他的文章一定写得非常好，对艺术痴迷的人他的艺术技巧一定非常高超。

【点评】人们对痴迷的事情一定能够做得很好。

41. 传家两字曰读与耕，兴家两字曰俭与勤。

——《古今图书集成·家范典》

【注解】传家：世代相传。兴家：使家业兴旺。俭与勤：节约和勤劳。

【释义】治家世代相传的法宝就两个字"读""耕"，可以使家业兴旺的也是两个字"勤""俭"。

【点评】这是古人治家要字，在一些古民居的门上面常可见"勤俭持家"或"耕读传家"等匾额。

42. 眼中了了,心下匆匆,方寸无多,往来应接不暇,如看场中美色,一眼即过,与我何与也。

——清·郑燮《潍县署中寄舍弟墨第一书》

【注解】 了了:明白。方寸:内心。应接不暇:应付不过来。

【释义】 眼里看得明明白白,脑中匆匆而过,内心没有留下多少印象,往来的应付不过来,好像看剧场里的美女,看一眼就过去了,跟我有什么相关呢?

【点评】 读书一定要专心致志,一眼即过没有用。

43. 千古过目成诵,孰有如孔子者乎? 读《易》至韦编三绝,不知翻阅过几千百遍来,微言精义,愈探愈出,愈研愈入,愈往而不知其所穷。虽生知安行之圣,不废困勉下学之功也。

——清·郑燮《潍县署中寄舍弟墨第一书》

【注解】 诵:背诵。孰:谁。韦编:用皮条穿成的竹简书。绝:断。废:放弃。困勉:刻苦。

【释义】 千百年来读书看一遍就能背诵的人有谁能比得上孔子呢? 但孔子读《周易》时读到竹简的皮绳都断了好几次,不知道他翻阅过几千几百遍啊! 精微的语言,深刻的道理,越探究越清楚,越钻研越深入,越深入越不知其中有多深的奥妙。即使像孔子这样生来就明理的大圣人,也不放弃刻苦勤奋地学习。

【点评】 用韦编三绝的典故说明记性再好,也还得要刻苦学习。

44. 东坡读书不用两遍,然其在翰林读《阿房宫赋》至四鼓,老吏苦之,坡洒然不倦。

——清·郑燮《潍县署中寄舍弟墨第一书》

【注解】 然:但是。洒然:兴致高的样子。

【释义】 苏东坡读书从来不用超过两遍就记住了,但是他在翰林院读《阿房宫赋》却读到了四更天,连年老的侍从小吏都觉得困倦不堪了,可苏东坡却仍乐此不倦。

【点评】 好书不厌百回读,连苏东坡这样的大文学家读好书也是很刻苦的。

45. 岂以一过即记, 遂了其事乎! 惟虞世南、张睢阳、张方平, 平生书不再读, 迄无佳文。

——清·郑燮《潍县署中寄舍弟墨第一书》

【注解】岂: 怎么。以: 因为。遂了: 就停止。惟: 只有。

【释义】怎么能因为看一遍能记住就停止学习了呢! 只有虞世南、张睢阳、张方平, 一生读书不读第二遍, 但最终没有能留下什么好文章。

【点评】不刻苦勤学的人即使记性好, 最终也难以有大成就。

46. 且过辄成诵, 又有无所不诵之陋。即如《史记》百三十篇中, 以《项羽本纪》为最, 而《项羽本纪》中, 又以钜鹿之战、鸿门之宴、垓下之会为最。反覆诵观, 可欣可泣, 在此数段耳。

——清·郑燮《潍县署中寄舍弟墨第一书》

【注解】且: 况且。过: 过目, 看一遍。陋: 毛病, 缺点。覆: 复。耳: 罢了。

【释义】况且看一遍就能背诵, 这又算什么缺点呢。比如《史记》130篇中, 以《项羽本纪》写得最好, 而《项羽本纪》中, 又以钜鹿之战、鸿门宴、垓下之会写得最好。反复诵读, 能使人欣喜, 使人悲泣的, 就这么几段罢了。

【点评】过目成诵不是缺点, 但不能放弃精读, 要与精读相结合。

47. 若一部《史记》, 篇篇都读, 字字都记, 岂非没分晓的钝汉!

——清·郑燮《潍县署中寄舍弟墨第一书》

【注解】若: 如果。岂非: 难道不是。分晓: 明白道理。

【释义】如果一部《史记》, 每篇都读, 字字都记, 这难道不是不懂道理的笨人的做法吗!

【点评】读书也要有主次、轻重。

48. 读书求精不求多，非不多也。唯精乃能运多，徒多徒烂耳。

——清·郑燮《板桥后序》

【注解】精：指选择精华熟读。乃：才。徒：徒劳。

【释义】读书要选择精华的好书来熟读不要追求读得多，不是不用读得多。因为只有读得精熟才能使多读的书有用，仅仅无选择地把一些无用的书读熟读烂有什么用呢。

【点评】读书要选择精华熟读，无选择地滥读，读得再多也没有用。

49. 板桥每读一书，必千百遍。舟中、马上、被底，或当食忘匕箸，或对客不听其语，并自忘其所语，皆记书默诵也。

——清·郑燮《郑板桥集·板桥自述》

【注解】或：有时。匕箸（zhù）：勺子和筷子。

【释义】板桥每读一本书，一定要读千百遍。在船上、在途中，甚至在晚上睡觉前都在读，有时正在吃饭却忘了拿筷子勺子，有时是在陪客人说话却忘了听客人的话，并还会忘记自己刚说过的话，那都是在默读背诵文章。

【点评】读书必须专心致志。

50. 善读书者，曰攻曰扫。攻则直透重围，扫则了无一物。

——清·郑燮《随猎诗草·花间堂诗草跋》

【注解】善：擅长。攻：专心致志地精读。扫：浏览泛读。

【释义】擅长读书的人有两种读书方法，一种叫攻读，另一种叫扫读。攻读的方法就是要直接透入文章中心，即精读；扫读的方法就是要全面了解全部看过，即泛读。

【点评】善于读书的人一定要钻研与浏览两种方法并用。

51. 读书不知味，不如束高阁。蠹鱼尔何如，终日会糟粕。

——清·袁枚《随园诗话补遗》

【注解】味：滋味，代指书中阐述的事理。束：捆起来。蠹鱼：又称衣鱼，一种寄生在书中或衣服里的蛀虫，古人常用来称呼那些死啃书本的书呆子。

【释义】读书而不懂其中的道理,还不如把书束之高阁。那些只会死读书的书呆子们怎么样?整天在吞食那些无用的糟粕罢了。

【点评】读书也要知味辨味,汲取其精华,不能做书呆子。

52. 惟有书味甘,行行堪没齿。

——清·袁枚《小仓山房诗文集》

【注解】惟:只有。堪:都能。没齿:终身。

【释义】只有读书的滋味是最甜美的,每一行业都是值得人终身投入的。

【点评】读书的趣味是最美好的,能使人终生难忘。

53. 书味在胸中,甘于饮陈酒。

——清·袁枚《遣怀杂诗》

【注解】书味:书中文章的韵味。于:比。

【释义】留在心中的文章蕴含的意味,比饮陈年老酒的滋味还要甘美。

【点评】读书的滋味比饮美酒还要好。

54. 一日不读书,胸臆无佳想。一月不读书,耳目失精爽。

——清·萧抡谓《读书有所见作》

【注解】胸臆:心中所想。耳目:指听觉与视觉。

【释义】一天不读书,心中便没有好想法。一个月不读书,连耳朵眼睛也会失去了原来的精神魂魄。

【点评】经常读书,便耳聪目明,招人喜爱。

55. 为善最乐,读书更佳。

——清·阮葵生《茶余客话》

【注解】为善:做好事。佳:好。

【释义】做好事是最快乐的事,而读书学习更是人生的快乐。

【点评】读书学习是人生最大的快乐。

56. 书卷浩如烟海，虽圣人犹不能尽。古人所以贵博者，正谓业必能专而后可与言博耳。盖专则成家，成家则已立矣。

——清·章学诚《文史通义》

【注解】 虽：即使。犹：也。

【释义】 书海茫茫，就是连圣人也读不尽。古人之所以特别看重知识广博的人，正是因为一定要有专心致志的学习精神，然后才能掌握渊博的知识罢了。这就是专心致志地学习就能成家成名，成家成名就能流传后世。

【点评】 知识渊博的人一定是先成专家，然后才能立言。

57. 树义不制胜，不如不开帙。

——清·法式善《读书四首》

【注解】 制胜：克服内心的邪恶念头。开帙（zhì）：打开书本，指读书。

【释义】 读书的目的是为了明理，如果不能以义理来克服内心的邪恶念头，还不如不读书呢！

【点评】 读书首要的问题是在于培养自己的高尚品德。

五、科举

1. 汉初诏举贤良、方正,州郡察孝廉、秀才,斯亦贡士之方也。

——《后汉书·左雄周举等传论》

【注解】诏:皇帝的圣旨。举:推荐。贤良:才能、德行好。方正:正直。汉朝推选人才与后备官吏的标准,唐宋沿用,并设科招考。州、郡:古代的行政区划。孝廉:孝顺父母、品行廉洁的人。秀才:才能秀异之士,也称茂才。斯:这。士:从政做官的人。

【释义】汉朝初年就下诏推举有才能、德行好的贤良方正之士,给州、郡的长官下达了考察推荐孝敬父母、品行廉洁、才能秀异的人才的任务。

【点评】介绍了科举制前汉朝推荐选拔优秀人才的做法。

2. (武帝)问诜曰:"卿自以为何如?"诜对曰:"臣举贤良对策,为天下第一,犹桂林之一枝,昆山之片玉。"

——《晋书·郤诜传》

【注解】桂林之一枝,昆山之片玉:桂花林中的一枝花、昆山中的一块玉。比喻科举考试中的出类拔萃的佼佼者。

【释义】(晋武帝)问郤诜(shēn)说:"你自以为怎么样?"郤诜回答说:"我所写的贤良对策,可以说是天下第一,如同桂花林中的一枝桂花,昆仑山上的一块美玉。"

【点评】"桂林之一枝,昆山之片玉",都是比喻科举考试中的出类拔萃的佼佼者。

3. 初秀才科第最高,试方略策五条,有上上、上中、上下、中上凡四等。

——《杜氏通典》

【注解】秀才：才能秀异之士。唐以后称读书人。科第：科举考试的等级。方略策：科举考试中应试的有关治国方略的策文。凡：总共。

【释义】当初秀才的科举地位是最高的。

【点评】"秀才"一词最初指才能秀异之士，唐时分为了四个等级，到晚清时便只是指一般的读书人。

4. 自知群从为儒少，岂料词场中第频。桂折一枝先许我，杨穿三叶尽惊人。

——唐·白居易《喜敏中及第偶示所怀》

【注解】群从：指堂兄弟及诸子侄。桂折：指蟾宫折桂，比喻考中状元。杨穿：指百步穿杨，形容射技高超，考中了功名。

【释义】自知堂兄子侄辈中读书的人不多，科举考试我虽然率先考中了第一名，哪料到子侄们在科场中也连连传出喜讯。接二连三地有人考中了功名。

【点评】是说兄弟子侄辈中虽然读书人不多，但晚辈中考取功名的却不少。

5. 昔日龌龊不足夸，今朝放荡思无涯。春风得意马蹄疾，一日看尽长安花。

——唐·孟郊《登科后》

【注解】龌龊（wòchuò）：恶劣低下，喻指两次落榜的倒霉事。放荡：潇洒的样子。春风：即满面春风，形容生气勃发的样子。春风得意：形容诗人考中进士后的兴奋心情。看尽长安花：唐制，进士考试发榜在春天，长安正是春风绿柳，曲江、杏园更是春浓似酒，新进士都有赏花宴饮习俗。这便是"走马看花"的来历。

【释义】往昔的倒霉事实在不值得夸耀，今天却是心情舒畅诗思无边。在和煦的春风里连马儿也跑得特别快，一天就把长安里的鲜花看了个遍。

【点评】描写登科后的快乐心情，策马奔驰于春花烂漫的长安道上，今日的马蹄格外轻快，一天就看尽了长安城里的鲜花。诗句还给后

503

人留下了"春风得意""走马看花"两个成语。

6. 洞房昨夜停红烛，待晓堂前拜舅姑。妆罢低声问夫婿，画眉深浅入时无？

——唐·朱庆馀《近试上张水部》

【注解】洞房：新婚的房间。舅姑：公婆。夫婿：丈夫。深浅：浓淡。无：吗。

【释义】昨夜新婚时洞房里点亮了通红的蜡烛，等到天明时就要到厅堂前拜见公婆。化好妆后娇滴滴地问丈夫：我的眉毛浓淡程度画得够不够时尚？

【点评】表面上是问老公自己化妆得美不美，实际上是询问自己写的文章合不合要求。这是朱庆馀考前以别出心裁的暗喻手法写的一首诗，是向主考官张籍探听虚实的。主考官张籍看后大为赏识，并回诗一首。

7. 越女新妆出镜心，自知明艳更沉吟。齐纨未足时人贵，一曲菱歌敌万金。

——唐·张籍《酬朱庆馀》

【注解】沉吟：犹豫不决。齐纨：齐国出产丝纺织品。敌：胜过。万金：形容贵重、值钱。

【释义】越地美女的新妆样式实在是自出心裁，明明知道自己美如天仙却还要来问一问。齐国丝纨不是人间最名贵的东西，越国美女的一曲采菱歌抵得上万两黄金。

【点评】诗句也是采用暗喻手法写的名诗，主考官张籍把朱庆馀比作"越女"，把他的诗比作"菱歌"，用"一曲菱歌敌万金"表明对其才华的赏识。

8. 延英引对碧衣郎，江砚宣毫各别床。天子下帘亲考试，宫人手里过茶汤。

——唐·元稹《自述》

【注解】延英：指延英殿。引对：谓皇帝召见臣僚询问对答。碧衣郎：

指茶叶。江砚：指金沙江砚，是中国名砚之一，产于西南大裂谷金沙江沿岸，此地古称"苴却"，故又名苴却砚。宣毫：指安徽宣城所产的毛笔。床：指搁放物件的案几。宫人：妃嫔、宫女的通称。

【释义】 皇上在延英殿召见我穿绿袍的小臣应答，殿上的名砚佳笔都分别搁满了几床。皇上从帘幕后走出来亲自主持考试，从宫女们手里接过茶汤。

【点评】 描写了唐代皇帝在延英殿举行殿试的情景。"碧衣郎""茶汤"等词，均为唐代用法。

9. 年少初登第，皇都得意回。禹门三汲浪，平地一声雷。

——北宋·汪洙《神童诗》

【注解】 登：登上了皇榜。第：指科举考试录取列榜的甲乙次第。禹门：即龙门。三汲浪：形容鲤鱼奋力跃过龙门，鱼跃过禹门即成仙鱼，比喻前程似锦、事业有成。平地：突然。一声雷：形容一鸣惊人。

【释义】 年纪轻轻便考取了功名，从皇城里得意扬扬地回家。真像鲤鱼跃过龙门一样成仙了，恰如突然一声惊雷，一鸣惊人。

【点评】 诗句是对少男及第者的艳羡与赞美。

10. 窃禄清源愧不才，贡闱临去尚徘徊。青青万本新移桂，尽是梅仙手为栽。

——南宋·王十朋《临行至贡院观桂》

【注解】 窃禄：偷得俸禄。不才：能力不强。贡闱（wéi）：科举考试的地方。徘徊：流连忘返。新桂：比喻新考中的状元。梅仙：借代泉州知府。

【释义】 我才能平平却考中状元任泉州知府偷得厚禄，当要离开泉州贡院考场时，看到到处是新栽的桂树，都是泉州知府与梅仙知县亲手栽培的。

【点评】 这是王十朋在泉州离任前到贡院告别时写的一首诗。寓意十年树木、百年树人，希望泉州学子能蟾宫折桂，考中状元。

11. 十年窗下无人问，一举成名天下知。

——元·高明《琵琶记》

【注解】 窗下：形容清寒的读书生活。一举成名：一旦考取功名。

【释义】 十年寒窗下苦读无人问起，一旦考取功名便能扬名天下。

【点评】 参加科举考试要耐得住寒窗苦读，厚积薄发，才能功成名就。

12. 玉帝敕旨：谪下文曲星君与冯商为子，连中三元，官封五世。

——明·沈受先《三元记·格天》

【注解】 敕旨：皇帝圣旨。谪下：贬官下凡。文曲星君：传说主管读书考试的神仙。冯商：西汉人。为子：做儿子。三元：即解元、会元、状元。乡试第一名称为"解元"，会试第一名称为"会元"，殿试第一名称"状元"。五世：五代人。

【释义】 玉皇大帝颁下圣旨：贬谪文曲星君下凡给冯商做儿子，让冯商的儿子在乡试、会试、殿试三级考试中全都考中第一名，让他的官运可以享用五代人。

【点评】 "连中三元"来源于中国古代的科举考试制度，意思是一个人才高八斗，学富五车，连考连中。

13. 黄仙裳幼赴童子试，为州守陈澹仙所知。

——清·王晫《今世说》

【注解】 童子试：分为县试、府试、院试三个阶段。县试在各县每年二月进行，由知县主持，连考五场。通过的四月再参加府试，连考三场。通过县、府试的便可以称为"童生"，就有资格参加由各省学政或学道主持的院试。守：太守。知：赏识。

【释义】 黄仙裳早年参加童子试，被州太守陈澹仙所赏识。

【点评】 黄仙裳在年幼时参加府级考试时就被州太守陈澹仙所赏识。

14. 难道我中了进士，还脱不得做秀才的苦，偿不尽寸晷风檐苦拈题。

——清·李玉《眉山秀·婚试》

【注解】晷（guǐ）：日影，时间。风檐：不能蔽风雨的场屋。在不蔽风雨的破屋檐下争取一点时光。拈题：指科举考试时各人自认或拈阄确定作文题目。

【释义】难道我已经考中进士了，还是脱不掉做秀才时的贫穷困苦，仍然要过在不蔽风雨的破屋檐下争取一点光阴读书写文章的苦日子。

【点评】"寸晷风檐"是形容科举时代读书人的艰辛、紧张的典型状态。

15. 毕中庚辰进士，李为购素册界乌丝，劝习殿试卷子，果大魁天下。

——清·袁枚《随园诗话》

【注解】毕：人名，毕秋帆。中：考取了。庚辰：指庚辰年，即1880年。进士：古代科举殿试及第者称进士，意思是可以进授爵位的人。李：人名，李桂官。素册界乌丝：用黑色的丝线勾画成行的空白的册页稿纸。劝：鼓励。大魁：殿试考取了第一名，中了状元。

【释义】毕秋帆考取了庚辰（1880）的进士，李桂官为他购买了用黑色的丝线勾画成行的空白的册页稿笺，并鼓励他学习殿试的考卷，果然殿试夺得第一名中了状元。

【点评】反映了获"大魁"的一种方法——学习殿试卷。

16. 上钩为老，下钩为考，老考童生，童生考到老；一人是大，二人是天，天大人情，人情大过天。

——《对联集锦》

【注解】为：是。童生：在明清的科举制度下，凡是习举业的读书人，不管年龄大小，未考取生员都叫童生。

【释义】（雍正年间有一位老童生，颇有才华，但没有后台，加上性情耿直，不肯送礼给考官，因而参加考试十二次都落第。但他仍不灰心，继续应试，考官见他又来应考，于是作了一句上联讽刺老童生无能）"上钩为老，下钩为考，老考童生，童生考到老。"语气尖酸刻薄，老童生听后十分愤慨，于是吟出下联来回敬考官："一人是大，二人是天，天大人情，人情大过天。"（老童生通过下联将考官的徇私枉法，凭人情录取秀才的丑恶行径抖了出来。考官听罢，气得半晌说不出话来。）

【点评】 揭露了科举考试的艰难与黑暗。

心志篇

一、崇志

1. 三军可夺帅也，匹夫不可夺志也。

——《论语·子罕》

【注解】三军：军队。匹夫：一个平民百姓。

【释义】军队可以使它丧失主帅，一个人却不能被人改变意志。

【点评】人的意志至高无上，坚不可摧。

2. 玩人丧德，玩物丧志。

——《尚书·旅獒》

【注解】玩人：玩弄别人。丧：失。玩物：玩赏所爱之物。

【释义】戏弄别人会丧失德行，沉迷于所爱之物会丧失意志。

【点评】玩人玩物会丧德失志，做人切记。

3. 夫志，气之帅也；气，体之充也。夫志至焉，气次焉。故曰：持其志，无暴其气。

——《孟子·公孙丑上》

【注解】夫：发语词。气：气节。体之充：支撑身体的骨骼。至焉：是至关重要的。次：其次。持：把握。暴：泄漏。

【释义】一个人的志向是气节的主管，而气节就是支撑人身体的骨骼。因此一个人的志向是最重要的，而气节还在志向的后面。所以说：只要掌握了一个人的志向，就不会出现丧失气节的问题。

【点评】名句分析志向与气节的关系，志向是决定气节的，说明了志向对一个人的重要性。

4. 故无冥冥之志者，无昭昭之明；无惛惛之事者，无赫赫之功。

——《荀子·劝学》

【注解】冥冥之志：潜心钻研的精神意志。昭昭：形容明白。明：聪明。惛（hūn）惛：埋头苦干。赫赫：显赫卓著。

【释义】所以没有潜心钻研的精神意志的人，就不会有洞察一切的聪明；没有埋头苦干精神的人，就不会有显赫卓著的功绩。

【点评】坚强的意志和埋头苦干的精神最为重要，前者则是重中之重。

5. 志意修则骄富贵；道义重则轻王公。

——《荀子·修身》

【注解】志意：志向。修：修炼，确定。骄：傲视。道义：奉行直道正义。轻：轻视。王公：富贵权势之人。

【释义】如果是有远大志向的人，那么就会傲视荣华富贵；如果是看重道义的人，那么面对王公贵族也不会特别看重。

【点评】有志向的正义之人很有尊严，往往看不起荣华富贵与王公贵族。

6. 自知者不怨人，知命者不怨天；怨人者穷，怨天者无志。

——《荀子·荣辱》

【注解】自知：了解自己。知命：通达天命。怨：恨。穷：困。

【释义】了解自己的人不会憎恨别人，通达天命的人不会责怪天；憎恨别人的人容易陷入困境，责怪天的人没有志气。

【点评】通达的人不会怨天尤人。

7. 人之进退，唯问其志。

——西汉·孔臧《诫子书》

【注解】进、退：古人称出仕做官为"进"，称退休隐居为"退"。

【释义】是出来做官还是退隐，都要问是否符合自己的志向。

【点评】一个人无论做什么事情，都是由他的志向决定的。

8. 有其志必成其事，盖烈士之所徇也。

——东汉·曹操《举泰山太守吕虔茂才令》

【注解】盖：大概。烈士：志向高远的人。

【释义】人有什么样的志向就一定成就什么样的事业，大概这就是志向高远之士愿意为志向理想献身的原因。

【点评】志向高远之人之所以能成就大业，是因为他们愿意为志向献身。

9. 夫学须静也，才须学也，非学无以广才，非志无以成学。

——三国蜀·诸葛亮《诫子书》

【注解】夫：发语词。学：指做学问。无以：不能。成学：成就学业。

【释义】做学问必须要宁静专一，而人的才华必须要不断地学习，不学习就不能提升才学，学习没有坚定的志向和恒心就无法成就学业。

【点评】有志于求学的人，首先要树立刻苦学习的志向。

10. 人各有志，所规不同。

——《三国志·魏书·邴原传》

【注解】规：谋求。

【释义】各人的志向不同，追求的东西就不一样。

【点评】志向决定人的追求。

11. 显誉成于傡友，德行立于己志。

——《后汉书》

【注解】显誉：好名声。傡：同僚。德行：道德品行。

【释义】显赫的声誉是同僚朋友成就你的，道德品行是由自己的志向来决定的。

【点评】一个人的好名声是来源于同事、朋友的，良好的品德却是要靠自己的行为表现出来。

12. 酒至颜自解，声和心亦宣。千金何足重，所存意气间。

——南朝宋·鲍照《代朗月行》

【注解】颜：脸色。声和：声音和悦。宣：舒畅。千金：形容宝贵。何足：哪里值得。重：看重。意气：志气。

【释义】美酒一到口人的脸色便和悦了，声音和谐了心情也就舒畅了。

千两黄金是不值得宝贵的, 所宝贵的东西只存在于人的志气之中。

【点评】人的志气是最宝贵的, 哪怕千两黄金也无法与之相比。

13. 志以成道, 言以宣志。

——隋·王通《太平十二策》

【注解】道: 事业。宣: 抒发。

【释义】志向是用来成就事业的, 语言是用来抒发志向的。

【点评】要想成就事业, 志向与语言都很重要。

14. 身可辱, 而志不可夺。

——唐·王勃《为人与蜀城父老书》

【注解】辱: 杀害。夺: 改变。

【释义】志士的身体可以被杀害, 但是他的志向是不会改变的。

【点评】壮士的志向是永远都不会改变的, 其意思与 "匹夫不可夺志" 相同。

15. 志若不移山可改, 何愁青史不书功?

——唐·钱镠《上元夜次序平江南》

【注解】不移: 永不改变。何愁: 担心什么。书: 记载。

【释义】人若有永不改变的坚定志向, 那么即使不改的青山也可以使它改变模样, 还担心什么不能在历史上留下丰功伟绩呢?

【点评】意志力大无穷。人只要有坚定不移的志向, 就一定会成其事业, 青史留名。

16. 天虽高而听卑, 人苟有志, 天必从人愿耳。

——宋·刘斧《青琐高议》

【注解】卑: 低下。苟: 如果。从: 顺从。

【释义】上天虽然高不可攀却会听从地上人的话, 人如果是有坚定的目标意志, 那么上天一定会听从人的意志的。

【点评】比喻只要有决心, 什么困难都可以克服。

17. 志者心之所之，比于情意尤重；气者即吾之血气而充乎体者也。

——南宋·朱熹《朱子全书》

【注解】志者：所谓志向。心：心志。所之：所致。情意：情感领悟。尤：更加。即：就是。血气：人体中的正能量。

【释义】所谓志向是心志的主导者，它比起情感领悟的东西更显得重要。所谓志气就是我身体中的正能量并且是充满全身的东西。

【点评】强调了志向与志气的重要性，所以立志是人生的第一件大事。

18. 自安于弱，而终于弱矣；自安于遇，而终于愚矣。

——南宋·吕祖谦《东莱博议》

【注解】安于：甘心于。遇：遭遇，现状。

【释义】自己甘愿贫弱，最终还是很贫弱；自己安于现状，最终还是愚昧。

【点评】这大概是因为没有远大的志向导致的。

19. 人惟患无志，有志无有不成者。

——南宋·陆九渊《陆九渊集·语录》

【注解】惟患：最担心的。无有：就是没有。者：指代"事业"。

【释义】人最应该担心的就是没有树立远大的志向，真正有了志向，就没有做不成的事。

【点评】人要担心的是有没有树立志向，而不是担心做不成事。

20. 志不一则庬，庬则散，散则溃溃然，罔知其所定。

——明·刘基《郁离子》

【注解】不一：不专一。庬：大。散：散乱。溃溃然：糊涂。罔（wǎng）：无。

【释义】志向不专一就会庞杂，庞杂的志向是散乱的，志向庞杂而散乱思想就会糊里糊涂，不知道自己所定的方向。

【点评】人的志向不能庞杂，必须专一而集中。

21. 立志者, 其本也。有有志而无成者矣, 未有无志而能有成者也。

——明·王守仁《寄闻人邦英邦正》

【注解】本: 根本。

【释义】立志这个事是最根本的大事。自古是有许多有志但没有获得成功的人, 但是没有一个无志而最终却是成功的人。

【点评】人若想成功, 立志是首位。

22. 志不立, 如无舵之舟, 无衔之马, 漂荡奔逸, 终亦何所底乎。

——明·王守仁《王文成公全书》

【注解】舵: 船上控制方向的装置。衔: 控制马的缰绳。底: 通"抵"。

【释义】人不立志就像无舵的小船和脱缰的野马, 没有方向, 随意漂流, 没有目的地, 肆意狂奔, 最终不知到哪里去。

【点评】用比喻来说明树立志向就是确立自己人生的方向、道路。

23. 贫不足羞, 可羞是贫而无志。

——明·吕坤《呻吟语》

【注解】贫: 贫穷。不足: 不值得。可: 应该。

【释义】贫穷不足以令你感觉羞耻, 让你觉得羞耻的应该是既贫穷又没有志气。

【点评】财乏不算穷, 志乏才是穷, 所谓人穷志不穷。

24. 志比精金, 心如坚石。

——明·冯梦龙《警世通言》

【注解】比: 好比, 如同。精金: 精炼的金属, 形容意志无比坚硬。心: 心肠。

【释义】意志像金属一样坚硬, 心肠像铁石一样坚硬。

【点评】用比喻来说明意志无比坚决。

25. 有志周行天下, 无志寸步难行。

——《增广贤文》

【注解】周行: 走遍。寸步难行: 一步都难以行走, 比喻处境艰难。

【释义】一个有志向的人能够走遍天下，而没有志向的人走一步都感到困难。

【点评】世界属于有志者。

26. 操舟者，柁不使去手，故士莫要于持志。

——清·黄宗羲《明儒学案》

【注解】操舟者：驾驭船的人。柁（duò）：同"舵"。去手：离开手。于：比。

【释义】驾驭船的人，舵是不能离手的。同样，作为读书人，没有什么比坚持自己的志向更重要了。

【点评】用比喻说明树立正确志向与始终如一地坚持这种志向非常重要。

27. 有志者事竟成，破釜沉舟百二秦关终属楚。苦心人天不负，卧薪尝胆三千越甲可吞吴。

——清·蒲松龄《读书联》

【注解】竟成：终究会成功。破釜沉舟：打破饭锅，凿沉渡船。比喻决一死战。形容做事的决心很大。釜，煮饭用的一种锅。舟，船。百二秦关：形容地域广大。卧薪尝胆：意思是睡觉睡在柴草上，吃饭睡觉前都尝一尝苦胆。原指春秋时期的越王勾践励精图治以图复国的事迹。后形容人刻苦自励，发奋图强。卧，睡。薪，柴草。三千越甲：比喻军队不多。

【释义】有雄心大志的人事业终究是能成功的，楚霸王项羽破釜沉舟秦朝的一百二十座关山最终属于楚国所有；苦心励志的人苍天不会辜负他，越王勾践能够卧薪尝胆凭借三千越国兵丁竟然并吞了强大的吴国。

【点评】佳句是清代小说家蒲松龄撰写的读书联，大意是借西楚霸王灭秦和勾践卧薪尝胆灭吴的故事来激励自己，鼓舞自己。表达了他读书创作《聊斋志异》不达目的誓不罢休的意志与决心。意谓"有志者事竟成"。

28. 有志不在年高，无志空长百岁。

——清·石成金《传家宝·俗谚》

【注解】 年高：年龄的大小。空活：白活。

【释义】 一个人有没有志向不在于年龄的大小，没有志向的人即使活到百岁也不会有成就。

【点评】 志向体现了生命的价值。

29. 志之所趋，无远弗届；穷山距海，不能限也。

——清·金缨《格言联璧》

【注解】 所趋：要到达的地方。弗：没有。届：到达。穷山距海：即高山大海。限：阻挡。

【释义】 一个人只要有远大的志向、坚定的意志，他要到达的地方不论多远，最终都能到达。哪怕是极高的山最宽的海，也不能阻挡。

【点评】 远大志向，力大无比，前途无量。

30. 志之所向，无坚不入；锐兵精甲，不能御也。

——清·金缨《格言联璧》

【注解】 无坚：无论多么坚固的城墙。锐兵精甲：精锐的军队。御：阻挡。

【释义】 一个有远大志向与坚强意志的人，他要完成的事业不论有多么艰难有多少困苦，他都能克服；哪怕有精锐的军队拦阻，也是挡不住的。

【点评】 一个人的坚定志向可以排山倒海，所向无敌。

31. 不让古人，是谓有志。不让今人，是谓无量。

——清·金缨《格言联璧》

【注解】 不让：不输给。是谓：这就称为。无量：气度心胸宽大。

【释义】 在志向上能够不输给古人，那就是有志气。不肯承认比不过现在的人，那就叫作不够宽宏没有度量。

【点评】 面对古人，立志要高远；面对今人，要懂得谦让，不然就是缺乏肚量。

32. 天下无不可化之人, 但恐诚心未至。天下无不可为之事, 只怕立志不坚。

——清·金缨《格言联璧》

【注解】化: 教化, 教育好。但恐: 只怕。不可为之事: 做不成功的事。

【释义】天下没有不能教育好的人, 只怕是教育者 (老师) 诚心还没有用到家。天下没有不能做成的事, 只怕是做事的人立志还不够坚定。

【点评】本句是教育箴言, 应该成为天下老师的座右铭。

33. 有志肝胆壮; 无私义凛然。

——《格言对联》

【注解】肝胆: 比喻真诚和勇气。义: 正义。凛然: 不可侵犯的样子。

【释义】有雄心壮志的人真诚而勇敢; 没有私欲的人是大义凛然不可冒犯的。

【点评】赞扬了有志向而又没有私欲的人, 他们是大义凛然的。

34. 浩然与圣贤同位, 不移时而堕于流俗、堕于禽兽。

——梁启超《德育鉴·立志》

【注解】浩然: 正义凛然的样子。不移时: 没多久。流俗: 庸俗的人。禽兽: 比喻没有思想感情的人。

【释义】无志之人当思想行为都堂堂正正的时候, 是与圣贤处在相同位子上的, 但当邪念入心时, 就堕落为庸夫俗子, 甚至堕落为禽兽一样的人了。

【点评】强调了一个人有没有志向是能否成为圣贤之人或庸人禽兽的关键。

二、立志

1. 志之难也，不在胜人，在自胜。

——《韩非子·喻老》

【注解】 志之难：立志的困难。胜人：战胜别人。自胜：克服自身的弱点。

【释义】 立志的困难，不在于胜过别人，而在于克服自己的弱点。

【点评】 立志的关键是克服自己的弱点，所以老子也说：自胜曰"强"。

2. 自恃，无恃人。

——《韩非子·外储说右下》

【注解】 恃（shì）：依赖。

【释义】 要依靠自己，不要依赖别人。

【点评】 每个人都要自强不息。

3. 且人患志之不立，亦何忧令名不彰邪？

——南朝宋·刘义庆《世说新语·自新》

【注解】 令名：美好的名声。彰：显扬。邪：疑问语气词，吗。

【释义】 况且一个人只应担心不能树立坚定的志向，难道用得着担忧好名声得不到显扬吗？

【点评】 人立了远大的志向，美名就与之俱来了。

4. 学者不患才不及，而患志不立。

——《晋书·虞溥传》

【注解】 患：担心。才：才能。不及：赶不上。

【释义】 求学的人，不用担心才学比不上别人，而应该担心自己没有树立远大的志向。

【点评】立了志，无才也可变有才。

5. 眼前多少难甘事，自古男儿当自强。

——唐·李咸用《送人》

【注解】难甘：受挫折不甘心。自强：自我奋斗。

【释义】尽管眼下有那么多于心不甘的事情，但自古以来有志气的男子汉就是自强不息，不会向逆境屈服的。

【点评】所谓自强，就是要立志。

6. 治天下者，必先立其志。正志先立，则邪说不能移，异端不能惑。

——北宋·程颢《论王霸札子》

【注解】邪：不正。异端：非正统的主张或教义。异，不同。端，头绪，主张。移：改变。惑：迷惑。

【释义】治理天下的人，首先必须树立正确的志向。正确的志向确立了，那么异端邪说就不能搅乱你的思想，动摇你的意志。

【点评】治理天下的人，树立治理天下的正确志向，比一般人更重要，这可使他始终如一，毫不动摇。

7. 书不记，熟读可记；义不精，细思可精；惟有志不立，直是无着力处。

——南宋·朱熹《性理精义》

【注解】不记：记不住。不精：不能深刻理解。惟：只有。直：简直。着力：用得上力。处：地方。

【释义】不会背诵的文章，反复诵读就可以记住；文章的理义不能深刻理解，反复细心地思考就可以领悟；只有那些没有志向的人，简直就是无法挽救的。

【点评】不立志就一事无成，立志就百事成功。

8. 学者须是立志。今人所以悠悠者，只是把学问不曾做一件事看，遇事则且胡乱恁地打过了，此只是志不立。

——南宋·朱熹《朱子语类》

【注解】悠悠者：轻松自然的样子。且：姑且。恁（nèn）：随便怎么。打过：糊弄过去。

【释义】做学问的人必须要确立志向。今天人们之所以如此悠闲自在、无所事事，只是还没有把做学问当作一件难事大事来对待，遇到事情就姑且随便糊弄过去算了，这就是做学问的志向还没有确立的原因。

【点评】指出立志向对一个做学问的人来说是首要之事。

9. 立志欲坚不欲锐，成功在久不在速。

——南宋·张孝祥《论治体札子》

【注解】欲坚：在于坚定。锐：锐利。久：长期坚持。速：快。

【释义】树立志向在于坚定不移不在于锋芒毕露，成功在于长久坚持不在于一时的速度快。

【点评】立志向要坚定不移，做事要有恒心，二者是一致的。

10. 须是立志以圣贤自期，便能卓然挺出于流俗之中，不至随波逐浪，为碌碌庸庸之辈。

——南宋·陈淳《北溪字义》

【注解】圣贤：力争做圣人贤人。自期：自己所定的奋斗目标。随波逐浪：犹言随波逐流，随大流。碌碌庸庸：无所作为。

【释义】必须是树立志向把做圣人贤人作为自己的目标，这样就能在世俗的潮流中挺立而出，不至于随波逐浪随大流，成为无所作为的人。

【点评】立志，就是要效慕前贤，不做庸碌之辈。

11. 学者欲去昏惰之病，必以立志为先。

——南宋·真德秀《问志气》

【注解】昏：糊涂。惰：懒散。为先：放在第一位。

【释义】求学的人想要去除糊涂懒散的毛病，一定要把树立高尚的志向放在第一位。

【点评】求学者立志是第一位的，志向决定结果。

12. 人须立志，志立则功就。天下古今之人，未有无志而建功成事者。

—— 明·朱棣《明太宗实录》

【注解】功：功名。就：建立了。

【释义】人必须树立志向，只要有志向就能够功成名就。古今中外，全天下的人中还没有一个取得了大成就却是没有志向的人。

【点评】建功是结果，立志是根本。

13. 立志用功如种树然，方其根芽，犹未有干；及其有干，尚未有枝；枝而后叶，叶而后花。

—— 明·王守仁《传习录》

【注解】然：一样。方：正当。犹：还。干：主干。

【释义】立志用功也和种树一样，正当它生根发芽的时候，是没有树干的；长成了树干，还没有枝条；长出树枝后才长叶，长叶以后才能开花。

【点评】佳句描述树木的成长过程与实际是有出入的，但其说明的道理是正确的："立志用功"是一个渐进的过程，不是一蹴而就的，切不可急躁冒进。

14. 故立志者，为学之心也；为学者，立志之事也。

—— 明·王守仁《悟真录》

【注解】为学：努力地学习去做。

【释义】所以树立向古人学习的志向的意思，就是树立向古圣贤人学习的决心；努力按照古圣贤人的要求去做，就是立志的事情。

【点评】所谓立志就是心里下决心的事，实实在在地去做才是真正的立志。

15. 志不立，天下无可成之事。虽百工技艺，未有不本于志者。

——明·王守仁《教条示龙场诸生》

【注解】志：意志。可成：可以做成功。虽：即使。百工：指各种手工艺者。本：来源于，依靠。

【释义】一个人的雄心大志不先树立好，天下就没有可以做成功的事业。即使是各种做手工技艺的工匠，也没有不是依靠坚定的志向才学成的。

【点评】做任何事都要首先立志，即便百工技艺，虽然拜师，也要立志。

16. 大抵人之为学，莫先于立志。所谓止吾止者，其志隳也。

——明·张居正《论语注》

【注解】大抵：大概。为学：做学问。先于：比……重要。吾止：我的行事举止。隳（huī）：崩毁。

【释义】大概做学问的人没有比先树立志向更重要的事了。所谓不该停止时我的行动停止了，我的志向也就崩毁了。

【点评】一个学者要有成就，关键在立志，并且要坚持到底。

17. 山立在地上，人立在志上。

——《增广贤文》

【注解】立：挺立。在：依靠。人立：在世上立身。

【释义】高山是依靠大地而挺立的，人是依靠自己的志向才有所建树而成为自立的人的。

【点评】人立志，即立身。

18. 但言虚心，不若先言立志。

——清·陈确《近言集》

【注解】但言：只说。虚心：谦逊，不自满。若：如。先言：先强调。

【释义】人们总是说谦逊对于学习的重要性，还不如先强调树立志向对于学习的重要性。

【点评】对于学者，立志是第一位，虚心是第二位。

19. 学者志不立, 一经患难, 愈见消沮。

——清·黄宗羲《宋元学案》

【注解】一经: 一旦经历。愈: 更, 越。消沮: 消亡败坏。

【释义】求学的人, 如果没有确立坚定牢固的志向, 一旦经历艰难困苦患难事情, 其志向便很快就消亡败坏了。

【点评】必须确立坚定牢固的志向, 遇到患难时才不会退缩。

20. 少年立志要远大, 持身要紧严。立志不高, 则溺于流俗; 持身不严, 则入于匪辟。

——清·张履祥《杨园先生全集·初学备忘(上)》

【注解】持身: 自我修养身心道德。紧严: 即谨严。溺: 不悟。于: 被。流俗: 世俗的风气。匪辟 (fěibì): 邪恶。匪, 行为不正。辟, 罪。

【释义】年轻人立志要远大, 要严格修养自身的道德品质。如果立志不高远, 就会被世俗的风气所迷惑; 如果自我修养的要求不严谨, 就可能成为邪恶的首领。

【点评】把立志和修身并提, 非常正确, 因为二者是相辅相成的。

21. 志不真则心不热, 心不热则功不紧。

——清·颜元《颜习斋先生言行录》

【注解】不真: 不切实。心不热: 没有热情。功不紧: 不能取得成功。

【释义】一个人如果志向都不明确那么就不会有奋斗的热情, 如果没有了奋斗的热情那么成功也就不可能取得。

【点评】人的志向一定要明确, 要有奋斗的热情, 否则不能成功。

22. 所以才智人, 不肯自弃暴。力欲争上游, 性灵乃其要。

——清·赵翼《闲居读书作》

【注解】智: 聪明。性灵: 人的精神、志向。

【释义】因此有才能的聪明人是不愿意自暴自弃的。他总是奋力占据上流的位置努力走在最前列, 这是他的精神、志向决定他要如此做。

【点评】人要先立志, 明目标, 争上游。

三、大志

1. 志于道, 据于德, 依于仁, 游于艺。

——《论语·述而》

【注解】道: 天道人情。据: 根据。德: 儒家的最高道德标准。依: 凭借。仁: 关爱他人。游: 游乐。艺: 指礼、乐、射、御、书、数等六艺。

【释义】志向要合乎人情天道, 根据的是儒家最高的道德标准, 凭借的是仁爱之心, 游乐活动有六艺等, 只有这样才能培养出正直高尚的人才。

【点评】阐述了孔子育人的原则、依据、方法、内容。

2. 虎豹之驹, 未成文而有食牛之气。鸿鹄之鷇羽翼未全, 而有四海之心。

——《尸子·卷下》

【注解】驹: 比喻虎豹的幼崽。文: 斑纹。食: 捕食。气: 气概。鸿鹄: 大雁。鷇(kòu): 初生的小鸟儿。四海: 借代天下。

【释义】小老虎小豹子虽然没有长大成年, 却已经有了搏杀野牛的气势。天鹅雏鸟翅膀的羽毛还没有长全, 却已经有飞遍天下的雄心大志了。

【点评】比喻出身不凡的年轻人往往具有雄心大志。

3. 人无善志, 虽勇必伤。

——《淮南子·主术训》

【注解】善志: 高尚良好的志向。虽: 即使。伤: 挫伤, 失败。

【释义】一个人如果没有良好的志向, 即使很勇敢, 也一定会受到挫伤、失败。

【点评】立志要立大志, 大志有大勇, 小志只有小勇, 后者多会失败。

4. 心欲小而志欲大, 智欲员而行欲方。

——《淮南子·主术训》

【注解】心: 心思。志: 志向。智: 智慧计策。员: 即 "圆", 周全圆滑。
行: 执行起来。欲方: 要方正, 有规矩。

【释义】考虑问题时心要小心谨慎, 但志向却要远大; 定的计策要
周全圆滑, 而执行的时候却又要方正而有规矩。

【点评】为人处事, 心思要缜密, 但志向要远大, 智策要周全但行止要
方正, 这是辩证的统一。

5. 嗟乎, 燕雀安知鸿鹄之志哉?

——《史记·陈涉世家》

【注解】嗟乎: 感叹词, 相当于 "唉"。燕雀: 小麻雀。安: 怎么。鸿鹄:
大雁。

【释义】唉, 庸庸碌碌的小麻雀怎么会知道鸿雁的远大志向呢?

【点评】用比喻来说明有大志的人就是与众不同, 甚至有时还会被
误解。

6. 志大者遗小, 用权者离俗。

——西汉·桓宽《盐铁论·复古》

【注解】遗: 遗漏, 不计较。小: 小的得失。离: 脱离。俗: 常人的
见识。

【释义】志向远大的人, 不计较小的得失; 善于使用权力的人, 其见识
往往与平常人不一样。

【点评】将有大志的人与善用权的人相比, 各有不同的特点。

7. 居下而无忧者, 则思不远, 处身而常逸者, 则志不广。

——《孔子家语》

【注解】居下: 身居下位。逸: 安逸。志不广: 志向不会远大。

【释义】身居下位却没有忧虑的人, 那么他想到的事情不会很远; 身
心常常处在安逸之中的人, 那么他的志向不会远大。

【点评】甘居下位、贪图安逸的人, 不会有大志。

8. 丈夫志四海，万里犹比邻。

——三国魏·曹植《赠白马王彪》

【注解】 丈夫：男子汉。四海：四方。犹：如同。比邻：近邻。

【释义】 大丈夫应当胸怀宽广，志向远大，是好朋友相隔距离再远，也犹如近邻一般亲近。

【点评】 名句是曹植宽慰好朋友白马王彪的话，要志向远大，看得远，想得开。

9. 夫志当存高远，慕先贤，绝情欲，弃凝滞，使庶几之志，揭然有所存，恻然有所感。

——三国蜀·诸葛亮《诫外生书》

【注解】 夫：发语词。存：树立。慕：仰慕。先贤：先前的贤良之人。绝：杜绝。凝滞：停滞不前。揭然：明显的样子。恻然：哀怜的样子。恻，悲伤的样子。

【释义】 应该树立高远的志向，仰慕先前的贤良之人，杜绝男女情欲，抛弃无所作为的做法，使得那高远的志向明显地表现出来，要有一种孤独悲伤感。

【点评】 诸葛亮告诫外甥，要树立远大的志向，像先贤一样清心寡欲、艰苦奋斗。

10. 故建大业者不拘小节，知天命者不系细物。

——《三国志·魏书·文帝纪》

【注解】 故：因此。拘：羁绊。小节：无关紧要的小礼节。知：懂得。天命：国家发展趋势。系：束缚。

【释义】 创建大事业的人不会为无关紧要的小礼节所羁绊，懂得上天旨意的人不会被小事物所束缚。

【点评】 有雄心大志的人切不可做因小失大的傻事。

11. 志行万里者，不中道而辍足；图四海者，匪怀细以害大。

——《三国志·吴书·陆逊传》

【注解】 中道：中途。辍足：停止脚步。图：谋取。四海：天下。怀细：

顾惜小处。

【释义】立志走万里路的人,不会中途停步不前;谋取天下的人,不会顾惜小处而妨害大局。

【点评】有远大志向的人总是勇往直前,不会半途而废;只会心怀全局,不会因小失大。

12. 猛志逸四海,骞翮思远翥。

——东晋·陶渊明《杂诗》

【注解】猛志:勇猛的志向。逸:奔驰。四海:指四面八方。骞翮(qiānhé):挥动翅膀。翥(zhù):向高处飞翔。

【释义】勇猛的志向像骏马一样奔驰在四面八方,也像雄鹰一样挥动翅膀向高天上飞翔。

【点评】年轻人应该志在四方,胸怀天下。

13. 弃燕雀之小志,慕鸿鹄以高翔。

——南朝梁·丘迟《与陈伯之书》

【注解】弃:丢掉。燕雀:房前屋后的麻雀。鸿鹄:大雁。

【释义】放弃麻雀那样离不开房前屋后的小志向,应学习大雁那样高飞远翔。

【点评】教导年轻人应该树立远大的志向。

14. 大丈夫必有四方之志。

——唐·李白《上安州裴长史书》

【注解】大丈夫:有志气、有作为的男子。四方:指经营天下。

【释义】大丈夫必定有经营天下的远大志向。

【点评】好男儿当以天下为己任。

15. 我志在删述,垂辉映千春。

——唐·李白《古风五十九》

【注解】删:指孔子"删诗",即整理《诗经》。述:著述。垂:流传。

【释义】我的志向是像孔夫子整理《诗经》那样著书立说,创作出更多的好诗文,让它的光辉映照千秋万代。

【点评】最直接地抒发了李白平生的宏大志向。

16. 达士志寥廓,所在能忘机。

——唐·储光羲《杂诗》

【注解】达士:思想开明的人。寥廓:空旷深远。机:指琐事。

【释义】思想开明的人有远大的志向,从不把无谓的琐事放在心上。

【点评】是说做人思想要开通,不要把无谓的琐事放在心上,这样才能实现远大志向。

17. 骐骥筋力成,意在万里外。

——唐·范传正《唐左拾遗翰林学士李公新墓碑并序》

【注解】骐骥:千里马。万里:形容距离远。

【释义】千里马一旦长大就有强健的筋骨,它的志向便是奔驰到辽阔的远方。

【点评】比喻真人才的远大志向,意思如同"是金子,总是要发光的"。

18. 富贵岂长守,贫贱宁有根。丈夫志不大,何以佐乾坤。

——唐·邵谒《送从弟长安下第南归觐亲》

【注解】岂:怎么。守:保持。宁:难道。何以:即"以何",凭什么。佐:辅助。乾坤:天下,国家。

【释义】富贵怎么可能长期保持,贫贱亦不会扎根的。大男人如果没有远大的志向,怎么能辅助国君治理天下呢?

【点评】世上万事均有变,富贵和贫穷都会转化,故凡人要有大志,为国家干一番大事。

19. 蕴蓄天然性,浇讹世恶真。男儿出门志,不独为谋身。

——唐·杜荀鹤《秋宿山馆》

【注解】蕴蓄:蕴藏、积蓄。性:秉性。浇讹:浮薄,诈伪。恶真:嫌弃本真。出门志:离家干大事业。身:自己。

【释义】蕴藉含蓄是我天然真实的秉性,浮薄诈伪的世道却是嫌弃真
实真诚的。男子汉离家去做大事业,不只是为了谋求自家的幸福。

【点评】批评了虚伪的世道,抒发了自己为国为人的志向。

20. 王侯无种英雄志,燕雀喧喧安得知。

——唐·周昙《秦门陈涉》

【注解】王侯:做王封侯的人。种:种子。燕雀:小麻雀。喧喧:喧闹
声。安得知:怎么能够知道。

【释义】做王侯的人自古以来就没有固定的种子,唯有英雄的雄心大
志才是决定一切的,目光短浅的燕雀般的庸人怎么能够知道英雄豪
杰的远大志向呢?

【点评】名句借用了《史记·陈涉世家》的典故,比喻目光短浅的庸人
是难于理解英雄豪杰的远大志向的。

21. 丈夫志,当景盛,耻疏闲。

——北宋·苏舜钦《水调歌头·沧浪亭》

【注解】景盛:正午的太阳。耻:令人羞耻。疏闲:疏放轻闲,一事
无成。

【释义】大丈夫应有远大志向,应当像正午的太阳,光芒照遍人间,
令人羞耻的是一事无成,疏放轻闲。

【点评】大丈夫的志向应当奋发有为,并以无所事事为耻。

22. 人若志趣不远,心不在焉,虽学无成。

——北宋·张载《经学理窟·义理篇》

【注解】志趣:志向意趣。心不在焉:心思不在这里,指思想不集中。
虽:即使。成:成就。

【释义】人如果志向意趣不远大,心意志向不在此方面,即使在学也
不会有成就。

【点评】人的志向不远大,就会不刻苦、不专心,"一心以为鸿鹄将
至",必然学而无成。

23. 天下有大勇者，卒然临之而不惊，无故加之而不怒。此其所挟持者甚大，而其志甚远也。

——北宋·苏轼《留侯论》

【注解】 大勇者：真正勇敢的人。卒然：突然。临：面对。加之：强加给他。其所挟持者：他的抱负。

【释义】 天下有一种真正勇敢的人，遇到突发的情形毫不惊慌，无缘无故侵犯他也不动怒。这是因为他有着远大的抱负，胸怀着崇高的志向啊。

【点评】 大智大勇、无比坚强的人，往往有远大的志向。

24. 自小多才学，平生志气高。别人怀宝剑，我有笔如刀。

——北宋·汪洙《神童诗》

【注解】 才学：才能学问。宝剑：建立战功的武器。

【释义】 从小就学习很多才能和学识，而且有高尚远大的志向，有不达目标不罢休的决心和勇气。别人怀里虽有锋利的宝剑，但是我手中的毛笔如同别人的宝剑一样可以建功立业。

【点评】 教育儿童从小就要努力学习知识，长大建功立业做大事。

25. 志大心劳，力小任重，恐终败事。

——南宋·吕祖谦《近思录》

【注解】 志：志向。心劳：心中感到劳苦。力：能力。任：任务。败事：事情做不成。

【释义】 志向虽然远大但心中感到做得非常辛苦，能力小而承担的任务艰难繁重，恐怕最终会归于失败。

【点评】 提倡立大志，但志大才疏是不可取的，不是真正的大志。

26. 志小不可以语大人事。

——南宋·陆九渊《陆九渊集·语录》

【注解】 不可以：不能。语：谈论。

【释义】 对胸无大志的人，不能谈论伟大的事业。

【点评】 对有远大志向的人，才能谈论伟大的事业。

27. 男儿无英标, 焉用读书博?

——南宋·刘过《怀古四首为知己魏倅
元长赋兼呈王永叔宗丞戴少望》

【注解】 英标: 远大的目标。焉用: 有什么用。博: 广博。

【释义】 男子汉大丈夫如果没有远大的目标, 读书再多又有什么用处呢?

【点评】 没有远大目标的人, 书读得再多也没有出息。

28. 丈夫生有四方志, 东欲入海西入秦。安能龌龊守一隅, 白头章句浙与闽?

——南宋·刘过《多景楼醉歌》

【注解】 秦: 指关中地区。安: 怎么。龌龊: 局促, 偏狭。一隅(yú): 一角。白头: 终老。章句: 寻章摘句, 玩弄文字。浙: 浙江。闽: 福建。

【释义】 大丈夫生来就有闯荡四方的志向, 向东欲入大海往西直到可开疆立国的秦地。怎么能够安居浙、闽之地过那种寻章玩句的局促的安逸生活呢?

【点评】 表达了诗人对书斋生活的厌恶, 抒发了欲投笔从戎立功报国的抱负。

29. 沧海可填山可移, 男儿志气当如斯。

——南宋·刘过《盱眙行》

【注解】 沧海: 大海。移: 改变。当: 就应该。斯: 此, 这样。

【释义】 大海虽深也能填满, 高山虽重也能改变, 男人大丈夫志向就应当如此。

【点评】 用比喻的手法表达了作者的雄心壮志。

30. 器大者声必闳, 志高者意必远。

——南宋·范开《稼轩词序》

【注解】 器: 指钟一类的乐器。闳(hóng): 洪大响亮。意: 目标。

【释义】 大钟发出的声音一定洪亮, 志向崇高的人他的目标意趣一定远大。

【点评】以类比法说明了志向崇高的人一定有远大的目标理想。

31. 男子千年志，吾生未有涯。

——南宋·文天祥《南海》

【注解】千年志：坚定而远大的志向。生：生命。涯：尽头。

【释义】男子汉应该有远大的志向，我的生命既然还没有到尽头，就要奋勇杀敌。

【点评】面对元军的侵略与国土沦丧的情景，抒发了作者要坚决抵抗到底的坚强决心。

32. 夫英雄者，胸怀大志，腹有良谋，有包藏宇宙之机，吞吐天地之志者也。

——《三国演义》

【注解】夫：发语词，所谓。胸、腹：皆指"内心"。机：指"计谋"。包藏、吞吐：皆是并吞统一的意思。

【释义】所谓的英雄人物，必须胸中怀有远大的志向，心中有战胜敌人的好计策，还有并吞各诸侯之策略、统一天下的雄心大志。

【点评】佳句是《三国演义》中曹操说的话，表达了他对英雄人物的认识与理解，英雄必须有远大志向，还要足智多谋。

33. 船大不怕浪高，志大不怕艰险。

——《增广贤文》

【注解】志大：志向高远。艰难：艰险，指各种困难。

【释义】船大了就不怕海浪高，有了高远的志向就不畏惧艰难险阻。

【点评】比喻人有了高远的志向，就有了战胜一切困难的决心。

34. 立下凌云志，敢去摘星星。

——《增广贤文》

【注解】凌云志：形容高远的志向。凌，逼近。

【释义】树立高远的志向，敢于上天去摘取星星。

【点评】人有了远大的志向就不会畏惧困难。

35. 丈夫志四方, 有事先悬弧, 焉能钓三江, 终年守菰蒲。

————清·顾炎武《丈夫》

【注解】悬弧: 古代风俗, 生了男孩就在门的左边悬挂一张弓。三江: 古代太湖进入东海的三条主要通道: 东江、娄江和淞江。菰蒲（gūpú）: 一种茎可食用的水草。守菰蒲, 比喻隐居江湖。

【释义】大丈夫志在四方, 这是出生时就注定的, 怎么能够隐居江湖做渔翁, 一年到头都守着菰蒲草呢。

【点评】男子汉大丈夫不能隐居江湖, 应该闯荡天下建功立业。

36. 生无一锥土, 常有四海心。

————清·顾炎武《秋雨》

【注解】生: 活着。无一锥（zhuī）土: 没有一点土地, 形容贫困。锥, 一头尖锐, 用于扎窟窿的工具。四海心: 比喻胸怀天下。

【释义】活着的时候虽然没有一寸土地, 但是心中却常常装着天下兴亡的大事。

【点评】佳句是明清之际的思想家顾炎武自述怀抱, 虽身处贫穷但心忧天下。他是这样说, 也是这样做的。

37. 君子或出或处, 可以不见用, 用必措天下于治安。

————清·戴震《与某书》

【注解】或: 有时。出: 出仕。处: 隐居。见: 被。措: 置。天下: 国家。治: 太平。

【释义】君子在世上有可能出仕做官也可能隐居乡里, 可以被朝廷起用, 也可能不被朝廷重用, 但是一旦被朝廷起用, 就一定要让政治清明, 使国家安定。

【点评】有才德的君子, 平时蓄积才德, 一旦出仕, 就应以富国安民为己任。

38. 志不可不高, 志不高, 则同流合污, 无足有为矣; 心不可太大, 心太大, 则舍近图远, 难其有成矣。

————清·王永彬《围炉夜话》

【注解】高: 高尚。无足: 不能。有为: 有作为。图: 追求。

【释义】志节不能不高尚，志节不高尚，就会受不良环境影响随俗浮沉，不能有所作为了；野心不可太大，野心太大，会舍弃切近可行的事，而去追逐遥远不可达的目标，就很难成功了。

【点评】一个人既要志向高远，又要切实可行；既有总目标，又有阶段目标。二者结合，才是真志向。

39. 有不可及之志，必有不可及之功。

——清·王永彬《围炉夜话》

【注解】及：赶上，达到。

【释义】有常人不可企及的志向，一定会有常人不可企及的功业。

【点评】胸有大志的人，才能为国家建功立业。

40. 丈夫志四方，忍为别离哀。

——清·郭嵩焘《送王归湘乡兼寄曾九弟》

【注解】丈夫：即大丈夫，有志向有作为的人。忍：岂忍心。哀：悲伤。

【释义】男子汉大丈夫志在四方，怎么肯因为别离而悲伤？

【点评】抒发了男子汉大丈夫宽广豁达的胸怀。

41. 人生当作五湖游，安能终老荒山丘。

——清·郭嵩焘《王立〈望云思亲图〉》

【注解】当：应当。作五湖游：报效国家志在四方。安：怎么。终老：一辈子默默无闻。荒山丘：偏僻的山村。

【释义】人生在世，应当走遍五湖四海，怎能在荒僻的山丘中困守一辈子？

【点评】男子汉应当建功立业有所作为，与亲友的别离之哀冲不掉他的大志。

四、壮志

1. 志士不忘在沟壑，勇士不忘丧其元。

——《孟子·滕文公下》

【注解】壑：山沟。丧：失去。元：头颅。

【释义】有志之士，时刻准备为正义事业而葬身于山野；勇敢的人，时刻不忘为保卫国家牺牲生命。

【点评】胸怀壮志的文武士官，时刻准备为正义的事业牺牲自己的生命。

2. 大风起兮云飞扬，威加海内兮归故乡，安得猛士兮守四方。

——西汉·刘邦《大风歌》

【注解】兮：语气词"啊"。威：威望。加：施加。海内：天下。安：怎么。猛士：勇士。四方：边疆。

【释义】大风骤起啊云彩飞扬，国家已统一威望施加于全国各地，这时我回到了生我养我的故乡小沛。但是治理守卫国家需要人才，怎么才能获得许多人才来帮我治国守边呀！

【点评】抒发了刘邦建汉回乡时的豪情以及渴望获得人才来保卫和巩固汉朝的伟大基业。

3. 生为百夫雄，死为壮士规。

——东汉·王粲《咏史诗》

【注解】百夫：众人。壮士：勇士。规：典范。

【释义】活着是众人中的英雄，死了是勇士里的典范。

【点评】宋代李清照诠释为"生当作人杰，死亦为鬼雄"。

4. 精卫衔微木，将以填沧海。刑天舞干戚，猛志固常在。

——东晋·陶渊明《读山海经》

【注解】精卫：鸟名。衔：叼。微：细小。刑天：神话中与天帝争权的神，失败后被砍去了头，埋在常羊山下，但他不甘屈服，以两乳为目，以肚脐当嘴，仍然挥舞着盾牌和板斧想要战斗。舞：挥舞。干戚：上古的武器。干，盾牌。戚，大斧。猛志：刚毅不屈的志向。

【释义】精卫鸟每天叼着细小的木枝，想要用它来填平大海。刑天神虽然失败了但仍挥舞着盾与斧，刚毅不屈服的志向始终长在。

【点评】借用两个神话典故抒发了作者始终不屈的豪情壮志。

5. 千金何足重，所存意气间。

——南朝宋·鲍照《代朗月行》

【注解】何足：有什么值得。意气：志气。

【释义】千两黄金有什么值得看重，值得宝贵的应该是人有志气。

【点评】有雄心壮志的人不会看重钱财。

6. 中原初逐鹿，投笔事戎轩。纵横计不就，慷慨志犹存。

——唐·魏徵《述怀》

【注解】中原初逐鹿：比喻群雄并起，争夺天下。投笔：终止读书学习。事：从事。戎轩：指兵车，借指军队、军事。纵横计：合纵连横的计策。不就：没有被采纳。

【释义】各路英雄纷纷开战争夺天下，我也终止了读书学习参加了军队。虽然许多统一天下的好计策都没有被上司所采纳，但我的雄心壮志仍然十分坚定。

【点评】抒发了作者妙计虽未被采纳，但渴望平定群雄统一天下的雄心壮志仍然坚定。

7. 昔年怀壮气，提戈初仗节。心随朗日高，志与秋霜洁。

——唐·李世民《经破薛举战地》

【注解】壮气：雄心壮志。提戈：手持兵器。

【释义】早年胸怀雄心壮志，手持武器与皇帝授予的符节去出征。

心情如同晴朗的太阳一样高爽，志向与节操如同秋天的严霜一样高洁。

【点评】抒发了诗人决心要开拓心胸，磨砺意志品行，修身创业的思想壮志。

8. 大鹏一日同风起，抟摇直上九万里。假令风歇时下来，犹能簸却沧溟水。

——唐·李白《上李邕》

【注解】大鹏：指《庄子·逍遥游》中的神鸟。抟（tuán）：鸟类向高空盘旋。摇：扶摇，一种急速旋转的风暴，又名飙。九万里：形容高。假令：假如。歇：停。簸：拍扇。沧溟（míng）：大海。

【释义】大鹏神鸟一旦借助风力起飞，就会形成一种旋转的风暴。假如风暴停了它的翅膀一拍扇，也能将大海的水簸干。

【点评】自比大鹏神鸟，极力夸大这只大鸟的神力，抒发了诗人意欲力簸沧海的雄心壮志。

9. 行路难！行路难！多歧路，今安在？长风破浪会有时，直挂云帆济沧海。

——唐·李白《行路难》

【注解】行路难：路难走。歧（qí）路：岔道。安在：在哪里呢。长风破浪：出自南朝宋宗悫（què）所说的话，"乘长风破万里浪，挂上云帆，横渡沧海"，到达理想的彼岸。后人改为"乘风破浪"，比喻施展政治抱负。直挂：即高挂。济：渡过。

【释义】路难走，路难走，因为有许许多多的岔道，现在这些岔道在哪里呢？我已经可以像南朝宋宗悫所说的那样"乘长风破万里浪，挂上云帆，横渡沧海"，到达理想的彼岸了。

【点评】我遇到了明主，仕途已经畅通，可以乘风破浪而行了。说明当我的理想实现的那一天，我必将大显身手，大展宏图，抒发了诗人决心大干一场的雄心壮志。

10. 俱怀逸兴壮思飞，欲上青天揽明月。

——唐·李白《宣州谢朓楼饯别校书叔云》

【注解】逸兴：豪迈的兴致。壮思：豪迈奔放激情。揽：用手摘取。

【释义】我们共同怀有高远的情致与豪迈奔放的激情，想上九天去摘取明月。

【点评】描写了诗人的高远志向与对美好理想的追求。

11. 荡胸生层云，决眦入归鸟。会当凌绝顶，一览众山小。

——唐·杜甫《望岳》

【注解】荡胸：在胸前飘荡。层云：层层叠叠的白云。决眦：形容极力张大眼睛远望；眼眶像要裂开了。眦，眼眶。归：归巢。会当：一定要。凌：登临。绝顶：最高处。览：观看。小：变小了。

【释义】胸前飘荡着层层叠叠的白云，努力睁大眼睛追踪那归巢的鸟儿隐入了山林。我一定能够登上泰山的顶峰，俯瞰四周的群山都会变得很矮小。

【点评】以想象登泰山的情景来抒发诗人决心登临泰山绝顶，观览众山的豪迈志向。

12. 萱草女儿花，不解壮士忧。壮士心是剑，为君射斗牛。

——唐·孟郊《百忧》

【注解】萱草：黄花菜，常借代母亲。忧：心情。射：直冲。斗：北斗星。牛：牛郎星。

【释义】母亲是女人家，不了解壮士心情。壮士的雄心壮志是一柄寒光闪闪的宝剑，为国奋斗豪情满怀，勇气直冲云霄，贯通星辰。

【点评】抒发了诗人决心建功立业的雄心壮志。

13. 壮志因愁减，衰容与病俱。

——唐·白居易《东南行一百韵寄通州元九侍御澧州李十一》

【注解】因：由于。减：衰退。衰：衰老。容：容颜。俱：一起。

【释义】忧愁消磨了人的志气，多病更使得人容颜衰老。

【点评】以对比手法说明多愁善感能消磨人志气，多病会使人衰老的道理。

14. 昂昂独负青云志,下看金玉不如泥。

——唐·李渤《喜弟淑再至为长歌》

【注解】昂昂:气概轩昂。青云志:比喻高远的志向。下看:藐视的意思。

【释义】胸有雄心壮志的人,在他们的眼里黄金美玉连泥土都不如。

【点评】胸怀远大志向的人总是视金钱如粪土的。

15. 少年心事当拿云,谁念幽寒坐呜呃。

——唐·李贺《致酒行》

【注解】心事:雄心壮志。当:正应该。拿云:上天摘云。幽寒坐:一蹶不振。呜呃:哀叹之声。

【释义】年轻人正应该是壮志凌云,怎么能遇到挫折就一蹶不振、唉声叹气。

【点评】年轻人不仅要有雄心壮志,而且要不畏艰难,勇往直前。

16. 男儿徇大义,立节不沽名。

——唐·聂夷中《相和歌辞·胡无人行》

【注解】徇(xùn):通"殉",为理想而牺牲生命。立节:树立高尚的品德名誉。沽名:猎取名誉。

【释义】好男儿甘愿为正义事业而献身,勇于树立高尚的节操,决不会去沽名钓誉。

【点评】真正的男子汉都愿意为正义而献身。

17. 湘上阴云锁梦魂,江边深夜舞刘琨。秋风万里芙蓉国,暮雨千家薛荔村。

——五代·谭用之《秋宿湘江遇雨》

【注解】湘:湘江。锁:阻厄。舞刘琨:指刘琨、祖逖舞剑。芙蓉国:因湘江两岸多芙蓉树,故后人将湖南称为"芙蓉国"。薛荔:一种四季常青的藤本植物。

【释义】湘江上阴云密布阻厄了志士的奋起，但在江边夜宿者中仍有像刘琨祖逖那样闻鸡起舞时刻准备奋起的人。他们就像秋风里遍地开放着的美丽而不屈的芙蓉花和在凄冷的暮雨中仍顽强生长着的不畏秋霜的苍翠的薜荔。

【点评】"舞刘琨"是用了刘琨舞剑的典故。东晋时期的刘琨与祖逖是好友，年青时都很有抱负，常在一起游学，慷慨激昂地谈论时局，满怀义愤。为了报效国家，经常半夜一听到鸡鸣，他们便拔剑练武。后人遂以"刘琨舞剑"或"闻鸡起舞"等比喻志士奋发之情。

18. 弄潮儿向涛头立，手把红旗旗不湿。

　　　　　　　　　　——北宋·潘阆《酒泉子·长忆观潮》

【注解】弄潮儿：江潮来时在潮头上戏耍的人。把：握。不湿：不被打湿。

【释义】那些江潮来时在潮头上戏耍的游泳高手，迎着潮头而站，手中擎着红旗随着潮浪前进，红旗却能不被潮浪打湿。

【点评】表现了弄潮健儿与大自然奋力搏斗的大无畏精神，抒发出人定胜天的豪迈气概。

19. 浩然之气，不依形而立，不恃力而行，不待生而存，不随死而亡者矣。

　　　　　　　　　　——北宋·苏轼《韩文公庙碑》

【注解】浩然：宏大。气：志气。依：依靠。恃：凭借。行：运行。

【释义】宏伟的正义的志气，是不依靠有形体的东西而存在的，不是凭借力量去运行的，不会因为人活着而存在，也不会随着人的死亡而消亡的。

【点评】人的浩然正气是不会消亡的，将会在人间永存。

20. 生当作人杰，死亦为鬼雄。至今思项羽，不肯过江东。

　　　　　　　　　　——宋·李清照《夏日绝句》

【注解】生：活着。人杰：人中的豪杰。鬼雄：鬼中的英雄。项羽：秦末灭秦英雄，人称西楚霸王。江东：古指长江南岸的芜湖地区。

【释义】人活着就应当做人中的豪杰，死了也是鬼中的英雄。人们到现在还思念项羽，就因为他是豪杰英雄，不肯偷生逃过江回江东老家。

【点评】鲜明地提出了人生的价值取向：人活着就要做人中的豪杰，为国家建功立业；死也要为国捐躯，成为鬼中的英雄。爱国激情，溢于言表。

21. 壮志饥餐胡虏肉，笑谈渴饮匈奴血。

——南宋·岳飞《满江红·写怀》

【注解】胡虏：对当时我国东北的金人女真族入侵者的蔑称。匈奴：汉代时我国西北方的一个民族。

【释义】立下壮志要吃入侵之敌的肉来充饥，笑谈间喝他们的血来解渴。

【点评】表达了对入侵之敌的刻骨仇恨和为国杀敌的决心。

22. 问长缨，何时入手，缚将戎主。

——南宋·刘克庄《贺新郎》

【注解】长缨：长绳，比喻军队。入手：由自己指挥。缚：抓住。戎主：南越王。

【释义】请问那支战胜敌人的大军，什么时候能由我指挥，我一定把南越王捉住。

【点评】抒发了作者的雄心壮志，毛泽东的《清平乐·六盘山》即从此词点化而来。

23. 簸扬且听箕张口，丈夫壮气须冲斗。夜阑拂剑碧光寒，握手相期出云表。

——南宋·文天祥《生日和谢爱山长句》

【注解】簸扬：扬弃谷糠。且听：姑且听凭。箕：星宿名，箕星。壮气：壮志豪情。须：应该。冲斗：形容斗志高昂。斗，斗星。夜阑：夜深人静的时候。拂：擦。相期：相约。云表：形容高耸入云。

【释义】簸箕要扬弃谷糠姑且听凭畚箕张开它的嘴巴，大丈夫的豪情壮志应该直冲云天。夜深人静的时候擦拭宝剑依然寒光逼人，志气相投的两人握手相约雄心壮志高达云天。

【点评】《诗经》中有"维南有箕，不可以簸扬；维北有斗，不可以挹酒浆"，意思是南方形如簸箕的箕星并不能用来簸扬谷糠，北方状似长柄杓的斗星也不能用来挹酒浆。后人根据这四句诗，概括出"南箕北斗"的成语。

24. 手提三尺龙泉剑，不斩奸邪誓不休。他时若遂凌云志，敢笑黄巢不丈夫。

——《水浒传》

【注解】提：握。龙泉：龙泉市，在浙江省以铸剑闻名。奸邪：奸诈邪恶之人。他时：将来。若遂：如果实现。黄巢：唐代农民起义领袖。不丈夫：算不得男子汉大丈夫。

【释义】我手里掌握了一定的武装力量，不杀尽奸诈邪恶的贪官污吏决不罢休。将来实现了我更远大的志向，我会取笑唐代的农民起义领袖不是一个大丈夫，因为他最终失败了。

【点评】名句是《水浒传》宋江题在墙上的反诗，揭示了宋江斩杀奸邪贪官的决心。

25. 豪华一去难再得，壮气销沉土一丘。

——明·于谦《静夜思》

【注解】销：通"消"。丘：土丘，引申为坟墓。

【释义】荣华富贵失去了固然难以再得到，但人的壮志豪气消失了，虽活着也与死了一样。

【点评】志气对一个人来说比生命还要宝贵。

26. 慷慨丈夫志；铁石豪杰心。

——《格言对联》

【注解】慷慨：毫不畏惧慷慨激昂。铁石：比喻坚硬。豪杰：指才能出众的人。心：性格，意志。

【释义】男子汉有毫不畏惧慷慨激昂的雄心大志，英雄豪杰有钢铁磐石般坚强的意志。

【点评】男子汉都应该有远大的志向与坚强的意志。

27. 我愿平东海，身沉心不改。大海无平期，我心无绝时。

——清·顾炎武《精卫》

【注解】愿：誓愿。平：填平。心：指志向。无平期：没有到填平的那一天。绝：放弃。

【释义】我立誓要填平东海，即使身体沉没了我的志向也不会改变的。只要大海被填平的那一天没有到来，我填海的誓愿是不会放弃的。

【点评】以第一人称的口吻，表达了作者的坚强意志和坚忍不拔的精神。

28. 不惜千金买宝刀，貂裘换酒也堪豪。一腔热血勤珍重，洒去犹能化碧涛。

——清·秋瑾《对酒》

【注解】貂裘换酒：以貂皮制成的衣裘换酒喝。珍重：呵护爱惜。碧涛：志士血所化的洪涛。

【释义】不吝惜用千金之价买一把宝刀，用极名贵的貂皮裘衣换酒喝，称得上是一种豪举。但对于我的生命热血是要精心呵护的，一旦献出便能化成碧血狂涛。

【点评】抒发了巾帼英雄秋瑾疏财仗义的豪爽性格，以及决心为革命献身的壮志豪情。

五、暮志

1. 老冉冉其将至兮，恐修名之不立。

——战国·屈原《离骚》

【注解】冉冉：渐渐。其：助词。兮：古诗的语气助词，相当于现代的"啊"。恐：担心。修名：美名。

【释义】我渐渐地感觉到自己慢慢开始衰老了，真担心高尚的美好的名声来不及树立了。

【点评】抒发了诗人对衰老来临而事业尚未成功的担心心情。

2. 老骥伏枥，志在千里。烈士暮年，壮心不已。

——东汉·曹操《步出夏门行·龟虽寿》

【注解】骥：良马。伏：卧。枥：马槽。烈士：求功业之士。暮：晚。不已：没有丧失。

【释义】老马虽然已卧在马槽边，但它仍然有驰骋千里疆场的志向。胸怀壮志的求功业之士到了晚年，他的雄心壮志仍然没有丧失。

【点评】抒发了作者虽然老迈，但仍怀有统一天下的英志。

3. 故君子不恤年之将衰，而忧志之有倦。

——东汉·徐干《中论·修本》

【注解】恤：忧虑，顾惜。而：却。倦：衰退。

【释义】因此品德高尚的读书人不会担心自己的年龄已经快要衰老了，却只担心自己的雄心壮志会不会衰退。

【点评】有志向的君子，时时注意志向不要随着年龄的老化而衰退。

4. 功名惜未立，玄发已改素。

——南朝·江淹《刘太尉琨伤乱》

【注解】玄发：黑发。素：白。

【释义】眼看着头发由黑变白，而功名却依然未建。

【点评】描写了人已老、功未立的情景，这对怀有远大志向的人来说是极其痛苦的。

5. 老当益壮，宁移白首之心；穷且益坚，不坠青云之志。

——唐·王勃《滕王阁序》

【注解】壮：豪壮。宁：怎么能。移：改变。穷：仕途艰难。益：更加。坠：降落。青云之志：即凌云志。

【释义】年纪老迈而情怀更加豪壮，岂能因白发而改变人的志向心愿？境遇艰难而意志应该越发坚定，绝不会降低直凌青云的崇高志向。

【点评】抒发了诗人在境遇艰难情况下的坚强意志与老当益壮的情怀。

6. 无边落木萧萧下，不尽长江滚滚来。

——唐·杜甫《登高》

【注解】木：树。此指树叶。萧萧：冷落凄清的样子。

【释义】无边无际的落叶纷纷飘落，不竭不尽的长江滚滚奔来。

【点评】描写了夔州秋天落叶萧萧、江水滚滚的特征。这是安史之乱后杜甫在夔州写的最著名的诗。"无边""不尽"使"萧萧""滚滚"更加形象化，不仅使人联想到落木的窸窣声和长江的汹涌之状，更在无形中传达了时光易逝、壮志难酬的伤感。

7. 马思边草拳毛动，雕眄青云睡眼开。天地肃清堪四望，为君扶病上高台。

——唐·刘禹锡《始闻秋风》

【注解】边草：边塞的牧草。拳毛动：卷曲的毛因兴奋而抖动。雕眄（miǎn）：雄鹰的眼睛。肃清：清净。堪：可以。

【释义】战马因思念边塞秋草而抖动拳曲的毛，雄鹰因盼望万里云天而睁开了困顿的双眼。秋风为长天澄清了云雾正好供人登高四望，为感谢秋风的深情厚谊我抱病登上高台欣赏秋的美景。

【点评】表面是写秋景，实为托物言志，暗示自己不因为衰老而消沉，而是具有积极进取、奋发向上的情怀。

8. 怜君头半白，其志竟不衰。

——唐·白居易《寄唐生》

【注解】头：头发。志：志向。衰：衰落。

【释义】可怜您头发这么年轻就半白了，然而您的志向竟然始终没有衰落。

【点评】赞扬唐生人老志不衰的精神。

9. 永忆江湖归白发，欲回天地入扁舟。

——唐·李商隐《安定城楼》

【注解】永忆江湖：长怀淡泊名利之心。欲回天地：想要建立功业之志。江湖、扁舟：指小舟。

【释义】总在想着年老时可以辞官，归隐江湖，但心里还渴望着建立回天转地的显赫功绩后再乘小船四处漫游。

【点评】自己早有归隐江湖之志，但等到建功立业之时已经满头白发，抒发了作者虽然遭遇困顿，但凌云之志丝毫未损。

10. 心在天山，身老沧州。

——南宋·陆游《诉衷情》

【注解】天山：代指南宋的西北前线。沧州：水边之地，常用来指隐士的居住地，这里指陆游晚年居住的绍兴鉴湖边。

【释义】人在老家，心系国家前线命运。

【点评】抒发作者理想无法实现的愤慨之情和壮志未酬的感慨，当时许多爱国志士都有这样建功立业的报国情怀。

11. 壮心未与年俱老，死去犹能作鬼雄。

——南宋·陆游《书愤》

【注解】俱：一起。犹能：还可以。鬼雄：鬼中的英雄。

【释义】我的雄心壮志还没有随着年纪的增长一同衰退，死了以后还可以做鬼魂中的英雄，继续和敌人搏斗。

【点评】抒发了作者虽已老,但仍怀抱誓死报国的雄心壮志。

12. 莫道玉关人老矣,壮志凌云,依旧不惊秋。

——南宋·京镗《定风波·次韵》

【注解】玉关:玉门关。凌:迫近。惊秋:惊异于秋天的悲凉。

【释义】不要说驻守边关的将士已经老了,但依然壮志满怀,秋天来了人老了但丝毫没有悲凉的情绪。

【点评】抒发了守边将士们甘愿为国驻守边疆的豪情壮志。

13. 了却君王天下事,赢得生前身后名,可怜白发生!

——南宋·辛弃疾《破阵子·为陈同甫赋壮词以寄之》

【注解】了却:完成。生前身后:活着与死后。

【释义】完成恢复中原的国家大事,也获得了生前为国家建功立业的美名与身后封妻荫子的好处!可惜我已经满头白发,只能做梦自慰了。

【点评】有声有色地描写了为国家大事与建功立业的赤胆忠心和年迈无力的感叹!

14. 少年成老大,吾道付逶迟。终有剑心在,闻鸡坐欲驰。

——南宋·文天祥《夜坐》

【注解】吾道:我的理想。逶迟:形容道路、山川、河流弯弯曲曲,连绵不绝,这里是指时间遥遥无期。剑心:比喻斩贼复国的雄心壮志。闻鸡:运用典故,闻鸡起舞的意思。驰:上马驰骋疆场。

【释义】年纪轻轻的我如同成了一个老翁,我想要复国的理想困难重重、艰难曲折,难以很快实现。但复国的雄心壮志始终存在于我的心里,如同祖逖闻鸡起舞,时刻准备报效国家。

【点评】运用祖逖闻鸡起舞的典故表达了诗人立志报国、壮心不已的真实情感。

15. 垂头自惜千金骨,伏枥仍存万里心。

——元·郝经《老马》

【注解】垂头:低头。千金骨:《战国策·燕策》载:郭隗劝燕昭王招贤，说古代君主动用千金买千里马，买马人却用五百金买了一具死马，君主怒，买马人说，死马能出五百金，何况活马呢！果然不久千里马就源源而来。伏枥：老马卧槽边吃草。

【释义】 虽然感叹自己徒具千里马的身骨，但是即使年老仍然怀有驰骋万里的志向。

【点评】 未被招贤重用的志士，直至年老仍然怀有报国志向。

六、坚志

1. 博学而笃志，切问而近思，仁在其中矣。

——《论语·子张》

【注解】笃：坚守。切问：就所学而未曾理解的问题向人请教。近思：思考切近的问题。

【释义】学识广博而志向坚定，急切地钻研而切实地思考好学，仁就包含在此。

【点评】一个人不但学识广博而且志向坚定，并且仍然不断地在追求，他一定会渐渐达到仁的境界。

2. 故天将降大任于斯人也，必先苦其心志，劳其筋骨，饿其体肤，空乏其身，行拂乱其所为，所以动心忍性，增益其所不能。

——《孟子·告子下》

【注解】大任：担任国君治理国家的重任。斯人：这个人。体肤：身体。空乏：贫困。拂乱：搞颠倒。所以：即"以所"，用这种种苦难。动心忍性：磨炼他的心性。增益：增加。不能：不具备的才能。

【释义】所以上天要把重大的担子加给这个人，必定要先使他的心志受困苦，使他的筋骨受劳累，使他的肌体受饥饿，使他的身子受困乏，使他每做一事都受干扰、被打乱，以此来使他心理受震动、性格变坚韧，增加他所缺少的才能。

【点评】一个做大事的人，上天一定会让他经受多方面的磨炼，以此增强其才能，坚定他的意志，古往今来无不如此。

3. 不为穷变节，不为贱易志。

——西汉·桓宽《盐铁论·地广》

【注解】为：因。穷：贫困。节：节操。贱：地位低下。易：改变。

【释义】不因为贫穷而改变一个人的气节，不因为地位、身份低下而改变一个人的志向。

【点评】任何人在身处逆境时都要坚守自己的气节、志向和理想。

4. 子曰：身可危也，而志不可夺也。

——《礼记·儒行》

【注解】子：孔夫子。身：身处。危：指险恶之地。夺：改变。

【释义】孔子说：一个人可以处于危险境地，但他的意志却不可改变。

【点评】一个人的志向是在任何情况下甚至生死关头，都坚持不变的。

5. 处逸乐而欲不放，居贫苦而志不倦。

——东汉·王充《论衡·自纪》

【注解】处：身处在。逸乐：安逸舒适。放：放纵。

【释义】身处在安逸舒适的环境中不应该放纵自己的欲望，身居于贫穷和不得志的环境中仍然要保持自己崇高的志向毫不倦怠地努力奋斗。

【点评】安逸容易丧志，品苦容易易志。

6. 若志不强毅，意不慷慨，徒碌碌滞于俗，默默束于情，永窜伏于凡庸，不免于下流矣。

——三国蜀·诸葛亮《诫外生书》

【注解】强毅：刚强坚毅。徒：只能。碌碌：平庸无能。

【释义】倘若志向不坚毅刚强，意气斗志不慷慨激昂，那么就只能过碌碌无为平庸的生活，默默无闻地被情欲所束缚，永远沦为凡夫俗子，成为平庸无能之辈。

【点评】志向崇高远大的人，还必须要有坚强的意志，要斗志昂扬地去奋斗，否则也会沦为平庸之人。

7. 坚志者, 功名之主也; 不惰者, 众善之师也。

——东晋·葛洪《抱朴子外篇》

【注解】坚志者: 坚强的意志。名: 好名声。主也: 是主要核心。不惰: 勤奋努力。众善: 所有好品德。师: 榜样。

【释义】坚强的意志, 是建功立业、扬名立万的主要原因; 勤奋努力而不懒惰的精神, 是一切好品德的榜样。

【点评】意志坚强是成功扬名的主要原因, 勤奋努力是一切好品德的源头。

8. 大丈夫为志, 穷当益坚, 老当益壮。

——《后汉书·马援列传》

【注解】穷: 仕途不顺。益: 更加。壮: 强大有力。

【释义】男子汉大丈夫树立志向, 仕途艰难时意志要更加坚定, 年纪越大要越有精神, 如同青壮年那样强大有力。

【点评】年纪愈大志向应该愈加坚定。

9. 安危不贰其志, 险易不革其心。

——唐·魏徵《群书治要·昌言》

【注解】贰其志: 背叛自己的初志。革: 改变。心: 指志向操守。

【释义】无论是安全还是危险都不能使自己改变初衷, 无论是艰难还是容易都不会改变自己的志向与操守。

【点评】坚定的志向是至死不会改变的。

10. 丈夫志气直如铁, 无曲心中道自真。

——唐·寒山《贪爱有人求快活》

【注解】直: 宜, 应当。无曲: 胸怀坦荡。道: 正义的言行。真: 人生的真谛。

【释义】男子汉的志气意志应当像钢铁一样坚定, 心怀坦荡正直, 这样就是懂得人生的真谛了。

【点评】大丈夫志向坚如钢, 胸怀坦荡荡。

11. 佛许众生愿,心坚石也穿。今朝虽送别,会却有明年。

————唐·封特卿《离别难》

【注解】愿:心愿。会:再会。

【释义】神佛会答应所有人的愿望,只要心志坚定就可以使无比坚硬的石头穿通。今天虽然和大家送别分离,但相会的日子却一定会有的,就在明年。

【点评】只要有决心任何困难都可以克服,意志坚定顽石也能穿通。

12. 松柏死不变,千年色青青。志士贫更坚,守道无异营。

————唐·孟郊《答郭郎中》

【注解】死:干枯。色:叶色。士:读书人。守:坚持。道:高尚的操守。异营:不同的行为。

【释义】千年老松柏的树干枯了,其树叶的颜色却依然是青黑的。志向远大的读书人愈是贫困意志却愈是坚定,其坚持的高尚操守丝毫没有一点改变。

【点评】以千年长绿不变的松柏比喻愈贫困意志却愈坚定的有志之士。

13. 古之立大事者,不惟有超世之才,亦必有坚忍不拔之志。

————北宋·苏轼《晁错论》

【注解】立:成就。大事:大功业。不惟:不仅。超世:超凡出众。坚忍不拔:形容在艰苦困难的情况下意志坚定,毫不动摇。

【释义】自古以来能够成就伟大功绩的人,不仅要有超凡出众的才能,还一定要有在任何艰苦困难的情况下意志坚定、毫不动摇的志向。

【点评】自古以来凡是建立大功业的人,都是不仅有才,而且有坚定志向的人。

14. 立志要定,不要杂;要坚,不要缓。

————南宋·陈淳《北溪字义》

【注解】定:坚定专一。杂:旁杂。坚:坚持。缓:松懈。

【释义】树立志向一定要坚定，要专一不要旁杂；要坚持，不能松缓。

【点评】强调了立志要专一，不要旁杂；要坚决，不能松懈。

15. 志不可一日坠，心不可一日放。

——清·王豫《蕉窗日记》

【注解】坠：消沉。放：放纵。

【释义】人的志向与意志一天也不能消沉，思想与心情一天也不能放纵。

【点评】想要实现自己的理想，就不能放纵自己。

16. 天下无不可化之人，但恐诚心未至。天下无不可为之事，只怕立志不坚。

——清·金缨《格言联璧》

【注解】化：教化，教育好。但：只是。恐：可能。未至：没有用到底。为：做成功。

【释义】天下没有不能教育好的人，只怕是可能教育者的诚心还没有用到底；天下没有不能做成功的事，只怕是由于办事人树立的志向不够坚定。

【点评】老师只要真诚地教育学生，任何学生都是可以教育好的；只要坚定不移地做事，什么事情都是可以做成功的。

17. 惟恃志以帅之，然后能贞之以常。

——梁启超《德育鉴·立志》

【注解】恃志：凭借自己崇高的志向。帅之：统帅指导自己的一切言行。然：这样。贞：即"正"的意思。

【释义】只有依靠高尚的志向来统帅自己的一切言行，这样才能使人生按正确的方向正常发展。

【点评】要想自己的人生能正确地正常发展，必须坚持高尚的志向。

七、行志

1. 天行健，君子以自强不息。

——《周易·乾卦》

【注解】行：运行，运转。健：正直刚强。自强不息：不停息地自觉奋斗。

【释义】天道的运行是正直而刚强的，君子是以天道为榜样的，也是正直而刚强的，能自觉地永不停息地自我奋斗的。

【点评】告诫人们，天道就是永不停息地正直刚强自我运行的，人应该向天道学习，自强不息。这就是行志，无志就没有自强的动力。

2. 士志于道而耻恶衣恶食者，未足与议也。

——《论语·里仁》

【注解】道：治理天下的公理。耻：以为羞耻。恶：粗劣。未足：不值得。

【释义】一个有志于做官治国的读书人，却把自身的衣食不美好作为可耻的事情，那就不值得和他探讨如何治理的事情了。

【点评】从一个人的生活追求就能判断其内心的志向。

3. 士不可以不弘毅，任重而道远。

——《论语·泰伯》

【注解】士：读书人。弘毅：远大抱负和坚强意志。

【释义】一个读书人须有远大的抱负和坚强的意志，因为他对社会的责任重大，要走的路很长。

【点评】远大的抱负必须靠坚忍不拔的意志、毅力去实现。弘毅就是行志。

4. 仁以为己任，不亦重乎？死而后已，不亦远乎？

——《论语·泰伯》

【注解】以为：以之为，把它当作。己任：自己的责任。已：停止。

【释义】把以仁义治国作为自己的责任,责任难道还不重大吗? 奋斗终生直到死去为止,难道路程还不遥远吗?

【点评】正人君子要实现以仁义治国的政治理想,其责任是无比重大的,其实现的路程是极其漫长的,因此行志者必须弘毅。

5. 禹八年于外, 三过其门而不入。

——《孟子·滕文公上》

【注解】禹:大禹,夏王朝的创立者。因治水有功,舜将大位传给了他。三过:三次经过家门口。

【释义】大禹为治理洪水,出门在外八年,由于事情紧急,三次经过他的家门,都没有进去探望。

【点评】据传大禹为了治水大业,第一次经过家门时,听到妻子分娩的呻吟与婴儿的啼哭声。手下劝他进去看看,他怕耽误治水,没有进去。第二次经过家门时,见到儿子正在妻子怀中向他招手,因工程紧急,他只挥手打了个招呼,就忙去了。第三次经过家门时,儿子已经10多岁了,跑过来拉他回家。大禹摸摸儿子的头说:"水患还没有消除,我还不能回家。"他又匆忙离开了,还是没到家里去看看。大禹三过家门而不入,舍小家为大家的精神,是我们中华民族的优秀传统精神,所以千古传颂。

6. 流水之为物也, 不盈科不行; 君子之志于道也, 不成章不达。

——《孟子·尽心上》

【注解】物:东西。盈:满。科:坑洼不平。行:流动。道:以仁义治国的规律。章:云章,风尚。达:通达。

【释义】流水这种东西,是不把有的坑洼地方灌满就不会继续向前流动的;君子有志于追求以仁义治国的大道,不使仁义形成彩云般的风尚是不能算通达的。

【点评】以流水作比喻,说明了以仁义治国要达到的标准以及艰难的程度。

7. 路漫漫其修远兮, 吾将上下而求索。

——战国·屈原《离骚》

【注解】漫漫: 模糊的样子, 远而看不清。其: 代指"路"。修: 修长, 狭长的样子。兮: 语气词, 啊。上下: 上天入地, 形容不畏艰难。

【释义】寻找强国富民的道路无论是多么的漫长, 哪怕是上天下地我也要百折不挠地去寻找。

【点评】表现了屈原虽被放逐, 但为探寻楚国的富强之路仍不停歇, 这正是屈原的行志。

8. 锲而舍之, 朽木不折; 锲而不舍, 金石可镂。

——《荀子·劝学》

【注解】锲: 刻。舍: 放弃。金石: 金属和石头。镂: 雕刻。

【释义】刻一下就停止, 即便是腐朽的木头也刻不断; 不停地刻下去, 即便是金属石块也能镂空。

【点评】没有恒心没有毅力, 再容易的事也做不成; 有恒心有毅力, 再艰难的事也能办成。

9. 士之为人, 当理不避其难, 临患忘利, 遗生行义, 视死如归。

——《吕氏春秋·季冬纪·士节》

【注解】当: 应当。难: 危难。临患: 面临祸患。遗: 放弃。义: 道义。视死如归: 把赴死看得如同回家一样轻。

【释义】读书明理的士人, 应该坚持真理, 不躲避危难, 面临祸患不计较个人私利, 宁愿舍弃生命, 也要履行道义, 视死如归。

【点评】赞扬了真正士人的不计个人得失, 大义凛然、视死如归的崇高精神。

10. 言而不行, 斯寝道矣; 行而不时, 斯宿义矣。是故君子之务, 以行前言也。

——东汉·徐干《中论·修本》

【注解】言: 说。行: 做。斯: 这。寝道: 半途而废。宿义: 放弃道义。

务: 职责。以行: 是在于践行。

【释义】说了却不做, 这就是让道业中途停止; 按照说的去做了但不能时刻坚持, 这就是让义理废弃。所以, 君子的要务, 是在于坚持践行上述之言。

【点评】品德高尚的君子, 其职责就是坚持践行自己的崇高理想。

11. 烈士徇荣名, 义夫高贞介, 虽蔬食瓢饮, 乐在其中。

——三国魏·曹丕《让禅第二令》

【注解】烈士: 有壮志有气节的人。徇(xùn): 顺从, 遵循。荣名: 好名声。义夫: 有仁义品德的人。贞介: 方正耿介。虽: 即使。蔬食瓢饮: 比喻生活十分艰苦。

【释义】有壮志有气节的人总是遵循好名声而为, 有仁义品德的人为人就高洁正直、方正耿介。即使过着极其艰苦的生活, 也十分乐意享受这种艰苦。

【点评】有气节看重名声的人, 对于物质生活的艰苦是不在乎的。

12. 执志不绝群, 则不能臻成功铭弘勋。

——东晋·葛洪《抱朴子·广譬》

【注解】执: 持。绝群: 高于众人。臻: 形成, 赢得。成功: 好名声。

【释义】志向如果不是超凡出俗的, 就不能赢得美好的声誉, 就不能建立伟大的功绩。

【点评】人只有树立超凡脱俗的大志, 才能成就大事业。

13. 男儿当死中求生, 可坐穷乎。

——《后汉书·隗嚣公孙述列传》

【注解】坐: 空, 徒然。穷: 穷困窘迫。

【释义】大丈夫应当在最困难、最危急的时刻求得生存, 难道能徒然无计、束手待毙吗?

【点评】行志必然艰巨, 要有不怕死的精神和勇气。

14. 精诚所加，金石为开。

——《后汉书·光武十王列传》

【注解】所加：到达的地方。金石：形容坚硬。为开：被打开。

【释义】真心至诚所达到的地方，像金石那样坚硬的东西也能被打开。

【点评】比喻只要专心诚意地去做一件事情，无论什么困难都能解决，所谓的心诚则灵。

15. 居不隐者，思不远也；身不危者，志不广也。

——北齐·刘昼《刘子·激通》

【注解】居：指处境。隐：困穷。危：艰难危险。广：远大。

【释义】处境不艰难穷困的人，考虑事情不会很深远；不是身处危险艰难环境中的人，他的志向也不会很远大。

【点评】佳句告诉我们：越是地位低下、处境困难的人，就越能深谋远虑，且越有雄心壮志，也就是说，越是艰难困苦，越能促使人发愤图强。这就是行志、践志。

16. 致君尧舜上，再使风俗淳。

——唐·杜甫《奉赠韦左丞丈二十二韵》

【注解】致君：谓辅佐国君，使其成为圣明之主。尧舜：唐尧和虞舜的并称，古史传说中的两个圣明君王。再：重新。淳：质朴敦厚的风气。

【释义】辅佐皇上使他成为尧舜那样的明君，重现民风淳朴的太平盛世。

【点评】抒发了诗人的政治抱负，即想要按照儒家政治理想建立一个太平盛世。

17. 智士日千虑，愚夫唯四愁。

——唐·孟郊《百忧》

【注解】千虑：千百遍地思考。四愁：一年四季的闲愁。

【释义】有志的聪明人每天都思考应该如何奋发有为，愚蠢的庸人却只会无所作为地为春、夏、秋、冬的四季轮换而发愁哀叹。

【点评】教导年轻人应当为实现志向及时努力奋发,不能像愚蠢的庸人每天只为风花雪月等闲愁唉声叹气。

18. 少年负志气,信道不从时。只言绳自直,安知室可欺。

—— 唐·刘禹锡《学阮公体三首》

【注解】负:依仗。道:人间正道。从时:顺从时俗。只言:只道。绳:比喻法度、准则。安知:哪里晓得。室:暗室操作。

【释义】年轻时依仗着志向意气行事,只相信人间正道不随从时俗。只道准绳法度自然是公平正直的,哪里晓得暗室操作下准绳也是可以欺骗人的。

【点评】告诫年轻人,不能把世事看得过于简单,要当心上当。

19. 莫道谗言如浪深,莫言迁客似沙沉。千淘万漉虽辛苦,吹尽狂沙始到金。

—— 唐·刘禹锡《浪淘沙》

【注解】谗言:毁谤人的话。迁:被贬官。淘:冲刷。漉(lù):淘滤。始:才。

【释义】不要说毁谤我的话如同凶恶的浪涛一样令人恐惧,也不要说被贬了官的我好像泥沙一样永远沉沦了。其实经过千万次的冲洗、过滤等辛苦磨炼,冲走的只是些泥沙,此后得到的才是真正的黄金。

【点评】这是一首哲理诗,告诉人们只有经过千千万万的磨难,才能真正成为有才能的人。

20. 胜败兵家事不期,包羞忍耻是男儿。江东子弟多才俊,卷土重来未可知。

—— 唐·杜牧《题乌江亭》

【注解】期:预料。包羞忍耻:能够承受失败的羞耻。江东:即江南。才俊:杰出的人才。卷土重来:比喻失败后组织力量重新猛扑过来。

【释义】胜败这种事是兵家难以预料的事,但是能忍受失败和耻辱才是男子汉。江南的男儿人才济济,如果项羽愿意重返江东,说不定还能卷土重来。

【点评】名句是成语"卷土重来"的出处。意思是说,男子汉要经得起挫折失败的考验。

21. 三十年来寻剑客,几回落叶又抽枝。自从一见桃花后,直至如今更不疑。

——五代·灵云志勤禅师《三十年来寻剑客》

【注解】寻剑客:比喻参禅。落叶又抽枝:比喻年复一年。桃花:指机缘巧合的顿悟。

【释义】参禅参了二三十年仍不能通,多少年来看到桃叶落了又重新发芽。自从这一年看见桃花悟得了佛法真谛后,直至如今仍坚信佛教大义之永恒。

【点评】这是著名的佛教偈语,可比喻做学问也如同参禅,既需要长期坚持、持之以恒,也少不了机缘巧合的顿悟。

22. 犯其至难而图其至远。

——北宋·苏轼《思治论》

【注解】犯:冲破。至难:最大的难关。图:谋求。至远:最远大的目标。

【释义】突破最大的难关,谋求最远大的目标。

【点评】要取得大的成就,就要确立远大的目标,并且要锲而不舍地行志。

23. 问中流击楫何人是。千古恨,几时洗。

——南宋·文及翁《贺新郎·游西湖有感》

【注解】千古恨:指宋徽宗、宋钦宗被金人掳走的靖康之耻。洗:雪洗,报仇雪恨。

【释义】请问现如今像祖逖那样英勇无畏的人还有吗?皇帝被俘堪称千古奇耻,这奇耻大辱,什么时候才能报仇雪恨。

【点评】佳句议论风生，壮怀激烈，风格豪放，采用了正论警俗的表现手法，起到了振聋发聩的作用。

24. 所见所期，不可不远且大。然行之亦须量力有渐。

——南宋·吕祖谦《近思录》

【注解】见：见识。期：愿望，理想。可：能。行之：实行它。

【释义】人的见识不能不远，理想抱负不能不远大。但实行起来也必须量力而为，循序渐进。

【点评】树立志向也要量力而行，践行志向要循序渐进。

25. 况有文章山斗。对桐阴、满庭清昼。当年堕地，而今试看，风云奔走。

——南宋·辛弃疾《水龙吟·甲辰岁寿韩南涧尚书》

【注解】文章山斗：文章如泰山北斗为人所崇仰。桐阴：桐树的阴影。清昼：清雅的白天。堕：坠落。

【释义】况且你的文章与韩愈一样被视为泰山北斗。你的家世尊贵显赫，庭中梧桐成荫，浓密清幽。但你生来就志在四方，为抗金复国风云奔走。

【点评】赞扬了韩尚书的文才以及为恢复中原统一国家的爱国热情，既是赞韩尚书，其实也是在倾诉自己壮志难酬的悲愤之情。

26. 人生自古谁无死，留取丹心照汗青。

——南宋·文天祥《过零丁洋》

【注解】留取：留下。丹心：赤诚的心。汗青：古时在竹简上写字，先用火熏竹简，以便蒸发水分，使之干燥，谓之汗青，后引申为史册。

【释义】人都会有一死，但是要活得用赤诚的心报效国家而名垂青史。

【点评】担当国家大任的人，要以身许国，在历史上留下英名。

27. 丈夫堕地自有万里气，翕忽变化安能知。

——金·元好问《解剑行》

【注解】堕地：一落地。万里：借代"天下、国家"。气：志向。翕（xī）

忽：急速的样子。

【释义】 大丈夫来到世上，就是为国家而生的，要以四海为家，其变化之快是无法预料的。

【点评】 男子汉大丈夫应该四海为家，建功立业。

28. 从来好事天生俭，自古瓜儿苦后甜。

—— 元·白朴《阳春曲·题情》

【注解】 好事：美好爱情。俭：少。

【释义】 从来美好的爱情天生就很少，自古以来瓜儿往往是先苦后甜的。

【点评】 说明任何理想的实现，都是要经过艰苦奋斗才能实现的道理。

29. 进则安居以行其志，退则安居以修其所未能，则进亦有为，退亦有为也。

—— 元·张养浩《深山藏古宅》

【注解】 进：仕途顺利。安居：安守本分。行其志：实现他的志向。退：仕途不顺利。修：学习，研修。其所未能：他没有的技能。进：做官。

【释义】 仕途顺利就安守本分地做官来实现他的志向，仕途不顺利做不了官就安守本分地学习谋生的技能，那么仕途顺利能做官是可以有所作为的，仕途不顺利安心当百姓也是可以有所作为的。

【点评】 有志之士，当可做到能上能下，能屈能伸，在任何情况下都能行其志。

30. 持志如心痛，一心在痛上，岂有工夫说闲话，管闲事。

—— 明·王守仁《传习录》

【注解】 持志：坚持纯洁崇高的志向。工夫：时间，心思。

【释义】 坚持纯洁崇高的志向，如同心得了绞痛症一样，一颗心的注意力全在绞痛上面，哪里还有时间说闲话、有心思管闲事。

【点评】 以心痛作比喻，坚持纯洁崇高的志向，就要持之以恒，时刻不忘。

31. 南北驱驰报主情，江花边月笑平生。一年三百六十日，都是横戈马上行。

——明·戚继光《马上作》

【注解】驱驰：奔波。报：报答。主：皇上。横戈：形容手拿武器。

【释义】我从南到北地到处奔波是为了报答主上的恩情，连江边的野花边疆的月亮也嘲笑我太辛劳了。因为一年三百六十天，我天天都是拿着枪在马上度过的。

【点评】写出了戚继光为保卫国家长年奔波在战场上的情景，表现了一个爱国将领忠心耿耿的形象。

32. 没有爬不过的高山，没有闯不过的险滩。

——《增广贤文》

【注解】险滩：指危险的大江大河。

【释义】没有翻不过去的大山，没有闯不过去的危险的江河。

【点评】意思与毛泽东"世上无难事，只要肯登攀"相同。

33. 君子之心，可大可小；丈夫之志，能屈能伸。

——明·程登吉《幼学琼林·武职》

【注解】心：度量。屈：克制忍耐。伸：施展发挥。

【释义】正人君子的胸怀度量可以容纳大事，也能够接纳小事小物；男子汉大丈夫活在世上，失意时能克制忍耐，得意时能施展抱负，做到当伸则伸、当屈则屈。

【点评】大丈夫生活在世上，就应该顺应时势，与时俱进。

34. 作气须先鼓，争雄必上游。

——清·顾炎武《上吴侍郎旸》

【注解】作：振作。气：勇气。上游：河流的源头。

【释义】振作勇气需要鼓舞，争当英雄必定要有争达上游的决心。

【点评】告诫年轻人，必须振作勇气，努力争先，要有不达目的、誓不罢休的决心。

35. 天上若无难走路，世间哪个不成仙。

——清·袁枚《随园诗话补遗》

【注解】难走路：形容路途艰难。成仙：上天做仙人。

【释义】上天的道路如果不是非常难走，那么世间所有的人都上天去做神仙了。

【点评】比喻写诗或做任何事情，都要历尽艰难困苦，才能攀登高峰。

36. 千古圣贤豪杰，既奸雄欲有立志者，不外乎一个"勤"字。

——清·曾国藩《曾国藩家书》

【注解】有立志：成就一番事业。勤：勤奋。

【释义】自古以来的圣人贤士英雄豪杰，即使是一代奸雄，想要成就一番事业的人，没有一个离得开"勤奋"二字。

【点评】无论什么人，若想成就事业，勤奋是必不可少的。

37. 受不得穷，立不得品；受不得屈，做不得事。

——清·曾国藩《曾国藩家书》

【注解】受：忍受。

【释义】如果不能忍受贫困的生活，就不能确立优良的品质；如果不能忍受屈辱的折磨，就担当不了大事情。

【点评】穷困与屈辱对有志者来说是必要的考验与锻炼。

38. 志之所趋，无远弗届；穷山距海，不能限也。

——清·金缨《格言联璧》

【注解】趋：走向。届：到达。穷山：最高峻的山。距海：最辽阔的海。限：阻挡。

【释义】一个有志向的人要去的地方，没有不能到的远方；哪怕是最高峻的山、最辽阔的海，也不能阻挡他。

【点评】一个志向坚定的人，是任何困难都无法阻挡的。

39. 下手处是自强不息，成就处是至诚无息。

——清·金缨《格言联璧》

【注解】下手处：着手做事的时候。自强不息：自觉地努力奋斗，永不松懈。至诚：极其诚心。无息：没有声音。

【释义】着手做事的时候，必须自觉地持之以恒地努力奋斗，将要获得成功的时候，更应诚恳扎实地奋斗，不能自夸。

【点评】要想成功，必须扎扎实实地努力奋斗，不能吹嘘自夸。

40. 男儿志兮天下事，但有进兮不有止，言志已酬便无志。

——梁启超《志未酬》

【注解】兮：语气词"啊"。但：只能。已酬：已经实现。

【释义】男儿的志向啊，应该以天下之事国家大事为己任，只能不停地进步，永无止境，说自己的抱负已经实现的人是没有崇高志气的。

【点评】告诫人们一定要有崇高的理想，当一个目标实现之后不能自满，应该向更高远的目标不停地迈进。

八、志功

1. 功崇惟志，业广惟勤。

——《尚书·周官》

【注解】 崇：高大。惟：由于，因为。勤：勤勉。

【释义】 能够建立伟大的功勋是由于怀有远大的志向，能够创建伟大的功业是由于勤勉不懈地工作。

【点评】 以极其简洁的语言阐明了志向与功业的关系。

2. 此鸟不飞则已，一飞冲天；不鸣则已，一鸣惊人。

——《史记·滑稽列传》

【注解】 鸣：鸣叫。一：一旦。

【释义】 这只神鸟，三年不飞则罢了，一飞就直冲蓝天；不叫则罢了，一旦叫起来就会使天下人震惊。

【点评】 比喻楚庄王纳谏后励精图治，振兴楚国。后世常用"一鸣惊人"比喻有才华的人平时默默无闻，一旦施展才华，就能做出惊人的业绩。

3. 人生非金石，岂能长寿考。奄忽随物化，荣名以为宝。

——汉乐府《古诗十九首》

【注解】 金石：形容坚固。寿考：长生不老。奄忽：急速。随物化：随着万物的变化而变化，指死亡。荣名：荣禄与声名。

【释义】 人的一生并不能像金石一样坚固，怎么能够长生不老永久活下去。它也会随着万物急速地变化衰老死亡，只有光荣的名声会像无价之宝一样永久流传下去。

【点评】 人的生命虽然不可能永久存在，但是人的美名是能够流芳百世的。

4. 骋哉日月逝, 年命将西倾。建功不及时, 钟鼎何所铭。

——东汉·陈琳《游览》

【注解】骋: 马奔。逝: 流逝, 过去。年命: 寿命。倾: 落下。钟鼎: 代表国家权力的青铜器。铭: 镌刻。

【释义】日子像骏马飞奔般地过去, 我的寿命已快到夕阳西下的晚年。如不抓紧时间建立功名, 怎么在记载历史的钟鼎上刻下自己的姓名。

【点评】年轻人不要虚度光阴, 要抓紧时间去建功立业。

5. 上应天心, 下酬人望, 为国立功, 可以永年。

——《后汉书·申屠刚鲍永郅恽列传》

【注解】应: 顺应。天心: 即天地良心。酬: 报答。永年: 永久存在。

【释义】向上顺应苍天对得起自己的良心, 向下能报答国家与人民的期望, 为国家人民建功立业, 就能够千秋流芳万古不朽。

【点评】做事能够对得起天地良心, 对得起人民百姓, 并且能够建功立业, 就能够千秋留名。

6. 千载之勋, 一朝可立。

——北魏·许谦《遗杨佛嵩书》

【注解】千载: 千年。勋: 功名。一朝: 一天。

【释义】流芳千年的功名, 有的时候一天就能够建立。

【点评】千年不朽的功名, 有时要很长时间, 有时只要一天。

7. 志犹学海, 业比登山。

——北齐·邢邵《广平王碑》

【注解】学海: 学习好比面对大海。业: 创业。

【释义】立志学习好比面对没有边际的大海, 建功立业如同登山般艰难。

【点评】若想立志学习或建立功业, 就必须有长期吃苦的心理准备。

8. 雪暗凋旗画，风多杂鼓声。宁为百夫长，胜作一书生。

——唐·杨炯《从军行》

【注解】凋旗画：军旗上的彩画。宁为：宁愿做。百夫长：古代的下级军官名称。

【释义】大雪弥漫遮天蔽日，连军旗上的彩画都黯然失色，狂风呼啸声和雄壮的军鼓声交织在一起。宁愿驰骋沙场，成为百夫长，也胜过置身在书斋里面读书。

【点评】描写了边塞战场的风雪景象，抒发了诗人渴望建功立业的雄心壮志。

9. 志人固不羁，与道常周旋。进则天下仰，已之能晏然。

——唐·陶翰《赠房侍御》

【注解】固：原本。羁：束缚。周旋：围绕而行，引申为追求。仰：敬仰，尊敬。已：退休以后。晏：安宁。

【释义】胸怀壮志的人原本就是没有东西能束缚他的，他的言行是遵循道义而行。他仕途顺利身居高位时受到天下人的敬仰，退位之后也能心平气和。

【点评】胸怀壮志的人，当官时受人尊重，退休后也能做到心胸坦然。

10. 人生志气立，所贵功业昌。何必守章句，终年事铅黄。

——唐·陶翰《赠郑员外》

【注解】志气：志向。昌：盛大。章句：文章书籍。事：做。铅黄：铅粉与雌黄，用以点校书籍的色墨。

【释义】人生在世要确定志向，最可贵的是建立盛大的功业。何必死守着故纸堆，一年到头无休无止地做点校文章书籍的事情呢？

【点评】人生在世不能长期地舞文弄墨，应该为国建功立业。

11. 少小虽非投笔吏，论功还欲请长缨。

——唐·祖咏《望蓟门》

【注解】投笔：弃武从文。吏：基层小官，或指官府中的办事人员。论功: 按功绩封赏。请长缨: 投军报国。蓟门: 即今居庸关。

【释义】少年时虽不像班超投笔从戎, 论功名我想学终军, 自愿请缨从军报国。

【点评】说明作者想弃文从武, 为保卫国家建功立业。

12. 功成献凯见明主, 丹青画像麒麟台。

——唐·李白《司马将军歌》

【注解】麒麟台: 汉宣帝把十一位国家级功臣的画像挂到麒麟阁。

【释义】军队得胜庆功, 演奏进献凯旋之曲时, 功臣的画像能被画在未央宫的麒麟台上。

【点评】表达了诗人对平定叛乱, 为国建功立业的必胜信念。

13. 浮云游子意, 落日故人情。挥手自兹去, 萧萧班马鸣。

——唐·李白《送友人》

【注解】故人: 老朋友。自兹: 从此。去: 离开。萧萧: 马叫声。班马: 离群之马。

【释义】天上的浮云像游子一样行踪不定, 夕阳徐徐下山, 似乎有所留恋。挥挥手从此分离, 友人骑的那匹将要载他远行的马萧萧长鸣, 似乎不忍离去。

【点评】书写了送友人边塞建功立业, 不仅写的有声有色, 而且将唐代战士的志向、友情无声而生动地表现在无限温馨的画面中。

14. 亚相勤王甘苦辛, 誓将报主静边尘。古来青史谁不见, 今见功名胜古人。

——唐·岑参《轮台歌奉送封大夫出师西征》

【注解】亚相: 御史大夫的别称。勤王: 君王有难, 臣下起兵救援。静边尘: 使边境安宁。青史: 史书, 因古代在竹简上记事, 故称史书为青史。

【释义】封亚相为勤王含苦茹辛, 发誓报君恩平定边境。古来英雄青史留名谁人不知? 现如今封将军功名胜古人。

【点评】赞扬封大夫为勤王亲赴新疆轮台清边立功, 功名胜过古人。

15. 月黑雁飞高，单于夜遁逃。欲将轻骑逐，大雪满弓刀。

——唐·卢纶《塞下曲》

【注解】单(chán)于：匈奴人的首领，借代匈奴的军队。遁：逃跑。将：率领。轻骑：轻装的骑兵。

【释义】在这月黑风高的夜晚，敌军偷偷地逃跑了。将军发现敌军潜逃，要率领轻装骑兵去追击；正准备出发之际，一场纷纷扬扬的大雪来了，刹那间弓刀上落满了雪花。

【点评】书写边塞的战斗生活，描写将军雪夜准备率兵追敌的壮举，表现了将士们建功立业的豪情壮志。诗的风格雄劲，气概豪迈。

16. 志士感恩起，变衣非变性。

——唐·孟郊《送韩愈从军》

【注解】起：奋起。变衣：由白衣变成了官服。性：本性。

【释义】有志之士有感于国家对他的关爱而奋起立功，虽然地位变了但却没有改变他原来的本性。

【点评】有志之士立功做官，地位变，其本性不会变。

17. 收绩开史牒，翰飞逐溟鹏。男儿贵立事，流景不可乘。

——唐·韩愈《送侯参谋赴河中幕》

【注解】史牒：史书。翰：翰文。溟鹏：海中的大鹏鸟。立事：建立事业。流景：光阴。

【释义】取得政绩打开史书，翰文高飞追赶着海上的大鹏鸟。男子汉贵在尽早建功立业，因为光阴是无法追赶的。

【点评】史书上记载的都是建立功业的人，一个追赶着一个，所以男子汉要抓紧建立功业，因为时间是不等人的。

18. 丈夫志气事，儿女安得知？

——唐·吕温《偶然作》

【注解】丈夫：指大丈夫英雄豪杰。儿女：指爱情至上的青年男女。知：理解。

【释义】英雄豪杰所追求的轰轰烈烈的伟大事业，卿卿我我的青年男女怎么能够理解呢?

【点评】英雄豪杰追求的事业,爱情男女是难于理解的。

19. 男儿何不带吴钩,收取关山五十州。请君暂上凌烟阁,若个书生万户侯?

——唐·李贺《南园十三首》

【注解】吴钩:杀敌的武器。关山:即土地、江山。凌烟阁:位于唐长安城太极宫西南三清殿旁的小楼。若个:哪一个。万户侯:食邑万户爵位,比喻高官。

【释义】是男子汉为什么不拿上吴钩,去收复五十州的国土呢。请你登上凌烟阁去看看,那二十四位封万户侯的功臣中,有哪一个是读书人?

【点评】抒发了诗人怀才不遇的愤激情怀,也从反面衬托投笔从戎的必要性。

20. 不与万物共尽,而卓然其不朽者,后世之名。

——北宋·欧阳修《祭石曼卿文》

【注解】共尽:都会死亡。卓然:高出一般的样子。

【释义】不仅不会跟世间万物一样都会死亡,反而能出类拔萃永垂不朽的,是你流传后世的名声。

【点评】那些已载入史书圣人贤者的姓名,是永垂不朽的。

21. 平生实易足,名幸污黄纸。但忧死无闻,功不挂青史。

——南宋·陆游《投梁参政》

【注解】易足:容易满足。污:谦称,写的意思。黄纸:写在黄麻纸上的诏书。但忧:只担心。挂:留在。

【释义】我平生实在是很容易满足的,希望姓名有幸被写在皇帝的诏书上。只担心自己死后默默无闻,没有功业留在史册上。

【点评】陆游向梁参政陈说抗金复国,收复中原的决心与主张。

22. 甘罗城在南,韩信城在东。一为秦人英,一为汉家雄。人生有不死,所贵在立功。

——明·张羽《清口》

【注解】甘罗城:清河县志载"甘罗城在淮阴故城北,秦甘罗筑"。韩信城:位于今江苏省淮安市清浦区城南乡韩城村境内。英:豪杰之士。雄:英雄人物。

【释义】甘罗城在青口的南面,韩信城在青口的东面。一个是秦代的豪杰之人,一个是汉朝的英雄。人生在世有永久不死的东西,那就是他所建立的宝贵的功名。

【点评】人们若要千古不朽,就应该建立千古不朽的功勋。

23. 人生何必同? 要在有所立。

——清·归庄《顾宁人去冬寄诗次韵答之》

【注解】要:重要的是。

【释义】人生在世,何必非要与众人苟同呢? 最要紧的是能够有所建树。

【点评】人不能随波逐流,而应当志向坚定,争取干出一番事业来。

24. 人生富贵驹过隙,唯有荣名寿金石。

——清·顾炎武《秋风行》

【注解】驹隙过:即成语"白驹过隙"。像小白马在细小的缝隙前跑过一样,很快就过去了。荣名:荣誉与名声。寿金石:如金石般长寿。

【释义】人生中的福贵就像白驹过隙一般来得快去得也快,而只有荣誉与名声的寿命才能像金石一般坚固,能流传千古。

【点评】告诫人们,人生是短暂的,只有荣誉与好名声才是万古不朽的。

九、志国

1. 如欲平治天下, 当今之世, 舍我其谁也。

——《孟子·公孙丑下》

【注解】平治: 治理太平。舍: 除了。其: 增强语气的语气词。

【释义】如果想要把国家治理得太太平平, 在当今世界上, 除了我还
有谁呢?

【点评】表达了孟子豪迈的性格与崇高远大的理想。

2. 天下之本在国, 国之本在家, 家之本在身。

——《孟子·离娄上》

【注解】本: 根本。

【释义】天下的根本在于国家, 国家的根本在于家庭, 家庭的根本在
于个人自己。

【点评】国家的基础是每一个做好自己的人, 因此国家的事与每个人有关。

3. 忧国忘家, 捐躯济难, 忠臣之志也。

——三国魏·曹植《求自试表》

【注解】捐躯: 为国献出生命。济: 拯救。

【释义】忧心国事而忘记小家, 牺牲生命去拯救国难, 这是忠君爱国
的臣子固有的志向。

【点评】曹植请求魏明帝能给他一个为国家效力的机会, 表达了他的
拳拳爱国之心。

4. 捐躯赴国难, 视死忽如归。

——三国魏·曹植《白马篇》

【注解】捐躯: 献出身体。视: 看待。忽: 轻忽。

【释义】为了解除国家被侵略的灾难去牺牲自己的生命，轻视死亡将之看作回家一样平常。

【点评】抒发了诗人决心为国献身，血洒疆场，去赢得胜利的雄心壮志。

5. 大丈夫处世，当扫除天下，安事一室乎?

——《后汉书·陈蕃传》

【注解】扫除天下：平定国家的内乱外患。

【释义】大丈夫活在世上，应当把平定国家的内乱外患等大事作为己任，怎么可以只干打扫自己房间的事情呢?

【点评】胸怀大志做大事的人不能围绕生活琐事打转。

6. 男儿要当死于边野，以马革裹尸还葬耳，何能卧床上在儿女子手中邪!

——《后汉书·马援列传》

【注解】边野：边疆战场。革：皮。裹：包裹。

【释义】男子汉就应该战死在边疆战场，用马皮包裹着尸体运回故土埋葬，怎么能够整天在床上跟女人厮混度日?

【点评】好男儿应该保家卫国战死沙场，不能儿女情长。

7. 大丈夫处世，当为国家立功边境。及为将帅，果有勋名。

——《后汉书·张奂列传》

【注解】勋：功名。

【释义】男子汉活在世上，就应当奔赴边疆报国立功。后来等到他当上军队的统帅，果然建立了功勋。

【点评】赞扬了张奂有报国立功的雄心壮志，而且说到做到。

8. 身经大小百余战，麾下偏裨万户侯。苏武才为典属国，节旄落尽海西头。

——唐·王维《陇头吟》

【注解】麾：令旗。偏裨（piānpí）：偏将，裨将的通称，即副将。万户侯：古时的爵位。苏武：字子卿，西汉人，曾经出使匈奴被囚留十九年，为之在北海牧羊。典属国：汉代掌管藩属国家事务的官。节旄：汉时代表国家的符节，上面装饰有牦牛尾。海西头：地名，汉时北方草原上的一个大沼泽。

【释义】苏武亲身经历了大小百余次战斗，他属下的副将都被封为了万户侯。而苏武却才做了典属国的小官，出使匈奴，被扣留，在大沼泽牧羊十九年，符节上的牦牛毛都掉光了仍坚定地怀有归汉的志向。

【点评】赞扬了苏武不居功自傲，不畏艰难，忠君爱国的高尚志向。

9. 愿将腰下剑，直为斩楼兰。

——唐·李白《塞下曲》

【注解】楼兰：汉朝西域国名。由于楼兰王贪财，屡杀前往西域的汉使，傅介子受霍光派遣出使西域，计斩楼兰王，为国立功。

【释义】但愿自己的本领，有朝一日能够报效祖国。

【点评】表达了边塞将士的爱国激情，"愿""直"二字表明为国建功，慨当以慷。

10. 报国行赴难，古来皆共然。

——唐·崔颢《赠王威古》

【注解】然：这样。

【释义】忠义的人为国捐躯，自古以来都是这样。

【点评】当时以捐躯报国、建功立业的英雄主义为时尚，更说明以身报国、甘死无怨的伟大品格是仁人志士共同的道德标杆。

11. 良马不念秣，烈士不苟营。

——唐·张籍《西州》

【注解】念：牢记。秣（mò）：饲料。烈士：有雄心大志的人。苟营：比喻谋取私利。

【释义】好马不是只专注于食槽里的饲料，而是想驰骋疆场；有志气的人以国家大事为己任，而不谋求个人的私利。

【点评】以良马作比，赞扬了有志之士以国为家不谋私利的高尚品德。

12. 报君黄金台上意，提携玉龙为君死。

——唐·李贺《雁门太守行》

【注解】黄金台：故址在河北易县，相传战国燕昭王所筑，置千金于台上，以招聘人才。玉龙：宝剑名。

【释义】为了报答国君招聘我重用我的厚爱，我甘愿手提玉龙宝剑为国血战至死！

【点评】抒发了诗人甘愿为国牺牲的雄心壮志。

13. 为国者终不顾家。

——北宋·苏轼《陈公弼传》

【注解】终：总是。

【释义】一心一意为国家办事的人总是不能顾及自己的家庭。

【点评】一心为国家的人，总是舍小家为国家。

14. 报国之心，死而后已。

——北宋·苏轼《杭州召还乞郡状》

【注解】心：志愿。已：停止。

【释义】报效祖国的决心，一直到死为止。

【点评】表达了作者决心终身报效祖国的精神。

15. 塞马晨嘶，胡笳夕引，赢得头如雪。

——南宋·胡世将《酹江月·秋夕兴元使院作，用东坡赤壁韵》

【注解】塞马：边塞上的战马。嘶：马叫。胡笳：蒙古族的一种乐器。引：吹响。雪：借代白发。

【释义】边塞上的战马一到早晨就鸣叫起来，准备出征了；思念家乡的胡笳一到傍晚就会从军营里响起，使得将士们愁白了满头黑发。

【点评】描写了边塞旷邈苍凉的景象，以及将士长年戍边、白头未归的悲愤情怀。

16. 君看煌煌艺祖业，志士岂得空酸辛！

——南宋·陆游《寒夜歌》

【注解】煌煌：辉煌盛大。艺：从事。祖业：先辈传下来的功业。空：徒然。

【释义】你看那祖宗传下来的辉煌盛大的基业,有志之士怎么能够徒然地只作悲哀的叹息呢!

【点评】抒写了作者力图恢复国家统一的爱国热情,倾诉壮志难酬的悲愤。

17. 起坐不能寐,愁肠如转车。四方丈夫事,行矣勿咨嗟。

——南宋·陆游《鼓楼铺醉歌》

【注解】起坐:坐立不安的样子。寐:入睡。如转车:如同车轮转动。行矣:赶快行动吧。咨嗟:叹息。

【释义】我坐立不安也不能入睡,复国志未酬使人忧愁肠断如同车轮转动。大丈夫志在四方,赶快行动起来去奋斗吧,千万不要悲观叹息了。

【点评】抒发了诗人渴望收复国土,为国效力的雄心壮志。

18. 僵卧孤村不自哀,尚思为国戍轮台。夜阑卧听风吹雨,铁马冰河入梦来。

——南宋·陆游《十一月四日风雨大作》

【注解】僵:行动不便。孤村:偏僻的村落。戍:驻守。轮台:轮台县,在天山南麓。夜阑:深夜。铁马:披着铁甲的战马。冰河:指寒冷的北方边疆。

【释义】衰老孤独地病卧在偏僻的山村,还想要为国家驻守边疆。夜深了听着风吹雨打的声音,禁不住想起了大军骑着铁甲战马在寒冷的边疆上与敌人战斗。

【点评】表达了诗人虽已年老又有病,但仍想为国战斗的英雄气概。

19. 位卑未敢忘忧国。

——南宋·陆游《病起书怀》

【注解】位卑:地位低微。

【释义】虽然职位卑微,却没有忘记为国事担忧。

【点评】当时的国家正处在烽火连天中,陆游在病中仍忧国忧民。

20. 病骨支离纱帽宽，孤臣万里客江干。位卑未敢忘忧国，事定犹须待阖棺。

——南宋·陆游《病起书怀》

【注解】支离：散架无力。纱帽宽：病后人瘦帽变宽。江干：江岸。阖（hé）：同"合"，盖。

【释义】身体病得如散了架，连帽子都变大了，我一个人孤独地住在锦江岸边的客栈里。我已经是一个被免官的平头百姓了，但依然在为国事忧虑，等到事情尘埃落定，到我死时才能下结论。

【点评】佳句是淳熙三年（1176）陆游被免官后在病中写的，表达了诗人虽然遭沉重打击，仍忧国忧民，并坚信自己的言行正确的信念。

21. 笛里谁知壮士心，沙头空照征人骨。

——南宋·陆游《关山月》

【注解】知：理解。沙：沙漠。

【释义】有谁能够理解笛声所表达的壮士杀敌的心情？只有明月空自照着沙漠上征人的堆堆白骨。

【点评】表达了壮士牺牲，却无人理解他们壮烈杀敌、为国捐躯的精神。

22. 丈夫可为酒色死？战场横尸胜床笫。华堂乐饮自有时，少待擒胡献天子。

——南宋·陆游《前有樽酒行》

【注解】可：怎么能够。酒色：美酒和女色。横尸：战死。胜：胜过。床笫（zǐ）：床席，喻指闺房之内、枕席之间。华堂乐饮：在华丽的殿堂里欢乐地饮酒。少待：稍等。

【释义】大丈夫怎么能够为了美酒与女色而死呢？战死在沙场远远胜过死在安逸舒适的床笫上。在华丽的殿堂里欢乐地饮酒的时候一定会到来，稍等我捉拿了敌人来献给皇上。

【点评】抒发了作者不图安逸，决心战死沙场或得胜凯旋的雄心壮志。

23. 人生不作安期生，醉入东海骑长鲸。犹当出作李西平，手枭逆贼清旧京。

——南宋·陆游《长歌行》

【注解】安期生：一名安期，人称千岁翁，传说是秦汉时的仙人。李西平：唐朝时的李晟，因平定叛乱有功，被封为西平郡王，所以叫李西平。手枭(xiāo)：古代刑罚，把头割下来悬挂在树上。

【释义】我的一生不想学仙人安期生，酒醉后到东海去骑着长鲸到处游行。还是学做唐朝的李西平，亲手斩杀叛逆之贼光复京城建功立业。

【点评】表达了陆游希望被重用而杀敌复国，建功立业的远大抱负。

24. 岂其马上破贼手，哦诗长作寒螀鸣。

——南宋·陆游《长歌行》

【注解】其：我这个。哦(é)：吟咏。寒螀(jiāng)：寒蝉，声低咽。

【释义】难道我这个马上杀贼的能手，就永远只能吟诗作词，像寒蝉悲鸣不成？

【点评】体现了作者空有志气，报国无门的悲壮情怀。

25. 中原久丧乱，志士泪横臆。切勿轻书生，上马能击贼。

——南宋·陆游《太息·宿青山铺作》

【注解】中原：河南地区。丧乱：被元军占领。志士：立志恢复中原的人们。泪横臆：泪流满面。

【释义】中原地区国土早已沦丧人民遭难，有志之士泪流满面。千万再不要看不起读书人，跨上战马照样也能够斩杀敌人。

【点评】在国家患难的时候，千万不能轻视读书人，他们同样有报国杀敌的雄心壮志。

26. 想剑指三秦，君王得意，一战东归。

——南宋·辛弃疾《木兰花慢·席上送张仲固帅兴元》

【注解】剑指三秦：就是指刘邦当年从汉中率军出发，直指关中，把踞守关中的秦的三将章邯、司马欣和董翳相继击溃的往事。君王：

指南宋皇帝。东归：因秦国在西面故称东归。

【释义】真想像当年刘邦一举将项羽的三大主力章邯、司马欣和董翳击败那样，使皇上满意，一战而平定三秦之地，得胜而归。

【点评】抒发了辛弃疾渴望像刘邦那样建功立业的雄心壮志。

27. 何不夜投将军扉，劝上征鞍鞭四夷。沧海可填山可移，男儿志气当如斯。

——南宋·刘过《盱眙行》

【注解】夜投：投宿。将军扉：借代军营内。征鞍：借代出征的战马。四夷：边疆，四方的敌人。

【释义】为何不连夜投宿在将军的营帐内，劝说他骑上战马去惩罚边疆的敌人。应像精卫鸟一样认为大海是能够填平的，高山是可以改变的，男子汉的志气就应当像这样的。

【点评】意思是，我为何不向朝廷陈说恢复中原的大计，一战而复大宋江山。

28. 忠君报国男儿志，谁肯为臣事两朝？天命已归覆舟日，臣求尺土卧西林。

——南宋·廖金凤《拒使臣诗》

【注解】事：侍奉。两朝：宋朝与元朝。天命：古人认为寿命是上天决定的。归覆舟：指死去。尺土：指墓地。卧：埋葬。

【释义】忠于国君报效祖国原本就是男子汉的志向，有谁愿意作为臣子却又侍奉两个敌对的朝廷？当我寿命已尽的那一天，我只求数尺黄土埋葬在故乡西林。

【点评】表达了廖金凤宁死不愿仕元的忠贞品格与坚强意志。

29. 壮心欲填海，苦胆为忧天。

——南宋·文天祥《赴阙》

【注解】填海：指精卫填海的典故。精卫是古时炎帝的女儿，淹死于东海，魂化成精卫鸟，每天不停地衔西山之木来填东海。比喻要收复国土不畏艰难。苦胆：指越王勾践卧薪尝胆的典故。春秋时，越

582

国被吴国打败了，越王勾践立志要报仇复国，用20年的休养生息积极备战，终于灭掉了吴国。忧天：为天下担忧，即忧国。

【释义】我的雄心壮志也像精卫填海那样，不畏艰难；为复国我要像越王勾践卧薪尝胆那样，坚忍不拔。

【点评】抒发作者反对妥协，坚决抗元复国的决心，表现了崇高的民族气节。

30. 一山还一水，无国又无家。男子千年志，吾生未有涯。

——南宋·文天祥《南海》

【注解】无国又无家：国破家亡。千年志：万古不朽的志向。涯：尽头。

【释义】走过一山又一水皆已被元军占领，我已经国破家亡无国无家了。但作为男子汉应该有千古不朽的志向，因为我的生命还没有走到尽头，所以要为复国抗战到底。

【点评】抒发了文天祥在国破家亡的情况下，仍要复国抗元到底的坚强志向。

31. 一寸丹心图报国，两行清泪为思亲。

——明·于谦《立春日感怀》

【注解】丹心：赤诚的心。

【释义】一片赤诚的心想着报效国家，两行清澈的泪为了思念亲人。

【点评】一个高尚的人内心会想着国家与亲人。

32. 丈夫所志在经国，期使四海皆衽席。

——明·海瑞《樵溪行送郑一鹏给内》

【注解】经国：治理国家。衽席：寝卧之所，这里是安居乐业的意思。

【释义】大丈夫志在把国家治理好，希望全国人民都能够过上安居乐业的生活。

【点评】抒发了作者爱国爱民的怀抱，表现了海瑞一心为国、志在天下的远大胸怀。

33. 男儿铁石志, 总是报君心。

——明·戚继光《寄书》

【注解】 铁石: 形容铁石般坚定。总是: 都是。书: 信。

【释义】 男子汉有着铁石般坚定的志向, 书信的字里行间都是报效君
主的心情。

【点评】 表现了抗倭名将戚继光将军崇高的爱国精神。

34. 落落南冠且笑歌, 肯将壮志竟蹉跎。丈夫不作寻常死, 纵死
常山舌不磨。

——明·张家玉《自举师不克, 与二三同志怏怏不平赋此》

【注解】 落落: 犹磊落, 常用以形容人的气质、襟怀。南冠: 借代俘虏
的帽子。且: 却。肯: 怎么愿意。蹉跎: 白白地虚度光阴。常山: 指唐
代的常山郡守颜杲卿。

【释义】 虽然做了敌人的俘虏却依然又笑又歌, 怎么能将我的雄心壮
志就此消磨。大丈夫不会平平常常就去死的, 即使被处死也还要像
颜杲卿那样痛骂敌人而死。

【点评】 抒写了大明的爱国志士张家玉的英勇壮志和宁死不屈的斗
争精神。

35. 我愿平东海, 身沉心不改; 大海无平期, 我心无绝时。

——清·顾炎武《精卫》

【注解】 愿: 誓愿。平: 填平。期: 日期。绝: 停止。

【释义】 我立誓要填平东海, 纵然力竭身沉决心也绝不改变, 大海一
日没有被填平, 我填海的决心就一日不停止。

【点评】 名句是一首比拟诗, 以精卫填海的故事抒发了作者抗清复明
的决心。

36. 丈夫不报国, 终为愚贱人。

——清·陈恭尹《拟古三首·其三》

【注解】 终: 最终。愚贱: 愚昧低贱。

【释义】 大丈夫没有报效国家为国家牺牲的志向与精神, 最终只能成

为一个愚昧低贱的人。

【点评】每个人都要有报效国家、保卫国家、为国献身的精神。

37. 苟利国家生死以，岂因祸福避趋之。

——清·林则徐《赴戍登程口占示家人》

【注解】生死：偏义词，指死。以：用，献出。祸福：偏义词，只有"祸患"之义。避趋：偏义词，躲避。

【释义】如果对国对家有利就应该用献出生命的决心去做，怎么能因为对自己有祸害就躲避它。

【点评】佳句也是一副千古留名的对联，表达了林则徐为了国家不惜以身赴难的高尚精神与忠贞情怀。

38. 秋风宝剑孤臣泪，落日旌旗大将坛。海外尘氛犹未息，诸君莫作等闲看。

——清·李鸿章《临终诗》

【注解】海外尘氛：西方列强从海上入侵我国的形势。等闲看：作寻常事看待。

【释义】秋风中臣子的泪水洒向剑锋，落日下的旗帜被染红在拜将坛边。国家反海侵的战事连年不断，请各位大臣不要把民生的艰难当作平常的小事来看待。

【点评】暗示了中国海战的失败，但列强的侵略仍未终止，各位大臣必须高度重视。

39. 只解沙场为国死，何须马革裹尸还。

——清·徐锡麟《出塞》

【注解】解：明白，知道。马革：马皮。

【释义】只知道在战场为国战死，何必用马皮裹了尸体送回家中的儿女手中？

【点评】说明为国捐躯的意念非常坚定。

40. 浊酒不销忧国泪, 救时应仗出群才。拼将十万头颅血, 须把乾坤力挽回。

——清·秋瑾《黄海舟中日人索句并见日俄战争地图》

【注解】救时: 指救国救民。应仗: 必须依靠。头颅血: 借代生命。

【释义】混浊的酒水是无法消除忧虑国家沦亡的泪水的, 救国救民必须唤醒许许多多的人才。拼上十万人的生命和鲜血, 也要把国家从危亡的危机中拉回来。

【点评】借酒消愁是去不掉国家危亡的忧虑的, 必须唤醒民众共同来救国。即使牺牲生命, 也不能让国家沦亡。

修 身 篇

一、人生

1. 善世而不伐，德博而化。

——《周易·乾卦》

【注解】 善：使变善。伐：自夸。博：广大。化：感化。

【释义】 要想使天下变得良善而又不致自夸自大，就要依靠广大精深的道德来感化百姓。

【点评】 人生在世，需要有良好的道德教育、涵养与感化。

2. 饱而知人之饥，温而知人之寒，逸而知人之劳。

——《晏子春秋·内篇谏上》

【注解】 而：却，但是。温：温暖。逸：安逸。劳：劳顿，劳累。

【释义】 即使自己吃饱了，却也能了解到别人的饥饿之苦；即使自己穿暖了，却也能体察到别人的受冻之痛；即使自己生活安逸自在了，却也能体会到别人的辛苦劳累。

【点评】 人活在世上，不能只为自己着想，不能只考虑到自己一个人的幸福，多为别人着想，天下就会和谐，世界将会更加美好。

3. 胜人者有力，自胜者强。

——《老子》第三十三章

【注解】 胜：超越。自胜：自己超越自己。

【释义】 能够超越别人的是有力量的表现，能够超越自己的才是强者。

【点评】 这里的重点是在后一句，也就是说，人要善于克服自己的弱点，战胜自己，这才是真正的强者。

4. 鸟之将死，其鸣也哀；人之将死，其言也善。

——《论语·泰伯》

【注解】 鸣：鸟叫。

【释义】鸟快要死的时候，鸣叫的声音是悲哀的；人快要死的时候，说出来的话也是善良的。

【点评】鸟因为怕死而发出凄厉悲哀的叫声，人因为到了生命的尽头，一切的争斗，一切的算计，一切的荣耀，一切的耻辱都已成为过去，反省自己的一生，回归生命的本质，所以说出善良的话来。

5. 饱食终日，无所用心。

——《论语·阳货》

【注解】终日：整天。无所：没有什么。

【释义】一天到晚除了吃饱饭之外，其他什么事情都不放在心上，什么事情都不做。

【点评】这是在批评那些整天游手好闲、无所事事的人，反过来说，人应该勤奋，应该劳心，只有这样，才能对社会有所贡献，自己也能充实地生活。

6. 得志，泽加于民；不得志，修身见于世。穷则独善其身，达则兼善天下。

——《孟子·尽心上》

【注解】泽：恩泽。加：施加，给予。穷：困顿，失意。达：通达，得意。

【释义】出仕为官时，就要把恩泽施加给百姓；失意而做不了官的时候，就应修养个人品德，把良好品德展现给社会。穷困失意便独善己身，通达得意便兼善天下。

【点评】人生总有顺利或不顺利的时候，仕途上也同样会有顺逆之时，但无论如何，都要保持为民的情怀与良好的操守。

7. 哀莫大于心死，而人死亦次之。

——《庄子·田子方》

【注解】哀：哀伤的事。心：指人的灵魂。人：指人的肉身。次：次一等，其次。

【释义】哀伤的事情没有比心的死亡更大的了，于是人的肉身的死去也就属于其次了。

【点评】人要始终保持一种积极健康的精神状态,否则就如同行尸走肉。

8. 人生天地之间,如白驹之过隙,忽然而已。

——《庄子·知北游》

【注解】白驹:白马,也有解释为灰尘、微生物的。隙:缝隙。忽然:形容飞快的样子。

【释义】人生在天地之间,时间是非常短暂的,就好像白驹过隙一样,很快就过完一生了。

【点评】人的一生很短暂,要珍惜光阴,珍惜人生。

9. 大富则骄,大贫则忧。忧则为盗,骄则为暴。

——西汉·董仲舒《春秋繁露·度制》

【注解】大富:特别富有。骄:骄横,骄纵。忧:忧虑,忧伤。盗:强盗,盗贼。暴:残暴。

【释义】一个人假如特别富有就会骄横放纵,假如特别贫穷就会忧心忡忡。忧心忡忡就会去做强盗,骄横放纵就会对人残暴。

【点评】作为一个人,对待富有和贫穷,应该有正确的财富观。

10. 水至清则无鱼,人至察则无徒。

——《大戴礼记·子张问入官篇》

【注解】至:最,极。察:明察。徒:门徒,朋友。

【释义】水太清了就没有鱼了,人太挑剔就不会有朋友了。

【点评】这是说人无完人,看人、对人都要把握好"度",为人处世都要宽厚为怀。

11. 君子之爱人也以德,细人之爱人也以姑息。

——《礼记·檀弓上》

【注解】细人:小人,目光短浅的人。姑息:纵容迁就。

【释义】君子是用道德的标准来爱护人,小人是用姑息迁就的态度来溺爱人。

【点评】用道德的标准，就要对人要求严格，一旦发现他有缺点就要及时指出，督促其加以改正，而不是姑息迁就，如果一味溺爱，其实是害了别人。

12. 不惜黄金散尽，只畏白日蹉跎。

——西汉·王褒《高句丽》

【注解】蹉跎：虚掷。

【释义】不顾惜千金散尽，却害怕光阴虚掷而无所作为。

【点评】表现诗人对人生价值的执着追求。

13. 人之性也，善恶混。修其善则为善人，修其恶则为恶人。

——西汉·扬雄《法言·修身》

【注解】性：本性。混：混杂一起。修：培养，修炼。

【释义】人的本性，善良与丑恶是相混杂的。后天用善良的品德培养他，那么就能成为善良的人；如果用丑恶的品德培养他，那么就会变成丑恶的人。

【点评】人性的善恶，是千百年来争论不休的问题，但是后天的教育培养却起着决定作用。

14. 对酒当歌，人生几何？

——东汉·曹操《短歌行》

【注解】几何：多少。

【释义】拿着酒唱歌，这样能有几回呢？

【点评】这是诗人对人生短促的感叹，但他并不因此而消沉，而是产生一种时光易逝的紧迫感。诗人与众不同之处，就在于感叹人生苦短的同时愈加奋发有为。

15. 人生一世，但当畏敬于人。

——《后汉书·张霸传》

【注解】但：只。于：被。

【释义】人活一辈子，努力做到受人尊敬。

【点评】人要用自己的言行活得有尊严。

16. 人生不得行胸怀, 虽寿百岁, 犹为夭也。

——《宋书·萧惠开传》

【注解】行: 实现。胸怀: 志愿。夭: 短命。

【释义】人生不能实现自己的理想, 即使活上一百年, 仍然算是夭折。

【点评】人对于自己的理想要努力去践行, 才活得有意义。

17. 人生结交在终始, 莫为升沉中路分。

——唐·贺兰进明《行路难》

【注解】升沉: 指仕途上的升官和降职。中路: 中途。

【释义】人生结交朋友贵在有始有终, 不能因为官场上的提拔得意或降职失意而半途分手。

【点评】朋友交往在于诚心, 不能因为金钱财富、仕途荣耀这些因素来衡量它的价值, 排除这些东西, 朋友的情谊才能永远纯洁、深厚。

18. 人生不相见, 动如参与商。

——唐·杜甫《赠卫八处士》

【注解】动: 动不动, 往往。参、商: 这里的参与商, 是指天上二十八宿中的二宿, 参星在西面, 商星在东面, 一星出来了, 另一星就消失了, 永远不会同时出现。

【释义】人们分别之后往往不能再见面, 就好像参星和商星一样见面非常困难。

【点评】作者的原意是人活在世上, 由于战争等原因, 分别容易重逢难。这一方面表明友情的珍贵, 另一方面也寄托了对朋友的良好祝愿。

19. 人生一世, 其久几何, 吾立子名, 百世不磨。小人君子, 其心不同, 惟乖于时, 乃与天通。

——唐·韩愈《送穷文》

【注解】几何: 多少。磨: 磨灭。乖: 背离, 违背。通: 通畅。

【释义】人活一辈子，那最长寿又能有多少岁呢，我树立了您的名声，您就千秋百代不会磨灭了。所谓小人和君子，他们的思想是不一样的，只有不随波逐流，才能与上天的旨意相通。

【点评】表达了自己即使再穷困，也要保持坚定的志向，"百世不磨"。

20. 欲为圣明除弊事，肯将衰朽惜残年。

——唐·韩愈《左迁至蓝关示侄孙湘》

【注解】圣明：指皇帝。弊事：不好的事务和举措。衰朽：衰老朽烂，谦卑之语，指自己。残年：衰残之年，指老年。

【释义】我本来就是希望能替皇上革除种种弊端，所以又怎么会吝惜一己之身呢！

【点评】人生难免会有挫折，只要自己认为正确，就不怕被贬官或遭遇种种不公平的境遇。

21. 人生无苦乐，适意即为美。

——北宋·司马光《晚归书室呈群倚》

【注解】适意：心里认为舒适。即为：就是。

【释义】人生无所谓痛苦和快乐，自己认为舒适的就是美好的境界。

【点评】人生必然会有痛苦，也会有快乐，但我们要学会正确对待生活，无论遇到什么样的情况，都要泰然处之，保持乐观，这样人生就能有美好的境界。

22. 天下之乐无穷，而以适意为悦。

——北宋·苏辙《武昌九曲亭记》

【注解】穷：尽。适意：适合心意。

【释义】世上的快乐有无数种，而以适合心意最为愉快。

【点评】人的一生称心如意最重要。

二、改过

1. 见善则迁，有过则改。

——《周易·益卦》

【注解】迁：转变。

【释义】遇到好的就学，犯了过错就改。

【点评】坚持正确的，改正错误的。

2. 改过不吝。

——《尚书·仲虺之诰》

【注解】吝：吝惜，舍不得。

【释义】改正过错不要吝惜。

【点评】人往往对自己的错误很有感情，改时就怕痛、怕失、怕羞，于是表现为一个"吝"字。此句击中改正错误时的错误之要害。

3. 过则勿惮改。

——《论语·学而》

【注解】过：动词，犯错误。惮（dàn）：怕。

【释义】犯了过错，就不要害怕改正。

【点评】有过错就坚决改正，才能得到别人的谅解和尊重。

4. 不迁怒，不贰过。

——《论语·雍也》

【注解】迁怒：受了别人的气而拿另一人出气，或自己不如意时跟别人生气。贰过：重犯同样的错误。

【释义】不把心中的怒气向不相干的人发泄，不重犯同样的错误。

【点评】一个人不断提高修养，就不会轻易向人发泄；一个人谨言慎行，就不会一错再错。

5. 过而不改，是谓过矣。

——《论语·卫灵公》

【注解】 过：犯了过错。是：此。谓：叫作。

【释义】 犯了过错而不加以改正，这才叫作过错。

【点评】 有错不改，是错上加错。

6. 君子之过也，如日月之食焉。过也，人皆见之；更也，人皆仰之。

——《论语·子张》

【注解】 食：蚀。更：改正。仰：敬仰。

【释义】 道德高尚的人的过失，就像天生的日食和月食。当他犯错时，人们都能看见；当他改正错误时，人们都敬仰他。

【点评】 有道德的公众人物，只要能改过，人们仍尊重。

7. 量力而动，其过鲜矣。

——《左传·僖公二十年》

【注解】 量：估量。过：过失。鲜：少。

【释义】 根据自己的力量大小去行动，过失就少了。

【点评】 做事量力而行，是减少错误的一种方法。

8. 人谁无过？过而能改，善莫大焉。

——《左传·宣公二年》

【注解】 莫大焉：没有比这再大的。

【释义】 谁没有过错？有了过错能够改正，没有比这更好的了。

【点评】 人难免犯错，改过就好。

9. 过而不悛，亡之本也。

——《韩非子·难四》

【注解】 悛（quān）：悔改。亡：败亡。本：根源。

【释义】犯了错误而不悔改,这是败亡的根本原因。

【点评】错而不改,会导致失败。

10. 偏在于多私,不祥在于恶闻已过。

——《尉缭子·十二陵》

【注解】恶:厌恶。

【释义】不公正是由于私心重,不吉利是由于不高兴听到自己的过失。

【点评】消除私心,善于倾听不同意见,那就是公正的,对自己来说也是吉利的。

11. 人之所难者二:乐攻其恶者难,以恶告人者难。

——东汉·徐干《中论·虚道》

【注解】乐:喜欢。攻:指责。恶:不好的方面。

【释义】人有两点难以做到:难以接受别人对自己的指责,难以把自己不好的方面告诉别人。

【点评】如果把这难以做到的两点做到了,那就是一个比较完美的人。

12. 知过必改,得能莫忘。

——《千字文》

【注解】过:过错。能:技能。

【释义】知道过错必须改正,学得技能不要忘记。

【点评】该改掉过错的要改掉,该记住知识的要努力记住。

13. 痛莫大于不闻过,辱莫大于不知耻。

——隋·王通《中说·关朗》

【注解】痛:悲哀。莫大于:没有比……更大。

【释义】最大的悲哀是听不到别人批评自己的过错,最大的耻辱是不知道羞耻。

【点评】听不到别人的批评,自己又是一个不知道羞耻的人,这种人必定为人类所不齿。

14. 闻恶能改, 庶得免乎大过。

——唐·吴兢《贞观政要·教戒太子诸王》

【注解】闻恶: 听到说自己不好的话。庶得: 差不多能。乎: 于。

【释义】听到批评自己的话能够立即就改, 差不多可以不犯大错误了。

【点评】知错就改, 是避免犯大错误的最好办法。

15. 告我以吾过者, 吾之师也。

——唐·韩愈《答冯宿书》

【注解】告: 告诉。吾: 我。

【释义】指出我的过失的人, 是我的老师。

【点评】指出我的过失的人, 是从反面教育我, 这样帮助我的人, 自然也是我的老师。

16. 人患不知其过, 既知之不能改, 是无勇也。

——唐·韩愈《五箴序》

【注解】患: 怕。既: 已经。是: 此。

【释义】人就怕不知道自己的过失, 知道了自己的过失却不能改正, 这是缺乏勇气。

【点评】知道自己有错, 就要有勇气改正。

17. 自古圣人不能无过。

——北宋·苏辙《论开孙村河札子》

【注解】圣人: 道德最高尚、智慧最高超的人。

【释义】自古以来, 即使是圣人也不可能没有过失。

【点评】金无足赤, 人无完人。

18. 日省其身, 有则改之, 无则加勉。

——南宋·朱熹《论语集注》

【注解】省(xǐng): 反省。加: 加以。

【释义】每天反省自己, 有过失就改正, 没有过失就用以自勉。

【点评】能这样做的人，必定会成为道德的楷模。

19. 养不教，父之过；教不严，师之惰。

——《三字经》

【注解】养：抚养。

【释义】抚养孩子而不进行教育，是父亲的过错；教育学生而不严格
要求，是老师的懒怠。

【点评】抚养孩子，教育学生，家长与老师都要尽心尽力尽责。

20. 不贵于无过，而贵于能改过。

——明·王守仁《教条示龙场诸生》

【注解】贵：宝贵。过：过错。

【释义】可贵的不在于没有过错，而在于能够改正过错。

【点评】知错就改也是难能可贵的。

21. 一失足成千古恨，再回头已百年身。

——清·魏子安《花月痕》

【注解】失足：犯错误。千古：终身。百年身：指时过境迁不可挽回。

【释义】一旦犯下错误就会造成终身的悔恨，等到觉悟过来却早已时
过境迁不可挽回。

【点评】凡事用道德约束自己，三思而行，尽量少犯错。

22. 弥天罪过，当不得一个"悔"字。

——明·洪应明《菜根谭》

【注解】弥天：滔天，比喻极大。当不得：抵不了。

【释义】犯了滔天大罪，只要忏悔，就能赎回以前的罪过。

【点评】犯错犯罪的人，只要能够悔悟悔改，就有救。

23. 老来疾病，都是少时招的；衰时罪孽，都是盛时作的。

——明·洪应明《菜根谭》

【注解】罪孽：灾祸。

【释义】步入老年后发作的疾病，都是自己在年轻时不注意保养招致的；事业衰落后遭受的灾祸，都是自己在事业鼎盛时有失检点造成的。

【点评】身体与事业上的问题都要未雨绸缪，防患于未然。

24. 有过则改之，未萌则戒之。

——明·冯梦龙《警世通言》

【注解】萌：萌生。戒：警惕。

【释义】犯了过错就改正，过错还没有萌生就警惕。

【点评】犯了错当下就改，平时时时事事处处要谨慎，以警惕犯错。

三、自省

1. 暴虎冯河，死而无悔者，吾不与也。必也临事而惧，好谋而成者也。

——《论语·述而》

【注解】暴虎：徒手搏击老虎。冯河：徒步过河。惧：小心谨慎。好：善于。

【释义】徒手打虎，徒步过河，死了也不后悔的人，我不会与他共事。能够共事的，必须是临事小心谨慎、善于谋划而取得成功的人。

【点评】粗鲁的人和没有计划的人难于成大事，因此尽量不要与这些人共事。可以与谨慎认真三思而后行的人共事。

2. 内省不疚，夫何忧何惧？

——《论语·颜渊》

【注解】内省：内心反省。疚：愧疚。

【释义】内心反省不感到愧疚，那忧愁和畏惧什么？

【点评】扪心自问，若问心无愧，那就没有什么好怕的，更不需畏手畏脚。

3. 恶称人之恶者，恶居下流而讪上者，恶勇而无礼者，恶果敢而窒者。

——《论语·阳货》

【注解】称：宣扬。讪（shàn）：诽谤。窒：阻塞不通，此处指顽固不化。

【释义】厌恶宣扬别人的坏处，厌恶身处下位而诽谤地位在他之上的人，厌恶勇敢而不懂礼节，厌恶果决而顽固不化。

【点评】能做到上面这几条的人，一般情况下，做人比较成功，做事也会比较成功。

4. 家必自毁, 而后人毁之。

——《孟子·离娄上》

【注解】毁: 毁坏。

【释义】一个家庭必定是自身先有招致毁坏的缺陷, 然后别人才毁坏它。

【点评】家庭自身有问题或矛盾, 才会被别人乘虚而入, 加以破坏。

5. 爱人不亲, 反其仁; 治人不治, 反其智; 礼人不答, 反其敬。

——《孟子·离娄上》

【注解】亲: 亲近。反: 反省。礼人: 以礼待人。

【释义】友爱别人却得不到别人的亲近, 就要反省自己的仁德; 治理民众却治理不好, 就要反省自己的智慧; 以礼待人却得不到回报, 就要反省自己是否恭敬。

【点评】在为人、处世、治理国家中, 如果出现相反效果, 就要及时反省检查自己, 纠正错误, 以取得成功。

6. 仰不愧于天, 俯不怍于人。

——《孟子·尽心上》

【注解】仰: 抬头。愧: 惭愧。于: 对于。俯: 低头。怍(zuò): 愧疚。

【释义】仰起头来面对苍天觉得自己没有做对不起苍天的事情, 所以不感到惭愧, 低下头去面对众人也觉得自己没有事情对不住别人, 没有可感到愧疚的地方。

【点评】做人只要时时反省, 问心无愧, 就可以坦坦荡荡, 无忧无虑。

7. 不傲才以骄人, 不以宠而作威。

——三国蜀·诸葛亮《将诫》

【注解】傲才: 倚仗才华对人傲慢。以: 因为, 由于。作威: 作威作福。

【释义】不倚仗自己的才华而在别人面前表现出骄傲的神情, 不能因为自己受宠就到部下那里作威作福。

【点评】告诫人们，做将领不要轻视部下，更不要压迫部下。

8. 外合不由中，虽固终必离。

——西晋·傅玄《何当行》

【注解】外合：出于外部原因而结合。由中：由衷。

【释义】仅仅因为利害关系而结合的，相处得再好也会分离。

【点评】重情义的朋友，无利益关系的朋友，才会长长久久。

9. 勿以恶小而为之，勿以善小而不为。惟贤惟德，能服于人。

——《三国志·蜀书·先主传》

【注解】勿：不要。以：因为。恶：坏事。为：做。善：好事。惟：只有。
　　　服于人：使人信服。

【释义】不要以为坏事小就去做，不要以为好事小就不去做。只有好
　　　才能与好品德，才能让人信服，使人臣服。

【点评】有损于国家的事再小也不能做，有益于人们的事再小也要认
　　　真做好。因为只有这些好品德才能令人信服。

10. 聪明则视听不惑，公正则不迩谗邪。

——唐·韩愈《释言》

【注解】聪明：耳聪目明。视听：看和听，指观察。迩：接近。谗邪：谗
　　　佞奸邪之人。

【释义】聪明就不会观察不清，公正就不会接近奸佞小人。

【点评】聪明的人看得清事物的本质，公正的人看得清小人的嘴脸。

11. 不修其身，虽君子而为小人；能修其身，虽小人而为君子。

——北宋·欧阳修《答李翊书》

【注解】修：使完美。虽：即使。

【释义】不提高自己的品德修养，即便是君子也会沦落为小人；注意
　　　提高自己的品德，即便是小人将来也能成为君子。

【点评】不断修身养性，终会成为一个完美的人。

12. 兼听则明，偏信则暗。

——《资治通鉴·唐太宗贞观二年》

【注解】 明：明察。暗：昏昧。

【释义】 全面听取各方意见就能明辨是非，片面听信就会判断错误。

【点评】 对于是非，为了判断正确，要听取各方意见。

13. 交浅言深，君子所戒。

——北宋·苏轼《上神宗皇帝书》

【注解】 交：交情。深：深入。

【释义】 对交情浅的人说心里话，是有才德的人所警惕的。

【点评】 那种人可能对你有所企图，也可能比较单纯幼稚讲话随便。

14. 交友不宜滥，滥则贡谀者来。

——明·洪应明《菜根谭》

【注解】 滥：过度。贡谀：献媚。

【释义】 结交朋友不可过度，过度就会使那些献媚的人来。

【点评】 结交朋友要有选择，不能滥交，要结交那些奋发上进、重情重义的朋友。

15. 世人只缘认得"我"字太真，故多种种嗜好，种种烦恼。

——明·洪应明《菜根谭》

【注解】 缘：因为。

【释义】 世俗之人就是因为把自己看得太重，所以才产生那么多的嗜好和那么多的烦恼。

【点评】 抛掉私利，人的烦恼就大为减少。

16. 富多施舍，智勿炫耀。

——明·洪应明《菜根谭》

【注解】 施舍：给人财物。炫耀：夸耀。

【释义】 富有要多施舍，聪明不要自我夸耀。

【点评】 财富多了要施舍出去，智慧多了不要夸耀出去。

17. 唯公则生明，唯廉则生威。

——明·洪应明《菜根谭》

【注解】唯：只有。公：公正。明：明察。威：威信。

【释义】只有公正才能明断是非，只有清廉才能树立威信。

【点评】执政者公正清廉，才有威信。

18. 有势莫倚尽，势尽冤相逢。

——明·兰陵笑笑生《金瓶梅》

【注解】势：权势。倚：倚仗。冤：冤家仇人。

【释义】有权势时不要过于倚仗权势，否则权势用尽了就会遭遇冤家
仇人。

【点评】得势时不要得意，否则，失势时会遭遇仇家。

19. 不可以年少而自恃，不可以年老而自弃。

——明·冯梦龙《警世通言》

【注解】自恃：自负。自弃：自甘落后。

【释义】不能因为自己年轻而自负，不能因为自己年老而甘于落后。

【点评】不能年轻气盛，年老丧志。

20. 机关算尽太聪明，反误了卿卿性命。

——清·曹雪芹《红楼梦》

【注解】机关：心机。卿卿：对对方的昵称，此处含嘲弄意。

【释义】凭着聪明玩尽权术，到头来反而害了自己的性命。

【点评】害人者先遭殃。

21. 世事洞明皆学问，人情练达即文章。

——清·曹雪芹《红楼梦》

【注解】洞明：洞察明了。练达：熟悉通达。

【释义】世上之事洞察明了了就是高深的学问，人情世故熟谙通达了
就是华美的文章。

【点评】明白世事，学会做人，都有着高深的知识。

22. 但责己，不责人，此远怨之道也；但信己，不信人，此取败之由也。

——清·王永彬《围炉夜话》

【注解】 但：只。责：要求。道：方法。取败：导致失败。

【释义】 只要求自己，不苛求他人，这是远离怨恨的方法；只相信自己，不相信他人，这是导致失败的原因。

【点评】 严于律己宽以待人，会带来尊重与得到帮助；反之，不会得到尊重，会带来很多麻烦。

四、正己

1. 天行健，君子以自强不息。地势坤，君子以厚德载物。

——《周易·乾卦》

【注解】天行：天的运行。健：正常良好。自强不息：永不松懈。坤：坤相，顺承的意思。厚德载物：以深厚的德泽育人利物。

【释义】天的运行正常良好，君子应该效仿天而自觉地努力向上。地的形势取法坤相，君子应该效仿地以深厚的德泽育人利物。

【点评】意思是人应该遵循学习天、地的规律与高尚品德。

2. 行于大道，唯施是畏。

——《老子》第五十三章

【注解】行：行走。施：通"迤"，斜行，步入歧途。是：指代词，将宾语前置。

【释义】在大道上行走，只怕步入歧途。

【点评】为了不步入歧途，要时时小心、处处留神，最好行大道而不走小路。

3. 与人不求备，检身若不及。

——《尚书·伊训》

【注解】与：对待。求备：求全责备。检身：约束自己。不及：来不及。

【释义】对待别人不求全责备，约束自身却丝毫也不放松。

【点评】要严于律己宽以待人。

4. 毋意，毋必，毋固，毋我。

——《论语·子罕》

【注解】毋：不要。意：主观臆断。必：指判断上的绝对化。固：固执拘泥。我: 唯我。

【释义】 不凭空猜测, 不绝对肯定, 不固执拘泥, 不自以为是、唯我独尊。

【点评】 做事不主观臆断, 要实事求是。

5. 君子成人之美, 不成人之恶, 小人反是。

——《论语·颜渊》

【注解】 美: 好事。恶: 坏事。是: 此。

【释义】 品格高尚的人成全别人的好事, 不促成别人的坏事, 品格卑下的人与此相反。

【点评】 品格高尚的人常成人之美, 而不会去落井下石, 品格卑下的人却反之。

6. 己所不欲, 勿施于人。

——《论语·颜渊》

【注解】 欲: 喜欢。勿: 不要。施: 施加。

【释义】 自己所不喜欢的, 不要强加给别人。

【点评】 自己不喜欢的, 不要强迫别人做。

7. 君君, 臣臣, 父父, 子子。

——《论语·颜渊》

【注解】 君君: 君主像君主。

【释义】 国君要像个做国君的, 臣子要像个做臣子的, 父亲要像个做父亲的, 儿子要像个做儿子的。

【点评】 是什么身份就要像个什么样子。

8. 君子矜而不争, 群而不党。

——《论语·卫灵公》

【注解】 矜: 庄重。党: 互相勾结。

【释义】 有才德的人庄重而与人无争, 合群而不与人勾结。

【点评】 大家都学着做这样的有才德的人, 社会就太平了。

9. 躬自厚而薄责于人，则远怨矣。

——《论语·卫灵公》

【注解】躬自厚：厚责自己。远：避免。怨：恨。

【释义】重于责己而轻于责人，就可以避免怨恨了。

【点评】严于律己、宽以待人的人，会得到尊重、收获尊严。

10. 志士仁人，无求生以害仁，有杀身以成仁。

——《论语·卫灵公》

【注解】志士仁人：仁爱而有节操的人。成仁：保全仁德。

【释义】志士仁人，不会因贪生而损害仁德，只会因勇于牺牲而保全
仁德。

【点评】志士仁人绝不会贪生怕死，而会用舍身报国来保全崇高的
荣誉。

**11. 乐节礼乐，乐道人之善，乐多贤友，益矣；乐骄乐，乐佚游，
乐宴乐，损矣。**

——《论语·季氏》

【注解】佚游：恣意游乐。宴乐：宴饮作乐。

【释义】以受礼乐的调节为快乐，以称道别人的长处为快乐，以多交
有才德的朋友为快乐，就会得益；以骄奢放肆为快乐，以恣意游荡
为快乐，以宴饮纵欲为快乐，就有害了。

【点评】向正向善向好，对自己有益；骄奢淫逸对自己有害。

12. 恶徼以为知者，恶不孙以为勇者，恶讦以为直者。

——《论语·阳货》

【注解】徼：抄袭。孙：同"逊"。讦（jié）：揭发别人的隐私。

【释义】厌恶靠抄袭别人的东西来显示自己聪明的人，厌恶用不谦
逊来显示自己勇敢的人，厌恶借揭发别人的隐私来显示自己正直
的人。

【点评】真正聪明勇敢正直的人，不会靠贬低别人来抬高自己。

13. 爱人者必见爱也，而恶人者必见恶也。

——《墨子·兼爱下》

【注解】见：被。恶：厌恶。

【释义】关爱别人的人必定受别人关爱，而厌恶别人的人必定被别人厌恶。

【点评】人的相处是相互的，你关心别人别人也关心你，你讨厌别人别人也会讨厌你。

14. 友也者，友其德也，不可以有挟也。

——《孟子·万章下》

【注解】挟：倚仗。

【释义】结交朋友，是结交他的道德，决不可有倚仗。

【点评】我们交朋友，是学习朋友的情操、修养、才华，而不是依靠他获得好处。

15. 周于利者，凶年不能杀；周于德者，邪世不能乱。

——《孟子·尽心下》

【注解】周：财富准备充足。凶年：荒年。杀：饿死。邪世：风气极坏的时代。

【释义】财富准备充足的人，即使荒年也不会饿死；道德高尚的人，世风极坏的环境也不会动摇他高尚的志向。

【点评】用对比手法说明了品德真正高尚的人，是不会受世风影响的。

16. 无用吾之所短，遇人之所长。

——《荀子·大略》

【注解】无：不要。遇：对付。

【释义】不要用自己的短处，去对付别人的长处。

【点评】用自己的短处去攻击别人的长处，这个人是低级卑鄙的。

17. 欲胜人者，必先自胜；欲论人者，必先自论；欲知人者，必先自知。

——《吕氏春秋·先己》

【注解】论：批评。知：了解。

【释义】想要战胜别人的人，必须先战胜自己；想要批评别人的人，必须先批评自己；想要了解别人的人，必须先了解自己。

【点评】凡事先从自己做起。

18. 君子不失足于人，不失色于人，不失口于人。

——《礼记·表记》

【注解】失足：举止不庄重。失色：态度不庄重。失口：说不应该说的话。

【释义】有才德的人不对人举止不庄重，不对人态度不庄重，不对人说不应该说的话。

【点评】有才德的人，为人举止、说话等都是很尊重人、很得体的。

19. 十目所视，十手所指，其严乎。

——《礼记·大学》

【注解】十：表示多。其：大概。严：严厉。

【释义】许多双眼睛在看着你，许多只手在指着你，够严厉的吧！

【点评】为官者时时处处要为国家利益而谨言慎行。

20. 瓜田不纳履，李下不正冠。

——三国魏·曹植《君子行》

【注解】纳履：提起鞋跟，把鞋穿好。

【释义】路过瓜田不弯腰提鞋，路过李子树下不伸手扶正帽子。

【点评】比喻为人处世有时要懂得避嫌。

21. 家且未正，焉能正人。

——唐·张九龄《让两弟起复授官状》

【注解】且：尚且。正：匡正。焉：怎么。

【释义】自己家庭尚且没有管好,怎么能管好他人?

【点评】要治国,先要安家。凡事从治家做起。

22. 明镜所以鉴形者也,有妍蚩则见之于外;往事所以鉴心者也,有善恶则省之于内。

——唐·张九龄《进千秋节金镜录表》

【注解】妍蚩(chī):美丑。见:同"现"。省(xǐng):明了。

【释义】明亮的镜子是用来照察外形的,美的地方、丑的地方都会显现在外;过往的事情是用来照察内心的,好的地方坏的地方都能了然于内。

【点评】历史像镜子,好的继承下来,错误的不再犯,社会进步会更快。

23. 以清俭自律,以恩信待人,以夷坦去群疑,以礼让汰惨急。

——唐·刘禹锡《唐故相国赠司空令狐公集记》

【注解】夷坦:平易坦诚。汰:汰除。惨急:严刻峻急。

【释义】用清廉俭朴约束自己,用恩德信义对待别人,用平易坦诚消去众人的疑虑,用守礼谦让汰除严刻峻急。

【点评】能做到上面四点是人中楷模。

24. 君子所求于人者薄,而辨是与非也无所苟。

——北宋·王安石《中述》

【注解】薄:少。苟:随便,马虎。

【释义】有才德的人对别人的要求低,但辨别是非却丝毫不含糊。

【点评】有才有德的人对别人要求低,对自己要求严,特别是是非曲直不容含糊。

25. 威不可立也,惟公则威;明不可作也,惟虚则明。

——北宋·苏轼《王彭知婺州孙昌龄知苏州岑象求知果州》

【注解】威:威严。立:人为地表现。公:公正。明:明察。作:自然地兴起。虚:虚心。

【释义】威严不能靠人为表现，只有公正才能产生威严；明察不会自
　　　　发产生，只有虚心才能做到明察。

【点评】公正生威严，虚心才明察。

26. 不为易勇，不为崄怯。

——北宋·苏辙《吴氏浩然堂记》

【注解】为：因为。崄（xiǎn）：同"险"。

【释义】不因为容易而勇敢，不因为艰险而胆怯。

【点评】要避免容易的事勇敢地去做了，而艰险的事胆小地退却了。

27. 种树者必培其根，种德者必养其心。

——明·王守仁《传习录》

【注解】培：培育。其：树木。种德：修养品德。心：心性。

【释义】种树木的人一定重视培育好树木的根系，因为根深才能树
　　　　大，根深才能叶茂。修养品德的人一定会重视培养好自己的心性，
　　　　因为人的心性是品德修养的基础。

【点评】以种树要重视培育树根作比，说明培养品德要从培养心性
　　　　做起。

28. 不可乘喜而轻诺，不可因醉而生嗔；不可乘快而多事，不可
因倦而鲜终。

——明·洪应明《菜根谭》

【注解】喜：高兴。嗔：怒。快：冲动。鲜（xiǎn）：少。

【释义】不可以凭一时高兴而轻易对人许诺，不可以乘酒醉而乱发牢
　　　　骚；不可以凭一时冲动而滋生事端，不可以假借疲倦而总是不把事
　　　　情做完。

【点评】一个人要时时谨言慎行，严格要求自己。

29. 唯恕则情平，唯俭则用足。

——明·洪应明《菜根谭》

【注解】唯：只有。情：心情。用：财用。

【释义】只有宽容心情才会平和, 只有节俭财用才能充足。

【点评】平和勤俭是我们过好日子的两条要则。

30. 曲意而使人喜, 不若直节而使人忌。

——明·洪应明《菜根谭》

【注解】曲意: 违背自己的本意去顺从别人。直节: 守正不阿。忌: 嫌忌。

【释义】违背自己的意愿去讨别人的喜欢, 不如守正不阿而使别人嫌忌。

【点评】宁愿让别人讨厌, 也不去讨好别人。

31. 待人宽一分是福, 利人实利己的根基。

——明·洪应明《菜根谭》

【注解】宽: 宽厚。

【释义】对待他人能够宽厚一分是自己的福分, 有利他人便是有利自己的根基。

【点评】对人宽厚, 方便别人, 就是为自己积德积福。

32. 冷眼观人, 冷耳听语, 冷情当感, 冷心思理。

——明·洪应明《菜根谭》

【注解】冷: 冷静。当: 控制。感: 激动。心: 头脑。理: 道理。

【释义】用冷静的眼光看人行事, 用冷静的耳朵听人说话, 用冷静的情绪遏制激动, 用冷静的头脑思考道理。

【点评】一个人能够做到这四个冷静, 那就是一个比较完美的人。

33. 君子宜净拭冷眼, 慎勿轻动刚肠。

——明·洪应明《菜根谭》

【注解】净拭: 擦清。慎勿: 千万不要。刚肠: 刚直的心肠。

【释义】有才德的人遇事应该冷静地观察, 切莫率性而为, 轻举妄动。

【点评】有才有德的人遇事冷静, 不会随性而动。

34. 以理听言则中有主,以道窒欲则心自清。

——明·陈继儒《小窗幽记》

【注解】理:事理。言:言论,意见。中:内心。主:主见。道:道理。
窒:制止。清:清明。

【释义】用理性分析的态度去听别人说话,心中就会有自己的主意;
用为人处世的道理来克制自己的欲望,心地自然会清明。

【点评】多听别人的意见,多克服内心的邪念,就会成为一个清正廉
明的人。

**35. 轻财足以聚人,律己足以服人,量宽足以得人,身先足以
率人。**

——明·陈继儒《小窗幽记》

【注解】轻财:轻视财物。聚:集聚。得人:得到人才。率人:带动人。

【释义】不看重财物足以团聚人,约束自己足可以使人信服,度量
宽宏足可以赢得人才,自己先行足可以带动人。

【点评】凡事以身作则,老百姓就尊重你。

36. 欲人勿恶,必先自美;欲人勿疑,必先自信。

——明·冯梦龙《东周列国志》

【注解】恶:厌恶。自美:自己表现好。自信:自己守信用。

【释义】不想被别人讨厌,必须自己先要美好;不想被别人怀疑,必须
自己先要诚信。

【点评】自己先做好,别人就会信任。

37. 人有喜庆,不可生妒忌心;人有祸患,不可生喜幸心。

——清·朱用纯《治家格言》

【注解】喜庆:值得喜欢庆贺的事。

【释义】别人有喜庆,不能产生妒忌的心理;别人有灾祸,不能产生庆
幸的心理。

【点评】别人有喜事要为之高兴,别人有难事要同情帮助。

38. 善处事者, 但就是非可否, 审定章程, 而不必利于己。

——清·王永彬《围炉夜话》

【注解】章程: 规章制度。

【释义】善于处理事务的人, 只针对是非对错、可行与否, 订立规章制度, 而不一定去考虑是否对自己有利。

【点评】工作中不考虑私利。

39. 仁字从人, 义字从我, 讲仁讲义者, 不必远求。

——清·王永彬《围炉夜话》

【注解】义: 繁体字是"義", 所以说从"我"。

【释义】"仁"字从"人"会意, "义"字从"我"为形符, 所以讲求仁义的人不必舍近求远, 从自己开始就行。

【点评】借"仁""义"二字的偏旁结构来表达, 仁义要从我做起。

五、淡泊

1. 知足不辱，知止不殆。

——《老子》第四十四章

【注解】殆：危险。

【释义】知道满足就不会受羞辱，知道止步就不会有危险。

【点评】贪得无厌就会受辱，就会有危险。

2. 君子以文会友，以友辅仁。

——《论语·颜渊》

【注解】文：指学识。辅：辅助。

【释义】品德高尚的人用文章、学识来结交朋友，用朋友来帮助自己渐积仁德。

【点评】以文学会友，则道益明；取善以辅仁，则德日进。

3. 古之人，得志，泽加于民，不得志，修身见于世。穷则独善其身，达则兼善天下。

——《孟子·尽心上》

【注解】得志：志向实现，获得成功。泽：好处恩惠。修身：修身养性。穷：指身处逆境，贫困潦倒而不得志。善其身：即"使其身善"，使自己的道德情操更加高尚。

【释义】古代的人，假如获得成功了，就将好处恩惠布施给老百姓，在世上树立更好的道德名望。如果没有获得成功，就继续修身养性，保持自己高洁的品行。不得志时就洁身自好提升个人修行，得志显达之时就造福天下苍生。

【点评】名句是说古代的圣人，志向实现了就为老百姓做好事，志向没有实现就继续保持并不断提升自己高尚的品德。

4. 君子之交淡如水，小人之交甘若醴。

——《庄子·山木》

【注解】醴(lǐ)：甜酒。

【释义】君子交朋友像水一样淡，小人交朋友像醴一样浓。

【点评】君子不为利益而为志趣相投交朋友，小人只为利益物质去交朋友。

5. 傲不可长，欲不可纵，志不可满，乐不可极。

——《礼记·曲礼上》

【注解】可：能。长：滋长。纵：放纵。志：愿望。极：尽。

【释义】骄傲情绪不能使之滋长，任何欲望都不能放纵，不要使自己快乐到极端，任何时候都不能志得意满。

【点评】教导人们做人要低调，要节制欲望，任何事情都要适可而止。

6. 遗子黄金满籯，不如一经。

——《汉书·韦贤传》

【注解】遗：遗留。籯(yíng)：箱笼一类的盛器。经：指儒家经典。

【释义】留给子孙满箱黄金，不如一部经书。

【点评】留给孩子财富，不如留给孩子知识。

7. 非淡泊无以明志，非宁静无以致远。

——三国蜀·诸葛亮《诫子书》

【注解】淡泊：清心寡欲。明：显示，树立。志：志向。宁静：心思专一，不浮躁。致：到达。远：指远大的理想。

【释义】没有清心寡欲的品行就难于树立高远的志向，没有心无旁骛专心致志地为理想奋斗的精神就难于实现远大的理想目标！

【点评】是诸葛亮勉励儿子诸葛瞻的座右铭。

8. 不戚戚于贫贱，不汲汲于富贵。

——东晋·陶渊明《五柳先生传》

【注解】戚戚：忧虑的样子。汲汲：急于营求的样子。

【释义】不为贫贱而忧虑悲伤，不为富贵而匆忙追求。

【点评】表现陶渊明安于清贫的清高人格。

9. 婚姻勿贪势家。

——北齐·颜之推《颜氏家训·止足》

【注解】贪：贪图。势家：有权势的家人。

【释义】婚姻不要贪图有权势的人家。

【点评】婚姻要建立在男女真感情上，如果贪图权势，那么这个婚姻
　　　长久不了。

10. 仁义之道，守之而不失；俭约之志，终始不渝。

——唐·吴兢《贞观政要·慎终》

【注解】仁义：仁爱和正义。俭约：勤俭节约。渝：变。

【释义】仁爱正义的规则坚决遵守，勤俭节约的志向始终不变。

【点评】仁爱正义又勤俭节约的人，是有仁德的人。

11. 达亦不足贵，穷亦不足悲。

——唐·李白《答王十二寒夜独酌有怀》

【注解】达：显达。不足：不值得。穷：困顿。

【释义】显达也不可贵，困顿也不可悲。

【点评】贫富动摇不了内心强大的人。

12. 浩荡八溟阔，志泰心超然。形骸既无束，得丧亦都捐。

——唐·白居易《送毛仙翁（江州司马时作）》

【注解】浩荡：辽阔的样子。八溟（míng）：八海。泰：坚定，安定。
　　　心：思想精神。超然：超然拔俗的样子。形骸：身体。丧：失去。捐：
　　　放弃。

【释义】心胸豁达如同大海般壮阔，志向坚定胸怀高洁超然脱俗。
　　　身体已经没有了任何的束缚，无论是得到还是丧失都能豁达地
　　　放弃。

【点评】名句是白居易用来赞扬毛仙翁超脱世俗的高洁志向的。

13. 莫言名与利，名利是身仇。

——唐·杜牧《不寝》

【注解】言：说，谈论。身仇：自身的仇敌。

【释义】不要谈名和利，名利是自身的仇敌。

【点评】当一个人考虑名和利的时候，他就被自己打垮了。

14. 须知香饵下，触口是铦钩。

——唐·李群玉《放鱼》

【注解】饵：引鱼上钩的食物。铦（xiān）：锋利。

【释义】要知道香美的诱饵下，迎着嘴巴的是锋利的鱼钩。

【点评】要谨防利诱。

15. 遇繁而若一，履险而若夷。

——北宋·苏辙《观会通以行典礼论》

【注解】遇繁：遇到繁多的事情。履险：登临险境。夷：平地。

【释义】遇到繁杂的事情就像面对一件事那样从容，登临险境就像处于平地那样镇静。

【点评】这是有比较高超的领导艺术与处事才能的人才做得到的。多磨炼自己，慢慢地去达到这样的境界。

16. 人到愁来无处会，不关情处总伤心。

——北宋·黄庭坚《和陈君仪读太真外传》

【注解】无处会：无法理解。不关情处：与人情无关的事物。

【释义】一个人只要愁上心来就无法理解，连不相干的事物也会使人伤感。

【点评】无淡泊之心，就会多愁善感；多愁善感的人，常会睹物思人。

17. 事可语人酬对易，面无惭色去留轻。

——南宋·刘过《送王简卿归天台》

【注解】事可语人：谓行事光明。酬对：应答。惭色：惭愧的表情。去留: 离职或留任。

【释义】事能告人,应答就容易了;无愧于心,去留自然不会在意。

【点评】凡事不为私利,什么决定都不难做出。

18. 淡泊是高风,太枯则无以济人利物。

——明·洪应明《菜根谭》

【注解】淡泊:不追求名利。枯:清贫。济人利物:救助他人,有利于
社会。

【释义】不追求名利是高尚的情操,但过于清贫就无法接济他人,对
社会做出贡献。

【点评】既要有高尚的情操,又要有一定的获财能力,以便于对社会
做贡献。

19. 志在林泉,胸怀廊庙。

——明·洪应明《菜根谭》

【注解】林泉:比喻淡泊名利的隐居生活。廊庙:比喻朝廷或从政
做官。

【释义】君子的情趣志向可以是过隐居山林的生活,但其胸怀中应始
终装着朝廷、国家。

【点评】名句所说的志向,是中国古代大多数文人理想化的生活。

20. 我贵而人奉之,奉此峨冠大带也;我贱而人侮之,侮此布衣草履也。

——明·洪应明《菜根谭》

【注解】贵:地位高。奉:奉承。峨冠大带:高帽子和阔腰带,上等人的
装束。布衣履:麻布衣和草鞋,下等人的穿着。

【释义】如果我高贵而别人奉承我,那是奉承我头上的高冠和腰上的
博带;如果我卑贱而别人侮辱我,那是侮辱我身上的布衣和脚上的
草鞋。

【点评】明白的人,当被奉承或被侮辱时,都显得十分淡泊。因为他知
道,这都是冲着其地位高低而来的。

21. 处世不宜与俗同，亦不宜与俗异；作事不宜令人厌，亦不宜令人喜。

——明·洪应明《菜根谭》

【注解】处世：在社会上活动，跟人相处。俗：世俗。

【释义】做人不应该跟世俗雷同，也不应该刻意求异；做事不应该让人讨厌，也不应该刻意让人喜欢。

【点评】做人在规矩范围内随意随性比较好。

22. 居轩冕之中，不可无山林的气味；处林泉之下，须要怀廊庙的经纶。

——明·洪应明《菜根谭》

【注解】轩冕：古制大夫以上的官吏，每当出门时都要穿礼服坐马车，马车就是轩，礼服就是冕，此喻高官。山林：泛指田园风光或闲居山野。气味：意趣情调。林泉：常喻隐退。经纶：比喻策略。

【释义】身居显位高官的人，不可以不保持一种隐居山林淡泊名利的情趣；隐居在田园山林之中的君子，必须要有胸怀天下治理国家的壮志和蓝图。

【点评】名句是说大丈夫能伸能屈，但为国为民而从政做官的志向永远不变。

23. 让利精于取利，逃名巧于邀名。

——明·陈继儒《小窗幽记》

【注解】精：精明。巧：巧妙。邀：求。

【释义】出让利益要比获取利益精明，逃避名声要求取名声巧妙。

【点评】一个人不图利益、不要名声，反而能得到老百姓更大的拥护。

24. 放得俗人心下，方可为丈夫。

——明·陈继儒《小窗幽记》

【注解】俗人心：指追求名利之心。方：才。丈夫：指有志气有作为的男子。

【释义】能够放下名利之心，才能成为男子汉。

【点评】真正的男子汉，是不追求名利的。

25. 言吾善者, 不足为喜; 道吾恶者, 不足为怒。

——明·冯梦龙《警世通言》

【注解】 言: 说。吾: 我。不足: 不值得。

【释义】 说我好的, 不值得高兴; 说我坏的, 不值得生气。

【点评】 淡泊名利的人、有较高境界的人才会这么淡定。

26. 嫁女择佳婿, 毋索重聘; 娶媳求淑女, 勿计厚奁。

——清·朱用纯《治家格言》

【注解】 计: 计较。奁(lián): 嫁妆。

【释义】 嫁女儿要嫁好女婿, 不要索求贵重的聘礼; 娶儿媳要娶贤淑
女, 不要在意厚重的嫁妆。

【点评】 嫁女儿娶媳妇, 都要看重对方的人品与学识, 而不是财富,
这样才会和谐幸福。

27. 厌名利之谭者, 未必尽忘名利之情。

——清·王永彬《围炉夜话》

【注解】 谭: 同 "谈"。

【释义】 不喜欢谈论名利的人, 未必彻底忘却了名利。

【点评】 嘴上不说名利, 不等于内心不追逐名利。

28. 淡中交耐久, 静里寿延长。

——清·王永彬《围炉夜话》

【注解】 淡: 平淡。静: 宁静。

【释义】 友情在平淡中才能持久, 寿命在宁静里就会延长。

【点评】 无欲无求, 会使朋友长久, 也会使生命长久。

29. 存为善之心, 不必邀为善之名。

——清·王永彬《围炉夜话》

【注解】 为善: 做好事。邀: 求。

【释义】 有意去做好事, 就不必求取做好事的名声。

【点评】 把积德行善做好事, 当作生命的一部分, 就不会去求取名声。

六、宽仁

1. 既以为人，己愈有；既以与人，己愈多。

——《老子》第八十一章

【注解】既：尽。为人：帮助别人。与：给。

【释义】尽力帮助别人，自己反而更富有；尽力给予别人，自己反而更富足。

【点评】尽力帮助与给予别人的人，自己会更富有。

2. 成事不说，遂事不谏，既往不咎。

——《论语·八佾》

【注解】说：解释。遂事：正在进行、势不能中止的事。谏：规劝。既往：已经过去的。咎：责备。

【释义】已经完成的事不必解说，已经在做且势不能中止的事不必劝阻，已经过去的错误不必责备。

【点评】以平和的心态为人处世。

3. 君子无终食之间违仁，造次必于是，颠沛必于是。

——《论语·里仁》

【注解】终食之间：吃完一顿饭的时间，片刻。造次：匆忙。颠沛：困顿。是：此，指"仁"。

【释义】有抱负的人一刻也不会违反仁德，匆忙时必定如此，困顿时也必定如此。

【点评】有仁德的人在任何时候不管顺境还是逆境，都不会违背仁德。

4. 仁者先难而后获,可谓仁矣。

——《论语·雍也》

【注解】仁者:有仁德的人。获:获得回报。

【释义】仁者遇到艰难的事总是抢在别人前面,在获取回报时总是退居别人之后,这样才称得上仁。

【点评】吃苦在前、享受在后的人是有仁德的人。

5. 君子有三变:望之俨然,即之也温,听其言也厉。

——《论语·子张》

【注解】俨然:庄重的样子。即:靠近,接触。也:句中语气词。温:温和。厉:严厉。

【释义】有才德的人给人的感觉有三种变化:远看感到庄重,接近感到温和,听他说话感到严厉。

【点评】有才德的人威严并举,让人愿意尊重,愿意亲近,又感到威严。

6. 君子尊贤而容众,嘉善而矜不能。

——《论语·子张》

【注解】贤:贤者。众:普通群众。善:好人。矜(jīn):同情。

【释义】有才德的人尊敬贤者而容纳普通群众,赞许好人而怜悯无能的人。

【点评】有才德的人是用高道德水准来与各种人相处的。

7. 君子贤而能容罢,知而能容愚,博而能容浅,粹而能容杂。

——《荀子·非相》

【注解】贤:贤明。容:容纳。罢:疲弱无能的人。知:同“智”。粹:纯粹。杂:知识芜杂的人。

【释义】品格高尚的人有才干但能宽容无能,有智慧但能宽容愚蠢,学问渊博但能宽容浅薄,知识精纯但能宽容芜杂。

【点评】品格高尚而又非常有才华的人,不会看不起才能不如自己的人。

8. 善则称人，过则称己。

——《礼记·坊记》

【注解】善：好事。称：声称。

【释义】好事归于别人，过失归于自己。

【点评】这是一个高尚的人，纯粹的人，有道德的人。

9. 贵而下贱，则众弗恶也；富能分贫，则穷士弗恶也；智而教愚，则童蒙者弗恶也。

——《韩诗外传》

【注解】下：屈己尊人。弗：不。恶：憎恨。童蒙：幼稚愚昧。

【释义】自身高贵而能够尊重卑贱的人，群众就不会憎恨他；自身富有而能够分点财产给穷人，穷人就不会憎恨他；自身聪慧而能够教导愚蒙的人，愚蒙的人就不会憎恨他。

【点评】所想的所做的，都是为底层人，底层人就会拥护他。

10. 无道人之短，无说己之长。

——东汉·崔瑗《座右铭》

【注解】无：不要。道：说。

【释义】不要说人家的短处，不要说自己的长处。

【点评】不要议论别人的短处，不要炫耀自己的长处，做一个有境界的人。

11. 施人慎勿念，受施慎勿忘。

——东汉·崔瑗《座右铭》

【注解】慎勿：千万不要。念：记在心上。

【释义】周济了人家千万不要放在心上，受了人家的恩惠千万不要忘记。

【点评】接济别人要当作助人为乐，而别人帮助了你当知恩图报。

12. 记人之善，忘人之过。

——《三国志·蜀书·秦宓传》

【注解】善：好处。过：过失。

【释义】记着别人的好处，忘记别人的过失。

【点评】做一个感恩而不记恨的人。

13. 怀既往而不咎，指将来而骏奔。

——唐·王勃《上百里昌言疏》

【注解】怀：回忆。既往：过去。咎：责备。指：指望。骏奔：急速奔跑。

【释义】回忆过去而不责备自己，寄希望于未来而快速前进。

【点评】总结经验教训，为更快进步。

14. 记人之长，忘人之短。

——唐·张九龄《敕渤海王大武艺书》

【注解】长：长处。短：短处。

【释义】记着别人的长处，忘记别人的短处。

【点评】能这样做，是一个心胸开阔的人。

15. 公无私者，其取舍进退无择于亲疏远迩。

——唐·韩愈《送齐暤下第序》

【注解】取舍：取用与舍弃。进退：提拔与降黜。迩：近。

【释义】大公无私的人，对人的录用与弃置、提拔与降黜是不论亲疏远近的。

【点评】为官者有这样的用人情操，国家的进步会更快。

16. 丈夫贵兼济，岂独善一身。

——唐·白居易《新制布裘》

【注解】丈夫：有所作为的人。贵：看重。兼济：使众人受益。岂：哪能。独善：只注重个人的洁身自好。

【释义】有所作为的人注重让大众受益，怎么能只考虑个人的事。

【点评】有作为的人为民谋福祉，却不考虑个人利益。

17. 乐道人之善而不为诎。

——北宋·苏洵《上欧阳内翰第一书》

【注解】乐：喜欢。诎：奉承讨好。

【释义】喜欢称道别人的长处但不奉承讨好。

【点评】对别人的长处是欣赏而不是讨好。

18. 得饶人处且饶人。

——《唾玉集·常谈出处》

【注解】饶：宽恕。处：时候。

【释义】可以饶恕别人时就饶恕别人。

【点评】不要抓住别人一点而纠缠不清不肯放过。

19. 待善人宜宽，待恶人当严，待庸众之人宜宽严互存。

——明·洪应明《菜根谭》

【注解】庸众之人：平凡普通的人。

【释义】对待善良的人应当宽厚，对待邪恶的人应当严厉，对待一般的人应当宽严并用。

【点评】这是为人处世、待人接物比较好的方法。

20. 忘功念过，忘怨念恩。

——明·洪应明《菜根谭》

【注解】念：记。

【释义】要忘掉自己的功绩而记住自己的过失，要忘掉与别人之间的仇怨而记住别人的恩德。

【点评】有美好情操和较高境界的人一定会这样做。

21. 人之过误宜恕，而在己则不可恕；己之困辱宜忍，而在人则不可忍。

——明·洪应明《菜根谭》

【注解】恕：宽恕。忍：忍耐。

【释义】对别人的过失和错误应该宽恕，但对自己的过失和错误就不能原谅；对自己的困窘和屈辱应该忍耐，但对别人的困窘和屈辱就要设法替他解决。

【点评】高尚的人严于律己宽以待人，克己帮助别人。

22. 有过归己，有功让人。

——明·洪应明《菜根谭》

【注解】功：功劳。

【释义】与人共事，有了过失自己承担，有了功劳让给别人。

【点评】这是一个有担当的人。

23. 责勿太严，教勿太高。

——明·洪应明《菜根谭》

【注解】责：批评。严：严厉。

【释义】批评别人不要太严厉，教育别人要求不要太高。

【点评】要对己严，对人宽。

24. 侠心交友，素心做人。

——明·洪应明《菜根谭》

【注解】侠：侠义。素心：纯洁心地。

【释义】以侠义心肠交友，以纯洁心地做人。

【点评】对朋友肝胆相照，为人处世善良纯洁。

25. 为国忘私仇，千秋思廉蔺。

——清·严允肇《古风》

【注解】廉蔺：战国时期赵国的两位大功臣廉颇和蔺相如。廉颇因嫉妒蔺相如位在其上而多次羞辱蔺，蔺为了国家利益一忍再忍，后廉颇悔悟负荆请罪，后世传为美谈。

【释义】廉颇和蔺相如能够为国家利益而忘却私人仇恨，这种风范千年之后仍然让人怀念。

【点评】这种国家利益高于一切的精神，必定会代代相传，永不磨灭。

26. 济世虽乏赀财，而存心方便，即称长者。

——清·王永彬《围炉夜话》

【注解】济世：救助世人。长者：年高有德的人。

【释义】虽然缺乏钱财去济助世人，但只要有心与人方便，就称得上长者。

【点评】有心帮助人与财物帮助人是一样受人尊重的。

27. 见人善行，多方赞成；见人过举，多方提醒。

——清·王永彬《围炉夜话》

【注解】赞成：助其成功。过举：不恰当的举动。

【释义】看到别人有好的行为，应该想方设法助其成功；看到别人有不恰当的举动，应当想方设法去提醒。

【点评】一个有道德的人时时、处处与人为善。

28. 求备之心，可用之以修身，不可用之以接物。

——清·王永彬《围炉夜话》

【注解】求备：要求完美无缺。接物：与人交往。

【释义】要求完美无缺的心理，可用在修养自身上，不能用在人际交往上。

【点评】对己严，待人宽。

七、情操

1. 君子上交不谄，下交不渎。

——《周易·系辞下》

【注解】谄：谄媚讨好。渎：轻侮。

【释义】有才德的人结交地位高的人不谄媚，结交地位低的人不轻侮。

【点评】有才德的人，为人处世不卑不亢。

2. 凡民有丧，匍匐救之。

——《诗经·邶风·谷风》

【注解】丧：灾难。匍匐：屈身尽力的样子。

【释义】只要他人有灾难，总是尽力去救助。

【点评】遇到有困难的人，要尽力去帮助。

3. 不掩贤以隐长，不刻下以谀上。

——《晏子春秋·内篇问上》

【注解】掩：掩盖。贤：美善。长：长处。刻：苛刻对待。谀：奉承。

【释义】不掩盖别人的优点和长处，不苛求下级而奉承上级。

【点评】这是一个为官者应有的道德情操。

4. 人之有技，若己有之；人之彦圣，其心好之。

——《尚书·秦誓》

【注解】技：技能。彦圣：贤良明达。好：喜爱。

【释义】别人有技能，就像自己有一样高兴；别人贤良明达，就会对他产生好感。

【点评】有仁德的人，为别人的成就而高兴，对于高尚的人会给予尊重。

5. 君子之于天下也，无适也，无莫也，义之与比。

——《论语·里仁》

【注解】天下：指天下的事物。适：通"敌"，抵触。莫：通"慕"，贪慕。义：道义。比：挨着，靠近。

【释义】有抱负的人对于天下的事物，不敌视，不贪慕，他们总是和道义站在一起。

【点评】有抱负的人不仅不贪不腐，还总是与真理在一起。

6. 人洁己以进，与其洁也，不保其往也。

——《论语·述而》

【注解】洁己：改正自己的缺点。与：赞许。保：固守。往：过去。

【释义】别人改掉身上的缺点，就要赞许他的进步，而不应死缠住他的过去。

【点评】人要向前看，要为别人的进步而赞许，不再也不应该提及别人的过错。

7. 君子坦荡荡，小人长戚戚。

——《论语·述而》

【注解】坦荡荡：形容宽畅。长：久。戚戚：形容忧惧。

【释义】品格高尚的人心胸宽广，了无挂碍；品格卑下的人总是忧心忡忡，局促不安。

【点评】品格高尚的人神清气定，品格卑下的人常惴惴不安。

8. 温而厉，威而不猛，恭而安。

——《论语·述而》

【注解】厉：严厉。恭：恭谨。

【释义】温和却又严肃，威严却又不凶猛，恭谨却又安详。

【点评】一个人的为人与处世态度如此恰到好处，唯高德君子能做到了。

9. 朋友切切偲偲，兄弟怡怡。

——《论语·子路》

【注解】切切偲（sī）偲：切磋勉励的样子。怡怡：和悦的样子。

【释义】朋友之间要互相切磋勉励，兄弟之间要和和睦睦。

【点评】朋友间遇事相互帮助互相勉励，弟兄间和睦相处生死相依。

10. 君子和而不同，小人同而不和。

——《论语·子路》

【注解】和：和谐。同：趋同。

【释义】品格高尚的人能与人保持和谐的关系却不盲目趋同，品格卑下的人盲目趋同却不能与人保持和谐的关系。

【点评】说明要赞同不趋同。

11. 君子固穷，小人穷斯滥矣。

——《论语·卫灵公》

【注解】固穷：固守其穷，不因穷困而改变节操。斯：就。滥：指胡作非为。

【释义】品格高尚的人穷困时能够固守节操，品格卑下的人一旦穷困就胡作非为了。

【点评】品格高尚的人至死固守道德，品格卑下的人遇到穷困就失掉道德底线。

12. 己善，亦乐人之善也；己能，亦乐人之能也。

——《曾子·立事》

【注解】乐：喜欢。能：有才能。

【释义】自己善良，也希望别人善良；自己有能耐，也希望别人有能耐。

【点评】希望和帮助周围的人，使他们都善良都有能耐。

13. 不党父兄，不偏贵富，不嬖颜色。

——《墨子·尚贤中》

【注解】党：袒护。偏：偏向。嬖（bì）：宠爱。颜色：姿色。

【释义】不袒护亲人，不偏向有权有势的人，不看重姿色。

【点评】做到这三不的人，是境界较高的人。

14. 利人乎即为，不利人乎即止。

——《墨子·非乐上》

【注解】利人：对人有利。为：做。

【释义】对别人有利就做，对别人不利就不做。

【点评】现代人若有这个情操，则天下太平了。

15. 不逆命，何羡寿？不矜贵，何羡名？不要势，何羡位？不贪富，何羡货。

——《列子·杨朱》

【注解】逆：违背。羡：羡慕。矜贵：以地位高为荣。要：求。货：财物。

【释义】不违逆天命，何必羡慕长寿？不在乎贵显，何必羡慕名誉？不追求权势，何必羡慕地位？不贪图富有，何必羡慕财物？

【点评】一个境界高尚的人什么都不贪图，所以什么都无须追求，更不羡慕。

16. 仰不愧于天，俯不怍于人。

——《孟子·尽心上》

【注解】俯：低头向下。怍（zuò）：惭愧。

【释义】上无愧于天，下无愧于人。

【点评】公理在心，无愧于人。

17. 得天下英才而教育之，三乐也。

——《孟子·尽心上》

【注解】英才：优秀人才。

【释义】得到天下的优秀人才并对他们进行教育，这是有才德的人的第三大乐事。

【点评】得到天下俊才的向往投奔，且用更高的境界培训他们，当权者会感到莫大的快乐。

18. 真者，精诚之至也，不精不诚，不能动人。

——《庄子·渔父》

【注解】至：极致。精：精粹。诚：至诚。动：打动。

【释义】所谓真，就是精诚到极致的东西，不是精粹的不是至诚的东西，就不能感动人。

【点评】只有至真至诚的东西才能打动人心。

19. 君子不为苛察，不以身假物。

——《庄子·天下》

【注解】苛察：苛求。假物：依靠外物。

【释义】品格高尚的人不苛求别人，不借助于外物。

【点评】高尚的人不会利用别人，也不会苛求别人。

20. 苏世独立，横而不流。

——战国·屈原《九章·橘颂》

【注解】苏世：清醒地生活在人世。独立：指超凡拔俗，与众不同。横：旁逸斜出。不流：不俯从俗流。

【释义】独自清醒地挺立于人世，我行我素而绝不随波逐流。

【点评】描绘出一个脑袋清醒、一身傲骨的斗士。

21. 非我而当者，吾师也；是我而当者，吾友也；谄谀我者，吾贼也。

——《荀子·修身》

【注解】非：批评。当：恰当。是：肯定。谄谀：巴结奉承。贼：害人的人。

【释义】批评我而批评对的人，是我的老师；肯定我而肯定对的人，是我的朋友；阿谀奉承我的人，是害我的人。

【点评】君子做人非常有原则，能明确分辨出帮助自己与害自己的人。

22. 君子崇人之德, 扬人之美, 非谄谀也; 正义直指, 举人之过, 非毁疵也。

——《荀子·不苟》

【注解】 崇: 推崇。扬: 宣扬。毁疵: 诋毁挑剔。

【释义】 有才德的人推崇别人的品德, 宣扬别人的长处, 不是巴结奉承; 直接指出别人的缺点, 检举别人的过错, 不是诽谤挑剔。

【点评】 有才德者无私而无畏, 能对人扬美祛恶。

23. 天不为人之恶寒也辍冬, 地不为人之恶辽远也辍广, 君子不为小人之匈匈也辍行。

——《荀子·天论》

【注解】 恶: 讨厌。辍: 废止。匈匈: 吵吵嚷嚷。

【释义】 天不因为人们厌恶寒冷而废止冬天, 地不因为人们厌恶辽远而不广阔, 有才德的人不因为心术不正的小人而吵吵嚷嚷不去做他应该做的事。

【点评】 有才德的人心中的使命不会停止践行。

24. 贤圣之接也, 不待久而亲; 能者之相见也, 不待试而知矣。

——西汉·刘向《说苑·尊贤》

【注解】 接: 交往。不待: 用不着。知: 了解。

【释义】 道德高尚的人, 不用多长时间就彼此亲密了; 才能出众的人相见, 不用试探就互相了解了。

【点评】 物以类聚, 人以群分。

25. 不患位之不尊, 而患德之不崇; 不耻禄之不伙, 而耻智之不博。

——《后汉书·张衡传》

【注解】 患: 忧虑。崇: 高。伙: 多。博: 大。

【释义】 不忧虑地位不尊贵, 而是忧虑道德不崇高; 不以俸禄不多为羞耻, 而是以智慧不足为羞耻。

【点评】 这是一个崇尚道德、用智慧为国家服务的道德观。

26. 生有七尺之形,死唯一棺之土,唯立德扬名,可以不朽。

——《三国志·魏书·文帝纪》

【注解】七尺:古代男人的一般身高(古尺短)。立德:树立德业。不朽:永不磨灭。

【释义】人或者有七尺之躯,死了只占一口棺材之地,只有树立德业,传扬名声,才能永不磨灭。

【点评】人只有建功立业,才活得有意义。

27. 振穷救急,倾家无爱。

——《三国志·魏书·吕布传》

【注解】振:通"赈",救济。倾家:用尽家产。爱:吝惜。

【释义】救人贫困,解人急难,用尽全部家产也不吝惜。

【点评】有仁德的人,倾其家产去帮助有难的人,丝毫都不心疼。

28. 爱名尚利,小人哉! 未见仁者而好名利者也。

——隋·王通《中说·问易》

【注解】尚:崇尚。好:喜好。

【释义】爱尚名利,那是品格卑下的人啊! 没有见过有仁德的人喜好名利。

【点评】追名逐利的人,是没有仁德的人。

29. 朗如日月,清如水镜。

——唐·杨炯《郪县令扶风窦兢字思谨赞》

【注解】朗如日月:形容功德似日月般光明。清如水镜:形容操守廉洁。

【释义】像太阳和月亮一样明亮,像水和镜子一样清澈。

【点评】赞美郪县令德高清廉,为人仰慕,常被用来形容廉洁的操守和高尚的人格。

30. 推心置腹,开诚布公。

——唐·张九龄《亲贤》

【注解】推心置腹:将自己的心放入对方的怀中。开诚布公:公开自己的诚意，陈述自己的公正看法。

【释义】诚心待人，坦白无私。

【点评】以诚相待，坦荡为人。

31. 事在是非，公无远近。

——唐·张九龄《与李让侍御书》

【注解】是非：正确和错误。公：公事。远近：亲疏。

【释义】事情只讲对错，公事不论关系。

【点评】凡事不考虑个人利益，而是公正对待。

32. 处世忌太洁，至人贵藏晖。

——唐·李白《沐浴子》

【注解】处世：在社会上活动，跟人相处。忌：忌讳。太洁：清高而不与世合。至人：达到最高境界的人。藏晖：韬光养晦，不露锋芒。

【释义】处世不宜太过清高，至人的可贵之处在于不露锋芒。

【点评】为人处世低调比较好。

33. 一视而同仁，笃近而举远。

——唐·韩愈《原人》

【注解】一视：一样看待。同仁：一样施予仁爱。笃：宽厚。举：推荐。

【释义】对人同等看待，同样仁爱，厚待亲近的人，举荐疏远的人。

【点评】为人做事不带有私心，不管亲近与疏远的人，都一视同仁。

34. 利居众后，责在人先。

——唐·韩愈《送穷文》

【注解】利：利益。居：处在。责：责任。

【释义】得利在众人的后面，尽责在别人的前面。

【点评】我们每个人能够得利在众人的后面，尽责在别人的前面，国家就和谐兴旺了。

35. 先天下之忧而忧，后天下之乐而乐。

——北宋·范仲淹《岳阳楼记》

【注解】 先：先于。天下：天下人。后：后于。

【释义】 在天下人忧愁之先而忧愁，在天下人快乐之后而快乐。

【点评】 无私爱民，时刻把百姓冷暖放在心间。

36. 豹死留皮，人死留名。

——《新五代史·王彦章传》

【注解】 名：美好的名声。

【释义】 豹死留下斑斓的毛皮，人死留下美好的名声。

【点评】 活着为国为民多做贡献，死了就青史留名。

37. 己好则好之，己恶则恶之，以是自信则惑也。

——北宋·苏轼《上曾丞相书》

【注解】 以是：由此。惑：糊涂。

【释义】 自己喜爱的就认为是好的，自己讨厌的就认为是坏的，这样相信自己就会犯糊涂。

【点评】 以自己的好恶为标准，有时偏差会很大。

38. 势利纷华，不近者为洁，近之而不染者尤洁。

——明·洪应明《菜根谭》

【注解】 势利：权势和财利。纷华：豪华富丽。洁：纯洁。尤：更。

【释义】 对于荣华富贵，不接近的人是纯洁的，接近而不受影响的人尤其纯洁。

【点评】 不攀龙附凤的人是纯洁的。

39. 君子之处世也，甘恶衣粗食，甘艰苦劳动，斯可以无失矣。

——清·李塨《颜习斋先生年谱》

【注解】 处世：在社会上活动，与人相处。甘：甘愿。斯：这样。失：过失。

【释义】 有才德的人处世，甘愿穿劣衣吃粗菜，甘愿受苦受累，这样就不会有过失了。

【点评】高尚的人，为了不犯错，对自己的要求十分严苛。

40. 主雅客来勤。

——清·曹雪芹《红楼梦》

【注解】勤：次数多。

【释义】主人高雅客人才常来。

【点评】主人正直、高雅、学识渊博，经常就会有客人来拜访。

41. 无论作何等人，总不可有势利气；无论习何等业，总不可有粗浮心。

——清·王永彬《围炉夜话》

【注解】势利：形容看财产、地位分别对待人的表现。粗浮：粗疏浮躁。

【释义】不管做怎样的人，都不能有趋炎附势的作风；不管从事怎样的学业，都不能有粗疏浮躁的心理。

【点评】做人要实在，做事要踏实。

42. 大丈夫处事，论是非，不论祸福。

——清·王永彬《围炉夜话》

【注解】大丈夫：有志气也有作为的男子。

【释义】有志气有作为的人处理事情，只讲对错，不考虑祸福。

【点评】有高尚情操的人，只问对错，不考虑个人祸福。

情感篇

一、亲情

1. 积善之家，必有余庆；积不善之家，必有余殃。

——《周易·坤卦》

【注解】积：累积。余庆：祖先遗存的恩泽。余殃：祖先遗留的灾难。

【释义】好事做得多的人家，必定泽被后代；坏事做得多的人家，必定祸及子孙。

【点评】积德就是为子孙积福，缺德就是祸害子孙。

2. 愿言思伯，甘心首疾。

——《诗经·卫风·伯兮》

【注解】愿言：思念殷切的样子。伯：周代妇女对丈夫的称呼。首疾：头痛。

【释义】苦苦地思念夫君，想得头痛也心甘。

【点评】因为夫妻恩爱，所以离别后更为相思。

3. 妻子好合，如鼓瑟琴。

——《诗经·小雅·常棣》

【注解】好合：情投意合。鼓：弹奏。瑟：古代弦乐器，像琴。

【释义】与妻子儿女情投意合，就像弹奏琴瑟那样和谐。

【点评】夫妻和和睦睦，就像弹奏琴瑟那样动听和谐。

4. 无父何怙？无母何恃？

——《诗经·小雅·蓼莪》

【注解】怙：依靠。恃：依靠。

【释义】没有父亲，哪有依靠？没有母亲，哪有依靠？

【点评】孩子失掉父母，就失掉了依靠。

5. 知子莫若父。

——《管子·大匡》

【注解】知：了解。

【释义】父亲是最了解自己的儿子的。

【点评】父子连心，子女由双亲带大，因此父子间往往是心有灵犀一点通。

6. 父母唯其疾之忧。

——《论语·为政》

【注解】唯：只。其：指父母。

【释义】对于父母，只担心他们的疾病。

【点评】孝顺的子女，最牵挂父母的身体。

7. 今之孝者，是谓能养；至于犬马，皆能有养。不敬，何以别乎?

——《论语·为政》

【注解】谓：称，叫作。

【释义】现在的孝，只能叫作能够赡养父母；就连狗、马这样的动物都能做到，不加以尊敬，有什么区别呢?

【点评】对父母，不仅仅是赡养，更要紧的是敬重。

8. 父母之年，不可不知也。一则以喜，一则以惧。

——《论语·里仁》

【注解】知：记在心上。一则：一方面。惧：忧虑。

【释义】父母的年纪，不能不记在心上。一方面为他们的健康长寿而高兴，一方面又为他们的日益衰老而担忧。

【点评】为父母的高寿既喜又忧，是十分孝敬父母的子女才有的复杂感情。

9. 爱子，教之以义方，弗纳于邪。

——《左传·隐公三年》

【注解】义方：为人处世的道理。弗：不。纳：使入。

【释义】爱护子女，就要教给他们处世的道理，不使他们走上邪路。

【点评】真正爱护子女，就要教育他们正直善良，爱国爱民，更不能走入歧途。

10. 君子之于子，爱之而勿面，使之而勿貌，导之以道而勿强。

——《荀子·大略》

【注解】勿面：不表现出来。勿貌：不加以表扬。导：引导。强：勉强。

【释义】有才德的人对待子女，喜爱他们而不表现出来，使唤他们而不加以表扬，用正道来引导他们而不勉强。

【点评】要培养优秀的子女，家长不仅需要有才德，还需要有技巧。

11. 严家无悍虏，而慈母有败子。

——《韩非子·显学》

【注解】严家：管教严厉的家庭。悍虏：凶悍的奴仆。败子：败家子。

【释义】管教严厉的家庭没有凶悍的奴仆，而慈善的母亲却会培养出败家子。

【点评】对子女光有慈爱，而没有严格要求，这些子女可能会走歧途。

12. 积德之家，必无灾殃。

——西汉·陆贾《新语·怀虑》

【注解】积德：积累善行。

【释义】积累善行的人家，肯定没有灾祸。

【点评】积德积福的人家，不会有大的灾祸。

13. 爱亲者不敢恶于人，敬亲者不敢慢于人。

——《孝经·天子》

【注解】亲：父母长辈。恶：不好。于：对。

【释义】关爱自己老人的人，就不敢对别人的老人不好；敬重自己老人的人，就不敢怠慢别人的老人。

【点评】所谓孝，不仅对自己的老人要关爱敬重，而且对别人的老人也要一样。

14. 父有争子，则身不陷于不义。

——《孝经·谏诤》

【注解】争：同"诤"，直言规劝。义：道义。

【释义】父亲有直言规劝的儿子，就不会陷于不道义的境地。

【点评】子女若常能提醒督促父母亲，父母亲就会讲道义，积德行善做好事。

15. 夫孝者，善继人之志，善述人之事者也。

——《礼记·中庸》

【注解】人：指祖先。述：继承。

【释义】所谓孝，就是善于继承先人的遗志，善于继承先人的事业。

【点评】善于将祖辈的事业与遗志发扬光大、继往开来，就是最好的孝。

16. 为人子，止于孝；为人父，止于慈。

——《礼记·大学》

【注解】止：限。

【释义】作为儿女，行为规范只限于孝敬；作为父母，行为规范只限于慈爱。

【点评】父母慈，子女孝，这是基本的行为规范。

17. 慈父之爱子，非为报也。

——《淮南子·缪称训》

【注解】报：报答。

【释义】慈善的父亲爱护儿子，不是为了报答。

【点评】慈祥的父母亲爱护子女，不是为了将来得到报答。而在现实中，这样的孩子以后会比较孝顺。

18. 弗爱弗利，亲子叛父。

——《淮南子·缪称训》

【注解】弗：不。

【释义】如果不加以爱护，不给以好处，连亲生儿子也会背叛父亲。

【点评】父母亲对子女要多加爱护。

19. 乳狗之噬虎也，伏鸡之搏狸也，恩之所加，不量其力。

——《淮南子·说林训》

【注解】乳狗：喂奶的母狗。噬：咬。伏鸡：孵蛋的母鸡。恩：情爱，母爱。

【释义】喂奶的狗咬老虎，孵蛋的鸡与山猫斗，母爱在施加的时候会不顾一切。

【点评】母爱在施加给子女时，她的力量是无法估计的。

20. 父母之爱子，则为之计深远。

——《战国策·赵策四》

【注解】计：考虑。

【释义】父母爱护子女，就要为他们考虑长远。

【点评】父母真心爱子女，就不能宠爱，更不能溺爱，要为他们的长远考虑。

21. 庶人将昌，必有良子。

——西汉·刘向《说苑·谈丛》

【注解】庶人：平民。

【释义】平民将要昌盛，必定有好儿子。

【点评】家有能文能武、爱国爱家的优秀儿子，这个家一定会改变贫困而昌盛起来。

22. 鞭扑之子，不从父之教。

——西汉·刘向《说苑·杂言》

【注解】鞭扑：鞭与扑皆为刑具，这里指受体罚。从：听从。

【释义】受体罚的儿子，不会听从父亲的教导。

【点评】体罚会使孩子产生逆反和对抗情绪，所以体罚是教育不好孩子的。

23. 婚姻者, 祸福之机。

——《三国志·魏书·袁绍传》

【注解】 机: 关键。

【释义】 婚姻是给家庭带来幸福或灾祸的关键。

【点评】 对一个家庭来说, 婚姻至关重要: 美满的婚姻可以使这个家庭幸福, 痛苦的婚姻可以使这个家庭招来灾祸。

24. 贫贱之知不可忘, 糟糠之妻不下堂。

——《后汉书·宋弘传》

【注解】 糟糠: 酒渣糠皮等粗劣食物。下堂: 妻子被丈夫休退。

【释义】 贫贱时交往的朋友不能忘却, 共患难的妻子不能休退。

【点评】 患难见真情的家人、朋友, 都不能忘记, 更不能抛弃。

25. 兄弟不睦, 则子侄不爱。

——北齐·颜之推《颜氏家训·兄弟》

【注解】 爱: 友爱。

【释义】 兄弟不和睦, 那么儿子和侄子也不会亲近。

【点评】 叔伯不和睦, 必会影响下一辈的关系。

26. 父母威严而有慈, 则子女畏慎而生孝矣。

——北齐·颜之推《颜氏家训·教子》

【注解】 慈: 慈爱。畏慎: 敬畏谨慎。

【释义】 父母威严而又慈爱, 子女们就会敬畏谨慎而产生孝心了。

【点评】 父母对子女, 既要威严又要慈爱, 这样培养出来的子女会更有孝心。

27. 父不慈, 则子不孝; 兄不友, 则弟不恭; 夫不义则妇不顺。

——北齐·颜之推《颜氏家训·治家》

【注解】 友: 关爱弟弟。妇: 妻子。顺: 顺从。

【释义】 父亲不慈爱, 子女就不孝顺; 哥哥不友爱, 弟弟就不恭敬; 丈夫不道义, 妻子就不顺从。

【点评】家庭内部的关爱、顺从、孝敬、和睦等，都是相互的，为了家
庭，每一个人都要付出。

28. 海上生明月，天涯共此时。

——唐·张九龄《望月怀远》

【注解】天涯：远方。

【释义】辽阔无边的大海上升起一轮明月，使人想起了远在天涯海角
的亲人和友人，此时此刻他也和我望着同一轮明月。

【点评】诗人月夜怀念亲人，即景生情。由望明月而把自己与远方的
亲人和友人联系在一起，看似平淡无奇，却蕴含着一种高华浑融的
意境。

29. 独在异乡为异客，每逢佳节倍思亲。

——唐·王维《九月九日忆山东兄弟》

【注解】倍：加倍，更加。

【释义】一个人在外的时候，到了节日总是更加思念亲人。

【点评】每逢团圆的节日，就特别想念亲人。

30. 烽火连三月，家书抵万金。

——唐·杜甫《春望》

【注解】烽火：古代边防用以报警的烟火，这里指战争、战乱。

【释义】战乱延续了三个月，家信极其难得。

【点评】古代通讯难，战乱时更难。佳句表现了作者厌恶战争，渴望
国家安定、家庭平安的情绪。

31. 露从今夜白，月是故乡明。

——唐·杜甫《月夜忆舍弟》

【注解】露：孟秋七月，白露首降。

【释义】孟秋七月，首次出现白露，清露盈盈，使人联想到故乡的
明月。

【点评】作者深情任性地说故乡的月亮最明，实则在白露夜的寒意

中，思念着流散的几个弟弟和家乡的亲人。

32. 嫁女莫望高，女心愿所宜。

——唐·李益《杂曲》

【注解】高：指门第高。宜：适宜。

【释义】嫁女儿不要攀高枝，女儿只愿意嫁给适合自己的人。

【点评】尊重女儿嫁给适合自己的人，而不要为了所谓的幸福去攀高枝，反而会害了女儿。

33. 今夜月明人尽望，不知秋思在谁家?

——唐·王建《十五夜望月寄杜郎中》

【注解】秋思：感秋之意，怀人之情。

【释义】今夜，明月当空，人们都在赏月，不知那茫茫的秋思落在谁家?

【点评】中秋之夜，人人都在望月，诗人以疑问语气对月思亲，表现得深沉而又委婉动人。

34. 无官一身轻，有子万事足。

——北宋·苏轼《贺子由生第四孙》

【注解】一身：整个身子。轻：轻松。

【释义】没有官职整个身子都觉得轻松，有了子孙任何事情都感到满足。

【点评】有官职，是有压力有责任的，无官职就感觉一身轻松；人到了老年，卸下官职，子孙绕膝，享受天伦之乐，会觉得很满足。

35. 慈孝之心，人皆有之。

——北宋·苏辙《古今家诫叙》

【注解】慈孝：慈爱和孝顺。

【释义】慈爱孝顺之心，人人都有。

【点评】理论上来说，慈爱孝顺之心应该人人都有，但是在现实生活中并不是这样。

36. 家人有过，不宜暴扬，不宜轻弃。此事难言，借他事而隐讽之；今日不悟，俟来日正警之。

——明·洪应明《菜根谭》

【注解】轻弃：轻易放过。隐讽：暗示。俟：等待。

【释义】家里的人犯错误，不应过于暴露宣扬，也不应轻易放过。这件事情难以直言，就用其他事情来暗示；今天不悔悟，就等来日再告诫。

【点评】教育家里人犯错改过，要讲究方法。

37. 养子弟如养闺女，最当严出入，谨交游。

——明·洪应明《菜根谭》

【注解】出入：生活起居。交游：交朋结友。

【释义】教养子弟如同培养闺中的女儿，最需要整肃他们的生活起居，注意他们交往的朋友。

【点评】教育自己的弟子学生，要像教育自己女儿一样：关注他们的生活习惯，交往怎样的朋友等。

38. 夫妇和而后家道成。

——明·程登吉《幼学琼林·夫妇》

【注解】家道：家业。

【释义】夫妻和睦齐心才能把家业管理好。

【点评】家和万事兴。

39. 夫妻无隔宿之仇。

——清·吴敬梓《儒林外史》

【注解】隔宿：隔夜。

【释义】夫妻之间的矛盾一般不会拖到第二天，就重归和好。

【点评】正常的夫妻不仅有爱，更有亲情，所以有矛盾很快就能化解。

40. 教小儿宜严, 严气足以平躁气。

——清·王永彬《围炉夜话》

【注解】 严气: 严格的态度。躁气: 浮躁的习气。

【释义】 教育孩子应当严格, 严格的态度足以克制浮躁的习气。

【点评】 对家中的孩子要严格要求。

41. 教子弟于幼时, 便当有正大光明气象。

——清·王永彬《围炉夜话》

【注解】 正大光明: 心怀坦白, 言行正派。

【释义】 教育孩子从小就应当有心怀坦白、言行正派的气度。

【点评】 从小就要教育孩子襟怀坦白, 言行正派, 大了才是有用之才。

42. 不幸家庭衅起, 须忍让曲全, 勿失旧欢。

——清·王永彬《围炉夜话》

【注解】 衅: 纠纷。曲全: 委曲求全。

【释义】 不幸遇上家庭纠纷, 必须忍让、退让, 委曲求全, 不要失去以往的和睦。

【点评】 在家庭内遇上矛盾, 为了家庭的和睦和谐, 要忍让退让。

43. 何谓创家之人? 能教子者便是。

——清·王永彬《围炉夜话》

【注解】 创家: 创立家业。能: 善于。

【释义】 什么叫作创立家业的人? 善于教导子孙的人就是。

【点评】 子孙教育得好了, 家业就会发扬光大。

44. 搴帏拜母河梁去, 白发愁看泪眼枯。惨惨柴门风雪夜, 此时有子不如无。

——清·黄景仁《别老母》

【注解】 搴 (qiān) 帏: 撩起帐幕。拜母: 恭敬地告别母亲。河梁: 地名, 在今重庆市巫山县。白发: 形容年迈。枯: 干。惨惨: 忧愁, 悲戚。柴门: 简陋的木门, 比喻贫苦人家。

【释义】撩起房门的帐幕去向母亲告别，因为要到河梁去谋生了。望着白发苍苍的老母亲，悲伤得眼泪都流干了。想到从此像这样风雪交加的深夜里再也不能孝敬母亲了，从此开了这凄惨的分离的柴门远去，不禁令人兴叹：母亲养了像我这样的儿子有何用呢？还不如与没有一样。

【点评】抒发了作者为了外出谋生，不能陪伴孝敬老母的愧疚心情。

二、友情

1. 同声相应，同气相求。

——《周易·乾卦》

【注解】应：呼应。同气：气质相同。求：吸引。

【释义】声音相同会互相呼应，气质相同会互相吸引。

【点评】比喻志趣相同者互相呼应或吸引。

2. 二人同心，其利断金；同心之言，其臭如兰。

——《周易·系辞上》

【注解】同心：齐心。利：锋利。金：金属。臭：气味。兰：一种香草。

【释义】两人齐心，力量强大；齐心的话，气味芳香。

【点评】齐心协力，力量就会强大。

3. 投我以桃，报之以李。

——《诗经·大雅·抑》

【注解】报：回报。

【释义】投给我桃子，我把李子回报她。

【点评】人与人之间有来有往。后形成"投桃报李"一语，比喻人与人之间礼尚往来。

4. 无友不如己者。

——《论语·学而》

【注解】友：结交。

【释义】不要和比不上自己的人交朋友。

【点评】要与值得自己敬重、值得自己学习、值得自己佩服的人交朋友。

5. 有朋自远方来，不亦乐乎。

——《论语·学而》

【注解】 朋：朋友。自：从。亦：也是。

【释义】 有朋友从远方来，不也是挺快乐的吗？

【点评】 朋友往往别时容易见时难，朋友从远方来，是一件特别开心的事。

6. 君子周而不比，小人比而不周。

——《论语·为政》

【注解】 周：关系亲密，团结。比：勾结。

【释义】 品格高尚的人相互团结而不勾结，品格卑下的人相互勾结而不团结。

【点评】 现实社会中经常能见到上述这两类人。

7. 四海之内，皆兄弟也。

——《论语·颜渊》

【注解】 四海之内：指全国，古人以为中国四面环海。

【释义】 全中国的人，都是兄弟。

【点评】 到了大同世界，全国人民都是兄弟。

8. 不得中行而与之，必也狂狷乎！狂者进取，狷者有所不为也。

——《论语·子路》

【注解】 中行：行为合乎中庸之道的人，儒家以中庸为最高道德标准。与：交往。狂：激进。狷（juàn）：孤高正直。

【释义】 如果无法跟行为合乎中庸之道的人交往，就一定选择那些激进或孤高耿直的人！激进的人一心向上，孤高耿直的人不会去做不好的事。

【点评】 交友要选择对象，孔子提出了可以做朋友的三种人，并分出高下。

9. 益者三友，损者三友。友直，友谅，友多闻，益矣；友便辟，友善柔，友便佞，损矣。

——《论语·季氏》

【注解】直：正直。谅：诚实。多闻：知识广博。便辟：逢迎谄媚。善柔：当面奉承。便佞：巧言善辩。

【释义】有益的朋友有三种，有害的朋友有三种。与正直的人交朋友，与诚实的人交朋友，与知识广博的人交朋友，就会得益；与逢迎谄媚的人交朋友，与阿谀奉承的人交朋友，与花言巧语的人交朋友，就有害了。

【点评】要得益，就要与正直的人，诚实的人，知识广博的人交朋友。反之，就是害自己。

10. 责善，朋友之道也。

——《孟子·离娄下》

【注解】责善：督策他人为善。道：准则。

【释义】互相督策为善，是朋友相处的准则。

【点评】真正的好朋友是互相督策，共同进步的。

11. 久与贤人处则无过。

——《庄子·德充符》

【注解】贤人：才德并美的人。处：相处。

【释义】经常和贤人相处久了不会犯错误。

【点评】与圣贤之人相处久了，潜移默化，你也会慢慢地才德兼备了。

12. 友者，所以相有也；道不同，何以相有也。

——《荀子·大略》

【注解】有：通"右"，佑助。道：志向。

【释义】朋友，是用来相助的；志向不同，用什么来相助！

【点评】志向相同，才能成为朋友。

13. 士有争友，则身不离于令名。

——《孝经·谏诤》

【注解】争友：同"诤友"，能直言相劝的朋友。令名：美名。

【释义】人有诤友，就会有美名。

【点评】一个人有时刻关注、规正你的朋友，你就不会犯错，就会有好名声。

14. 行合趋同，千里相从；行不合，趋不同，对门不通。

——《淮南子·说山训》

【注解】行合：行为相合。趋同：志趣相同。从：跟随。通：相往来。

【释义】行为相合，志趣相同，就是远隔千里也会相跟随；行为不合，志趣不同，即使对门居住也不会往来。

【点评】心灵上的相通，相隔再远的距离，也会靠近，也会成为朋友。反之，距离再近也不会成为朋友。

15. 谚曰：有白头如新，倾盖如故。

——《史记·鲁仲连邹阳列传》

【注解】白头：指相交到老年。倾盖：乘车路上相遇，停车对语，因靠近致车盖前倾。指初交就亲热。

【释义】有相交到老就像刚认识一样陌生，有初次见面就像老朋友一样心意相通。

【点评】有的新朋友是一见如故，有的老朋友每次见都是"今天天气，哈哈……"

16. 人之有德于我也，不可忘也；吾有德于人也，不可不忘也。

——《战国策·魏策四》

【注解】德：恩惠。

【释义】别人对自己有恩惠，不能忘记；自己对别人有恩惠，不要老记在心上。

【点评】自己要滴水之恩当涌泉相报；而自己对别人好，是积德行善，是应该的。

17. 与善人居, 如入兰芷之室, 久而不闻其香, 则与之化矣。

——西汉·刘向《说苑·杂言》

【注解】善人: 好人。居: 相处。兰芷: 两种香草。

【释义】和好人相处, 就像进了放有兰芷的房间, 时间久了闻不到香气, 这就是被同化了。

【点评】与正直友善、积极向上的好人相处久了, 你会被影响感染, 也慢慢地成为那样的人。

18. 君子交有义, 不必常相从。

——三国魏·郭遐叔《赠嵇康》

【注解】义: 情义。不必: 不一定。从: 跟随。

【释义】有才德的人交朋友在于情义, 不一定要经常在一起。

【点评】真正的好朋友是重情义, 而不是经常混在一起。

19. 但令一顾重, 不吝百身轻。

——唐·卢照邻《刘生》

【注解】顾: 恩遇。吝: 惜。百身轻: 死上百次犹以为轻。

【释义】只要受人的恩惠重, 就不惜为他死上百回。

【点评】重情义的人, 为朋友会两肋插刀。

20. 海内存知己, 天涯若比邻。

——唐·王勃《杜少府之任蜀州》

【注解】海内: 四海之内, 国内。天涯: 天边。比邻: 近邻。

【释义】四海之内有自己的朋友, 即使远在天边, 也觉得像邻居那样近。

【点评】好朋友远在天边, 因心灵相通, 就像在眼前。

21. 相知无远近, 万里尚为邻。

——唐·张九龄《送韦城李少府》

【注解】相知: 彼此了解, 情义深厚。尚: 还。

【释义】只要彼此知心, 相距再远也像邻居那样亲近。

【点评】好朋友之间是心有灵犀一点通的。

22. 人生结交在终始，莫为升沉中路分。

——唐·贺兰进明《行路难》

【注解】升沉：指地位的升降。中路：半途。

【释义】结交朋友要有始有终，不要因为地位的升降而分道扬镳。

【点评】真正的好朋友，不会因为地位的变化而变化。

23. 交情老更亲。

——唐·杜甫《奉简高三十五使君》

【注解】交情：交往而产生的感情。

【释义】交情到老愈亲。

【点评】志趣相投的朋友，能相处到老，感情上完全可以视同亲
人了。

24. 君子与君子以同道为朋，小人与小人以同利为朋。

——北宋·欧阳修《朋党论》

【注解】道：志向。

【释义】品格高尚的人之间是按照共同的志向来交朋友的，品格卑下
的人之间是根据共同的利益来交朋友的。

【点评】与孔子说的"君子喻于义，小人喻于利"相近。

25. 遇朋友交游之失，宜剀切不宜优游。

——明·洪应明《菜根谭》

【注解】剀（kǎi）切：恳切规劝。优游：宽待，宽容。

【释义】在交往中发现朋友的过错，应该诚恳规劝，不能宽容。

【点评】真心对待朋友的话，对他的过错就要诚恳帮助克服。

26. 以诚心待人，人或不谅，而历久自明，不必急于求白也。

——清·王永彬《围炉夜话》

【注解】谅：体谅。白：使人明白。

659

【释义】用真诚的心意对待别人，即使有人不体谅，时间一久也自然会明白，不必急于去表白自己。

【点评】只要真心对待朋友，即使误解了，日久见人心，事后都会明白的。

27. 交朋友增体面，不如交朋友益身心。

——清·王永彬《围炉夜话》

【注解】增体面：增添光彩。

【释义】交朋友给自己添光彩，不如交朋友让自己身心受益。

【点评】交体面的朋友，还不如交能帮助自己值得自己学习值得自己尊重的朋友。

28. 何者为益友？凡事肯规我之过者是也。

——清·王永彬《围炉夜话》

【注解】规：规正。过：过错。

【释义】什么样的人是有益的朋友？无论什么事都能规正我的过失的人就是。

【点评】诤友就是益友。

三、爱情

1. 关关雎鸠,在河之洲。窈窕淑女,君子好逑。

——《诗经·周南·关雎》

【注解】关关:雌雄二鸟相互应和的鸣声。雎鸠:鱼鹰,雌雄鱼鹰有固定的配偶。窈窕:美好的样子。逑(qiú):配偶。

【释义】一对对的鱼鹰正在河中间的沙洲之上相互应和地啼鸣着,而美丽、贤淑的女子真称得上君子的好伴侣呀。

【点评】生物界美好的东西让人愉悦。

2. 未见君子,惄如调饥。

——《诗经·周南·汝坟》

【注解】君子:指丈夫。惄(nì):忧思。调(zhōu)饥:朝饥,早晨肚子饿。调,“朝”的假借。

【释义】没有看见夫君,忧虑的心就像清晨挨饿一样难受。

【点评】妻子思念丈夫之深切,就像饿肚子那样难受。

3. 我心匪石,不可转也。我心匪席,不可卷也。

——《诗经·邶风·柏舟》

【注解】匪:通“非”。

【释义】我的内心并非像卵石一样圆滑,是不能够随便发生滚动的。我的心也并非是软软的草席,是不能够任意被人翻卷的。

【点评】这是一个女子的爱情表白,说自己对待爱情态度是忠贞与专一的。其中用假设性比喻,表达了“不可转”“不可卷”的忠贞爱情,强化了感情的表达。

4. 一日不见, 如三秋兮。

——《诗经·王风·采葛》

【注解】三秋: 三年。

【释义】只要有一天没有看见你, 就觉得像是三年没有见过面一样。

【点评】用夸张手法形容男女双方对彼此的殷切思念之情。后演变为成语"一日三秋"。

5. 愿为双鸿鹄, 奋翅起高飞。

——《古诗十九首》

【注解】鸿鹄: 天鹅。高飞: 远走他乡。

【释义】希望我们能够化为一对鸿鹄, 就能结伴高飞, 自由地翱翔在无限的天空之中。

【点评】表达了男女双方对自由爱情与婚姻的渴望, 多被后人引用。

6. 以胶投漆中, 谁能别离此。

——《古诗十九首》

【注解】别离: 分开。

【释义】我们的爱情就像是胶水一般将你我黏在了一起, 无论是谁都无法将我们拆散。

【点评】描写一位思妇的分外喜悦及其痴情的联想, 后演变成成语"如胶似漆", 表达夫妻或恋人感情的亲密。

7. 山无陵, 江水为竭, 冬雷震震, 夏雨雪, 天地合, 乃敢与君绝。

——汉乐府《上邪》

【注解】陵: 巍峨的高山。竭: 干枯。

【释义】除非等到巍峨的大山消失不见, 滔滔的江水全都枯竭, 在严寒的冬季响起阵阵雷声, 在炎炎的夏季下起大雪, 天地之间相互聚合等事情全都发生之时, 我才会结束与你的这段感情。

【点评】这段话既是主人公的表白, 又是主人公对爱恋之人所作的誓词, 表达了其对爱情的忠贞不渝。语句短促有力, 感情强烈, 是表达热烈和坚贞爱情的千古名句。

8. 君当作磐石, 妾当作蒲苇。蒲苇韧如丝, 磐石无转移。

——汉乐府《孔雀东南飞》

【注解】磐石: 又扁又厚的大石头。蒲苇: 蒲草和芦苇。

【释义】只要你能像磐石一样坚定下去, 不会轻易地产生动摇, 我就能像蒲草和芦苇一样坚韧, 永不改变对你的爱恋。

【点评】诗人以磐石蒲苇作喻, 表达了男女主人公对爱情的坚贞之情。

9. 愿得一心人, 白首不相离。

——西汉·卓文君《白头吟》

【注解】白首: 白头。

【释义】我只想找个一心一意喜欢我的人, 即便是到了满头白发的时候也不会离开我。

【点评】现在人们多以此表明自己愿与心上人白头偕老的愿望。本句据传是司马相如准备娶妾, 其妻子卓文君得知后, 便作此诗, 抒发内心的哀怨。司马相如得知这个情况后, 马上打消了娶妾的念头。

10. 思君如流水, 何有穷已时。

——东汉·徐干《室思》

【注解】穷: 尽。已: 止。

【释义】我对你的思念就像是源源不断的流水一样, 不知道要到什么时候才能流得完啊!

【点评】描写了妻子对丈夫离家后无尽的思念。

11. 愿为双黄鹄, 比翼戏清池。

——东汉·徐干《于清河见挽船士新婚与妻别诗》

【注解】黄鹄: 天鹅。

【释义】真希望与你一同变成一对天鹅, 这样一来, 我们就能一起在清澈的池水中嬉戏了。

【点评】描写了一对新婚夫妇结婚不久后被迫分离的事情, 表明了女主人公对美好爱情的向往之意。其中 "比翼" 一词, 后来成为夫妻的代指词而被广为引用。

12. 愿作东北风，吹我入君怀。

——三国魏·曹植《怨歌行》

【注解】怀：怀抱。

【释义】我真希望自己能够变成东北风啊，就能将自己吹入你的怀抱之中了。

【点评】作者是通过描写一位思妇对丈夫深深地思念，抒发了内心郁郁不得志的情怀。"东风入怀"用语奇妙，得到后人高度赞誉。

13. 宁作野中之双凫，不愿云间之别鹤。

——南朝宋·鲍照《拟行路难》

【注解】凫（fú）：野鸭。别鹤：失去配偶的孤鹤。

【释义】我宁愿化作在田野之中能够相互守望的野鸭，也不愿意成为在高空中失去配偶的孤鹤。

【点评】作者通过形象的比喻，巧妙地表达了一位富贵人家的女子，因在爱情上未能得到满足而流露出的愁怨。

14. 得成比目何辞死，愿作鸳鸯不羡仙。

——唐·卢照邻《长安古意》

【注解】比目：比目鱼，传说中多会成对并游。

【释义】只要能和心爱的人像比目鱼一样的并游，即使是死我也心甘情愿；只要能和心爱的人像鸳鸯一样相互厮守，即便是做凡人我也不想去做神仙。

【点评】流露出了对美好爱情的向往。

15. 天长路远魂飞苦，梦魂不到关山难。长相思，摧心肝。

——唐·李白《长相思》

【注解】关山：艰险的山路。相思：思心中人。相，指心中人。

【释义】望着眼前那漫长的道路，即便只有魂魄飞过去都会非常辛苦，而且在睡梦之中离体的魂魄由于山路的艰险也难以飞到。而我心中那长久的思念之情，则一直在折磨着我的心肝。

【点评】作者通过自己的想象，巧妙地表达了其对恋人的深刻思念之意。

16. 宁同万死碎绮翼，不忍云间两分张。

——唐·李白《白头吟》

【注解】绮翼：美丽的翅膀。

【释义】只要能够跟你厮守在一起，我宁愿死上一万次，绞碎我那美丽的翅膀；否则的话，我也不愿意留下那两片翅膀独活于这个世上。

【点评】作者用浪漫主义手法描写出对爱情的忠贞之意。

17. 心心复心心，结爱务在深。

——唐·孟郊《结爱》

【注解】结爱：相爱。

【释义】两个相爱的人，只有心心相印，才能得到最为深挚的爱情。

【点评】作者在本句中阐明了男女之间要有一定的感情为基础，才会慢慢地发展成至深、至诚的爱情。

18. 相思长相思，相思无限极。相思苦相思，相思损容色。

——唐·陈羽《长相思》

【注解】相：偏指心中的一个人，此指丈夫。

【释义】我对你的相思之情很长很长，根本就没有极限；而我对你的相思之情有时非常苦闷，就连我的容貌也因此而憔悴了许多。

【点评】抒发了一位思妇对丈夫的无限思念之情。

19. 唯爱门前双柳树，枝枝叶叶不相离。

——唐·张籍《忆远》

【注解】唯爱：只是羡慕。

【释义】我只是羡慕门前的那两棵能够并立生长的柳树，无论到了什么时候，它们的枝叶都能够相依不离。

【点评】作者通过对眼前之境的描写，巧妙地将一位思妇对远方丈夫的无限相思之情表现了出来。

20. 芙蓉新落蜀山秋，锦字开缄到是愁。闺阁不知戎马事，月高还上望夫楼。

——唐·薛涛《赠远》

【注解】锦字：前秦窦滔之妻苏蕙，织锦为文《璇玑图》诗，赠其夫。后世因称"锦字"为妻寄夫之信。开缄：拆开又封上。闺阁：女人的闺房。

【释义】芙蓉花刚刚凋谢，蜀地的山岭一派凄凉的秋色，写给情人元稹的锦字书信多次打开又封上，有写不完的相思愁情。我女人家不懂得男人们的君国大事，只是忍不住思念之情，月高夜深了还要登上望夫楼等您回来。

【点评】诗句表达了唐代女诗人薛涛对元稹无尽的相思。"锦字开缄到是愁"，表明自己像苏蕙思念丈夫一样思念被贬谪到江陵的元稹。

21. 在天愿作比翼鸟，在地愿为连理枝。

——唐·白居易《长恨歌》

【注解】比翼鸟：传说中的一种并体双飞的鸟。连理枝：连生在一起的枝条。

【释义】在天空愿意做一对比翼鸟，在地上愿意是一双连理枝。

【点评】比喻夫妻恩爱，永不分离。

22. 愿作深山木，枝枝连理生。

——唐·白居易《长相思》

【注解】木：树。连理：两棵树不同根而枝干结合在一起。

【释义】但愿我们能够像深山中的树木一样，每根枝条都能连在一起生长而永不分离。

【点评】流露出了对爱人的眷恋以及对美好爱情的向往。

23. 生为同室亲，死为同穴尘。

——唐·白居易《赠内》

【注解】穴：墓室。

【释义】在生前的时候能够与你居住同一个房间，死后也要与你葬在一起，一同化为尘埃。

【点评】这是白居易新婚之夜写给妻子的，表现了与妻子之间的挚爱之情。古往今来的痴情男女，多用本句来表达自己对爱情的忠贞。

24. 身无彩凤双飞翼，心有灵犀一点通。

——唐·李商隐《无题》

【注解】灵犀：旧指犀牛的角中隐有一条如线的白纹，直通两头。这里比喻两心相通。

【释义】我们的身上没有比翼鸟那样的翅膀可以双双地飞翔，但是我们的心却能像犀牛角中白纹一样是相通的。

【点评】作者通过形象的比喻，说明了男女双方若是真心相爱，那他们都能在心中感应到对方。

25. 君问归期未有期，巴山夜雨涨秋池。何当共剪西窗烛，却话巴山夜雨时。

——唐·李商隐《夜雨寄北》

【注解】巴山：在今四川省南江县以北。

【释义】你问我回家的日子，我尚未定归期；今晚巴山下着大雨，雨水涨满秋池。何时你我重新聚首，共剪西窗烛花；再告诉你今夜秋雨，我痛苦的情思。

【点评】作者通过朴实无华的文字表达了对妻子的一片深情。

26. 人寂寂，叶纷纷，才睡依前梦见君。

——唐·韦庄《天仙子》

【注解】寂寂：孤单。

【释义】我孤零零的一个人，看着纷纷掉落的树叶，我刚刚睡下就梦到你出现在我的床前。

【点评】表现了女主人公对自己爱人浓厚的思念之意。

27. 甘作一生拼，尽君今日欢。

——唐·牛峤《菩萨蛮》

【注解】拼：努力。欢：高兴。

【释义】只要能够让你感到高兴，哪怕只有一天，我也会倾尽所有的力量去做。

【点评】形象地描绘出一位女子为了追求自己的爱情而甘愿付出一切的行为。

28. 记得绿罗裙，处处怜芳草。

——五代·牛希济《生查子》

【注解】怜：爱。

【释义】记得我现在穿着绿色罗裙的样子，希望在你看到绿色的芳草时能够想起我。

【点评】描写一位女子在与情郎分别时依依不舍的情景。

29. 换我心，为你心，始知相忆深。

——五代·顾敻《诉衷情》

【注解】相忆：忆某人。

【释义】当我与你换位思考以后才发现，原来我对你的思念已经到了非常深的地步。

【点评】这首词通过女主人公口语式的内心独白，揭示了作为一个闺中弱女子被负心人所折磨而带来的心灵创伤，表现了旧社会情爱悲剧的一个方面。主人公怨中有爱，爱怨兼发，心情复杂。作品在艺术构思与表现手法上也见匠心，深得后代词评家的赞赏。

30. 一寸相思千万绪，人间没个安排处。

——北宋·李冠《蝶恋花·春暮》

【注解】相思：思恋某人。

【释义】我对你的相思之情每一寸长都由千万缕的思念构成，这使得整个天地之间竟然没有一处可以容纳得下我所有的思绪。

【点评】 这是作者在暮春夜晚漫步时，因看到眼前之景而勾起了他对远方所爱之人的相思情怀之时所作的诗句。

31. 一日不思量，也攒眉千度。

——北宋·柳永《昼夜乐》

【注解】 攒眉：愁眉紧锁。千度：千次。

【释义】 我没有一天不在想着你，而且每天都会皱着眉头对你想上千万次。

【点评】 描写的是作者在与情人经过短暂的欢聚后，又被迫离别时的痛苦。

32. 此去经年，应是良辰好景虚设。便纵有千种风情，更与何人说。

——北宋·柳永《雨霖铃》

【注解】 经年：长年，多年，此处也暗示下次见面无期。良辰：好日子，好天气。

【释义】 这一别将是多年，我们虽然相爱，却无法团聚，即使遇到美好天气、美妙风景，也和没有一样。到那时，我的满腹情意，又该向谁去诉说呢！

【点评】 作者直抒胸臆，以假设的口吻巧妙地写出了对恋人的不舍和离别的愁苦。

33. 明月楼高休独倚，酒入愁肠，化作相思泪。

——北宋·范仲淹《苏幕遮·怀旧》

【注解】 独倚：凭栏独立。相思：思恋某一个人。

【释义】 当明月照射在高高的楼阁之上时，我不想一人独自倚在那里；当我端起酒来准备洗去内心的愁苦之时，它们却都化成相思的眼泪而流入口中。

【点评】 表达了作者对身处远方的爱人的思念。

34. 天不老，情难绝。心似双丝网，中有千千结。

——北宋·张先《千秋岁》

【注解】老：老去。此以天终不老比喻情之难绝。

【释义】只要老天还没有老去，我们之间的爱情就没有走到尽头的时候；我们两个人的心思就像一张网中的两根丝线一般密密地交织在一起，上面还留下了千万个结。

【点评】描写的是一对青年男女对爱情矢志不移的坚贞。

35. 天涯地角有穷时，只有相思无尽处。

——北宋·晏殊《玉楼春》

【注解】涯：尽头。穷：尽。

【释义】无论是天空还是大地，它们都是有着尽头的，但是我对你的思念却没有尽头。

【点评】作者通过白描的手法反映出思妇难以言说的相思之情，收到了很好的艺术效果。

36. 只愿君心似我心，定不负，相思意。

——北宋·李之仪《卜算子》

【注解】相思：思恋某一个人。

【释义】只希望你对我的思念和我对你的思念一样多，如果真是那样的话，我一定不会辜负你对我的一往情深。

【点评】描写的是一位女子对心上人的相思之情。

37. 两情若是久长时，又岂在朝朝暮暮。

——北宋·秦观《鹊桥仙》

【注解】朝朝暮暮：日日夜夜。

【释义】如果男女双方的感情能够持久，又哪里在乎这日日夜夜的分离。

【点评】如果男女感情至深的话，暂时分离也不会动摇。

38. 一种相思，两处闲愁。此情无计可消除，才下眉头，却上心头。

——宋·李清照《一剪梅》

【注解】 相思：思恋某一个人。

【释义】 一种离别的相思之愁，却能牵动起两人心头那无端的忧愁；这种离愁是无法消除的，它们刚刚从微蹙的眉间消失，立刻就缠绕到了心头之上。

【点评】 表明了作者对丈夫赵明诚的深切相思之意。

39. 我心坚，你心坚，各自心坚石也穿。

——北宋·蔡伸《长相思》

【注解】 石：比喻艰难险阻。穿：透。

【释义】 你我的爱情坚定，任何艰难险阻也阻挡不了。

【点评】 坚定的爱情，是什么力量也攻不破的。

40. 新啼痕压旧啼痕，断肠人忆断肠人。

——元·王实甫《十二月过尧民歌·别情》

【注解】 这首曲是用两支小令组成的，即《十二月》与《尧民歌》。
断肠人：悲愁到了极点的人。

【释义】 新的泪痕覆盖了旧的泪痕，一个悲愁到了极点的人正在深深地思念着另一个悲愁到了极点的人。

【点评】 描写了一位闺中女子深刻思念远离家乡的心上人的情景，是一首不可多得的佳作。

41. 三百六十病，唯有相思苦。

——明·冯梦龙《醒世恒言》

【注解】 三百六十：意指各种各样，代指全部。

【释义】 在所有的病痛之中，只有相思之病是最令人痛苦的。

【点评】 极言个人的相思之苦。两地相思是最痛苦的事，短短几个字，把相思的程度渲染得淋漓尽致。

四、乡情

1. 昔我往矣，杨柳依依；今我来思，雨雪霏霏。

——《诗经·小雅·采薇》

【注解】霏霏：大雪纷飞的样子。思：语末助词。

【释义】当初我离家出征之时，杨柳还在路旁依依飘飞；而如今在我归家的途中，则下起了漫天的大雪。

【点评】描写了被遣戍边的战士得以归家时的心情，以景与天气来间接地表现了对国与家的情感。

2. 鸟飞反故乡兮，狐死必首丘。

——战国·屈原《九章·哀郢》

【注解】反：通"返"。首丘：头部朝向山丘。

【释义】高飞的鸟儿最终还是要返回旧巢的，而狐狸在死的时候也一定会让自己的头朝着狐穴所在的方向。

【点评】通过动物的比喻，表明了作者对故乡的深切怀念之情。

3. 居常土思兮心内伤，愿为黄鹄兮归故乡。

——西汉·刘细君《悲秋歌》

【注解】居常：平常。土思：对故乡的怀念。黄鹄（hú）：即黄鹤，天鹅。

【释义】我经常会因为思念自己的家乡而伤心不已，我真希望自己变成一只天鹅而飞回自己的故乡。

【点评】汉武帝为结好乌孙，封作者刘细君为江都公主，下嫁乌孙国王猎骄靡，是早于昭君出塞的第一位"和亲公主"。乌孙公主（作者）作诗表达了对故乡的思念。

4. 故乡隔兮音尘绝，哭无声兮气将咽。

——东汉·蔡文姬《胡笳十八拍》

【注解】咽：喘不上气。

【释义】自从我被隔离到异国他乡后就与故乡断绝了音讯，我在此即便哭到喘不上气的时候也没有人知道。

【点评】表明了作者对故乡时刻的思念之情。

5. 日暮途且远，游子悲故乡。

——汉·无名氏《古诗》

【注解】游子：离开家乡在外且十分恋土恋乡的人。

【释义】太阳就要落山了，但是我回家的路程还有很长的一段距离，我这个思乡的游子不禁从心底里产生了丝丝的悲伤之情。

【点评】淋漓地表明了作者内心的乡思之情。

6. 故乡梦中近，边愁酒上宽。

——南朝陈·苏子卿《南征》

【注解】边愁：戍边征士的思乡愁。

【释义】在梦中的时候我与故乡的距离非常近，除此外，为了化解我因思乡而引起的愁苦，只能借助于酒水才能得到一些宽慰。

【点评】反映了戍边征士对家乡的无限思念。

7. 人归落雁后，思发在花前。

——隋·薛道衡《人日思归》

【注解】人日：阴历正月初七。

【释义】我回家的日子肯定要落在春季北飞的雁群之后，而我的内心则在春季花开之前就已经萌发了回乡的念头。

【点评】此句通过"人归雁后""思发花前"的精彩对比，巧妙抒发了诗人身不由己，思归不得归的思乡之情。

8. 早秋惊落叶，飘零似客心。翻飞未肯下，犹言惜故林。

——隋·孔绍安《落叶》

【注解】翻飞：用翻飞的不愿离开故林的树叶比喻远别故土后急切思

归的客心。

【释义】秋天早早地来了,使得树上的叶子纷纷地掉落下来,这种境况就像是远在异乡的游子一样;那些在空中翻飞的树叶就像是不愿意落地一般,似乎是在诉说着自己对这片森林有着多么深的依恋。

【点评】作者通过形象的比喻,表明了自己身处他乡时的无奈与凄凉。

9. 岭外音书断,经冬复历春。近乡情更怯,不敢问来人。

——唐·宋之问《渡汉江》

【注解】岭外:今广东。

【释义】贬居岭南本就够悲苦的了,何况又和家人音讯隔绝,彼此未卜存亡,更何况又是在这种情况下经冬历春,挨过漫长的时间。现在我与家乡间的距离越近,我的内心越紧张,即使遇到同乡,我也不敢向他们打听家乡的消息。

【点评】作者曾被朝廷流放到广东,因思乡心切,偷偷地逃回了家乡。本句是在逃回家乡途经汉江时所作,把一个游子归乡的心情表达得十分准确,备受后人称赞。

10. 韩公堆上望秦川,渺渺关山西接连。孤客一身千里外,未知归日是何年。

——唐·崔涤《望韩公堆》

【注解】韩公堆:驿站名,在今陕西省蓝田县南。

【释义】站在韩公堆上远望三秦大地,西边渺渺苍苍关山相连。我孤身一人在千里之外,不知归乡之日是何年。

【点评】苍茫背景下孤客远望,天地之间,失落与寂寞当不自主而生,而发出永恒的疑问:归日是何年?表明了作者对家乡的深切思念。

11. 乡泪客中尽,孤帆天际看。迷津欲有问,平海夕漫漫。

——唐·孟浩然《早寒江上有怀》

【注解】天际:江面宽水势大,水与天成一色。迷津:迷失方向,找不到渡口,比喻找不到出路。

【释义】我思乡的泪水已经在客旅他乡的时候流尽了，而当我看到远在天际的那条帆船之时又涌起了返乡的念头。借孔子与隐士间关于从政与隐居的冲突，慨叹自己彷徨失意，滔滔江水，与海相平，漫漫无边，加以天色阴暗，已至黄昏。

【点评】描写了一幅秋风萧瑟，树叶飘零，大雁南飞的肃杀景象；抒发了诗人思念家乡思念亲人的思想感情以及隐居与从政难以抉择的迷茫心理。

12. 人作殊方语，莺为故国声。赖多山水趣，稍解别离情。

——唐·王维《晓行巴峡》

【注解】殊方：异乡。解：缓解。

【释义】人们说着异乡的方言，莺啼却还是我故乡的声音。幸得山水有许多的意趣，才能稍稍缓解我的离别之情。

【点评】作者对情景的描写，使读者犹如身临其境，同时也通过对情景的描写，流露出作者漂泊在外时的思乡之意。

13. 梦绕边城月，心飞故国楼。思归若汾水，无日不悠悠。

——唐·李白《太原早秋》

【注解】故国：故乡。汾水：汾河。黄河第二大支流，发源于山西省宁武县管涔山，出山西静乐县北，东流入太原郡。悠悠：本是忧郁的意思，但也有情悠悠、思悠悠之意。

【释义】我的梦想虽然还围绕在边城的月亮之上，我的心却早已飞回了故乡的阁楼之上。我归乡的心思就像是汾水一样，也日夜不断地在我的心里流淌着。

【点评】诗歌通过对早秋自然环境的描写，表现了诗人羁旅他乡，时时刻刻都在思念着自己的家乡和亲人，同时也表露了作者的归隐之意。

14. 床前明月光，疑是地上霜。举头望明月，低头思故乡。

——唐·李白《静夜思》

【注解】床：堂上的坐床。

【释义】那透过窗户映照在床前的月光，起初以为是一层层的白霜。仰首看天上的那轮明月，而在我低下头的时候却禁不住想起了远方的家乡。

【点评】在一个月明星稀的夜晚，诗人抬望天空一轮皓月，思乡之情油然而生，于是写下了这首传诵千古、中外皆知的名诗，表达了浓厚的思乡之情。

15. 此夜曲中闻折柳，何人不起故园情。

——唐·李白《春夜洛城闻笛》

【注解】折柳：古人常折柳赠别，而且在笛曲中也有《折杨柳》的曲目。

【释义】我在今天晚上听到了令人哀伤的《折杨柳》，又有谁不会产生浓厚的思乡之情呢？

【点评】诗人自太原返回洛阳，寓居洛阳时，因在夜晚听闻笛声后产生了思乡之苦，触景生情而作。

16. 日暮乡关何处是，烟波江上使人愁。

——唐·崔颢《黄鹤楼》

【注解】日暮：指傍晚时分。乡关：指家乡。

【释义】夕阳就要落山了，可是哪里才是我的家乡呢？我现在只能对着眼前那烟波浩渺的江水发愁不已。

【点评】抒发了作者的思乡之愁。

17. 故乡今夜思千里，霜鬓明朝又一年。

——唐·高适《除夜作》

【注解】霜鬓：鬓角上斑白的头发。

【释义】今天除夕夜，故乡的亲人们一定会想念远在千里之外的我，而我鬓角上斑白的头发到了明天就又陪我过了一年。

【点评】作者通过巧妙地换位思考，表达了对故乡亲人们的无限思念。

18. 丛菊两开他日泪，孤舟一系故园心。

——唐·杜甫《秋兴八首》

【注解】他日：往日。

【释义】当看到再次盛开的菊花之时，我往日的泪水也禁不住地流了下来；看着靠在岸边的小船，我却还不能回去，但我的心却始终牵挂着故乡。

【点评】孤舟本来只能系住自己的行踪，却把诗人的思乡之心也牢牢地系住了，故见舟伤心，引出故园之思，流露出了诗人对故乡的思念之情。

19. 绝知春意好，最奈客愁何。

——唐·杜甫《江梅》

【注解】绝知：极了解。最奈：最无奈。客愁：寄居异乡的愁苦。

【释义】我虽然非常了解春光的美好之处，但无奈的是，我寄居异乡的愁苦之情又该如何处置呢？

【点评】春意再好，也无法消解乡愁。

20. 还家万里梦，为客五更愁。

——唐·张谓《同王征君湘中有怀》

【注解】还：返回。五更：指凌晨三时到五时。

【释义】现在我还不能返回家乡，只能在梦中从万里之外返回家乡了，但我作为离家远游之人，在五更梦醒的时候却更加寂寞与忧愁。

【点评】突出了作者的乡思之愁。

21. 乡路眇天外，归期如梦中。

——唐·岑参《安西馆中思长安》

【注解】眇（miǎo）：延伸。

【释义】返回家乡的路途一直延伸到了遥远的天际，而我回家的日期更是杳无音信，好像只有在梦中才能知道返乡日期。

【点评】流露出作者内心的思乡之苦。

22. 故园东望路漫漫，双袖龙钟泪不干。马上相逢无纸笔，凭君
传语报平安。

——唐·岑参《逢入京使》

【注解】龙钟：沾湿皱乱的样子。

【释义】每当我回头东望故乡时，都觉得归乡之路十分漫长，而被流
下的泪水沾湿的衣袖也都没有干过。我与你在马上邂逅，只因手中
没有纸和笔，只能托你为我的家人捎个口信，告诉他们我在这里十
分地平安。

【点评】表明了作者对故园和家人的深切思念之情。

23. 渭水东流去，何时到雍州？凭添两行泪，寄向故园流。

——唐·岑参《西过渭州见渭水思秦川》

【注解】渭水：渭河。源自甘肃省渭源县，东流经过长安至潼关县而
流入黄河。雍州：为唐初所置之地，因治所在长安，所以本诗中以此
地借指长安。

【释义】渭水向东流去，何时才能流到雍州呢？我无缘无故地流下了
两行泪水，并通过东流的渭水而将它们寄到我的家乡。

【点评】作者借助东流的渭水，抒发了内心的乡思之愁。

24. 故园柳色催南客，春水桃花待北归。

——唐·刘长卿《时平后春日思归》

【注解】南客：北方人暂时居住在南方。

【释义】我种在家中花园内的柳树，正摇曳着青青的柳条催我赶快
回去呢，就连园中的池水和桃花也在等着我北归呢！

【点评】这是作者被贬为睦州（今浙江省淳安县）司马时所作，表明
了其对家乡的深切思念之意。

25. 少年辞魏阙，白首向沙场。瘦马恋秋草，征人思故乡。

——唐·刘长卿《代边将有怀》

【注解】少年：古称青年男子。魏阙：典故名，出自《庄子集释》卷九

下。指宫门上巍然高出的观楼。其下常悬挂法令,后用作朝廷的代称。征人:出征打仗的人。

【释义】年轻男子离开京城为国征战,到了头发白了还厮杀在战场。瘦弱的马匹最喜欢的就是秋天里那肥硕的牧草,而征战在外的将士则都非常思念自己的家乡。

【点评】突出表现了长年戍守边关的战士们的深切思乡之情。

26. 乡心新岁切,天畔独潸然。

——唐·刘长卿《新年作》

【注解】切:深切,迫切。潸然:流泪的样子。

【释义】新年到了,我思念家乡的心情就显得更为迫切了,现在只有我一人远在天涯海角,想着别人的团聚欢笑,这怎么不叫我潸然泪下呢?

【点评】作者从苏州被贬到广东潘州后,独自一人在外过年,这更激发了对故乡的深切相思之情。

27. 三湘衰鬓逢秋色,万里归心对月明。

——唐·卢纶《晚次鄂州》

【注解】三湘:漓湘、潇湘、蒸湘的总称。在今湖南境内。

【释义】鬓发衰白,与三湘的秋色交相辉映;离家万里,一片归心伴着明月前行。

【点评】这首诗写的是流离之情,行舟的情景写得生动细致,并对战乱不断发出无奈的感叹。作者在安史之乱前期,被迫浪迹异乡,在南行途中路过三湘之地,到达鄂州当晚所作。通过诗句,我们可以清晰地感觉到作者内心迫切思归的心情。

28. 两处春光同日尽,居人思客客思家。

——唐·白居易《望驿台》

【注解】居人:家中之人,指元稹的妻子。客:在外之人,即元稹。

【释义】两地美好的春光在同一天消失了,此时家中之人正思念着出门在外的人,而出门在外的人也思念着家中之人。

【点评】这是作者揣测好友元稹对家乡和家人的思念之情。

29. 寒灯思旧事,断雁警愁眠。远梦归侵晓,家书到隔年。

——唐·杜牧《旅宿》

【注解】断雁:失群的孤雁。

【释义】对着寒灯回忆起故乡往事,浓厚深沉的思乡之情油然而生,就像失群的孤雁警醒愁眠。我的家乡离这里太远了,我在梦中回到家乡之时就已经拂晓了,而我的家书寄到这里却需要一年之久。

【点评】此诗作于作者外放江西任职之时。诗人离家已久,客居旅馆,没有知音,家书传递也很困难,在凄清的夜晚不禁怀念起自己的家乡,于是创作了这首羁旅怀乡的诗篇。作者的诗风清丽,情韵跌宕,描写作者在羁旅途中因形单影只而生起的思乡之情。

30. 乡心正无限,一雁度南楼。

——唐·赵嘏《寒塘》

【注解】乡心:思念家乡的心情。

【释义】我看见一只孤雁,飞过了楼顶,向着南方飞去,而我心中蓄积的愁情也因为眼前的景象而化作了无边乡思之愁。

【点评】作者借南飞之雁抒发了乡思之愁。

31. 云淡水平烟树簇,寸心千里目。

——唐·韦庄《谒金门》

【注解】簇:丛聚的意思。

【释义】天上飘着几朵白云,水面也显得非常平静,远处的树林周围还丛聚着不少烟雾;我所思念的人远在千里之外,而我也看不到那么远,但是我的心早已飞到了那里,就像是千里眼一般。

【点评】抒发了作者对故乡的思念之情。

32. 谁知远客思归梦,夜夜无船自过湖。

——唐·徐夤《塔院小屋四壁皆是卿相题名因成四韵》

【注解】远客:漂泊在外的人。塔院:唐时进士及第后,多在今西安大雁塔题名留念，由此而产生的"雁塔题名"被传为千古佳话。

【释义】有谁理解漂泊在外之人那种迫切归乡的愿望，每次在夜晚赶到湖边的时候，即便湖中没有船只，我也会自己想办法尽快地渡过去。

【点评】表明作者内心强烈的思归之意。

33. 又听黄鸟绵蛮，目断家乡未还。春水引将客梦，悠悠绕遍关山。

——南唐·李中《客中春思》

【注解】绵蛮：指文采美丽的样子。这里引申为鸟鸣声婉转动听。将：持。

【释义】我又听到了黄莺那婉转的鸣叫声，我远眺的视线则停留在了家乡那里而没有回来；这里还有一汪春水，它正带着我那故乡的愿望，缓缓地流过了所有的关隘和山川。

【点评】作者通过黄鸟绵蛮和春水引梦两种意象抒发了内心的乡思之愁。

34. 不忍登高临远，望故乡渺邈，归思难收。叹年来踪迹，何事苦淹留？

——北宋·柳永《八声甘州》

【注解】渺邈：遥远。淹留：久留。

【释义】我不想登到高处去望向远方，因为我怕自己在眺望遥远的故乡之时，无法收回我那归家心切的渴望之情。我对自己这些年来的行踪有些感叹，真不知道自己为什么还要坚持留在异乡。

【点评】通过描写作者的羁旅行役之苦，表达出内心强烈的思归之情。

35. 别后与谁同把酒，客中无日不思家。

——北宋·苏轼《寄高令》

【注解】把酒：手持酒杯，指喝酒。客中：客居异乡之时。

【释义】我在与你分别之后，不知是谁将会陪你一同饮酒了，而我在客居异乡之时，无时无刻不在思念着远方的家乡。

【点评】表达了作者强烈的乡思之愁。

36. 天涯倦客, 山中归路, 望断故园心眼。

——北宋·苏轼《永遇乐·彭城夜宿燕子楼》

【注解】倦客: 客游他乡而对旅居生活感到厌倦的人。故园: 故乡的家园。

【释义】我对于作客远方的生活已经感到了疲倦, 很想找到归乡的道路并隐居到山中过那田园生活, 但是我的故乡离我却又那么遥远, 我也只能徒有此心愿罢了。

【点评】这是一首清丽脱俗的词。词人将景、情、理熔于一炉, 全词融情入景, 情理交融, 境界清幽, 风格在和婉中不失清旷, 充分显示出苏轼造意行文的卓越不凡。

37. 天涯岂是无归意, 争奈归期未可期。

——北宋·晏几道《鹧鸪天》

【注解】争奈: 怎奈。未可期: 没办法知道。

【释义】我一个人沦落天涯, 并不是自己不想回家, 只是我无法决定什么时候才能回去。

【点评】此句既是作者自言自语, 又是对杜鹃之问的回答; 抒发了作者浪迹在外、有家难归的感叹。

38. 故乡何处是, 忘了除非醉。

——宋·李清照《菩萨蛮》

【注解】何处是: 是何处, 在哪里。

【释义】我的故乡在那遥远的地方, 若想让我忘记对故乡的思念之情, 只有在我醉倒的时候才能做到。

【点评】作者前期的作品多以描写悠闲的生活为主, 而后期的作品则以感叹身世为主, 格调较为伤感, 大多饱含着对中原的怀念之情。本篇就是作者后期的作品。

39. 霜华重迫驼袋冷, 心共马蹄轻。十里青山, 一溪流水, 都做许多情。

——南宋·林仰《少年游·早行》

【注解】霜华: 霜是附着在地面或植物上面的微细冰粒, 是接近地面的水蒸气冷至摄氏零度以下凝结而成的, 在早晨太阳光照耀下, 像朵朵霜花。驼袋: 用驼绒制成的衣裳。

【释义】早晨的时候, 外边还有着重重的霜寒之气, 即便穿着驼袋大衣也能感到丝丝的寒意, 但我此时的心情却像飞奔的马蹄一样轻快。当我看着那十里长的青山和那一条小溪时, 我总觉得它们和我产生了共鸣, 否则怎会如此多情。

【点评】作者以境写情, 突出了其在归乡途中的喜悦。

40. 安得云中雁, 尺帛寄离愁。

——明·何景明《塘上行》

【注解】安得: 怎样才能有。尺帛: 书信, 早先文字写在竹帛上。

【释义】我要怎样做才能找到那苍茫云海中的鸿雁呢? 我想请它们前来帮我传递一封家书, 将我独在异乡的离愁别绪给寄出去。

【点评】用拟人的手法请鸿雁为其传家书, 反映了作者内心思乡念家的情感。

41. 故园望断江村里, 愁说梅花细细开。

——清·朱彝尊《云中至日》

【注解】故园: 故乡的家园。细细: 朵朵。

【释义】我身在塞外, 根本就看不到家乡的江村梅景, 对此只能遥想一朵朵梅花盛开的样子而不能亲眼看到, 这是何等的愁苦之事啊!

【点评】作者借用故乡江村梅景来抒发强烈的思乡之意。

42. 鸟近黄昏皆绕树, 人当岁暮定思乡。

——清·崔岱齐《岁暮送戴衣闻还苕溪》

【注解】黄昏: 日落以后到天还没有完全黑的这段时间。苕溪: 中国浙江省西北部一条河流，是太湖流域的重要支流。流域内沿河各地盛长芦苇，进入秋天，芦花飘散水上如飞雪，引人注目，当地居民称芦花为"苕"，故名苕溪。

【释义】鸟儿在黄昏的时候都会绕着树枝而飞并准备归巢了，人到了年末的时候也肯定会涌起强烈的思乡之情。

【点评】作者借助黄昏鸟儿归巢之事，巧妙地表达出自己对家乡的思念之情。

五、别情

1. 之子于归，远送于野。瞻望弗及，泣涕如雨。

——《诗经·邶风·燕燕》

【注解】之子：被送的女子。于归：出嫁的意思。

【释义】你今日就要远嫁他国了，我就送你到郊外的路旁。可是当我站到高处远望时，却看不到你的人影，我的眼泪纷如雨降。

【点评】表达了好姐妹间的离别之情。

2. 愿言思伯，甘心首疾。

——《诗经·卫风·伯兮》

【注解】言：语助词，无意义。伯：周代妇女对丈夫的称呼。首疾：头痛。

【释义】苦苦地思念夫君，即使想得头痛欲裂，也心甘情愿。

【点评】妻子思念因"为王前驱"行役远方而分离的丈夫之切到头痛，作者将女主人公的别离相思之苦刻画得十分深刻。

3. 悲莫悲兮生别离，乐莫乐兮新相知。

——战国·屈原《楚辞·九歌》

【注解】莫：无定代词，没有比……。兮：语气词。

【释义】人生在世，最令人感到悲伤的事情莫过于双方都要忍受着分别的痛苦，快乐莫过于新结了好相识。

【点评】作者用二句正反对比来表明别离的伤心：人世间最悲伤的事情莫过于活着就要分离，人世间最快乐的事情也莫过于遇到心灵相通的知己。

4. 天寒知被薄, 忧思知夜长。

——汉《古乐府》

【注解】 知: 感觉。

【释义】 天冷感觉到被子薄, 忧虑感觉到夜晚长。

【点评】 夫妻分开互相思念, 会感觉寒夜又冷又长。

5. 悲歌可以当泣, 远望可以当归。

——《乐府诗集·杂曲歌辞》

【注解】 悲歌: 悲哀地歌唱。当: 作为, 当作。归: 回归故里。

【释义】 用哀声歌唱来替代哭泣, 用远远眺望来替代回归。

【点评】 描写了兵荒马乱的年月, 游子无家可归, 悲恸之极的情绪。

6. 客从远方来, 遗我一书札。上言长相思, 下言久别离。

——汉乐府《古诗十九首·孟冬寒气至》

【注解】 孟冬: 农历十月。遗: 带来。一书札: 一封家书。

【释义】 从远方而来的客人, 给我带来了一封家书。家书的前半部分一直在讲对我的思念之情, 下半部分则一直在说我们之间的离别之苦。

【点评】 作者流露出与亲人久别之后的相思之苦。“长相思” 和 “久别离” 从此成为文人墨客最常见的话题和用词, 由此可见这句话对中国文化的影响之深。

7. 行人难久留, 各言长相思。

——西汉·李陵《李陵与苏武诗》

【注解】 行人: 远行的人。各言: 互相倾诉。

【释义】 即将远行的人是很难久留的, 我们只能各自诉说着自己内心对对方的相思之念。

【点评】“行人” 终竟不能 “久留”, 分手的时刻再难也得挨过。情意浓浓的叮咛, 在这样的时刻, 往往反显得异常平淡。“各言长相思”, 便成了挥手之间宽慰对方最深情的话语。结局似乎总是这样, 明明是游子孤身远走天涯, 伤心落泪的却总是送行的亲友。作者道出了自己内心的离别之苦。

8. 行役在战场, 相见未有期。握手一长叹, 泪为生别滋。

——西汉·苏武《留别妻》

【注解】 滋: 增多。

【释义】 你奔赴的是战场, 什么时候再相见, 谁也不知道。当我握着你的手时, 我忍不住发出了一声长叹, 就在我们离别之时, 我的眼泪也止不住地多了起来。

【点评】 这对年轻的恩爱夫妻所面临的不是一般的离别, 而是奔赴战场、相见无期的生死离别, 这不能不叫人五内俱裂, 泪如泉涌。读着这样的诗句, 这对青年男女无限悲怆、难以自持的情景如在眼前, 此景此情催人泪下, 历千年而不灭其震撼人心的强大力量。作者流露出了对妻子的极其难舍之情。

9. 黯然销魂者, 唯别而已矣。

——南朝·江淹《别赋》

【注解】 黯然: 心神沮丧的样子, 形容人们内心惨戚之状。销魂: 失魂落魄的意思。

【释义】 最能让人感到心神沮丧、失魂落魄的事情, 只有生别离啊!

【点评】 作者以浓郁的笔调描绘出了人间的离别之苦。

10. 海内存知己, 天涯若比邻。无为在歧路, 儿女共沾巾。

——唐·王勃《送杜少府之任蜀州》

【注解】 无为: 不要效仿。歧路: 岔路口。古人送行常在大路分岔处告别。沾巾: 泪水沾湿衣服和腰带, 意思是挥泪告别。

【释义】 远离分不开知己, 只要同在四海之内, 就是天涯海角也如同近在邻居一样, 一秦一蜀又算得什么呢。当我们走到即将分手的岔路口时, 千万不要做那儿女之态, 与我挥泪告别。

【点评】 作者在慰勉友人, 也是在安慰自己不要在离别之时过分悲哀, 表现了友谊不受时间的限制和空间的阻隔, 是永恒的, 无所不在的。这两句因此成为远隔千山万水的朋友之间表达深厚情谊的不朽名句。

11. 别来如梦里，一想一氛氲。

——唐·沈佺期《十三四时尝从巫峡过他日偶然有思》

【注解】氛氲(yūn)：繁盛的样子。

【释义】在我们分别以后，我就仿若进入到了梦境之中，每每想到此处，我的内心异常纷乱。

【点评】表明了作者内心的离别情思。

12. 荆吴相接水为乡，君去春江正渺茫。日暮征帆何处泊，天涯一望断人肠。

——唐·孟浩然《送杜十四之江南》

【注解】诗题：这是一首送别诗。杜十四，即杜晃，他是一位进士，排行第十四，所以称为杜十四。而今，孟浩然的朋友杜晃要离开荆地到东吴，孟浩然为其送行而写下这首诗。

【释义】荆州和吴郡是接壤的水乡，你离去的时候春天的江水正渺渺茫茫。太阳将要落山，远行的小船将要停泊在什么地方？抬眼向天的尽头望去，真让人肝肠寸断忧伤至极。

【点评】此句既抒发了离情，又不流于直露，余味深长，言有尽而意无穷；表达了诗人的离别之痛以及送别友人时的依依不舍之情，耐人寻味。

13. 请君试问东流水，别意与之谁短长。

——唐·李白《金陵酒肆留别》

【注解】金陵：即今江苏省南京市。

【释义】请你问问这向东而流的江水，我们之间的离情别意与它相比究竟是谁更长一些呢？

【点评】用拟人的手法抒发出李白与金陵友人之间深厚的情谊。

14. 故人西辞黄鹤楼，烟花三月下扬州。孤帆远影碧空尽，唯见长江天际流。

——唐·李白《黄鹤楼送孟浩然之广陵》

【注解】黄鹤楼：建在湖北武昌西边的黄鹤矶上，下面就是长江。烟花:雾霭中的花。此指暮春浓艳的景色。碧空尽:指船消失在水与蓝天相接的地方。

【释义】老朋友孟浩然辞别西楚的黄鹤楼,阳春三月烟花如海,他去游历扬州。一叶孤舟,远远地消失在碧空尽头,只见浩浩荡荡的长江向天际奔流。

【点评】这是送别诗,寓离情于写景中,极富诗意。

15. 离人无语月无声,明月有光人有情。别后相思人似月,云间水上到层城。

——唐·李冶《明月夜留别》

【注解】层城:古代神话称昆仑山有层城九重。后也用以比喻高大的城阙。李冶:今浙江吴兴人。容貌俊美,天赋极高,从小就显露诗才,后出家为女道士的她依然神情潇洒,专心翰墨,生性浪漫,爱作雅谑,加上她又善弹琴,尤工格律,是中唐诗坛上享受盛名的女冠诗人。

【释义】在即将离别的时刻,我们就像明月一样默默无言。此时万籁俱寂,月光撒满了大地,我们的内心就像月光一样充满着柔情。离别后,我就像月光普照天南地北一样,对你的思念之情也追踪到任何一个地方——不管是天涯海角还是海陲边塞。

【点评】从月光下离人的依依惜别,到月光下闺女的独自相思,从头至尾都将人、月合写,以人喻月,以月形人,写得十分有情味,又别致。

16. 白首相逢征战后,青春已过乱离中。

——唐·刘长卿《送李录事兄归襄邓》

【注解】乱离:因遭战乱而流离失所。

【释义】战后重逢时已经年老,青春早已在战乱中离去。

【点评】作者或写久戍边塞不得归家的兵士,或写被罢归乡里的老将,令人深感同情。本句描写的是因为战争流离失所,离开家乡太久了的情感。

689

17. 含情两相向，欲语气先咽。心曲千万端，悲来却难说。别后唯所思，天涯共明月。

——唐·孟郊《古怨别》

【注解】心曲：心事。

【释义】在分别之前，我们两两相望，刚想要说些什么，但尚未开口就已经泣不成声了。我的心中虽有千言万语，但在此时却因为悲伤，一句也说不出来。在我们分别之后，就只有相互思念，在天涯两地共同欣赏一轮明月吧。

【点评】作者以细腻的笔法描绘出一对情侣在离别之时的难舍之情。

18. 梧桐树，三更雨，不道离情正苦。一叶叶，一声声，空阶滴到明。

——唐·温庭筠《更漏子》

【注解】空阶：空荡荡的台阶。

【释义】梧桐树叶早已干枯，而在三更时分外面下起了大雨，它们不知道屋内之人正因为与丈夫的离别而愁苦不已。雨点击打在干枯的树叶上，在发出一阵阵响声后，又滴落到空荡荡的台阶上，一直持续到天明，真是令人惆怅不已。

【点评】作者通过细腻的笔触，描绘出了一位女子对离别的伤感之情。

19. 剪不断，理还乱，是离愁。别是一般滋味在心头。

——南唐·李煜《相见欢》

【注解】离愁：指去国之愁。别是一般：另有一种。

【释义】剪也剪不断，理也理不清，让人心烦意乱的，正是离愁别绪。那悠悠离别之愁缠绕在心头，是一种无可名状的哀伤和痛苦。

【点评】这几句话将离愁写得不可名状、无以言叙，抒发出作者内心深处的无边寂寞、万般的无奈和无法排解的离别之愁，感人至深。

20. 执手相看泪眼，竟无语凝噎。

——北宋·柳永《雨霖铃》

【注解】凝噎：即"凝咽"，悲痛气塞，说不出话来。

【释义】在离别时刻，一对恋人握手告别，本有千言万语要说，可是连一句话也说不出来。两人只是手拉着手，泪眼蒙眬，你看着我，我看着你，哽咽难言。

【点评】作者当时在仕途上失意，不得已离京远行，这种抑郁的心情和失去爱情慰藉的痛苦交织在一起，谱成了这首词的主旋律。词人凝噎在喉，此时无言胜有言，精彩地体现出离人内心的凄凉和悲伤。读来感人至深，被传诵千古。

21. 多情自古伤离别，更那堪、冷落清秋节。

——北宋·柳永《雨霖铃》

【注解】清秋节：萧瑟冷落的秋季。堪：忍受。

【释义】自古以来，令多情之人最感伤心的就是离别，尤其是在这萧瑟冷落的秋天，他们又如何承受得了这份离愁呢！

【点评】这是柳永在离开汴京前与恋人惜别之时所作，让人感受到了柳永内心的离愁之苦。

22. 无穷无尽是离愁，天涯地角寻思遍。

——北宋·晏殊《踏莎行》

【注解】寻思：不断思索。此句是说从连接到天边的水波，引出无边无际的离愁，而有"思绕天涯"的感觉。

【释义】没有穷尽的离别愁绪已经占满了我的心田，无计消除，你即便是走到天涯海角，我对你的思念之情都会一直伴随着你。

【点评】此词写饯别相送及别后的怀思，情景逼真，含蕴无尽，如一幅丹青妙手绘出的春江送别图，令读者置身其间，真切地感受到作者的缱绻深情。

23. 花似伊，柳似伊，花柳青春人别离，低头双泪垂。

——北宋·欧阳修《长相思》

【注解】伊：你。

【释义】你既像花一样美丽，又像柳枝一样柔弱，但是我却要在你正处在如花似柳的青春之际离开，面对这种局面，我的眼泪也情不自禁地流了下来。

【点评】这是一首怀人念远的抒情小词，抒发悠悠不尽的"思"和"恨"，表明了词人内心的离愁别恨。

24. 故人何处? 带我离愁江外去。来岁花前, 又是今年忆去年。

——宋·吕本中《减字木兰花》

【注解】江外: 指长江以南地区。因从中原来看, 江南地带地处长江以外, 故称"江外", 也作"江表"。来岁: 来年, 下一年。

【释义】我的朋友，你如今在哪里啊? 你知不知道你已经把我的离愁带到了江天之外。等到明年这个时候，希望我们能够再来到这里，一同回忆今年相聚的情形。

【点评】作者采用同一时间的反复, 不同情景的再现, 引起复杂的心理反映和感情的波动, 构成了全词的抒情特色, 抒发了作者对友人的无比怀念之情。

25. 离恨做成春夜雨。添得春江, 划地东流去。

——南宋·杨炎正《蝶恋花·别范南伯》

【注解】划地: 依旧, 还是。

【释义】我与好朋友间的离愁别恨全都化为了无尽的春雨，下了整整一夜。而这场春雨，也使得江水上涨了，但是无情的江水依旧浩浩荡荡地向东流去。

【点评】全词抒写离愁别绪, 细腻委婉, 工巧别致, 表达了作者对友人的依依不舍之情。

26. 莫道男儿心如铁, 君不见满川红叶, 尽是离人眼中血。

——金·董解元《西厢记诸宫调》

【注解】川: 平原, 平地。

【释义】不要说男儿都是铁石心肠之人，难道你没有看见那满山的红叶吗? 它们都是被这些男儿在与亲人分别时流下的血泪染红的啊!

【点评】作者借助满山枫叶，将离人的悲苦刻画得淋漓尽致，虽有夸张，而联想自然，显得真切动人。

27. 伴人离愁月当轩。月圆，人几时圆?

——元·关汉卿《双调·新水令》

【注解】轩：这里指窗户。

【释义】伴随着我的除了满腔的离愁，就只有正对着窗户的这轮明月了。但是，月亮还有团圆的时候，而相互思念的人要到什么时候才能团圆呢?

【点评】表明了主人公内心的离愁别恨。

28. 碧云天，黄花地，西风紧，北雁南飞。晓来谁染霜林醉? 总是离人泪。

——元·王实甫《西厢记》

【注解】碧云天：万里晴空。

【释义】天上飘着几朵白云，而地上则开满了黄花，此时的秋风正紧，北方的大雁也正赶着南飞。早上树林中的霜是从哪里来的? 原来那些都是离人的眼泪形成的。

【点评】作者通过长亭路上、筵席之中、古道分手之时描写《西厢记》中男女主人公张生与莺莺在长亭送别时的依依不舍之情。

29. 画船儿载不起离愁。人到西陵，恨满东州。

——元·张可久《双调·折桂令》

【注解】西陵：当指西陵渡，故址在今浙江省萧山区。东州：或谓指山东琅琊（今山东临沂北）。其实在此的西陵与东州都非实指某地，只不过用以指送别之地与友人前去之地。

【释义】我内心那浓重的离愁即便是画船都无法承载得起。我虽然还在西陵之地话别，但我内心的离愁别恨早已蔓延到了东州之地了。

【点评】这是一首送友的名作，写离愁之重，衬托出友情之深。流露出了作者内心无尽的离愁苦。

30. 燕子枉翻双剪, 几曾剪得离愁。

——清·朱声希《清平乐》

【注解】枉: 空自。

【释义】轻巧的燕子空自翻动着那条宛如剪刀似的尾巴, 不知何时才能剪断绵长的离愁别绪。

【点评】作者以燕子灵动尾巴来表达内心的离愁别恨。

政治篇

一、从政

1. 政贵有恒，辞尚体要，不惟好异。

——《尚书·毕命》

【注解】政：政事，政策措施。恒：长久。辞：文辞，文告。体要：精要。好：喜爱。异：奇异。

【释义】一个好的政策措施贵在长久不变，一种好的文告则崇尚内容精要，不应该贪求所谓的标新立异。

【点评】治理国家离不开好的政策措施，好的政策措施还应该保持稳定，切不可朝令夕改。

2. 为政以德，譬如北辰，居其所而众星共之。

——《论语·为政》

【注解】北辰：北极星。居：处，放在。共：通"拱"，环绕。

【释义】治理国家要用道德，这就好比北极星一样，它固定在那所在的地方，于是所有的星星都环绕着它。

【点评】孔子主张以德治国，认为只有讲仁德，才能使国家太平，让天下信服。

3. 政者，正也。子帅以正，孰敢不正？

——《论语·颜渊》

【注解】政：这里指治理国家。帅：率领，带头。以：用。孰：谁，哪一个。

【释义】治理国家，就是要讲正派。你带头讲正派了，谁还能不讲正派呢？

【点评】把正派作为统治者的一条标准，而且要带头做到，这对为政者是很重要的。

4. 仕而优则学，学而优则仕。

——《论语·子张》

【注解】仕：指从仕、为官。优：悠游，有多余的时间。

【释义】做官了，有空余的时间就要用来学习；学习了，如果有余力不妨去做官干事。

【点评】这是孔子的得意门生子夏说的话，说明孔子不希望做官的人是那些无知无识的平庸之辈乃至违礼僭越之人，所以强调做官干事要多学习，才能有利于天下。但后世常将"优"解为优秀，将此语作为儒家读书做官论的名言。

5. 士而怀居，不足以为士矣。

——《论语·宪问》

【注解】士：一般指读书人、有知识的人。怀居：指贪图安逸。怀，想念，留恋。居，居家，安居。

【释义】读书人如果贪图安逸，那就不像一个有知识的人了。

【点评】儒家主张积极入世，反对留恋安居，贪图安逸。

6. 君子之仕也，行其义也。

——《论语·微子》

【注解】义：指应有道德追求，比如正义、公平等。

【释义】君子出仕为官，是为了践行他的道德追求。

【点评】君子出仕为官，是为了实践高尚的道德情操，而不是为了混饭吃。

7. 欲政之速行也，莫善乎以身先之；欲民之速服也，莫善乎以道御之。

——《孔子家语·入官》

【注解】政：政策举措。善：好。莫善乎：没有比……更好的。身：自身，自己。先：率先。道：道德，道义。御：治理。

【释义】要使政策举措得到迅速推行，没有比自己率先执行更好的方法了；要使老百姓很快地服从管理，没有比运用道德来治理更好的途径了。

【点评】率先垂范和道德治理对于为政的重要性。

8. 国无小, 不可易也; 无备, 虽众不可恃也。

——《左传·僖公二十二年》

【注解】无: 无论。易: 轻视。虽: 即使。恃: 依靠。

【释义】国家无论大小, 都是不可轻视的; 如果没有做好戒备, 即使人数多, 也是不可靠的。

【点评】本句强调, 治国者, 要夙夜在公, 战战兢兢, 同时要加强戒备心理。

9. 利天下之民者, 莫大于治。

——《商君书·开塞》

【注解】利: 有利于。治: 太平, 安宁。

【释义】有利于普天下老百姓的事情, 没有比天下太平更重大的了。

【点评】天下太平, 老百姓就能安居乐业、幸福安康, 所以这是最重大的事情。

10. 有理而无益于治者, 君子弗言; 有能而无益于事者, 君子弗为。

——《尹文子·大道上》

【注解】君子: 指有文化、有修养的人。弗: 不。能: 能力, 才能。

【释义】即使有道理但是对治理国家没有益处的, 君子不会加以宣扬; 即使有能力做但是对国家事务没有益处的, 君子也不做。

【点评】君子的一言一行、为人处事, 都要把国家的事业放在首位。

11. 事强暴之国难, 使强暴之国事我易。

——《荀子·富国》

【注解】事: 侍奉。强暴: 强势残暴。

【释义】侍奉强暴的国家很难, 但让强暴的国家侍奉我们却是容易的。

【点评】强暴之国贪婪无义，很难满足。国家人多力量大，对手孤单势力小，因此对付起来自然不难了。

12. 为人君者，犹盂也；民，犹水也。盂方水方，盂圆水圆。

——《韩非子·外储说左上》

【注解】人君：君主，君王。犹：犹如，如同。盂（yú）：盛饮食或液体的容器。圆：通"圆"，圆形。

【释义】作为君王，就如同盂这样的容器；百姓呢，就好像水一样，盂这样的容器是方形的，水也就变成方形，如这样的容器是圆形的，水也就成为圆形的。

【点评】一方面是说统治者权重力强，老百姓地位低下，任凭驱使；另一方面，则说明君王的言行对百姓的影响很大，有什么样的君主，就会有什么样的国人。

13. 善为吏者树德，不善为吏者树怨。

——《韩非子·外储说左下》

【注解】吏：官员。树：培植。怨：怨恨者，对立面。

【释义】善于做官的人培植的是道德，不善于做官的人培植的是怨恨。

【点评】从政做官要多做积德的事，以德为怀，而不要做缺德的事，四面树敌。

14. 为政犹沐也，虽有弃发，必为之。

——《韩非子·六反》

【注解】犹：好像，如同。沐：洗头发。弃：弃丢，脱落。为：做，这里指洗头发。

【释义】从事国家治理就好像洗头发，即使每次都有脱落的头发，但也一定得洗。

【点评】这个比喻说明：治理国家总会要损害一部分人的利益，但也必须坚持治理，不能畏畏缩缩。

15. 水击则波兴，气乱则智昏。智昏不可以为政，波水不可以为平。

——《淮南子·齐俗训》

【注解】击：激荡。气：指心神、心智。智：神志。昏：糊涂，混乱。

【释义】水流激荡于是就会波浪翻滚，心智混乱于是就会神智糊涂。神智糊涂就不能从事治理国家，如同翻滚的波浪不能用来作水准一样。

【点评】为政者就得保持神志清爽，办事要条理清晰。

16. 政者，正也。君为正，则百姓从政矣。

——《礼记·哀公问》

【注解】从：顺从，听从。政：政事，管理。

【释义】治理国家，就得要讲正派。如果君主是行正道的，那么老百姓就会听从管理了。

【点评】上梁不正下梁歪，为政者行正道，百姓才会信服、顺从。

17. 车同轨，书同文，行同伦。

——《礼记·中庸》

【注解】轨：轨辙，车轮宽窄的尺寸。书：书写。文：文字。行：行为。伦：伦理。

【释义】车轮要有相同的轨辙，书写要有一样的文字，民众的行为要有共同的伦理价值。

【点评】这是古人对统一国家的理想，秦始皇实现国家的统一，就推行了车同轨、书同文字，统一了度量衡，但是人同伦是否已经实现，值得讨论。不过，作为一个国家，人民要有共同的价值取向和道德风尚，这在今天仍然是有意义的。

18. 为人臣者，主耳忘身，国耳忘家，公耳忘私。

——《汉书·贾谊传》

【注解】主：为主子。耳：而。

【释义】作为臣子，要为了君王而不顾自己，为了国家的利益而不考虑家庭的利益，为了公事而不考虑私事。

【点评】为了国家的利益而不计较个人得失。

19. 有益于化，虽小弗除；无补于政，虽大弗与。

——东汉·王充《论衡·薄葬篇》

【注解】化：教化。补：补益。与：赞同。

【释义】如果有益于教化，即使很微小的对策也不要去除它；如果无补于治理，即使很重大的举措也不要赞同它。

【点评】确实，一项政策举措好与不好，要看它是不是有利于社会教化和国家治理，而不是看它是重大还是微小。

20. 善为政者，防于未然，均其有无，省其徭役。

——唐·张九龄《敕处分十道朝集使》

【注解】未然：事情尚未发生时。均：均衡。有无：指富足与贫困。省：减轻。徭役：劳役。

【释义】善于治理国家的人，应该要防患于未然，公平地分配物质财富，减轻百姓的劳役。

【点评】善于为政的人，一是要有先见之明，二是要公平公正，三是要爱民仁民。

21. 苟无济代心，独善亦何益。

——唐·李白《赠韦秘书子春》

【注解】苟：如果。济代：济世。独善：洁身自好，保持节操。

【释义】一个人如果没有济世为民的志向，即使能洁身自好也是没有什么意义的。

【点评】儒家崇尚积极入世，认为不能仅仅停留在出仕为官和洁身自好上，而是要济世为民，多做一些有益的事情，这是一种高尚的情怀。

22. 以国家之务为己任。

——唐·韩愈《送许郢州序》

【注解】务：事务。己任：自己的责任。

【释义】把国家的事务当作自己的责任。

【点评】为官者都有这样的境界,国家就会强盛发达。

23. 先天下之忧而忧,后天下之乐而乐。

——北宋·范仲淹《岳阳楼记》

【注解】先:先于。后:后于。

【释义】在天下人的忧虑之前自己就先忧虑,当天下的人都快乐了自己才得以快乐。

【点评】为官做事,心中装的是百姓的事情,和百姓同忧伤同欢乐,这才是出仕者的崇高情怀。

24. 居庙堂之高则忧其民,处江湖之远则忧其君。是进亦忧,退亦忧。

——北宋·范仲淹《岳阳楼记》

【注解】庙堂:朝廷,在朝为官。江湖:山野,民间,此指被贬职。进:提拔重用。退:贬官降职。

【释义】在朝廷里为官便多为百姓考虑,离开朝廷流落民间便多为皇帝着想,这就是无论重用还是遭贬,都要心怀忧虑之心。

【点评】无论是穷困失意还是通达得志,都要把国家和人民放在心上,保持忧国忧民的崇高情怀。

25. 以武功定祸乱,以文德致太平。

——北宋·苏轼《书王奥所藏太宗御书后》

【注解】武功:武力。定:平定。文德:文治德化。致:获得,达到。

【释义】使用武力来平定叛乱,运用文德来达到太平。

【点评】国家所处的环境不一样,采取的治理举措也要有不同。

26. 威与信并行,德与法相济。

——北宋·苏轼《张世矩再任镇戎军》

【注解】信:信用,诚信。济:补充。

【释义】威严与信用一起施行,道德与法律同时运用。

【点评】威严、信用、道德、法律，都是治国理政所必需的，缺一不可，不能偏废。

27. 君子之仕，不以高下易其心。

——北宋·苏辙《张士澄通判定州》

【注解】仕：做官。易：变。

【释义】有抱负的人做官，不因为职位的高低变化而改变他的内心。

【点评】有抱负的人，个人利益得失不能改变其报国的决心。

28. 住世一日，则做一日好人，居官一日，则做一日好事。

——南宋·罗大经《鹤林玉露》

【注解】住世：活在世上。居官：当官。

【释义】人活在世上一天，就要做一天好人；当一天官，就要做一天好事。

【点评】做人要做好人，做官要办好事，大家都有一颗好心。

29. 政纲虽举，必求益其所未至；德泽虽布，必思及其所未周。

——《宋史·薛极传》

【注解】举：取用，施行。益：增益，扩大。布：流播，传播。周：完全。

【释义】政策举措虽然施行起来了，也一定要力求扩大它所没有涉及的方面；恩德虽然流播出去了，也一定要考虑到它所没能覆盖到的地方。

【点评】智者千虑难免一失，政策举措一旦发现有缺失就应该加以补救，办了好事一旦发现有不周全的就应予以弥补，这是为政者所应该注意的。

30. 国以信而治天下，将以勇而镇外邦。

——明·施耐庵《水浒传》

【注解】国：指国君。以：用，凭借。镇：把守。外邦：指首都以外的要塞。

【释义】国君凭借信义来统治天下，将帅凭借勇敢来把守要塞。

【**点评**】治理国家一定要取信于民，失信就将失民心，从而失去统治地位。

31. 生存一日，当为生民办事一日。

——清·李塨《颜习斋先生年谱》

【**注解**】生民：老百姓。

【**释义**】活着一天，就要为老百姓办事一天。

【**点评**】活着，就当为民谋利。古人已有朴素的"执政为民"的思想。

二、民本

1. 邦畿千里，维民所止。

——《诗经·商颂·玄鸟》

【注解】畿（jī）：疆。维：语助词。止：居住。

【释义】国家千里之地，都是百姓所居之所。

【点评】君主当以百姓为怀，能常常眷顾百姓。

2. 天地不仁，以万物为刍狗；圣人不仁，以百姓为刍狗。

——《老子》第五章

【注解】不仁：残忍。刍狗：古代祭祀时用稻草扎成的狗。

【释义】天地一旦不讲仁慈了，它们就会糟蹋万物；圣人不讲仁慈了，就会戕害百姓。

【点评】治国者要讲仁慈，用仁慈之心对待百姓。

3. 圣人无常心，以百姓心为心。

——《老子》第四十九章

【注解】常：固定不变。心：心理愿望。

【释义】圣人没有自己固定不变的心理愿望，他们是把百姓的心理愿望作为自己的心理愿望。

【点评】古代的圣君非常注重百姓的愿望，百姓的所思所想就是他们的施政追求。

4. 民惟邦本，本固邦宁。

——《尚书·五子之歌》

【注解】惟：语助词。邦：国家。本：根本，根基。

【释义】老百姓是国家的根基，只有根基稳固，国家才能安宁。

【点评】人民是国家的根基，治国者只有使老百姓安定了，国家才能安宁，政权才能稳固。

5. 夫君者，舟也；庶人者，水也。水所以载舟，亦所以覆舟。

——《孔子家语·五仪解》

【注解】庶人：普通百姓。所以：所用来……。覆：颠覆，翻倒。

【释义】君主就好比是船，百姓就好比是水。水可以把船承载起来，也可以把船翻倒。

【点评】用船和水来比喻君主与百姓的关系，形象生动，道理深刻，须知，人民才是国家的根本啊！

6. 忧民之忧者，民亦忧其忧。

——《孟子·梁惠王下》

【注解】忧其忧：前一个"忧"作动词，担忧；后一个"忧"作形容词，忧愁。

【释义】担忧着老百姓的忧愁的治国者，老百姓也同样会担忧着治国者的忧愁。

【点评】治国者只有经常想到百姓的忧乐，体察百姓的情绪，才能取得百姓的信任，也只有这样，才能上下同心同德。

7. 乐民之乐者，民亦乐其乐。

——《孟子·梁惠王下》

【注解】乐其乐：前一个"乐"，动词，跟着……快乐；后一个"乐"，形容词。

【释义】跟着百姓的快乐而快乐的统治者，百姓也会以他的快乐当作自己的快乐的。

【点评】谁心里牵挂着老百姓，那么老百姓也牵挂着他。

8. 爱民者强，不爱民者弱。

——《荀子·议兵》

【注解】强：强盛。弱：衰弱。

【释义】爱护百姓的国君,他的国力才会强盛;不会爱护百姓的国君,他的国力一定衰弱。

【点评】民为邦本。只有懂得爱护百姓、珍惜百姓,才能有强盛的国力,否则只能导致衰亡。

9. 制国有常,利民为本;从政有经,令行为上。

——《史记·赵世家》

【注解】制:控制,治理。常:不变的原则。经:常道,规范。

【释义】治国有不能改变的原则,这就是以有利于百姓为根本;为政有不能扰乱的规范,这就是以政策举措得到推行为最好。

【点评】人民是国家的主体,"利民为本"是治国者必须牢记并需切实推行的根本所在。

10. 善为国者,遇民如父母之爱子、兄之爱弟。

——西汉·刘向《说苑·政理》

【注解】为:治理。遇:待,对待。

【释义】善于治国理政的人,爱护百姓就像父母亲爱护他的孩子、哥哥爱护自己的弟弟一样。

【点评】爱民如子,如果治国者能有这样的情怀,就不愁百姓不拥护、国家不太平了。

11. 王者以民为天。

——《汉书·郦食其传》

【注解】王者:王天下者,统治天下的人。

【释义】统治天下的人把老百姓看作天。

【点评】悠悠万物,唯天为大,能视百姓为天,就能敬之、爱之、畏之,这样,统治就可以成功。

12. 为国者以富民为本,以正学为基。

——东汉·王符《潜夫论·务本》

【注解】正:使动用法,使……正当。

【释义】治国者把实现百姓富足作为根本大计,把推广学行正当作为基础工程。

【点评】治国理政,富民为本,这是千古不变的道理。

13. 国之有民,犹水之有舟,停则以安,扰则以危。

——《三国志·吴书·骆统传》

【注解】犹:像,如同。扰:骚扰。以:因。

【释义】国家有百姓,就好像水中有船,让它停着就可以安全,骚扰它那就危险了。

【点评】老百姓需要安居乐业,所以不要总是朝令夕改,骚扰百姓。

14. 为君之道,必须先存百姓,若损百姓以奉其身,犹割股以啖腹,腹饱而身毙。

——唐·吴兢《贞观政要·君道》

【解释】存:存恤。损:减损。奉:奉养。股:大腿。啖(dàn):食。毙:死亡。

【释义】作为国君的治国之策,必定要首先体贴关怀百姓,如果减损了本该属于百姓的东西来奉养他自己,这就好像切割了大腿之肉来喂饱肚子,肚子饱了但是人却死了。

【点评】这里是告诫治国者一定要体恤百姓,让百姓过上富足的生活,而不能盘剥百姓、损害百姓,否则只会导致政坏国亡。

15. 安得广厦千万间,大庇天下寒士俱欢颜,风雨不动安如山。呜呼!何时眼前突兀见此屋,吾庐独破受冻死亦足!

——唐·杜甫《茅屋为秋风所破歌》

【注解】安:怎么样。庇:遮蔽。寒士:寒民,受冻的人民。突兀:突然。见:同"现",呈现。此屋:指千万间广厦。足:心满意足。

【释义】怎样才能获得千万间的宽大房子,普遍地遮蔽天下受冻的人民,让他们高兴开颜,即使风吹雨打也能岿然不动,像大山一样安稳坚固。啊呀!什么时候眼前突然呈现这些宽大的房子呢?如果是这样,即使我的茅屋独家被刮破而我又受冻乃至冻死那也心满意足了!

【点评】杜甫不愧是人民的诗人。在他自己的茅屋被秋风刮破的时候,他想到的却是天下受苦的人民,赤子之心让人敬仰!

16. 虑于民也深,则谋其始也精。

——北宋·欧阳修《偃虹堤记》

【注解】始:事情的开端。也:语气语,表顿宕。精:细致,周密。

【释义】考虑百姓的利益深远,那么对事情的谋划一起始就精细。

【点评】为百姓考虑得深远,制定的政策就适用。

17. 起民之病,治国之疵。

——北宋·王安石《上田正言书》

【注解】起:解除。病:痛苦。疵:缺陷,缺失。

【释义】解除百姓的痛苦,整治国家的缺失。

【点评】治国者一定要明白,只有消除了百姓的困苦,百姓才会感恩,才会顺从管理。

18. 但愿众生皆得饱,不辞羸病卧残阳。

——宋·李纲《病牛》

【注解】众生:比喻指百姓。羸(léi):瘦弱。残阳:喻指晚年。

【释义】只要能让天下百姓都能不再受饥挨饿,即使以瘦弱伤病的身躯度过晚年也在所不惜。

【点评】李纲是南宋的著名抗金将领,这首诗以病牛为喻,抒发了自己爱民为民的真挚情怀。

19. 但愿苍生俱饱暖,不辞辛苦出山林。

——明·于谦《咏煤炭》

【注解】苍生:百姓。山林:指烧炭者从山林中砍下树木烧好后运出来。

【释义】只是希望天下百姓都能吃饱穿暖,即使历经千辛万苦跋山涉水也在所不辞。

【点评】 于谦是明代的著名清官，他心中常常牵挂着百姓，这两句诗也是他爱民情怀的形象写照。

20. 衙斋卧听萧萧竹，疑是民间疾苦声。些小吾曹州县吏，一枝一叶总关情。

——清·郑燮《潍县署中画竹呈年伯包大中丞括》

【注解】 衙斋：衙门里的书斋。萧萧：风声。些小：微小。吾曹：我辈。一枝一叶：比喻民间发生的大大小小的各种事情。总：全部，都。关：牵系。

【释义】 躺卧在衙门书斋里耳听风吹竹子发出的声音，仿佛是民间百姓的疾苦之声。虽然我辈属于地位低微的小县吏，但是民间百姓们的各种事情都牵系着吾辈并进而生发出怜悯之情。

【点评】 以风吹竹子的声音比喻百姓的疾苦，表达了自己地位虽然微小，但是始终心系百姓的深挚感情。

三、纳谏

1. 先民有言，询于刍荛。

——《诗经·大雅·板》

【注解】 先民：先人，指古代的贤人。询：询问，请教。刍荛（chúráo）：割草砍柴的人。

【释义】 古代的贤人要发布政令，总要先向普通老百姓请教。

【点评】 这里说执政者要广纳群言，然后才做决策。

2. 天下有道，则庶人不议。

——《论语·季氏》

【注解】 庶人：庶民，普通人。

【释义】 天下治理好了，那么普通百姓才不会非议君王。

【点评】 老百姓的议论是杆秤，只要治理不好，就一定怨语纷纷。

3. 良药苦于口而利于病，忠言逆于耳而利于行。汤武以谔谔而昌，桀纣以唯唯而亡。

——《孔子家语·六本》

【注解】 汤武：商汤王、周武王。谔（è）谔：形容直话直说。昌：昌盛。桀纣：夏桀、商纣王，以残暴而著称。唯唯：形容说话小心翼翼，言听计从。

【释义】 良药虽然很苦但是有利于治病，忠言虽然不顺耳但是有利于修身治国。商汤王和周武王因为虚心纳言，能让臣下与百姓直话直说，国家因此而繁荣昌盛；夏桀和商纣王因为堵塞言路，导致臣下与百姓口不敢言，最终落得衰败身亡。

【点评】 一个开明的统治者，应该大开言路，广纳诤言，不因逆耳之言而反感、排斥，这样，决策就会科学，办事就能畅达。

4. 防民之口，甚于防川；川壅而溃，伤人必多，民亦如之。是故为川者，决之使导；为民者，宣之使言。

——《国语·周语上》

【注解】 防：堵塞。壅：拥堵。溃：指大坝冲毁。为川者：管理或治理河川的人。决：打开缺口。导：导引（河水）。宣：宣示，公开宣称。

【释义】 堵塞言路，比堵塞洪水要更加危险；洪水被拥堵就会冲毁堤坝，因此死伤的人肯定很多，老百姓也是这样。所以管理河川的人会打开缺口，让洪水导向不会死伤人们的地方，管理百姓治理天下的人则应该公开宣示让老百姓敢于说话。

【点评】 人人都有一张嘴，有嘴就要说话，不让老百姓说话，积怨会越来越深，总有一天会公开爆发，而一旦爆发，离统治者倒台的日子也就不远了。可见，公开纳谏是上策、良策。

5. 口之宣言也，善败于是乎兴。行善而备败，其所以阜财用衣食者也。

——《国语·周语上》

【注解】 宣言：公开说话。善败：好的和坏的。兴：张扬，扬起。备：防备。阜：多，增加。财用：物质财富。

【释义】 老百姓能够公开说话了，好点子、坏主意都会因此张扬开来。采纳好点子，防备坏主意，它们就可以用来增加国家和百姓的物质财富。

【点评】 众口汹汹，人们的阅历和看问题的立场、角度不一样，所出的点子、主意就不会相同，有时甚至截然相反，统治者的正确态度是要善于采纳善言，防备不意，趋利除弊，这样，权力就能稳固，经济也能发展。

6. 至言忤于耳而倒于心，非贤圣莫能听。

——《韩非子·难言》

【注解】 至言：最恳切有理的话。忤：违逆。倒：反倒，不合。

【释义】 最恳切有理的话，往往既刺耳难听，又倒人胃口，不是圣人贤人是无法接受的。

【点评】忠言多逆耳，君主当以圣贤的风度虚心听取。

7. 过而不听于忠臣，而独行其意，则灭高名，为人笑之始也。

——《韩非子·十过》

【注解】过：过错。灭：丧失。为：被。

【释义】有了过错却又不听忠良之臣的劝告，反而按照自己的主观意志独断专行，那么就会失去崇高的名声，进而也就是被人耻笑的开始。

【点评】不听忠言，一意孤行，最后必然倒台。

8. 狂夫之言，圣人择焉。

——《史记·淮阴侯列传》

【注解】圣人：指品德最高尚、智慧最高超的人。择：择取。

【释义】即使是狂人说的话，圣人也会择取。

【点评】有智慧的人会听取各种各样的意见。

9. 距谏者塞，专己者孤。

——西汉·桓宽《盐铁论·刺议》

【注解】距：通"拒"，拒绝。塞：闭塞。专：专擅独行。

【释义】拒绝直言规劝的人一定很闭塞，固执一己之见的人一定很孤立。

【点评】拒绝直言规劝，不仅对治事没有好处，而且连朋友也不会有。

10. 从谏如顺流，趣时如响赴。

——东汉·班彪《王命论》

【注解】从谏：听从劝谏。顺流：水顺着下方向流淌。趣时：趋向合适的时机。响：声响。赴：追赶，前往。

【释义】听从劝谏就要像水顺着下方向流淌一样（乐于采纳），趋向合适的时机就要如同听到声响就立即跟着行动。

【点评】平时能诚心听取各种意见，从谏如流就能逐渐成为一个人的修养、境界和态度。

11. 君之所以明者，兼听也；其所以暗者，偏信也。

——东汉·王符《潜夫论·明暗》

【注解】明：贤明。兼听：听取多方面的意见。暗：愚昧晦暗。

【释义】君主能够贤明，是因为能够听取多方面的意见；君主愚昧晦暗，是因为听信片面的主意。

【点评】唐朝的魏徵也说过："兼听则明，偏信则暗。"一个贤明的领导者，就要善于听取来自各方面的不同声音，切不可偏听偏信。

12. 忠臣挟难进之术，吐逆耳之言。

——《三国志·吴书·张纮传》

【注解】挟：夹着，推行。术：政策举措。逆耳：逆意。

【释义】忠良之臣往往持有难于进呈的谋略，说的是刺耳的真话。

【点评】善策和真话不一定动听顺耳，却利于治国安民。

13. 广直言之路，启进善之门。

——唐·柳宗元《贺赦表》

【注解】广：广开。启：开启。善：善言。

【释义】要广开直言进谏的言路，开启能说真话的大门。

【点评】直言和进善的渠道必须畅通，这对治国者非常重要。

14. 士不忘身不为忠，言不逆耳不为谏。

——北宋·欧阳修《论杜衍范仲淹等罢政事状》

【注解】士：一般指有知识又有职位的人。忘身：舍弃生命。谏：直言规劝。

【释义】士在需要时不敢舍身的算不上忠心耿耿，话有理却不能刺耳的算不得直言规劝。

【点评】强调臣子要舍身尽忠，敢于作逆耳之谏。

15. 千夫诺诺，不如一士之谔谔。

——北宋·苏轼《讲田友直字叙》

【注解】诺诺：连声答应，表示顺从。谔谔：直言争论。

【释义】一千个人唯唯诺诺，不如一个有识之士的直言争论。

【点评】有人敢与你直言争论，而不是唯唯诺诺，说明你是一个听得进不同意见的人；另一方面通过直言争论或者认真讨论，会让是非更加明辨、问题更加清楚、办法更加高明。

四、举贤

1. 任贤勿贰，去邪勿疑。

——《尚书·大禹谟》

【注解】 任：任用。贤：贤能，有才德的人。贰：怀疑，不信任。疑：顾虑。

【释义】 任用贤能不要不信任，清除邪恶不要有疑虑。

【点评】 用人不疑，除恶务尽。

2. 临之以庄，则敬；孝慈，则忠；举善而教不能，则劝。

——《论语·为政》

【注解】 临：对待。庄：庄重。孝慈：孝敬尊长，慈爱下属和晚辈。举：举用。善：优秀人才。不能：能力差的人。劝：勉。

【释义】 你用庄重的态度对待百姓，他们就会恭敬；你孝顺尊长，慈爱下属和晚辈，他们就会忠诚；你提举善者，教导后进，百姓就会互勉为善。

【点评】 此是对做官的人说的，说明对人的态度如何很要紧，也提到提举贤人善人的重要性。

3. 见贤思齐焉，见不贤而内自省也。

——《论语·里仁》

【注解】 贤：贤良有仁德的人。齐：并列。内：心内，心里。自省：自我反省。

【释义】 看到贤良有仁德的人就想着要追上他们，看到不好的人就要在心里自我反省。

【点评】 学习贤人、任用贤人，其实也是为社会树立标杆。

4. 仲弓为季氏宰，问政。子曰："先有司，赦小过，举贤才。"

——《论语·子路》

【注解】仲弓：姓冉，名雍，孔子弟子。季氏：鲁国正卿，即季孙氏。

【释义】仲弓担任季孙氏的家宰，向孔子请教政事。孔子说："引导好各位主管的官吏，赦免人们的小错误，举荐贤才。"

【点评】举贤才是为政的要事之一，所以孔子才这样明确回答他的学生。

5. 归国宝，不若献贤而进士。

——《墨子·亲士》

【注解】归：通"馈"，赠送。进：进用，提拔任用。

【释义】赠送全国最好的宝贝，比不上进献贤良之士和提拔任用他们。

【点评】献宝不如献人才，因为人才是宝中之宝。

6. 夫尚贤者，政之本也。

——《墨子·尚贤》

【注解】尚：崇尚，尊崇。本：根本。

【释义】尊崇贤良的人，是为政的根本大事。

【点评】凡事离不开人，要把国家治理好，要把事情办好，关键在识人、用人。

7. 国有贤良之士众，则国家之治厚；贤良之士寡，则国家之治薄。故大人之务，将在于众贤而已。

——《墨子·尚贤》

【注解】众：多，丰富。治：治理，这里指治理的根基。厚：厚实。寡：少，欠缺。薄：薄弱，微薄。大人：大官，地位尊贵的人。务：首要的事情。众贤：充足的贤良之士。

【释义】国家拥有的贤良之士众多，那么国家的治理根基就会深厚；拥有的贤良之士欠缺，那么国家的治理根基就会浅薄。所以，大官人的首要事情，必定是在于能够聚集起充足的贤良之士罢了。

【点评】人才是国家治理的根基所在，国家治理的好坏在于得人，因此人才是越多越好。

8. 尊贤使能，俊杰在位，则天下之士皆悦，而愿立于其朝矣。

——《孟子·公孙丑上》

【注解】尊：尊重。使：用，任用。能：有才能的人。立：立身为其服务。

【释义】尊重贤才，重用有才能的人，让杰出的才俊之士在岗位上有地位，那么天下有文化的人都会感到高兴，然后也愿意在朝廷里立身服务了。

【点评】人需要尊重，是人才更需要得到尊重，一旦已有的贤才被尊重了，天下的其他贤才也都会向风而来，这就是尊重人才的正效应。

9. 内举不避亲，外举不避仇。

——《韩非子·说疑》

【注解】内举：举荐内部的人。亲：亲戚，亲人。外举：举荐外部的人。仇：仇敌，这里主要指对自己有意见的人。

【释义】举荐内部的人不违避自己的亲戚，举荐外部的人不违避对自己有意见的人。

【点评】关键是要出以公心，唯贤是举。

10. 得贤者显昌，失贤者危亡。

——西汉·贾谊《新书·胎教》

【注解】显昌：显达昌盛。危亡：危急衰亡。

【释义】得到贤良的人才国家就显达昌盛，丧失贤良的人才国家就危急衰亡。

【点评】贤良的人才是国家的宝贵财富，因而它和国家的命运息息相关。

11. 士贤能而不用，有国者之耻。

——《史记·太史公自序》

【注解】 有国者：掌握国家大权的人。

【释义】 有文化又贤良能干的人却得不到重用，这对掌握国家大权的
人来说是耻辱的事。

【点评】 用人是统治者治国理政的要义，能不能用贤才俊士，也是荣
辱观的体现。

12. 得人者兴，失人者崩。

——《史记·商君列传》

【注解】 兴：兴旺。崩：败坏。

【释义】 得到人才的事业就兴旺，失去人才的事业就败坏。

【点评】 人才关系到事业的兴衰成败。

13. 国有贤士而不用，非士之过，有国者之耻。

——西汉·桓宽《盐铁论·国病》

【注解】 用：任用。过：过错。有国者：掌握国家大权的人，指掌管用
人部门的官吏或皇帝。

【释义】 一个国家有贤良仁德的人才但是却得不到任用，这不是有文
化人的过错，而是掌管用人部门官员的羞耻。

【点评】 想使国家兴盛，避免衰亡，就一定要有发现人才、任用人才的
自觉与光荣感。

14. 任贤必治，任不肖必乱，必然之道也。

——《汉书·京房传》

【注解】 不肖：与"贤"相反，指品行不端的人。道：道理，规律。

【释义】 任用贤良有仁德的人国家肯定会太平，任用品行不端的人国
家肯定要动乱，这是必然的规律。

【点评】 国家治乱与任用什么样的人密切相关，作为一种规律，手握
大权者不可不明察慎用。

15. 国家存亡之本，治乱之机，在于明选而已矣。

——东汉·王符《潜夫论·本政》

【注解】本：根本，根基。治：太平。机：枢要，关键。明：明确公平。选：选拔，选用。

【释义】国家生存或者灭亡、太平或者混乱的根基与关键，就在于能不能明确公平地选用人才罢了。

【点评】能否明确公平地选用人才，实在是事关国家成败的根本之举，掌权者不可不重视啊！

16. 苟得其人，虽仇必举；苟非其人，虽亲不授。

——《三国志·蜀书·许靖传》

【注解】苟：如果。其人：指人才。举：举用。授：任用。

【释义】如果是人才，即使是仇人也必定保举使用；如果不是人才，即使是亲戚也不可授予其职务。

【点评】这是一个很高境界的用人道德，当代官员应该以此激励鞭策自己。

17. 古称国之宝，谷米与贤才。

——唐·白居易《杂兴三首》

【注解】称：称誉。

【释义】自古以来被称誉为国家之宝的，只有两件，这就是谷米粮食和贤德之人。

【点评】民以食为天，吃饭第一，诗人把贤才与须臾不可离开的谷米等量齐观，既形象，又深刻。

18. 国以任贤使能而兴，弃贤专己而衰。

——北宋·王安石《兴贤》

【注解】以：凭借。使：用，任用。能：才能，有才能（的人）。专己：固执己见，独断专行。

【释义】国家凭借着任用贤良仁德与才能杰出的人就会兴盛起来，相反的，抛弃了贤良仁德的人，独擅专行，就会因此衰亡下去。

【点评】一兴一衰,其中的道理就在于用什么样的人。

19. 有贤而用之者,国之福也;有之而不用,犹无有也。

——北宋·王安石《兴贤》

【注解】犹:如同,好像。

【释义】有贤才而且得到任用的,是国家的福分;有了贤才但是得不到任用,这就等于没有一样。

【点评】人才的价值在于能够发挥作用,最忌把他们当作摆设,虽然招揽了人才却又不发挥其作用,这是最大的浪费。

20. 国之强弱,不在甲兵,不在金谷,独在人才之多少。

——南宋·张孝祥《论用才之路欲广札子》

【注解】国:这里指国力。甲兵:铠甲兵器,这里指军事实力。金谷:钱粮,这里指国库的储备。独:单单,只。

【释义】国力的强盛与脆弱与否,不是在于军事实力的强大与弱小,也不是在于国库储备的富足与欠缺,只是在于人才的多还是少。

【点评】军事实力和国库储备,对于一个国家的实力来说,当然是必不可少的,但是如果人才众多,用人得当,这些方面就可以变弱为强,强者更强,就可以变少为多,大者更大。有了人,什么奇迹都可以创造出来。

21. 千军易得,一将难求。

——元·马致远《汉宫秋》

【注解】千军:一支千人的军队,形容人多。求:寻找。

【释义】招募和组建一支军队是容易的事,但是要找到一位杰出的将帅却是最难的事。

【点评】人海茫茫,要找到真正的有用之才的确不是那么容易的。

五、顺时

1. 汤武革命，顺乎天而应乎人。

——《周易·革卦》

【注解】汤：成汤王。武：周武王。革命：变革天命，这里指成汤王推翻夏朝建立商朝，周武王推翻商朝建立周朝。天：天道，天意。应：顺应。

【释义】成汤王和周武王推翻旧政权建立新王朝，是顺应了天道，呼应了人民的意志。

【点评】这里是以汤武革命的成功为例来说明，统治阶级一定要善于观察时势，抓住机遇，只有这样，才能夺取胜利。

2. 藏器于身，待时而动。

——《周易·系辞下》

【注解】藏：隐藏，掩藏。器：才能。时：时机。

【释义】把才能掩藏起来，等待时机到来时发挥作用。

【点评】有备无患，有了准备，一旦时机成熟就能有所成就。

3. 兵无常势，水无常形；能因敌变化而取胜者，谓之神。

——《孙子兵法·虚实篇》

【注解】兵：军阵，战阵，用兵。常：固定不变。势：态势，情势。因：依据，顺着。神：神奇，智谋高超。

【释义】用兵作战没有固定不变的方法态势，就好像水流没有固定不变的形状一样；能够依据敌情变化用兵打仗而获得胜利的，就能称为用兵如神了。

【点评】把握态势，注意变化，才能克敌制胜，用兵如此，管理其他事务也是如此。

4. 无夺民时，则百姓富。

——《国语·齐语》

【注解】无：通"毋"，不要。夺：丧失。民时：农时。

【释义】不要让老百姓丧失了播种、收获的有利时节，那么老百姓就能富足。

【点评】对于统治者来说，所谓"适时"，也包括让老百姓安心种地，这样，国家和人民就有基本生活和税赋的保证，天下才能安宁，政权才能稳固。

5. 得时者昌，失时者亡。

——《列子·说符》

【注解】昌：昌盛。

【释义】顺从时势的就昌盛发达，错失时机的就衰败危亡。

【点评】用对比来说明掌握时势的重要，言简意赅，千古真理。

6. 不违农时，谷不可胜食也。

——《孟子·梁惠王上》

【注解】违：不遵从，违背，错失。胜：尽。

【释义】不要错失耕种的时节，谷米就吃不完了。

【点评】农作物生长一定要顺应天时，即自然的规律。国家、社会的事也一样，所谓审时度势，就是要遵从规律，把握时机。

7. 斧斤以时入山林，材木不可胜用也。

——《孟子·梁惠王上》

【注解】斤：斧头的一种。以时：按照一定的时间。材木：木材。

【释义】按照顺应自然规律的时间进山砍伐，木材就用不完了。

【点评】砍柴伐木有一定的时节，为政、谋事也同样要顺势顺时而为。

8. 虽有智慧，不如乘势；虽有镃锜，不如待时。

——《孟子·公孙丑上》

【注解】乘：顺着。镃锜：锄头。时：农时。

【释义】即使最聪明的人，也要顺随形势；即使有好农具，也该等到播种的时节才好使用。

【点评】孟子引用的是当时齐国人的俗语,说明把握时势的重要。

9. 孔子,圣之时者也。

——《孟子·万章下》

【注解】圣:圣人,文化修养最为丰厚、品德至为高尚的人。时:识时务,顺应时势。

【释义】孔子,他是圣人中能够顺应时势的人。

【点评】孔子及其博大精深的思想的诞生,不是偶然的,而是因为其本身有深厚的文化修养,同时也顺应了当时天下的时势。

10. 审堂下之阴,而知日月之行,阴阳之变;见瓶水之冰,而知天下之寒、鱼鳖之藏也;尝一脔肉,而知一镬之味、一鼎之调。

——《吕氏春秋·察今》

【注解】审:审察,观察。阴:同"荫",日影。阴阳:朝暮、寒暑、晴雨的意思。一脔(luán)肉:一块切好(烧好)的肉。鼎:古代的烹饪器具。调:烹调。

【释义】观察一下房屋下面的光影,于是就能知道太阳和月亮的运行,感知早晚、朝暮、晴雨的变化;看见瓶子里的水结的冰,于是就知道天下的寒冷、鱼鳖的潜藏了;尝一块肉,于是就能知道一锅肉里的味道、一鼎之中的烹调水平了。

【点评】要审势适时,就需要见微知著,善于从细微的变化中预测趋势,把握未来。

11. 圣人不期修古,不法常可,论世之事,因为之备。

——《韩非子·五蠹》

【注解】圣人:指像尧、舜、禹、汤、武王这样的人。期:必定的时间。修:循着。法:效法。常可:按照常理认为是可行的(法度举措)。论:讲论。世:当世,当今。事:情事,情势。因:依据。为:给,替。备:全,尽,完备(的举措)。

【释义】圣人不必因循古人,不去效法常理认为可行的法度,而是讲论当今的情势, 并依据情势给它提供完备的举措。

【点评】韩非子是主张 "法后王" 的, 反对因循守旧, 要求适应新变化制定新举措。

12. 世异则事异, 事异则备变。

——《韩非子·五蠹》

【注解】世: 世事。异: 改变。

【释义】世事发生了变化, 情势就会跟着发生变化, 那么政策举措也就应该跟着改变。

【点评】要适应新变化, 采用新举措, 这样才能立于不败之地。

13. 法与时转则治, 治与世宜则有功。

——《韩非子·心度》

【注解】法: 法律, 法度。时: 时代。转: 转变, 变化。治: 治理好。后一个 "治", 统治, 管治。

【释义】法度跟时代一起变化就能使国家得到治理, 管治的举措与世事相适应就会有成功。

【点评】法度和管治, 都要适应时势, 才能起作用。

14. 书不必起仲尼之门, 药不必出扁鹊之方, 合之者善。

——西汉·陆贾《新语·术事》

【注解】起: 起于, 出于。仲尼: 孔子。扁鹊: 战国时代的著名医学家。合: 适合。善: 好的。

【释义】书本不一定非要出于孔子的学说, 用药不一定非要出于扁鹊的方剂, 只要适合的就是好的。

【点评】不同时代和不同情况, 就要有不同的应对之策, 时代变化了, 情况改变了, 法度、政策、措施也都要加以改变。

15. 苟利于民, 不必法古; 苟周于事, 不必循旧。

——《淮南子·氾论训》

【注解】苟: 如果。法: 模仿, 照搬。周: 周全。循: 遵循, 因循。

【释义】如果能够对百姓有利，就没有必要照搬古代的做法；如果能把事情办的周全，就不必因循守旧。

【点评】办事情，想办法，提举措，都要顺应时势，并能从老百姓的利益和实际的效果出发。

16. 善战者，因其势而利导之。

——《史记·孙子吴起列传》

【注解】因：依据，顺着。势：形势，情势。利：顺利，有利。导：引导。

【释义】善于指挥战争的将领，总是能够依据战争的实际状况和发展趋势来把握与引导它的。

【点评】成语"因势利导"即出于此，它已经成为我们今天引导思想、管理事务的重要方法了。

17. 功者难成而易败，时者难得而易失也。时乎时，不再来。

——《史记·淮阴侯列传》

【注解】功：事业。成：成就，成功。时：时机，时运。再：第二次。

【释义】事业要干成功很难，但是做坏很容易，时机要把握住很难，但是丢失是很容易的啊！时机啊时机，一旦错失了，就不会有第二次了。

【点评】机遇稍纵即逝，决不能错失。

18. 明者因时而变，知者随事而制。

——西汉·桓宽《盐铁论·忧边》

【注解】明：高明，贤明。知：同"智"，聪明。事：事理。制：控制，把握。

【释义】高明的人依据时势来进行变革，聪明的人顺着事理来把握控制好局面。

【点评】审时度势的人才是高明的人、聪明的人，因为审时度势才能掌控大局，办好事情。

19. 君子见机，达人知命。

——唐·王勃《滕王阁序》

【注解】机：征兆，时势。达人：通达事理的人。命：命运。

【释义】君子能够看到时势的发展，达人能够预知事情的未来。

【点评】审势适时，也是区分是否作为君子、达人的条件之一。

20. 时乎时乎，去不可邀，来不可逃。

——唐·刘禹锡《何卜赋》

【注解】邀：遮阻，阻挡。逃：走脱。

【释义】时机呀时机，如要走失是无法阻挡的，如来了就不能让它走脱了。

【点评】时机这东西，倏忽即来，倏忽即去，抓住它才行。

21. 机不可失，时不再来。

——《旧五代史·晋书·安重荣传》

【注解】再：第二次。

【释义】机遇不能白白错失，好时机不会有第二次来。

【点评】虽然这两句话已经成为今天的流行语了，但是其中所蕴含的明白而深刻的道理却未必是人人都能记取的。

22. 识时务者为俊杰，昧先几者非明哲。

——明·程登吉《幼学琼林》

【注解】俊杰：才智出众的人。昧：愚昧无知。先几：先机，机遇出现前的征兆。明哲：明智者。

【释义】认识时机的人是才智出众的，对于机遇出现前的征兆却麻木无知的人是配不上明智称号的。

【点评】要把握好时机，在时机面前就不要成为麻木不仁的人。

六、斥佞

1. 君子上交不谄，下交不渎。

——《周易·系辞下》

【注解】上：在上位的人。交：结交。渎：轻慢。

【释义】君子与比自己地位高的人交朋友不能阿谀奉承，与比自己地位低的人交朋友则不能轻慢他们。

【点评】上交不谄、下交不渎，是做人、交友的好品德。

2. 巧言如簧，颜之厚矣。

——《诗经·小雅·巧言》

【注解】巧言：谄媚的话，花言巧语。簧：笙簧，古代的一种管乐器，声音动听。颜：脸，脸皮。

【释义】花言巧语就像笙簧吹奏出的声音一样动听，而这样的人是脸皮很厚的。

【点评】佞人的最主要特征是善于伪装，恬不知耻，往往带有很大的迷惑性。

3. 巧言令色，鲜矣仁。

——《论语·学而》

【注解】巧言：谄媚的话，花言巧语。令色：伪装出来的样子。鲜：少。

【释义】善于花言巧语、伪装老实的人，是算不得有仁义道德的。

【点评】惯于花言巧语的人，在道德上是低劣的。

4. 巧言乱德，小不忍则乱大谋。

——《论语·卫灵公》

【注解】乱：扰乱，败坏。小：细微，小事情。

【释义】花言巧语会败坏道德，对细小的事情不能忍耐就会败坏大事。

【点评】对佞人的容忍，就是对良好道德的破坏。

5. 放郑声，远佞人；郑声淫，佞人殆。

——《论语·卫灵公》

【注解】放：放弃，排斥。郑声：多反映男欢女爱的感情，被孔子认为是淫荡的。郑，古时的一个诸侯国。远：疏远，远离。殆：危险的。

【释义】排斥郑声，远离佞人；郑声宣泄淫荡之情，佞人属于危险之人。

【点评】说郑声淫荡，我们不必苟同，但是佞人有迷惑性、危险性，是应该引起警惕的。

6. 谄谀在侧，善议障塞，则国危矣。

——《墨子·亲士》

【注解】侧：侧旁，身边。障塞：阻碍，阻塞。

【释义】奉承拍马的人围着统治者转，正确的建议自然被阻塞，那么国家就要危亡了。

【点评】用了佞人，信了佞人，好人就得不到重用，言路就会堵塞，对于国家来说，实在是太危险了。

7. 非我而当者，吾师也；是我而当者，吾友也；谄谀我者，吾贼也。

——《荀子·修身》

【注解】非：非难，动词。当：恰当，正确。是：表扬，肯定。谄谀：阿谀奉承。贼：贼人，敌人。

【释义】批评我而且批评得正确的，那就是我的老师；肯定我而且肯定得正确的，那就是我的朋友；对我阿谀奉承、花言巧语的人，那是我的敌人。

【点评】把阿谀奉承的人作为敌人来看，可见佞人也是恶人。

8. 巧诈不如拙诚。

——《韩非子·说林上》

【注解】巧：聪明灵巧。诈：虚伪奸诈。拙：笨拙。诚：诚实，实在。

【释义】任用所谓聪明灵巧而虚伪奸诈的人不如选用笨拙诚实的人。

【点评】它告诫统治者要注意以德选人，不要用佞人。

9. 有谔谔争臣者，其国昌；有默默谀臣者，其国亡。

——《韩诗外传》

【注解】谔谔：直言争辩的样子。争：同"诤"，直言规谏。默默：缄口不言。

【释义】有敢于直言规谏的臣子，那国家就能兴盛；有顺从不言、谄媚阿谀的臣子，那个国家就会衰亡。

【点评】佞人亡国，忠臣兴邦，因此对佞人不得不排斥。

10. 忠臣安于心，谀臣安于身。

——东汉·荀悦《申鉴·杂言上》

【注解】安：定，安宁。

【释义】忠良臣子的安定在心里，阿谀之臣的安定只能在面上。

【点评】这两句话也可以理解为做人要表里如一，而做那种阿谀奉承的人或许能风光一时，但最终是要真相败露的。

11. 谗邪害公正，浮云翳白日。

——东汉·孔融《临终诗》

【注解】害：损害，戕害。翳：遮蔽。

【释义】阿谀邪恶戕害公正，就好像漫天的乌云遮蔽了太阳。

【点评】用浮云翳白日来比喻佞人的祸害，形象生动。

12. 白石似玉，奸佞似贤。

——东晋·葛洪《抱朴子·祛惑》

【注解】似：近似，相似。

【释义】白石跟宝玉有些相似，奸诈阿谀的人也会伪装成贤良之人。

【点评】凡事凡物不能只看表象，不要被那种表面上像贤良而实际上却是奸诈阿谀的人所迷惑。

13. 入门见嫉, 蛾眉不肯让人; 掩袖工谗, 狐媚偏能惑主。

——唐·骆宾王《代李敬业讨武曌檄》

【注解】入门：指进宫。见：被。嫉：嫉恨，嫉妒。蛾眉：修长的眉毛，指美女。掩袖：掩饰。工：擅长。狐媚：迷人的娇态。

【释义】刚入宫就被妒忌，美女不肯谦让人；掩饰伪装，擅长阿谀，狐狸精偏能迷惑皇上。

【点评】这是骆宾王对武则天的揭露鞭挞，其中一条就是武则天的"掩袖工谗"，极尽阿谀之能事。

14. 佞尤必去也, 而贤乃可保。

——唐·张九龄《远佞第二章》

【注解】佞尤：邪僻有害的人。保：保全。

【释义】佞人必须去除，这样贤良的人才能得到保全。

【点评】佞人当道，好人必然受气；除去佞人，贤臣才能舒心理政。

15. 巧言易信, 孤愤难申。

——唐·刘禹锡《苏州谢恩赐加章服表》

【注解】孤愤：私下的怨愤。申：申诉。

【释义】谄媚的话容易使人相信，私下的怨愤却难以公开申诉。

【点评】佞人的最主要特征是善于阿谀奉承，而统治者又多喜欢听好话，所以就容易使巧言令色的人占了便宜，而正直的人反而往往遭到误会，这是值得为政者警惕的。

16. 谄谀宜惕, 正直宜宣。

——唐·柳宗元《斩曲几文》

【注解】宜：适宜，应该。惕：警惕。宣：宣扬。

【释义】对于阿谀奉承的人应该提高警惕，对于直言进谏的人应该公开宣传。

【点评】警惕谄谀的人，宣传直言的人，才能树立正气，保持清风。

17. 博询众庶，则才能者进矣；不有忌讳，则谠直之路开矣；不迩
小人，则谗谀者自远矣；不拘文牵俗，则守职者辨治矣；不责
人以细过，则能吏之志得以尽其效矣。

——北宋·王安石《兴贤》

【注解】博：广泛。谠(dǎng)：正直。迩(ěr)：近，亲近。拘文牵俗：
拘泥于繁文俗节。拘，拘束。牵，缠绊。细过：细小的过错。能吏：有
才能的官吏。尽：全部。

【释义】能够广泛地征求众人的意见，那么真正有才能的人就能得到
提拔了；不要设置很多所谓忌讳的条文，那么正直坦率的言路就能
敞开了；不去亲近小人，那么阿谀奉承的人自然就远离朝廷了；不拘
泥于繁文俗节，那么恪守职责的人就能明辨治理的要求了；不拿细
小的过错责罚人，那么有才能的官吏的志向就能尽情舒展了。

【点评】小人所以能在一个时候得志，原因在于统治者亲近他们。

七、去奢

1. 去甚、去奢、去泰。

——《老子》第二十九章

【注解】甚：极，极端。泰：太，过分，过度。

【释义】避免极端，消除奢侈，摒弃过度。

【点评】老子主张清净、淡泊，所以反对奢侈。

2. 礼，与其奢也，宁俭；丧，与其易也，宁戚。

——《论语·八佾》

【注解】礼：礼数，也可指送礼。易：和易，治备周全。戚：悲伤。

【释义】送礼方面，与其奢侈过分讲面子，不如简单俭约求实在；死丧之礼，与其花费很多，治备周全，不如情从心出，悲伤哭泣。

【点评】要反对奢侈，讲求节俭。

3. 一箪食，一瓢饮，在陋巷，人不堪其忧，回也不改其乐。

——《论语·雍也》

【注解】箪：古代盛饭用的圆形竹器。食：名词，饭。饮：名词，水。陋巷：狭窄简陋的闾巷。堪：忍受。回：颜回，孔子的学生。

【释义】吃的是一碗粗粝的饭，喝的是一瓢清水，住在狭陋的小巷里，别人都忍受不了那些忧伤，颜回却不改变他的快乐之心。

【点评】生活清苦，乃至贫穷，但是颜回始终能够以苦为乐，好学不辍，成为孔门中最好读书的贤弟子。

4. 奢则不孙，俭则固。与其不孙也，宁固。

——《论语·述而》

【注解】孙：同"逊"，谦逊。固：简陋。

【释义】奢侈了人就飘飘然、昏昏然, 节俭的人往往生活比较简陋。与其昏昏然地过日子, 不如过简陋的生活。

【点评】孔子是提倡节俭、反对奢侈的。

5. 骄奢淫逸, 所自邪也。

——《左传·隐公三年》

【注解】淫: 过度。逸: 逸乐。自邪: 自然走向邪路。

【释义】骄纵, 奢侈, 过度, 放荡, 就自然走向邪路。

【点评】奢侈了, 就会走到邪路上去, 因此必须去除骄奢淫逸。

6. 俭, 德之共也; 侈, 恶之大也。

——《左传·庄公二十四年》

【注解】共: 洪, 大。侈: 浪费, 奢侈。

【释义】勤俭, 是最大的美德; 奢侈, 是最大的恶行。

【点评】这是当时的古语, 说明中华民族从来就有讲求勤俭、反对奢侈的美德风尚。

7. 奢者富不足, 俭者贫有余; 奢者心常贫, 俭者心常富。

——五代·谭峭《化书·俭化》

【注解】贫: 无, 空虚。

【释义】奢侈的人再富裕也嫌物质不够, 节俭的人再贫穷也感到财产有余; 奢侈的人内心常常感到空虚, 节俭的人内心常常感到充实。

【点评】奢侈的结果必然是追求物质的享受, 以至变得欲壑难填, 所以他的内心永远是空虚的。这几句话, 是富有辩证法的。

8. 侈而惰者贫, 而力而俭者富。

——《韩非子·显学》

【注解】惰: 懒惰。力: 勤劳, 勤力。

【释义】奢侈而且懒惰的就贫穷, 但是勤劳而又节俭的就富足。

【点评】韩非子用对比的方法告诉人们: 要富足, 就要去除奢侈, 崇尚勤俭。

9. 国奢则示之以俭, 国俭则示之以礼。

——《礼记·檀弓下》

【注解】示: 指示, 教导。礼: 仪礼, 引申为文化。

【释义】国内出现奢侈的时候就要用节俭的道理教导人们, 国家变得节俭了就应该用文化来提高人们。

【点评】勤俭是奢侈的克星, 人人都讲勤俭, 奢侈之风就自然收敛了。

10. 救奢必于俭约, 拯薄无若敦厚。

——《后汉书·郎𫖸传》

【注解】薄: 与 "厚" 相对, 浇薄, 指民风不厚道。

【释义】改变奢侈之风必定在于倡行勤俭节约, 拯救浇薄的民风没有比提倡忠厚老实更好的途径了。

【点评】用 "拯救" 来论述, 是因为奢侈与浇薄的风气会害国害民。

11. 不勤不俭, 无以为人上也。

——隋·王通《文中子·关朗》

【注解】无以: 不能。人上: 人上人, 出人头地的人。

【释义】不勤劳不节俭, 就不能成为出类拔萃的人。

【点评】节俭还是奢侈, 是衡量一个人优秀与否的标准之一。

12. 朱门酒肉臭, 路有冻死骨。

——唐·杜甫《自京赴奉先县咏怀五百字》

【注解】朱门: 朱红漆的门, 借以象征富贵人家。

【释义】富贵人家是酒肉腐臭, 一路上却时见饿殍, 哀鸿遍野。

【点评】这两句诗写出了当时社会上贫富的悬殊, 富贵人家的穷奢极侈与人民的贫穷形成了鲜明的对照。

13. 历览前贤国与家, 成由勤俭败由奢。

——唐·李商隐《咏史》

【注解】历: 历来。前贤: 前代, 前辈, 前代的君主。败: 衰败。

【释义】总结历来的君主治国理家的经验教训，凡是成功都是因为勤俭节约，而凡是衰败都是因为奢侈浪费。

【点评】"成由勤俭败由奢"，这是总结历朝历代的经验教训而得出来的一条铁律。

14. 为政之要，曰公与清；成家之道，曰俭与勤。

——《省心杂言》

【注解】公：公正。清：清廉。成：成就，动词。道：举措，办法。

【释义】治理国家的要义，是公正和清廉；持家的办法，是节俭和勤劳。

【点评】持家要克勤克俭，治国要去奢戒侈。

15. 人之常情，由俭入奢易，由奢入俭难。

——北宋·司马光《训俭示康》

【注解】常情：通常的道理。

【释义】做人通常的道理是：从节俭转变到奢侈很容易，从奢侈改变为节俭却很难。

【点评】司马光在这里告诉我们：一旦奢侈惯了，要改变过来是很难的，不可不记取啊！

16. 制俗以俭，其弊为奢。

——北宋·王安石《风俗》

【注解】制：控制，制约，纠正。弊：弊病。

【释义】用节俭来纠正已成的风俗，因为其中的弊病是奢侈浪费。

【点评】佳句告诉我们，节俭是去除奢侈之风的良方。

17. 贫无可奈惟求俭，拙亦何妨只要勤。

——清·王永彬《围炉夜话》

【注解】无可奈：没有什么办法。拙：笨拙。

【释义】贫穷没有其他办法可以解脱，唯一可取的，只有讲求节俭；笨拙又有什么关系呢，只要勤奋就可以转变。

【点评】节俭能够改变贫穷,也是防止奢侈的妙招。

18. 奢侈足以败家,悭吝亦足以败家。

——清·王永彬《围炉夜话》

【注解】败家:败坏家庭。悭吝:吝啬,意指守财奴。

【释义】奢侈足够可以败坏一个家庭,吝啬也足够可以败坏一个家庭。

【点评】奢侈将导致家破人亡,同时作者也提出了不要做守财奴的劝诫。

19. 风俗之坏,多起于富贵之奢淫。

——清·王永彬《围炉夜话》

【注解】奢淫:骄奢淫逸。

【释义】社会风气的败坏,大多起因于富贵人家的骄奢淫逸。

【点评】富与贵的家庭,要为社会正能量起表率作用,而实际往往是相反。

中国古典诗文名句赏析辞典

八、反腐

1. 不狩不猎, 胡瞻尔庭有县狟兮? 彼君子兮, 不素餐兮!

——《诗经·魏风·伐檀》

【注解】胡: 何, 为什么。瞻: 望, 看见。庭: 大厅, 厅堂。狟: 猪獾, 一种小兽。素餐: 白吃饭。

【释义】不冬狩来不夜猎, 为什么看见你的厅堂上有挂着的猪獾呢? 那些君子啊, 是不能不干活白吃饭的哪!

【点评】说的是劳动者对 "君子" 不劳而获的指责与内心的不平, 其实也是我国早期底层民众对贪腐现象的不满。

2. 硕鼠硕鼠, 无食我黍! 三岁贯女, 莫我肯顾。逝将去女, 适彼乐土。乐土乐土, 爰得我所。

——《诗经·魏风·硕鼠》

【注解】硕: 大。无: 不要。三岁: 三年。三, 表多数。贯: 侍奉。女: 同 "汝", 你, 你们。莫: 没有谁。顾: 看顾。逝: 同 "誓", 发誓。适: 往, 到。乐土: 安乐的地方。爰: 于是。所: 处所, 地方。

【释义】大老鼠啊大老鼠, 不要吃了我的黍! 多年辛苦侍奉你, 没有对我来看顾。下决心想离开你, 到那安乐好乡土。好乡土啊好乡土, 也就找到了我的好处所。

【点评】这是一首控诉剥削的诗。硕鼠, 比喻贪得无厌的剥削者。在今天, 人们仍将硕鼠比作贪腐的人。

3. 慎终如始, 则无败事。

——《老子》第六十四章

【注解】慎: 谨慎小心。败: 坏。

【释义】如果做事一开始就小心谨慎, 并一直到最后都能这样, 那么就不会把事情做坏了。

【点评】做事做人，都要一辈子谨慎自守，只有这样，才能称为做好
人、办好事。

4. 天网恢恢，疏而不漏。

——《老子》第七十三章

【注解】恢恢：宽广的样子。疏：稀疏。

【释义】天网是非常宽广的，看起来好像很疏阔，但是它不会漏掉任
何一个犯法的人。

【点评】法律是一把高悬的利剑，对于贪腐者来说，心存侥幸，下场
可悲。

5. 不义而富且贵，于我如浮云。

——《论语·述而》

【注解】义：合理的，正当的。浮云：比喻很轻飘，不值钱，也可以解
释为"很短暂"。

【释义】不通过合理的途径得到的富裕和高官，对我来说那是没有价
值的。

【点评】富与贵，是人人所追求的，但是要通过正当手段去获得，那
才是有价值的。

6. 官之失德，宠赂章也。

——《左传·桓公二年》

【注解】德：德行，品德。宠赂：私宠与贿赂。章：同"彰"，盛行。

【释义】官员品德欠缺，是由于私宠、贿赂盛行。

【点评】腐败导致了某些官员人格品德的缺失。

7. 我以不贪为宝。

《左传·襄公十五年》

【注解】以：用，把。宝：宝贝。

【释义】我把不贪婪作为宝贝。

【点评】 这是春秋时期宋人给子罕献宝时子罕说的一句名言，体现了子罕不贪财慕利的精神境界。

8. 富贵不能淫，贫贱不能移，威武不能屈，此之谓大丈夫。

——《孟子·滕文公下》

【注解】 淫：惑乱。移：移易，改变。威武：权势和武力胁迫。

【释义】 富裕和高位也不能惑乱他的心胸，贫穷和低贱也不能改变他的气节，权势的威严和武力的胁迫也不能使他屈服，这就叫作大丈夫。

【点评】 面对各种利诱、挫折、胁迫，都能淡泊自如，清守自持，这是为官做人所应该坚守的人格与准则。

9. 临大利而不易其义，可谓廉矣。廉，故不以贵富而忘其辱。

——《吕氏春秋·忠廉》

【注解】 易：改易，改变。故：所以。

【释义】 虽然面对极大的利诱但是仍然没有改变自己的气节，可以称得上是清廉了。因为清廉，所以不会由于贪求富贵而忘记因此可能遭受的耻辱。

【点评】 羞耻之心，人皆有之。保持清廉，摒弃贪鄙，就不会丧失羞耻之心，自然也就不会辱没其身了。

10. 临财毋苟得，临难毋苟免。

——《礼记·曲礼上》

【注解】 临：面临，面对。苟：苟且，随便。难：急难，危难。免：避免，逃避。

【释义】 面临财货不要随便取用，面对危难不能苟且偷生。

【点评】 天下没有白吃的午餐，随随便便地贪求不属于你的财货，总有一天会败露的。

11. 智者不为非其事，廉者不求非其有。

——《韩诗外传》

【注解】 为：做。非：不是。求：贪求。有：所有，拥有。

【释义】聪明的人不做不属于他的事情, 廉洁的人不贪求不是他所应有的东西。

【点评】廉者在于自守, 决不可贪求不义之财。

12. 贪夫徇财, 烈士徇名, 夸者死权, 众庶冯生。

——《史记·伯夷列传》

【注解】徇: 同"殉", 死。烈士: 事业心强的人, 好义的人。夸: 骄傲自大。冯: 即"凭", 恃。

【释义】贪腐的人为了钱财而死, 好义的人为了名节而死, 夸耀权势的人死于争权夺利, 普通百姓追求的是好好活着。

【点评】有不同的价值观, 就有不同的追求。有的人为钱财而活着, 最终死在钱财上, 下场是可悲的。

13. 天下熙熙, 皆为利来; 天下攘攘, 皆为利往。

——《史记·货殖列传》

【注解】熙熙: 热热闹闹的样子。攘攘: 吵吵闹闹的样子。

【释义】天下人热热闹闹, 人来人往, 都是为了追逐利益而往来的。

【点评】逐利, 是人的本心追求, 也是市场经济的特征。我们今天要提倡的是合法经营, 用劳动和智慧致富。

14. 欲影正者端其表, 欲下廉者先之身。

——西汉·桓宽《盐铁论·疾贪》

【注解】影: 身影。端: 端正。表: 仪表。下: 下属。身: 自身。

【释义】想要自己的身影不偏斜就要先使自己的仪容端正, 希望下属廉洁的首先要自身廉洁。

【点评】以身作则, 自身廉洁了, 下属就会跟着做。

15. 如不知足, 则失所欲。

——《三国志·魏书·王昶传》

【注解】足: 满足。所欲: 想要得到的东西。

【释义】如果不知满足，贪得无厌，就会失去自己想要得到的东西。

【点评】知足者常乐，贪得无厌，终必大失，且会自讨耻辱。

16. 环堵萧然，不蔽风日；短褐穿结，箪瓢屡空，晏如也。

——东晋·陶渊明《五柳先生传》

【注解】环堵：四周的墙壁。萧然：空荡荡的样子。褐：粗布衣服。结：打结头，指衣服上的补丁。晏如：安然，坦然。

【释义】墙壁四周，空空无物，已经破得难以挡风遮日；粗布短衣，破破烂烂，打满补丁，饭篮、水瓢，常空空如也，即便如此，也安然处之。

【点评】五柳先生虽然一贫如洗，但仍然能坦然处之。陶渊明通过五柳先生告诉人们，一个人就是要坚守自己的节操，不要因为贫穷而产生邪念，进而贪腐。

17. 廉者常乐无求，贪者常忧不足。

——隋·王通《中说·王道》

【注解】无求：不贪求。不足：不够。

【释义】廉洁的人常常为自己无所贪求感到快乐，贪婪的人常常为自己的财产不够感到担忧。

【点评】不知满足，就会产生贪婪的欲念，而欲壑难填，最终只能毁败。

18. 贤者多财损其志，愚者多财生其过。

——唐·吴兢《贞观政要·贪鄙》

【注解】多财：物质财富过多。损：损伤，磨损。过：错误。

【释义】贤良的人拥有过多的财富只会消磨他的意志，愚蠢的人拥有过多的财富只会滋生灾祸。

【点评】俗话说：贪多必失。不该你拥有的东西，多一分都是累赘，甚至是祸害。

19. 宁可清贫自乐，不作浊富多忧。

——宋·释道远《景德传灯录》

【注解】清贫：清廉而贫穷。浊富：不正当的富贵。忧：因财物来路不正而害怕。

【释义】宁愿过清贫的生活也要坚持自己的志向，不用担惊受怕。

【点评】表达了作者要清廉为人的志向。

20. 利非不善也，其害义则不善也。

——《二程粹言·论道篇》

【注解】利：利益，钱财。其：如此。

【释义】利益本身不是不好的东西，当它有损于道义时那就是不好的东西了。

【点评】人要正确对待财利，清正的人，从来不会去贪求不义之财。

21. 好货，天下之贱士也。

——北宋·苏轼《东坡志林》

【注解】好：喜好。货：财物。贱：低贱，不高尚。

【释义】喜好不义之财的人，是天下低劣之人。

【点评】对不义之财的贪求，是品质堕落的表现。

22. 苟非吾之所有，虽一毫而莫取。

——北宋·苏轼《前赤壁赋》

【注解】苟：如果。虽：即使。取：取用。

【释义】如果不是我所拥有的东西，即使是一丝一毫也是不能取用的。

【点评】占便宜往往是从一丝一毫开始的，能守住细微，不失小节，方能保持廉洁。

23. 吏不畏吾严而畏吾廉，民不服吾能而服吾公。公则民不敢慢，廉则吏不敢欺。公生明，廉生威。

——宋·吕本中《官箴》

【注解】吏：办事员。畏：畏惧，惧怕。能：有才能，能干。慢：怠慢。

【释义】官吏不惧怕我严厉但是惧怕我廉洁，百姓不佩服我能干但是敬服我公正。公正了那么百姓就不敢怠慢了，廉洁了那么官吏就不敢欺瞒了。公正带来的是清明之风，廉洁带出的是管理的权威。

【点评】公生明，廉生威，这是既深刻又浅显的道理。

24. 士大夫若爱一文，不直一文。

——南宋·罗大经《鹤林玉露》

【注解】士大夫：古代对当官人的浑称。爱：喜欢，贪求。文：古代的计量单位，一文钱，一枚钱。直：通"值"，价值。

【释义】士大夫如果贪求一文钱，那么他的为人就不值一文钱。

【点评】为官要讲人格，不能因为贪图钱财而丧失了人格。

25. 文臣不爱钱，武臣不惜死，天下太平矣！

——《宋史·岳飞传》

【注解】爱：贪求。惜：怜惜。

【释义】文官不贪求钱财，武将不惧怕牺牲，天下也就太平了！

【点评】如果做官的都心存非分之想，不惜以权谋私，那么政权也就岌岌可危了。

26. 富贵非吾愿，清闲守自然。

——元·谷子敬《杂剧·吕洞宾三度城南柳》

【注解】愿：愿望，理想。守：恪守。自然：自由自在。

【释义】荣华富贵不是我的理想追求，清闲淡泊、恪守自在才是我的愿望。

【点评】腐败是一些意志薄弱者贪求荣华富贵的捷径，而贪图荣华富贵又是贪腐的动因，所以，人一定要守住底线，甘于淡泊。

27. 清风两袖朝天去，免得闾阎话短长。

——明·于谦《入京》

【注解】朝天：进京见天子。天，指皇宫，朝廷。闾阎：里巷，民间。话：说，动词。短长：说长道短。短，短处，污点。

【释义】带着两袖清风、一身清廉进京去, 以免百姓在背后指指点点说自己坏话。

【点评】对当官者来说, 口碑在百姓, 为官清廉, 就能得到老百姓的拥护。

28. 从来有名士, 不用无名钱。

——清·于成龙《示亲民官自省六戒》

【注解】名士: 有清明之名声的官员。无名钱: 没有正当来历的钱。

【释义】自古以来的清明官员, 都不会取用没有正当来历的钱。

【点评】名士应该是两袖清风, 一身正气, 否则就是假名士。

九、斥奸

1. 奸臣之败其主也，积渐积微，使主迷惑而不自知也。

——《管子·明法解》

【注解】败：败坏。主：统治者。迷惑：糊涂，昏惑。

【释义】奸臣使他的主上败坏下去，是一点一滴慢慢积累起恶行，从而使他的主上昏惑了还不知道的。

【点评】奸臣败主，有一个由细微到严重的过程，而统治者就像喝迷魂汤一样，糊里糊涂，最后总会导致垮台。

2. 君子周而不比，小人比而不周。

——《论语·为政》

【注解】周：合群，为义而团结起来。比：勾结，为利而勾结一起。

【释义】君子为义而走到一起，所以能牢固团结；小人为利而相互吸引，所以只能短暂勾结。

【点评】孔夫子告诫人们，要为道义而奋斗，做团结在道义旗帜下的君子，不要做追名逐利、结党营私的奸佞之人。

3. 吾恐季孙之忧，不在颛臾，而在萧墙之内也。

——《论语·季氏》

【注解】季孙：春秋后期掌握鲁国大权的贵族。颛臾：鲁国的一个附属小国。萧墙：古代宫门内当门的小墙，这里借指宫廷、朝廷。

【释义】我担心季孙氏的忧患，不是在颛臾国，而是在他自己的朝廷内部。

【点评】季孙氏宠信奸臣，做了许多违礼的事，所以孔子认为最后会因为内乱而亡国。成语"祸起萧墙"即源于此。

4. 国家之败，由官邪也。官之失德，宠赂章也。

——《左传·桓公二年》

【注解】 宠：受恩宠。赂：贿赂。章：彰明。

【释义】 国家的衰败，是从做官人的奸邪开始的。而官吏的失德，恩宠、贿赂彰显出来了。

【点评】 鲁桓公把郜鼎放到太庙，这是非礼的举动，臧哀伯就劝谏他，希望他能幡然悔悟，搬出郜鼎，阻塞邪恶，昭明善德。

5. 不去庆父，鲁难未已。

——《左传·闵公元年》

【注解】 庆父：春秋时鲁庄公的庶兄。庄公死后，他先后杀死两个继位者，后来逃到莒国，鲁国请求莒国把他送回治罪，庆父在途中自杀了。后世常把制造内乱的人比作庆父。已：结束，终结。

【释义】 不去除庆父，鲁国的灾难就不会终结。

【点评】 邪恶的人是国贼，会造成国家的灾难，必须去除了，国家才能安宁。

6. 下义其罪，上赏其奸，上下相蒙，难与处矣！

——《左传·僖公二十四年》

【注解】 义：认为……是合乎道义的。蒙：糊涂。处：居处，共事。

【释义】 在下位的人认为罪恶是合乎道义的，在上位的人赞赏鼓励的是奸佞的人，上下都一齐糊涂了，这自然是很难共事的。

【点评】 奸佞本应得到讨伐、去除，但实际上反而得到赞赏鼓励，这样的政权是难以稳固的。

7. 国家将败，必用奸人。

——《国语·楚语下》

【注解】 败：败亡，灭亡。

【释义】 国家垂危败亡，那一定是因为任用了奸佞之人。

【点评】 国家兴衰，根本在人，而奸人能误国甚至亡国，也是被历史所证明了的。

8. 孔子成《春秋》，而乱臣贼子惧。

——《孟子·滕文公下》

【注解】 成：写就，写成。《春秋》：鲁国的国史。

【释义】 孔子写成了《春秋》，于是那些叛乱的奸臣、祸国的奸贼都因此感到害怕。

【点评】 孟子认为，孔子写《春秋》，不藏善，不隐恶，乱臣贼子就害怕罪恶昭彰，受人责骂，而且连累后代背上祖宗的骂名。孔子的笔法，还被后世称为"春秋笔法"。

9. 芳与泽其杂糅兮，唯昭质其犹未亏。

——战国·屈原《离骚》

【注解】 芳：芳香，比喻贤臣。泽：污垢，比喻小人。杂糅：混杂。昭质：洁白光明的品质。亏：亏损，亏缺。

【释义】 芳香与污浊混杂在一起，只有我洁白光明的品质仍然没有亏缺。

【点评】 历代总有奸佞，屈原虽然历尽坎坷，但是始终保持自己洁白光明的品质，不因奸邪小人的一时得志而丧失气节。

10. 世溷浊而嫉贤兮，好蔽美而称恶。

——战国·屈原《离骚》

【注解】 溷（hùn）：混浊。嫉：嫉恨。蔽：掩盖。称：称扬，推崇。

【释义】 世道混浊又嫉贤妒能啊，喜欢掩盖贤士却推崇恶人。

【点评】 揭露了当世的黑暗污浊，奸人当道，好人受气。

11. 形相虽恶而心术善，无害为君子也；形相虽善而心术恶，无害为小人。

——《荀子·非相》

【注解】 形相：面形相貌。恶：丑陋。心术：心地。无害：不妨碍。

【释义】 面形相貌虽然看起来有些丑陋但是心地是善良的，就不会妨碍他成为君子；面形相貌虽然看起来很善良但是心地很丑陋，就不会妨碍他成为小人。

【点评】人不可貌相,只有仔细观察,才能辨别善恶,分清忠奸。

12. 口言善,身行恶,国妖也。

——《荀子·大略》

【注解】身行:指实际行动。妖:妖孽。

【释义】嘴上说的是好听的话语,实际上做的却是丑恶的事情,这种人是国家的妖孽。

【点评】大凡奸佞的人,都是善于伪装的"双面人""巧伪人",一旦被任用,祸害很大。

13. 豺狼在牢,其羊不繁。

——《韩非子·扬权》

【注解】牢:指羊圈。繁:繁殖。

【释义】豺狼住在羊圈里,这里的羊群就会繁殖不了、兴盛不起来的。

【点评】比喻如果坏人当道,那老百姓就要遭殃了。

14. 偏听生奸,独任成乱。

——《史记·鲁仲连邹阳列传》

【注解】独任:专制任性,独断专行。乱:祸乱。

【释义】偏听偏信,就会产生奸邪;独断专行,就会造成祸乱。

【点评】奸邪的产生是和执政者的偏信、专制联系在一起的,所谓"上有所好,下必好之",因此,要去除奸邪之人,执政者就要清醒、公正,辨人识事。

15. 信而见疑,忠而被谤。

——《史记·屈原贾生列传》

【注解】信:诚实。见:被。被:遭受。谤:诽谤,诋毁。

【释义】诚实不欺却被怀疑,忠心耿耿反而遭受诋毁。

【点评】奸臣善于伪装,能一时讨得上司的喜欢,而忠良之人却因为质直而被抛弃,说明当权者识人不准、用人不公。

16. 一朝被谗言，二桃杀三士。

——汉乐府诗《梁甫吟》

【注解】被：遭受，遭致。二桃杀三士：是春秋时期的一个故事。齐景公手下的三位武士，即公孙接、田开疆、古冶子，居功自傲，齐相晏婴拟除掉他们，就拿了两个桃子，让他们三个人论功分配，三人相互争夺，最终因感到羞愧而自杀。后来指利用计谋杀人。

【释义】谗言能杀人，一时遭受了谗言，就有人掉了脑袋啊！

【点评】说的是奸佞之人惯于谗谀奉承，最终会有人因此丧生的。

17. 豺狼当道，安问狐狸？

——《后汉书·张纲传》

【注解】豺狼：比喻掌了大权的邪恶之人。狐狸：比喻底下的坏人。

【释义】像豺狼虎豹一样的人把持了朝政，这些人都得不到惩办，又怎么不会出现底下一大批横行霸道的小官小吏呢？

【点评】除奸也要抓要害，制度清明了，恶人的活动也会失去市场的。

18. 邪之与正，犹水与火，不同原，不得并盛。

——东汉·王符《潜夫论·慎微》

【注解】犹：如同。原：本原，根源。并：一起，同时。盛：兴旺。

【释义】奸邪与正直，就如同水跟火，不是相同的来源，不可能同时兴旺发达。

【点评】要明确取舍，扶正祛邪。

19. 亲贤臣，远小人，此先汉所以兴隆也；亲小人，远贤臣，此后汉所以倾颓也。

——三国蜀·诸葛亮《前出师表》

【注解】亲：亲近。远：疏远。所以：……的原因。倾颓：倾覆，衰败。

【释义】任用贤良的人，摒弃奸佞的人，这是西汉兴盛的原因；任用奸佞的人，疏远贤德的人，这是东汉衰败的原因。

【点评】它说明举贤任能、摒弃奸佞关系到国家的兴衰存亡，实在是疏忽不得的。

20. 司马昭之心，路人所知也。

——《三国志·魏书·三少帝纪》

【注解】司马昭：三国时魏国的权臣，年幼的曹髦当皇帝时，实际权力在司马氏手里，司马昭一直蓄谋夺取政权。晋朝的开国皇帝司马炎就是他的儿子。

【释义】司马昭的篡魏之心，是天下人都知道的。

【点评】这两句话已经成为成语，它告诫人们要警惕像司马昭这样的恶人，善于及时识破这种人的狼子野心。

21. 愿得斩马剑，先断佞臣头。

——唐·卢照邻《咏史》

【注解】断：斩断，砍断。

【释义】盼望拿到一把斩马的利剑，首先砍断佞臣的头颅。

【点评】佞臣让人憎恨之极，所以卢照邻在诗句里表达了愤然除奸的心情。

22. 君子扬人之善，小人讦人之恶。

——唐·吴兢《贞观政要·公平》

【注解】扬：张扬，赞扬。讦（jié）：攻击。

【释义】君子乐于赞扬别人的优点、善德，小人热衷于讥刺别人的短处、隐私。

【点评】奸佞者是小人中的尤其恶劣者，为了自己高升，自然不惜贬低别人，挖苦别人，出卖别人。

23. 善善不进而恶恶不退，则忠奸未别，邪正不分。

——唐·张九龄《远佞》

【注解】善善：两个"善"连用，表示是非常善良的人。进：提拔。恶恶：十分邪恶的人。退：屏退不用。

【释义】非常善良的人得不到提拔重用，十分邪恶的人不能得到摒弃驱除，也就是没有区别忠良与奸邪，不能分辨邪恶与正直。

【点评】用人是一个导向，区分善善者与恶恶人，也就是要辨别忠良、正直的人或奸佞、邪恶的人，并且分别给以提拔或驱除。

24. 总为浮云能蔽日，长安不见使人愁。

——唐·李白《登金陵凤凰台》

【注解】 为：是。浮云：比喻奸佞。日：比喻皇帝。长安：比喻朝廷。

【释义】 都是因为有一帮奸佞之人围在了皇帝身边，进了谗言，所以自己也进不了朝廷，想到这里，就让人满腹忧愁啊！

【点评】 李白很希望出仕建功，但由于奸佞当朝，无人赏识，所以借诗歌抒发了自己的愤懑之情。

25. 忠臣不顺时而取宠，烈士不惜死而偷生。

——《旧唐书·苏安恒传》

【注解】 顺时：因循时势，这里指因循世俗。烈士：指有志于建功立业的人。

【释义】 忠良之臣不会为了因循世俗而获取宠信，有志之士不会因为贪图荣华时日而苟且偷生。

【点评】 通过忠良之臣、刚烈之士来鞭挞奸佞者的趋炎附势，不择手段取宠，贪求荣华富贵、醉生梦死的鄙恶人生。

26. 由来犬羊著冠坐庙堂，安得四鄙无豺狼？

——北宋·王安石《开元行》

【注解】 由来：从来。犬羊：比喻奸佞。庙堂：朝廷。四鄙：四面八方。鄙，边缘。

【释义】 从来都是由于奸佞占据了朝廷的高位，这样，又怎么能够避免遍地都是豺狼当道的局面呢？

【点评】 王安石是北宋著名的改革家，在用人方面主张唯才是举，抨击佞臣、奸人。

27. 守道当确然而不变。得正则远邪，就非则违是，无两从之理。

——《二程粹言·论道》

【注解】 确然：确定，坚定。远：远离。就：接近，采用。从：遵从。

【释义】 恪守道义应该坚定不移。接近了正直的人就应该远离奸邪的人，接近了错误的自然就违背了正确的，是不可能有两方面都可以遵从的道理的。

【点评】 得正则远邪，说到底，就是要同奸邪划清界限，更不能任用这些人。

28. 正则用之，邪则去之；是则行之，非则破之。

——北宋·苏轼《论时政状》

【注解】 邪：奸邪，奸臣。是：正确。

【释义】 对正派的人就要任用他，对奸邪的人就要去除他；正确的措施就推行下去，错误的事情就改正过来。

【点评】 用人要分清正邪，对于奸邪的人要坚决地予以摒弃。

29. 公卿有党排宗泽，帷幄无人用岳飞。

——南宋·陆游《夜读范至能揽辔录言中原父老见使者多挥涕感其事作绝句》

【注解】 公卿：指朝中执掌大权的人。党：朋党。宗泽：浙江省义乌市人，宋代主张抗金的名将。帷幄：军帐，指掌握军事大权的人。岳飞：抗金名将，后被秦桧以"莫须有"的罪名杀害。

【释义】 朝中手握大权的人结成朋党排斥宗泽，手握用兵大权的人又不让岳飞抗金打仗。

【点评】 陆游一生爱国，诗句里借宗泽、岳飞的抗金主张得不到实现的事实，表达了奸臣当道，好人受气，中原失地不能恢复，国家得不到统一的愤懑之情。

30. 一时宠利有尽，千秋青史难欺。

——《明史·李应升传》

【注解】 宠利：荣耀，利益。尽：尽头，终了。青史：史册，上古时代以杀过青的竹简刻书，后来就称史籍为青史。

【释义】 短暂的荣耀和好处终有到头的时候，但是历史的铁证即便过了千年万代也是欺瞒不了的。

【点评】奸臣兴许能得逞一时,但是历史的审判是无情的。

31. 子系中山狼,得志便猖狂。

——清·曹雪芹《红楼梦》

【注解】中山狼:是明代马中锡《东田集》里关于东郭先生的一个寓言故事,说的是东郭先生在中山救了一只快要冻僵的狼,最后反而要被狼吃了的故事。后人就用中山狼比喻忘恩负义的恶人。《红楼梦》里说的是贾迎春的丈夫孙绍祖,当年巴结贾家,后来贾家败落了,就对迎春极尽凌辱。

【释义】这人就是属于中山狼一样的恶人,一旦得了机会就要横行霸道。

【点评】奸佞之人都是像狼一样的恶人,是决不能怜悯他们的。

32. 权势之徒,虽至亲亦作威福,岂知烟云过眼,已立见其消亡;奸邪之辈,即平地亦起风波,岂知神鬼有灵,不肯听其颠倒。

——清·王永彬《围炉夜话》

【注解】虽:即使。神鬼有灵:犹如说"人在做,天在看",做坏事总有倒台的一天。听:听任,允许。

【释义】拥有权势的人,即使是对最亲的人也要作威作福,哪知道如同云烟过眼,已经立马看到了他们的灭亡;为人奸邪之徒,即便是平地也要搅得风波浪涌,哪知道神鬼也有灵异,终不能听任他们颠倒黑白、翻云覆雨。

【点评】告诉人们,权势之徒和奸邪之辈,虽然能够逞能一时,但是倒行逆施终究要归于覆灭,这是历史的辩证法。

处世篇

一、时机

1. 时不至，不可强生，事不究，不可强成之属。

——《国语·越语下》

【注解】强：勉强。究：探求事理。

【释义】时机不到不可能强求取得，事情不探求出原委不可能勉强定性、归类。

【点评】从把握时机来说，时机到了固然不能错过，但是时机不到确实也是无法强求的。

2. 天时不如地利，地利不如人和。

——《孟子·公孙丑下》

【注解】天时：自然的时序以及节序、气候的变化。地利：有利的地形地势。人和：人们的和谐、团结，人心向背。

【释义】凭借自然时序和有利的气候比不上利用有利的地形地势，有利的地形地势又比不上人们与统治者的团结同心。

【点评】孟子认为，统治好一个国家，聚集人心、凝聚人气是最重要的。

3. 上不失天时，下不失地利，中得人和，而百事不废。

——《荀子·王霸》

【注解】上：天。失：丢失，错过。下：可以作"地"解。中：可以作"人"解，古人有"三光日月星、三才天地人"的说法。废：败坏。

【释义】从天说不要错过自然条件，从地说不要丧失有利的地形地势，以人说又能得人心、聚人气，于是任何事情都不会衰败了。

【点评】荀子认为，如果能够兼有天时、地利、人和，三者齐备，那么任何事情都能顺畅兴盛了。

4. 功者难成而易败, 时者难得而易失也。

——《史记·淮阴侯列传》

【注解】 功: 功业。而: 但是。时: 时机。

【释义】 功业这东西往往很难成就但是却容易败坏, 时机这玩意往往很难得到但是却容易丧失掉。

【点评】 时机难得、易失, 稍纵即逝, 告诫人们要珍惜时机, 善用时机。

5. 天地之道: 寒暑不时则疾, 风雨不节则饥。

——《礼记·乐记》

【注解】 天地: 指自然。道: 规律。时: 时节, 这里指按照时节。

【释义】 自然运行的规律是: 寒冷与酷暑不按照一定的时节出现人们就要生病, 大风和大雨不按照节律出现人们就要受饥饿。

【点评】 冬寒夏暑, 春风秋雨, 自然界的运行是有规律的, 违背了时节、节律, 就会给人类带来灾难。

6. 教者, 民之寒暑也, 教不时则伤世。事者, 民之风雨也, 事不节则无功。

——《礼记·乐记》

【注解】 伤: 损伤, 损毁。世: 时代。事: 举措。功: 功效, 成效。

【释义】 教育事业, 对百姓来说, 也犹如自然界的冬寒夏暑, 不按照恰当的时机进行教育就可能毁坏一个时代。政策举措, 对百姓来说, 也如同自然界的春风秋雨, 不在适当的时机推行相关政策举措, 就不会有成效。

【点评】 我们的老祖宗早就懂得进行适时教育和及时发布政策举措的道理, 深知为人处事需要把握时机的重要意义。

7. 见机不遂者陨功。

——西汉·桓宽《盐铁论·击之》

【注解】 机: 时机。遂: 进, 进取。陨: 毁坏, 败坏。

【释义】 看到时机却不行动就会败坏事情。

【点评】抓住时机，贵在进取，错过了只会自取失败。

8. 难得而易失者时也，时至而不旋踵者机也，故圣人常顺时而动，智者必因机以发。

——《三国志·魏书·贾诩传》

【注解】旋踵（zhǒng）：旋转脚跟，后退，形容时间很短就能做的事情。机：枢要，关键。因机：抓住关键时机。

【释义】很难得到但又容易丢失的东西是时机，时机到了但是需要很短时间就能做出决定的是要把握其中的关键因素，所以圣人往往能够顺从时机而行动，聪明的人一定能够抓住关键时机而引发力量。

【点评】告诉人们，既不能丧失时机，又需要抓住关键时刻和最重要的处事因素。

9. 智者不背时而侥幸，明者不违道以干非。

——唐·卢照邻《对蜀父老问》

【注解】背：违背，错过。明：贤明。道：规律。干：求取。

【释义】聪明人不会错失时机而心存侥幸，贤明的人不会违背规律而去寻求不应求取的事情。

【点评】告诉人们，不要错失时机，违背规律。

10. 时不可以苟遇，道不可以虚行。

——唐·王勃《常州刺史平原郡开国公行状》

【注解】苟：随便。遇：遇合，碰到。道：措施。虚：假做，不实在。

【释义】有利时机不可能随便碰上，落实措施不能够弄虚作假。

【点评】有利时机既然是不能随便碰得到的，那么，一旦遇上好时机就一定要紧紧抓住。

11. 时运不齐，命途多舛。

——唐·王勃《滕王阁序》

【注解】齐：济，援助。命途：命运之路。舛（chuǎn）：差错。

【释义】 机遇不肯赐予我,命运之路又往往出现很多不合常理的事情。

【点评】 这是王勃对自己没能遇上好时机的一种埋怨之情。

12. 常与天下士,许君兄弟贤。良时正可用,行矣莫徒然。

——唐·高适《送韩九》

【注解】 与:推荐。士:读书人。许君:赞扬您。贤:贤良。可用:展示自己才华。行:行动、奋斗。矣:吧。莫:不要。徒然:白白浪费。

【释义】 常常向天下的读书人推荐,赞扬您兄弟是多么的贤良。现在正是您施展自己才能的好机会,赶快努力奋斗吧,千万不要辜负这大好时光!

【点评】 名句是诗人劝诫友人韩九,要抓紧时间努力奋斗,不要浪费光阴。

13. 君子有失其所兮,小人有得其时。

——唐·韩愈《闵己赋》

【注解】 所:这里指时机、际遇,一定要抓住不放。

【释义】 君子有失去时机的时候,小人则也有得意的时机。

【点评】 君子失时,有可能是自己的原因,也有可能是别人捣乱的结果。

14. 来而不可失者时也,蹈而不可失者机也。

——北宋·苏轼《代侯公说项羽辞》

【注解】 蹈:踩,这里是遇上了的意思。

【释义】 来了就不能让它失去的是时机,遇上了就不应该丧失的是机遇。

【点评】 好时机、好机遇都不可多得,一旦遇上,就必须十分珍惜,不可错失。

15. 自非智足以周知,仁足以自爱,道足以忘物之得丧,志足以一气之盛衰,则孰能见几祸福之先,脱屣尘垢之外!

——北宋·苏轼《贺欧阳少师致仕启》

【注解】 自非:如果。足以:足够可以。得丧:得失。见几:事前洞察事物细致的动向。祸福：偏义复词，这里指祸患。脱屣：脱了鞋子，比喻无所顾忌。屣，鞋子。

【释义】如果不是智慧足够可以洞彻一切事情，仁心足够可以爱惜自己，道心足够可以抛弃名利得失，意志足够可以抗衡不可预料的兴盛和衰败，那么，又怎么可能不会在大祸临头之前就洞察细微，逃离于尘世间的羁绊呢！

【点评】佳句说明，一个人要有足够的智慧、仁道、意志，方能把握先机，掌握主动。

16. 当取不取，过后莫悔。

——明·施耐庵《水浒传》

【注解】当：应当。

【释义】应当要取用的时机却没有抓取，错过之后就不要后悔。

【点评】好时机一旦错失了，就是后悔也没用的。

17. 大丈夫相时而动。

——清·曹雪芹《红楼梦》

【注解】相：看，观察。

【释义】大丈夫应该见机行事。

【点评】抓住时机的目的就是要干好事业。

二、预料

1. 履霜，坚冰至。

——《周易·坤卦》

【注解】履霜：踩到了秋霜，也就是秋天下霜的意思。

【释义】踩到了秋霜，于是就知道严寒结冰的时节也就快到了。

【点评】佳句是说由此而预知未来。

2. 神以知来，知以藏往，其孰能与此哉！古之聪明睿知，神武而不杀者夫！

——《周易·系辞上》

【注解】神：精神，心神。来：未来。知：心智。藏：储藏。往：以往。睿知：睿智，智慧。杀：死亡。

【释义】用心神知道未来的事情，凭心智储藏以往的记忆，那么谁能像他们这样啊！古代那些聪明睿智的人，料事如神、英勇威武，于是不会消失在人们心中！

【点评】"神以知来，知以藏往"，与"料事如神"意思相近。

3. 君子知微知彰，知柔知刚，万夫之望。

——《周易·系辞下》

【注解】微：细微。彰：明白，显著。万夫：万民。望：仰望，所仰望者。

【释义】君子既能了解细微的事物，又能了解显著的事情，既能知晓柔软，又能知道刚硬，所以他们是万民所仰望的。

【点评】能知道细微的人，也能知道显著者有什么样的特征，不过知微是基础，知微很重要。

4. 心无备虑，不可以应卒。

——《墨子·七患》

【注解】虑：思虑，计谋。应：应付。卒：同"猝"，指突然的变化。

【释义】心里缺乏早做防备的计谋，就不可能应付突如其来的变故。

【点评】说明早做防备的重要。

5. 满则虑嗛，平则虑险，安则虑危。

——《荀子·仲尼》

【注解】满：饱满，丰收。虑：思虑，考虑。嗛（qiǎn）：不足。安：平安。

【释义】丰收的时候就要思虑收成不足的时候，处在平坦的地方就应考虑到如何度过险峻之地，平安的时候就要考虑到危急的时候。

【点评】事物总是要发生变化的，变是绝对的规律，因此，谋事处事，贵在有准备，有思虑，有应对变故的举措。

6. 巧者善度，知者善豫。

——《淮南子·说山训》

【注解】巧：灵巧。度：思考。知：智慧。豫：预备，事先的准备。

【释义】灵巧的人善于谋划问题，智慧的人善于做好预备工作。

【点评】有备无患，因此，我们要做巧者，当智者。

7. 愚者有备，与知者同功。

——《淮南子·人间训》

【注解】愚：愚笨。功：功效。

【释义】即使愚笨的人能够早做准备，也能与智慧的人一样获得相同的功效。

【点评】愚笨与灵巧是相对的，人不怕笨拙，只怕事事马虎鲁莽，毫无准备。

8. 明者远见于未萌，而智者避危于无形，祸固多藏于隐微，而发于人之所忽者也。

——《史记·司马相如列传》

【注解】明：明智。见：发现。萌：萌发，在酝酿变化。无形：还没有显

765

露。隐微：隐蔽。发：暴露，爆发。忽：忽视。

【释义】明智的人在事物还没有变化的时候就能早早发现，所以明智的人能够避免危险还没有显露的时候，祸患本来大多都隐藏在隐蔽微茫的地方，所以危险往往是在人们忽视它的时候而公开爆发。

【点评】要增强预见性，见微知著，防患于未然。

9. 运筹策帷帐之中，决胜于千里之外。

——《史记·高祖本纪》

【注解】运：运用。筹：筹谋，谋划。帷帐：古代军中的帐幕。

【释义】在军帐中运用谋划好的策略举措，就能指挥远在千里之外的军队打胜仗。

【点评】在战争中能否取胜，说到底还是要事先就筹谋得当。

10. 愚者暗于成事，知者见于未萌。

——《史记·商君列传》

【注解】暗：不明。成事：成功的事。知者：智者，明白事理的人。

【释义】愚蠢的人对已经成功的事情还不能明了，聪明的人在事物还没变化的时候就能发现其中的奥妙。

【点评】把愚者、智者两相对比，说明善于预料的意义。

11. 凡事豫则立，不豫则废。

——《礼记·中庸》

【注解】豫：事先的准备。立：成立，成功。废：败，失败。

【释义】任何事情事先做好准备就能成功，没有准备即往往失败。

【点评】做出预料的目的，就是要早做防备，以备不测之事发生。

12. 明者防祸于未萌，智者图患于将来。

——《三国志·吴书·吕蒙传》

【注解】明：贤明。防：防备。萌：萌发，发生。图：图谋，考虑。患：祸患。

【释义】贤明的人在祸患没有萌发之前就已做好防备，有智慧的人总是考虑到如何应对将来的祸患。

【点评】防备祸患的产生，贵在谋事于前，这样，即使一旦有变，也能
　　　　应付自如，夺取胜利。

13. 明者慎微，智者识几。

——《后汉书·陈忠传》

【注解】慎微：重视细微的或最初发生的变化。识：识别，观察。几：
　　　　细微的迹象。

【释义】贤明的人能够重视细小的变化，聪明的人善于观察细微的
　　　　迹象。

【点评】重视细小，关注细微，既是做预料的要求，也是善预料的
　　　　表现。

14. 惟天下之静者，乃能见微而知著。

——北宋·苏洵《辨奸论》

【注解】静：宁静。乃：才。

【释义】只有天下那些宁静之人，才能见微知著。

【点评】善于预料，就需要冷静观察，细心思考，这样才能见微
　　　　知著。

15. 月晕而风，础润而雨。

——北宋·苏洵《辨奸论》

【注解】晕：日月周围的光环。础：石础，即房屋柱子下面的石墩。

【释义】月亮周围出现了光环就预示着白天会刮风，柱子的石墩湿润
　　　　了就预示着将要下雨了。

【点评】事物在出现大变化之前一般是会有征兆的，因此只有善于观
　　　　察、捕捉征兆，才能做出预见。

16. 天下之患，莫大于不知其然而然。

——北宋·苏轼《策略》

【注解】患：祸害。莫大于：没有比……更大的了。然：这样，原样。

【释义】天下最大的祸患，就是不知道祸害到底是怎么形成的。

【点评】所谓预料，就是要细析事情的就里，既要知其然，更要知其所以然。

17. 凡有见于中而操之不熟者, 平居自视了然, 而临事忽焉丧之, 岂独竹乎!

——北宋·苏轼《文与可画筼筜谷偃竹记》

【注解】中：心里。而：但是。操：应用，掌握。平居：平常，平时。了然：明白，清楚。临：面临。忽焉：忽然。丧：丧失。

【释义】大凡虽然心里已经明白但是在实际应用时却不熟练的事情，往往平时自己认为很清楚了，但是事到临头又会突然全部忘却，难道只是画竹才是这样的吗?

【点评】这里虽然说的是画竹子，但是它的意义在于做任何事情都要预料在先，考虑周全且能烂熟于心，才能取得胜利。

18. 青蘋一点微微发, 万树千枝和根拔。

——元·吴昌龄《张天师断风花雪月》

【注解】青蘋：浮萍。和根拔：连根拔。

【释义】满池塘的浮萍一开始也是一点点微微细细生发开来的，而万树千枝遭遇大风照样会被连根拔起。

【点评】这两句诗富有哲理，其中第一句是说事物发生发展都是有个渐变过程的，所以要早作预料。

19. 船到江心补漏迟。

——元·关汉卿《赵盼儿风月救风尘》

【注解】江心：江河的中间，意思是船到半路。

【释义】等船开到半路的时候才发现漏水然后才来修补漏洞就太迟了。

【点评】办事情应该早就做好准备，不要事到临头才想起来，这就无济于事了。

20. 天下之事, 虑之贵详, 行之贵力。

——明·张居正《陈六事疏》

【注解】 虑: 考虑, 谋划。详: 周详。行: 实践。力: 有力。

【释义】 大凡做好任何事情, 往往都重视筹谋周全, 务求行动有力。

【点评】 凡是办一件事, 总是要反反复复地考虑谋划, 而一旦决定了
也就要着力于实干。

三、应变

1. 是故阖户谓之坤，辟户谓之乾。一阖一辟谓之变，往来不穷谓之通。

——《周易·系辞上》

【注解】阖（hé）：关闭。户：窗户。谓之：称之为。辟：开，打开。

【释义】所以说关闭窗户称为坤，打开窗户称为乾。一开一关称为变化，往来不尽称为畅通。

【点评】这几句话让我们悟出一个道理，所谓应变、变通，其实是充满着辩证法的。

2. 变通者，趋时者也。

——《周易·系辞下》

【注解】趋：追赴，追赶。

【释义】所谓变通，就是要善于追赶时间的变动。

【点评】应变就是适应时代的变化。

3. 通其变，使民不倦，神而化之，使民宜之。

——《周易·系辞下》

【注解】通：畅通。倦：倦怠。神：神妙。化：教化。

【释义】让变化了的事情畅通运行，就能使百姓不会倦怠，把它提升到神妙的境界然后进行教化，就能使百姓很快适应它。

【点评】统治者要善于变通，让百姓跟上你的步伐，与你一起进步。

4. 刚柔相推，变在其中矣。

——《周易·系辞下》

【注解】推：推动，推移。

【释义】刚硬和柔软，刚强和温柔，它们之间互相推移的运动过程，就是变化的过程。

【点评】它告诉我们，应变是一种运动，是动态的。

5. 其知几乎！几者，动之微，吉凶之先见者也。君子见几而作，不俟终日。

——《周易·系辞下》

【注解】知：识别，了解。几：微，征兆。动：运动。见：呈现。作：行动。俟(sì)：等待。

【释义】要善于识别征兆的呀！征兆，是运动细微变化的前兆，是吉祥或凶恶现象的先兆的表现。君子要看到征兆就开始行动，不能整天死死地等待着。

【点评】所谓应变，就是要看到变化的征兆，见机行动。

6. 可与共学，未可与适道；可与适道，未可与立；可与立，未可与权。

——《论语·子罕》

【注解】适：至，到达。道：规律。立：立于朝，一起在朝为官。权：权变，变通。

【释义】可以在一起学习的人，未必可以一起共同获得道；可以一起获得道的人，未必可以一起坚守道；可以一起坚守道的人，未必可以都能权变变通。

【点评】孔子在这段话的最后说了变通的不容易，确实，要能变通，不仅要有超人的聪明睿智，而且还要有承受风险的意志和坚守到底的毅力，不是谁都懂得变通的。

7. 太山之高，倍而不见；秋毫之末，视之可察。

——《文子·上德》

【注解】太山：即泰山。倍：通"背"，背对着。秋毫：鸟兽在秋天长出的绒毛，意指很细小。末：末尾，末梢。

【释义】泰山那样的高耸，但是如果背对着它也就看不到了；鸟兽秋天长出的绒毛非常细小,如果仔细辨认也能观看得到。

【点评】善于应变,贵在从细枝末节中观察变化,掌握良机。

8. 可以速而速,可以久而久,可以处而处,可以仕而仕,孔子也。

——《孟子·万章下》

【注解】速:快速,这里指快速离开。久:长时间,这里指长久干下去。处:归隐,不做官。

【释义】应该快速离开就快速离开,能够长久干下去就长久干下去,应该不做官就不做官,应该做官就做官,这就是孔子。

【点评】孔子离开齐国和鲁国时态度不一样,离开鲁国时比较从容,孟子就在学生面前作了这番评价,意思是说,孔子是懂得应变、见机而作的人。

9. 一叶蔽目,不见泰山;两豆塞耳,不闻雷霆。

——《鹖冠子·天则》

【注解】蔽:遮蔽。雷霆:疾雷,猛雷。

【释义】一张叶子遮蔽了双眼,就连那高峻的泰山也看不见;两颗豆子塞住了耳朵,就连那万钧的雷霆之声也听不见。

【点评】佳句是想告诉人们,要学会应变,就要保持清醒,不能做糊涂人。

10. 弘爱人屈己之道,酌因时适变之宜。

——唐·刘禹锡《贺除虔王等表》

【注解】爱人屈己:爱护他人,委屈自己。酌:斟酌考虑。因时适变:顺应时势,适应变化。宜:适当的方法。

【释义】弘扬爱人屈己的精神,考虑顺时适变的方法。

【点评】为官处事应该能爱民,不怕个人吃亏,并具备应变能力。

11. 方其中,圆其外。

——唐·柳宗元《与杨诲之再说车敦勉用和书》

【注解】方:使方正。中:内心。圆:使灵活。外:指处事。

【释义】内心要方正,处事要灵活。

【点评】内心坚持原则,但为了达到预定目标,处事可以灵活。

12. 天有不测风云,人有旦夕祸福。

——明·冯梦龙《喻世明言》

【注解】测:预料。旦夕:早晚变化,意指变化快而难以预测。祸福: 这里主要指祸患。

【释义】天上有不可预料的风云变幻,人也会有难以预测的突然而来 的祸患灾殃。

【点评】事物的变化往往是非常迅速的,善于应变的人也要及时把握 和掌控。

13. 自其变者而观之,则天地曾不能以一瞬;自其不变者而观 之,则物与我皆无尽也。

——北宋·苏轼《前赤壁赋》

【注解】自:从。物:指世间万物。无尽:不会穷尽。

【释义】从那变化的观点来看待它,那么天地之间的事物都不能在 一眨眼的时间里静止不动;从那不变化的观点来看待它,那么世间 万物与我们人类都是不会变化、永远存在的。

【点评】告诉人们怎样看待变化与不变化,而所谓应变,其实也是要 从相对论的角度出发来加以把握的。

14. 处晦而观明,处静而观动。

——北宋·苏轼《朝辞赴定州论事状》

【注解】晦:阴暗处。明:明亮的地方。

【释义】处在阴暗的地方来观察明亮的地方,处在静态的环境里来观 察动态的事物。

【点评】处晦观明,看得更加清晰;处静观动,把握更加真切。这也可 以提供给应变者加以借鉴。

15. 水来土掩，兵至将迎。

——明·冯梦龙《东周列国志》

【注解】掩：掩埋。兵：军队。迎：迎战。

【释义】水冲过来了就得设法用土填堵，大兵压境了将帅就要指挥迎战。

【点评】面对情况的变化，要迅速做出反应，合理应对。

16. 天下事当于大处著眼，小处着手。

——清·曾国藩《致吴竹书》

【注解】当：应当。于：从。著：同"着"。

【释义】处理天下的事情应当从大的方面来观察考量，从细微的地方来下手。

【点评】大处着眼，小处着手，也是应变者所应取的遵循与策略。

四、始终

1. 靡不有初,鲜克有终。

——《诗经·大雅·荡》

【注解】靡:无,没有。鲜(xiǎn):少。克:能够。

【释义】做事情没有不有开头的,但是往往很少能坚持到最后的。

【点评】只有开头但没有结尾,往往是一种通病。

2. 慎终如始,则无败事。

——《老子》第六十四章

【注解】如:如同。败:坏,办坏。

【释义】如同很认真地做好开头一样很细致地做到最后,那就不会把事情办坏了。

【点评】有时开头做得很好,但往往不能坚持到最后,于是也就前功尽弃了。

3. 君以此始,亦必以终。

——《左传·宣公十二年》

【注解】以:凭借。

【释义】君王凭借这方面的优势开始,也一定会凭借这个优势取得最终胜利。

【点评】一始一终,是事物的两个方面;有始有终,是运动的自然之理。

4. 慎始而敬终,终以不困。

——《左传·襄公二十五年》

【注解】敬:谨慎,认真。以:因而。困:困窘,危困,艰难。

【释义】 细致地做好开头,然后认真地做到最后,到最后也不会遭致危困艰难。

【点评】 慎始敬终,是办好事情的根本,也是最终取胜的要义。

5. 善作者不必善成,善始者不必善终。

——《史记·乐毅列传》

【注解】 作:做事,办事。不必:未必。

【释义】 即使能够办事的人也未必就能有好的结束,善于在开头做得很好的人未必就能很好地坚持到最后。

【点评】 说明办任何事情都是有难度的,一定要坚持到底,才能做到善始善终。

6. 古之君子举大事必慎其终始。

——《礼记·文王世子》

【注解】 举:办。慎:谨慎,细致。

【释义】 古代的君子办大事一定会细致地考虑它的结束与开头。

【点评】 告诉人们办事情都要慎始慎终,绝不能半途而废。

7. 物有本末,事有终始。

——《礼记·大学》

【注解】 本:根,根本。末:末梢,末节。

【释义】 事物都有主要的和非主要的,事情都有结束与开头。

【点评】 告诉人们看事物要分清主次,办事情要有始有终。

8. 有善始者实繁,能克终者盖寡。

——唐·魏徵《谏太宗十思疏》

【注解】 实:确实。繁:盛,多。克:能够。盖:虚词,大概,实在。寡:少。

【释义】 有良好开头的人确实很多,但是能够见到最后的实在是很少的。

【点评】 说明善始善终的不容易。

9. 有始有终, 无为无欲, 遇灾则极其忧勤, 时安则不骄不逸。

——唐·吴兢《贞观政要·慎终》

【注解】无为: 无作为。无欲: 没有过度的欲望。极: 尽。时: 时势。逸: 逸乐。

【释义】有良好的开头有满意的结局, 能顺其自然, 不追求过度的欲望, 遭遇灾年那就尽力地以自身的忧患与勤奋来对待, 时局安宁时也能不骄纵放肆不贪图安逸。

【点评】能做到有始有终, 要顺应自然、不追求过度欲望, 无论时势如何变故, 都能尽力操劳, 保持平常之心与平民情怀。

10. 非知之难, 行之惟难; 非行之难, 终之斯难。

——唐·吴兢《贞观政要·慎终》

【注解】知: 了解, 理解。惟: 为, 是。斯: 则。

【释义】不是了解事物理解道理困难, 而是付诸实践落实在行动上困难; 不是落实行动困难, 而是坚持到底困难。

【点评】要知行合一, 善始善终。

11. 天下之事, 制之在始; 始不可制, 制之在末。

——北宋·苏洵《上文丞相书》

【注解】制: 控制。末: 末后, 后期。

【释义】办好天下的事情, 一开始就要控制好; 开头控制不好, 就要在后期加以控制。

【点评】一开始就能掌控, 当然很好, 但是一旦开头缺乏控制, 那么在后期扭转局面也不失为一种选择。

12. 思其始而图其终。

——北宋·苏轼《思治论》

【注解】思: 设想。图: 谋划, 盘算。

【释义】办事情要设想好开始, 同时又要盘算好后来。

【点评】思始图终, 用今天的话来说就是要做好全面系统的考虑、规划。

13. 其始不立，其卒不成。

——北宋·苏轼《思治论》

【注解】 立：定好策略规则。卒：结果。

【释义】 一开始如果不能定好策略规则，那结果一定不成功。

【点评】 强调开头的筹划一定要细致明确。

14. 头醋不酽彻底薄。

——明·施耐庵《水浒传》

【注解】 头醋：酿醋最开始的时候。酽（yàn）：浓厚。彻底：一直到底。薄：醋味淡。

【释义】 酿最初一缸醋的时候配料不浓厚，发酵不到位，那么直到最后都会淡然无味。

【点评】 用酿醋来说明做任何事情一开始就要做好。

15. 幸于始者怠于终，善其辞者嗜其利。

——清·曹雪芹《红楼梦》

【注解】 幸：庆幸。怠：怠惰。辞：说话。嗜：贪嗜。

【释义】 对于开头的顺利而庆幸的人往往到后来就变成怠惰松劲，善于说好话的人往往看中的是其中的利益。

【点评】 这是曹雪芹对人事的认识与感叹，应成为后人的借鉴。

五、成败

1. 几事不密则害成。

——《周易·系辞上》

【注解】 几事：机密的事。

【释义】 机密的事务如果不能守住秘密那就会损害事情的成功。

【点评】 该保密的事就一定要保密，否则就会坏事。

2. 不为不可成，不求不可得，不处不可久，不行不可复。

——《管子·牧民》

【注解】 处：居处，立足。复：重复。

【释义】 不去做不可能成功的事，不去追求不可能得到的东西，不要
立足在不可能长久的地位上，不去做不可再行的事情。

【点评】 管子在这里讲的是为人处世的谋略，首句说的是做事要有条
件，因此只有条件具备时才可以做，或者创造条件然后去做。

3. 朝忘其事，夕失其功。

——《管子·形势》

【注解】 朝：早晨。事：事业，举措。夕：晚上。

【释义】 早上很快地就忘记了办事情的，到晚上肯定不会成功。

【点评】 朝不勉力务进，则夕无见功。

4. 事者，生于虑，成于务，失于傲。

——《管子·乘马》

【注解】 事：事情，事业。虑：思虑，谋划。务：尽力工作。傲：狂妄
自大。

【释义】 各种事业，往往都产生于思谋远虑，成功于努力从事，失败于

779

狂妄自大。

【点评】告诉人们,要干成事业,既要善于谋划,又要尽力实践,还要戒骄戒躁。

5. 成功立事,必顺于礼义,故不礼不胜天下,不义不胜人。

——《管子·七法》

【注解】立:成,办成。顺:遵循。礼:这里指道德规范。义:正义。

【释义】要把事业办成功,就一定要遵循共同的道理规范与天下的公义,所以说不遵循共同的规范就不能取胜于天下,不遵循天下公义就不能取胜于众人。

【点评】功成事立,不能蛮干胡来,而是要以公理公义让天下人认同、服从。

6. 伤心者不可以致功。

——《管子·侈靡》

【注解】伤心:伤害了心,指贫困苟且者。致:达到,获得。功:成功,成就。

【释义】内心过于忧虑的人,不可能获得成功。

【点评】有进取心的人才能取得成功。

7. 谋度于义者必得,事因于民者必成。

——《晏子春秋·内篇问上》

【注解】度(duó):推测,估计。得:成功。因:依靠。

【释义】谋划策略合乎正义要求的肯定成功,事情能够顺从百姓心意的肯定能够办好。

【点评】做决断,办事情,一要合乎正义,二要得到百姓支持,这样才能取得成功。

8. 为者常成,行者常至。

——《晏子春秋·内篇杂下》

【注解】为:实际去做。行:行走。至:到达。

【释义】实际去做的人常常能够成功,经常走路的人往往能够到达目的地。

【点评】佳句告诉我们,凡事要取得成功,都在于实践,在于实实在在去做。

9. 微事不通,粗事不能者,必劳;大事不得,小事不为者,必贫。

——《晏子春秋·外篇》

【注解】微:精细。粗事:指比较容易做的事,力气活儿。劳:劳苦。得:能。

【释义】精细的事情不能精通,力气活儿又不能做的人,肯定会受苦一辈子;大事业不能干,小事情又不肯做的人,肯定会贫穷一辈子。

【点评】人要获得成功,就要学会做各种事情,历练多了,成功的机会也就多了。

10. 民之从事,常于几成而败之。

——《老子》第六十四章

【注解】几成:将近成功。几,几乎。

【释义】一般人在办事的时候,常常是在快要成功的时候才失败的。

【点评】有时候越是接近成功,越是需要坚持,不能功亏一篑。

11. 能周小事,然后能成大事;能积小物,然后能成大物。

——《关尹子·九药》

【注解】周:周到,达到。积:积叠,堆积。

【释义】能够完整地做成小事情,然后才能办成大事情;能够积叠起细小的物体,然后才能堆叠成庞大的物体。

【点评】想办成大事,需要从小事做起;做小事积累经验,大事就能顺利办成。

12. 不作无益害有益,功乃成。

——《尚书·旅獒》

【注解】功:功业。乃:才。

【释义】不要做出无益的举动来损害有益的事情, 事业才能成功。

【点评】事业的成功当然会有许多因素, 但这里说的不要做出无益的举动, 无疑是重要因素之一。

13. 见小利, 则大事不成。

——《论语·子路》

【注解】小利: 价值微小的利益。

【释义】只看见价值微小的利益, 那是成就不了大事的。

【点评】告诉人们, 不要因为贪图一丁点的蝇头小利而损害了大事业, 那样只能败事。

14. 小不忍, 则乱大谋。

——《论语·卫灵公》

【注解】忍: 忍耐, 容忍。乱: 扰乱, 败坏。谋: 谋略, 也可以指谋划好的大事。

【释义】细小的事情都不能容忍, 那么就会败坏了大事。

【点评】这是说要能够容得了看起来是吃亏的小事, 比如有可能让你生气的谩骂指责, 无损于大局的利益要求等, 要是一遇到不顺心、感觉吃了亏就心急气恨, 乃至怒气冲天, 那就可能乱了大局, 坏了大事。

15. 凡百事之成也, 必在敬之; 其败也, 必在慢之。

——《荀子·议兵》

【注解】敬: 谨慎, 认真。慢: 慢待, 疏忽。

【释义】大凡各种各样的事情能够办成功, 肯定是因为能认真地对待它; 如果办不成败坏了, 肯定是因为有疏忽。

【点评】成与败, 贵在态度, 有时也就是取决于认真还是敷衍而已。

16. 败莫大于不自知。

——《吕氏春秋·不苟论》

【注解】莫: 无定指代词。相当于"没有谁"或"没有什么东西"。

【释义】失败的原因没有比不能自己了解自己更大的了。

【点评】自知者明，不自知者暗，故必败。

17. 败莫大于愚，愚之患，在必自用。

——《吕氏春秋·士容论》

【注解】患：毛病。自用：主观妄行。

【释义】失败的根源没有比愚蠢更大的了，愚蠢者的毛病在于一定要主观妄行。

【点评】刚愎自用的人，听不进不同意见，自以为是，因此往往会遭致失败。

18. 事以密成，语以泄败。

——《韩非子·说难》

【注解】以：因为。泄：泄露。

【释义】因为守住了机密而成就了事业，因为话语泄露而遭致失败。

【点评】机密的事项往往具有特别性，能点在要害上，所以一旦泄露，也就败坏大事了。

19. 敖不可长，欲不可从，志不可满，乐不可极。

——《礼记·曲礼上》

【注解】敖：同"傲"。长：滋长。从：同"纵"，放纵。满：自满。极：尽，极点。

【释义】傲慢之气不可以滋长，欲望不可以放纵，心志不可以放任自满，逸乐不可以无所节制而到极点。

【点评】人的成功失败与自身对别人和外物的把握有着直接关系，也和自己情绪的把握有着直接关系，这里说的主要就是自身情绪的控制问题。

20. 谋先事则昌，事先谋则亡。

——西汉·刘向《说苑·谈丛》

【注解】先：先于，在先。

【释义】事先谋划周全,事业就能昌盛,先干起事业再想到做谋划那往往是要败亡的。

【点评】说明事先谋划的重要。

21. 舍近谋远者,劳而无功;舍远谋近者,逸而有终。

——《后汉书·臧宫传》

【注解】近:指近邻之国,近邻之地。逸:舒缓。有终:有好结果。

【释义】舍弃近邻之地而谋求远方之地者,劳苦却不会成功;舍弃远方之地而谋求近邻之地者,舒缓从容却有好的结果。

【点评】这是就军事上的谋略而言,它的成败之举就在于把握取舍。

22. 前古之兴亡,未尝不经于心也;当世之得失,未尝不留于意也。

——唐·韩愈《与凤翔邢尚书书》

【注解】前古:以前的,古代的。经于心:心里仔细研究。留于意:注意,在心里重视。

【释义】对于古代兴衰存亡的历史,没有不经心研究的;对于当代成功失败的现象,没有不留意重视的。

【点评】这里可以让我们体会到,古往今来,成败的经验教训都是应该用心研究和汲取的。

23. 事不患于不成,而患于易坏。

——北宋·欧阳修《偃虹堤记》

【注解】患:担心。坏:毁坏,损坏。

【释义】不担心事情办不成,但是担心它轻易被损坏。

【点评】从这两句话引申开来说,一件事情办成功之后,还要设法维持它,甚至发展它。

24. 虑熟谋审,力不劳而功倍。

——北宋·欧阳修《偃虹堤记》

【注解】虑熟谋审:深思熟虑,计划周详。

【释义】深思熟虑,计划周详,做起来不辛苦,但功效却是成倍的。

【点评】说明事情的成功与否,和事前的考虑、计划有着直接关系。

25. 人情成是而败非。

——北宋·欧阳修《为君难论上》

【注解】人情:人间的实际情况。是:对的,正确的。

【释义】人间的实际情况往往是成功了能得到肯定,一旦失败了就被认为是错误的。

【点评】欧阳修说的是朝廷里人们评价是非的简单化,其实事物的运动是复杂的,需要仔细斟酌才能做出正确的判断。

26. 功之成,非成于成之日,盖必有所由起。

——北宋·苏洵《管仲论》

【注解】所由:所来由,原因。

【释义】事情能够成功,并不是完成在成功的这一天,它肯定是有原因的。

【点评】成功总是有各种因素促成的。

27. 事求遂,功求成。

——北宋·王安石《与刘原父书》

【注解】求:追求。遂:如愿,顺遂。

【释义】办事情追求的是顺利,讲功用追求的是成功。

【点评】这是说的人们的普遍心理。

28. 论事易,作事难;作事易,成事难。

——北宋·苏轼《荐诚禅院五百罗汉记》

【注解】论:议论。

【释义】议论一件事情怎么做很容易,把一件事情做起来很难;做一件事情很容易,把一件事情做成功很难。

【点评】确实如此,作评论员指指点点不难,难的是筹划事情、办成事情。

29. 事之行也有势, 其成也有气。

——北宋·苏轼《思治论》

【注解】行: 运行, 进行。势: 势头, 发展的趋势。气: 气氛。

【释义】事情在运行过程中是有发展的势头的, 事情的成功是由一定
的气氛促成的。

【点评】要善于把握事情发展的趋势, 努力营造办成事情的氛围。

30. 慎重则必成, 轻发则多败。

——北宋·苏轼《拟进士对御试策》

【注解】轻发: 轻举妄动。

【释义】谨慎从事那么就一定会成功, 轻举妄动那么就往往会失败。

【点评】苏轼说的成功的因素是历史和现实的经验总结。

31. 成败何足论? 英雄自有真。

——清·万邦荣《偶感》

【注解】足: 值得。真: 内心的真诚思想。

【释义】成功和失败哪里值得议论呢? 英雄人物自然是有他的真诚思
想的。

【点评】从佳句可知, 我们不能简单地以成败论英雄。

32. 成则公侯败则贼。

——清·曹雪芹《红楼梦》

【注解】公侯: 王公侯爵。贼: 盗寇。

【释义】成功了就能封侯拜爵, 失败了就做盗贼流寇。

【点评】历史上往往就是这样, 但这不是正确的历史观。

33. 事当难处之时, 只让退一步, 便容易处矣; 功到将成之候, 若放松一着, 便不能成矣!

——清·王永彬《围炉夜话》

【注解】候: 时候。一着: 一下子。

【释义】事情在难以处理的时候, 只需要往后退一步想想, 就容易处

理了；事情到了即将办成的时候，如果稍微有疏忽大意，就不能成功了。

【点评】处事既需机巧，做事又需坚持，稍不注意，就会前功尽弃。

六、权衡

1. 允执其中。

——《论语·尧曰》

【注解】 允：真诚。执：保持，实行。中：中道，即不偏不倚的中庸之道。

【释义】 真诚地保持那中道。

【点评】 这是尧禅位给舜时说的话，希望舜能够权衡治道，保持中道。

2. 谨权量，审法度，修废官，四方之政行焉。

——《论语·尧曰》

【注解】 谨：认真。量：量具。审：审视修订。废：毁坏。官：关。

【释义】 认真谨慎地校准度量衡，审视修订各项法度，整修废弃的关卡，天下的行政事务于是得到了通畅实行。

【点评】 这里的"谨权量"用的是本义，但我们不妨把它引申开来，解为审慎地权衡各种利弊，学会采取比较正确的方法来处理事情。

3. 夫未战而庙算胜者，得算多也；未战而庙算不胜者，得算少也。

——《孙子兵法·计篇》

【注解】 庙算：古时候出兵作战，要在庙堂举行会议，分析形势，权衡利弊，确定谋略。得算：指计算周密，谋划周全。多、少：指未来获胜条件的多少。

【释义】 在开战之前，"庙算"能胜过敌人的，是因为计算周密，胜利条件多；开战之前，"庙算"不能胜过敌人的，是因为计算不周，胜利条件少。

【点评】 说明仔细权衡对战争胜负的重要。

4. 权, 然后知轻重; 度, 然后知长短。

——《孟子·梁惠王上》

【注解】 权: 秤锤, 这里作动词用, 称一称。度: 尺子, 这里作动词用, 量一量。

【释义】 称一称, 然后就能知道轻和重了; 量一量, 然后就能知道长和短了。

【点评】 权和度, 用来称分量、量长短, 但是如果引申开来, 就是说要善于权衡事物的利弊得失了。

5. 大匠不为拙工改废绳墨, 羿不为拙射变其彀率。

——《孟子·尽心上》

【注解】 匠: 工匠。拙: 笨拙, 拙劣。改废: 改变, 放弃。绳墨: 墨线, 古代造房子时要用墨线来量出尺寸、画出线段, 引申为规矩、规则。羿: 后羿, 古代一位善射者。拙射: 拙劣的射手。彀 (gòu) 率: 按照射中目标的需要把弓拉开的程度。彀, 张满弓弩。

【释义】 高明的工匠不会因为拙劣的工人改变或放弃定好的规矩, 后羿不会因为拙劣的射手变更他已经设计好的拉开弓的标准。

【点评】 为什么大匠和后羿不会改变已经设计好的规则与标准呢? 这是因为他们经过反复实践、反复权衡后做出的决定。

6. 治国之臣, 效功于国以履位, 见能于官以受职, 尽力于权衡以任事。

——《韩非子·用人》

【注解】 效: 献, 献出。功: 功用, 功劳。见: 表现, 展示。权衡: 权衡利弊, 这里借指法律。任: 担当。

【释义】 善于治理的大臣借立功劳来担任官职, 在上级官员面前以展示才能来取得官职, 尽心尽力运用法律来担当事务。

【点评】 用法的过程也是斟酌是非、权衡利弊的过程, 所以韩非子认为要尽心尽力。

7. 决贤不肖愚知之美，在赏罚之轻重。

——《韩非子·六反》

【注解】决：判断，判定。不肖：坏，不好。知：通"智"。

【释义】判定一个人是贤良人还是坏人、是愚蠢的还是聪明的，就在于赏罚是轻薄还是厚重。

【点评】韩非子是著名的法家，主张赏罚分明，而且要求赏罚得当，联系到他曾经说过的"圣人权其轻重，求其大利"的观点，这里说的赏罚得当，其实也是需要权衡才能确定的。

8. 非其人而语之，弗听也。

——西汉·刘向《说苑·杂言》

【注解】非其人：指不适合听这话的人。

【释义】面对不适合的人还要与他提建议，他是不会听从的。

【点评】即使有很好的主意，也要权衡一下是否有效果再决定是否说。

9. 才能成功，以速为贵；智能决谋，以疾为奇。

——北齐·刘昼《刘子·贵速》

【注解】才：才华，才能。贵：宝贵，可贵。智：智慧。决谋：决断与谋划。疾：迅疾，迅速。奇：出奇。

【释义】凭借才华能够取得成功，但也要以快速为可贵；运用智慧能够决断谋划，但也要以迅速为高超。

【点评】决断的快速，行动的迅疾，都是要建立在权衡利弊基础之上的，否则事情的结局只会更糟。

10. 言非法度不出于口，行非公道不萌于心。

——唐·杨炯《杜袁州墓志铭》

【注解】法度：法律制度。萌：萌发。

【释义】不符合法律制度的话从来不说，不合乎公道正义的事向来不想。

【点评】说话、办事都应权衡利弊，考虑是非。

11. 宜行则行,宜止则止。

——唐·韩愈《上留守郑相公启》

【注解】宜:适宜,应该。行:执行,实行。

【释义】适宜执行的就加以执行,应该停止的就立即停止。

【点评】事情可不可以办,政策要不要执行,都是需要权衡的。

12. 君子之为言也,度可行于己,然后可责于人。

——北宋·欧阳修《濮议》

【注解】度(duó):推测,揣度。责:求,要求。

【释义】君子要说话时,先衡量一下自己能否做到,这样才能向别人提出要求。

【点评】要让别人做到的,先权衡一下,这样才会有效果。

13. 见患而后虑,见灾而后救。

——北宋·王安石《再上龚舍人书》

【注解】患:祸害。虑:考虑,谋划。

【释义】看见祸患然后考虑对策,看到灾殃然后尽力挽救。

【点评】意思是要学会权衡。

14. 临行而思,临言而择。

——北宋·王安石《仁智》

【注解】临:即将,面临。择:抉择。

【释义】做事之前要先想一想,发言之前要先掂量一下。

【点评】权衡再三,细加掂量,虽然费时,其益很大。

15. 经目之事,犹恐未真;背后之言,岂能全信。

——明·施耐庵《水浒传》

【注解】目:作动词用,看,看过。

【释义】眼睛看到的事情,尚且还担心不一定是真实的;背后说的话,又怎能完全相信!

【点评】对于看到的、听到的事情,都要加以仔细掂量,权衡是非。

16. 得闭口时须闭口，得放手时须放手。

——明·冯梦龙《醒世恒言》

【注解】得：能够。放手：放弃。

【释义】能够闭口不说话时就应该闭口不说话，能够放弃时就应该及时放弃。

【点评】能不能保持沉默，能不能及时放弃一些东西，这是需要经过权衡才能做出决定的。

17. 事不三思终有悔。

——明·冯梦龙《古今小说》

【注解】三思：多思考。

【释义】事情不经过反复思考，最终总要后悔。

【点评】做事情需要反复权衡才能做好。

七、预备

1. 君子以思患而豫防之。

——《周易·既济》

【注解】患：祸患。豫：通"预"，预先。防：防备。

【释义】君子因为考虑到会有祸患于是预先做了防备。

【点评】预先有了防备，所以就能避免祸患。

2. 迨天之未阴雨，彻彼桑土，绸缪牖户。

——《诗经·豳风·鸱鸮》

【注解】迨（dài）：趁，及。彻：剥取。绸缪（chóumóu）：紧密缠缚。牖（yǒu）：窗户。

【释义】趁老天还没有连阴下雨的时候，剥取那桑枝和泥土，缠缚好房门，修理好窗户。

【点评】成语"未雨绸缪"即源于此，意思是说要把预备的工作早早地做在事前。

3. 知可以战与不可以战者，胜。

——《孙子兵法·谋攻》

【注解】可以：可以因此，可以考虑。胜：能打胜仗。

【释义】知晓可以考虑迎战或不可以因此出兵的各种因素，就能打胜仗。

【点评】可否迎战出兵，贵在有谋略，贵在有准备。

4. 以虞待不虞者，胜。

——《孙子兵法·谋攻》

【注解】虞：备，有准备。待：对待，对付。

【释义】以有准备来对付没有准备的，就能获胜。

【点评】胜利总是属于有准备的人，这也是一条事物的常理。

5. 先知迂直之计者，胜。

——《孙子兵法·军争》

【注解】迂：迂远。直：直道，近直。

【释义】事先知道看起来是迂回辽远的途径而实际上却是近直之道的，运用这样的计谋就能获胜。

【点评】虽是用兵之道，其实也是事先的预备工作。

6. 计能规于未兆，虑能防于未然。

——《邓析子·无厚篇》

【注解】计：计谋，计划。规：规划。兆：预兆。虑：思虑。未然：还没有成为事实。

【释义】计谋要能够规划在事情还没有出现预兆的时候，思虑要能够防备在坏结果没有成为事实之前。

【点评】所谓预备之策，无非是规划在前，思虑在先，深谋远虑。

7. 虑不先定，不可以应卒；兵不闲习，不可以当敌。

——《邓析子·无厚篇》

【注解】虑：计策，计谋。应：应对。卒：通"猝"，指突然发生的事件。兵：兵器，武器。闲：通"娴"，娴熟，熟练。当：抵挡。敌：对手，敌对的力量。

【释义】计谋不预先设定，就不能够应对突然发生的事件；兵器不能熟练地运用，就不能抵挡对手。

【点评】有了预备之策，哪怕有了突然的事件也能把握主动，从容应对，从而取得胜利。

8. 不备不虞，不可以师。

——《左传·隐公五年》

【注解】不虞：意外。师：出师，出兵。

【释义】不能防备意外的情况，就不能出兵作战。

【点评】战争总会有不测，事先没有防备，到时就束手无策，结果只能是失败。

9. 恃陋而不备，罪之大者也；备豫不虞，善之大者也。

——《左传·成公九年》

【注解】恃：凭借，倚靠。陋：简略粗陋。备豫：防备。

【释义】凭靠简略粗陋的条件而且又缺乏准备，这是极大的过错；能够防备意外的不测之情，这是最重要的良善之策。

【点评】不备则祸患无穷，有备则良善之至。

10. 居安思危，思则有备，有备无患。

——《左传·襄公十一年》

【注解】居：处于。患：祸患，祸害。

【释义】处于安全的境地时要考虑到可能出现危险的时候，而考虑到危险就会有所准备，有了准备也就可以避免祸患了。

【点评】有备无患，这是千百年来颠扑不破的真理。

11. 仓无备粟，不可以待凶饥；库无备兵，虽有义不能征无义。

——《墨子·七患》

【注解】待：对付。凶：荒年。饥：饥饿。兵：兵器，武器。义：正义，正义之师。

【释义】仓库里如果没有储备足够的粮食，就不能应对缺吃少穿的灾荒之年；军库里如果没有准备足够的兵器，即使是正义之师也不能战胜非正义之师。

【点评】说明预备、防备是多么的重要！

12. 谋无主则困，事无备则废。

——《管子·霸言》

【注解】谋：计谋，谋划。主：主见。困：困窘。事：做事。

【释义】商量大事没有主见那就会处于困境，做事没有准备那就会毁坏事情。

【点评】谋事要有主见,成事要有预备之策,这是自然之理。

13. 患生于多欲,害生于弗备。

——《淮南子·缪称训》

【注解】欲:欲望,私欲。害:祸害。

【释义】祸患因为过度的私欲而产生,祸害由于没有准备而造成。

【点评】如果没有预备,大难临头了还不知道如何应对,而下场也自
然可悲。

14. 凡事豫则立,不豫则废。

——《礼记·中庸》

【注解】豫:通"预",事先有准备。立:成功。废:毁坏。

【释义】办任何事情,事先做好准备就能成功,没有准备会办坏
办糟。

【点评】有备事则成,无备事则坏,这就说明事先准备的重要性。

15. 有备则制人,无备则制于人。

——西汉·桓宽《盐铁论·险固》

【注解】制:控制。于:为……,被……。

【释义】有准备那就能制服人,如果没有准备那么就只能被别人所
控制。

【点评】有备无备,结局迥异,一语中的,言简意赅。

16. 君子防未然,不处嫌疑间。

——三国魏·曹植《君子行》

【注解】嫌疑:被人怀疑。

【释义】君子要善于防患于未然,而不要总生活在被人怀疑的境地。

【点评】希望大家做能够防患于未然的"君子"。

17. 治疾及其未笃，除患贵其未深。

——《三国志·吴书·骆统传》

【注解】笃：病重。贵：可贵，重要。

【释义】给人治病要在毛病还没有危重的时候，去除祸患可贵的是要在灾祸还没有显露之时。

【点评】大多数人都知治病宜早的道理，但是对于祸患的预见预防却着实需要智慧与高见。

18. 备豫不虞，为国常道。

——唐·吴兢《贞观政要·纳谏》

【注解】备豫：防备在事前。虞：臆测，臆度。为：治理。

【释义】事前做好防备，以免出现不测之事，是治理国家所应遵循的一般道理。

【点评】有了事先的预备措施，一旦出现不测也能应对而制胜。

19. 计熟事定，举必有功。

——唐·刘禹锡《为淮南杜相公论西戎表》

【注解】熟：成熟。定：定局。举：起事，这里指发动战争。功：功效。

【释义】计划成熟了事情才能办得定，而一旦计划周全了，发动的战争就一定能取得成功。

【点评】做好充分的准备，就能一举成功。

20. 事不素讲，难以应猝。

——北宋·苏轼《乞增修弓箭社条约状》

【注解】素：平素，平时，事先。讲：讲求。应：应付，应对。猝：突然，意外的变故。

【释义】事情如果不在事先讲求研讨，就很难因此应对意想不到的突然变故。

【点评】事先有所准备，是治国的一般举措。

21. 宜未雨而绸缪，毋临渴而掘井。

——清·朱伯庐《治家格言》

【注解】宜：应该。绸缪：紧密缠缚。临：到了。

【释义】应该在没下雨的时候就把易淋坏的东西缠缚住，不要到了口渴的时候才来挖井。

【点评】未雨绸缪，准备在办事之前；临渴掘井，为时已晚不可救。

规律篇

一、物性

1. 水流湿，火就燥；云从龙，风从虎。

——《周易·乾卦》

【注解】流：流向。湿：潮湿。就：近，靠近。从：顺着，跟从。

【释义】水总是先流向潮湿的地方，火往往先烧着干燥之物；龙由云而起，虎因风而啸。

【点评】事物往往都是相生相伴的，这也是一种运动的规律。

2. 出自幽谷，迁于乔木。

——《诗经·小雅·伐木》

【注解】幽：幽深，深远。谷：山谷，山沟。迁：迁徙，飞往。乔木：高大的树木。

【释义】它从深暗的山沟里飞出来，飞往那高大的树木上。

【点评】《诗经·小雅·伐木》共三章，全诗是写饮宴的，这是第一章中的两句，前面两句是"伐木丁丁，鸟鸣嘤嘤"，说因为有人在砍伐木头，惊坏了山鸟，于是它们就从深暗的山沟里飞了出来，飞到那高大的树木之上。撇开诗句在本诗中的意思，单独来看，说的是许多鸟的一种习性。

3. 如彼雨雪，先集维霰。

——《诗经·小雅·頍弁》

【注解】雨：落，动词。集：落。维：语助词，无实义。霰（xiàn）：空中降下的白色而透明的小冰粒，俗称"雪珠"。

【释义】像那飘雪之时，先会落下雪珠。

【点评】这是一首写宴请兄弟亲戚的诗歌，全诗三章，这两句是第三章中的诗句，说的是下雪之前往往会先下雪珠，是自然天气中的一种现象。

4. 景不为曲物直,响不为恶声美。

——《管子·宙合》

【注解】景:通"影",影子。曲物:弯曲的东西。响:音响。恶声:难听的音响。

【释义】影子不会因为弯曲的物体而变直,音响不会因为难听的声音而变美。

【点评】这里借影子和音响作比喻,说明事物的本来物性是不会变化的。

5. 一蜂至微,亦能游观乎天地;一虾至微,亦能放肆乎大海。

——《关尹子·六匕》

【注解】至微:小到了极点。放肆:放纵,不受约束。

【释义】一只蜜蜂,可以说小到了极点,但它也能够在天地间到处游观;一只虾米,也可以说小到了极点,但它也能够在大海里无拘无束地肆意游行。

【点评】佳句是比喻,说明人们只要有雄心壮志,就没有不能成功的事情。

6. 若火之燎于原,不可向迩,其犹可扑灭。

——《尚书·盘庚上》

【注解】若:好像。燎:燃烧。向迩(ěr):靠近。其:岂,难道。犹:尚,还。

【释义】好像大火在草原上熊熊燃烧,已经是没法靠近了,难道还能扑灭吗?

【点评】俗话说:水火无情。火性就在于能燃烧,一旦到了燎原之势,自然是难以扑灭的。

7. 土处下,不争高,故安而不危;水流下,不争疾,故去而不迟。

——《文子·符言》

【注解】处:居,位于。疾:快速。迟:迟缓。

【释义】土位于低处，不会争着到高处，所以能够保持安全也就没有危险；水流向低下之处，不会争着要快速，所以一旦开始流动了就不会变得迟缓。

【点评】土不争着往高处去，水不会勉强去加快流速，这都是它们本身的属性所决定的。

8. 树欲静而风不停。

——《孔子家语·致思》

【注解】欲：想要。

【释义】树想要安静下来，但是风却仍然不停地刮过来摇动它。

【点评】带有自然属性的东西，各有各的本色，相互之间也都是不可能随意就被变动的。

9. 一薰一莸，十年尚犹有臭。

——《左传·僖公四年》

【注解】薰（xūn）：香草。莸（yóu）：臭草。尚犹：尚且。臭（xiù）：味道，气味。

【释义】一种是香草，一种是臭草，过了十年尚且还会有气味。

【点评】无论是香草，还是臭草，它们的气味在很长时间内都是消失不了的，这里是用来比喻人的善恶的品质，意思是说，一旦形成恶行，那是改变不了的。

10. 松柏之下，其草不殖。

——《左传·襄公二十九年》

【注解】殖：繁殖，滋生。

【释义】松树柏树的浓荫下面，那草是繁殖不了的。

【点评】万物生长靠太阳，大树的浓荫之下自然是长不了草的。

11. 国狗之瘈，无不噬也。

——《左传·哀公十二年》

【注解】国狗：一国里最好的狗。瘈（zhì）：疯狂。噬：咬。

【释义】一旦最好的狗疯狂起来，也没有不咬人的。

【点评】狗改不了它的本性，它老实的时候，人们看不出来，一到发狂的时候，它的本性就暴露出来了。

12. 海与山争水，海必得之。

——《慎子·逸文》

【注解】争：争抢。

【释义】如果大海和高山争抢流水，那么一定是大海能够得到的。

【点评】江河归大海，是由地势与水的属性所决定的，由此而论，规律是不可违背的，自然界如此，人类社会也是这样。

13. 物之不齐，物之情也。

——《孟子·滕文公上》

【注解】齐：平齐，相同，一样。情：真实的情形。

【释义】万物的不一样，是万物的真实情形。

【点评】万物各有自身的形态，这就是万物客观真实的状况。

14. 吾闻出于幽谷迁于乔木者，未闻下乔木而入于幽谷者。

——《孟子·滕文公上》

【注解】闻：听闻，听说。下：飞下。入：进入，飞入。

【释义】我只听说过鸟从幽深的山沟里飞往高大树木上，没有听说过从高大树木上飞到深暗山沟里的。

【点评】孟子主张行仁政，要求要按常理办事，而不是违背常理。

15. 流水之为物也，不盈科不行。

——《孟子·尽心上》

【注解】物：事物。盈：充盈，满溢。科：坑，坎。行：走。

【释义】流水这一物体，不把坑洼填满是不会往前流动的。

【点评】水往低处流，这也是水的一种物性，所以当它沿着一定的方位流动的时候，遇到低洼之处总是要先把坑洼填满，然后才再往前流去的。

16. 鉴明则尘垢不止，止则不明也。

——《庄子·德充符》

【注解】 鉴：镜子。明：明亮，光亮。止：积聚。

【释义】 镜子光亮了那么灰尘污垢就不会积留在它的镜面上，一旦灰尘污垢积留在它的镜面上那就不光亮了。

【点评】 古代的镜子一般都是铜镜，需要经常揩拭积留在上面的灰尘污垢才能保持光亮，已有灰尘污垢，镜子就难以照人了。

17. 金石有声，不考不鸣。

——《庄子·天地》

【注解】 金石：钟磬石鼓。考：敲击。鸣：鸣响。

【释义】 钟磬石鼓能够发出声音，但不去敲击是不会鸣响的。

【点评】 这两句说的是自然之理，但我们也可以引申开来说明一个道理，这就是：话不说不响，理不讲不明。

18. 鹄不日浴而白，乌不日黔而黑。

——《庄子·天运》

【注解】 鹄（hú）：天鹅。日：每天。乌：乌鸦。黔（qián）：黑色。

【释义】 天鹅并非是每天洗澡而变白，乌鸦并非是每天染上黑颜料而变黑。

【点评】 物性出自天然，硬是想要去改变它，那也是徒劳的。

19. 鸟兽不厌高，鱼鳖不厌深。

——《庄子·庚桑楚》

【注解】 厌：满足。

【释义】 鸟兽不会因为山高而满足，鱼鳖不会因为水深而满足。

【点评】 鸟兽喜欢栖息在高山上，鱼鳖喜欢栖息在深水里，这是由于它们的固有习性而决定的，所以它们不会排斥高山或深水。

20. 骐骥一跃，不能十步；驽马十驾，功在不舍。

——《荀子·劝学》

【注解】 骐骥（qíjì）：千里马。一跃：跳一下。驽马：劣马。十驾：马驾车走十天的路程。功: 成功。

【释义】千里马跳一下, 也不会超过十步路程; 驽马虽然走得慢, 走上十天也可以到达很远的目的地, 这是由于它能够持之以恒。

【点评】佳句是比喻智力低的人只要刻苦学习, 也能追上资质高的人。

21. 积土而为山, 积水而为海。

——《荀子·儒效》

【注解】积: 堆积, 汇集。而: 就能够, 就可以。为: 变成。

【释义】把土堆积起来可以变成高山, 把水积蓄起来能够汇成大海。

【点评】用两个通俗的比喻说明了积少成多的哲学道理。

22. 川渊深而鱼鳖归之, 山林茂而禽兽归之。

——《荀子·致士》

【注解】川: 水道, 河流。渊: 深潭。而: 于是。归: 趋向。

【释义】河流水深于是鱼儿鳖儿就趋向那里, 山林茂盛于是飞禽走兽就趋向那里。

【点评】鱼鳖依流水而生活, 禽兽依山林而活动, 一物有一物的依托, 一物因一物而寄托, 自然界和人类也都是如此。

23. 水出于山而走于海, 水非恶山而欲海也, 高下使之然也。

——《吕氏春秋·季秋纪·审己》

【注解】走: 流走, 流向。恶: 厌恶, 动词。欲: 喜欢。下: 处下位, 低。然: 这样。

【释义】水从山里出来然后流向大海, 并不是水厌恶大山却喜欢大海, 而是地势高低让它这样做的。

【点评】水有水的物性, 是随着地势高低而决定的。因此, 人要在水识水性, 在山知鸟音, 与自然友好相处。

24. 食其实者, 不折其枝。

——《淮南子·说林训》

【注解】食: 吃。实: 果实。

【释义】用来吃果实的树木，是不能去折断那枝条的。

【点评】枝条为果实聚集和供给养分，也是果实生长的依托，因此不能折断它，所谓物物相生，这也是物性所在之义。

25. 狐裘虽敝，不可补以黄狗之皮。

——《史记·田敬仲完世家》

【注解】裘：裘皮，这里指裘皮衣服。虽：即使。敝：坏，破旧。补：织补，修补。

【释义】狐狸皮制作的裘皮衣服即使破掉了，也是不能用黄狗的皮来修补的。

【点评】物有其性，有些东西可以互相替代，有些东西则不可以替代，一旦胡乱替代了，反而会相形见绌。

26. 鹦鹉能言，不离飞鸟；猩猩能言，不离禽兽。

——《礼记·曲礼上》

【注解】离：脱离。

【释义】鹦鹉能够说话，仍然脱离不了飞鸟的属性；猩猩会讲话，仍然脱离不了禽兽的属性。

【点评】所谓物性，是确定不移的东西，随便怎么变化，也都改变不了的。

27. 狡兔有三窟，仅得免其死耳。

——《战国策·齐策四》

【注解】窟：地洞。免：避免，逃脱。

【释义】狡兔挖有三个地洞，也仅仅能够避免被弄死而已。

【点评】狡兔三窟，是其本性所为，其实这也是动物保全自己不被侵犯的一种本能。

28. 蛟龙得云雨，终非池中物也。

——《三国志·吴书·周瑜传》

【注解】蛟龙：比喻有雄心壮志的人。终非：终究不是。池中物：池水里的东西。

【释义】蛟龙遇到云雨天气就会乘势飞腾上天,因为它终究不是小水池浅水里的动物。

【点评】比喻有远大志向的人,是决不会长期安于现状的。

29. 崇峻不凌霄,则无弥天之云。

——东晋·葛洪《抱朴子·广譬》

【注解】崇峻:高山峻岭。凌霄:直上云霄。弥天:布满天空。

【释义】高山峻岭如果不直上云霄,就不会有满天的云彩。

【点评】人要是没有雄心大志就不能成事。

30. 水不激不能破舟,矢不激不能饮羽。

——《后汉书·桓谭冯衍列传》

【注解】激:激发。饮羽:箭射入,只能看到箭尾的羽毛,指箭穿刺力大。

【释义】水不受阻就激发不出冲破舟船的力量;弓弦不使劲往后拉,箭就不能深深地射入目标。

【点评】比喻一般的人在受到挫折后在承受压力时,才能奋发图强。

31. 疏峰时吐月,密树不开天。

——南朝梁·吴均《登寿阳八公山》

【注解】疏峰:稀疏的山峰。时:时时,常常。开:敞开。

【释义】月亮从稀疏的山峰之间探出头来,树林茂密,却又老是遮蔽着茫茫高天。

【点评】这两句准确表现了自然现象,这就是常在诗人笔下出现的疏峰、朗月、密林、高天,但从一定意义上看,它们又寄寓着大自然的本有物性。

32. 玉不琢,则南山之圆石。

——唐·马总《意林》

【注解】琢:雕琢。则:就,就是。

【释义】宝玉要是不经过雕琢,也就是南山的一块圆石头而已。

【点评】万物都有它固有的本性,如果不去改变它,它就与其他物体没有两样,但是一加改变,它就有可能成为高级的宝物。

33. 土不可作铁而可以作瓦。

——唐·马总《意林》

【注解】可:可能,能够。作:做成。而:但是。瓦:古代称陶器。

【释义】泥土不可能做成铁器,但是能够做成陶器。

【点评】物有固然之性,因而也有相对的功用,人们利用它们也要遵循其固有之性,这也是科学的态度吧。

34. 月缺不改光,剑折不改刚。

——北宋·梅尧臣《古意》

【注解】缺:残缺。折:折断。刚:刚强。

【释义】月亮残缺的时候仍然没有改变光亮,剑折断了仍然没有改变刚强。

【点评】诗句以月亮与宝剑来类比人坚定的志向,无论什么挫折打击都不能使之改变。

35. 人有悲欢离合,月有阴晴圆缺,此事古难全。

——北宋·苏轼《水调歌头》

【注解】全:完满。

【释义】人生有悲伤之时、欢乐之事,有分离,也有相聚,而月亮则会遇上阴天或者晴天,也会显示圆满或残缺,这些事情从古到今都是难以令人感觉完满的。

【点评】苏轼用"月有阴晴圆缺"来表示月亮的物性,其实是用自然界的不完满来映衬人世间的悲欢离合,借以来排遣遥想弟弟苏辙的惆怅之情,并以慰藉自己。

36. 一日一钱,千日一千,绳锯木断,水滴石穿。

——南宋·罗大经《鹤林玉露》

【注解】绳:这里用来比喻软弱的东西。断:锯断。穿:凿穿。

【释义】一天存一个钱，一千天就存了一千个钱；绳是柔弱的但只要坚持却能把木头锯断，水滴是轻柔的但只要坚持也能把坚石凿穿。

【点评】比喻人贵有志，而志向是贵在坚持不懈；比喻弱小的力量，只要能坚持，也能把事情做成功。

37. 云生从龙，风生从虎。

——明·施耐庵《水浒传》

【注解】生：产生，出来。

【释义】云紧跟着龙产生，风紧随着虎出现。

【点评】以"云"与"龙"、"风"与"虎"的关系，来说明事物之间往往是存在一定的联系的。

38. 花不常好，月不常圆，世间万物有盛衰，人生安得常少年。

——明·于谦《昔有〈莫恼翁〉曲，予因效之，改为〈翁莫恼〉，聊以调笑云耳》

【注解】常：常常，永远。好：美。安得：怎能。少年：年轻。

【释义】花不可能永远开得美艳，月亮不可能永远圆满，世间各种各样的事物都有兴盛和衰亡的时候，那么人生又怎么能够永远都是年轻的呢！

【点评】作为自然界的一种规律，物性当然是不可违背、不可变更的。

二、事理

1. 方以类聚，物以群分。

——《周易·系辞上》

【注解】方：方术，性行，性格。类：类别，种类。群：种群。

【释义】人们能聚集在一起是因为性情相近，自然之物则因为种群而区分异同。

【点评】现在通常说的是"物以类聚，人以群分"，其基本意思是相同的，也就是说，不同事物的组合，人们之间感情的亲疏，都是有一定条件的，这也是事物运动的规律之一。

2. 鼓钟于宫，声闻于外。

——《诗经·小雅·白华》

【注解】鼓：敲击。于：在。闻：听闻，听到。于：往，到。

【释义】在宫室里敲击钟磬，它的声音可以让宫室之外的人听到。

【点评】是说周幽王废申后的事如同钟声远播，国人一定会知道的。这就如同俗话所说的"没有不透风的墙""纸包不住火"，做了坏事必定会声传千里的。

3. 长短相形，高下相倾。

——《老子》第二章

【注解】形：显现。下：低。倾：倾顾。

【释义】长和短是在相互衬托中显现，高和低是在相互倾顾中存在的。

【点评】说明事物总是相反相成、相对而立的，体现了朴素的辩证法。

4. 大方无隅。

——《老子》第四十一章

【注解】 大方：大地。隅（yú）：角。

【释义】 大地到尽头都是圆的，是没有角的。

【点评】 说明事物发展到一定阶段，就会突破束缚，自由运动。由此，也可以引申说明，人一旦认识了事物运动规律，就获得了把握运动的自由。

5. 信言不美，美言不信。善者不辩，辩者不善。

——《老子》第八十一章

【注解】 信：真实。美：美妙，漂亮。善者：善良的人。辩：强行争辩。

【释义】 真实的话未经加工，所以不美妙不动听。辞藻华美的言辞，内容往往是不真实的。善良的人是不会强行争辩的，强行争辩的人是不会善良的。

【点评】 对于言语，要善于透过现象看内质。

6. 君子和而不同，小人同而不和。

——《论语·子路》

【注解】 君子：指有修养的人。同：完全一样。

【释义】 君子讲求和谐但又不会完全追随别人，小人完全追随别人但又未必真正赞同他的主张行事。

【点评】 以和谐相处为例，所谓和而不同，和是根本，是前提，但又允许保留个性，允许独立思考，这样的和，就有基础，有力量。

7. 心平，德和，故《诗》曰："德音不瑕。"

——《左传·昭公二十年》

【注解】 平：平静，不胡思乱想。德：品德。《诗》：指《诗经》，这里所引的诗句出自《诗经·豳风·狼跋》。德音：优美的声音。瑕：瑕疵，缺点。

【释义】 心地平静，德行随和，所以《诗经》说："优美的声音是没有瑕疵的。"

【点评】心平与德和往往是联系在一起的,一个沉湎于狂想的人,很难为人和顺的,但在集体生活里,大家的心平、德和却是必不可少的。

8. 理无常是,事无常非。

——《列子·说符》

【注解】是:对的,正确的。常:长久的,永远的。

【释义】道理没有永远正确的,事情没有永远都错的。

【点评】要善于判断事理,同时还要用变化的观点看待事理,世界上既没有永远正确的道理,也没有永远错误的事情。

9. 中河失船,一壶千金。

——《鹖冠子·学问》

【注解】中河:河中间。失船:翻船。壶:通"瓠",葫芦,这里指经过加工的干了的葫芦,拴在腰上,可以用来救生的,古代称"腰舟"。

【释义】船撑行到河中间,突然翻了,这时,一只小小的葫芦也是价值千金的。

【点评】有备无患,一个平时看来不起眼的东西,关键时刻却能起到大作用。

10. 鉴于水者见面之容,鉴于人者知吉与凶。

——《史记·范雎蔡泽列传》

【注解】鉴:镜子。

【释义】用水当镜子,能看见脸面容貌;用人作借鉴,能预知吉凶祸福。

【点评】历史上的别人的经验教训可以为我们所借鉴,使我们少走弯路、少受损失。

11. 前车覆,后车诫。

——《大戴礼记·保傅》

【注解】覆:翻倒。诫:警戒。

【释义】前面的车子翻了，后面车子上的人就要小心戒备。

【点评】吸取了前人失败的教训，自己才能少走弯路。

12. 阴阳和而万物得。

——《礼记·郊特牲》

【注解】阴阳：古人认为天地万物都是由阴和阳组成的，比如说天是阳，地是阴，太阳是阳，月亮是阴，山是阳，水是阴，等等。和：和谐，调和。得：得其所。

【释义】阴阳调和，于是万物就能各得其所。

【点评】和是中国古代的重要学说，只有和，万物才能相安，社会才能太平，国家才能安宁，人民才能安乐。

13. 张而不弛，文武弗能也；弛而不张，文武弗为也；一张一弛，文武之道也。

——《礼记·杂记下》

【注解】张：指拉紧弓弦。弛：放松弓弦。文武：指周文王周武王。弗为：不会做的。道：方法。

【释义】只拉紧弓弦而不放松弓弦，即使是文王和武王也做不到；只放松弓弦而不拉紧，却是文王和武王不会做的；有时拉紧弓弦有时放松，这才是文王、武王理国治民的办法。

【点评】佳句说的是治国的道理，意思是理国治民要有松有紧，有松有紧才是正确的治国方法。

14. 创巨者其日久，痛甚者其愈迟。

——《礼记·三年问》

【注解】创：创伤。巨：大。痛：伤痛。甚：很，非常。愈：痊愈。

【释义】创伤很大的恢复起来的时间就会很长久，伤痛非常厉害的要痊愈起来的时间就会很迟缓。

【点评】伤得越重，救治越难，恢复起来的时间自然就会比较长，身体受伤害的是如此，物质遭到破坏是如此，心理受到创伤的也是如此。

15. 处颠者危，势丰者亏。

——东汉·王充《论衡·累害》

【注解】颠：顶端。势：势力。丰：大，满。亏：亏败。

【释义】身处顶端的人往往比较危险，势力强大的人往往容易亏败。

【点评】处在高位未必就是好事，因为树大招风，或者自己得意忘形，飘飘然，而失败也往往尾随其后。

16. 人间之水污浊，在野外者清洁。俱为一水，源从天涯，或浊或清，所在之势使之然也。

——东汉·王充《论衡·率性》

【注解】人间：人们聚居的地方。天涯：天边，指很远的地方。或：有的。势：环境。然：这样。

【释义】人们聚居的地方，水是污浊的，而在无人居住的山野之地那水是清爽干净的。同样是一种水，都从很遥远的地方流过来，有的很污浊，有的很清爽，这是由它们所处的环境造成的。

【点评】说明环境的重要，作者是以水来说，而人也是如此，人的成长往往离不开环境的熏陶，一个好的环境可以使他健康成长，而一个不好的环境却会让他变坏。

17. 鸡肋，弃之如可惜，食之无所得。

——《三国志·魏书·武帝纪》

【注解】肋：肋骨。如：好像，似乎。食：吃，动词。无所得：没什么收获。

【释义】鸡肋这玩意儿，丢弃了好像很可惜，但是吃吧又没有什么味道。

【点评】世界上有些事情，去做了没什么大意义，不去做也没什么亏缺，就如同鸡肋差不多。

18. 枝大者披心，尾大者不掉。

——《三国志·吴书·吴主传》

【注解】披：分开，开裂。心：树心。大：硕大，肥大。掉：摇动，摇摆。

【释义】树枝大的就容易中间开裂，尾巴硕大的就不容易摇摆。

【点评】办事、决策，同样要看准时机，不要等到难以解决的时候才动手，那样只会造成自己手足无措，无法可施。

19. 爱有大而必失，恶有甚而必得。智慧不能去其恶，威力不能全其爱。

——西晋·陆机《吊魏武帝文》

【注解】恶：厌恶。甚：过度。去：去除。全：成全，成就。

【释义】过分地喜欢一样东西却反而可能失去，过分地厌恶一样东西倒反而有可能得到。爱而失和恶而得都是自然规律，智慧不可能去除恶，威力也不可能成就爱。

【点评】当事物已经形成一种规律的时候，就不是任意可以改变的了，所以人们只能按照规律行事，而不是违背它。

20. 时危见臣节，世乱识忠良。

——南朝宋·鲍照《代出自蓟北门行》

【注解】时：形势。见：看出。节：品德操守。识：辨识。

【释义】国家形势危急之时最能看出臣子的节操，天下大乱之时才能辨识出谁是忠臣良将。

【点评】每当国家危难之时，最能鉴别一个人的忠奸与贤能。

21. 覆水不可收，行云难重寻。

——唐·李白《代别情人》

【注解】覆水：泼到地上的水。覆，倒，倒出。收：收取，回收。重：再，重新。

【释义】泼到地上的水不可能再收回来，穿行而走的云彩则难以再找到它了。

【点评】办事要早做主张，决不能错失良机。

22. 大凡物不得其平则鸣。

——唐·韩愈《送孟东野序》

【注解】平：平坦，平顺。鸣：鸣叫。

【释义】 大概说来,一种物体不能得到平顺的环境就会发出反抗的鸣叫。

【点评】 物不平则鸣,是韩愈对事物规律的探寻与总结,在他看来,孟郊(字东野)有才却遭遇不利,是因为没有好的环境给他,所以他劝孟郊认识环境,调整心态。

23. 试玉要烧三日满,辨材须待七年期。

——唐·白居易《放言》

【注解】 试:试验,检验。三日:表示多数。辨:辨别。期:日期,时期。

【释义】 检验玉石的真假要在窑炉上烧满三天三夜,辨别一个人是否真有才华要等上七年的时间。

【点评】 识别人才比识别玉石更要难上无数倍。

24. 近水楼台先得月,向阳花木易为春。

——北宋·苏麟《断句》

【注解】 得:到,看到。月:月色。春:春色,春光。

【释义】 靠近水池的楼台总能首先感受到月色的幽美,最先受到阳光照射的花木则往往容易透射出暖暖春光。

【点评】 办事的客观条件也是很重要的,比如打仗,如果占领了制高点,胜利的概率就大得多;即使像读书学习,如果能够利用好比别人更优越的条件,那么取得的成绩也往往会比别人大得多。

25. 祸患常积于忽微,而智勇多困于所溺。

——北宋·欧阳修《五代史伶官传序》

【注解】 积:累积。忽微:极小的。困:困扰。溺:溺爱,过分地。

【释义】 祸患往往是从极细小的地方累积起来的,一个人的智慧与勇敢也往往被过分沉溺于某些人或事而遭困扰。

【点评】 佳句富含哲理,告诉人们,办事不能忽略细枝末节,做人不能玩物丧志。

26. 忧劳可以兴国, 逸豫可以亡身, 自然之理也。

——北宋·欧阳修《五代史伶官传序》

【注解】忧劳: 忧虑劳苦。兴国: 使国家振兴繁荣。逸豫: 贪图安乐。亡身: 亡国亡身。

【释义】帝王的忧虑劳苦能够使国家振兴繁荣, 帝王若贪图安逸, 就会亡国亡身, 这是自然而然的道理。

【点评】太平安逸的生活会消磨人的斗志, 危难却能够激发人的斗志。

27. 事有必至, 理有固然。

——北宋·苏洵《辨奸论》

【注解】必: 一定。至: 到来。固然: 本来这样。

【释义】事情的发生一定有其必然要发生的原因, 情理之中的事一定存有必然会如此的根源。

【点评】任何事情有其果就必定有其因, 比如一个事故, 它之所以会发生, 是因为隐患早已存在, 不过是人们对它或者麻痹大意, 或者心存侥幸而已。

28. 知无不言, 言无不尽。百人誉之不加密, 百人毁之不加疏。

——北宋·苏洵《衡论·远虑》

【注解】百: 非实指, 形容多。誉: 赞扬。密: 亲密。毁: 诋毁。疏: 疏远。

【释义】知道的决不隐瞒, 该说的毫无保留。即使对所有人都赞扬的人也不会特别亲近, 对所有人都诋毁的人也不会特别疏远他。

【点评】说话要畅所欲言, 听话做人要自有主见, 不要受他人影响。

29. 天下之患, 最不可为者, 名为治平无事, 而其实有不测之忧。

——北宋·苏轼《晁错论》

【注解】患: 祸患, 灾祸。为: 认为, 存在。名: 名义, 表面。治平: 太平。测: 预测。

【释义】天下灾祸的出现, 最不应该有的, 是表面上看起来太平无事,但实际上却又存在不可预测的忧患。

【点评】人们往往会因为眼前的太平无事而高枕无忧,这样,一旦灾祸来临时就一定会手足无措,坐看其乱。

30. 事当论其是非,不当问其难易。

——北宋·苏轼《范景仁墓志铭》

【注解】当:应当。论、问:这里是关注的意思。

【释义】做一件事情应该关注它是对的还是错的,不应该关注它是困难的还是容易的。

【点评】事情总有其必定之理,在做事之前首先应当衡量一下是该做还是不该做,该做的事,再困难也要去做,而不该做的事,再好做或者利益再多也不能去做。

31. 多好竟无成,不精安用伙。

——北宋·苏轼《次韵子由论书》

【注解】多好:爱好过多。伙:多。

【释义】爱好过多最终一事无成,技艺不精通再多又有什么用!

【点评】说明人的爱好要适度,而技艺则要求精,因为贪多往往未必能"务得"。

32. 枝上柳绵吹又少,天涯何处无芳草。

——北宋·苏轼《蝶恋花·春景》

【注解】柳绵:柳絮。芳:芬芳。

【释义】春风吹过,枝头上的柳絮又少了许多;天下之大,什么地方会没有芬芳的花草呢!

【点评】为人处事要灵活机动,不要总拘守着某些成规,以至于自取失败。

33. 天下之事常成于困约,而败于奢靡。

——南宋·陆游《放翁家训》

【注解】于:因。困约:困难束缚。而:却。奢靡:奢侈浪费与萎靡不振。

【释义】天下的事经常是在困难与束缚中发奋图强而成功的,却是在成功后因为奢侈浪费与不求上进而失败。

【点评】任何事都是因为排除了困难才成功,由于奢侈浪费和停滞不前而失败的。

34. 不怕官,只怕管。

——明·施耐庵《水浒传》

【注解】官:当官的。管:直接管理的人。

【释义】不怕当官的人,只怕直接管着自己的人。

【点评】即便今日也或见到,上面当官的人倒还注意政策,表现开明,而下面直接管理的人,有的倒显得有些鲁莽、粗疏,于是很让普通群众感到难以适从。

35. 善观璞者,不观其形而观其色;善观人者,不于其材而于其气。

——明·宋濂《送李生序》

【注解】璞:璞玉,玉石的总称。于:在,着眼于。材:材料,材质,这里指外貌。气:气色,精神状态。

【释义】善于观赏璞玉的人,不是去观赏它的外形,而是去观赏它的色彩;善于观察人才的人,不是着眼于他的外表,而是着眼于他的精神状态。

【点评】俗话说,外行看热闹,内行看门道;又说,人不可貌相,海水不可斗量。宋濂在这里告诉我们的也是这样的道理。

36. 激湍之下,必有深潭;高丘之下,必有浚谷。

——明·刘基《司马季主论卜》

【注解】激湍(tuān):激流。高丘:高山。浚谷:深谷,深渊。

【释义】湍急的水流之下一定会有深潭,峻峭的高山之下必定会有深渊。

【点评】要善于察形观势,透过事物的现象来把握本质。

37. 蓄极则泄，闷极则达，热极则风，壅极则通。

——明·刘基《司马季主论卜》

【注解】蓄：积蓄，储存。极：极点。闷：关闭。达：通达。壅：壅积，堵塞。

【释义】东西蓄积到了极点于是就会排泄出来，精气关闭到了极点于是就会变得通畅，炎热到了极点于是就会有凉风吹来，物质壅积到极点于是就会通透起来。

【点评】这里说的是物极必反和相反相成的道理，也就是说，事情到了一定的时候往往会走向反面，这其实是很有辩证意义的。

38. 良医之子，多死于病；良巫之子，多死于鬼。

——明·方孝孺《深虑论》

【注解】巫：巫师，号称所谓能够知天通神的人。

【释义】良医的儿子往往被疾病所致死，所谓高明的巫师的儿子则往往被鬼怪所害死。

【点评】医生往往关注别人的毛病，巫师则又往往受人所请而替人除鬼，但是对于自己家里的人却往往失之疏忽，同样的道理，人们经常是疏忽了眼前的东西，即所谓见怪不怪了。

39. 祸常发于所忽之中，而乱常起于不足疑之事。

——明·方孝孺《深虑论》

【注解】发：发生。乱：祸乱，叛乱。足：值得。疑：疑虑。

【释义】祸患常常是从容易忽视的地方发生的，而叛乱则常常是在人们觉得不值得怀疑的地方引起的。

【点评】这是方孝孺对历代王朝治国历史经验的总结，对于当今国内外治国者也有现实意义。

40. 好丑心太明，则物不契；贤愚心太明，则人不亲。

——明·洪应明《菜根谭》

【注解】心太明：指分别得过于明确。契：契合。亲：亲近。

【释义】将美与丑分别得太清楚，就无法与事物契合；将贤明与愚笨

821

分别得太明确，就无法与人亲近。

【点评】大事清楚些，小事糊涂点。这样对处理问题更有利。

41. 天下兴亡，匹夫有责。

——明·顾炎武《日知录·正始》

【注解】天下：国家。兴亡：繁荣与衰亡。匹夫：普通百姓。

【释义】国家的繁荣兴旺与衰败灭亡，每一个老百姓都有义不容辞的责任。

【点评】每个人都是国家的一分子，所以国家兴衰大事，谁都有责任，人人都应尽责。

42. 图功未晚，亡羊尚可补牢；浮慕无成，羡鱼何如结网。

——清·王永彬《围炉夜话》

【注解】图：谋求。亡：跑失。牢：羊圈。浮慕：犹言徒慕。

【释义】谋求功业什么时候都不算晚，逃掉了羊还可以修补羊圈；光是羡慕不会有什么结果，想得到水中的鱼，不如去编织渔网。

【点评】想做的事，就要付诸行动，否则是徒劳的。

43. 日日行，不怕千万里；常常做，不怕千万事。

——清·金缨《格言联璧》

【注解】行：行走，赶路。千万里：形容路程远。千万事：形容事情多。

【释义】如果每天都赶路，就不怕路程有千万里远；事情无论有多少哪怕千万件，只要长期不停地做，就能够做完。

【点评】佳句以联语偶对的方式，说明了长期坚持、持之以恒对做事的功效。

三、辩证

1. 天地交而万物通也，上下交而其志同也。内阳而外阴，内健而外顺，内君子而外小人，君子道长，小人道消也。

——《周易·泰卦》

【注解】交：交融。通：通畅。志：志向。内阳：对《泰卦》卦象的解说，内卦为乾，乾为阳卦。外阴：外卦为坤，坤为阴卦。内健：乾的卦义为刚健。外顺：坤的卦义是柔顺。君子：乾卦是阳卦，喻有才德之君子。小人：坤卦是阴卦，像无才无德之小人。消：消失，泯灭。

【释义】天地交融因而能使万物和顺生长，上下交融因而能使大家志向相通。有阳刚必有阴柔，有刚健必有和顺，朝廷内外总有君子和小人，君子得到重用了，小人也就难以得志了。

【点评】有阴有阳，天地之道；有君子必有小人，人世之理。为政者要重用"君子"，褒扬"君子"，才能改变"小人"之气，乃至改变社会风气。

2. 无平不陂，无往不复。

——《周易·泰卦》

【注解】陂（pō）：坡度，不平坦。复：返回。

【释义】没有平坦就显示不出斜坡，没有经过前往就不会有返回。

【点评】事物总是相反相成的，对立面中往往存在统一。

3. 穷则变，变则通，通则久。

——《周易·系辞下》

【注解】穷：穷尽。通：畅通，通畅。

【释义】事物发展到了极点就会发生变化，变化到一定的时候办事就会比较流畅，流畅了才能有持久的成效。

【点评】这里其实是告诉我们，事物是在不断变化之中的，但只有在一定的条件下事物才能发生变化。

4. 刚柔者, 立本者也。

——《周易·系辞下》

【注解】刚柔: 也可看作是"阴阳", 它们是《易经》中最基本的两个对立面。立: 确立, 支撑。本: 宇宙万物之本。

【释义】刚柔、阴阳, 这是支撑宇宙万物的根本。

【点评】在我们的老祖宗看来, 有阴有阳, 自然之理, 因此可否让我们引申开一点: 顺其自然, 方能乐于己利于人。

5. 有无相生, 难易相成, 长短相形, 高下相倾, 音声相和, 前后相随。

——《老子》第二章

【注解】相: 相互。形: 对照, 显现。倾: 依附。音: 很多人合成的声音。声: 单个人发出的声音。和: 应和。随: 伴随。

【释义】有和无相互转生, 难和易相互促成, 长和短相互对照, 高和低相互依附, 音和声相互应和, 前与后相互伴随。

【点评】事物都是相互对立又相互依存的, 同时在一定条件下, 对立面是可以相互转化的。

6. 大盈若冲, 其用不穷。

——《老子》第四十五章

【注解】盈: 充实。若: 好像, 似乎。冲: 空虚。用: 作用。穷: 穷尽, 尽头。

【释义】最充实的东西好像很空虚, 但它的用处却是不会穷尽的。

【点评】这里说明, 真正有生命力的东西, 不是靠外表好看, 而是靠它内在的力量; 同时, 真正有生命力的东西, 是不会短命的, 而是会长久地起作用的。

7. 过犹不及。

——《论语·先进》

【注解】过: 过分, 过头。及: 到, 达到。犹: 如同。

【释义】过了头了也就同达不到一样都是不可取的。

【点评】凡事都有其基本的尺度或行事的规则，而过与不及都不符合一定的尺度、规则，破坏了，就会适得其反。

8. 欲速则不达。

——《论语·子路》

【注解】欲：想要，希望。达：到达。

【释义】想要快速前进，却反而不能顺利到达。

【点评】事物总有它的一定之理，顺应它才能如愿发展。

9. 清浊、小大、短长、疾徐、哀乐、刚柔、迟速、高下、出入、周疏，以相济也。

——《左传·昭公二十年》

【注解】清浊：指乐声的清澈与混浊，以下都是形容音乐声音的各种状态的。疾徐：急促与舒缓。周疏：周密与疏朗。济：辅助。

【释义】清澈与混浊，微细与宏大，短小与绵长，急促与舒缓，哀伤与快乐，刚硬与柔软，迟滞与快速，高昂与低徊，呼出与收缩，周密与疏朗，因此而相互辅助着。

【点评】音乐所以美妙动听，同样是因为有各种元素的——配搭而相辅相成的。

10. 哀莫大于心死。

——《庄子·田子方》

【注解】莫大于：没有比……还大。心死：万念俱灰。

【释义】最大的悲哀就是万念俱灰。

【点评】我们引用这一佳句，是说凡事都要有信心。

11. 一尺之捶，日取其半，万世不竭。

——《庄子·天下》

【注解】捶（chuí）：通"棰"，杖。取：折，折断。竭：竭尽。

【释义】一尺长的木杖，每天折断它的一半，千年百代都不会竭尽。

【点评】事物具有无限性,庄子用形象的语言揭示了这一深刻的道理。

12. 尺有所短,寸有所长。物有所不足,智有所不明。

——战国·屈原《卜居》

【注解】尺有所短:比喻高明的人也有他的短处。寸有所长:比喻再平庸的人也有他的长处。物:事物。智:聪明人。

【释义】凡是人,总是有他的长处或短处的。任何事物都有它的不足之处,再聪明的人也有他不明白的时候和事情。

【点评】以尺寸作比喻,说明了一个关于长与短的辩证的哲学道理。

13. 水虽平,必有波;衡虽正,必有差。

——《淮南子·说林训》

【注解】虽:即使,纵然。衡:秤。正:准确。

【释义】水即使看起来再平静,也肯定有波澜;秤看起来再准确,也肯定有误差。

【点评】事物有差别,这是绝对的。

14. 智者千虑,必有一失;愚者千虑,必有一得。

——《史记·淮阴侯列传》

【注解】千:形容多。

【释义】再聪明的人考虑再多,也必定会有失落之处;再愚笨的人考虑得多了,也必定会有所得的。

【点评】智者愚者,只是相对而言,人不能因为自己聪明或愚笨而自傲或自卑。

15. 见兔而顾犬,未为晚也;亡羊而补牢,未为迟也。

——《战国策·楚策四》

【注解】顾:回头看。犬:猎狗。亡:丢失。牢:关养生畜的屋舍。

【释义】看到野兔再回头呼唤猎狗,不算是晚的;丢失了羊再来修补羊圈,也不算是迟的。

【点评】早晚迟速,在于把握;出现纰漏,贵在修补。

16. 大羹必有淡味,至宝必有瑕秽。大简必有不好,良工必有不巧。

——东汉·王充《论衡·自纪篇》

【注解】大羹:即太羹,不予调味的浓汁肉羹。至宝:最好的宝贝。瑕秽:瑕疵和污点。简:简册,文章。良工:良工巧匠。巧:精巧,巧妙。

【释义】太羹也必定有淡而无味,最好的宝贝也必定有瑕疵与污点。最好的文章也能找出它的败笔所在,再高明的良工巧匠也肯定有不太精巧的作品。

【点评】事物都是相对的,不能用绝对的眼光看人看事看问题。

17. 祸之所生,必由积怨;过之所始,多因忽小。

——北齐·刘昼《刘子·慎隙》

【注解】积:累积。怨:怨怒。过:过失,差错。忽:忽略,忽视。

【释义】祸患产生的原因,肯定是由于累积的怨怒太多;过失刚显现的时候,大多是因为忽略了小错而形成的。

【点评】事情的发生与结局,都一定有其必然的因果关系。

18. 祸不入慎家之门。

——唐·王勃《平台秘略论十首》

【注解】慎:谨慎。慎家:谦虚谨慎之家。

【释义】祸患一般不会进入谦虚谨慎的人家。

【点评】为人不可张扬,治家必须谨慎;张扬一定退步,谨慎方能避祸。

19. 北海虽赊,扶摇可接;东隅已逝,桑榆非晚。

——唐·王勃《滕王阁序》

【注解】赊:远。扶摇:旋风。东隅:东方,太阳升起的地方,指早晨。桑榆:太阳落下的地方,指西方,傍晚。晚:迟。

【释义】北海虽然很遥远，但是乘着旋风就可以到达；早晨的时间已经过去，傍晚的时间还来得及利用。

【点评】辩证法为人所用，大有益处。比如凭借条件，可以化远途为近路；比如赶紧努力，可以弥补失去的时间。

20. 桃红李白皆夸好，须得垂杨相发挥。

——唐·刘禹锡《杨柳枝词九首》

【注解】夸好：姱好，娇美。发挥：烘托，衬托。

【释义】桃花红，梨花白，何等娇美！不过，也得有垂杨绿柳的烘托，才能展示出桃李争妍。

【点评】俗话说："好花也要绿叶扶。"确实，只有百花齐放，才能展示出灿烂的春光。

21. 忍小忿而就大谋。

——北宋·苏轼《留侯论》

【注解】忿：怨恨。就：成就。

【释义】能够忍受细小的怨恨，却能够成就远大的图谋。

【点评】一个人不能斤斤计较于鸡毛蒜皮的事，而是要把眼光放大，用宽阔的胸怀待人处事。

22. 不识庐山真面目，只缘身在此山中。

——北宋·苏轼《题西林壁》

【注解】识：认识，识别。庐山：在今江西省九江市，是天下名山之一。缘：因为。身：自身。

【释义】不能识别庐山的真实面貌，是因为人们身在庐山之中，难以观察它的全貌。

【点评】所处的角度不同，看到的庐山美景就会不一样，而天下的事物也是如此，我们想要把握它的全貌或本来的面目，就一定要多角度地观察或思考，以防偏颇。

23. 金玉其外，败絮其中。

——明·刘基《卖柑者言》

【注解】 金玉：金子宝玉。外：外表。败：坏了的。

【释义】 外表好像裹着金子宝玉一样，其实内里的东西却像破烂的棉絮似的。

【点评】 看问题不能看表面，因为有时外表看起来很漂亮的东西，其实内里却丑陋得很；有时看起来轰轰烈烈的事情，背后却又掩盖着空虚、伪装等。

24. 道高一尺魔高一丈。

——明·吴承恩《西游记》

【注解】 道：道教徒，这里指他们修身的功力。高：高明。魔：与道教徒相对立的并干扰其修炼的势力。

【释义】 道教徒修炼的功力高明一尺，魔鬼的干扰之力却要高明一丈。

【点评】 可以说，世间万物似乎都存在着所谓的克星，当认为自己已经很高明、很厉害时，很快就会有比你更高明、更厉害的东西出现。

25. 牡丹花儿虽好，还要绿叶扶持。

——明·兰陵笑笑生《金瓶梅词话》

【注解】 好：美丽。扶持：扶助，持护。

【释义】 牡丹花虽然很美丽，但是也还得要片片绿叶来扶助支撑它的。

【点评】 物体与物体之间，有了比较，才能显示出它的不同；有了互相映衬，才会显示出它的价值。

26. 大难不死，必有后禄。

——明·冯梦龙《喻世明言》

【注解】 难：灾难。禄：吉祥，好处。

【释义】 遇到了大灾大难还能保住生命，这样的人一定会有后来的吉祥平安。

【点评】经历了大灾大难，无论是个人还是民族，都一定会从中汲取教训，总结规律，把后来的路走得更好，所谓"多难兴邦"，也是这个道理。

27. 依人者危，臣人者辱。

——明·冯梦龙《东周列国志》

【注解】危：受困。臣：侍从。

【释义】依附他人，容易受困；臣服他人，容易受辱。

【点评】要自强不息，才能不受困、不受辱。

28. 伏久者飞必高，开先者谢独早。

——明·洪应明《菜根谭》

【注解】伏：蛰伏，潜伏，指鸟类在蓄积力量。开先：先期开花，早期开花。谢：凋谢。

【释义】蛰伏得长久了飞起来一定很高，花开得早的也总是凋谢得早。

【点评】这两句也是表示事物的相对论的。

29. 后生固为可畏，而高年尤是当尊。

——明·程登吉《幼学琼林》

【注解】后生：年轻人。畏：敬畏。高年：老年人。

【释义】年轻人固然值得敬畏，而老年人尤其应当尊重。

【点评】尊老爱幼是每个人的本分。

30. 不是东风压了西风，就是西风压了东风。

——清·曹雪芹《红楼梦》

【注解】压：抗击，盖过。

【释义】不是东风盖过了西风，就是让西风盖过了东风。

【点评】力量的对比是无情的，而情势的转圜又是可能的，关键在于人们自己的把握。

31. 国弈不废旧谱而不执旧谱，国医不泥古方而不离古方。

————清·纪昀《阅微草堂笔记》

【注解】国弈：全国最好的棋手。废：废弃。谱：棋谱。执：固执。国医：全国最好的医生。泥：拘泥。方：药方。

【释义】弈棋高手不废弃旧棋谱，但也不固执旧棋谱；行医高手不拘泥古处方，但也不背离古处方。

【点评】无论是国家要发展，或者个人的事业要成功，都要既有继承发扬光大，又要改革发展创新。

32. 钱能福人，亦能祸人，有钱者不可不知；药能生人，亦能杀人，用药者不可不慎。

————清·王永彬《围炉夜话》

【注解】福：造福。祸：祸害，嫁祸。生：救活。杀：治死。慎：仔细，小心。

【释义】钱能够给人带来幸福，也能够给人造成祸害，因此有钱人不能不懂这个道理；药能够救活人的性命，也可能把人治死，用药的人不能不多加小心。

【点评】事物都是一分为二的，同样的东西，有其优点，也必定有它的缺陷，有它的长处，也必定会有它的短处，这是不可不懂的道理。